W9-BAG-277

SV

Isabel Allende

Zorro

Roman

Aus dem Spanischen von
Svenja Becker

Suhrkamp

Originaltitel: *El Zorro. Comienza la leyenda*
© Isabel Allende, 2005 (for the novel)

© der deutschen Ausgabe Suhrkamp Verlag
Frankfurt am Main 2005
Alle Rechte vorbehalten,
insbesondere das des öffentlichen Vortrags
sowie der Übertragung durch Rundfunk und
Fernsehen, auch einzelner Teile.
Kein Teil des Werks darf in irgendeiner Form
(durch Fotografie, Mikrofilm oder andere Verfahren)
ohne schriftliche Genehmigung des Verlages reproduziert
oder unter Verwendung elektronischer Systeme
verarbeitet, vervielfältigt oder verbreitet werden.
Druck: GGP Media GmbH, Pößneck
Printed in Germany
Erste Auflage 2005
ISBN 3-518-41670-7

1 2 3 4 5 6 – 10 09 08 07 06 05

Zorro

Dies ist die Geschichte von Diego de la Vega und davon, wie aus ihm der legendäre Zorro wurde. Endlich kann ich seine Identität enthüllen, die wir über so viele Jahre geheimgehalten haben, und ich tue es mit einem gewissen Zaudern, denn ein weißes Blatt Papier schreckt mich ähnlich wie die blankgezogenen Säbel von Moncadas Männern. Mit diesen Seiten will ich jenen zuvorkommen, die Zorros Wirken in den Schmutz zu ziehen trachten. Die Zahl unserer Widersacher ist beachtlich, kein Wunder, wenn man auf der Seite der Schwachen kämpft, Jungfrauen rettet und der Mächtigen spottet. Daß einer, der die Welt zu verbessern sucht, sich Feinde macht, ist nur natürlich, aber wir ziehen es vor, unsere Freunde zu zählen, und das sind weit mehr. Ich muß diese Abenteuer erzählen, denn was nützte es, daß Diego sein Leben für die Gerechtigkeit aufs Spiel setzt, wenn niemand etwas davon erführe. Heldentum ist ein Zeitvertreib, der schlecht vergolten wird, und führt häufig zu einem verfrühten Ableben, weshalb Fanatiker damit liebäugeln oder auch jene mit einer ungesunden Sehnsucht nach dem Tod. Nur selten findet man einen Helden mit romantischem Herzen und unbekümmertem Gemüt. Seien wir ehrlich: Nur einmal findet man einen Zorro.

Erster Teil

Kalifornien, 1790-1810

Fangen wir vorne an, mit einem Ereignis, ohne das Diego de la Vega nicht auf die Welt gekommen wäre. Es führt uns nach Kalifornien, in die Missionsstation San Gabriel, Anno Domini 1790. Zu jener Zeit wurde die Mission von Pater Mendoza geleitet, einem tatkräftigen und herrischen Franziskaner mit dem breiten Kreuz eines Holzfällers, dem man seine vierzig turbulent gelebten Jahre nicht ansah und dem nichts an seinem Amt schwerer fiel, als der Demut und Sanftheit eines Franz von Assisi nachzueifern. In Kalifornien widmeten sich damals außer ihm noch zahlreiche andere Männer der Kirche in dreiundzwanzig Missionen der Aufgabe, das Wort Christi unter Tausenden von Heiden zu verbreiten, Angehörigen der Chumash, Schoschonen und anderer Indianerstämme, die besagtes Wort nicht immer freudig anhörten. Die Ureinwohner der kalifornischen Küste waren seit Tausenden von Jahren durch Handel und Tausch miteinander verwoben. Ihr Land war reich an allem, was man zum Leben brauchte, und die einzelnen Stämme spezialisierten sich auf unterschiedliche Tätigkeiten. Die Spanier waren beeindruckt, als sie bei den Chumash ein Wirtschaftsleben vorfanden, das sich in seiner Vielfalt mit dem der Chinesen messen konnte. Die Indianer benutzten Muscheln als Zahlungsmittel und hielten regelmäßig Märkte ab, auf denen nicht nur Güter getauscht, sondern auch Ehen vereinbart wurden.

Die Indianer rätselten über das Mysterium dieses Mannes, der am Kreuz gemartert worden war und von den Weißen verehrt wurde, und sie verstanden nicht, welchen Vorteil es haben sollte, in dieser Welt zu darben, um in einer anderen womöglich ein angenehmes Leben zu führen. Im Paradies der Christen konnten sie auf einer Wolke sitzend mit den Engeln Harfe spielen, aber im Grunde wollten die meisten nach dem Tod lieber mit ihren Ahnen in den weiten Jagdgründen

9

des Großen Geistes Bären erlegen. Auch begriffen sie nicht, warum die Fremden eine Fahne in den Boden rammten, eingebildete Grenzen um ein Gebiet zogen, das sie zu ihrem Eigentum erklärten, und sich ereiferten, wenn jemand bei der Verfolgung eines Wildes dort eindrang. Daß die Erde jemandem gehören sollte, erschien ihnen ebenso unglaublich wie die Vorstellung, das Meer könne sich teilen.

Als Pater Mendoza nun davon erfuhr, daß sich mehrere Stämme unter der Führung eines Kriegers mit einem Wolfskopf erhoben hatten, betete er für die Opfer, sorgte sich jedoch nicht weiter, da San Gabriel gewiß verschont bleiben würde. Angehöriger seiner Mission zu sein war ein Privileg, davon zeugten all die Familien von Eingeborenen, die zur Taufe kamen, weil sie unter seinen Fittichen Schutz suchten und gerne unter seinem Dach leben wollten. Er hatte noch nie Soldaten gebraucht, die ihm zukünftige Täuflinge beschafften. Der jüngste Aufstand, der erste in dieser Gegend, war sicher eine Reaktion auf die Untaten der spanischen Truppen und die Strenge seiner Brüder in den anderen Missionen. Die einzelnen Indianerstämme lebten verstreut in kleinen Gruppen, pflegten ihre eigenen Traditionen und verständigten sich nur selten miteinander über ein einfaches System von Zeichen; sie hatten sich noch nie untereinander abgesprochen, schon gar nicht für einen Krieg. Für Pater Mendoza waren diese armen Menschen unschuldige Lämmer Gottes, die aus Unkenntnis und nicht aus Lasterhaftigkeit sündigten, also mußte es schwerwiegende Gründe geben, wenn sie sich nun gegen die Siedler erhoben.

Der Missionar arbeitete von früh bis spät Seite an Seite mit den Indianern auf den Feldern, beim Gerben der Häute, beim Mahlen von Mais. Abends, wenn die anderen sich ausruhten, sah er nach denen, die sich bei der Arbeit verletzt hatten, oder zog hie und da einen faulen Zahn. Außerdem unterrichtete er den Katechismus und brachte seinen Neophyten – wie die getauften Indianer genannt wurden – das Rechnen bei, damit sie die Häute, Kerzen und Rinder zählen konnten, verzichtete indes darauf, sie Lesen und Schreiben zu lehren, denn diese

Kenntnisse ließen sich hier doch nicht sinnvoll anwenden. Bis spät in die Nacht inspizierte er die Fässer in seinem Weinkeller, führte Buch über seine Ausgaben und Einnahmen, schrieb in seine Hefte und betete. Bei Sonnenaufgang rief er seine Gemeinde mit der Kirchenglocke zur Messe und wachte nach dem Gottesdienst mit scharfem Auge über das Frühstück, damit auch alle satt wurden. Deshalb, und nicht etwa, weil er selbstgefällig oder eitel gewesen wäre, war er überzeugt, daß die aufständischen Stämme seine Mission nicht angreifen würden. Als die schlechten Nachrichten jedoch über Wochen nicht verstummten, horchte er endlich doch auf. Um sich ein Bild von der Lage in der Region zu machen, schickte er zwei Späher aus, denen er vertrauen konnte, und rasch hatten die beiden die Aufständischen gefunden und Einzelheiten erfahren, da sie von diesen wie Gleichgesinnte aufgenommen wurden. Bei ihrer Rückkehr berichteten sie dem Missionar, aus den Tiefen der Wälder sei ein Krieger aufgetaucht, der vom Geist eines Wolfes besessen sei und es geschafft habe, mehrere Stämme zu einen, die nun die Spanier vom Land ihrer Vorfahren vertreiben wollten, in dem die Indianer von alters her gejagt hatten, ohne jemanden um Erlaubnis zu bitten. Offenbar entbehrte dieser Feldzug einer klaren Strategie; die Indianer griffen wahllos Missionen und Dörfer an, brannten auf ihrem Weg alles nieder und verschwanden so schnell, wie sie aufgetaucht waren. Sie schufen sich Freunde unter den Neophyten, deren Kampfesmut noch nicht durch die fortgesetzten Demütigungen der Weißen gebrochen war, und verstärkten so ihre Reihen. Die Späher versicherten, Häuptling Grauer Wolf habe ein Auge auf San Gabriel geworfen, nicht weil er einen besonderen Groll gegen Pater Mendoza hege, dem ja nichts vorzuwerfen sei, sondern weil die Mission auf seinem Weg liege. So mußte der Pater also doch Vorkehrungen treffen. Er würde die Früchte seiner jahrelangen Mühen nicht kampflos preisgeben und erst recht nicht zulassen, daß man ihm seine Indianer entriß, die ohne seine schützende Hand erneut der Sünde anheimfallen und wie Wilde leben würden. Er schrieb eine Nachricht für Capitán Alejandro de la Vega und bat um rasche Unterstützung. Er fürchte das Schlimmste, die Aufständischen seien bereits sehr nah und könnten jeden Moment angreifen, und ohne angemessene militärische Hilfe wisse er sich nicht zu verteidigen. Er schickte zwei schnelle Reiter auf unterschiedlichen Routen zum Fort von San Diego, denn er wollte sichergehen, daß sein Hilferuf ankäme, auch wenn einer der Reiter abgefangen würde.

Wenige Tage später preschte Alejandro de la Vega im Galopp in den Hof der Missionsstation. Mit einem Satz sprang er vom Pferd, riß sich den schweren Uniformrock und das Halstuch vom Leib, nahm den Hut ab und versenkte seinen Kopf in dem Trog, in dem die Frauen für gewöhnlich die Wäsche einweichten. Schaumiger Schweiß bedeckte die Flanken seines Pferdes, das viele Meilen galoppiert war und außer Reiter und Sattel auch die Ausrüstung eines spanischen Dragoners hatte tragen müssen: Lanze, Degen, Schild aus doppelt verstärktem Leder und einen Karabiner. Mit De la Vega erreichten zwei Soldaten und mehrere Proviantpferde die Mission. Pater Mendoza trat auf den Hof, um den Hauptmann mit offenen Armen zu empfangen, konnte indes seine Enttäuschung nicht verhehlen, als er die zwei abgekämpften Soldaten sah, die der Offizier mitgebracht hatte und die genauso am Ende ihrer Kräfte schienen wie die Pferde.

»Tut mir leid, Pater«, keuchte De la Vega und wischte sich das Gesicht mit den Hemdsärmeln trocken. »Diese beiden wackeren Männer sind alles, was ich anbieten kann. Den Rest meiner Truppe mußte ich in La Reina de Los Ángeles lassen, das Dorf ist ebenfalls von den Aufständischen bedroht.«

»Gott steh uns bei, wenn es schon Spanien nicht tut«, knurrte der Priester zwischen den Zähnen.

»Wißt Ihr, wie viele Indianer angreifen werden?«

»Zu viele, als daß man sich auf die Angaben verlassen könnte, Capitán, aber meine Späher sagen, es sind um die fünfhundert.«

»Dann sind es wohl nicht mehr als hundertfünfzig. Wir können uns wehren. Was haben wir zur Verfügung?«

»Mich, ich war Soldat, ehe ich Priester wurde, und zwei weitere Missionare, die jung sind und mutig. Außerdem hat man der Station drei Soldaten zugewiesen, die hier leben. Wir haben Musketen, Karabiner und Munition, zwei Säbel und das Dynamit, das wir im Steinbruch verwenden.«

»Wie viele Missionsbewohner?«

»Seien wir ehrlich, mein Sohn: die meisten würden nicht gegen ihre eigenen Leute kämpfen. Ich kann bestenfalls auf ein halbes Dutzend Halbwüchsige zählen, die hier aufgewachsen sind, und auf einige Frauen, die uns beim Nachladen der Gewehre helfen können. Ich darf das Leben meiner Schützlinge nicht aufs Spiel setzen, Capitán, sie sind wie Kinder. Wie meine eigenen Kinder.«

»Schön, Pater, machen wir uns also in Gottes Namen an die Arbeit. Die Kirche ist das solideste Gebäude der Mission, richtig? Wir verschanzen uns dort«, entschied der Hauptmann nach einem raschen Blick über den Platz.

In den folgenden Tagen kam niemand in San Gabriel zur Ruhe, selbst die kleinen Kinder wurden zum Arbeiten angestellt. Als Kenner der menschlichen Seele wußte Pater Mendoza, daß er nicht auf die Loyalität seiner Gläubigen hoffen durfte, wenn sie sich erst einmal von Angehörigen freier Stämme umringt sähen. Gekränkt nahm er das wilde Funkeln in manchen Augen wahr und die Unlust, mit der seine Anweisungen befolgt wurden: Steine fielen hin, Sandsäcke zerrissen, seine Indianer verhedderten sich in den Tauen, die Eimer mit dem Pech glitten ihnen aus den Fingern. Durch die Umstände dazu getrieben, verletzte er sein eigenes Gebot der Barmherzigkeit, verurteilte zur Abschreckung und ohne zu zögern zwei von ihnen zum Stehen am Halsstock und züchtigte einen dritten mit zehn Peitschenhieben. Dann ließ er die Tür am Schlafhaus der unverheirateten Frauen mit Balken verstärken. Der runde Lehmbau glich von je einem Gefängnis, weil auch die dreistesten der Mädchen daran gehindert werden sollten, nachts mit ihren Verehrern im Mondschein spazierenzugehen, weshalb das Gebäude keine Fenster hatte und sich die Tür von außen mit einem Eisenbalken verriegeln und mit Vorhängeschlössern sichern ließ. Dort würden sie die Mehrzahl der Männer einschließen und zusätzlich an Fußeisen ketten, um zu verhindern, daß sie die Fronten wechselten, wenn es zum Kampf kam.

»Die Indianer fürchten uns, Pater. Sie glauben, wir seien im Besitz eines sehr mächtigen Zaubers«, sagte Hauptmann De la Vega und tätschelte den Kolben seines Karabiners.

»Mit Schußwaffen haben diese Menschen zur Genüge Bekanntschaft gemacht, auch wenn sie mit ihrer Handhabung noch nicht vertraut sind. Was sie tatsächlich fürchten, ist das Kreuz Christi«, entgegnete der Missionar mit einem Wink auf den Altar.

»Zeigen wir ihnen also die Macht von Kreuz und Schießpulver«, sagte der Hauptmann mit einem Grinsen und legte dem Missionar seinen Plan dar.

Die beiden standen in der Kirche, wo mit Sandsäcken direkt hinter dem Portal eine Barrikade und an einigen strategischen Punkten brusthohe Wälle errichtet worden waren, hinter denen die Gewehre bereitstanden. De la Vega war der Meinung, solange sie ihre Gegner auf Abstand halten könnten und Zeit zum Nachladen hätten, stünden ihre Chancen nicht schlecht, aber auf einen Kampf Mann gegen Mann dürften sie es keinesfalls anlegen, denn die Angreifer seien ihnen an Zahl und Wildheit weit überlegen.

Pater Mendoza war froh, daß der Hauptmann so viel Entschlossenheit an den Tag legte. Der Mann war wohl nicht viel älter als dreißig, aber bereits ein erfahrener Soldat, gestählt in den Kriegen in Italien, aus denen er mit einigen stolzen Narben heimgekehrt war. Er war der dritte Sohn einer Adelsfamilie, deren Geschlecht sich bis auf den vielbesungenen Cid zurückverfolgen ließ. Seine Vorväter hatten unter der Standarte der katholischen Könige Isabella und Ferdinand gegen die Mauren gekämpft, aber all die Todesverachtung und das für Spanien vergossene Blut hatten ihnen keine Reichtümer beschert, nur Ehre. Als De la Vegas Vater starb, erbte der älteste Sohn das Haus der Familie, ein uraltes Gemäuer auf einem Stückchen kargen Landes in Kastilien. Den zweiten

Sohn rief die Kirche zu sich, und ihn selbst traf das Los, Soldat zu werden; etwas anderes war für einen jungen Mann von seinem Geblüt nicht vorgesehen. Als Lohn für seinen in Italien bewiesenen Schneid erhielt er einen kleinen Beutel Dublonen und die Erlaubnis, in die Neue Welt aufzubrechen, um dort sein Glück zu machen. So hatte es ihn schließlich nach Kalifornien verschlagen, als Begleitung von Doña Eulalia de Callís, der Gattin des Gouverneurs Pedro Fages, der wegen seiner Reizbarkeit und der stattlichen Zahl eigenhändig erlegter Bären »der Grizzly« genannt wurde.

Pater Mendoza war so manches zu Ohren gekommen über diese ins Epische verlängerte Reise von Doña Eulalia, der ein ähnlich hitziges Temperament nachgesagt wurde wie ihrem Gatten. Ein Dreivierteljahr hatte sie gebraucht für die Strecke von Mexiko, der Hauptstadt des Vizekönigreichs, wo sie in großem Prunk gelebt hatte, bis nach Monterey, einem unwirtlichen Fort an der Pazifikküste, in dem sie ihr Mann erwartete. Im Schneckentempo bewegte sie sich mit ihren Ochsenkarren und der endlosen Koppel Maulesel, die das Gepäck schleppten, aus dem Hochland in Richtung Norden, und wo immer man Rast machte, wurde ein höfisches Fest organisiert, das sich über mehrere Tage hinzuziehen pflegte. Es hieß, Doña Eulalia sei exzentrisch, bade in Eselmilch und färbe sich das Haar, das ihr bis zu den Knöcheln reiche, mit einer rötlichen Paste, wie sie auch die Damen am venezianischen Hof benutzten; außerdem habe sie aus reiner Lust an der Verschwendung und nicht etwa aus christlicher Tugendhaftigkeit ihre Gewänder aus Seide und Brokat an die nackten Indianer verschenkt, denen sie unterwegs begegneten, und sich – was ja nun wirklich die Höhe sei – in den adretten jungen Hauptmann Alejandro de la Vega verliebt. Nun, ich bin nur ein armer Franziskaner, was maße ich mir an, über diese Dame zu urteilen? dachte Pater Mendoza bei sich, wobei er De la Vega aus den Augenwinkeln betrachtete und sich sehr zu seinem Leidwesen neugierig fragte, was wohl Wahres dran sei an diesen Gerüchten.

In ihren Briefen an den obersten Seelenhirten der mexikanischen Missionen klagten die Missionare darüber, daß die Indianer auch weiterhin lieber nackt, in Strohhütten und mit Pfeil und Bogen lebten, ohne Bildung, Regierung, Religion oder Achtung vor der Obrigkeit und einzig auf die Befriedigung ihrer schamlosen Gelüste bedacht, so als hätte das wundertätige Wasser der Taufe sie niemals von ihren Sünden reingewaschen. Daß die Eingeborenen derart hartnäckig an ihren überkommenen Gepflogenheiten festhielten, mußte das Werk des Teufels sein, eine andere Erklärung war undenkbar, und so fing man die Entlaufenen mit dem Lasso wieder ein und peitschte sie aus, um sie die Heilsbotschaft zu lehren. Pater Mendoza hatte allerdings selbst eine recht ausschweifende Jugend genossen, ehe er Priester geworden war, und die Vorstellung, schamlose Gelüste zu befriedigen, war ihm nicht fremd, weshalb er eine gewisse Sympathie für die Ureinwohner hegte. Auch bewunderte er im stillen die fortschrittlichen Ideen seiner Konkurrenz, der Jesuiten. Er unterschied sich erheblich von anderen Männern der Kirche, auch von der Mehrheit seiner franziskanischen Ordensbrüder, die die Unwissenheit zur Tugend erhoben. Einige Jahre zuvor, als er sich darauf vorbereitete, die Mission San Gabriel zu übernehmen, hatte er mit großem Interesse den Bericht eines gewissen Jean François de la Pérouse gelesen, eines Weltreisenden, der die getauften Indianer Kaliforniens als traurige, allen Esprits beraubte Geschöpfe ohne Persönlichkeit beschrieb, die ihn an die bis zum Stumpfsinn gequälten afrikanischen Sklaven auf den Plantagen der Karibik erinnerten. Die spanische Obrigkeit schrieb die Meinungsäußerungen von La Pérouse dem bedauerlichen Umstand zu, daß er Franzose war, aber bei Pater Mendoza hatten sie einen tiefen Eindruck hinterlassen. Im Grunde seines Herzens vertraute er auf die Einsichtsfähigkeit fast ebenso sehr wie auf Gott, und daher nahm er sich vor, aus seiner Mission ein Vorbild an Wohlstand und Gerechtigkeit zu machen. Er wollte seine Anhänger durch Überzeugung und nicht durch das Lasso gewinnen und sie durch gute Taten anstatt durch Peitschenhiebe zum Bleiben bewegen. Seine Erfolge konnten sich sehen lassen. De la Pérouse jedenfalls hätte Augen gemacht, wie sehr sich die Lebensbedingungen der Indianer unter der Führung des Missionars verbessert hatten. Pater Mendoza durfte sich damit brüsten – was er nie tat –, daß sich die Zahl der Getauften in San Gabriel verdreifacht hatte und niemand für längere Zeit davonlief, denn die wenigen, die es versuchten, kehrten bald trotz der schweren Arbeit und der strengen Trennung der Geschlechter reumütig nach San Gabriel zurück, weil der Pater sie barmherzig wieder aufnahm und sie die drei Mahlzeiten am Tag und das feste Dach, unter das man sich vor den Unwettern flüchten konnte, nicht missen mochten.

Die Mission lockte Reisende aus dem übrigen Amerika und aus Spanien in diesen abgelegenen Landstrich, die das Erfolgsgeheimnis des Paters ergründen wollten. Die Augen gingen ihnen über angesichts der Getreidefelder und Gemüseäcker, der Weinberge, die einen guten Tropfen lieferten, der Bewässerung, die den Aquädukten der Römer nachempfunden war, der Pferdeställe und Schweinekoben, der Viehherden, die auf den Hügeln grasten, so weit das Auge reichte, der Lagerräume, die von gegerbten Häuten und Schläuchen voller Fett überquollen. Sie staunten, wie friedvoll die Tage hier vergingen und wie sanftmütig die Indianer waren, deren feine Flechtarbeiten und Lederwaren schon über die Provinzgrenzen hinaus Bekanntheit erlangt hatten. »Ein voller Bauch beugt Kummer vor«, war das Motto des Paters, dem die Fragen der Ernährung zum Steckenpferd geworden waren, seit er wußte, daß noch immer Seeleute an Skorbut starben, obwohl man dieser Krankheit leicht mit Zitronensaft vorbeugen konnte. Er war überzeugt, daß sich eine Seele einfacher errettet, wenn sie in einem gesunden Körper wohnt, deshalb war seine erste Maßnahme in der Mission die Abschaffung des täglich gleichen Maisbreis gewesen, den er durch Braten, Gemüse und Schmalz für die Tortillas ersetzte. Auch scheute er keine Mühe, damit die Kinder Milch bekamen, obwohl man für jeden Eimer der schaumigen Flüssigkeit einen

Kampf gegen die wilden Kühe austragen mußte. Es brauchte drei kräftige Männer, um eine einzige davon zu melken, und nicht selten gewann die Kuh. Den Widerwillen der Kinder gegen die Milch rang Pater Mendoza mit derselben Methode nieder, die er auch anwandte, um ihnen einmal im Monat eine Kur gegen Würmer zu verabreichen: Er schnappte sie sich, hielt ihnen die Nase zu und steckte ihnen einen Trichter in den Mund. So viel Entschlußkraft mußte einfach Erfolge zeitigen. Dank des Trichters wuchsen die Kinder kräftig und charakterlich gefestigt heran. Die Bewohner von San Gabriel wurden nicht von Würmern geplagt und waren die einzigen, die von keiner der tödlichen Epidemien heimgesucht wurden, die in anderen Siedlungen wüteten, auch wenn zuweilen eine Erkältung oder ein einfacher Durchfall genügten, um die neuen Christen ohne Federlesen ins Jenseits zu führen.

Am Mittwoch gegen Mittag griffen die Indianer an. Sie näherten sich lautlos, aber als sie in die Ländereien der Mission eindrangen, war man vorbereitet. Kaum hatten die Krieger die ersten Hütten erreicht, ließen sie alle Vorsicht fahren und stürmten als wütende Horde in den Hof, aber der war wie ausgestorben, und nur ein zerstreutes Huhn und ein paar dürre Hunde liefen zwischen den Hütten herum. Keine Menschenseele weit und breit, Grabesstille, kein Rauch über den Feuerstellen. Ein paar der Angreifer trugen Kleidung aus gegerbten Häuten und saßen auf Pferden, die meisten jedoch waren nackt und liefen zu Fuß, bewaffnet mit Pfeil und Bogen, Knüppeln und Speeren. Vorneweg galoppierte der mysteriöse Häuptling, dessen Arme und Beine bemalt waren mit roten und schwarzen Blitzen, der Rumpf bedeckt von einem kurzen Wolfspelz, das Haupt geziert mit dem Kopf des gleichen Tieres, unter dem eine schwarze Haarmähne hervorquoll. Sein Gesicht war kaum zu erkennen, nur die Augen funkelten zwischen den aufgerissenen Lefzen des Wolfs.

In Windeseile durchsuchten die Indianer die Gebäude der Mission, legten Feuer an die Strohhütten, zertrümmerten

Tonkrüge und Holzfässer, das Werkzeug, die Webstühle und alles, was sie finden konnten, ohne auf den geringsten Widerstand zu stoßen. In ihrer Hast und dem grausigen Kriegsgeheul gingen die Rufe derjenigen unter, die in der Schlafhütte der Frauen angekettet und eingesperrt waren. Von ihrem raschen Erfolg angestachelt, wandten sich die Angreifer nun der Kirche zu, und ein Hagel Pfeile prasselte nutzlos gegen die dicken Wände aus Lehm. Häuptling Grauer Wolf rief einen Befehl, und in einem wilden Durcheinander warfen sich seine Krieger gegen die dicke, zweiflüglige Tür, die unter dem Ansturm erzitterte, aber nicht nachgab. Das Geheul und die Schreie schwollen an, wieder und wieder rammten die Krieger gegen das Holzportal, während einige der behenderen und kühneren versuchten, die Mauer zu den schmalen Fensterlöchern und zum Glockenturm zu erklimmen.

Im Innern der Kirche wurde die Spannung mit jedem neuen Ansturm gegen die Tür unerträglicher. Die Verteidiger – drei Missionare, fünf Soldaten und acht Neophyten – hatten sich an den Seiten des Kirchenschiffs hinter den Sandsäcken postiert, zusammen mit einigen Indianermädchen, deren Aufgabe es sein würde, die Gewehre nachzuladen. De la Vega hatte sich alle Mühe gegeben, es ihnen beizubringen, aber zu viel durfte man nicht erwarten, sie waren ja fast noch Kinder, hatten nie zuvor eine Muskete aus der Nähe gesehen und waren jetzt zudem zu Tode erschrocken. Jeder Soldat hätte diese Reihe von Handgriffen im Schlaf ausgeführt, hätte Pulver, Kugel und Dichtpfropfen in den Lauf gestopft und die Pfanne mit Zündkraut gefüllt, aber den Hauptmann hatte es Stunden gekostet, das den Mädchen zu erklären. War ein Gewehr bereit, sollte es zum Schießen an einen der Männer übergeben werden, während unverzüglich das nächste nachgeladen wurde. Er hatte seine Schützlinge darauf vorbereitet, daß feuchtes Pulver, abgenutzte Feuersteine und blockierte Abzugshähne immer wieder zu Ausfällen führen konnten und man in der Hast auch manchmal den Ladestock im Lauf vergaß.

»Laßt euch nicht entmutigen«, hatte er ihnen eingeschärft.

»So ist das in jeder Schlacht, bloß Lärm und Durcheinander. Wenn ein Gewehr sich verklemmt, muß das nächste auf der Stelle zur Hand sein, um weiter zu töten.«

In einem Raum hinter dem Altar hatten sie den Rest der Frauen und Kinder der Mission eingeschlossen, die Pater Mendoza sich geschworen hatte, mit seinem Leben zu verteidigen. Stumm, den Finger am Abzug, Mund und Nase von in Essigwasser getränkten Tüchern geschützt, warteten die Verteidiger auf das Zeichen des Hauptmanns, der als einziger nicht mit der Wimper zuckte, während die Angreifer sich draußen brüllend gegen die Tür warfen. Kühl sah De la Vega auf den bebenden Querbalken und überlegte, wie lange er noch standhalten würde. Der Erfolg seines Plans hing davon ab, daß sie im richtigen Moment und perfekt aufeinander abgestimmt handelten. Seit den Feldzügen in Italien vor etlichen Jahren hatte er keine Gelegenheit zum Kampf mehr gehabt, aber er war hellwach und ruhig; das Kribbeln in seinen Fingern, das er immer verspürte, ehe er schoß, war das einzige Zeichen seiner Anspannung.

Plötzlich war Ruhe: eine gespenstische Ruhe. Die Indianer mußten vom Ansturm auf die Tür erschöpft sein und hatten sich wohl zurückgezogen, um sich mit ihrem Anführer zu besprechen. Diesen Moment wählte De la Vega, um das Zeichen zu geben. Er packte das Tau der Kirchenglocke, die mit Furor zu läuten begann, und im selben Moment entzündeten vier der Verteidiger pechgetränkte Lappen, die einen dicken und stinkenden Qualm absonderten, während zwei andere zur Tür stürzten und den schweren Holzbalken aus der Führung hoben. Durch die Glocke neu angestachelt, rannten die Angreifer wieder gegen die Tür an. Diesmal gab sie auf der Stelle nach, und die Eindringlinge fielen, einer über den anderen, hinein in die Kirche und gegen eine Barrikade aus Sandsäcken und Steinen, die sie, vom Gleißen draußen noch geblendet, im Dämmer und Qualm nicht erkennen konnten. Zehn Musketen feuerten gleichzeitig von beiden Seiten, und mehrere der Angreifer brachen schreiend zusammen. Der Hauptmann legte Feuer an die Lunte, und im Nu fraß sich die Flamme vor bis zu den Beuteln mit einem Gemisch aus Pulver, Fett, Steinen und Metallsplittern, mit denen die Barrikade an der Tür bestückt war. Die Detonation erschütterte die Fundamente der Kirche, schleuderte einen Hagel von Steinen und Splittern in die Menge der Angreifer und riß das große Holzkreuz über dem Altar krachend aus der Verankerung. Vom Lärm schon wie betäubt, wurden die Verteidiger von einem heißen Luftschwall ins Gesicht getroffen und warfen sich hinter die Sandsäcke, erkannten aber noch eben, daß etliche der Angreifer wie Marionetten in einer lodernden Wolke übereinander stürzten. Hinter der Deckung blieb ihnen gerade genug Zeit, Atem zu schöpfen, ihre Gewehre nachzuladen und ein zweites Mal zu feuern, dann sirrten die ersten Pfeile durch das Kircheninnere. Einige der Angreifer lagen am Boden, aber andere spannten hustend und mit vom Qualm tränenden Augen ihren Bogen, feuerten blindlings und boten dabei den Kugeln ein leichtes Ziel.

Dreimal konnten die Gewehre nachgeladen werden, bis es Häuptling Grauer Wolf und einigen seiner kühnsten Krieger gelang, die Barrikade zu überklettern und ins Kirchenschiff vorzustoßen, wo sie die Spanier schon erwarteten. In dem nun folgenden Tohuwabohu verlor Hauptmann De la Vega den Anführer der Aufständischen keinen Moment aus den Augen, und kaum hatte er die Gegner abgeschüttelt, die ihn von allen Seiten bedrängten, stürzte er sich mit Raubtiergebrüll auf ihn, den Degen in der Hand. Mit aller Kraft ließ er die Klinge auf den Wolfskopf niedersausen, aber der Hieb ging ins Leere, denn als habe er die Gefahr gewittert, drehte sich Häuptling Grauer Wolf im selben Moment zur Seite und wich dem Schlag aus. Vom eigenen Schwung aus dem Gleichgewicht gebracht, taumelte der Hauptmann vornüber und fiel auf die Knie, sein Degen hieb auf den Steinboden und zerbarst in zwei Teile. Mit einem Triumphschrei hob der Indianer seinen Speer und wollte den Spanier durchbohren, aber in diesem Augenblick traf ihn ein Kolbenhieb am Hinterkopf, er stürzte nach vorn und blieb reglos liegen.

»Vergebe mir Gott!« schrie Pater Mendoza, der eine Muskete am Lauf gepackt hatte und mit wilder Lust Hiebe nach rechts und links austeilte.

Entgeistert starrte Hauptmann De la Vega, der sich selbst bereits tot geglaubt hatte, auf die dunkle Lache, die um den am Boden liegenden Häuptling rasch größer wurde und seinen stolzen Kopfputz rot färbte. Pater Mendoza krönte seinen unangemessenen Freudentaumel mit einem heftigen Tritt gegen den leblosen Körper des Gefallenen. Er hatte nur das Pulver riechen müssen, und sogleich war er wieder der blutgierige Soldat, der er in seiner Jugend gewesen war.

Im Nu hatte sich unter den Angreifern die Kunde verbreitet, daß ihr Anführer gefallen war, und sie begannen den Rückzug, zunächst zögerlich, dann in wilder Flucht. Schweißgebadet und halberstickt warteten die Sieger im Innern der Kirche, bis sich die Staubwolke auf dem Vorplatz gelegt hatte, dann traten sie keuchend ins Freie. Das Stöhnen der Verwundeten und die angstvollen Schreie der Frauen und Kinder, die noch immer im Raum hinter dem Altar eingeschlossen und dem Qualm der Pechfackeln ausgesetzt waren, gingen unter im frenetischen Lärm der Kirchenglocke, in einer Salve von Schüssen in die Luft und in dem nicht enden wollenden Siegesgeschrei derer, die mit dem Leben davongekommen waren.

Pater Mendoza raffte mit zwei Händen seine blutige Soutane und ging unverzüglich daran, seine Missionsstation wieder auf Vordermann zu bringen, ohne zu merken, daß er ein Ohr verloren hatte und das Blut an seiner Schulter nicht das seiner Gegner, sondern sein eigenes war. Er schickte ein Dankgebet zum Himmel angesichts ihrer geringen Verluste und gleich darauf ein zweites, in dem er um Vergebung dafür bat, daß er das christliche Mitgefühl im Eifer des Gefechts derart aus dem Blick verloren hatte. Von den Soldaten waren zwei leicht verwundet worden, und im Arm eines Missionars steckte ein Pfeil. Aber sie hatten nur eine Tote zu beklagen, eines der Mädchen, das die Gewehre nachgeladen hatte, gerade fünfzehn Jahre alt, und nun lag sie da, mit eingeschlagenem Schädel, und starrte mit einem erstaunten Ausdruck in ihren großen, dunklen Augen zur Kirchendecke. Während Pater Mendoza die Eingeschlossenen aus dem Schlafhaus und dem hinteren Teil der Kirche befreite und Anweisungen gab, damit die Brände gelöscht, die Verwundeten versorgt und die Toten begraben wurden, nahm Hauptmann Alejandro de la Vega einem seiner Soldaten den Degen ab und lief damit, noch immer rasend vor Zorn und atemlos, auf der Suche nach dem toten Indianerhäuptling durch die Kirche, denn er wollte dessen Kopf auf eine Pike spießen und am Eingang der Mission aufpflanzen als Warnung für jeden, der mit dem Gedanken spielen sollte, seinem Beispiel zu folgen. Er fand den Häuptling dort, wo er zusammengebrochen war: kaum mehr als ein jämmerliches Bündel Mensch, gebadet im eigenen Blut. Er riß ihm den Wolfskopf herunter und drehte mit der Fußspitze den leblosen Körper um, der viel kleiner war, als er mit erhobenem Speer gewirkt hatte. Mit einer Hand packte der Hauptmann in den langen Haarschopf und hob mit der anderen den Degen, um den Kopf mit einem Hieb vom Leib zu trennen, und erstarrte mitten in der Bewegung, denn der Gefallene schlug die Augen auf und sah ihn mit einem unerwartet neugierigen Blick an.

»Heilige Mutter Gottes, er lebt!« keuchte De la Vega und wich einen Schritt zurück.

Daß sein Widersacher noch atmete, war das eine, aber mehr noch verblüffte ihn die Schönheit dieser karamelfarbenen, schmalgeschwungenen Augen mit den dichten Wimpern, die schimmernden Augen eines Rehs in diesem von Blut und Kriegsbemalung verkrusteten Gesicht. De la Vega ließ den Degen los, kniete sich hin, schob dem Krieger die Hand unter den Nacken und half ihm vorsichtig, sich aufzusetzen. Die Rehaugen schlossen sich, und ein langer Schmerzenslaut kam aus dem Mund. Der Hauptmann sah sich um, aber hier in diesem Winkel der Kirche, sehr nah am Altar, war sonst niemand. Ohne darüber nachzudenken, hob er den Verwundeten hoch und wollte ihn eigentlich über der Schulter nach draußen schleppen, aber er war viel leichter als gedacht, und so trug er ihn im Arm wie ein Kind, vorbei an den Sandsäcken, den Steinbrocken, den Waffen und den noch nicht geborgenen Toten hinaus aus der Kirche und in den Sonnenschein dieses Herbsttags, an den er sich für den Rest seines Lebens erinnern sollte.

»Er lebt, Pater«, sagte er und legte den Verwundeten neben die anderen auf die Erde.

»Schlecht für ihn, Capitán, denn hinrichten müssen wir ihn doch«, gab der Pater zurück, der sich inzwischen ein Hemd wie einen Turban um den Kopf geschlungen hatte, um das Blut zu stillen dort, wo einmal sein rechtes Ohr gewesen war.

Alejandro de la Vega würde nie erklären können, weshalb er diese Bemerkung des Paters nicht nutzte, um den Indianer zu enthaupten, sondern statt dessen am Brunnen Wasser holte und ein paar Lappen, mit denen er ihm das Blut abwischen konnte. Eine der Frauen der Mission half ihm, das dichte Haar zu entwirren und die lange Platzwunde auszuwaschen, die bei der Berührung mit dem Wasser erneut stark zu bluten begann. Der Hauptmann tastete den Kopf des Verwundeten ab und fand noch eine frühere, entzündete Verletzung, aber der Knochen schien heil zu sein. Im Krieg hatte er Schlimmeres gesehen. Er nahm eine der gebogenen Nadeln zum Nähen der Matratzen, zog durch die Öse eins der Pferdehaare, die Pater Mendoza in einer Schale mit Tequila bereitgestellt hatte, um die Verwundeten wieder zusammenzuflicken, und nähte die Kopfhaut mit mehreren Stichen. Dann wusch er dem Häuptling das Blut und die Bemalung vom Gesicht und sah, daß seine Haut hell und seine Züge weich waren. Mit einem Messer schlitzte er den blutigen Wolfsumhang auf, um nach weiteren Verletzungen zu suchen, und schrie entgeistert auf:

»Eine Frau!«

Sofort waren Pater Mendoza und die anderen, die sich um die Verwundeten gekümmert hatten, bei ihm und starrten mit großen Augen auf die Jungmädchenbrüste des Kriegers.

»Jetzt wird es noch viel schwerer, das Todesurteil zu vollstrecken...«, stöhnte Pater Mendoza.

Sie hieß Toypurnia und war kaum zwanzig Jahre alt. Die Krieger vieler Stämme waren ihrem Aufruf zum Kampf gefolgt, weil ihr ein mythischer Ruf vorauseilte. Ihre Mutter war Weiße Eule, die Schamanin und Heilerin eines Stammes vom Volk der Chumash, und ihr Vater ein von einem spanischen Schiff desertierter Matrose. Viele Jahre hatte sich der Mann bei den Indianern verborgen, bis er schließlich einer Lungenentzündung zum Opfer fiel, als seine Tochter schon halbwüchsig war. Von ihrem Vater hatte Toypurnia etwas Spanisch gelernt, von ihrer Mutter den Gebrauch von Heilpflanzen und die Traditionen ihres Volkes. Daß ihr ein außergewöhnliches Schicksal beschieden war, zeigte sich schon wenige Monate nach ihrer Geburt, an dem Abend, als ihre Mutter sie unter einem Baum schlafen ließ, während sie selbst im Fluß badete, und ein Wolf sich dem in Felle gehüllten Bündel näherte, es mit den Zähnen packte und in den Wald schleifte. Verzweifelt folgte Weiße Eule tagelang der Fährte des Tiers, ohne ihre Tochter zu finden. Über den Sommer ergraute ihr Haar, und der Stamm suchte rastlos nach dem Kind, bis auch der letzte Funke Hoffnung schwand, es je wiederzusehen, und man die Zeremonien abhielt, um es in die weiten Jagdgründe des Großen Geistes zu führen. Weiße Eule aber suchte weiter mit dem Blick den Horizont ab und weigerte sich, an den Zeremonien teilzunehmen, denn sie spürte in den Knochen, daß ihre Tochter am Leben war. Eines Morgens, als der Winter nicht mehr fern war, löste sich eine schmutzige und nackte Gestalt aus dem Nebel und kroch auf allen vieren, die Nase am Boden, auf das Indianerdorf zu. Es war die verlorene Tochter, die wie ein Hund knurrend und nach Raubtier riechend heimkehrte. Sie nannten sie Toypurnia, Tochter des Wolfs, und erzogen sie wie die Jungen des Stamms mit Pfeil, Bogen und Speer, denn sie hatte den Wald mit unzähmbarem Herzen verlassen.

All das erfuhr Alejandro de la Vega in den nächsten Tagen

von den gefangengenommenen Indianern, die über ihre Wunden klagten und über die Demütigung, in den Hütten der Missionare eingesperrt zu sein. Pater Mendoza hatte entschieden, jeden laufen zu lassen, der genesen wäre, denn er konnte sie ja doch nicht auf unbegrenzte Zeit festhalten, und ohne ihren Anführer wirkten sie wieder gleichgültig und fügsam wie eh und je. Er wollte sie nicht auspeitschen, obwohl sie es nach seinem Dafürhalten verdient hätten, denn die Bestrafung hätte nur den Groll geschürt, noch versuchte er, sie zu bekehren, denn ihm schien, daß keiner von ihnen das Zeug zum Christen hatte; sie wären wie faulige Äpfel, die ihm die Reinheit seiner Ernte verderben würden. Dem Missionar war nicht entgangen, daß die junge Toypurnia eine starke Anziehungskraft auf Hauptmann De la Vega ausübte, der allenthalben Vorwände fand, um in das unterirdische Gewölbe hinabzusteigen, in dem der Wein lagerte und sie die Gefangene eingeschlossen hatten. Den Keller hatte der Missionar aus zwei Gründen als Kerker gewählt: Man konnte ihn abschließen, und die Dunkelheit würde Toypurnia Gelegenheit geben, sich über ihre Taten klar zu werden. Da die Indianer versicherten, ihr Anführer könne sich in einen Wolf verwandeln und aus jedem Gefängnis entkommen, fesselte er die Gefangene zusätzlich mit Lederriemen an die rauhen Bretter, die ihr als Pritsche dienten. Mehrere Tage lag die junge Frau im Fieber, quälte sich zwischen Bewußtlosigkeit und Albträumen und wenigen wachen Momenten, wenn Hauptmann De la Vega ihr mit einem Löffel Milch, Honig und Wein einflößte. Zuweilen schlug sie in völliger Dunkelheit die Augen auf und fürchtete, blind zu sein, aber andere Male blickte sie in die flackernde Flamme einer Kerze und in das Gesicht eines Fremden, der sie beim Namen rief.

Eine Woche später tat Toypurnia heimlich ihre ersten Schritte am Arm des stattlichen Hauptmanns, der beschlossen hatte, sich über die Anweisungen des Paters hinwegzusetzen, daß die Gefangene gefesselt und in Dunkelheit zu halten sei. Jetzt konnten die beiden sich verständigen, da sie sich ihres fast verschütteten Spanisch erinnerte und er sich große

Mühe gab, einige Wörter ihrer Sprache zu lernen. Als Pater Mendoza die beiden Hand in Hand ertappte, wußte er, daß es höchste Zeit war, die Gefangene für gesund zu erklären und abzuurteilen. Zwar sträubte sich alles in ihm gegen eine Hinrichtung, und eigentlich wußte er gar nicht, wie er sie bewerkstelligen sollte, aber er war für die Sicherheit seiner Mission und ihrer Bewohner verantwortlich, und diese Frau hatte immerhin den Tod mehrerer Menschen verschuldet. Niedergedrückt erinnerte er den Hauptmann daran, daß in Spanien auf rebellische Umtriebe, wie die von Toypurnia angeführten, der Tod durch die Garrotte stand, der Verurteilte also mit einer eisernen Würgschraube langsam erdrosselt wurde.

»Wir sind hier nicht in Spanien«, entfuhr es dem entsetzten Hauptmann.

»Gleichwohl werdet Ihr mir zustimmen, Capitán, daß wir alle in Gefahr sind, solange sie lebt. Sie wird die Stämme erneut aufwiegeln. Keine Garrotte, das ist zu grausam, aber wenn es auch in der Seele schmerzt, so muß sie doch hängen, uns bleibt keine Wahl.«

»Diese Frau ist Mestizin, Pater, in ihren Adern fließt spanisches Blut. Euch steht es zu, über die Indianer in Eurem Gebiet zu richten, nicht jedoch über sie. Das kann nur der Gouverneur von Kalifornien tun«, entgegnete der Hauptmann fest.

Pater Mendoza, der schon seit Tagen unter der Last ächzte, sich einen weiteren Toten auf das Gewissen laden zu müssen, klammerte sich unverzüglich an diesen rettenden Strohhalm. De la Vega erbot sich, selbst nach Monterey zu reiten, damit Pedro Fages über Toypurnias Schicksal entschied, und mit einem Seufzer der Erleichterung willigte der Missionar ein.

Alejandro de la Vega legte die Strecke nach Monterey in weniger Zeit zurück, als ein Reiter unter normalen Umständen benötigt hätte, denn es drängte ihn, seinen Auftrag zu erledigen. Er ritt allein und im Galopp, hielt nur an den Missionen auf seinem Weg, um das Pferd zu wechseln und ein paar Stunden zu schlafen. Er war diesen Teil des Camino Real schon öfter geritten und kannte ihn gut, und doch war er auch diesmal beeindruckt von der Schönheit der Landschaft, die so viel verschwenderischer war als seine kastilische Heimat, mit diesen ausgedehnten Wäldern, in denen es von Vögeln und Wild wimmelte, überall Bäche und sprudelnde Quellen, und dann der weiße Sand an den Stränden des Pazifiks. Er traf nicht auf aufständische Indianer, und so hatte Pater Mendoza wohl recht mit seiner Vermutung, daß sie sich nun, ohne ihren Anführer, in kleinen Grüppchen in die Berge geflüchtet hatten. Wenn seine Vorhersage stimmte, war ihnen die Lust am Kämpfen gründlich vergangen, und es würde Jahre dauern, bis sie sich erneut zusammenschlössen.

Die Festungsanlage von Monterey, gebaut auf einer einsamen, ins Meer ragenden Felsnase, siebenhundert spanische Meilen von der Hauptstadt Mexiko entfernt und eine halbe Welt von Madrid, war ein kerkerdüsteres Gebäude, eine Monstrosität aus Steinen und Lehmmörtel, die ein kleines Kontingent von Soldaten beherbergte, die einzige Gesellschaft für den Gouverneur und seine Familie. Gedämpft drang das Kreischen der Möwen und Tosen der Wellen gegen die Klippen an diesem Morgen durch den feuchten Nebel.

Pedro Fages empfing den Hauptmann in einem großen, nahezu leeren Saal, durch dessen Fensterlöcher kaum Licht, dafür aber die eisige Brise vom Meer her drang. An den Wänden hingen ausgestopfte Bärenköpfe, Säbel, Pistolen und das Familienwappen von Eulalia de Callís, einst in Gold gestickt, nun jedoch stumpf und der Stoff ausgebleicht. Einzige Möbel waren ein wuchtiger Waffenschrank, ein Dutzend schwere, ungepolsterte Holzstühle und ein runder Tisch für militärische Besprechungen. Die rußgeschwärzte Decke und der gestampfte Lehmboden wären der derbsten Kaserne würdig gewesen. Der Gouverneur, ein beleibter Koloß von einem Mann mit einer polternden Stimme, besaß die rare Tugend, für Schmeicheleien und Bestechung unempfänglich zu sein. Er versah sein Amt in der stillen Gewißheit, daß es seine verdammte Pflicht und Schuldigkeit sei, Kalifornien aus der

Barbarei zu holen, koste es, was es wolle. Er verglich sich dabei gern mit den ersten Eroberern des Kontinents, mit Männern wie Hernán Cortés, die dem Weltreich solche Größe verliehen hatten. So war es also sein Sinn für Geschichte, der ihn zur Erfüllung seiner Pflicht trieb, denn im Grunde hätte er es vorgezogen, sich mit dem Vermögen seiner Frau daheim in Barcelona ein angenehmes Leben zu machen, worum sie ihn ohne Unterlaß bat. Eine Ordonnanz servierte Rotwein in Gläsern aus böhmischem Kristall, die eine weite Reise in den Truhen von Eulalia de Callís hinter sich hatten und auf dem ungeschlachten Holztisch völlig deplaziert wirkten. Die Männer stießen auf das ferne Vaterland und auf ihre Freundschaft an und tauschten sich über die Ereignisse in Frankreich aus, wo sich das Volk gewaltsam gegen die Obrigkeit erhoben hatte. Das war nun schon über ein Jahr her, aber Monterey hatte erst kürzlich davon Nachricht erhalten. Man war sich einig, daß kein Grund zur Beunruhigung bestehe, sicher war die Ordnung längst wieder hergestellt und König Ludwig XVI. erneut auf dem Thron, obwohl der ja doch ein Hanswurst sei, dem man keine Träne nachweinen müsse. Im stillen waren die beiden erfreut darüber, daß die Franzosen sich gegenseitig umbrachten, aber ihre guten Manieren verboten es, das zu erwähnen. Von irgendwo drangen gedämpfte Stimmen und Schreie zu ihnen, die lauter wurden, bis sie sich nicht mehr überhören ließen.

»Entschuldigt, Capitán. Diese Frauen, nichts als Ärger«, grummelte Pedro Fages und klopfte mit den Fingern ungeduldig auf die Tischplatte.

»Geht es Ihrer Exzellenz Doña Eulalia nicht gut?« fragte Alejandro de la Vega, bis unter die Haarspitzen errötend.

Pedro Fages durchbohrte ihn mit einem Blick, als wollte er seine Gedanken aufspießen. Natürlich hatte er gehört, was die Leute tuschelten über diesen stattlichen Hauptmann und seine Frau, er war ja nicht taub. Niemand, und am wenigsten er selbst, hatte verstanden, warum Doña Eulalia fast ein Jahr gebraucht hatte, um in Monterey anzukommen, wenn man die Strecke in viel kürzerer Zeit zurücklegen konnte; es hieß, sie hätten die Reise mit Absicht verschleppt, um den Abschied hinauszuzögern. Auch war die Rede von einem Überfall von Strauchdieben, bei dem De la Vega sein Leben für Eulalia aufs Spiel gesetzt hatte. Das war maßlos übertrieben, was Pedro Fages allerdings nie erfahren würde. Die blutrünstigen Banditen waren ein halbes Dutzend sturzbetrunkener Indianer gewesen, die mit dem ersten Schuß das Weite gesucht hatten, und die Verletzung am Bein hatte sich De la Vega nicht, wie behauptet wurde, in Verteidigung des Lebens von Doña Eulalia de Callís zugezogen, sondern bei der Begegnung mit einer aufgebrachten Kuh. Pedro Fages hielt sich zugute, daß man ihm so leicht nichts vormachen konnte, nicht von ungefähr war er seit Jahren ein mächtiger Mann, und nachdem er Alejandro de la Vega gemustert hatte, schüttelte er kaum merklich den Kopf, denn es war unsinnig, Verdächtigungen auf ihn zu verschwenden: als der Hauptmann ihm seine Gattin übergeben hatte, war deren Treue intakt. Er kannte seine Frau. Hätten die beiden sich ineinander verliebt, hätte keine Macht der Welt oder des Himmels Eulalia dazu bewegen können, ihren Geliebten zu verlassen und zu ihrem Ehemann zurückzukehren. Es sei, daß sie eine platonische Zuneigung zueinander verspürt hatten, aber nichts, was einem den Schlaf rauben müßte, entschied der Gouverneur. Er war ein Ehrenmann und fühlte sich diesem Offizier gegenüber in der Schuld, der mehr als genug Zeit gehabt hätte, Eulalia zu verführen, ohne es zu tun. Dies Verdienst schrieb er gänzlich ihm zu, denn nach seinem Dafürhalten konnte man zwar zuweilen auf die Loyalität eines Mannes vertrauen, niemals jedoch auf die einer Frau, deren naturgegebener Wankelmut für die Treue nicht taugte.

Unterdessen gingen das Hin und Her der Dienstboten, das Türenschlagen und die unterdrückten Schreie draußen weiter. Wie alle Welt, so wußte auch Alejandro de la Vega um die Streitereien des Gouverneursehepaares, die legendär waren wie ihre Versöhnungen. Angeblich warfen sich die Fages in ihren Tobsuchtsanfällen das Geschirr um die Ohren, und Don Pedro hatte mehr als einmal den Säbel gegen seine Frau gezogen, aber danach schlossen sich die beiden tagelang ein und verließen das Bett nicht. Jetzt hieb der bärbeißige Gouverneur mit der Faust auf den Tisch, daß die Gläser tanzten, beugte sich zu seinem Gast vor und knurrte, Eulalia habe sich seit fünf Tagen in ihren Räumen eingeschlossen und sei wie rasend.

»Ihr fehlt die feine Lebensart, an die sie gewöhnt ist«, seufzte er, während draußen ein schauriges Heulen anhob.

»Vielleicht fühlt sie sich etwas einsam, Exzellenz«, murmelte De la Vega, der nicht wußte, was er sagen sollte.

»Ich habe ihr versprochen, daß wir in drei Jahren nach Mexiko oder nach Barcelona zurückkehren, aber sie will nichts hören. Meine Geduld ist am Ende, Capitán. Ich schicke sie in die nächstgelegene Mission, soll sie mit den Indianern auf den Feldern schuften, das wird sie lehren, was es heißt, mir den Respekt zu versagen!«

»Dürfte ich ein paar Worte mit ihr wechseln, Exzellenz?«

Während dieser fünf Tage ihrer Tobsucht hatte die Gouverneurin sich sogar geweigert, ihren dreijährigen Sohn zu sehen. Der Kleine kauerte weinend vor ihrem Gemach und machte vor Angst in die Hose, wenn sein Vater mit dem Spazierstock vergeblich auf die Tür eindrosch. Nur eine Indianerin, die das Essen brachte und den Nachttopf leerte, überquerte die Schwelle, aber als Eulalia nun gemeldet wurde, Alejandro de la Vega sei zu Besuch und wünsche, sie zu sehen, verrauchte ihr Zorn im Nu. Sie wusch sich das Gesicht, richtete ihren roten Zopf, zog ein malvenfarbenes Seidenkleid an und behängte sich mit all ihren Perlen. Pedro Fages sah sie den Raum betreten, prächtig und strahlend wie in ihren besten Zeiten, und sehnte bereits die Hitze einer möglichen Versöhnung herbei, wiewohl er nicht gewillt war, ihr so ohne weiteres zu verzeihen, denn irgendeine Strafe mußte sein. Während sie in einem ähnlich düsteren Raum wie der Waffenkammer bei einem schlichten Abendessen zu Tische saßen, nutzten Eulalia de Callís und Pedro Fages die Anwesenheit eines Zeugen, um einander alles an den Kopf zu werfen, was ihnen seit Monaten die Seele vergiftete. Alejandro de la Vega flüchtete sich bis zum Nachtisch in ein unbehagliches Schweigen, dann schien der Wein seine Wirkung zu tun, der Zorn der Ehegatten flaute ab, und Alejandro kam auf den Grund seines Besuchs zu sprechen. Er redete von dem spanischen Blut, das in Toypurnias Adern floß, beschrieb ihren Mut und ihre Klugheit, ließ ihre Schönheit indes unerwähnt und bat den Gouverneur, seinem Ruf eines gnädigen Herrschers gerecht zu werden und im Namen ihrer Freundschaft Milde walten zu lassen. Abgelenkt von dem rötlichen Schimmer auf Eulalias Dekolleté, ließ Pedro Fages sich nicht lange bitten und erklärte sich bereit, die Todesstrafe in zwanzig Jahre Kerkerhaft umzuwandeln.

»Im Kerker würde diese Frau für die Indianer zur Märtyrerin. Man brauchte nur ihren Namen zu nennen, und die Stämme würden erneut zu den Waffen greifen«, widersprach ihm Eulalia. »Ich weiß etwas Besseres. Zunächst muß sie getauft werden, wie es Gottes Wille ist, dann bringt Ihr sie her und überlaßt alles weitere mir. Jede Wette, daß ich diese Toypurnia binnen Jahresfrist von der wilden Tochter des Wolfs in eine gottgefällige spanische Dame verwandele. So brechen wir ihren Einfluß auf die Indianer für immer.«

»Und ganz nebenbei bekommst du etwas zu tun und jemanden, der dir Gesellschaft leistet«, griff ihr Ehemann den Vorschlag freudig auf.

So geschah es. Alejandro de la Vega wurde beauftragt, die Gefangene von San Gabriel nach Monterey zu bringen, sehr zur Erleichterung von Pater Mendoza, der sich ihrer schleunigst entledigen wollte. Die junge Frau glich einem Vulkan, der jeden Moment in der Mission ausbrechen konnte, wo sich die Bewohner noch nicht vom Aufruhr des Kampfes erholt hatten. Toypurnia wurde auf den Namen Regina María de la Inmaculada Concepción getauft, vergaß jedoch umgehend den ganzen Rattenschwanz und blieb bei Regina. Pater Mendoza hieß sie, einen der groben Kittel der Neophyten anzuziehen, streifte ihr ein Medaillon der Jungfrau Maria über den Kopf, half ihr aufs Pferd, weil ihre Hände gefesselt waren, und gab ihr den Segen. Kaum waren die geduckten

Gebäude der Mission außer Sichtweite, band Hauptmann De la Vega seiner Gefangenen die Hände los und gab ihr mit einer ausladenden Armbewegung auf das weite Hügelland zu verstehen, daß er sie nicht an der Flucht hindern werde. Regina saß eine Weile nachdenklich im Sattel und muß wohl gemutmaßt haben, daß es kein Pardon gäbe, wenn sie ein zweites Mal gefaßt würde, denn schließlich schüttelte sie den Kopf. Oder vielleicht war es nicht ausschließlich Furcht, sondern dasselbe brennende Verlangen, das auch den Verstand des Spaniers trübte. Jedenfalls folgte sie ihm ohne jedes Zeichen von Aufsässigkeit während dieses ganzen Weges, den er so lange wie möglich hinauszuzögern trachtete, da er sicher war, sie danach nie mehr wiederzusehen. Jeden Zoll des Camino Real kostete Alejandro de la Vega an ihrer Seite aus, jede Nacht, die sie unter den Sternen schliefen, ohne einander zu berühren, jede Gelegenheit, sich gemeinsam mit ihr im Meer zu erfrischen, während er einen zähen Kampf gegen die Begierde und Vorstellungskraft ausfocht. Ein De la Vega, ein Mann von seinem Stand und Geblüt, durfte von einer Verbindung mit einer Mestizin noch nicht einmal träumen. Doch sollte er gehofft haben, dieser Ritt an Reginas Seite durch die menschenleere Weite Kaliforniens würde seine Liebe erkalten lassen, so täuschte er sich, denn als sie schließlich unvermeidlich die Festung von Monterey erreichten, war er verliebt wie ein kleiner Junge. Er mußte sich an seine lang geübte soldatische Disziplin erinnern, um dieser Frau Lebewohl zu sagen und sich zu schwören, daß er niemals ihre Nähe suchen würde.

Drei Jahre später löste Pedro Fages das seiner Frau gegebene Versprechen ein und legte sein Amt als Gouverneur von Ober-Kalifornien nieder, um in die Zivilisation zurückzukehren. Im stillen war er erfreut über diese Entscheidung, da ihm die Ausübung der Macht stets als undankbare Aufgabe erschienen war. Das Paar ließ seine Reisetruhen auf die Maulesel und die Ochsenkarren verladen, scharte seinen kleinen Hofstaat um sich und brach nach Mexiko auf, wo Eulalia de

Callís sich einen barocken Palast hatte herrichten lassen, dessen Pomp ihrem gesellschaftlichen Status entsprach. Notgedrungen legten sie in jedem Dorf und jeder Mission auf ihrem Weg eine Rast ein, denn die Reise war beschwerlich, und die Siedler ließen es sich nicht nehmen, das Paar festlich zu bewirten. Die Fages waren trotz ihrer ruppigen Art beliebt, Don Pedro hatte gerecht regiert, und Doña Eulalia stand im Ruf einer großzügigen Spinnerin. In La Reina de los Ángeles tat man sich mit der nahe gelegenen Mission San Gabriel zusammen, dem Aushängeschild der Provinz, um den Reisenden einen würdigen Empfang zu bereiten. Das Dorf bestand zu jener Zeit nur aus vier Straßen und hundert Hütten aus Schilfrohr, die sich nach dem Vorbild spanischer Kolonialstädte um einen zentralen Platz in der Mitte gruppierten, aber seine Lage war mit Umsicht gewählt, damit es wachsen und gedeihen konnte. Auch gab es bereits eine Taverne, deren Hinterzimmer als Kramladen diente, eine Kirche, ein Gefängnis und ein halbes Dutzend stattlicher Gebäude aus Stein, Lehm und Ziegeln, in denen die Obrigkeit wohnte. Trotz der spärlichen Einwohnerzahl und der verbreiteten Armut waren die Siedler bekannt für ihre Gastfreundschaft und ihre Feste, die übers Jahr reihum von den Familien gegeben wurden. Die Nächte waren belebt von den Klängen der Gitarren, Trompeten, Geigen und Klaviere, samstags und sonntags tanzte man Fandango. Doch seit seiner Gründung hatte sich dem Dorf kein besserer Anlaß zum Feiern geboten als der Besuch des Gouverneursehepaars. Rund um den Platz wurden Bögen mit Wimpeln und Papierblumen errichtet, in der Mitte lange Tische mit weißen Decken aufgestellt, und wer immer ein Instrument spielen konnte, war für die Kapelle rekrutiert worden, selbst zwei Sträflinge, die aus dem Halsstock befreit wurden, als man erfuhr, sie könnten die Gitarre schlagen. Schon seit Monaten bereitete man sich vor und sprach von nichts anderem. Die Frauen hatten sich festliche Kleider geschneidert, die Männer polierten ihre silbernen Knöpfe und Gürtelschnallen auf Hochglanz, die Musiker probten die neuesten Tänze vom Hof des Vizekönigs, die

Köchinnen schufteten für das üppigste Bankett, das der Ort je gesehen hatte. Pater Mendoza kam mit seinen Indianern und brachte mehrere Fässer seines besten Weins, zwei Kühe und mehrere Schweine, Hühner und Enten, die für das Fest dem Beil zum Opfer fielen.

Hauptmann Alejandro de la Vega oblag es, während des Aufenthalts der Ehrengäste für Ordnung im Dorf zu sorgen. Seit er von deren Kommen unterrichtet war, ließ ihm die Erinnerung an Regina keine ruhige Minute. Er fragte sich, was wohl in diesen drei Jahrhunderten der Trennung aus ihr geworden sein mochte, wie sie die Zeit in der düsteren Festung von Monterey überstanden hatte, ob sie sich womöglich an ihn erinnerte. Aller Zweifel war verflogen, als er am Festabend im Schein der Fackeln und unter den Klängen des Orchesters eine junge Frau auf den Platz treten sah, strahlend schön und nach spanischer Mode gekleidet und frisiert, die er dennoch auf der Stelle wiedererkannte an diesen Augen von der Farbe karamelisierten Zuckers. Auch sie hatte ihn in der Menschenmenge ausgemacht, trat ohne Zögern auf ihn zu und sah ihn mit todernster Miene an. Das Herz wollte dem Hauptmann zerspringen, er streckte die Hand aus, um Regina zum Tanz aufzufordern, aber statt dessen sprudelte aus seinem Mund die Frage, ob sie seine Frau werden wolle. Es war keine jähe Kopflosigkeit, vielmehr hatte er drei Jahre lang darüber nachgedacht und entschieden, daß er lieber seinen untadeligen Stammbaum befleckte, als ohne sie zu leben. Er wußte, er würde sie niemals seiner Familie oder der Gesellschaft in Spanien vorstellen können, doch es war ihm einerlei, für sie würde er in Kalifornien Wurzeln schlagen und die Neue Welt nie mehr verlassen. Regina nahm seinen Antrag ohne Umschweife an: Seit jenen Tagen, als sie im Weinkeller von Pater Mendoza im Sterben lag und Alejandro sie ins Leben zurückgeholt hatte, hatte sie diesen Mann insgeheim geliebt.

Und so fand das rauschende Fest für den hohen Besuch in La Reina de los Ángeles in der Vermählung des Hauptmanns mit der geheimnisvollen Gesellschaftsdame von Eulalia de

Callís einen krönenden Abschluß. Pater Mendoza, dessen nun schulterlanges Haar die grausige Narbe seines fehlenden Ohrs überdeckte, führte die Trauung durch, obwohl er bis zum letzten Moment versucht hatte, dem Hauptmann diese Heirat auszureden. Daß die Braut Mestizin war, kümmerte ihn nicht, viele Spanier heirateten Indianerinnen, aber er argwöhnte, daß unter Reginas untadeliger Fassade eines europäischen Fräuleins Toypurnia unbeschadet weiterlebte: die Tochter des Wolfs. Pedro Fages persönlich führte die Braut zum Altar in der Überzeugung, daß sie seine Ehe gerettet hatte, da Eulalia im Bemühen um ihre Erziehung ihren Jähzorn gemäßigt und aufgehört hatte, ihm mit ihrer Tobsucht zur Last zu fallen. Auch verdankte er ja, wie die Gerüchte ihm zugetragen hatten, Alejandro de la Vega das Leben seiner Frau, und so befand er dies für eine gute Gelegenheit, sich großzügig zu zeigen. Ihm stand es zu, Land unter den Siedlern zu verteilen, also überschrieb er mit einem Handstreich dem strahlenden Paar die Eigentumstitel für eine Länderei und schenkte ihnen mehrere tausend Stück Vieh. Der Laune seines Bleistifts folgend, legte er die Umrisse der künftigen Farm auf einer Landkarte fest, und als man später ihre tatsächlichen Ausmaße nachprüfte, zeigte sich, daß sie viele Morgen Weideland, Hügel, Wälder, Flüsse und Strand umfaßte. Zu Pferd brauchte man mehrere Tage, dies Land zu umrunden: es war die größte und am besten gelegene Länderei der ganzen Gegend. Ohne darum gebeten zu haben, sah sich Alejandro de la Vega in einen reichen Mann verwandelt. Einige Wochen später, als die Leute ihn Don Alejandro zu nennen begannen, quittierte er seinen Dienst im Heer des Königs und widmete sich ganz der Aufgabe, dieses neue Land urbar zu machen. Im Jahr darauf wählte man ihn zum Bürgermeister von La Reina de los Ángeles.

Alejandro de la Vega baute ein großes, solides Haus ohne Prunk, mit dicken Mauern aus Lehm, einem Ziegeldach und Fußböden aus groben Terrakottaplatten. Er stellte schwere Möbel hinein, die ihm der galicische Schreiner am Ort fertigte, dem nicht um schönes Aussehen, sondern einzig um Haltbarkeit zu tun war. Die Lage des Anwesens war einzigartig, sehr nah am Strand und doch nur wenige Meilen von La Reina de los Ángeles und von der Mission San Gabriel entfernt. Im Stil einer mexikanischen Hacienda erhob sich das große Lehmhaus auf einer Felsnase und bot einen Rundblick auf Küste und Meer. Nicht weit entfernt gab es natürliche Pechgruben, die allseits gemieden wurden, da es hieß, dort gingen die Seelen derjenigen um, die in der stinkenden, zähen Masse ihr Leben gelassen hatten. Außerdem erstreckte sich zwischen Strand und Hacienda ein unterirdisches Höhlenlabyrinth, ein heiliger Ort der Indianer, der ähnliche Ängste wachrief wie die Pechgruben. Aus Achtung vor ihren Ahnen blieben die Indianer den Höhlen fern, die Spanier wegen der häufigen Steinschläge und weil man sich im Innern leicht verirrte.

Alejandro de la Vega siedelte mehrere Familien von Indianern und mestizischen Viehtreibern auf seiner Hacienda an, brannte seinen Rindern sein Zeichen ein und begann mit Hilfe einiger Hengste und Stuten, die er sich aus dem Hochland um Mexiko hatte bringen lassen, eine Zucht von Rassepferden. Was ihm an Zeit blieb, steckte er in den Aufbau einer Seifensiederei und in Experimente in der Küche, mit denen er das perfekte Rezept für Rauchfleisch in Chili zu finden hoffte. Das Fleisch sollte trocken sein, dennoch schmackhaft und über Monate haltbar. Dieses Vorhaben fraß seine freie Zeit und füllte den Himmel mit vulkanischen Qualmwolken, die mehrere Meilen aufs Meer hinaus trieben und die Wale verwirrten. Aber hätte er erst die rechte Ausgewogenheit zwischen gutem Geschmack und Haltbarkeit erzielt, so würde er sein Trockenfleisch an die spanischen Truppen und die Schiffsmannschaften verkaufen können. Es schien ihm eine maßlose Verschwendung, daß von den Rindern nur die Häute und das Fett genutzt wurden und man bergeweise bestes Fleisch verlor. Während ihr Ehemann die Zahl seiner Rinder, Schafe und Pferde mehrte, die Politik des Dorfes leitete und Geschäfte mit den Handelsschiffen abschloß, nahm sich Regina der Belange der Indianer auf der Farm an. Am gesellschaftlichen Leben der Siedler zeigte sie hingegen kein Interesse und hörte mit majestätischem Gleichmut über die Gerüchte hinweg, die über sie kursierten. Hinter ihrem Rücken raunte man über ihre Verstocktheit und ihren Hochmut, über ihre mehr als zweifelhafte Herkunft, ihre Ausritte allein, darüber, daß sie nackt im Meer bade. Da sie als Schützling der Fages' nach Los Ángeles gekommen war, wie sich das Dorf mittlerweile aus Bequemlichkeit nannte, hatte die winzige Gesellschaft sie in ihrer Mitte aufnehmen wollen, ohne Fragen zu stellen, aber sie selbst schloß sich aus. Bald wurden die Kleider, die sie unter dem Einfluß von Eulalia de Callís getragen hatte, im Schrank ein Fraß der Motten. Sie ging lieber barfuß und im groben Leinen der Neophyten. Wenigstens tagsüber. Abends, wenn Alejandro bald heimkommen würde, wusch sie sich, schlang ihr Haar zu einem lockeren Knoten und streifte ein schlichtes Kleid über, in dem sie unschuldig aussah wie eine Novizin. Blind vor Liebe und von seinen Verpflichtungen zu sehr in Anspruch genommen, übersah ihr Mann die Zeichen, die ihm etwas über Reginas Gemütslage hätten verraten können; er wollte sie glücklich sehen, fragte sie indes nie, ob sie es sei, aus Angst, die Wahrheit zu hören. Alles Befremdliche an ihr schrieb er dem Umstand zu, daß sie sich an die Ehe erst gewöhnen mußte und von Natur aus verschlossen war. Er schob den Gedanken beiseite, daß die Frau mit den tadellosen Manieren, die mit ihm zu Tische saß, ebender bemalte Krieger war, der wenige Jahre zuvor die Mission San Gabriel überfallen hatte. Sicher wären auch die letzten Reste ihrer Vergangenheit für immer getilgt, wenn sie erst Mutter würde, doch trotz der häufigen und ausgedehnten Liebesspiele in dem von vier Säulen getragenen Bett, das sie teilten, sollte das so sehr ersehnte Kind noch bis zum Jahre 1795 auf sich warten lassen.

Dann, in den Monaten der Schwangerschaft, wurde Regina noch wortkarger und wilder. Unter dem Vorwand, die spanische Mode sei zu unbequem, kleidete und frisierte sie sich gar nicht mehr wie eine Europäerin. Zusammen mit Ana, einer sanften Indianerin, die ihr Pater Mendoza aus der Mission geschickt hatte, schwamm sie mit den Delphinen, die zur Paarungszeit zu Hunderten in die Nähe des Strandes kamen. Auch Ana war schwanger, hatte aber keinen Ehemann und sich standhaft geweigert, den Namen desjenigen preiszugeben, der sie verführt hatte. Der Missionar wollte dieses schlechte Beispiel unter seinen Indianern nicht dulden, brachte es jedoch nicht übers Herz, Ana aus der Mission auszustoßen, und übergab sie den De la Vegas als Dienstmädchen. Das war für Regina und Ana, die von Beginn an zu stummen Verbündeten wurden, ein Segen, weil Regina endlich Gesellschaft hatte und Ana unter ihrem Dach Schutz fand. Es war Anas Idee gewesen, mit den Delphinen zu schwimmen, die von den Indianern als heilige Tiere verehrt wurden, weil sie im Kreis ihre Bahnen zogen, damit die Welt sicher und geordnet bliebe. Die anmutigen Tiere spürten, daß die beiden Frauen Kinder erwarteten, und streiften sie mit ihren samtenen Leibern, um ihnen Mut und Kraft für die Geburt zu geben.

Im Mai war es schließlich soweit, und bei Regina und Ana setzten fast gleichzeitig die Wehen ein, in derselben Woche, die als die Woche der Buschbrände in die Chronik von Los Ángeles eingehen sollte, die schlimmste Katastrophe, die der Ort seit seiner Gründung erlebt hatte. Jahr für Jahr mußte man mit ansehen, wie einige Wälder brannten, denn im Sommer genügte ein Funke, um das trockene Buschland zu entzünden. Aber das Feuer hatte sein Gutes, denn dort, wo zuvor nur Distelgestrüpp gewesen war, gewann man neues Land für die zarten Gräser des nächsten Frühlings. In jenem Jahr kamen die Brände jedoch früh und als eine Strafe Gottes für all die nicht bereuten Sünden der Siedler, wie Pater Mendoza versicherte. Die Flammen fraßen sich durch mehrere Farmen, vernichteten alles von Menschen Gebaute und das Vieh, das nicht mehr hatte entkommen können. Am Sonntag drehte der Wind, und die Brände kamen eine Viertelmeile vor der Hacienda de la Vega zum Stillstand, was von den Indianern als glückliches Omen für die beiden im Haus geborenen Kinder gedeutet wurde.

Die Delphine mochten Ana bei der Geburt geholfen haben, nicht jedoch Regina. Während Ana ihr Kind in vier Stunden auf die Welt brachte, auf einer Decke am Boden kniend und mit einem Indianermädchen aus der Küche als einziger Hilfe, lag Regina fünfzig Stunden in den Wehen, eine Marter, die sie stoisch, mit einem Stück Holz zwischen den Zähnen, ertrug. Alejandro de la Vega schickte in seiner Not nach der einzigen Hebamme von Los Ángeles, aber die gab sich geschlagen, als ihr klar wurde, daß das Kind verkehrt lag und Regina keine Kräfte mehr blieben, um weiterzukämpfen. Also ließ Alejandro Pater Mendoza holen, im weiten Umkreis der einzige, der so etwas wie ein Arzt war. Der Missionar wies die Dienstboten an, den Rosenkranz zu beten, besprenkelte Regina mit Weihwasser und machte sich unverzüglich daran, das Kind mit der Hand auf die Welt zu holen. Blind tastend bekam er es an den Füßen zu fassen und zerrte es ans Licht, denn die Zeit drängte. Der Säugling war blau angelaufen und hatte die Nabelschnur um den Hals, aber mit Gebeten und Ohrfeigen zwang Pater Mendoza ihn zum Atmen.

»Wie soll der Prachtkerl heißen?« fragte er, als er ihn in die Arme seines Vaters legte.

»Alejandro, wie ich, mein Vater und mein Großvater.«

»Er heißt Diego«, murmelte Regina, geschwächt vom Fieber und dem Blutfluß, der die Laken tränkte.

»Wieso Diego? Es gibt keinen Diego in der Familie De la Vega.«

»Weil das sein Name ist.«

Alejandro hatte mit seiner Frau diese lange Marter durchlitten und fürchtete nichts mehr, als sie zu verlieren. Er sah, wie sie blutete und blutete, und fand nicht die Kraft, ihr zu widersprechen. Wenn sie auf dem Sterbebett diesen Namen für ihren Stammhalter wählte, so gewiß aus gutem Grund, also gestattete er Pater Mendoza, das Kind sofort zu taufen, denn es schien schwach wie seine Mutter und würde im

Fegefeuer enden, sollte es sterben, ehe es das Sakrament erhielt.

Regina brauchte mehrere Wochen, um sich von der Schinderei dieser Geburt zu erholen, und sie schaffte es nur dank ihrer Mutter, die eines Tages barfuß und mit einem Beutel Heilkräutern über der Schulter in der Tür stand, als man im Haus bereits die Kerzen für die Beerdigung vorbereitete. Weiße Eule hatte ihre Tochter nicht mehr gesehen, seit die vor sieben Jahren in die Wälder gegangen war, um die Krieger anderer Stämme zum Aufstand zu bewegen. Daß sie nun ungerufen aus dem Nichts auftauchte, als man ihre Hilfe so dringend brauchte, konnte sich Alejandro nur mit der eigenartigen Nachrichtenübermittlung der Eingeborenen erklären, deren Geheimnis die Weißen nie zu ergründen vermocht hatten. Selbst wenn man die Pferde zuschanden ritt, brauchte eine Nachricht aus der Festung von Monterey zwei Wochen, bis sie in Südkalifornien war, wo die Indianer jedoch längst Bescheid wußten, weil sich unter ihnen die Kunde schon zehn Tage zuvor auf mysteriösen Wegen verbreitet hatte. Ohne ein Wort der Erklärung betrat Weiße Eule das Haus. Sie war damals knapp über vierzig, war hochgewachsen, kräftig und schön, die Haut gegerbt von Sonne und Arbeit. Um ihr junges Gesicht mit den gleichen honigfarbenen Augen wie die ihrer Tochter wallte eine ungezähmte Mähne rauchfarbener Haare, der sie ihren Namen verdankte. Sie trat ein, ohne um Erlaubnis zu fragen, schob Alejandro de la Vega beiseite, als der herausfinden wollte, wer sie war, durchquerte ohne Zaudern die verschachtelten Flure und Zimmerfluchten und pflanzte sich vor dem Bett ihrer Tochter auf. Sie rief sie bei ihrem wahren Namen, Toypurnia, und redete in der Sprache ihrer Vorfahren mit ihr, bis die Sterbende die Augen aufschlug. Dann zog sie aus ihrem Beutel die Kräuter für ihre Rettung, ließ sie in einem Topf über einem Kohlebecken sieden und gab ihr den Sud zu trinken. Das ganze Haus füllte sich mit dem Duft von Salbei.

Ohne viel Aufhebens hatte sich Ana unterdessen um Reginas Sohn gekümmert und ihn an die Brust gelegt, wenn er vor

Hunger schrie, so daß Diego und Bernardo ihr Leben in denselben Armen und mit der gleichen Muttermilch begannen. Das sollte sie für den Rest ihres Lebens zu Brüdern machen.

Als Weiße Eule sicher war, daß ihre Tochter aufstehen konnte und ohne Widerwillen aß, packte sie ihre Kräuter und Siebensachen in ihren Beutel, warf, ohne zu fragen, welcher der beiden denn ihr Enkel sei, einen Blick in die Wiege, in der Diego und Bernardo schliefen, und ging ohne ein Wort des Abschieds davon. Alejandro fiel ein Stein vom Herzen. Sicher, er war ihr dankbar, daß sie Regina vor dem Tod bewahrt hatte, aber er wollte seine Schwiegermutter lieber nicht in der Nähe wissen, denn unter ihren Blicken fühlte er sich unbehaglich, und die Indianer auf seiner Farm benahmen sich störrisch. Sie erschienen morgens mit farbverschmierten Gesichtern auf den Feldern, tanzten nachts wie mondsüchtig zum klagenden Klang der Okarinen und überhörten seine Anweisungen, als hätten sie ihr Spanisch verlernt.

Langsam kehrte der Alltag in die Hacienda zurück, während Regina wieder zu Kräften kam. Schon im folgenden Frühjahr hatten alle außer Alejandro de la Vega vergessen, daß sie bereits mit einem Bein im Grab gestanden hatte. Von Medizin brauchte man nichts zu verstehen, um zu erraten, daß sie keine Kinder mehr würde bekommen können. Zwar war es ihm selbst nicht klar, aber dieses Wissen entfernte Alejandro von seiner Frau. Er träumte von einer vielköpfigen Familie, wie sie andere Gutsherren der Gegend hatten. Einer seiner Freunde hatte sechsunddreißig Nachkommen gezeugt, die Bastarde nicht eingerechnet. Zwanzig hatte ihm seine erste Frau in Mexiko geschenkt und sechzehn seine zweite, die letzten fünf waren in Kalifornien geboren, ein Kind pro Jahr. Die Angst, seinem einzigen, nicht zu ersetzenden Sohn könne etwas zustoßen, wie so vielen anderen kleinen Kindern, die starben, ehe sie laufen lernten, raubte Alejandro den Schlaf. Täglich kniete er vor der Wiege und flehte mit lauter Stimme den Himmel um Schutz für seinen Sohn an. Die Arme vor der Brust verschränkt, stand Regina im Türrahmen und blickte mit versteinerter Miene auf dieses würdelose Schauspiel herab. In diesen Momenten glaubte sie ihren Mann zu hassen, doch begegneten sie sich später zwischen den Laken, so versöhnten die Hitze und der Geruch der Zweisamkeit sie wieder für Stunden. Wenn der Morgen graute, zog Alejandro sich an und ging hinunter in sein Arbeitszimmer, wo ihm eine Indianerin die Schokolade so dick und bitter servierte, wie er sie mochte. Sein Morgen begann mit einer Besprechung mit dem Verwalter, dem er Anweisungen für die Farm gab, danach kümmerte er sich um seine vielfältigen Aufgaben als Bürgermeister. Tagsüber gingen die Ehegatten getrennte Wege, war jeder mit seinen eigenen Angelegenheiten beschäftigt, bis sie sich bei Sonnenuntergang erneut trafen. Im Sommer aßen sie auf der Terrasse unter üppigen Bougainvillea zu Abend, immer begleitet von einer kleinen Kapelle, die ihre liebsten Lieder spielte; im Winter wurde der Tisch im Nähzimmer gedeckt, in dem nie jemand auch nur einen Knopf angenäht hatte; es hatte seinen Namen von einem Gemälde, auf dem eine Holländerin im Schein einer Kerze stickte. Häufig blieb Alejandro auch über Nacht in Los Ángeles, weil es auf einem Fest oder beim Kartenspiel mit anderen Gutsherren spät geworden war. Im Dorf traf man sich an jedem Abend des Jahres zum Tanz, zum Kartenspiel, zu Hausmusik oder Plauderrunden, es gab sonst nichts zu tun, außer den geselligen Spielen im Freien, denen sich Männer wie Frauen gleichermaßen widmeten. An nichts von alldem nahm Regina teil, sie war von Natur aus einzelgängerisch und hatte ihr grundsätzliches Mißtrauen gegen die Spanier nur gegenüber ihrem Mann und Pater Mendoza abgelegt. Auch wollte sie Alejandro nie auf seinen Reisen begleiten oder auf den amerikanischen Schmugglerschiffen mit den Matrosen feilschen; sie war nie an Bord eines dieser Schiffe gewesen. Alejandro reiste mindestens einmal im Jahr geschäftlich in die Hauptstadt Mexiko, blieb mehrere Monate fort und kehrte voller neuer Ideen und bepackt mit Geschenken zurück, die seine Frau nicht übermäßig zu beeindrucken vermochten.

Regina unternahm wieder lange Ausritte, nun mit Diego und Bernardo in einem gepolsterten Weidenkorb auf dem Rücken, und sie verlor jede Neigung zur Führung ihres Haushalts, den sie Ana überließ. Sie knüpfte an ihre frühere Gewohnheit an und besuchte die Indianer, auch die, die nicht zu ihrer eigenen Farm gehörten, um herauszufinden, woran es ihnen mangelte und wie ihnen zu helfen sei. Als die Weißen das Land unter sich aufgeteilt und die Stämme unterworfen hatten, war ein System der Zwangsarbeit eingeführt worden, dessen einziger Unterschied zur Sklaverei darin bestand, daß die Indianer ebenfalls Untertanen des spanischen Königs waren und theoretisch über gewisse Rechte verfügten. Tatsächlich waren sie ihrer Würde beraubt und schufteten für Essen, Schnaps, Tabak und die Erlaubnis, selbst einige Tiere zu halten. Die meisten Farmer waren zwar gutmütige Grundherren, denen mehr um ihr Vergnügen und ihre Leidenschaften zu tun war als um ihr Land und ihre Arbeiter, aber es gab auch schwarze Schafe darunter, und dann hatten die Indianer unter Hunger und unter der Peitsche zu leiden. Den getauften Indianern in den Missionen ging es nicht besser, sie lebten mit ihren Familien in runden Hütten aus Stroh und Holzbrettern, arbeiteten von Sonnenaufgang bis Sonnenuntergang und waren in ihrem Auskommen gänzlich vom Belieben der Ordensbrüder abhängig. Alejandro de la Vega gab sich alle Mühe, ein milder Gutsherr zu sein, aber es quälte ihn, daß Regina immerzu mehr und mehr für die Indianer verlangte. Tausendmal hatte er ihr erklärt, daß er seine Indianer nicht anders behandeln konnte als die sonstigen Gutsherren, weil das innerhalb der Kolonie Ärger heraufbeschwören würde.

Durch ihr gemeinsames Anliegen, die Indianer vor Übergriffen zu schützen, waren Pater Mendoza und Regina schließlich doch Freunde geworden; er verzieh ihr den Angriff auf die Mission, und sie war ihm dankbar, daß er Diego auf die Welt gebracht hatte. Die Gutsbesitzer mieden die beiden, denn der Pater war für sie ein wandelndes schlechtes Gewissen und Regina immerhin die Frau des Bürgermeisters.

Wenn sie zu einem ihrer Feldzüge für die Gerechtigkeit auf-brach, kleidete sie sich wie eine Spanierin, straffte ihr Haar zu einem strengen Dutt, hängte sich ein Kreuz aus Amethyst um den Hals, ließ die wilde Stute, die sie sonst ohne Sattel ritt, im Stall und bestieg eine elegante Kutsche für Spazierfahrten, die ihr Alejandro geschenkt hatte. Man empfing sie kühl, denn sie gehörte nicht dazu. Keiner der Farmer hätte zugegeben, indianische Vorfahren zu haben, alle behaupteten, wasch-echte Spanier zu sein, weiß und von »gutem Blut«. Daß Regina noch nicht einmal versuchte, ihre Herkunft zu ver-tuschen, wurde ihr nicht verziehen, einzig Pater Mendoza bewunderte ebendas an ihr. Die spanische Kolonie dagegen kehrte ihr endgültig den Rücken, als zweifelsfrei feststand, daß ihre Mutter eine Indianerin war, wenngleich aus Respekt vor der Stellung und dem Reichtum ihres Mannes niemand es wagte, sie offen zu brüskieren. Das Paar wurde weiter zu Plauderstündchen und Fandangos eingeladen, denn man durfte sicher sein, daß Alejandro de la Vega allein kam.

Der wiederum hatte nicht viel Zeit für seine Familie, wurde von den Angelegenheiten des Dorfes in Atem gehal-ten, von seiner Hacienda, den Geschäften und dem Schlich-ten von Streitigkeiten, an denen es unter den Siedlern nie mangelte. Jeden Dienstag und Donnerstag traf man ihn ohne Fehl in Los Ángeles, wo er sein politisches Amt versah, das mehr Lasten als Annehmlichkeiten mit sich brachte, das er je-doch aus Pflichtgefühl nicht aufgeben wollte. Er war weder gierig, noch mißbrauchte er seine Befugnisse. Mit natürlicher Begabung verschaffte er sich Gehör, aber ein großer Erneue-rer war er nicht. Obwohl sie auf die Wirklichkeit in Amerika nicht recht paßte, zog er kaum je die ererbte Weltsicht seiner Altvorderen in Zweifel. Für ihn ließ sich alles auf eine Frage der Ehre verkürzen, auf den Stolz, der zu sein, der er war – ein untadeliger katholischer Edelmann –, und darauf, sich für nichts schämen zu müssen. Es bereitete ihm Sorge, daß Diego so sehr an seiner Mutter, an Bernardo und der indianischen Dienerschaft hing und sich womöglich nicht in die Rolle ein-finden würde, die ihm aufgrund seiner Geburt zustand, aber noch war das Kind ja sehr klein, er würde Zeit haben, es in die rechten Bahnen zu lenken. Er nahm sich vor, ihm baldmöglichst eine mannhafte Erziehung angedeihen zu lassen, schob dieses Vorhaben jedoch immer wieder auf, weil so viel Dringliches zu erledigen war. Auch rührte ihn der Wunsch, seinen Sohn zu beschützen und glücklich zu machen, zuweilen zu Tränen. Er fühlte sich entwaffnet von seiner Liebe zu diesem Geschöpf, die ihn traf wie der Stich eines Degens. Dann wieder malte er sich seine herrliche Zukunft aus: Er würde tapfer sein, ein guter Christ und treuer Diener des Königs wie jeder edle Mann aus dem Geschlecht De la Vega und reicher als es je einer seiner Verwandten gewesen war, Herr über ein weites und fruchtbares Land, wo es Wasser im Überfluß gab, das Klima mild war, die Natur großzügig und das Leben süß, nicht wie auf den wüstenkargen Böden seiner Familie in Spanien. Die Herden seiner Rinder, Schafe und Schweine würden an Zahl die des Königs Salomon übertreffen, er würde die besten Kampfstiere züchten und die edelsten arabischen Rösser, würde der einflußreichste Mann Kaliforniens sein, würde Gouverneur werden. Aber das erst später, zunächst mußte er an einer Universität oder Militärakademie in Spanien den rechten Schliff erhalten. Bis Diego alt genug wäre, diese Reise zu unternehmen, hätte sich Europa wieder erholt. Friede war zwar nicht zu erwarten, den hatte es in der Alten Welt nie gegeben, aber man durfte wohl annehmen, daß die Leute wieder zur Vernunft kämen. Was man hörte, war niederschmetternd. All das erklärte er Regina, aber sie teilte seine Ambitionen für den Sohn nicht und weniger noch seine Besorgnis darüber, was jenseits des Meeres geschah. Schon was sich zu Pferd nicht erreichen ließ, lag außerhalb ihrer Vorstellung, wie hätte sie sich also wegen der Vorfälle in Frankreich beunruhigen sollen. Ihr Mann hatte ihr erzählt, daß 1793, just in dem Jahr, als sie beide geheiratet hatten, König Ludwig XVI. in Paris vor einer auf Rache und Blut sinnenden Meute enthauptet worden war. José Díaz, ein mit Alejandro befreundeter Kapitän, hatte ihm eine Guillotine in Kleinformat geschenkt, ein grausiges Spielzeug, mit dem er seine Zigarren kappte und nebenbei erklärte, wie in Frankreich die Häupter der Adligen fielen, ein schlimmes Beispiel, das Europa ins völlige Chaos stürzen konnte. Regina jedoch war eher angetan und fragte sich, ob die Weißen den Indianern wohl Respekt zollen würden, hätten diese ein solches Gerät zur Verfügung, aber ihr Taktgefühl gebot ihr, diese Erwägungen für sich zu behalten. Es gab schon genug Bitterkeit zwischen Alejandro und ihr, sie mußte sie nicht noch schüren. Sie wunderte sich selbst, wie sehr sie sich verändert hatte; sah sie in den Spiegel, fand sie nicht die geringste Spur von Toypurnia in dieser Frau mit dem harten Blick und den schmalen Lippen. Zu lange lebte sie schon fernab von allem ihr Vertrauten und mühte sich, Schwierigkeiten aus dem Weg zu gehen, und das hatte sie vorsichtig und durchtrieben gemacht; nur selten bot sie ihrem Mann offen die Stirn, sie handelte lieber hinter seinem Rücken. Alejandro de la Vega ahnte nichts davon, daß sie mit Diego in ihrer Muttersprache redete, um so herber traf es ihn, als die ersten Worte des Kindes die eines Indianers waren. Hätte er gewußt, daß seine Frau jede seiner Abwesenheiten nutzte, um mit dem Kind das Dorf ihrer Mutter zu besuchen, er hätte es ihr verboten.

Wenn Regina mit Diego und Bernardo im Indianerdorf auftauchte, ließ Weiße Eule alles stehen und liegen, um sich ganz den Kindern zu widmen. Der Stamm war durch tödliche Krankheiten und die Verpflichtung zur Zwangsarbeit bei den Spaniern in den letzten Jahren stark geschrumpft. Jetzt lebten im Dorf gerade noch zwanzig Familien, denen es immer schlechter ging. Weiße Eule füllte den beiden Kleinen den Kopf mit den Mythen und Legenden ihres Volkes, reinigte ihre Seele mit dem Qualm von Süßgras und nahm sie mit, um heilkräftige Kräuter zu suchen. Kaum konnten die beiden sicher auf zwei Füßen stehen und einen Stock halten, bat sie die Männer des Stamms, ihnen das Jagen beizubringen. Sie lernten, Fische mit angespitzten Stöcken aufzuspießen und mit Pfeil und Bogen Wild zu jagen. Jeder bekam ein

Hirschfell geschenkt, komplett mit Kopf und Geweih, unter dem sie sich während der Jagd verbargen und die Tiere anlockten. Sie kauerten reglos unter den Fellen, bis die Beute nahe herankam, dann schossen sie ihre Pfeile ab. Zwar hatte die Übermacht der Spanier die Indianer gefügig gemacht, aber die Erinnerung an den Kampf um ihre Würde, den sie unter der Führung von Toypurnia ausgefochten hatten, gab ihnen etwas von ihrem Stolz zurück. Die scheue Ehrfurcht, die sie für sie empfanden, verwandelte sich gegenüber Diego und Bernardo in Zuneigung. Sie glaubten, beide seien ihre Söhne.

Es war Weiße Eule, die den Kindern die Höhlen in der Nähe der Hacienda De la Vega zeigte und ihnen beibrachte, wie man sich mit Hilfe der Zeichen, die vor unvordenklicher Zeit in die Felswände geritzt worden waren, im Innern des Labyrinths zurechtfinden konnte. Sie erklärte ihnen, daß die Höhlen in sieben heilige Richtungen aufgeteilt seien, die eine grundlegende Orientierung auf der Reise des Geistes boten, weswegen früher die Eingeweihten hierhergekommen waren auf der Suche nach ihrer Mitte, die mit der Mitte der Erde, aus der alles Leben entspringt, in Einklang gebracht werden mußte. Wenn man diese Übereinstimmung erreichte, brach eine weißglühende Flamme aus den Tiefen der Erde, tanzte lange in der Luft und tauchte den Suchenden in übernatürliche Helligkeit und Wärme. Sie warnte die beiden, die Höhlen seien eine heilige Stätte der Natur und würden von einer höheren Macht beschützt, daher dürfe man sie nur mit reinen Absichten betreten. »Wer Böses im Schilde führt, wird bei lebendigem Leib verschluckt, und irgendwann spucken die Höhlen seine Knochen aus«, sagte sie. Wenn man aber, wie vom Großen Geist verlangt, anderen helfe, dann öffne sich etwas in einem und man könne die Segnungen empfangen, die nötig waren, um sich auf das *Okahué* vorzubereiten.

»Bevor die Weißen kamen, gingen wir in die Höhlen auf der Suche nach Einklang und um das Okahué zu erlangen, aber heute kommt niemand mehr.«

»Was ist das Okahué?« wollte Diego wissen.

»Es sind die fünf grundlegenden Tugenden: Ehre, Gerechtigkeit, Achtung, Würde und Mut.«

»Die will ich alle, Großmutter.«

»Dann mußt du viele Proben bestehen und darfst nicht dabei weinen«, sagte Weiße Eule bloß.

Von diesem Tag an begannen Diego und Bernardo die Höhlen allein zu erkunden. Ehe sie sich anhand der eingeritzten Zeichen zurechtfinden konnten, markierten sie ihren Weg mit Kieselsteinen. Mit dem, was sie bei den Indianern gehört und gesehen hatten und was ihnen Weiße Eule erzählt hatte, dachten sie sich ihre eigenen Zeremonien aus. Sie baten den Großen Geist der Indianer und den Gott von Pater Mendoza um Hilfe, damit sie das Okahué bekämen, aber sosehr sie auch hofften, daß plötzlich eine Flamme aus der Erde bräche und in der Luft tanzte, es geschah nie. Dagegen verhalf ihnen ihre Neugier eines Tages zu einer wertvollen Entdeckung, als sie Steine für ein magisches Rad zusammensuchten, wie es Großmutter Weiße Eule oft zeichnete: sechsunddreißig Steine in einem Kreis und einer in der Mitte, von dem vier gerade Wege abgingen. Als sie nun einen runden Felsbrokken, den sie in die Mitte legen wollten, aus einem Haufen lösten, rutschten andere nach und gaben den Blick auf einen kleinen Durchgang frei. Diego, der schmalere und behendere der beiden, schob sich durch die Öffnung und entdeckte einen langen Tunnel, der sich bald ausreichend weitete, daß man darin stehen konnte. Sie kamen mit Kerzen, Hacken und Schippen wieder, und in den nächsten Wochen legten sie den Tunnel nach und nach frei. Eines Tages öffnete Bernardo mit der Spitze seiner Hacke ein Loch, durch das ein Lichtstrahl fiel, und als sie vorsichtig weitergruben, hüpfte ihnen das Herz, denn sie merkten, daß sie fast genau in der Mitte des riesigen Kamins im Saal der Hacienda De la Vega gelandet waren. Einige düstere Schläge der Standuhr hießen sie willkommen. Viele Jahre später sollten sie erfahren, daß Regina wegen der Nähe zu den Höhlen das Haus an ebendieser Stelle hatte haben wollen.

Nach dieser Entdeckung machten sie sich daran, den Tunnel mit Brettern und Steinen zu sichern, denn von den Wänden bröckelte immer wieder Geröll, außerdem öffneten sie zwischen den Ziegelsteinen des Kamins ein verborgenes Schlupfloch, um das Haus mit den Höhlen zu verbinden. Die Feuerstelle war so hoch, breit und tief, daß eine Kuh darin Platz gefunden hätte, was der Würde dieses Saales angemessen war, der allerdings nie dazu genutzt wurde, Gäste zu bewirten, sondern Alejandro de la Vega nur gelegentlich als Versammlungsraum für Ratsbesprechungen diente. Die Möbel, grob und ungemütlich wie im ganzen Haus, reihten sich an den Wänden, als stünden sie zum Verkauf, und setzten Staub und diesen Gerümpelgeruch nach ranziger Butter an. Das Beherrschende im Raum war jedoch ein ungetümes Ölgemälde des heiligen Johannes, wie er, bereits alt und ausgemergelt, in Lumpen gehüllt und überdeckt mit Pusteln, die Versuchungen des Satans zurückwies; es war einer dieser scheußlichen Schinken, die zuhauf aus Spanien nach Kalifornien kamen, wo man sie sehr schätzte. An einem Ehrenplatz in einer Ecke waren der Amtsstab und die Robe des Bürgermeisters zu bewundern, die der Hausherr bei offiziellen Anlässen trug, also sowohl bei weitreichenden Entscheidungen, etwa über den zukünftigen Verlauf der Straßen, als auch bei Nebensächlichkeiten wie der Genehmigung nächtlicher Ständchen, die man gleichwohl nicht der Willkür der verliebten jungen Herrschaften überlassen konnte, da sonst niemand im Dorf mehr eine ruhige Nacht gehabt hätte. Über einer mächtigen, aus dem Stamm eines Mesquitebaums gesägten Tischplatte hing ein nicht minder gewaltiger schmiedeeiserner Leuchter mit hundertfünfzig Kerzen, die noch nie gebrannt hatten, weil niemandem der Sinn danach stand, dieses Monstrum von der Decke zu lassen und sie anzuzünden; die seltenen Male, wenn der Saal geöffnet wurde, beleuchtete man ihn mit Öllampen. Auch der Kamin wurde nie benutzt, obwohl dort immer ein paar dicke Stämme bereitlagen. Diego und Bernardo gewöhnten sich an, ihren Weg vom Strand zum Haus durch die Höhlen abzukürzen. Wie Gespenster tauchten sie im dunklen Stollen des Kamins auf.

Ganz in ihr Spiel versunken, hatten sie einander feierlich geschworen, ihr Geheimnis niemals zu verraten. Außerdem hatten sie Weiße Eule versprechen müssen, daß sie nur mit guten Absichten in die Höhlen gehen würden und nicht, um dort Unfug auszuhecken, aber für die beiden war sowieso alles, was sie in den Höhlen taten, eine Vorbereitung darauf, daß sie irgendwann das Okahué bekommen würden.

Etwa um dieselbe Zeit, als Weiße Eule alles daransetzte, Diegos und Bernardos indianische Wurzeln zu nähren, begann Alejandro de la Vega mit der Ausbildung seines Sohnes zum Edelmann. Es war das Jahr, in dem die beiden Truhen ankamen, die Eulalia de Callís als Geschenk aus Europa geschickt hatte. Der frühere Gouverneur Pedro Fages war in Mexiko gestorben, hingerafft in einem seiner Tobsuchtsanfälle. Mitten in einem Wortgefecht war er seiner Frau vor die Füße gesackt und hatte ihr damit für den Rest ihres Lebens die Verdauung ruiniert, denn sie gab sich die Schuld an seinem Tod. Nachdem sie ein Leben lang mit ihm gestritten hatte, versank die jäh zur Witwe gewordene Eulalia in tiefste Trauer, als ihr klar wurde, wie sehr ihr dieses Prachtstück von einem Gatten fehlen würde. Niemals würde einer diesen wunderbaren Mann ersetzen können, diesen Bärenjäger und großartigen Soldaten, den einzigen, der je imstande gewesen war, ihr erhobenen Hauptes die Stirn zu bieten. Alle Zärtlichkeit, die sie zu seinen Lebzeiten nicht für ihn empfunden hatte, kam nun, da sie ihn im Sarg liegen sah, über sie wie eine biblische Plage und sollte sie für den Rest ihres Lebens mit von der Zeit geschönten Erinnerungen peinigen. Des Weinens müde, befolgte sie schließlich den Rat ihrer Bekannten und ihres Beichtvaters und kehrte mit ihrem Sohn nach Barcelona zurück, wo sie geboren war und auf den Rückhalt ihres Vermögens und ihrer einflußreichen Familie hoffen durfte. Zuweilen dachte sie an Regina, die sie als ihren Schützling ansah, und schrieb auf ägyptischem Bütten unter ihrem in Gold geprägtem Familienwappen Briefe an sie. Durch einen dieser Briefe erfuhren die De la Vegas, daß der Sohn der Fages an der Pest gestorben war und Eulalia noch untröstlicher zurückgelassen hatte. Die beiden Truhen kamen ziemlich abgerissen an, da sie Barcelona bereits vor fast einem Jahr verlassen und einige Meere überquert hatten, ehe sie schließlich Los Ángeles erreichten. Eine war gefüllt mit feinsten Kleidern, Schuhen mit Absatz, federgeschmückten Hüten und allerlei sonstigem Flitter, den zu tragen Regina nur selten Gelegenheit haben würde. Die andere, adressiert an Alejandro del la Vega, enthielt ein gefüttertes Cape aus schwarzer Seide mit getriebenen Silberknöpfen aus Toledo, einige Flaschen besten spanischen Sherrys, ein Paar Duellpistolen mit Intarsien aus Perlmutt, ein italienisches Florett und die *Abhandlung über die Fechtkunst und die Ehrenregeln des Duells* von Maestro Manuel Escalante. Wie auf der ersten Seite vermerkt war, handelte es sich dabei um eine Zusammenstellung der »höchst nützlichen Anleitungen, niemals zu wanken, wenn es mit spanischem Degen oder Florett einen Ehrenhandel auszutragen gilt«.

Ein passenderes Geschenkt hätte Eulalia de Callís nicht schicken können. Alejandro de la Vega hatte sich seit Jahren nicht im Fechten geübt, aber das Handbuch half ihm, seine Kenntnisse aufzufrischen und das Fechten seinem Sohn beizubringen, der sich erst seit kurzem allein die Nase putzen konnte. Der Vater ließ für Diego ein Florett, einen gepolsterten Brustschutz und eine Maske in Kindergröße anfertigen und machte es sich fortan zur Gewohnheit, mehrere Stunden am Tag mit ihm zu üben. Diego zeigte für das Fechten dieselbe natürliche Begabung wie für alles, was körperliches Geschick erforderte, nahm es jedoch nicht so ernst, wie sein Vater es sich gewünscht hätte; für ihn war es nur eins der vielen Spiele, die er mit Bernardo spielen konnte. Daß die beiden Kinder noch immer zusammenhingen wie Pech und Schwefel, beunruhigte Alejandro de la Vega, er sah darin eine Charakterschwäche seines Sohnes, der mittlerweile alt genug war, seiner Stellung gerecht zu werden. Sicher, auch er mochte Bernardo, und er nahm ihn inmitten der indianischen Dienerschaft wahr, immerhin hatte er ihn zur Welt kommen sehen, aber das war kein Grund, die Unterschiede zwischen den Menschen zu vergessen. Ohne diese von Gott mit Bedacht eingerichteten Unterschiede würde die Welt im Chaos versinken, dachte er. Sein Paradebeispiel war Frankreich, wo alles drunter und drüber ging aufgrund dieser widerwärtigen Revolution. Dort wußte man nicht mehr, wer wer war, die Macht wanderte von Hand zu Hand wie eine Münze. Alejandro betete dafür, daß sich Vergleichbares in Spanien niemals ereignen möge. Dort trieb eine Abfolge unfähiger Monarchen das Weltreich zwar unwiderruflich in den Ruin, dennoch zweifelte er weder an der Monarchie von Gottes Gnaden noch an der festgefügten Ordnung, in der er aufgewachsen war, oder an der absoluten Überlegenheit seiner Rasse, seines Vaterlandes und seines Glaubens. Diego und Bernardo waren von Geburt an verschieden, sie würden nie gleich sein, und je eher sie das begriffen, desto weniger Schwierigkeiten würden sie in der Zukunft haben. Bernardo hatte das eingesehen, ohne daß man es ihm hätte einbleuen müssen, aber Diego war jedesmal den Tränen nah, wenn sein Vater das Thema anschnitt. Weit davon entfernt, ihren Mann in seinen didaktischen Bemühungen zu unterstützen, behandelte Regina Bernardo noch immer, als wäre auch der ihr Sohn. Wo sie herkam, war niemand aufgrund seiner Geburt einem anderen überlegen, nur wenn er mehr Mut oder Klugheit bewies, und ihr zufolge war es noch viel zu früh, um zu entscheiden, wer von den beiden der Mutigere oder Klügere sei.

Diego und Bernardo trennten sich nur, wenn es Zeit war, schlafen zu gehen und jeder in das Bett seiner Mutter schlüpfte. Die beiden wurden vom selben Hund gebissen, von den Bienen aus demselben Stock gestochen und bekamen gleichzeitig die Masern. Wenn einer etwas anstellte, machte sich niemand die Mühe, den Schuldigen zu ermitteln; Seite an Seite mußten sie sich vornüberbeugen, bekamen die gleiche Anzahl Stockhiebe aufs Hinterteil und ertrugen die Bestrafung ohne Murren, weil sie sie als ehern gerecht empfanden. Für alle, außer für Alejandro de la Vega, waren sie Brüder, nicht nur weil sie unzertrennlich waren, sondern weil sie sich auf den ersten Blick sogar ähnlich sahen. In der Sonne hatte ihre Haut denselben Holzton angenommen, Ana hatte ihnen die gleiche Leinenhose genäht, Regina schnitt ihnen die Haare wie Indianern. Man mußte schon genauer hinschauen, um zu erkennen, daß Bernardo die ebenmäßigen Züge eines Indianers hatte, während Diego etwas höher gewachsen und feingliedriger war und die karamelfarbenen Augen seiner Mutter hatte. In den folgenden Jahren lernten sie das Fechten nach den höchst nützlichen Anleitungen des Maestro Escalante, lernten, ohne Sattel zu galoppieren, die Peitsche und das Lasso zu schwingen und sich wie Fledermäuse an den Füßen von der Dachtraufe des Hauses zu hängen. Die Indianer zeigten ihnen, wie man die Fährten der Tiere erkannte, wie man das Wild über Tage verfolgte, bis man es schließlich erlegen konnte, wie Pfeile und Bogen hergestellt wurden, wie man Schmerzen und Müdigkeit ohne Jammern ertrug.

Alejandro de la Vega nahm die beiden zum Viehtrieb mit, damit sie mit ihren Lassos bei der Arbeit halfen, wenn die Rinder ihr Brandzeichen bekamen. Es war die einzige einem Edelmann gemäße Tätigkeit mit den Händen, mehr körperliche Ertüchtigung als Arbeit. Die Gutsbesitzer der Gegend sammelten sich mit ihren Söhnen, ihren Viehtreibern und indianischen Helfern, die Herden wurden zusammengetrieben, die Jungtiere getrennt und mit einem Brandeisen markiert, das später in einem Buch verzeichnet wurde, um Unklarheiten oder Diebstählen vorzubeugen. Das war auch die Zeit der großen Schlachtungen, wenn die Häute zusammengetragen, das Fleisch eingepökelt und das Fett ausgekocht werden mußte. Die *Nuqueadores* kamen, vortreffliche Reiter, die einen Stier in vollem Lauf mit einem einzigen Degenstoß in den Nacken töten konnten und die Könige des Viehtriebs waren, weshalb man sie ein Jahr im voraus für diese Arbeit anheuern mußte. Sie kamen aus dem Süden und den amerikanischen Prärien mit ihren gut geschulten Pferden und ihren langen, scharfen Degen. Brachen die Rinder unter dem Stich zusammen, fielen die *Peladores* über sie her, um ihnen binnen weniger Minuten die Haut abzuziehen, dann die *Tasajeros*, die das Fleisch zerlegten, und schließlich die indianischen Frauen, deren wenig beachtete Aufgabe es war, das Fett zu sammeln, es in riesigen Kesseln zu schmelzen und dann in Schläuche aus Rinderblasen, Darm oder zusammengenähten Häuten zu füllen. Sie waren auch für das Gerben der Häute zuständig, eine nicht enden wollende Schinderei, bei der man auf Knien die Häute mit scharfen Steinmessern schabte. Der Geruch nach Blut machte das Vieh rasend, und immer gab es Pferde mit aufgeschlitzten Bäuchen und Treiber, die totgetrampelt oder auf die Hörner genommen wurden. Man mußte es sehen, dieses Monstrum mit den tausend Köpfen, das da schnaufend und einem Dämon gleich in einer dichten Staubwolke heranrollte; mußte die Reiter bestaunen mit ihren weißen Hüten und den blitzenden Messern am Gürtel; mußte das Stampfen der Rinder hören, die Rufe der Männer, das Wiehern der Pferde, das Gekläff der Hunde; mußte den Dampf über den schaumigen Flanken der Tiere atmen, den Schweiß der Treiber und den lauen und geheimnisvollen Duft der Indianerinnen, der den Männern für immer den Kopf verdrehte.

Nach dem Viehtrieb feierte das Dorf die getane Arbeit in einer Völlerei, die sich über mehrere Tage hinzog und an der Arme wie Reiche, Weiße wie Indianer, Junge wie auch die wenigen Alten der Kolonie teilnahmen. Es gab Essen und Schnaps im Überfluß, zum Spiel der aus Mexiko angereisten Musiker wurde getanzt, bis die Paare erschöpft zusammenbrachen, Wetten wurden abgeschlossen auf Kämpfe Mann gegen Mann, auf Ratten, auf Hähne, auf Hunde, auf Bären gegen Stiere. In einer einzigen Nacht konnte man alles verlieren, was man während des Viehtriebs verdient hatte. Das Fest endete am dritten Tag mit einer Messe von Pater Mendoza, der die Trunkenbolde mit der Reitpeitsche in die Kirche trieb und die Herzensbrecher mit vorgehaltener Muskete zwang, die Neophytenmädchen zu heiraten, an die sie sich herangemacht hatten, denn es war ihm nicht entgangen, daß neun Monate nach jedem Viehtrieb haarsträubend viele vaterlose Kinder geboren wurden.

Dann kam ein Jahr der Dürre, und man mußte die wilden Pferdeherden opfern, um ausreichend Weiden für das Vieh zu haben. Diego begleitete die Viehtreiber, aber dieses eine Mal weigerte sich Bernardo, mit ihm zu gehen, denn er wußte, was bevorstand, und konnte es nicht ertragen. Die Pferdeherden wurden zusammengetrieben, erschreckt mit Pulvergeknalle und Hunden und in gestrecktem Galopp zu den Schluchten gehetzt, in die sie in blinder Flucht stürzten. Zu Hunderten fielen sie ins Leere, die einen über die anderen, brachen sich den Hals oder die Beine am Grund der Schlucht. Die Glücklicheren waren sofort tot, aber andere siechten tagelang in einer Wolke aus Fliegen und dem Gestank der geschundenen Leiber, der die Bären und Geier anlockte.

Zweimal in der Woche mußte Diego in die Mission San Gabriel reiten, damit Pater Mendoza ihm Grundlagen einer Schulbildung vermittelte. Bernardo kam immer mit, und der Missionar willigte schließlich ein, auch ihn zu unterrichten, obwohl er es für unnötig und sogar gefährlich hielt, wenn die Indianer zu viel wußten, weil sie das auf gewagte Gedanken bringen konnte. Bernardo besaß zwar nicht Diegos rasche Auffassungsgabe und kam häufig nicht ganz mit, aber er war hartnäckig und ließ sich nicht entmutigen, auch wenn er nächtelang im Kerzenschein über den Büchern brüten mußte. Mit seiner zurückhaltenden und stillen Art unterschied er sich auffällig von dem übermütigen Diego. Dennoch hielt er bei jedem Unfug zu ihm und fand sich notfalls klaglos damit ab, für etwas Prügel zu beziehen, das nicht seine, sondern Diegos Idee gewesen war. Seit er laufen konnte, hatte er seine Rolle darin gesehen, seinen Milchbruder zu beschützen, den er für große Taten bestimmt glaubte wie die heldenhaften Krieger, von denen Weiße Eule so viele Geschichten zu erzählen wußte.

Diego, für den das Stillsitzen in geschlossenen Räumen eine Qual war, fand immer wieder Wege, sich aus Pater Mendozas Aufsicht hinaus an die Luft zu stehlen. Dessen Lektionen gingen bei ihm zum einen Ohr hinein, und er wiederholte sie hastig, ehe sie zum anderen Ohr wieder entwischten. Mit seinem flinken Mundwerk führte er Pater Mendoza hinters Licht, aber später mußte er mit Bernardo alles noch einmal Wort für Wort wiederholen, und so lernte er es schließlich doch. Er war so erpicht aufs Spielen wie Bernardo aufs Lernen. Nach einigem Hin und Her hatten die beiden ausgemacht, daß er mit Bernardo lernen würde und der dafür mit ihm den Umgang mit Lasso, Peitsche und Degen übte.

»Wozu uns mit Dingen beschäftigen, die wir sowieso niemals brauchen«, maulte Diego, nachdem sie schon seit Stunden einen lateinischen Sermon wiederholt hatten.

»Über kurz oder lang kann man alles brauchen«, sagte Bernardo. »Nimm das Fechten! Ein Dragoner werde ich bestimmt nie, aber es schadet nicht, wenn ich es kann.«

Außer den Missionaren, die zwar rauhe Männer waren und meist aus Bauernfamilien stammten, jedoch wenigstens eine rudimentäre Bildung besaßen, konnte in Kalifornien kaum jemand lesen und schreiben. Es gab keine Bücher in der Gegend, und in den seltenen Fällen, in denen ein Brief kam, brachte er sicher schlechte Nachrichten, weshalb sich der Adressat nicht übermäßig eilte, ihn von einem Ordensbruder entziffern zu lassen, aber Alejandro de la Vega lag die Bildung am Herzen, und er bemühte sich über Jahre, einen Lehrer aus Mexiko kommen zu lassen. Los Ángeles war mittlerweile etwas mehr als das Dorf aus vier Straßen, das er hatte entstehen sehen; der Ort war zu einem obligatorischen Zwischenhalt für Reisende geworden, zu einem Anlaufpunkt für die Mannschaften der Handelsschiffe, zum Zentrum des Geschäftslebens der Provinz. Die Hauptstadt Monterey lag zu weit entfernt, und so wurden die meisten Regierungsangelegenheiten in Los Ángeles verhandelt. Die Bevölkerung bestand zum größten Teil aus Mestizen, die sich selbst die »rechtschaffenen Leute« nannten, um sich von den Indianern oder der Dienerschaft abzuheben. Die Grundbesitzer und die Offiziere bildeten eine Klasse für sich: die Spanier von »gutem Blut«. Das Dorf hatte bereits eine Stierkampfarena und seit kurzem auch ein Bordell, in dem die Tugendhaftigkeit dreier

Mestizinnen Verhandlungssache war, während eine üppige Mulattin aus Panama einen festen und ziemlich hohen Preis hatte. Es gab ein eigenes Gebäude für die Sitzungen des Bürgermeisters und der Ratsherren, das auch als Gericht und Theater diente, in dem Singspiele und Erbauungsstücke aufgeführt und patriotische Festakte abgehalten wurden. Auf der Plaza de Armas hatte man einen Pavillon für eine Kapelle errichtet, die abends aufspielte, wenn die unverheiratete Jugend unter den Argusaugen ihrer Eltern in Gruppen um den Platz flanierte, die Mädchen in die eine, die Jungen in die andere Richtung. Ein Hotel gab es dagegen noch nicht; es sollte sogar noch zehn Jahre dauern, bis das erste eröffnet wurde. Die Reisenden wurden von den betuchten Familien beherbergt, in deren Häusern es nie an Essen und Schlafplätzen für jene mangelte, die um Aufnahme baten. Kurzum, der Ort hatte so viele Fortschritte gemacht, daß Alejandro de la Vega eine Schule für unerläßlich hielt, auch wenn niemand diese Ansicht teilte. Und so gründete er schließlich aus eigener Kraft mit seinem eigenen Geld die erste Schule der Provinz, die auf Jahre hinaus die einzige bleiben sollte.

Sie öffnete ihre Pforten, als Diego eben neun geworden war und Pater Mendoza verlauten ließ, er habe ihm alles beigebracht, was er wisse, außer wie man die Messe las und den Teufel austrieb. Der Klassenraum war ein Schuppen an einer Ecke der Plaza de Armas, so düster und staubig wie das Gefängnis und ausgestattet mit einem Dutzend Eisenbänken und einer siebenschwänzigen Katze, die neben der Schiefertafel hing. Der Lehrer entpuppte sich als einer dieser Kleingeister, die mit dem leisesten Anflug von Macht zu brutalen Schlägern werden. Zusammen mit einer Handvoll anderer Jungen, den Sprößlingen der ehrbaren Familien am Ort, hatte Diego das Pech, einer seiner ersten Schüler zu sein. Bernardo durfte nicht mitkommen, obwohl Diego seinen Vater bekniete, damit er ihn am Unterricht teilnehmen ließe. Alejandro de la Vega fand Bernardos Ansinnen zwar löblich, entschied jedoch, es dürfe keine Ausnahmen geben, wenn man ihn zuließe, müsse man auch anderen wie ihm den Zutritt gewähren, und der Lehrer hatte unmißverständlich erklärt, er werde auf der Stelle abreisen, sollte auch nur ein Indianer seine Nase in die »würdige Anstalt des Wissens« stecken, wie er das nannte. So war es mehr die Notwendigkeit, Bernardo alles beizubringen, als die siebenschwänzige Katze, die Diego dazu brachte, im Unterricht aufzupassen.

Unter den Schülern war auch García, der Sohn eines spanischen Soldaten und der Tavernenwirtin, nicht sehr helle, pummelig, mit Plattfüßen und einem dümmlichen Lächeln: das bevorzugte Opfer des Lehrers und der anderen Schüler, die ihm unentwegt zusetzten. Getrieben von einem Sinn für Gerechtigkeit, den er sich selbst nicht recht erklären konnte, kam Diego dem Dicken immer wieder zu Hilfe, womit er sich dessen schrankenlose Bewunderung einhandelte.

Mit der Arbeit auf den Feldern, dem Versorgen des Viehs und dem Christianisieren der Indianer gingen für Pater Mendoza die Jahre ins Land, ohne daß er das Dach der Kirche ausgebessert hätte, das bei Toypurnias Angriff beschädigt worden war. An den Wänden waren die Spuren der Explosion, mit der man den Angreifern damals getrotzt hatte, zwar beseitigt, aber jedesmal, wenn der Pater während der Messe die Hostie hob, um die Wandlung zu zelebrieren, fiel sein Blick auf die ramponierten Deckenbalken, und erschrocken nahm er sich vor, sie zu reparieren, ehe sie über seiner kleinen Gemeinde zusammenbrächen, doch dann war immer so viel zu tun, und er vergaß seinen Vorsatz bis zum nächsten Abendmahl. Unterdessen fraßen sich die Termiten durch das Holz, und schließlich geschah, was Pater Mendoza so sehr gefürchtet hatte. Zum Glück passierte es während eines der vielen Erdbeben – nicht umsonst hieß der nahe Fluß »Jesús de los Temblores«, »Herr der Beben« –, und so war die Kirche nicht voller Menschen, was eine Katastrophe gewesen wäre. Die Decke brach über einem einzigen Opfer zusammen, über Pater Alvear, einem frommen Mann, der die weite Reise aus Peru unternommen hatte, um die Mission San Gabriel kennenzulernen. Das Getöse und die Staubwolke von dem Einsturz schreckten die Bewohner der Mission auf, alles rannte herbei, und sofort machten sich die ersten daran, die Trümmer wegzuräumen, um den unglücklichen Besucher auszugraben. Man fand ihn platt gedrückt wie einen Kakerlak unter dem Hauptbalken. Nach allem vernünftigen Dafürhalten hätte er tot sein müssen, denn es dauerte fast die ganze Nacht, bis er geborgen werden konnte, und währenddessen verlor der Ärmste unablässig Blut. Aber Gott tat ein Wunder an ihm, wie Pater Mendoza erklärte, und als man ihn schließlich aus der Ruine zog, atmete er noch. Pater Mendoza genügte ein Blick, um zu wissen, daß seine spärlichen medizinischen Kenntnisse bei allem himmlischen Beistand nicht reichen würden, um den Verletzten zu retten. In aller Eile schickte er einen seiner Schützlinge mit zwei Pferden zu Weiße Eule. In den vergangenen Jahren hatte er sich überzeugen können, daß die Indianer diese Frau aus gutem Grund verehrten.

Zufällig kamen Diego und Bernardo am Morgen nach dem Beben mit einigen Rassepferden zur Mission, die Diegos Vater den Missionaren als Geschenk schickte. Da alle mit den Aufräumarbeiten oder der Sorge um den sterbenden Pater Alvear beschäftigt waren und niemand sich blicken ließ, um die Tiere in Empfang zu nehmen oder sich zu bedanken, banden sie die Pferde an ein Gatter und gingen nachsehen, was los war. Sie hatten das Missionsgebäude noch nicht betreten, als Weiße Eule zusammen mit dem Mann, der sie abgeholt hatte, in den Hof galoppierte. Trotz einiger neuer Falten in ihrem Gesicht und der noch weißer gewordenen Mähne wirkte die Indianerin durch die Jahre kaum verändert und war noch immer dieselbe starke und ewig junge Frau, die zehn Jahre zuvor auf der Hacienda De la Vega Regina vor dem Tod bewahrt hatte. Diesmal stand ihr eine ähnliche Aufgabe bevor, und wie damals war sie mit ihrem Beutel voller Heilkräuter gerüstet. Da sie sich weigerte, Spanisch zu lernen, und Pater Mendoza nur ein paar Brocken ihrer Sprache kannte, erbot sich Diego zu übersetzen. Man hatte den Patienten auf den langen, grob gezimmerten Tisch im Speisesaal gebettet, und viele Bewohner San Gabriels hatten sich um ihn geschart. Gründlich nahm Weiße Eule seine Verletzungen in Augenschein, die Pater Mendoza zwar verbunden, nicht jedoch genäht hatte, da die Knochen an manchen Stellen gesplittert waren. Mit erfahrenen Fingern tastete die Heilerin den Patienten von Kopf bis Fuß ab, um zu entscheiden, was zu tun sei.

»Sag dem Weißen, es ist alles wieder hinzukriegen«, wandte sie sich an ihren Enkel. »Außer dem Bein, das ist faul. Ich schneide es zuerst ab, dann kümmere ich mich um den Rest.«

Diego übersetzte drauflos, ohne die Stimme zu senken, denn Pater Alvear lag ja da wie tot, aber kaum hatte er die Diagnose seiner Großmutter wiederholt, riß der Sterbende seine lodernden Augen auf.

»Lieber sterbe ich endlich, verflucht!«

Weiße Eule achtete nicht auf ihn, während Pater Mendoza ihm den Mund aufstemmte, wie den kleinen Kindern, die ihre Milch nicht trinken wollten, und ihm seinen berüchtigten Trichter zwischen die Zähne schob. Dort hinein gab Weiße Eule einige Eßlöffel eines rostfarbenen, zähen Sirups aus einer Kalebasse. Bis die Säge aus der Schreinerwerkstatt mit Lauge gereinigt war und man einige Lappen für die Verbände zurechtgelegt hatte, war Pater Alvear in einen Tiefschlaf gefallen, aus dem er erst zehn Stunden später, ruhig und mit klarem Kopf, wieder erwachen sollte, als sein Beinstumpf schon eine Weile nicht mehr blutete. Die übrigen Verletzungen hatte Weiße Eule mit unzähligen Stichen genäht, mit Spinnennetzen und geheimnisvollen Salben eingepackt und schließlich verbunden. Unterdessen hatte Pater Mendoza seine Gläubigen in Schichten eingeteilt, damit sie Tag und Nacht beteten, bis der Kranke wieder genesen wäre. Das wirkte. Wider alle Erwartung erholte sich Pater Avear recht schnell und konnte schon sieben Wochen später in einer Sänfte an Bord eines Schiffes getragen werden, das ihn zurück nach Peru bringen würde.

Bernardo sollte den grausigen Anblick von Pater Alvears abgetrenntem Bein nie vergessen und Diego nie die sagenhafte

Wirkung des Sirups seiner Großmutter. In den folgenden Monaten besuchte er sie häufig in ihrem Dorf und bekniete sie, ihm doch das Geheimnis des Tranks zu verraten, was sie ein ums andere Mal mit der stichhaltigen Begründung ablehnte, eine derart machtvolle Medizin habe in den Händen eines kleinen Lausebengels nichts verloren. In seinem Übermut, den er so oft mit Prügel bezahlte, stahl Diego eines Tages eine der Kalebassen mit dem Trank der Träume, wobei er sich fest vornahm, damit keine menschlichen Gliedmaßen zu amputieren, sondern etwas Gutes zu tun, aber er hielt den Schatz kaum in Händen, da schmiedete er schon Pläne, wie er ihn würde benutzen können. Die Gelegenheit eröffnete sich ihm an einem heißen Junimittag, als er mit Bernardo vom Schwimmen kam, dem einzigen Sport, bei dem dieser um Längen besser war, weil er mehr Ausdauer, Ruhe und Kraft besaß. Während Diego heftig gegen die Wellen ruderte und sich völlig verausgabte, konnte Bernardo über Stunden den gleichmäßigen Rhythmus seines Atems und seiner Armschläge beibehalten und ließ sich von tiefen, verborgenen Strömungen treiben. Waren die Delphine in Strandnähe, umringten sie Bernardo – es war genau wie bei den Pferden. Wenn niemand mehr wagte, sich einem tobenden Jungpferd zu nähern, trat er ganz vorsichtig zu ihm, drückte ihm das Gesicht ans Ohr und murmelte rätselhafte Laute, bis es ruhig wurde. Im ganzen Landstrich gab es niemanden, der so schnell und so gut noch die wildesten Jungpferde zähmte wie dieser Indianerjunge. An jenem Mittag hörten sie schon von weitem die Angstschreie Garcías, der einmal mehr von den Schlägern aus der Schule gequält wurde. Sie waren zu fünft, vorneweg Carlos Alcázar, der älteste und gefürchtetste Junge von allen. Sein Verstand entsprach dem einer Laus, reichte jedoch, sich damit immer neue Grausamkeiten auszudenken. Diesmal hatten sie García ausgezogen, an einen Baum gebunden und von Kopf bis Fuß mit Honig eingerieben. García schrie wie am Spieß, während seine fünf Henker fasziniert die Wolke aus Fliegen und die ersten Ameisenheere betrachteten, die sich an ihm zu schaffen machten. Diego und Bernardo genügte ein rascher Blick in die Runde, um zu wissen, daß sie heillos unterlegen waren. Sie konnten sich mit Carlos und seiner Bande nicht schlagen, aber Hilfe zu holen schied auch aus, denn sie hätten dagestanden wie Feiglinge. Diego trat grinsend auf die fünf zu, während Bernardo hinter ihm die Zähne aufeinander biß und die Fäuste ballte.

»Was macht ihr da?« fragte Diego, als wäre das nicht offensichtlich.

»Geht dich nichts an, du Rindvieh, außer du willst enden wie García«, gab Carlos unter dem Gelächter seiner Bande zurück.

»Möglich, daß es mich nichts angeht, ich wollte den Dikken bloß als Bärenköder haben«, sagte Diego und pulte dabei mit einem abgebrochenen Zweig seine Fingernägel sauber. »Ein Jammer, all das schöne Fett an die Ameisen zu verfüttern.«

»Bären?« knurrte Carlos.

»Ich kriege García, du einen Bären.«

»Wo willst du einen Bären hernehmen?«

»Das laß meine Sorge sein, Carlos. Ich bring ihn lebend und mit einem Hut auf dem Kopf. Du kannst ihn haben, wenn du willst, aber ich brauche García.«

Die fünf besprachen sich flüsternd, García schwitzte Eis, und Bernardo kratzte sich am Kopf, denn diesmal war Diego zu weit gegangen. Um einen lebenden Bären zu fangen, die für Kämpfe gegen Stiere eingesetzt wurden, brauchte man Kraft, Wagemut und gute Pferde. Normalerweise fingen mehrere erfahrene Reiter den Bären mit ihren Lassos und hielten ihn zwischen ihren Pferden, während ein anderer zu Fuß den Lockvogel machte und ihn reizte. So bugsierte man den Bären in ein Gatter, aber wenn er sich losriß, war es vorbei mit dem Spaß, denn so ein Bär war schneller als jedes Pferd.

»Wer hilft dir?« fragte Carlos nach.

»Bernardo.«

»Die blöde Rothaut?«

»Bernardo und ich: allein.« Diego blieb ungerührt. »Aber wir brauchen García als Köder.«

Im Nu war der Handel perfekt, und die Bande zog ab, während Diego und Bernardo García losbanden und mit ihm zum Fluß gingen, damit er sich den Honig und die Rotze abwusch.

»Wie willst du einen lebenden Bären fangen?« wollte Bernardo wissen.

»Keine Ahnung, ich muß drüber nachdenken«, gab Diego zurück, und sein Bruder fürchtete, daß ihm auch diesmal etwas einfallen würde.

Den Rest der Woche verbrachten sie mit den Vorbereitungen auf die Narretei, die zu begehen sie sich anschickten. Einen Bären zu finden würde ein leichtes sein, angelockt vom Aasgeruch, versammelten die sich zuhauf dort, wo die Rinder geschlachtet wurden, aber mit mehr als einem konnten sie es unmöglich aufnehmen und schon gar nicht mit einem Muttertier mit Nachwuchs. Also würden sie in den Wäldern suchen müssen, wo im Sommer viele Einzelgänger unterwegs waren. García sagte, er sei krank, und verließ tagelang das Haus nicht, bis Diego und Bernardo auftauchten und nachfragten, ob er wieder in den Händen von Carlos Alcázar und seiner Bande landen wolle. Im Spaß behauptete Diego, sie wollten ihn tatsächlich als Lockvogel benutzen, aber als er Garcías Knie schlottern sah, ließ er sich herbei, ihn in den Plan einzuweihen.

Die drei Jungen erzählten ihren Müttern, sie würden über Nacht in der Mission bleiben, wo Pater Mendoza wie jedes Jahr das Johannisfest feierte. Sehr früh am Morgen luden sie ihre Lassos und sonstigen Utensilien auf einen Karren, spannten die beiden alten Maultiere an und brachen auf. García saß kreidebleich auf dem Bock, Bernardo besorgt, Diego pfeifend. Kaum war die Hacienda außer Sichtweite, bogen sie auf dem Pfad der Späne in den Wald ein. Das Alter der Maultiere und der holprige Weg, den die Indianer für verwunschen hielten, zwangen sie zur Geduld, aber so hatten sie Zeit, sich die Abdrücke am Boden und die Kratzspuren an den Bäumen anzusehen. Sie erreichten die Sägemühle von Alejandro de la Vega, die Holz für die Hütten und die Ausbesserung der Schiffe lieferte, als das erschrockene Schnauben der Maultiere die Nähe eines Bären ankündigte. Weit und breit war niemand zu sehen, die Arbeiter waren beim Johannisfest, und ihre Sägen und Äxte lagen verlassen neben den gestapelten Baumstämmen rings um den grob gezimmerten Schuppen der Sägemühle. Die Jungen spannten die Maultiere aus und zerrten sie in den schützenden Schuppen; dann gingen Diego und Bernardo daran, ihre Falle zu bauen, während García vom nahen Schuppen aus zusah. Er hatte Unmengen Proviant dabei und seit dem Morgen pausenlos gemampft, um seine Nerven zu beruhigen. Aus seiner Deckung heraus beobachtete er, wie die anderen mit Seilen den Ast eines Baumes nach unten zogen, ihn verkeilten, die Seile über weitere Äste führten und Schlingen legten, wie sie das bei den Viehtreibern gesehen hatten. Dazwischen bauten sie ein ziemlich wackliges Gestell aus Ästen und breiteten eins der Hirschfelle darüber, das sie sonst bei der Jagd mit den Indianern benutzten. Unter den falschen Hirsch legten sie das Fleisch eines frisch geschlachteten Kaninchens, das sie mit dem einschläfernden Sirup von Weiße Eule zu einer Kugel verklumpt hatten. Als alles fertig war, verbargen sie sich im Schuppen und leisteten García bei seiner Mahlzeit Gesellschaft.

Eigentlich hatten sie sich darauf eingerichtet, hier zwei Tage auszuharren, aber so lange ließ der Bär, den das Schnauben der Maultiere schon angekündigt hatte, nicht auf sich warten. Es war ein ziemlich großes Männchen. Er brach als dunkle, bebende Masse aus dem Unterholz und schwankte in einem erstaunlich behenden Tanz über den freien Platz vor dem Schuppen. Er sah friedlich und neugierig aus, aber die Jungen ließen sich nicht täuschen und baten im stillen, der Wind möge ihm nicht ihren Geruch oder den der Maultiere zutragen. Wenn der Bär auf den Schuppen losging, würde die Tür ihm nicht standhalten. Der Bär wandte sich hierhin und dahin, dann endlich fiel sein Blick auf den reglosen Hirsch. Er richtete sich auf und hob die Pranken, und die drei konnten ihn jetzt durch die Ritzen des Schuppens in voller Größe sehen: ein Koloß, sicher acht Fuß groß. Er stieß ein fürchterliches Brüllen aus, hieb drohend mit den Pranken durch die Luft und warf sich auf das Hirschfell. Das wacklige Gerüst brach unter dem Gewicht zusammen, der Bär landete verdattert am Boden, rappelte sich jedoch gleich wieder hoch. Erneut hieb er mit den Tatzen auf den falschen Hirsch ein, und diesmal fand er den Fleischklumpen und schlang ihn mit zwei Bissen hinunter. Auf der Suche nach etwas Gehaltvollerem zerfetzte er das Fell, aber da war nichts, und verwirrt richtete er sich wieder auf. Er trat einen Schritt vor und mitten hinein in eine der Schlingen, was die Falle auslöste. Im nächsten Augenblick schnellte der Ast zurück, die Seile strafften sich und der Bär hing kopfüber zwischen den Bäumen. Die Triumphschreie der Jungen währten nur kurz, der Ast brach unter dem Gewicht des Bären, und voller Entsetzen flohen Diego, Bernardo und García in den hinteren Teil des Schuppens zu den Maultieren und suchten etwas, womit sie sich verteidigen konnten, während sich der Bär draußen am Boden wälzte und sein rechtes Hinterbein aus der Schlinge zu befreien versuchte, die ihn noch immer an den Ast fesselte. Er kämpfte eine Weile, verhedderte sich mehr und mehr, wurde immer wütender und schleifte schließlich den Ast hinter sich her auf den Wald zu.

»Was jetzt?« fragte Bernardo mit gespielter Seelenruhe.

»Warten«, kam die Antwort von Diego.

In diesem Moment spürte García etwas Heißes zwischen den Beinen, sah den Fleck, der sich auf seiner Hose ausbreitete, und schrie völlig außer sich auf. Mit einem Satz war Bernardo bei ihm und hielt ihm den Mund zu, aber zu spät: Der Bär hatte sie gehört. Er warf sich herum und hieb mit der Pranke gegen die Tür des Schuppens, daß die Bretter knirschten und zwei Latten von der Decke fielen. Diego stand jetzt mit der Peitsche in der Hand gegenüber der Tür, und Bernardo schwang eine Eisenstange, die er in einer Ecke gefunden hatte. Zum Glück für die drei war der Bär von seinem Sturz benommen und durch den Ast an seinem Bein behindert. Nicht sehr entschlossen schlug er noch einmal gegen die

Tür, dann drehte er ab und wankte auf den Wald zu, kam aber nicht weit, weil sich der Ast zwischen zwei Holzstapeln verklemmte und ihn mit einem Ruck zum Stehen brachte. Vom Schuppen aus war er jetzt nicht mehr zu sehen, aber sein Brüllen hallte zu den dreien herüber, erst verzweifelt, dann als seltener werdendes, resigniertes Seufzen, und schließlich war es still.

»Was jetzt?« fragte Bernardo wieder.

»Jetzt müssen wir ihn auf den Karren laden.« Diego trat zur Tür.

»Bist du verrückt? Wir können doch hier nicht raus«, wimmerte García, von dessen schlammiger Hose schlimme Gerüche aufstiegen.

»Ich weiß nicht, wie lange er schlafen wird. Er ist ein ziemlicher Brocken, und der Schlaftrunk war für einen Menschen gedacht. Wir müssen schnell machen, wenn er aufwacht, dann gnade uns Gott.«

Bernardo nahm wortlos die Seile und ging hinter Diego her, aber García kauerte weiter in seiner Angstlache und schluchzte leise und atemlos. Der Bär lag nicht weit vom Schuppen auf dem Rücken, hingestreckt wie von einem Keulenhieb. Nach Diegos Plan hätte er zwischen den Bäumen hängend einschlafen sollen, dann hätten sie den Karren darunter schieben und ihn darauffallen lassen können. Jetzt würden sie diesen Koloß hochhieven müssen. Sie schubsten den Bären mit einem langen Stock in die Seite, und als er sich nicht rührte, wagten sie sich näher. Er war älter, als sie gedacht hatten: An einer seiner Pranken fehlten zwei Klauen, mehrere seiner Zähne waren abgebrochen, sein Pelz war übersät mit räudigen Stellen und alten Narben. Sein Drachenatem schlug ihnen ins Gesicht, aber sie konnten jetzt nicht zurück. Erst banden sie dem Bären das Maul und die Tatzen zusammen, hantierten mit einiger Vorsicht, die ihnen nichts genutzt hätte, wäre der Bär zu sich gekommen, aber er war wie tot, und so wurden sie kühner. Rasch hatten sie ihn zu einem bewegungsunfähigen Bündel verschnürt, dann gingen sie die Maultiere holen, die starr waren vor Angst. Bernardo flüsterte beschwichtigend auf sie ein und schaffte es, daß sie hinter ihm herkamen. Auch García war nun davon überzeugt, daß das Schnarchen des Bären echt war, und wagte sich aus der Deckung, aber er zitterte und stank, und die anderen schickten ihn hinunter zum Bach, damit er sich wusch und seine Hose durchs Wasser zog. Bernardo und Diego hatten einmal zugesehen, wie in der Mission die Weinfässer aufgeladen wurden, und das machten sie jetzt nach: Sie verknoteten zwei Lassos am oberen Querholm des gekippten Karrens, zogen sie unter dem Bären durch und von oben wieder zurück über den Karren. Dann befestigten sie die Lassoenden am Kummet der Maultiere und trieben die beiden vorwärts. Beim zweiten Versuch kam der Bärenkörper ins Rollen, Diego stützte von hinten mit einem Stock, und schließlich kippte der Karren schwer nach vorn. Sie hatten es geschafft. Noch völlig außer Atem fielen sich Diego und Bernardo um den Hals und hüpften verrückt vor Stolz herum. Sie spannten die Maultiere an und waren nun fast bereit für ihren Einzug ins Dorf, doch erst holte Diego noch die Kanne mit dem Pech, das er sich aus den Tümpeln beim Haus besorgt hatte, und klebte dem Bären einen mexikanischen Sombrero auf den Kopf. Diego und Bernardo waren erschöpft und verschwitzt und stanken nach Raubtier, García dagegen war klatschnaß, roch aber weiterhin streng und war so zittrig, daß er kaum auf den Bock klettern konnte. Als sie schließlich in den Pfad der Späne einbogen, stand die Sonne schon tief, aber einige Stunden würde es noch hell sein. Sie trieben die Maultiere zur Eile an, und erreichten den Camino Real, als es eben dunkel zu werden begann; jetzt liefen die Maultiere, als röchen sie den heimischen Stall, während der Bär in seinem Gefängnis aus Seilen schnaufte. Er war aus seinem Tiefschlaf erwacht, aber noch benommen vom Trank der Indianerin.

Als sie Los Ángeles erreichten, war es rabenschwarze Nacht. Im Licht zweier Öllampen banden sie dem Bären die Hinterbeine los, ließen das Maul und die Vorderpranken jedoch gefesselt und reizten ihn so lange mit einem Stock, bis er sich vom Karren warf und schwankend, aber blind vor

Zorn auf die Füße kam. Lauthals riefen sie die Leute, die mit Laternen und Fackeln nach draußen liefen. Bald war die Straße gesäumt von Neugierigen, denen sich ein unvergleichliches Schauspiel bot: Diego de la Vega zog an seinem Lasso einen gewaltigen Bären hinter sich her, der mit einem Hut auf dem Kopf aufrecht die Straße entlang wankte, während ihn Bernardo und García von hinten mit Stöcken piesackten. Noch Wochen später sollten der Applaus und die Hochrufe den dreien in den Ohren klingen. Wochen, in denen sie ausreichend Zeit hatten, sich über den Unverstand ihrer Tat klar zu werden, während sie sich von der verdienten Tracht Prügel erholten. Doch nichts konnte ihnen den strahlenden Sieg vergällen. Carlos und seine Bande legten sich nie wieder mit ihnen an.

Die Heldengeschichte vom Bärenfang war in aller Munde, wurde aufgebauscht und ausgeschmückt und mit der Zeit von den Pelzhändlern zusammen mit ihren Seeotterfellen sogar über die Beringstraße bis hinein nach Rußland getragen. Um die Tracht Prügel ihrer Eltern waren Diego, Bernardo und García zwar nicht herumgekommen, aber daß sie die Größten waren, das machte ihnen niemand streitig; wobei sie über den Schlummertrunk von Weiße Eule wohlweislich kein Wort verloren. Ihre Siegtrophäe hatte man in ein Gehege gesperrt, und tagelang mußte der Bär die Häme und die Steinwürfe der Schaulustigen über sich ergehen lassen, während man den besten Stier suchte, der gegen ihn antreten sollte, aber Diego und Bernardo tat er so leid, daß sie ihn in der Nacht vor dem Kampf freiließen.

Im Oktober, als man im Dorf noch immer von nichts anderem sprach, griffen die Piraten an. Es ging alles sehr schnell. Sie kamen von der Küste Perus, hatten mit ihrer Brigg, die mit vierzehn leichten Kanonen bewaffnet war, einen Umweg über Hawaii genommen, um die Winde zu nutzen, die sie nach Kalifornien trieben, und wußten von vielen Raubzügen, wie man sich ungesehen dem Festland nähert. Eigentlich waren sie auf der Jagd nach Schiffen, die die Reichtümer Amerikas in die Schatzkammern Spaniens bringen sollten. Auf dem Festland griffen sie selten an, denn die bedeutenden Städte wußten sich zu verteidigen und die anderen waren zu arm, aber nun waren sie schon zu lange glücklos gesegelt, und die Mannschaft brauchte frisches Wasser und mußte sich austoben. Also entschied der Kapitän, Los Ángeles einen Besuch abzustatten, auch wenn dort außer Lebensmitteln, Schnaps und etwas Zerstreuung für seine Männer nichts zu holen wäre. Mit Widerstand brauchten sie nicht zu rechnen, zu übel war ihr Ruf, den sie selbst mit grausigen Geschichten nährten über Gemetzel und Brandschatzungen und darüber, wie sie Leute zerstückelten, schwangeren Frauen die Bäuche aufschlitzten und Kinder wie Jagdtrophäen an Haken in die Masten hängten. Als Barbaren zu gelten kam ihnen zupaß. So mußten sie sich vor einem Überfall nur mit ein paar Kanonenschlägen ankündigen oder brüllend an Land stürmen, damit die Menschen Reißaus nahmen und sie die Beute kampflos einsammeln konnten. Sie gingen in der Bucht vor Anker und machten sich bereit für den Angriff. Auf die Kanonen der Brigg mußten sie diesmal verzichten, weil Los Ángeles zu weit im Landesinneren lag. Wie eine Horde Teufel kletterten sie bis an die Zähne bewaffnet aus den Beibooten an Land. Auf halbem Weg nach Los Ángeles trafen sie auf die Hacienda De la Vega. Das große Lehmhaus mit seinem roten Ziegeldach, den violetten Bougainvillea an den Mauern und den Orangenbäumen im Garten wirkte zu behaglich und friedlich, als daß diese Geächteten der Meere, die sich zu lange von brackigem Wasser, stinkendem Dörrfleisch und steinhartem, wurmstichigem Schiffszwieback ernährt hatten, ihm hätten widerstehen können. Nichts nutzte es dem Kapitän, daß er tobte, ihr Ziel sei das Dorf; seine Männer fielen in die Hacienda ein, jagten die Hunde mit Fußtritten fort und erschossen aus nächster Nähe zwei indianische Gärtner, die nicht rechtzeitig merkten, was vorging.

Alejandro de la Vega war gerade in Mexiko und kaufte hübsche Möbel, um die Ungetüme in seinem Haus zu ersetzen, goldene Samtstoffe, aus denen einmal Vorhänge werden sollten, Bestecke aus massivem Silber, englisches Porzellan und Kristallgläser aus Österreich. Wäre er von seiner langen Reise zurück, würde er mit diesem Pharaonengeschenk Regina rühren können, so hoffte er, und sie würde vielleicht endlich von ihrem Indianergehabe lassen und sich dem feinen europäischen Lebensstil zuwenden. Seine Geschäfte liefen so gut, daß er sich zum ersten Mal ein Leben erlauben durfte, wie es einem Mann von seiner Abkunft ziemte. Wie hätte er ahnen sollen, daß, während er um den Preis türkischer Teppiche feilschte, sein Heim von drei Dutzend gottlosen Halunken geschleift wurde.

Regina erwachte vom aufgebrachten Gebell der Hunde. Ihr Zimmer lag in einem kleinen Turm, dem einzigen architektonischen Wagnis an diesem gedrungenen und schweren Gebäude. Das zögerliche Morgenlicht färbte den Himmel in orangenen Tönen und drang durch ihr Fenster, das weder Vorhänge noch Jalousien hatte. Sie warf sich ein Tuch um die Schultern und trat barfuß hinaus auf den Balkon, um nach den Hunden zu sehen, als die ersten Angreifer eben das hölzerne Gartentor aufbrachen. Daß es Piraten sein könnten, kam ihr nicht in den Sinn, sie hatte nie welche gesehen und nahm sich nicht die Zeit, sie genauer zu betrachten. Im Nachthemd hastete sie aus dem Zimmer, riß draußen einen Säbel und einen Degen von der Wand, die noch scharf waren, obwohl sie seit Alejandros Militärzeit keiner mehr benutzt hatte, und rief auf der Treppe lauthals nach der Dienerschaft. Diego, der mit seinen zehn Jahren noch immer in ihrem Bett schlief, wenn sein Vater auf Reisen war, lief hinter ihr her. Die Türen des Hauses waren aus Eiche, und wenn der Hausherr auf Reisen war, verschloß man sie nachts von innen mit einem schweren Eisenriegel. Vergeblich rannten die Piraten dagegen an, und das gab Regina Zeit, die drei Gewehre aus der großen Truhe in der Vorhalle zu holen und zu verteilen.

Noch schlaftrunken stand Diego auf der Treppe und starrte auf diese unbekannte Frau, die nur noch vage an seine Mutter erinnerte. In wenigen Sekunden war Regina zur Tochter des Wolfs geworden. Das Haar stand ihr wirr um den Kopf, in ihren geweiteten Augen blitzte ein wildes Flakkern, sie bleckte die Zähne wie ein tollwütiger Hund und bellte den Bediensteten Befehle zu. Als die Jalousien von den Fenstern der Vorhalle gerissen wurden und die ersten Piraten ins Innere drängten, sprang sie ihnen mit dem Säbel in der einen und dem Degen in der anderen Hand entgegen. Über den Tumult hinweg hörte Diego einen Schrei, der mehr nach Triumph als nach Schrecken klang, aus der Erde selbst zu brechen schien, durch den Körper seiner Mutter fegte und an den Wänden widerhallte. Für einen kurzen Moment waren die Angreifer wie gelähmt beim Anblick dieser zierlichen Frau, die sich ihnen in einem dünnen Nachthemd mit zwei Klingen in Händen entgegenstellte. Das gab den drei Bewaffneten Zeit zu schießen. Zwei der Piraten stürzten getroffen vornüber, und ein dritter taumelte, aber zum Nachladen war es zu spät, denn schon drängte ein weiteres Dutzend Piraten durch die Fenster. Diego packte einen schweren eisernen Kandelaber und hastete zu seiner Mutter, die vor den Angreifern in den Saal zurückwich. Sie hatte den Säbel verloren und schwang den Degen nun mit zwei Händen blind gegen die Wüstlinge, die sie von allen Seiten bedrängten. Diego steckte einem von ihnen den Kandelaber zwischen die Füße und brachte ihn zu Fall, aber als er ihm das eiserne Ding über den Schädel ziehen wollte, traf ihn ein Tritt in die Rippen und schleuderte ihn gegen die Wand. Er sollte nie erfahren, wie lange er dort bewußtlos lag, denn später sagte jeder etwas anders. Die einen sprachen von Stunden, die anderen von wenigen Minuten, in denen die Piraten jeden in ihrer Reichweite umbrachten oder verwundeten, zerstörten, was sie nicht rauben konnten, und Feuer legten, ehe sie nach Los Ángeles weiterzogen.

Als Diego zu sich kam, durchsuchten sie noch immer das Haus nach Beute, und der Rauch der ersten Feuer drang durch die Fenster und die Ritzen der Tür. Ein stechender Schmerz in der Brust zwang ihn, in kleinen Portionen zu atmen, aber er kam auf die Füße und taumelte hustend und nach seiner Mutter rufend in den Saal. Er fand sie zusammengekrümmt unter dem großen Tisch, ihr Batisthemd war getränkt von Blut, aber sie war bei Bewußtsein und sah ihn an. »Versteck dich!« sagte sie mit fester Stimme, dann wurde sie ohnmächtig. Diego nahm sie an den Armen, der Schmerz hämmerte in seiner Brust, aber er biß die Zähne zusammen und schleppte seine Mutter zum Kamin. Mit letzter Mühe stieß er die Geheimtür auf und zog Regina hinter sich her in den Tunnel. Er schloß die Klappe von innen und kauerte dort im Dunkel, hielt den Kopf seiner Mutter auf den Knien und wimmerte – Mama, Mama – und flehte zu Gott und den Geistern ihres Stammes, daß sie sie nicht sterben ließen.

Auch Bernardo lag im Bett, als der Überfall losging. Er schlief mit seiner Mutter in einem der Dienstbotenzimmer im hinteren Teil des Hauses. Ihr Raum war etwas größer als die fensterlosen Zellen der übrigen Dienerschaft, weil hier auch die Wäsche gebügelt wurde, eine Arbeit, die Ana niemandem übertrug. Alejandro de la Vega wünschte die Aufschläge an seinen Hemden tadellos, und sie hatte den Ehrgeiz, selbst dafür zu sorgen, daß es keine Klagen gab. Außer einem schmalen Bett mit einer Strohmatratze und einer schäbigen Truhe, die Anas und Bernardos Habseligkeiten enthielt, standen in dem Raum noch ein langer Tisch zum Arbeiten, eine Eisenwanne für die Kohlen, mit denen Ana die Bügeleisen bestückte, und einige riesige Körbe voll sauberer Wäsche, die sie am folgenden Tag bügeln wollte. Der Boden war aus gestampfter Erde, ein wollener Poncho hing vom Türsturz und diente als Tür, für Licht und Luft sorgten zwei kleine Fensterlöcher.

Bernardo erwachte nicht vom Lärm der Piraten oder den Schüssen am anderen Ende des Hauses, sondern davon, daß Ana ihn schüttelte. Schon wieder ein Erdbeben, dachte er, aber da hatte Ana ihn schon am Arm gepackt, hatte ihn mit der Gewalt eines Wirbelwinds hochgehoben und war mit einem Satz in der gegenüberliegenden Ecke des Raums. Unsanft stieß sie ihn in einen der großen Körbe. »Was auch passiert, du rührst dich nicht von der Stelle, hast du mich verstanden?« Sie klang so bestimmt, daß es Bernardo war, als

73

spräche ein verborgener Haß aus ihr. Nie hatte er sie aufgebracht gesehen. Seine Mutter war die Sanftmut selbst, war immer hilfsbereit und heiter, obwohl das Glück sie nie verwöhnt hatte. Sie lebte nur für ihren Sohn und ihre Herrschaft, grämte sich nicht über ihr karges Dasein und wirkte nie sorgenvoll, aber in diesem letzten Moment, den sie mit Bernardo teilen sollte, wurde sie hart wie ein Eisblock. Sie nahm ein Bündel Wäsche, deckte ihn zu und drückte ihn tief hinunter in den Korb. Dort im weißen Dämmer der Wäsche, halb erstickt vom Geruch nach Wäschestärke und von seiner Angst, hörte Bernardo die Schreie, die Grobheiten und das Gelächter der Männer, die in den Raum kamen, wo Ana ihrem Tod entgegensah, entschlossen, die Eindringlinge lange genug hinzuhalten, daß sie ihr Kind nicht fanden.

Die Piraten hatten es eilig, und daß in diesem Dienstbotenzimmer nichts zu holen war, konnte man auf den ersten Blick sehen. Vielleicht hätte ihnen dieser Blick genügt und sie wären gegangen, aber da stand diese junge Indianerin mit dem runden Gesicht, hatte die Hände in die Seiten gestemmt und sah ihnen mit Todesverachtung entgegen, das Haar fiel ihr als nächtlicher Mantel über die Schulter, umspülte ihre festen Brüste, ihre üppigen Hüften. Ein Jahr und vier Monate waren sie über den Ozean gesegelt, ohne festes Ziel und ohne den tröstlichen Anblick einer Frau. Im ersten Moment glaubten sie sich vor einem der vielen Trugbilder, die sie auf hoher See so häufig heimsuchten, aber da atmeten sie Anas noch schlafwarmen Geruch, und alle Eile war vergessen. Mit einem Ruck riß der erste ihr das grobe Leinenhemd vom Leib, und dann fielen sie über sie her. Ana wehrte sich nicht. Mit Grabesschweigen ertrug sie, was immer ihnen einfiel, mit ihr zu tun. Als sie zu Boden gestoßen wurde, kam ihr Kopf so nah bei Bernardos Korb zu liegen, daß der ihr schwaches Wimmern hören konnte, erstickt vom heftigen Keuchen der Männer.

In keinem Moment regte sich das Kind unter dem Berg von Wäsche und erlebte dort starr vor Angst die Marter seiner Mutter von Anfang bis Ende. Die Knie an die Brust gepreßt, der Kopf leer gefegt, schwitzte Bernardo Galle und würgte. Eine Unendlichkeit später wurde er der völligen Stille gewahr und roch den Rauch. Er wartete, bis er es nicht mehr aushielt, keine Luft mehr bekam, und rief leise nach seiner Mutter. Keine Antwort. Wieder und wieder rief er sie, und endlich steckte er den Kopf aus dem Korb. Durch das Türloch drangen Rauchschwaden, aber er sah keine Flammen. Seine Beine waren taub, er schaffte es kaum, aus dem Korb zu klettern. Da lag seine Mutter, nackt, das lange schwarze Haar aufgefächert am Boden und der Hals vom einen Ohr zum anderen durchtrennt. Bernardo setzte sich neben sie und nahm ihre Hand, starrte und schwieg. Für viele Jahre sollte er kein Wort mehr sagen.

So fand man ihn Stunden später, als die Piraten schon wieder weit auf hoher See segelten, fand ihn stumm und befleckt vom Blut seiner Mutter. Die Einwohner von Los Ángeles zählten ihre Toten und löschten die Brände, niemand dachte an die Hacienda De la Vega, bis Pater Mendoza, getrieben von einer bösen Vorahnung, die ihn nicht losließ, mit einem halben Dutzend seiner Indianer kam, um sich des Anwesens anzunehmen. Die Flammen hatten die Möbel zerstört und an einigen Deckenbalken geleckt, aber das Haus hielt stand, und als die Hilfe eintraf, war das Feuer schon fast von selbst erloschen. Es gab mehrere Verletzte und fünf Tote, unter ihnen Ana, die sie fanden, wie ihre Mörder sie zurückgelassen hatten.

»Gott steh uns bei!« entfuhr es dem Pater, als er über die Schwelle in Anas Zimmer trat.

Er breitete eine Decke über ihren leblosen Körper und nahm Bernardo in seine starken Arme. Der Junge war wie versteinert, der Blick starr, die Kiefer krampfhaft aufeinandergepreßt. »Wo sind Doña Regina und Diego?« fragte der Missionar, aber es war, als hörte Bernardo ihn nicht. Er trug ihn in die Küche zu einer Indianerin, die ihn im Schoß wiegte wie einen Säugling und ein Klagelied sang, und lief selbst noch einmal durch das Haus und rief nach den Vermißten.

Im Tunnel stand die Zeit still, kein Tageslicht fiel hier herein, und in der völligen Finsternis hatte Diego jedes Gefühl für das Vergehen der Stunden verloren. Er wußte nicht, was im Haus geschah, kein Geräusch drang an sein Ohr, und auch vom Rauch war nichts zu merken. Er wartete, ohne zu wissen worauf, und hielt den Kopf seiner Mutter im Schoß, die manchmal für kurze Momente zu sich kam, aber sofort wieder das Bewußtsein verlor. Seine Brust schmerzte, als steckten ihm Messer zwischen den Rippen, und seine eingeschlafenen Beine kribbelten scheußlich, aber er rührte sich nicht, um seiner Mutter nicht weh zu tun. Für Augenblicke nickte er ein, fuhr jedoch gleich wieder hoch, starrte in die Dunkelheit, würgte vor Schmerz. Die Kälte kroch ihm in die Glieder, er wollte die Arme strecken, aber alles fühlte sich so schwer an, er schloß die Augen und versank in einem wattigen Nebel. In diesem Dämmerzustand verging ein großer Teil des Tages, bis Regina plötzlich aufstöhnte und den Kopf drehte, da schreckte er hoch. Aber kein Zweifel: Seine Mutter war am Leben, und als er das begriff, kehrten auch seine Lebensgeister wieder. Behutsam nahm er Reginas Kopf, so schwer und kalt wie Marmor, in beide Hände, befreite seine Beine und bettete ihn auf die Erde. Es dauerte eine Weile, bis er die steifen Knie beugen und auf allen vieren nach den Kerzen suchen konnte, die Bernardo und er hier für ihre Anrufungen des Okahué versteckt hatten. Die Stimme seiner Großmutter fragte ihn, welches die fünf grundlegenden Tugenden seien, und es fiel ihm keine ein, außer dem Mut.

Im Kerzenlicht schlug Regina die Augen auf und sah sich zusammen mit ihrem Sohn in einer Höhle begraben. Sie war zu schwach, um zu fragen, was geschehen sei, oder ihm eine tröstliche Lüge zu sagen, sie konnte ihm nur zu verstehen geben, daß er ihr Hemd zerreißen und die Wunde an ihrer Brust verbinden solle. Diegos Finger zitterten, als er den tiefen Messerstich unter ihrem Schlüsselbein sah. Er wußte nicht, was er noch tun sollte, und wartete weiter, bis Regina flüsterte:

»Ich sterbe, Diego, du mußt Hilfe holen.«

Diego überlegte, daß er durch die Höhlen zum Strand und von dort ungesehen zum Haus laufen könnte, aber das würde Zeit kosten. Und die hatte er nicht. Er mußte es riskieren und den Weg durch den Kamin nehmen. Die Klappe lag gut versteckt hinter dem Brennholzstapel, er würde unbemerkt einen Blick in den Saal werfen können, selbst wenn dort jemand war.

Als er die Klappe öffnete, schlugen ihm beißender Brandgeruch und ein Schwall Rauch entgegen, und er zuckte zurück, begriff aber im selben Moment, daß der Qualm ihm helfen würde, ungesehen zu bleiben. Leise glitt er durch die Geheimtür und duckte sich hinter das Brennholz. Die Stühle und der Teppich waren angesengt, das Ölbild des heiligen Johannes ein Fraß der Flammen geworden, die Wände und Deckenbalken rauchten, aber das Feuer war erloschen. Eine merkwürdige Stille lag über allem, das Haus schien verlassen, und Diego faßte sich ein Herz und wagte sich weiter. Vorsichtig huschte er an den Wänden entlang durch den Saal, seine Augen tränten, er kämpfte gegen den Hustenreiz. Was war nur geschehen? Wieso war niemand hier? Waren alle tot? Hatten sie fliehen können? In der Vorhalle sah es aus wie nach einem Erdbeben, überall war Blut, aber die Männer, die er selbst im Morgengrauen hatte sterben sehen, waren verschwunden. Kurz durchzuckte es ihn, alles könnte ein schrecklicher Traum sein und er gleich aufwachen von Anas freundlicher Stimme, die ihn zum Frühstück rief. Er hastete durch alle Räume im Haupthaus, durch Rauchschwaden, die ihm entgegenschlugen, wenn er eine Tür öffnete oder um eine Ecke bog. Seine Mutter, sie würde sterben, er mußte jemanden finden, schnell, und er vergaß alle Vorsicht und rannte jetzt fast blind die endlosen Korridore entlang, bis er gegen etwas Festes prallte und zwei kräftige Arme ihn packten. Er schrie auf vor Schreck und vor Schmerz in seinen kaputten Rippen, wieder wurde ihm übel und schwarz vor den Augen. »Diego! Gott sei Dank!« hörte er die tiefe Stimme von Pater Mendoza und roch den Weihrauch der alten Soutane und spürte die schlecht rasierten Wangen an seiner

Stirn, und er war doch noch gar kein großer Junge, und jetzt liefen die Tränen, und er erbrach sich und schluchzte haltlos.

Pater Mendoza hatte die Überlebenden nach San Gabriel geschickt. Aber Regina und ihr Sohn waren nirgends zu finden, und das konnte doch nur heißen, daß die Piraten sie verschleppt hatten. An anderen Küsten wurden manchmal Geiseln genommen, um ein Lösegeld zu erpressen oder sie als Sklaven zu verkaufen, aber in diesem entlegenen Winkel Amerikas hatte er davon noch nie gehört. Wie sollte er Alejandro de la Vega diese schreckliche Nachricht überbringen? Zusammen mit den beiden anderen Franziskanern der Mission hatte er getan, was er konnte, um die Verwundeten zu versorgen und den Opfern des Überfalls Trost zuzusprechen. Morgen erwartete ihn in Los Ángeles die schwere Aufgabe, die Toten zu begraben und eine Liste der Schäden anzulegen. Er war erschöpft, aber doch zu besorgt, um die anderen in die Mission zu begleiten, lieber wollte er noch ein letztes Mal das Haus durchsuchen. Das tat er, als Diego ihm in die Arme lief.

Regina überlebte dank der Hilfe des Paters, der sie in eine Decke hüllte, auf einen wackligen Maultierkarren legte und in die Mission brachte. Es blieb nicht die Zeit, Weiße Eule zu rufen, aus der Schnittwunde quoll noch immer Blut, und Reginas Kräfte schwanden zusehends. Im Licht einiger Öllampen flößten die Missionare ihr Rum ein, wuschen die Wunde aus und zogen mit einer Kneifzange die Spitze des Piratenmessers aus ihrem Schlüsselbein. Dann steckten sie ihr ein Stück Holz zwischen die Zähne, und sie biß darauf wie bei Diegos Geburt, während der Pater die Wunde mit einem glühenden Eisen ausbrannte. Diego kauerte in einer Ecke und hielt sich die Ohren zu, um ihre erstickten Schreie nicht zu hören, fühlte sich schuldig und schämte sich furchtbar, daß er den Wundertrank seiner Großmutter für einen Dummejungenstreich vergeudet hatte. Die Schmerzen seiner Mutter waren seine grausige Strafe dafür, daß er die Medizin gestohlen hatte.

Als Diego sein Hemd aufknöpfte, sah man, daß sein Rumpf vom Hals bis zur Leiste blau angelaufen war. Der Tritt mußte mehrere Rippen nach innen gedrückt haben, und Pater Mendoza kümmerte sich selbst darum, Diego ein Korsett aus Rindsleder anzupassen, das er mit Ruten verstärkte. Damit konnte Diego sich nicht bücken und auch die Arme nicht heben, aber dank des Korsetts schmerzte ihn nach wenigen Wochen das Atmen nicht mehr. Bernardo dagegen erholte sich nicht von seinen Schlägen, denn die waren tiefer gegangen. Mehrere Tage war er in dem versteinerten Zustand geblieben, in dem Pater Mendoza ihn gefunden hatte, der Blick starr, die Zähne derart aufeinandergepreßt, daß der Pater ihm den Maisbrei mit Hilfe des Trichters einflößen mußte. Bernardo war mit bei der Beerdigung der Opfer des Überfalls gewesen und hatte mit tränenlosen Augen zugesehen, wie die Kiste, in der seine Mutter lag, hinabgelassen wurde in ein Loch in der Erde. Als den anderen klar wurde, daß er seit Wochen nicht gesprochen hatte, hatte sich Diego, der Tag und Nacht nicht von seiner Seite gewichen war, bereits damit abgefunden, daß er es womöglich nie wieder tun würde. Die Indianer sagten, er habe seine Zunge verschluckt. Erst zwang Pater Mendoza ihn dazu, mit Meßwein und Honig zu gurgeln; dann pinselte er ihm den Rachen mit Borax ein, legte ihm heiße Wickel um den Hals und gab ihm gemahlene Käfer zu essen. Als keines seiner erfundenen Hausmittel gegen die Stummheit anschlug, entschied er sich für die Roßkur von Exerzitien. Nie zuvor hatte er bei jemandem den Teufel ausgetrieben, und obwohl ihm die Methode bekannt war, fühlte er sich dieser gewaltigen Aufgabe nicht gewachsen, aber hier in der Gegend gab es niemanden, den er darum hätte ersuchen können. Um einen von der Inquisition autorisierten Exorzisten zu finden, hätte man nach Mexiko reisen müssen, und das, glaubte der Missionar, sei es nun wirklich nicht wert. Er las noch einmal gründlich die einschlägigen Texte, fastete zur Vorbereitung zwei Tage lang und schloß sich dann mit Bernardo in der Kirche ein für einen Zweikampf mit dem Satan. Es half gar nichts. Pater Mendoza gab sich geschlagen, offenbar hatten die schlimmen Erlebnisse das arme Kind um den Verstand gebracht, und dagegen war er machtlos. Er übertrug die lästige Pflicht, Bernardo mit dem Trichter zu ernähren, auf eine der Indianerinnen der Mission, und wandte sich wieder seinen eigentlichen Aufgaben zu. Die Mission nahm ihn ganz in Anspruch, dazu kamen die Seelsorge für die Menschen von Los Ángeles, die über ihr Unglück hinwegkommen mußten, und der Papierkrieg, der ihm von seinen Oberen in Mexiko aufgezwungen wurde, das Lästigste an seinem Amt. Bernardo galt allen außer Diego schon als hoffnungsloser Schwachkopf, als Weiße Eule in der Mission auftauchte, um ihn mit in ihr Dorf zu nehmen. Pater Mendoza überließ ihr den Stummen, da er ja doch nichts mit ihm anzufangen wußte, auch wenn er nicht glaubte, daß die Indianerin die Heilung herbeizaubern könnte, an der seine Teufelsaustreibung gescheitert war. Diego wünschte nichts mehr, als seinen Milchbruder zu begleiten, aber er brachte es nicht übers Herz, seine Mutter zu verlassen, die noch nicht aus ihrem Krankenbett aufstehen konnte, und Pater Mendoza verbot ihm, sich mit dem Korsett auf ein Pferd zu setzen. So trennten sich die beiden zum ersten Mal seit ihrer Geburt.

Weiße Eule schaute nach Bernardos Zunge – er hatte sie nicht verschluckt, sie war, wo sie hingehörte – und deutete seine Stummheit als seine Art zu trauern: Er sprach nicht, weil er nicht wollte. Unter dem wortlosen Zorn, der das Kind von innen verzehrte, mußte ein unauslotbarer Ozean von Traurigkeit liegen. Sie versuchte nicht, Bernardo zu trösten oder zu heilen, denn in ihren Augen hatte er alles Recht der Welt, still zu sein, aber sie lehrte ihn, wie er mit dem Geist seiner Mutter sprechen konnte, indem er die Sterne betrachtete, und brachte ihm die Zeichensprache bei, die die Indianer unterschiedlicher Stämme für den Handel benutzten. Außerdem schenkte sie ihm eine dünne Rohrflöte. Mit der Zeit sollte Bernardo lernen, diesem schlichten Instrument fast so viele unterschiedliche Töne zu entlocken wie der menschlichen Stimme. Kaum ließ man ihn in Ruhe, wurde Bernardo rege. Das erste Anzeichen war sein Bärenappetit, so daß man ihn nicht mehr mit grausamen Mitteln ernähren mußte, das zweite seine zaghafte Freundschaft zu »Blitz in der Nacht«. Das Mädchen war zwei Jahre älter als er und wurde so genannt, weil sie in einer Gewitternacht zur Welt gekommen war. Sie war sehr klein für ihr Alter, und der freundliche Ausdruck auf ihrem Gesicht erinnerte an ein Eichhörnchen. Sie nahm Bernardo einfach, wie er war, tat, als merkte sie nicht, daß er nicht sprach, und war ständig bei ihm, womit sie, ohne es zu wissen, Diego ersetzte. Die beiden trennten sich nur nachts, wenn er zum Schlafen in die Hütte von Weiße Eule mußte und sie zu ihrer Familie. Manchmal ging Blitz in der Nacht mit ihm zum Fluß, wo sie sich auszog und kopfüber ins Wasser stürzte, während er nach etwas suchte, womit er sich ablenken konnte, um sie bloß nicht anzusehen, denn er war zwar erst zehn, aber was Pater Mendoza über die Versuchungen des Fleisches gesagt hatte, tat bereits seine Wirkung. Er ließ zum Schwimmen seine Hose an und staunte immer aufs neue, daß das Mädchen in dem eisigen Wasser schwamm wie ein Fisch und genauso lange durchhielt wie er.

Blitz in der Nacht kannte alle Mythen ihres Volkes und wurde nicht müde, sie Bernardo zu erzählen, der nicht müde wurde, ihr zuzuhören. Ihre Stimme war wie Balsam für ihn, mit großen Augen lauschte er und merkte gar nicht, wie seine Liebe zu ihr den Gletscher seines Herzens zu schmelzen begann. Bald benahm er sich wieder wie jedes andere Kind in seinem Alter, auch wenn er weder redete noch je weinte. Zusammen mit seiner Freundin half er Weiße Eule, ging Heilkräuter sammeln, rührte Tränke an. Als er wieder lächelte, entschied die Heilerin, daß sie mehr nicht für ihn tun könne und es an der Zeit sei, ihn zurück auf die Hacienda De la Vega zu schicken. Sie selbst würde die Riten und Zeremonien vorbereiten müssen, mit denen die erste Blutung von Blitz in der Nacht kundgetan würde. Daß sie in diesen Tagen jäh ihre Kindheit hinter sich gelassen hatte, schien ihrer Freundschaft zu Bernardo nichts anzuhaben, im Gegenteil: Bevor er aufbrach, ging sie noch einmal mit ihm zum Fluß hinunter, malte mit ihrem Blut zwei fliegende Vögel auf einen Felsen und sagte: »Das sind wir, wir fliegen immer zusammen.« In plötzlicher Kühnheit küßte Bernardo sie auf die Wange, dann rannte er weg, mit einem Lodern in der Brust.

Diego, der mit der Traurigkeit eines verlassenen Welpen auf Bernardo gewartet hatte, sah ihn schon von weitem und lief ihm rufend und winkend entgegen, aber als er näher kam, erkannte er seinen Milchbruder kaum wieder. Bernardo sah so erwachsen aus, wie er da mit seinem Beutel über der Schulter auf einem geliehenen Pferd saß, viel größer und knochiger als bei ihrem Abschied, mit langen Haaren und dem unverkennbaren Schimmer einer heimlichen Liebe in den Augen. Beklommen blieb Diego stehen, aber da stieg Bernardo vom Pferd, umarmte ihn, hob ihn mühelos ein wenig hoch, und alles war wieder gut. Diego hatte die verlorene Hälfte seiner Seele wieder. Es war ihm völlig gleich, ob Bernardo sprach oder nicht, sie hatten sowieso nie Worte gebraucht, um zu wissen, was der andere dachte.

Bernardo staunte, was in diesen Monaten aus dem Haus geworden war. Alejandro de la Vega hatte alles darangesetzt, jede Spur des Piratenüberfalls zu tilgen, und hatte das Unglück nutzen wollen, damit sein Haus schöner würde denn je. Als er sechs Wochen nach dem Überfall mit all den Kostbarkeiten für seine Frau nach Kalifornien zurückgekehrt war, fand er noch nicht einmal einen Hund, der ihn verbellte. Sein Haus war verlassen, die Einrichtung verkohlt, seine Familie fort. Auf dem Weg ins Dorf traf er Pater Mendoza, der ihm berichtete, was vorgefallen war, und ihn mit in die Mission nahm, wo es Regina langsam besserging. Sie war zwar noch in Verbände eingepackt und trug den Arm in einer Schlinge, konnte aber schon für kurze Spaziergänge aus dem Bett aufstehen. Doch ihre Begegnung mit dem Tod hatte ihr die Frische mit einem Tatzenhieb aus dem Gesicht gewischt. Alejandro hatte eine junge Frau verlassen, und wenig später empfing ihn eine Frau von gerade einmal fünfunddreißig Jahren, deren Jugend dahin war, deren Haar von einigen grauen Strähnen unterwandert wurde und die sich nicht im geringsten für die türkischen Teppiche oder das ziselierte Silberbesteck interessierte, das er gekauft hatte.

Die Nachrichten waren verheerend, und doch hatte Pater Mendoza recht: sie hätten viel schlimmer sein können. Alejandro entschied, ein neues Kapitel aufzuschlagen. Man konnte der Übeltäter ja doch nicht habhaft werden, die sicher längst auf halbem Weg ins Chinesische Meer waren, und so hieß es nun, die Hacienda herzurichten. In Mexiko hatte er gesehen, wie die Leute von Geblüt lebten, und er wollte es ihnen gleichtun, nicht aus Prahlerei, sondern weil Diego das Haus einmal erben und mit Enkeln füllen würde, Alejandros Vorwand für jede Art von Verschwendung. Er bestellte Baumaterial und ließ Handwerker aus Südkalifornien kommen – Schmiede, Töpfer, Steinmetze, Maler –, die in kurzer Zeit das Haus um eine Etage aufstockten, lange Veranden mit Arkaden errichteten, die Böden kachelten, einen Balkon vor dem Eßzimmer anbauten, den Innenhof mit einer Orchestermuschel und kleinen maurischen Brunnen verschönerten, schmiedeeiserne Fenstergitter anbrachten, geschnitzte Türen setzten und Fenster mit buntem Glas einließen. Im Garten am Haupthaus wurden Statuen und Steinbänke aufgestellt, Volieren für Vögel, große Kübel mit Blumen und ein Springbrunnen mit Neptun und drei Nixen, den die indianischen Steinmetze nach dem Vorbild eines italienischen Gemäldes aus dem Marmor schlugen. Als Bernardo zurückkehrte, waren die Dächer schon mit roten Ziegeln gedeckt, die Wände bekamen eben den zweiten pfirsichroten Anstrich, und man begann, die aus Mexiko mitgebrachten Truhen auszupacken. »Sobald Regina wieder auf den Beinen ist, weihen wir das Haus mit einem Fest ein, an das man im Dorf noch in hundert Jahren denken wird«, verkündete Alejandro de la Vega. Aber dieser Tag ließ auf sich warten, denn seine Frau fand immer neue Ausreden, um die Feier zu verschieben.

Bernardo brachte Diego die Zeichensprache der Indianer bei, die sie mit eigenen Erfindungen bereicherten und benutzten, wenn sie mit dem Gedankenlesen oder den Tönen der Flöte nicht weiterkamen. Bei verzwickteren Angelegenheiten griff Bernardo zuweilen zu Griffel und Schiefertafel, aber nur heimlich, um keine schlafenden Hunde zu wecken. Mit der siebenschwänzigen Katze hatte der Schullehrer einer hand-verlesenen Schülerschar das Alphabet eingebleut, aber von dort bis zum flüssigen Lesen klaffte ein Abgrund, und India-ner waren in der Schule ja gar nicht zugelassen. Zwar behagte es Diego gar nicht, als guter Schüler zu gelten, aber mittler-weile hatte er begriffen, wieso sein Vater solchen Wert darauf legte, daß er lernte, und er las, was immer ihm in die Hände fiel. In der *Abhandlung über die Fechtkunst und die Ehrenre-geln des Duells* von Maestro Manuel Escalante fand er eine Zusammenfassung von Vorstellungen, die dem Okahué der Indianer verblüffend ähnlich waren, denn auch hier ging es um Ehre, Gerechtigkeit, Achtung, Würde und Mut. Hatte er früher nur gelernt, was sein Vater ihm in den Fechtstunden zeigte, und versucht, die Schritte auf den Zeichnungen des Handbuchs nachzuahmen, so erfuhr er durch die Lektüre, daß es beim Fechten nicht nur darum ging, mit Geschick das Florett, den Degen oder den Säbel zu führen – es war auch eine geistige Kunst. Etwa zu dieser Zeit schenkte Kapitän José Díaz seinem Freund Alejandro de la Vega eine Kiste vol-ler Bücher, die ein Passagier an Bord vergessen hatte, als er in Guayaquil an Land gegangen war. Sie kam fest vernagelt auf der Hacienda an, und als man sie aufbrach, gab sie einen sa-genhaften Schatz an Versepen und Romanen preis, vergilbte, zerlesene Bände, die nach Honig und Kerzenwachs dufteten. Gierig verschlang Diego alles, obwohl sein Vater nichts für Romane übrig hatte und sie für eine minderwertige Litera-turform voller innerer Widersprüche und grundlegender Irr-tümer hielt, die obendrein von persönlicher Unbill handelte, mit der er nichts zu schaffen hatte. Diego und Bernardo hin-gegen waren süchtig nach den Büchern und lasen sie so oft, daß sie sie am Ende fast auswendig konnten. Die Welt, in der sie lebten, wurde ihnen klein, und sie begannen von Ländern und Abenteuern jenseits des Horizonts zu träumen.

Mit dreizehn sah Diego noch immer aus wie ein kleiner

Junge, während Bernardo, wie viele Indianerkinder in seinem Alter, schon so groß war wie ein Erwachsener. Zumeist blickte er ungerührt, aber sein kupferfarbenes Gesicht bekam etwas Sanftes, wenn er mit Diego allein war, wenn er die Pferde streichelte oder, was er oft tat, entwischte, um Blitz in der Nacht zu besuchen. Das Mädchen war in diesen Jahren wenig gewachsen, sie war noch immer klein und zierlich und hatte dieses unvergeßlich hübsche Gesicht. Wie fröhlich und schön sie war, sprach sich herum, und als sie fünfzehn wurde, stritten bereits die besten Krieger mehrerer Stämme um ihre Gunst. Bernardo hatte schreckliche Angst davor, sie würde eines Tages nicht mehr da sein, weil sie mit einem anderen weggegangen wäre. Er selbst machte nicht viel her, war weder besonders groß noch muskulös, auch wenn dieser Eindruck trog, denn er war erstaunlich ausdauernd und konnte Bärenkräfte entwickeln. Auch daß er stumm war, trog, die Leute hielten ihn nicht nur für dumm, sondern meinten auch, er sei schwermütig. Und das war er nicht, nur daß man die Menschen, denen er sein Herz öffnete, die ihn kannten und ihn lachen gehört hatten, an einer Hand abzählen konnte. Er trug immer die Leinenhose und das Hemd der Neophyten und einen gewebten Gürtel, im Winter darüber einen bunten Poncho aus Wolle. Ein schmales Band hielt das dichte, geflochtene Haar zurück, das ihm bis zur Mitte des Rückens fiel. Er war stolz auf seine Herkunft.

Diegos Erscheinung trog in anderer Hinsicht, denn er bewegte sich zwar wie ein Wiesel und hatte ein sonnengebräuntes Gesicht, wirkte aber gleichwohl wie ein Söhnchen aus gutem Hause. Von seiner Mutter hatte er die Augen und das rebellische Wesen geerbt; von seinem Vater die langen Knochen, die gemeißelten Gesichtszüge, die natürliche Eleganz und die Wißbegierde. Von beiden hatte er den ungestümen Mut, der zuweilen an Tollkühnheit grenzte; aber weiß der Himmel, von wem er den Schalk hatte, der bei keinem seiner Vorfahren, alle sehr auf Würde bedacht, je zutage getreten war. Anders als Bernardo, der kaum aus der Ruhe zu bringen war, wurde Diego ständig vom Hafer gestochen und hatte so viele Ideen gleichzeitig, daß sein Leben nicht reichte, sie alle in die Tat umzusetzen. Mit dreizehn besiegte er seinen Vater im Fechten und führte die Peitsche geschickter als irgendwer sonst. Bernardo hatte ihm eine aus Stierleder geflochten, die er immer zusammengerollt am Gürtel trug. Er ließ keine Gelegenheit zum Üben ungenutzt. Er konnte mit dem Peitschenende Blumen pflücken, konnte Kerzen damit auslöschen und hätte seinem Vater die Zigarre aus dem Mund schlagen können, ohne sein Gesicht zu streifen, auch wenn ihm eine solche Kühnheit im Traum nicht eingefallen wäre. Für seinen Vater empfand er eine scheue Hochachtung, er sprach ihn mit »Herr Vater« an und lehnte sich nie offen gegen ihn auf, obwohl er hinter seinem Rücken fast immer tat, was ihm gefiel, aber mehr aus Unternehmungseifer als aus Ungezogenheit, denn er bewunderte seinen Vater blind, und der hatte ihm nicht umsonst seinen strengen Begriff von Ehre gepredigt. Diego war stolz, ein Nachfahr des Cid zu sein, eines echten Edelmanns, verleugnete aber nie seine indianische Seite und war auch stolz auf die kriegerische Vergangenheit seiner Mutter. Während Alejandro de la Vega an die gesellschaftliche Stellung dachte, für die der Stammbaum entscheidend war, und zu verbergen versuchte, daß sein Sohn Mestize war, stand der erhobenen Hauptes dazu. Diego liebte seine Mutter und fühlte sich geborgen bei ihr, konnte ihr allerdings nichts vormachen, wie er das zuweilen mit seinem Vater tat. Regina schien Augen im Hinterkopf zu haben und war hart wie Granit, wenn es darum ging, daß er gehorchte.

Sein Amt als Bürgermeister zwang Alejandro de la Vega zu häufigen Reisen zum Regierungssitz nach Monterey. Als er wieder einmal fern war, brachte Regina Diego und Bernardo zu Weiße Eule, weil sie glaubte, es sei an der Zeit, daß die beiden zu Männern würden, was sie, wie so oft, nicht mit ihrem Mann besprach, um keinen Streit vom Zaun zu brechen. Mit den Jahren war die Kluft zwischen ihnen tiefer geworden und ließ sich auch mit nächtlichen Umarmungen nicht mehr überbrücken. Sie lebten in getrennten Welten und hatten sich kaum mehr etwas zu sagen, und nur die Erinnerung an ihre frühere Liebe hielt sie weiter zusammen. In den ersten Jahren war Alejandro so trunken gewesen vor Liebe, daß er mehr als einmal zu Beginn einer Reise kehrtgemacht hatte und viele Meilen zurück nach Hause galoppiert war, nur um noch ein paar Stunden länger bei seiner Frau zu sein. Er hatte sich nicht satt sehen können an ihrer königlichen Schönheit, die ihm den Verstand raubte und seine Lust entfachte, und doch schämte er sich dafür, daß sie Mestizin war. Aus Stolz tat er, als merkte er nicht, daß die engstirnige Gesellschaft der Siedler sie ablehnte, aber mit der Zeit gab er ihr die Schuld daran; seine Frau tat nichts dafür, daß man ihr das Mischlingsblut verzieh, sie war verstockt und trotzig. Und hatte Regina auch anfangs versucht, sich in das Leben ihres Mannes einzufinden, in seine Sprache mit den rauhen Konsonanten, in seine starren Vorstellungen, seine düstere Religion, die dicken Mauern seines Hauses, die engen Kleider und die Lederstiefel, so überstieg das doch ihre Kräfte, und sie gab sich schließlich geschlagen. Aus Liebe hatte sie versucht, ihr früheres Leben zu vergessen und eine Spanierin zu werden, aber sie schaffte es nicht, denn sie träumte noch immer in ihrer eigenen Sprache. Regina sagte Diego und Bernardo nicht, warum sie ins Dorf der Indianer gingen, weil sie die beiden nicht jetzt schon erschrecken wollte, aber sie ahnten wohl, daß etwas Besonderes bevorstand, von dem niemand erfahren durfte und schon gar nicht Alejandro de la Vega.

Weiße Eule erwartete die drei auf halbem Weg zum Indianerdorf. Der Stamm war weiter hinauf in die Berge gezogen, getrieben von den Weißen, die unaufhörlich Land an sich rissen. Immer zahlreicher kamen die Siedler und immer unersättlicher. Schon wurde das ausgedehnte, unberührte Land zu klein für all das Vieh und all die Habgier. Früher war auf den Hügeln allzeit frisches, mannshohes Gras gewachsen, überall hatte es Quellen und kleine Bäche gegeben, im Frühling war alles ein einziges Blütenmeer, aber die Rinder der Siedler zertrampelten die Grasnarbe, und die Hügel verdorrten. Weiße Eule ahnte, daß die Eindringlinge sich nicht würden aufhalten lassen – ihr Volk würde schwinden. Sie riet ihrem Stamm, neue Jagdgründe zu suchen, und führte ihn weg von den Weißen viele Meilen ins Landesinnere. Für Diego und Bernardo hatte sie ein umfassendes Ritual vorbereitet, keine dieser großtuerischen Proben, mit denen die Krieger protzten. Was sollte es schon nutzen, ihnen Greifvogelfänge durch die Brustwarzen zu ziehen und sie daran an einem Baum aufzuhängen, dafür waren sie zu jung, und sie brauchte keinen Beweis für ihren Mut. Es würde ihnen mehr helfen, wenn sie sich dem Großen Geist öffneten und etwas über ihr Schicksal erfuhren. Ernst wie immer umarmte Regina die beiden zum Abschied und sagte, sie erwarte sie in sechzehn Tagen im Dorf, wenn sie die vier Stationen ihrer Initiation durchlaufen hätten.

Weiße Eule nahm ihren Beutel mit ihrer Trommel und Schnarre, ihren Pfeifen, Heilkräutern und kultischen Gegenständen und hielt in strammen Schritten auf die bewaldeten Hügel zu. Bernardo und Diego, die nichts bei sich hatten als Wolldecken, folgten ihr, ohne Fragen zu stellen. Während der ersten Etappe ihrer Reise wanderten sie vier Tage durchs Dickicht, aßen nicht und tranken nur Wasser, bis der Hunger und die Erschöpfung sie in einen Zustand nie erlebter Aufnahmefähigkeit versetzten. Die Natur offenbarte sich ihnen in ihrer ganzen geheimnisvollen Größe, zum erstenmal nahmen sie die Mannigfaltigkeit des Waldes wahr, die Stimmen des Windes, die Nähe der Tiere, die sie manchmal ein weites Stück auf ihrem Weg begleiteten. Erst hatten die Schürfwunden und Schnitte ihnen zu schaffen gemacht, die sie sich im Gestrüpp zuzogen, die bleierne Müdigkeit in den Knochen, die bodenlose Leere im Magen, aber am vierten Tag wanderten sie leichten Schrittes wie durch Nebel. Da entschied Weiße Eule, daß sie bereit seien für die zweite Etappe des Rituals, und wies sie an, eine Grube von einer halben Mannslänge Tiefe und einer ganzen im Durchmesser zu graben. Während sie ein Feuer entfachte, um Steine zu erhitzen, schnitten Diego und Bernardo dünne Äste, schälten die Rinde ab, errichteten eine Kuppel über der Grube und breiteten ihre Decken darüber. In dieser runden Behausung sollten sie sich in den nächsten Tagen reinigen und mit der Hilfe der Geister zu ihrer großen Suche aufbrechen. Weiße Eule schürte in einem Kreis von Steinen das heilige Feuer, das für die schöpferische Kraft des Lebens stand. Alle drei tranken Wasser, aßen eine Handvoll Nüsse und getrocknetes Obst, dann gebot Weiße Eule den beiden, sich auszuziehen, und ließ sie zum Klang ihrer Trommel und Schnarre Stunde um Stunde entfesselt tanzen, bis sie ermattet zu Boden sanken. Sie führte sie hinein in die Kuppel, unter die sie die ersten glutheißen Steine gelegt hatte, und gab ihnen Stechapfelsud zu trinken. Diego und Bernardo tauchten ein in den Dampf der mit Wasser übergossenen Steine, in den Rauch der Pfeifen, den Duft der Wirkkräuter und in die Bilder, die von dem Gebräu hervorgerufen wurden. In den nächsten vier Tagen verließen sie die Hütte nur hin und wieder, um frische Luft zu atmen, das heilige Feuer zu schüren, die Steine wieder anzuwärmen und einige Körner zu essen. Schwitzend nickten sie immer wieder ein. Diego träumte, in eisigen Wassern mit den Delphinen zu schwimmen, Bernardo träumte vom ansteckenden Lachen von Blitz in der Nacht. Die Indianerin begleitete sie mit Gebeten und Liedern, während die Geister aller Zeiten um die Hütte strichen. Tagsüber näherten sich Rehe, Hasen, Pumas und Bären; nachts heulten Wölfe und Kojoten. Ein Adler stand am Himmel und spähte unermüdlich auf sie herab, bis sie für die dritte Etappe ihrer Reise bereit waren, dann verschwand er.

Weiße Eule gab jedem von ihnen ein Messer, erlaubte ihnen, ihre Decken mitzunehmen, und schickte sie in unterschiedliche Richtungen, den einen nach Osten, den anderen nach Westen, mit den Worten, sie sollten essen, was sie jagen oder finden könnten, die Finger jedoch von Pilzen aller Art lassen, und am vierten Tag wieder zurück sein. So es der Wille des Großen Geistes sei, würde ihnen in diesen vier Tagen ihr Wesen offenbart, andernfalls geschehe es für dieses Mal nicht und sie müßten weitere vier Jahre vergehen lassen, ehe sie es erneut versuchten. Zum Abschluß würden sie noch einmal vier Tage Zeit haben, um auf dem Rückweg ins Dorf wieder zu Kräften zu kommen und zurück in ein normales Leben zu finden. Diego und Bernardo waren von den ersten beiden Stufen des Rituals so ausgezehrt, daß sie einander im hellen Schein des Morgens kaum wiedererkannten. Sie sahen aus wie Dörrobst, die aschfahle Haut fiel ihnen schrumplig über die Knochen, die Augen saßen tief in den Höhlen und loderten irr, und sie gaben ein so klägliches Bild ab, daß sie lachen mußten, obwohl ihnen das Herz schwer war. Sie umarmten sich zum Abschied, dann brach jeder in die ihm gewiesene Richtung auf.

Weiße Eule sah ihnen nach. Sie würden ziellos wandern, nicht wissen, wonach sie suchen sollten. Sie würden sich von Wurzeln und Samenkörnern nähren, doch sicher würde der Hunger sie irgendwann dazu treiben, sich Pfeile zu schnitzen und einen Bogen zu bauen, wie sie das von den Kriegern des Stammes gelernt hatten, so daß sie kleine Nager und Vögel erlegen konnten. Die Nächte waren kühl, und die beiden würden bibbernd neben ihren Feuern schlafen und starr vor Rauhreif erwachen. Es würde schwer für sie werden, doch Weiße Eule vertraute darauf, daß sie dieser Prüfung gewachsen sein würden. Sie hatte das Ihre getan, den letzten Schritt mußte jeder für sich allein tun.

Bernardo war erst wenige Stunden gelaufen, als er merkte, daß etwas ihm folgte, aber wenn er sich umwandte, sah er nichts als Bäume, die wie stumme Riesen auf ihn herabblickten. Das Farnkraut umarmte ihn mit schimmernden Wedeln, knorrige Eichen und duftende Tannen, wohin er schaute, alles war still und grün und getupft vom Sonnenlicht, das durch die Laubdecke fiel. Fast den ganzen Tag sollte es dauern, bis sein schüchterner Begleiter sich zeigte. Es war ein Fohlen ohne Mutter, so jung noch, daß ihm zuweilen die Beine wegknickten, und schwarz wie die Nacht. Obwohl es noch die Zerbrechlichkeit des Neugeborenen hatte und man ihm die tiefe Traurigkeit des Waisenkinds ansah, ließ sich erahnen, was für ein prachtvolles Tier es einmal sein würde. Bernardo begriff, daß diese Begegnung ihm etwas sagen sollte. Die Wildpferde waren in Herden und immer im Grasland unterwegs, was tat dieses Fohlen also allein im Wald? Er rief es mit den schönsten Tönen seiner Flöte, aber das Tier blieb mit zitternden Beinen in einiger Entfernung stehen, schaute ihn mißtrauisch an, blähte die Nüstern und wagte sich nicht näher. Bernardo rupfte eine Handvoll feuchter Gräser, setzte sich auf einen Stein, kaute das Gras durch und bot es dem Fohlen auf der Handfläche an. Er mußte sich gedulden, doch schließlich kam das Fohlen zögerlich näher. Es reckte den Hals, beschnupperte die grüne Paste, maß Bernardo mit dem unverstellten Blick seiner braunen Augen, erforschte seine Absichten, erwog die Möglichkeiten zur Flucht. Aber was es sah, gefiel ihm wohl, denn wenig später berührte seine samtne Schnauze die ausgestreckte Hand, um von dem fremdartigen Futter zu kosten. »Ist nicht so gut wie die Milch deiner Mutter, aber es geht auch«, flüsterte Bernardo. Es waren seit drei Jahren die ersten Worte, die er sprach. Er spürte, wie sich jedes einzelne davon in seinem Bauch formte, wie es als filzige Kugel in seiner Kehle aufstieg, in seinem Mund kreiste und dann so durchgekaut wie das Gras für das Fohlen zwischen seinen Zähnen hervorkam. Etwas zerbrach in seiner Brust, ein schweres Tongefäß, und all seine Wut, seine Schuld und seine Schwüre einer schrecklichen Rache zerflossen in einem reißenden Sturzbach. Er fiel vornüber auf die Knie und weinte und erbrach einen grünen und bitteren Schleim, krümmte sich unter der erbarmungslosen Erinnerung an jenen unglückseligen Morgen, an dem er seine Mutter verloren hatte und mit ihr seine Kindheit. Die Krämpfe stülpten ihm den Magen um, bis er leer war und rein. Das Fohlen wich erschrocken zurück, aber es floh nicht, und als Bernardo sich schließlich beruhigte, aufstehen konnte und ein Wasserloch suchte, um sich zu waschen, blieb es dicht hinter ihm. Drei Tage blieben die beiden zusammen. Bernardo zeigte dem Fohlen, wie es mit den Hufen die zarteren Halme freischarren konnte, stützte es, bis es sicher Fuß vor Fuß setzte und zu traben begann, legte nachts die Arme um seinen Körper, um es zu wärmen, und spielte ihm auf der

Flöte vor. »Du sollst Tornado heißen, falls dir der Name gefällt, weil du laufen wirst wie der Wind«, sagte er ihm mit dem Klang seiner Flöte, denn nach diesem einzigen Satz hatte er sich zurück in die Stille geflüchtet. Er dachte daran, daß er das Fohlen zähmen und es Diego schenken würde, die beste Bestimmung, die ihm für dieses edle Tier einfiel, aber als er am vierten Tag erwachte, war es fort. Der Morgennebel war schon aufgestiegen, und die Sonne leckte die Hügel mit dem Glanz des frühen Tages. Vergeblich suchte Bernardo nach Tornado, rief ihn mit heiserer, eingerosteter Stimme, bis er begriff, daß das Tier nicht zu ihm gekommen war, weil es einen Besitzer suchte, sondern weil es ihm einen Weg für sein Leben zeigen wollte. Er erriet, daß er sich vom Geist des Pferdes leiten lassen und dessen Tugenden entwickeln sollte: die Treue, die Kraft und die Ausdauer. Sein Gestirn würde die Sonne sein und sein Zuhause die Hügel, über die Tornado sicher bereits zurück zu seiner Herde trabte.

Diego konnte sich nicht so gut orientieren wie Bernardo, und bald wußte er nicht mehr, wo er war. Auch war er nicht so geschickt bei der Jagd und erlegte bloß ein winziges Mäuslein, von dem, als er ihm das Fell abzog, nur ein jämmerliches Knochenknäuel übrigblieb. Am Ende aß er Ameisen, Würmer und Eidechsen. Er war erschöpft vom Hunger und den Strapazen der vergangenen acht Tage und fühlte sich den Gefahren ausgeliefert, die hier allerorten lauerten, aber er wollte um keinen Preis aufgeben. Weiße Eule hatte ihnen doch gesagt, der Sinn dieser langen Probe sei, daß sie die Kindheit zurückließen und zu Männern würden, und er hatte so lange durchgehalten und konnte seine Großmutter nicht jetzt noch enttäuschen, auch wenn Zweifel an ihm nagten und er seine Tränen hinunterschlucken mußte. Er kannte die Einsamkeit nicht. Er war mit Bernardo zusammen aufgewachsen, immer waren Freunde um ihn gewesen und Leute, die ihn hätschelten, nie hatte ihm die vorbehaltlose Liebe seiner Mutter gefehlt. Nun war er zum ersten Mal auf sich gestellt, und das ausgerechnet mitten in der Wildnis. Was, wenn er das winzige Lager von Weiße Eule nicht mehr fand? Vielleicht wäre es das Beste, wenn er sich unter einen Baum setzte und sich die nächsten vier Tage nicht von der Stelle rührte, aber dazu fehlte ihm die Ruhe, und so wanderte er weiter. Bald hatte er sich in den endlosen Hügeln heillos verlaufen. Er fand eine Quelle, trank und wusch sich und aß Früchte von einem Baum, den er nicht kannte. Drei Raben strichen ein paarmal sehr dicht über seinen Kopf; diese Vögel wurden vom Stamm seiner Mutter verehrt, und so glaubte er an ein gutes Omen und fühlte sich ermutigt weiterzugehen. Als es dunkelte, fand er eine Mulde zwischen zwei Felsen, entfachte ein Feuer, hüllte sich in seine Decke und schlief augenblicklich ein, mit einem letzten Gedanken an den guten Stern, von dem Bernardo behauptete, daß er ihm leuchte, denn nach allem, was er durchgemacht hatte, wäre es doch zu dumm gewesen, in den Klauen eines Pumas zu enden. Es war pechschwarze Nacht, als er vom sauren Aufstoßen der unbekannten Früchte und dem nahen Heulen der Kojoten erwachte. Von seinem Feuer waren nur schüchtern glimmende Scheite übrig, und er legte etwas Knüppelholz nach, aber diese spärlichen Flämmchen würden nicht reichen, um die Raubtiere fernzuhalten. All die Tiere fielen ihm ein, die in den letzten Tagen um sie herumgestrichen waren und nicht angegriffen hatten, und er schickte ein Stoßgebet zum Himmel, daß sie es auch jetzt nicht tun würden. Im selben Moment sah er deutlich im Schein der Flammen zwei rötliche Augen, die ihn gespenstisch starr anblickten. Er griff nach seinem Messer, glaubte, es sei ein Wolf, dessen Hunger größer war als die Furcht vor dem Feuer, aber als er sich vorbeugte und blinzelte, erkannte er, daß es ein Fuchs war. Sonderbar unbewegt saß er da, wie eine Katze, die sich an der Glut wärmt. Diego lockte ihn, aber der Fuchs kam nicht näher, und als er selbst zu ihm hinrobbte, wich das Tier vorsichtig zurück und hielt immer denselben Abstand zwischen den beiden. So kümmerte sich Diego noch eine Weile um das Feuer, bis ihm schließlich die Augen zufielen und er trotz des nun ferner klingenden Kojotengeheuls einschlief. Bis zum Morgen schreckte er immer wieder hoch, wußte im ersten Moment nicht, wo er war, und sah diesen sonderbaren Fuchs, der wie ein wachender Geist reglos an der Feuerstelle saß. Die Nacht wollte kein Ende nehmen, doch dann zeichneten sich im ersten Morgenlicht die Umrisse der Berge ab. Der Fuchs war fort.

In den folgenden Tagen geschah nichts, was Diego erhellend erschienen wäre, nur daß der Fuchs immer da war, sobald die Nacht hereinbrach, und still und wachsam bei ihm blieb bis zum Sonnenaufgang. Am Morgen des vierten Tages sah Diego ein, daß alle Mühe vergebens gewesen war. Er hatte quälenden Hunger und wollte sich auf den Rückweg machen, wußte jedoch nicht, wohin er sich wenden sollte. Er würde Weiße Eule unmöglich finden, aber wenn er die Hügel hinabstieg, würde er früher oder später das Meer erreichen und auf den Camino Real stoßen. Er brach auf und dachte mutlos daran, wie enttäuscht seine Großmutter und seine Mutter wären, wenn sie hörten, daß er trotz der Schinderei der letzten Tage nichts über sein Wesen erfahren hatte, und er fragte sich, ob Bernardo wohl mehr Glück gehabt hatte. Er war noch nicht weit gekommen, als er über einen umgestürzten Baum kletterte und auf eine Schlange trat. Er spürte ein Stechen am Knöchel und brauchte einen Augenblick, bis er das Rasseln der Klapper gewahrte und richtig begriff, was geschehen war. Er starrte das Tier an: schmaler Hals, dreieckiger Kopf, finster geschlitzte Augen. Das Entsetzen traf Diego im Magen wie der unvergeßliche Tritt des Piraten. Er stolperte einige Schritte zurück, weg von der Schlange, während in seinem Kopf alles raste, was er je über Klapperschlangen gehört hatte. Er wußte, ihr Gift war nicht unbedingt tödlich, das hing von der Menge ab, aber er war geschwächt, und hier konnte ihm niemand helfen, bestimmt würde er sterben, wenn nicht an dem Gift, dann an Entkräftung. Einmal hatte er einen Viehtreiber gesehen, der an einem Schlangenbiß gestorben war; der Mann hatte in einem Heuschober seinen Rausch ausschlafen wollen und war nie wieder aufgewacht. Pater Mendoza hatte gesagt, Gott habe ihn mit einer gut dosierten Mischung aus Alkohol und Schlangengift zu sich gerufen, damit er nicht noch einmal seine Frau schlug. Auch die Roßkuren gegen das Gift fielen ihm ein, es hieß, man solle sich das Fleisch tief aufschneiden oder den Biß mit glühenden Kohlen ausbrennen. Er sah, wie sein Bein violett anlief, schmeckte die Spucke im Mund, sein Gesicht kribbelte, seine Hände, kalt, es war so kalt. Jetzt nicht den Verstand verlieren, redete er sich zu, er mußte eine Entscheidung treffen, solange er noch klar denken konnte: Wenn er sich bewegte, würde sich das Schlangengift rascher in seinem Körper ausbreiten, aber wenn er es nicht tat, würde er hier sterben. Also weiter, auch wenn ihm die Knie weich waren und seine Lider anschwollen, daß er kaum noch etwas sah. Er stolperte den Hügel hinab und rief dabei wie im Schlaf nach seiner Großmutter, während seine letzten Kräfte unaufhaltsam schwanden.

Diego fiel vornüber auf den Boden. Mit letzter Not drehte er sich langsam auf den Rücken und sah in das flirrende Licht des Morgens. Er keuchte, er hatte solchen Durst, wie Kalk brannte der Schweiß auf seiner Haut, und zugleich schlotterte er unter Grabeskälte. Er verfluchte den Gott der Christen, weil er ihn verlassen hatte, und den Großen Geist, der ihm einen so unwürdigen Streich spielte, obwohl er ihn doch eigentlich mit einer Erkenntnis beschenken sollte. Alles war so unwirklich, er empfand keine Angst mehr. Eine heiße Bö hob ihn hoch und wirbelte ihn dem Licht entgegen. Sterben, es war so schön, jetzt zu sterben, so ruhig. Aber als da nur noch gleißender Himmel war, setzte die heiße Bö unter ihm jäh aus, und er fiel wie ein Stein tiefer und tiefer hinab in einen Abgrund. In einem letzten Aufflackern von Bewußtsein sah er die rötlichen Augen des Fuchses vor sich, der ihn vom Tod aus anblickte.

In den folgenden Stunden rang Diego gegen den Teer seiner Albträume, und als er sich endlich losmachen konnte und auftauchte, erinnerte er sich nur an den schrecklichen Durst und den unbewegten Blick des Fuchses. Er lag in eine Decke gehüllt im Schein eines Lagerfeuers, Bernardo war bei ihm und auch Weiße Eule. Er wollte sich bewegen, alles tat weh, was war nur geschehen?

»Die Klapperschlange hat mich umgebracht«, sagte er mit dünner Stimme.

Weiße Eule lächelte: »Du bist nicht tot, mein Junge, aber es hat nicht viel gefehlt.«

»Ich habe die Probe nicht bestanden.«

»Doch, Diego, das hast du.«

Bernardo hatte ihn gefunden und ins Lager gebracht. Er hatte sich eben angeschickt, zu Weiße Eule zurückzukehren, als ein Fuchs vor ihm aufgetaucht war. Das war ein Zeichen, ganz sicher, warum sonst sollte ihm ein Tier, das eigentlich nur nachts unterwegs war, am hellichten Tag zwischen den Beinen herumstreichen? Bernardo ließ den Bogen, wo er war, und blieb stehen, um den Fuchs zu beobachten. Der lief nicht weg, sondern hielt einige Ellen entfernt inne und sah sich mit gespitzten Ohren und bebender Schnauze nach Bernardo um. Unter anderen Umständen hätte der sich wohl einfach gewundert und wäre weitergegangen, aber all seine Sinne waren unruhig und sein Herz offen für Vorahnungen. Ohne Zaudern folgte er dem Fuchs, bis er nach einer Weile Diegos leblosen Körper fand. Er sah das monströs geschwollene Bein seines Bruders und wußte sofort, was geschehen war. Er hatte keine Zeit zu verlieren, warf sich den Bewußtlosen wie ein Bündel über die Schulter und lief, so schnell er konnte, zurück zu Weiße Eule, die das Bein ihres Enkels mit einer Paste aus Kräutern einrieb und ihn das Gift ausschwitzen ließ, bis er die Augen aufschlug.

»Der Fuchs hat dich gerettet. Er ist dein Totemtier, sein Geist soll dich leiten«, erklärte sie ihm. »Du sollst sein Geschick, seine Schläue und Klugheit entwickeln. Deine Mutter ist der Mond, und dein Haus sind die Höhlen. Wie der Fuchs sollst du entdecken, was sich im Dunkel verbirgt, sollst bei Tage unerkannt sein und dich verbergen und nachts handeln.«

»Aber warum?« fragte Diego verwirrt.

»Eines Tages wirst du es wissen, den Großen Geist kann

man nicht drängen. Unterdessen bereite dich vor, damit du gerüstet bist.«

Wohlweislich sagte Diego niemandem etwas von dem, was er mit Weiße Eule erlebt hatte. Den spanischen Siedlern galten die Traditionen der Indianer als die Spinnereien von Unwissenden, wenn nicht gar als Barbarei. Diego fürchtete, seinem Vater könnte etwas zu Ohren kommen. Seiner Mutter gegenüber erwähnte er die eigenartige Begegnung mit dem Fuchs, erzählte aber keine Einzelheiten. Bernardo wurde sowieso mit Fragen verschont, denn durch seine Stummheit war er für die Leute wie unsichtbar, was zuweilen sein Gutes hatte. Man redete und benahm sich in seinem Beisein, als wäre er nicht vorhanden, und er lernte eine Menge über die Janusköpfigkeit der Menschen. Er beobachtete aufmerksam, deutete die Körpersprache der anderen und entdeckte, daß Worte und Absichten zuweilen zweierlei sind. Wer großspurig daherkam, war häufig leicht zu beeinflussen, wer am lautesten tönte, oft nicht aufrichtig, die Hochmütigen hatten häufig keine Ahnung, wovon sie redeten, und Schmeichler verfolgten in der Regel hinterhältige Ziele. Weil er den Leuten heimlich und sehr gewissenhaft auf den Zahn fühlte, konnte Bernardo seinen Bruder zuweilen warnen, der sich in seiner vertrauensseligen Art schwertat, an anderen Schwächen zu erkennen, die ihm selbst fehlten. Das Fohlen und den Fuchs sahen die beiden indes nicht wieder. Bernardo meinte zwar manchmal, Tornado inmitten einer Herde galoppierender Wildpferde zu erkennen, und Diego fand auf einem seiner Spaziergänge einmal einen Fuchsbau mit neugeborenen Welpen, aber das war nichts Außergewöhnliches und hatte mit dem, was der Große Geist ihnen hatte sagen wollen, wohl nichts zu tun.

Und doch war durch den Ritus von Weiße Eule etwas anders geworden. Beiden kam es vor, als hätten sie eine Schwelle überschritten und ihre Kindheit hinter sich gelassen. Als Männer fühlten sie sich zwar noch nicht, aber daß sie die ersten Schritte auf diesem schwierigen Weg gingen, war nicht zu verkennen. Ihr Körper und ihre Gedanken spielten verrückt, und das war viel schwerer auszuhalten als etwa das vage und sanfte Verlangen, das Bernardo schon als Zehnjähriger für Blitz in der Nacht empfunden hatte. Sicher, sie hätten ihre Sehnsüchte bei den freizügigen Indianermädchen vom Stamm von Weiße Eule stillen können, die nicht so gegängelt wurden wie die Indianerinnen in den Missionen, aber Diego wurde durch die uneingeschränkte Hochachtung gegenüber seiner Großmutter daran gehindert und Bernardo durch seine Welpenliebe zu Blitz in der Nacht. Er erwartete nicht, daß sie seine Gefühle erwiderte, sie war ja schon eine richtige Frau und wurde von einem halben Dutzend Männern umworben, die von weit her kamen und ihr Geschenke brachten, und er war doch so unbeholfen und noch grün hinter den Ohren, hatte nichts anzubieten und war obendrein stumm wie ein Kaninchen. Blieben also die beiden Mestizinnen und die schöne Mulattin im Freudenhaus von Los Ángeles, aber die jagten Diego und Bernardo mehr Angst ein als ein wilder Stier; sie waren so fremdartig mit ihren karmesinroten Lippen und diesem durchdringenden Duft nach welkem Jasmin. Wie die anderen Jungen in ihrem Alter – außer Carlos Alcázar, der sich brüstete, die Feuerprobe bestanden zu haben – verehrten und fürchteten sie diese Frauen aus der Ferne. Abends ging Diego mit den anderen Söhnen der Gutsbesitzer zum Flanieren auf die Plaza de Armas. Bei jeder Runde um den Platz begegneten sie den Mädchen, die denselben gesellschaftlichen Kreisen entstammten und in ihrem Alter waren, kaum je lächelten und aus den Augenwinkeln über den Rand ihrer Fächer oder unter ihren Mantillen hervor zu den Jungen herlinsten, die, entflammt in unmöglicher Liebe, ihre Sonntagsanzüge naß schwitzten. Nie wechselte man ein Wort, aber die kühnsten Jungen ersuchten den Bürgermeister um die Erlaubnis, unter dem Balkon ihrer Auserwählten ein Ständchen zu singen, und Diego war allein der Gedanke daran hochnotpeinlich, immerhin war der Bürgermeister sein Vater. Aber irgendwann würde auch er womöglich zu diesem Mittel greifen müssen, und so übte er täglich romantische Lieder auf der Mandoline.

Mit großer Genugtuung sah Alejandro de la Vega, daß dieser Sproß, in dem er schon den hoffnungslosen Tunichtgut zu erkennen geglaubt hatte, nun endlich doch zu dem Erben wurde, von dem er immer geträumt hatte. Erneut nahm er sich vor, Diegos standesgemäße Ausbildung voranzutreiben, die er im Trubel des Wiederaufbaus seiner Hacienda vernachlässigt hatte. Auf eine katholische Schule in Mexiko wollte er ihn schicken, da in Europa nun Napoleon Bonaparte sein Unwesen trieb, aber Regina geriet derart außer sich bei dem Gedanken, sich von Diego zu trennen, daß die Angelegenheit für die nächsten zwei Jahre nicht mehr erwähnt wurde. Unterdessen machte Alejandro seinen Sohn mit der Führung der Hacienda vertraut und stellte fest, daß er viel schlauer war, als die Mäkeleien des Schullehrers hätten vermuten lassen. Nicht nur entzifferte Diego auf Anhieb den Wirrwarr aus Anmerkungen und Zahlen in seinen Büchern, sondern er verhalf der Familie auch zu unerwarteten Einnahmen, weil er die Rezeptur der Seife verfeinerte und neue Ideen für das Rauchfleisch hatte, das sein Vater nach unzähligen Räucherversuchen zustande gebracht hatte. Diego verbannte das kaustische Soda aus der Seifensiederei, mischte Milchrahm zu und schlug vor, Proben an die feinen Damen der Kolonie zu verschenken, die solcherlei Waren von den amerikanischen Seeleuten erwarben, ohne sich um die Handelsbeschränkungen zu scheren, die Spanien seinen überseeischen Besitzungen auferlegte. Damit machten sie sich zwar des Schmuggels schuldig, aber alle Welt drückte ein Auge zu, wirklich lästig hingegen war, daß die Schiffe häufig auf sich warten ließen. Die Milchseife wurde ein Erfolg und ebenso das Rauchfleisch, als es Diego gelang, den Gestank nach Eselschweiß zu mildern, an dem man es früher schon von weitem hatte erkennen können. Damit stieg Diego in der Achtung seines Vaters, der sich nun manchmal sogar Rat bei ihm holte.

So standen die Dinge, als Bernardo Diego eines Tages aufgeregt beiseite nahm und ihm in ihrer geheimen Zeichensprache und einigen auf die Schiefertafel gekritzelten Wörtern begreiflich machte, daß Juan Alcázar, der Vater von Carlos, dabei war, die Grenzen seiner Farm über das in den Papieren verzeichnete Gebiet auszuweiten. Er hatte sein Vieh in die Hügel getrieben, in die sich einer der vielen Indianerstämme vor den Siedlern geflüchtet hatte. Gemeinsam mit seinem Bruder ritt Diego hin, und sie kamen dazu, als die Aufseher eben zusammen mit einem Trupp Soldaten Feuer an die Hütten der Indianer legten. Das Schilfrohr loderte wie Zunder. Diego und Bernardo rangen ihre Angst nieder, sprangen von den Pferden und rannten zwischen die herangaloppierenden Angreifer und die Schar der schreienden Indianer. Man hätte sie erbarmungslos niedergetrampelt, hätte nicht einer der Aufseher den Sohn von Alejandro de la Vega erkannt. Aber viel half ihnen das nicht, mit der Peitsche trieb man sie weg. Aus einiger Entfernung mußten sie ohnmächtig mit ansehen, wie die wenigen Indianer, die sich den Angreifern entgegenstellten, unter den Peitschenhieben zusammenbrachen und der greise Häuptling des Stammes zur Abschreckung an einem Baum aufgeknüpft wurde. Die Männer im arbeitsfähigen Alter wurden gefesselt und wie Tiere fortgeschleppt, damit sie auf den Feldern arbeiteten oder im Heer dienten. Die Alten, die Frauen und Kinder würden dazu verdammt sein, hungrig und schutzlos weiter landeinwärts in die Wälder zu ziehen. All das war nicht neu, im Gegenteil, es kam immer öfter zu solchen Übergriffen, ohne daß jemand wagte, die Stimme dagegen zu erheben, außer Pater Mendoza, dessen Proteste jedoch in der schwerfälligen und weit entfernten Bürokratie Spaniens verhallten. Die Klageschriften verloren sich für Jahre in den Bäuchen der Schiffe oder in den staubigen Schreibtischen von Richtern, die nie einen Fuß auf den amerikanischen Kontinent gesetzt hatten, sie wurden von gewieften Winkeladvokaten abgeschmettert, und kam es doch einmal zu einem für die Ureinwohner günstigen Urteil, fand sich auf dieser Seite des Weltmeeres niemand, der für Gerechtigkeit gesorgt hätte. Der Gouverneur in Monterey stellte sich taub, weil er meinte, er habe Wichtigeres zu tun, und die Offiziere in den Forts waren selbst Teil des Problems, weil sie ihre Truppen in den Dienst der weißen Siedler stellten. Sie zweifelten nicht daran, daß das Recht auf ihrer und auf der Seite aller Spanier war, die schließlich von weit her gekommen waren, um diesem barbarischen Landstrich Kultur und Christentum zu bringen.

Diego ging zu seinem Vater. Er fand ihn wie jeden Abend vor dicken Büchern über historische Schlachten, einziger Nachhall der militärischen Ambitionen, die er in seiner Jugend gehegt hatte. Nach den Beschreibungen in den Büchern brachte er auf einer langen Tischplatte seine Heere aus Zinnsoldaten in Stellung, und Diego fragte sich wie immer, was daran spannend sein sollte. Atemlos erzählte er ihm, was er eben zusammen mit Bernardo gesehen hatte, aber seine Entrüstung perlte an der Gleichgültigkeit seines Vaters ab.

»Was soll ich also tun, mein Sohn?«

»Ihr seid der Bürgermeister...«

»Die Verteilung der Ländereien untersteht mir nicht, und den Soldaten kann ich nichts vorschreiben.«

»Aber Juan Alcázar hat Indianer ermordet und verschleppt! Entschuldigt, wenn ich beharre, Herr Vater, aber diese Untaten, wie könnt Ihr die zulassen?« stammelte Diego mit überschnappender Stimme.

»Ich werde mit Don Juan Alcázar reden, doch bezweifle ich, daß er mir Gehör schenkt«, sagte Alejandro und verschob eine Reihe seiner Zinnsoldaten.

Alejandro de la Vega hielt sein Versprechen. Er redete nicht nur mit dem Gutsbesitzer, sondern beschwerte sich auch in der Kaserne, schrieb einen Bericht an den Gouverneur und schickte eine Anzeige nach Spanien. Über jeden seiner Schritte unterrichtete er seinen Sohn, denn er tat das ausschließlich ihm zuliebe. Er selbst war mit der Ungleichbehandlung zu gut vertraut, als daß er die geringste Hoffnung gehegt hätte, dem Übel Einhalt gebieten zu können. Auf Diegos Drängen hin wollte er wenigstens den Überlebenden des Angriffs Schutz auf seinen eigenen Ländereien bieten, aber man fand nur noch wenige Familien. Wie er vorhergesehen hatte, verhallten seine Klagen vor der Obrigkeit ungehört. Juan Alcázar verleibte seinem Gut das Indianerland ein, der Stamm war spurlos verschwunden, und niemand verlor mehr ein Wort darüber. Aber Diego sollte diese Lektion nicht vergessen; der bittere Geschmack der Ungerechtigkeit blieb in seiner Erinnerung haften, wie aus dem Nichts machte er sich immer wieder bemerkbar und sollte bestimmend werden für sein Leben.

Diegos fünfzehnter Geburtstag gab Anlaß zum ersten Fest im großen Haus der Hacienda De la Vega. Regina, die sich bisher stets geweigert hatte, ihre Türen für Gäste zu öffnen, entschied, dies sei der rechte Augenblick, die hochnäsige Sippschaft zum Schweigen zu bringen, die sich seit Jahren lustvoll das Maul über sie zerriß. Also gestattete sie ihrem Mann nicht nur einzuladen, wen immer er wollte, sondern kümmerte sich auch persönlich um die Festvorbereitungen. Sie besuchte zum ersten Mal in ihrem Leben die Schmugglerschiffe, erwarb das Nötige und stellte ein Dutzend Frauen zum Nähen und Sticken an. Diego war nicht entgangen, daß es ja auch Bernardos Geburtstag sein würde, aber sein Vater sagte, Bernardo sei zwar wie ein Teil ihrer Familie, aber es würde ihre Gäste vor den Kopf stoßen, wenn sie mit ihm an einem Tisch sitzen müßten. Dies eine Mal hätte er seinen Platz unter der indianischen Dienerschaft einzunehmen. Jeder weitere Wortwechsel erübrigte sich, als Bernardo abwinkte und auf seine Tafel schrieb, er wolle das Dorf von Weiße Eule besuchen. Diego versuchte nicht, ihn umzustimmen, es war klar, daß sein Bruder Blitz in der Nacht sehen wollte, und mit seinem Vater legte er sich jetzt besser nicht an, denn der hatte bereits eingewilligt, daß Bernardo mit ihm nach Spanien reiste.

Von dem Vorhaben, Diego auf eine Schule in Mexiko zu schicken, war Alejandro de la Vega abgerückt, als ein Brief von Tomás de Romeu eintraf, der sein ältester Freund war. In ihrer Jugend hatten sie gemeinsam in Italien gekämpft, und über zwanzig Jahre hatten sie einander in größeren Abständen Briefe geschrieben. Während Alejandro sein Glück in Amerika machte, hatte Tomás die Alleinerbin einer wohlhabenden katalanischen Familie geheiratet und ein Leben in Saus und Braus geführt, bis seine Frau bei der Geburt ihres zweiten Kindes starb und ihm nichts anderes übrigblieb, als Vernunft anzunehmen und sich um seine beiden Töchter zu kümmern und um das, was vom Vermögen seiner Frau geblieben war. In seinem Brief schrieb Tomás, Barcelona sei noch immer die anregendste Stadt Spaniens, und das Land biete die beste Erziehung für einen jungen Mann. Man erlebe faszinierende Zeiten. Im Jahre 1808 war Napoleon mit hundertfünfzigtausend Soldaten in Spanien einmarschiert, hatte den rechtmäßigen König entführt und ihn gezwungen, zugunsten von Napoleons Bruder, Joseph Bonaparte, auf den Thron zu verzichten, was Alejandro de la Vega bis zum Eintreffen von De Romeus Brief als eine ungeheuerliche Schmach empfunden hatte. Tomás schrieb nun, nur dem blinden Patriotismus eines unwissenden Pöbels, der vom niederen Klerus und einigen Verblendeten aufgehetzt werde, könnten die liberalen Ideen der Franzosen widerstreben, die der Feudalherrschaft und der religiösen Unterdrückung den Garaus zu machen gedachten. Der Einfluß der Franzosen sei ein frischer Wind der Erneuerung, der den mittelalterlichen Spuk der Inquisition und die Privilegien von Adel und Geistlichkeit hinwegfegen werde. In seinem Brief bot Tomás de Romeu an, Diego in seinem Haus zu beherbergen, wo man ihn umsorgen und lieben werde wie einen Sohn der Familie, so daß er am *Colegio de Humanidades* seine Ausbildung vervollständigen könne, leider eine katholische Schule – er selbst sei ja kein Freund der Soutanen –, aber dessen ungeachtet genieße sie einen vortrefflichen Ruf. Als kleinen Leckerbissen fügte er an, der junge Mann könne sich vom berühmten Maestro Manuel Escalante im Fechten unterrichten lassen, denn dieser habe sich in Barcelona niedergelassen, nachdem ihn seine Kunst in alle Länder Europas geführt hatte. Mehr brauchte es nicht, damit Diego seinem Vater so lange mit dieser Reise in den Ohren lag, bis der schließlich – mehr ermattet denn überzeugt – einwilligte, obwohl nichts von dem, was sein Freund Tomás geschrieben hatte, seine Abscheu davor milderte, sein Vaterland von Fremden besetzt zu wissen. Vater und Sohn hüteten sich davor, Regina gegenüber den blutigen Guerrillakampf zu erwähnen, den das spanische Volk gegen die napoleonischen Truppen ersonnen hatte und der zwar keinen Landgewinn brachte, den Feind jedoch wie Wespenstiche piesackte und an seinen Kräften und seiner Geduld zehrte.

Das Geburtstagsfest begann mit einer Messe von Pater Mendoza, dann gab es Pferderennen und einen Stierkampf, bei dem Diego selbst einige Schritte mit dem Tuch vollführte, ehe der Matador das Rund betrat; ein Wanderzirkus mit Gauklern und Akrobaten trat auf, und zum Abschluß wurde ein Feuerwerk entzündet und getanzt. Drei Tage hindurch wurden, nach gesellschaftlichem Status getrennt, fünfhundert Gäste bewirtet: die spanischen Familien an der feinen Tafel mit den in Teneriffa bestickten Tischdecken unter einer üppig grünen Weinlaube, die »rechtschaffenen Leute« in ihrem Festtagsstaat an langen Tischen seitlich im Schatten, die indianische Dienerschaft in der prallen Sonne in den Höfen, in denen das Fleisch über dem Feuer briet, die Tortillas ausgebacken wurden, Chilisoße in großen Kesseln brodelte und Berge von Hühnerfleisch in Schokolade köchelten. Aus allen Himmelsrichtungen waren die Geladenen herbeigeströmt, und zum erstenmal in der Geschichte der Provinz war auf dem Camino Real vor Kutschen und Karren kein Durchkommen gewesen. Es fehlte nicht ein einziges Mädchen aus gutem Hause, denn alle Mütter hatten ein Auge auf den einzigen Erben von Alejandro de la Vega geworfen, obwohl in dessen Adern ja ein Viertel indianisches Blut floß. Auch Lolita Pulido war gekommen, die vierzehnjährige Nichte von Don Juan Alcázar, ein entzückendes, sanftes Geschöpf, kein Vergleich zu ihrem rüpelhaften Cousin Carlos, der schon als kleiner Junge in sie verliebt gewesen war. Obwohl Diegos Vater mit Juan Alcázar seit dem Vorfall mit den Indianern nichts mehr zu schaffen haben wollte, hatte er ihn und seine ganze Familie einladen müssen, denn sie gehörten zu den Honoratioren von Los Ángeles. Diego grüßte weder den Gutsherrn noch dessen Sohn, war zu Lolita jedoch höflich, schließlich konnte sie nichts für die Untaten ihres Onkels. Aber er fühlte sich ihr gegenüber sehr befangen, denn sie ließ ihm schon seit einem Jahr über ihre Gouvernante kleine Liebesbriefchen zukommen, die er aus Schüchternheit nicht beantwortete und weil er sich von der Familie Alcázar möglichst fernhalten wollte. Die Mütter auf der Suche nach einer guten Partie für ihre Töchter waren von Diego bitter enttäuscht, denn der wirkte für seine fünfzehn Jahre noch sehr kindlich und keineswegs bereit für eine Braut. Andere Söhne aus gutem Hause ließen sich in diesem Alter ja bereits einen Schnurrbart stehen, aber diesem sproß noch nicht einmal Flaum, und vor den jungen Damen versagte ihm die Stimme.

Aus Monterey war der Gouverneur angereist und hatte den Grafen Orloff mitgebracht, einen Verwandten der russischen Zarin, der mit der Verwaltung Alaskas betraut war. Er maß fast sieben Fuß, hatte Augen von einem unwirklichen Blau, trug zur Feier des Tages den Zweispitz mit Federbusch und die prächtige scharlachrote Uniform der Husaren, hatte sich den mit weißem Fell besetzten Rock lässig über die Schulter gelegt, und seine Brust spannte sich unter den goldenen Schnüren der Weste. Zweifellos war er der schmuckste Mann, der je in dieser Gegend gesehen worden war. In Moskau hatte Orloff von einem gewissen Diego de la Vega gehört, der mit knapp acht Jahren zwei weiße Bären gefangen und in Frauenkleider gesteckt hatte. Diego hätte es ungezogen gefunden, dem Gast zu widersprechen, aber sein Vater konnte seine unnötige Wahrheitsliebe nicht zügeln und erklärte eilig, es seien nicht zwei Bären gewesen, sondern nur einer und von dunkler Farbe, andere gebe es ja in Kalifornien nicht; überdies habe Diego ihn nicht allein gefangen, sondern zusammen mit zwei Freunden; er habe ihm mit Pech einen Hut auf den Kopf geklebt, und der Lausebengel sei damals auch bereits zehn gewesen und keine acht, wie es die Fama wollte. Während Carlos und seine Bande, die mittlerweile zu geachteten Schlägern geworden waren, in der Menge der Geladenen nahezu unbeachtet blieben, war das bei García mitnichten der Fall, denn der hatte etwas zuviel getrunken und vergoß über Diegos bevorstehenden Abschied heiße Tränen. Zwar hatte der Sohn der Wirtin in den letzten Jahren mehr Fett angesetzt als eine Mastgans, aber er war das verschüchterte pummelige Kind geblieben und brachte Diego noch immer dieselbe blinde Verehrung entgegen.

Die Anwesenheit des hinreißenden russischen Adligen und das verschwenderische Festgelage brachten die bösen Zungen der spanischen Siedler vorübergehend zum Schweigen. Regina genoß es, sich von denselben hochnäsigen Personen, die ihr immer die kalte Schulter gezeigt hatten, ehrerbietig die Hand küssen zu lassen. Alejandro, dem für Engstirnigkeiten dieser Art jedes Gespür fehlte, erging sich unter seinen Gästen voller Stolz auf seine gesellschaftliche Stellung, auf seine Hacienda, seinen Sohn, und dieses eine Mal auch voller Stolz auf seine Frau, die auf dem Fest wie eine Herzogin wirkte in ihrem Kleid aus blauem Samt und der Mantille aus Brüsseler Spitze.

Bernardo war zwei Tage hinauf in die Berge galoppiert, um sich von Blitz in der Nacht zu verabschieden. Sie erwartete ihn, denn die Kunde von seiner Reise mit Diego de la Vega hatte sich unter den Indianern schon verbreitet. Sie nahm seine Hand, ging mit ihm zum Fluß und fragte ihn, was ihn jenseits des Meeres erwarte und wann er wiederkomme. Unbeholfen zeichnete Bernardo ihr mit einem Stöckchen eine Landkarte in den Sand, konnte ihr jedoch nicht begreiflich machen, welch riesige Entfernung zwischen ihrem Dorf und dem fremdartigen Spanien lag, denn das war ihm selbst nicht klar. Pater Mendoza hatte ihm zwar einen Globus gezeigt, aber was dieser bemalte Ball mit der Wirklichkeit zu tun hatte, blieb ihm unvorstellbar. Wann er zurückkomme, wisse er nicht genau, erklärte Bernardo in Zeichensprache, aber sicher erst in vielen Jahren. »Dann möchte ich, daß du etwas von mir als Erinnerung mitnimmst«, sagte Blitz in der Nacht. Mit schimmernden Augen und wissendem Blick nahm sie ihre Ketten aus Samenkörnern und Federn ab, löste die rote Schärpe um ihre Taille, zog die Kaninchenfellstiefel und die lammlederne Tunika aus und stand nackt im goldenen Licht, das in dünnen Strahlen durch das Blätterdach fiel. Bernardo spürte, wie sein Blut stockte, wie ihm vor Staunen und Dankbarkeit die Luft wegblieb, wie es seinem Herzen zu eng wurde in der Brust. Was sollte er nur tun? Blitz in der Nacht war so wundervoll, so anders als er, so schön – was für ein wunderbares Geschenk! Sie nahm seine Hand und legte sie auf eine ihrer Brüste, nahm die andere Hand und legte sie auf ihre Hüfte, dann hob sie die Arme und löste ihr Haar, das als eine Kaskade aus Rabenfedern über ihre Schultern fiel. Bernardo schluchzte und flüsterte ihren Namen, Blitz in der Nacht, die ersten Worte, die sie aus seinem Mund hörte. Mit einem Kuß nahm sie den Klang ihres Namens entgegen, und dann küßte sie Bernardo immer weiter und netzte sein Gesicht mit verfrühten Tränen, denn noch ehe er gegangen war, vermißte sie ihn schon. Stunden später, als Bernardo glückselig und trunken von Liebe wieder zu sich kam und den ersten klaren Gedanken fassen konnte, wagte er, Blitz in der Nacht das Undenkbare vorzuschlagen: daß sie für immer zusammenblieben. Sie lachte fröhlich und antwortete, er sei doch noch ein kleiner Junge, er solle mal seine Reise unternehmen, dadurch werde er vielleicht ein richtiger Mann.

Bernardo blieb mehrere Wochen bei den Indianern, und in dieser Zeit geschah manches Entscheidende für sein Leben, aber darüber wollte er mir nichts erzählen. Das wenige, was ich davon weiß, hat mir Blitz in der Nacht gesagt. Zwar könnte ich mir den Rest ohne Schwierigkeiten denken, aber das lasse ich bleiben, aus Achtung vor Bernardos Zurückhaltung. Ich möchte ihn nicht brüskieren. Jedenfalls war er rechtzeitig zurück auf der Hacienda, um Diego beim Packen der beiden Truhen zu helfen, die Eulalia de Callís viele Jahre zuvor geschickt hatte. Diego hatte auf den ersten Blick gesehen, daß sich im Leben seines Milchbruders etwas sehr Wichtiges verändert hatte, aber als er nachfragte, begegnete er einem Blick aus Stein, der ihn harsch zurückhielt. Es mußte mit

Blitz in der Nacht zu tun haben, und Diego fragte nicht weiter. Zum erstenmal in ihrem Leben gab es etwas, das sie nicht teilen konnten.

Alejandro de la Vega hatte für seinen Sohn in Mexiko Gewänder wie für einen Prinzen anfertigen lassen und vervollständigte die Ausstattung durch die beiden perlmuttbesetzten Duellpistolen und das schwarze Seidencape mit den Silberknöpfen aus Toledo, beides Geschenke von Eulalia. Diego packte auch seine Mandoline ein, die ihm sehr nützlich sein konnte, sollte er je seine Schüchternheit gegenüber der Weiblichkeit überwinden, außerdem den Degen seines Vaters, seine stierlederne Peitsche und das Buch von Maestro Manuel Escalante. Bernardo nahm dagegen nur die Kleider mit, die er am Leib trug, außerdem zweimal Unterwäsche zum Wechseln, eine schwarze Wolldecke aus Kastilien und ein Paar Stiefel, die an seine breiten Füße paßten, ein Abschiedsgeschenk von Pater Mendoza, der meinte, in Spanien solle er nicht barfuß gehen.

Am Tag vor ihrer Abreise kam Weiße Eule, um den beiden Lebewohl zu sagen. Sie ließ sich nicht ins Haus bitten, da Alejandro de la Vega sich doch so sehr dafür schämte, sie zur Schwiegermutter zu haben, und sie wollte nicht, daß Regina ihretwegen Ärger bekam. Deshalb traf sie sich mit Diego und Bernardo fernab von fremden Ohren im Hof der Dienstboten und gab ihnen die mitgebrachten Geschenke. Diego bekam eine Kalebasse mit dem einschläfernden Sirup und dazu den Rat, ihn nur zur Rettung von Menschenleben zu gebrauchen. Ein Blick ins Gesicht seiner Großmutter verriet ihm, daß sie über seinen Diebstahl vor fünf Jahren im Bilde war, worauf er puterrot wurde und druckste, sie solle sich keine Sorgen machen, er habe seine Lektion gelernt, werde diesen Schatz hüten wie seinen Augapfel und auch nie wieder etwas stehlen. Für Bernardo hatte Weiße Eule einen kleinen Lederbeutel mit einer schwarzen, geflochtenen Haarsträhne dabei. Blitz in der Nacht hatte ihn geschickt und ließ folgendes ausrichten: Er solle nur gehen und in aller Ruhe zum Mann werden, denn auch wenn viele Monde bis zu seiner Rückkehr verstrichen, könne das ihrer Liebe nichts anhaben, sie werde warten. Mit zittrigen Gesten fragte Bernardo, wie es denn möglich sei, daß das schönste Mädchen des Universums ausgerechnet ihn wolle, er sei doch eine Laus, und Weiße Eule antwortete, das wisse sie auch nicht, Frauen seien eben sonderbar. Augenzwinkernd beugte sie sich zu ihm und flüsterte ihm ins Ohr, jede Frau werde wohl schwach vor einem Mann, der nur für sie rede. Bernardo band sich den Lederbeutel um den Hals und barg ihn unter seinem Hemd, nahe am Herzen.

Die Ehegatten De la Vega und deren Dienstboten, Pater Mendoza und seine Schützlinge, alle kamen zum Strand, um die beiden zu verabschieden. Ein Boot holte sie ab und brachte sie zur Santa Lucía, einem Dreimastschoner unter dem Kommando von Kapitän José Díaz, der versprochen hatte, sie wohlbehalten nach Panama zu bringen, der ersten Station auf ihrer langen Reise nach Europa. Das letzte, was Diego und Bernardo sahen, ehe sie an Bord kletterten, war die hoch aufgeschossene Gestalt von Weiße Eule, die mit ihrem ungezähmten, im Wind flatternden Haar und ihrer Decke aus Kaninchenfell auf einer Klippe vor den heiligen Höhlen der Indianer stand und ihnen zum Abschied winkte.

Zweiter Teil

Barcelona, 1810-1812

Beschwingt fahre ich fort, da Ihr bis hierher gelesen habt.
Was nun kommt, ist von größerer Bedeutung als das zuvor
Beschriebene. Die Kinderjahre eines Helden erzählen sich
nicht leicht, aber damit Ihr eine umfassende Vorstellung von
Zorro bekommt, mußte ich es versuchen. Die Kindheit ist
eine unglückselige Zeit voller unbegründeter Ängste wie der
vor eingebildeten Ungeheuern oder vor der Blamage. Für
den Chronisten bietet sie wenig Aufregendes, da Kinder, von
Ausnahmen abgesehen, doch etwas fade sind. Überdies haben sie nichts zu sagen, die Erwachsenen entscheiden für sie,
und sie entscheiden schlecht, geben ihren Sprößlingen die
eigene irrige Weltsicht ein, und die haben dann ein Lebtag
damit zu tun, sich wieder von ihr zu befreien. Nicht so jedoch Diego de la Vega, unser Fuchs, denn der tat schon sehr
früh mehr oder minder, wonach ihm der Sinn stand. Er hatte
das große Glück, daß die Menschen in seiner Umgebung mit
ihrem Alltag und ihren Leidenschaften zu beschäftigt waren,
um sich seiner Aufsicht zu widmen. Ohne besondere Laster
oder Tugenden wurde er fünfzehn, zu erwähnen wäre allenfalls sein unmäßiger Sinn für Gerechtigkeit, wobei ich nicht
weiß, ob das ein Laster oder eine Tugend ist; sagen wir
schlicht, es sei ein Wesenszug von ihm. Als einen solchen
könnte ich auch die Eitelkeit bezeichnen, aber das hieße, der
Geschichte allzusehr vorzugreifen, denn eitel wurde er erst
später, als er merkte, daß die Zahl seiner Widersacher wuchs,
was stets ein gutes Zeichen ist, und die Zahl seiner Bewunde-
rer ebenfalls, vor allem die der weiblichen. Heute ist er ein
gutaussehender Mann – jedenfalls in meinen Augen —, aber
als er mit fünfzehn nach Barcelona kam, war er ein Milchge-
sicht mit Segelohren und noch nicht aus dem Stimmbruch.
Wegen der Ohren verfiel er auch auf die Idee, eine Maske zu
tragen, die nicht nur sein Gesicht, sondern auch diese fau-

nenhaften Henkel verbarg. Hätte Moncada die an Zorro gesehen, er hätte sofort gewußt, daß sein verhaßtes Gegenüber Diego de la Vega ist.

Und nun fahre ich, mit Verlaub, in meiner Erzählung fort, die jetzt für mich erst recht spannend zu werden beginnt, denn zu jener Zeit lernte ich unseren Helden kennen.

Das Handelsschiff Santa Lucía – das die Matrosen zärtlich Adelita nannten, weil sie der Schiffe mit Namen heiliger Damen überdrüssig waren – brauchte für die Fahrt von Los Ángeles nach Panama eine Woche. Kapitän José Díaz befuhr die amerikanische Pazifikküste seit nunmehr acht Jahren und hatte in dieser Zeit ein kleines Vermögen angehäuft, mit dem er eine dreißig Jahre jüngere Ehefrau zu gewinnen gedachte, um sich bald schon in seinem Heimatdorf bei Murcia zur Ruhe zu setzen. Nicht ohne Sorge hatte Alejandro de la Vega ihm seinen Sohn Diego anvertraut, denn der Kapitän schien ihm ein Mann von dehnbarer Moral, da er sein Vermögen, wie es hieß, dem Schmuggel und dem Handel mit Frauen von fragwürdigem Ruf verdankte. Die atemberaubende Mulattin aus Panama, deren schrankenlose Lebenslust die Nächte der Herren von Los Ángeles verschönerte, war an Bord der Santa Lucía nach Kalifornien gekommen; aber Alejandro wollte nicht kleinlich sein, es war allemal besser, Diego in der Obhut eines Bekannten zu wissen, wie liederlich der auch sein mochte, als daß er allein durch die Welt segelte. Diego und Bernardo waren die einzigen Passagiere an Bord, und so würde der Kapitän sicher ein scharfes Auge auf sie haben. Die Mannschaft des Schoners bestand aus zwölf sturmerprobten Seebären, eingeteilt in eine Steuerbord- und eine Backbordwache, was jedoch nicht wörtlich zu nehmen war. Eine Wache bedeutete vier Stunden Arbeit, währenddessen ruhten die anderen sich aus und spielten Karten. Rasch hatten sich Diego und Bernardo an das Schaukeln des Schiffs gewöhnt und nahmen am Alltag an Bord teil. Die Matrosen waren nett und väterlich zu ihnen, und Diego und Bernardo verbrachten ihre Zeit wie der Rest der Mannschaft mit Arbeit und Kartenspiel. Der Kapitän verließ kaum je seine Kajüte, in der er sich mit einer Mestizin vergnügte, und merkte noch nicht einmal, daß die ihm anvertrauten Jungen wie Affen in den Masten herumsprangen und sich leicht hätten den Hals brechen können.

Beim Kartenspiel zeigte Diego genausoviel Geschick wie bei den akrobatischen Kunststückchen, für die er mit einer Hand oder einem Bein in den Tauen hing. Er hatte ein glückliches Händchen für ein gutes Blatt und eine erschreckende Begabung fürs Schummeln. Mit Unschuldsmiene nahm er diese erfahrenen Spieler aus, die ihr letztes Hemd an ihn verloren hätten, wäre es um Geld und nicht um Kichererbsen und Muscheln gegangen. Geld war an Bord jedoch verboten, damit sich die Matrosen nicht wegen Spielschulden gegenseitig massakrierten. Bernardo lernte eine völlig neue Seite an seinem Milchbruder kennen.

»Hungern müssen wir in Europa jedenfalls nicht, Bernardo, es wird sich immer jemand finden, gegen den ich gewinnen kann, und dann geht es nicht um Kichererbsen, sondern um goldene Dublonen. Was hältst du davon? Gütiger Himmel, sieh mich nicht so an! Man könnte ja meinen, ich sei ein Verbrecher. Was mußt du so schrecklich frömmeln? Wir sind frei! Pater Mendoza ist weg, der schickt uns nicht mehr in die Hölle«, lachte Diego, der wie üblich ungezwungen auf Bernardo einredete und sich dabei selbst die Antworten gab.

Auf der Höhe von Acapulco wurde den Seeleuten Diegos Glückssträhne verdächtig, und sie drohten damit, ihn hinter dem Rücken des Kapitäns über Bord zu werfen, aber dann kamen ihnen die Wale dazwischen. Zu Dutzenden tauchten sie auf, hoben sich wie Inseln aus den Wellen und peitschten das Meer mit den Schlägen ihrer Fluken. Plötzlich waren sie überall und so nah, daß man die steinharten gelblichen Krustentiere auf ihren Rücken zählen konnte. Dunkel glänzte ihre dicke Haut, gezeichnet von Schrammen und Schrunden, die von der Geschichte jedes einzelnen dieser Riesen sprachen. Immer wieder schraubte sich einer jäh aus dem Wasser, drehte sich in der Luft und fiel geschmeidig zurück ins Meer. Ihre Spauts nieselten als feiner kühler Regen auf Deck. Die Matrosen hatten alle Hände voll damit zu tun, die Wale vom Schiff fernzuhalten, und in der Aufregung vor dem Hafen von Acapulco verziehen sie Diego noch einmal, warnten ihn jedoch, daß man als Falschspieler leichter sein Leben verlor als im Krieg. Obendrein suchte ihn Bernardo mit seinem vorwurfsvollen Blick heim, bis er ihm versprach, sich mit seinen neu erworbenen Kniffen nicht auf Kosten anderer zu bereichern, wie er sich das so schön ausgemalt hatte.

Abgesehen davon, daß sie ankamen, wo sie hinwollten, war das Nützlichste an dieser Schiffsreise für Diego und Bernardo, daß sie alle Freiheit hatten, sich in tollkühner Akrobatik zu üben, wie sie sonst nur gestandene Seeleute oder Zirkusartisten zuwege bringen. Als Kinder hatten sie sich schon manchmal kopfüber mit den Füßen von der Dachtraufe baumeln lassen, was Regina und Ana vergeblich mit dem Besen zu unterbinden versucht hatten. Auf dem Schiff verbot ihnen keiner ihre riskanten Spielchen, und so entwickelten sie aus ihrer frühen Begabung Fähigkeiten, die ihnen noch vorzügliche Dienste leisten sollten. Sie lernten Sprünge wie Trapezkünstler, kletterten wie Spinnen die Wanten hinauf, balancierten in achtzig Fuß Höhe über die Rahen, hangelten sich an den Pardunen von den Masttoppen herab oder hantierten an schwingenden Tauen in den Segeln. Niemand achtete auf sie, und niemanden an Bord hätte es allzusehr bekümmert, hätten sie sich das Genick gebrochen. Nur einige sehr grundlegende Dinge hatten die Matrosen ihnen erklärt: wie man verschiedene Knoten knüpft, daß das Singen bei der Arbeit ungeahnte Kräfte freisetzt, wie der Zwieback aufgeschlagen wird, damit die Maden der Kornwürmer rauskommen, daß man auf hoher See niemals pfeifen darf, weil dann der Wind dreht, wie man stundenweise schläft wie ein Neugeborenes und seine Männlichkeit beweist, indem man Rum mit Schwarzpulver trinkt. Diese letzte Probe bestand keiner von beiden; Diego wäre vor Übelkeit fast gestorben, und Bernardo weinte die ganze Nacht, weil ihm seine Mutter im

Schlaf erschien. Der Schotte McFerrin, erster Steuermann und in Navigation weit beschlagener als der Kapitän, gab ihnen den wichtigsten Rat: *Eine Hand für den Mann – eine Hand für das Boot.* In jedem Moment, selbst wenn die See ruhig sei, sollten sie sich gut festhalten. Nur für einen Augenblick vergaß Bernardo diesen Ratschlag, als er achtern nachsehen wollte, ob die Haie ihnen folgten. Gerade waren sie nirgends zu sehen, aber bestimmt wären sie sofort wieder zur Stelle, wenn der Koch die Abfälle aus der Kombüse über Bord warf. Bernardo hing über der Reling und spähte nach unten, als sich das Schiff jäh hob, er den Halt verlor und ins Meer stürzte. Er war ein vorzüglicher Schwimmer, und zum Glück sah ihn jemand fallen und schlug Alarm, sonst wäre es um ihn geschehen gewesen, denn noch nicht einmal in diesem Moment konnte er seiner Kehle einen Laut entringen und schreien. Was nun folgte, war sehr häßlich. Mit den Worten, die Mühe lohne nicht und würde nur Zeit kosten, weigerte sich Kapitän José Díaz, die Fahrt zu stoppen und ein Boot klarmachen zu lassen. Wäre es der Sohn von Alejandro de la Vega gewesen, er hätte sicher nicht lange gezögert, aber es war ja nur dieser stumme und offensichtlich auch dumme Indianer. Dumm müsse er ja sein, sonst wäre er nicht über Bord gegangen, und damit wandte der Kapitän sich zum Gehen. Während McFerrin und der Rest der Besatzung den Kapitän bedrängten, weil es ihnen gegen die Seefahrerehre ging, den Unglücklichen im Stich zu lassen, sprang Diego hinter seinem Bruder her. Er schloß einfach die Augen, denn von oben gesehen war die Höhe beträchtlich, und schwang sich über die Reling. Kurz durchzuckte ihn der Gedanke an die Haie, die ganz sicher nicht weit waren. Als er aufschlug, war er im ersten Moment wie gelähmt, aber da war Bernardo schon mit wenigen Armschlägen bei ihm und hielt ihm die Nase über die Wasseroberfläche. Da sein eigentlicher Passagier nun Gefahr lief, ein Fraß der Haie zu werden, erlaubte José Díaz die Rettung. Der erste Steuermann und drei Matrosen hatten bereits ein Boot zu Wasser gelassen, als die ersten Flossen auftauchten und die Haie einen erwartungsfrohen Tanz um die beiden Schwimmenden begannen. Diego schrie aus vollem Hals und schluckte Wasser, während Bernardo ihn ruhig mit einem Arm festhielt und mit dem anderen schwamm. McFerrin feuerte aus seiner Pistole auf den nächstbesten Hai, und sofort schlängelte sich ein dicker, rostroter Pinselstrich durch das Wasser. Das lenkte die anderen Tiere ab, die sich freudig auf den Verwundeten stürzten, um ihn als Vorspeise zu verzehren, und damit den Matrosen Zeit gaben, Diego und Bernardo zu bergen. Von Bord der Santa Lucía schallten Applaus und Hochrufe zu ihnen herunter.

Bis man das Boot klargemacht, die über Bord Gegangenen geborgen, die dreistesten Haie mit den Riemen abgewehrt und sich wieder zurück auf die Santa Lucía gerettet hatte, war einige Zeit vergangen. Der Kapitän empfand es als persönlichen Affront, daß Diego ins Wasser gesprungen war und ihn zum Einschreiten genötigt hatte, und verbot ihm zur Strafe für den Rest der Reise das Klettern in den Masten, aber es war schon zu spät, denn man näherte sich bereits dem Hafen von Panama, wo seine Passagiere von Bord gehen würden. Mit Wehmut sagten sie der Besatzung der Santa Lucía Lebewohl und verließen mit ihrem Gepäck das Schiff, gut gerüstet mit den Duellpistolen, mit Diegos Degen und seiner treffsicheren Peitsche und mit Bernardos Messer, einer Waffe, die vielfältig eingesetzt werden konnte, sei es, um sich die Nägel zu säubern, Brot zu schneiden oder auch größere Beute zu erjagen. Alejandro de la Vega hatte sie gemahnt, sich vorzusehen. Die Einheimischen standen im Ruf, Diebe zu sein, und so sollten sie sich mit dem Schlafen abwechseln und die Truhen keinen Moment aus den Augen lassen.

Auf Diego und Bernardo wirkte Panama großartig, was, verglichen mit dem Nest Los Ángeles, wohl jeder Ort der Welt war. Seit fast drei Jahrhunderten diente der Hafen nun schon als Umschlagplatz für die Reichtümer Amerikas auf ihrem Weg in die Schatzkammern der spanischen Krone. Von hier aus wurden sie auf Maultieren über die Berge geschafft oder durch den Regenwald nach Cruces transportiert, dort auf

Boote verladen und über den Río Chagres ins karibische Meer gebracht. Allerdings hatte Panama, genau wie Portobelo auf der atlantischen Seite der Landenge, in dem Maß an Bedeutung verloren, in dem der Gold- und Silberstrom aus den Kolonien versiegte. Doch wer vom Pazifik in den Atlantik wollte, der nahm noch immer besser den Weg zwischen diesen beiden Städten, als im Süden Kap Hoorn zu umsegeln, denn ein Blick auf den Globus genügte, um zu wissen, daß das eine endlose Reise war. Pater Mendoza zufolge lag das Kap dort, wo Gottes Welt endete und die der Geistwesen begann. Überquerte man hingegen die Landenge von Panama, was nur einige Tage dauerte, sparte man Monate, und Kaiser Karl V. hatte in den dreißiger Jahren des 16. Jahrhunderts sogar überlegt, ob man die beiden Weltmeere nicht durch einen Kanal miteinander verbinden könne, aber das war wohl eine der vielen Schnapsideen, auf die gewisse Monarchen zuweilen verfallen. Quälend und gefährlich an der Reise über Land waren die fauligen Ausdünstungen, giftige Gase, die von den modernden Pflanzen im Urwald und dem Morast der Flüsse aufstiegen und grausige Krankheiten hervorriefen. Eine erschreckende Zahl von Reisenden starb an Gelbfieber, Cholera und Ruhr. Brachen diese Seuchen aus, dann stapelten sich die Toten in den Massengräbern, und die Totengräber warteten mit dem Zuschütten, weil sie sicher sein durften, daß binnen weniger Stunden mehr und mehr Leichen zu verscharren sein würden. Auch hieß es, daß viele Reisende den Verstand verlören, aber das betraf wohl nur Leute mit zu viel Phantasie, die in den Tropen nicht unbeaufsichtigt herumlaufen sollten. Um Diego und Bernardo für diese Gefahren zu wappnen, hatte Pater Mendoza ihnen Medaillons des heiligen Christopherus mitgegeben. Der Schutzpatron der Reisenden und Seefahrer tat sein wundervolles Werk an ihnen, und beide überlebten. Zum Glück, sonst hätten wir diese Geschichte nicht. Zwar setzte ihnen die Backofenhitze zu, und sie mußten sich mit rudernden Armen der Stechmücken erwehren, aber ansonsten verlebten sie einige angenehme Tage. Diego war begeistert von der Stadt, in der niemand auf sie achtgab und man zwischen so vielen Verlockungen wählen konnte. Es war nur Bernardos Heiligenmiene zu verdanken, daß er nicht an einem Spieltisch in irgendeinem Hinterzimmer oder in den Armen einer Frau von gutem Willen und schlechtem Leumund endete, womit er sein Leben womöglich in einer Messerstecherei oder durch eine unnennbare Krankheit ausgehaucht hätte. Bernardo machte in der ersten Nacht kein Auge zu, weniger aus Furcht vor Dieben als aus Sorge um Diego.

Die beiden aßen in einer Hafentaverne zu Abend und übernachteten im Schlafraum einer Herberge, in dem sich die meisten Reisenden auf Strohsäcken am Boden einrichteten. Diego bezahlte den doppelten Preis, und sie bekamen zwei Hängematten unter löchrigen Moskitonetzen, womit sie vor den Mäusen und Kakerlaken einigermaßen sicher waren. Am nächsten Morgen mieteten sie ein Maultier und brachen auf einem gut gepflasterten Weg, auf dem zwei Lasttiere nebeneinander Platz fanden, nach Cruces auf. Wie so oft hatten die Spanier bei der Namensgebung wenig Phantasie bewiesen, und so hieß der Weg nach Cruces »Camino de Cruces« und der über die Berge »Camino Real«. In der Höhe wäre die Luft sicher weniger drückend gewesen, und es hieß, man habe dort einen herrlichen Blick über das Land, aber der Weg galt als beschwerlich, und so hatten sich Diego und Bernardo für den Fußmarsch durch den Dschungel entschieden. Dichtes Grün umfing sie, in dem wie Pinselstriche das juwelenbesetzte Gefieder der Vögel funkelte und bunte Schmetterlinge gaukelten. Ganz entgegen ihrem schlechten Ruf entpuppten sich die Eingeborenen als grundanständige Menschen, die die Unbedarftheit dieser beiden jungen Reisenden nicht ausnutzten, sondern ihnen unterwegs Fisch und gebratene Bananen anboten und in Cruces einen Schlafplatz in einer Hütte, in der es zwar vor Ungeziefer wimmelte, sie jedoch vor den nächtlichen Regengüssen sicher waren. Außerdem warnte man sie vor Vogelspinnen und vor bestimmten grünen Fröschen, die einem in die Augen spuckten, so daß man erblindete, und zeigte ihnen Nüsse, die einem den Zahnschmelz verbrannten und tödliche Magenkrämpfe verursachten.

Der Río Chagres glich an manchen Stellen einem zähen Morast, führte an anderen jedoch kristallklares Wasser. Er wurde in Kanus oder flachen Kähnen befahren, die Platz für acht bis zehn Personen mit Gepäck boten. Diego und Bernardo mußten den ganzen Tag am Anleger warten, bis genug Passagiere für ein Boot beisammen waren. Mittags wollten sie sich im Fluß erfrischen – die Hitze war so drückend, daß die Schlangen schläfrig wurden und selbst die Affen schwiegen –, hatten aber kaum einen Fuß ins Wasser gesetzt, da erwachten die Kaimane, die verborgen im Schlick unter der Wasseroberfläche gedöst hatten. Unter dem schallenden Gelächter der Einheimischen hechteten die beiden zurück aufs Trockene. Sie wagten nicht, das grünliche Wasser zu trinken, das ihre freundlichen Gastgeber aus einem Bottich voller Kaulquappen schöpften, und ertrugen den Durst, bis andere Reisende, hartgesottene Händler und Abenteurer, ihre Schläuche mit Wein und Bier mit ihnen teilten. Gierig ließen die beiden es sich schmecken, und so blieb ihnen von diesem Teil der Reise nur in Erinnerung, wie sonderbar die Eingeborenen den Kahn vorwärtsbewegten. Der besaß auf jeder Seite eine Laufplanke, und darauf waren jeweils drei Männer mit langen Stangen unterwegs. Unablässig liefen sie im Kreis, die hinteren stießen ihre Stangen ins Flußbett und liefen schnell nach vorne, wobei sie mit aller Kraft den Kahn an den Stangen vorbeischoben. Waren sie vorne angekommen, stiegen sie von der Laufplanke und schlossen sich hinten wieder an. Wegen der Hitze waren sie nackt. Die Fahrt dauerte ungefähr achtzehn Stunden, die Diego und Bernardo in einem berauschten Halbschlaf unter einem Sonnensegel verdösten, das etwas Schutz gegen die Lavahitze bot. Kaum hatte der Kahn am Anleger festgemacht, schubsten die anderen Reisenden sie unter Gelächter von Bord, und bei dem Gerangel versank eine der Truhen mit dem größten Teil der Prinzengewänder, die Alejandro de la Vega für seinen Sohn erworben hatte, unwiederbringlich in den Fluten. Zum Glück, muß man sagen, denn in Übersee war die neueste europäische Mode noch nicht angekommen. Diegos Kleider waren einfach zum Lachen.

Portobelo war zu Beginn des sechzehnten Jahrhunderts im Golf von Darién gegründet worden und eine der wichtigsten Städte der Neuen Welt, da hier die Schätze für Spanien verschifft wurden und die Handelswaren aus Europa ankamen. Lange hatte der Hafen den Kapitänen als der sicherste und wehrhafteste des ganzen Kontinents gegolten. Mehrere Festungen dienten seiner Verteidigung, und die Bucht war durch eine Kette schwer zu überwindender Riffe geschützt. Die Spanier hatten die Festungen aus Korallen gebaut, die man aus den Tiefen des Ozeans brach und bearbeiten konnte, solange sie feucht waren, die jedoch, einmal getrocknet, so widerstandsfähig wurden, daß selbst Kanonenkugeln ihnen kaum Kratzer zufügten. Einmal im Jahr, wenn die königliche Flotte eintraf, hatte man einen vierzigtägigen Markt abgehalten, der Tausende und Abertausende von Besuchern angelockt hatte. Diego und Bernardo hatten gehört, daß sich im Königlichen Schatzhaus die Goldbarren einst wie Brennholz stapelten, aber was sie zu sehen bekamen, war enttäuschend, denn die Stadt war heruntergekommen. Allen Befestigungsanlagen zum Trotz war sie immer wieder von Piraten geplündert worden, und schließlich hatten die Spanier den Hafen sich selbst überlassen, weil ihnen die amerikanischen Kolonien längst nicht mehr die Ausbeute früherer Zeiten bescherten. Die Tünche an den Häusern aus Holz und Stein war von Sonne und Regen verblichen, in den öffentlichen Gebäuden und Lagerhallen wucherte das Unkraut, die Festungen dösten in einer nicht enden wollenden Siesta. Aber im Hafen lagen etliche Schiffe, und ein Gewusel von Sklaven war auf den Molen unterwegs, um Edelmetalle, Baumwolle, Tabak und Kakao an Bord zu bringen und Waren für die Kolonien abzuladen. Unter den Schiffen entdeckten Diego und Bernardo die Madre de Dios, die sie über den Atlantik bringen sollte.

Das Schiff war bereits fünfzig Jahre alt, jedoch in hervorragendem Zustand, hatte drei Masten und volle Takelung. Es war größer, schwerer und langsamer als der Schoner Santa Lucía und besser für Reisen über den Ozean geeignet. Den Bug zierte eine aufsehenerregende Nixe. Die Seeleute glaubten, nackte Brüste besänftigten das Meer, und wenn das stimmte, würde diese barbusige Galionsfigur für eine spiegelglatte See sorgen. Der Kapitän hieß Santiago de León und war, obwohl klein und hager, eine imposante Gestalt mit Gesichtszügen, die aussahen, wie mit dem Messer in eine von vielen Stürmen gegerbte Haut geritzt. Er hinkte wegen einer mißglückten Operation, bei der ein Chirurg vergeblich versucht hatte, ihm eine Kugel aus dem linken Bein zu entfernen. Das Bein war steif geblieben und würde ihn bis ans Ende seiner Tage schmerzen, aber der Mann war dem Jammern abhold, er biß die Zähne zusammen, verabreichte sich Laudanum und suchte Ablenkung bei einer Sammlung phantastischer Karten. Darauf waren Orte verzeichnet, nach denen Reisende jahrhundertelang verbissen und erfolglos gesucht haben, wie etwa El Dorado, die Stadt aus purem Gold, oder Atlantis, der versunkene Kontinent, der von Menschen bewohnt ist, die durch Kiemen atmen wie Fische, oder die sagenumwobenen Inseln von Luquebaralideaux im Wilden Meer, auf denen gewaltige Würste mit scharfen Zähnen und ohne Knochen in Herden umherziehen und sich vom Senf in den Bachläufen nähren, der angeblich noch die schlimmsten Wunden zu heilen vermag. Der Kapitän vertrieb sich die Zeit damit, diese Karten zu vervielfältigen und eigene Orte dazuzuerfinden, versah alles mit ausführlichen Erklärungen und verkaufte die Karten schließlich zu stolzen Preisen an Antiquare in London. Er versuchte nicht, jemanden übers Ohr zu hauen, unterschrieb die Karten stets mit seinem vollen Namen und fügte einen rätselhaften Satz an, der gleichwohl jedem Verständigen etwas sagte: *Numerierter Bogen aus der Enzyklopädie der Wünsche, vollständige Ausgabe.*

Am Freitag war das Schiff beladen, aber die Madre de Dios stach nicht in See, weil Christus an einem Freitag gestorben war: ein schlechter Tag, um eine Seereise zu beginnen. Am

Samstag weigerte sich die vierzigköpfige Besatzung aufzubrechen, da man auf der Mole ein rothaariges Geschöpf gesichtet hatte und wenig später ein Pelikan tot auf die Kommandobrücke fiel, zwei miserable Vorzeichen. Endlich, am Sonntag, brachte Santiago de León seine Mannschaft dazu, die Segel zu setzen. Einzige Passagiere an Bord waren Diego, Bernardo und ein spanischer Buchprüfer, der mit seiner dreißig Jahre alten, unansehnlichen und wehleidigen Tochter aus Mexiko in die Heimat zurückkehrte. Das Fräulein verliebte sich unterwegs der Reihe nach in jeden der rauhbeinigen Matrosen, aber die flohen sie wie die Pest, denn alle Welt weiß ja, daß ehrbare Frauen an Bord schlechtes Wetter und anderes Ungemach anziehen. Daß sie ehrbar war, nahm man an, nicht weil sie von Natur aus tugendhaft wirkte, sondern weil es ihr sicher an Gelegenheiten zur Sünde gebrach. Sie und ihr Vater hatten eine winzige Kajüte zur Verfügung, während Diego und Bernardo wie die Matrosen in Hängematten im muffigen Unterdeck schliefen. Die Kapitänskajüte lag achtern und diente als Arbeitszimmer, Kommandoraum, Speisesaal und Aufenthaltsraum für die Offiziere und Passagiere. Wie fast überall auf dem Schiff ließen sich auch hier die Möbel nach Bedarf zusammenklappen, denn Platz zu haben war der größte Luxus an Bord. Während der Wochen auf hoher See hatten Diego und Bernardo kaum einen Moment für sich, selbst die Notdurft wurde bei Seegang vor aller Augen in einen Eimer verrichtet oder bei Flaute über einer Planke mit Loch direkt ins Meer. Niemand wußte, wie die schamhafte Tochter des Buchprüfers das bewerkstelligte, denn man sah sie nie einen Nachttopf leeren. Die Matrosen schlossen diesbezüglich Wetten ab, und erst lachten sie noch, aber das verging ihnen bald, denn eine solch hartnäckige Verstopfung konnte nicht mit rechten Dingen zugehen. Das beständige Auf und Ab des Schiffs und die Enge an Bord waren das eine, aber auch an den Lärm mußten Diego und Bernardo sich gewöhnen. Das Holz knarrte, Metall schlug aufeinander, Fässer kullerten unter Deck, die Taue ächzten, und das Wasser peitschte den Rumpf. Die beiden vermißten die Einsamkeit,

Weite und Stille Kaliforniens, und es fiel ihnen schwer, sich in das Seefahrerleben einzufinden.

Diego behalf sich, indem er sich auf die Schultern der Galionsfigur setzte, ein Platz, wie geschaffen dafür, auf die endlose Line des Horizonts zu spähen, eine Salzwasserdusche zu nehmen und die Delphine zu begrüßen. Er schlang die Arme um den Kopf des hölzernen Mädchens und stellte seine Füße auf ihre Brustwarzen. Da er auf den Kapitän einen behenden Eindruck gemacht hatte, forderte der ihn lediglich auf, sich mit einem Seil um die Hüfte zu sichern, denn wenn er von dort hinabstürzte, würde das Schiff ihn überfahren; doch als Santiago de León ihn später dabei überraschte, wie er die über hundert Fuß hinauf in die Spitze des Großmasts kletterte, sagte er nichts mehr und dachte bei sich, daß er es ja doch nicht ändern könne, wenn dem Jungen ein früher Tod bestimmt wäre. Auf dem Schiff war immer etwas zu tun, selbst nachts. Der erste Wachwechsel wurde mittags durch Glockenschläge angezeigt, wenn die Sonne im Zenit stand und der Kapitän die ersten Positionsmessungen durchführte. Dann gab der Koch pro Mann eine Pinte Limonade gegen den Skorbut aus. Abends nach dem Essen verteilte der zweite Offizier Rum und Tabak, was die einzigen an Bord geduldeten Laster waren, wo es verboten war, um Geld zu spielen, sich zu prügeln, sich zu verlieben oder auch nur zu fluchen. Während der nautischen Dämmerung, dieser unwirklichen blauen Stunde am Abend und am Morgen, wenn die Sterne am Firmament flirren und die Horizontlinie eben noch oder wieder sichtbar ist, nahm der Kapitän erneut Messungen mit seinem Sextanten vor, konsultierte sein Chronometer und das dicke nautische Jahrbuch, in dem die Position der Sterne an jedem Tag des Jahres verzeichnet war. Diego waren diese geometrischen Berechnungen ein Rätsel, für ihn sahen alle Sterne gleich aus, und wohin er sich auch wandte, überall sah er dasselbe stahlgraue Meer und denselben fahlen Himmel, aber er lernte rasch, mit den Augen eines Seemanns zu schauen. Dazu gehörte auch der Blick auf das Barometer, der dem Kapitän zur zweiten Natur geworden war, denn die Änderung des Luftdrucks verriet ihm nicht nur etwas über aufziehende Stürme, sondern auch über die Tage, an denen sein Bein ihn besonders plagen würde.

In den ersten Tagen bekam die Mannschaft noch Milch, Fleisch und frisches Gemüse, aber schon nach einer Woche mußte sie sich mit Hülsenfrüchten, Reis, Nüssen, Dörrobst und dem immer gleichen wurmstichigen Schiffszwieback bescheiden. Außerdem gab es Pökelfleisch, das der Koch zwei Tage in Essigwasser einweichte, ehe er es in die Pfanne warf, sonst wäre es zäh wie Sattelzeug gewesen. Diego sann darüber nach, welch prächtiges Geschäft sein Vater mit seinem Rauchfleisch machen könnte, mußte Bernardo jedoch recht geben, daß es ein Traum war, das Fleisch in ausreichender Menge nach Portobelo zu schaffen. Am Tisch des Kapitäns, an den Diego, der Buchhalter und dessen Tochter stets eingeladen waren, Bernardo jedoch nicht, servierte man neben dem täglichen Einerlei auch marinierte Ochsenzunge, Käse aus der Mancha, Oliven und Wein. Der Kapitän stellte den Passagieren sein Schachbrett und seine Spielkarten zur Verfügung, außerdem einen Stapel Bücher, für die sich allerdings nur Diego interessierte, der darin einige Artikel über den Drang der Kolonien nach Unabhängigkeit fand. Er las sie gebannt, denn er hatte zwar bewundert, wie sich die Nordamerikaner vom Joch der Engländer befreit hatten, jedoch niemals darüber nachgedacht, daß auch die Unabhängigkeitsbestrebungen der spanischen Kolonien in Amerika begrüßenswert sein könnten.

Santiago de León war ein anregender Gesprächspartner, und Diego opferte Stunden fröhlichen Turnens im Takelwerk dafür, sich mit ihm zu unterhalten und seine phantastischen Karten zu studieren. Dem Kapitän, der selbst keine Familie hatte, machte es Freude, sich von diesem aufgeweckten Jungen ausfragen zu lassen und sein Wissen mit ihm zu teilen. Er war ein unermüdlicher Leser und hatte auf seinen Fahrten immer Kisten voller Bücher dabei, die er in jedem Hafen gegen neue eintauschte. Er hatte die Erde mehrere Male umsegelt, kannte Weltgegenden, die ebenso sonderbar waren wie die auf seinen sagenhaften Karten, und war dem Tod so oft von der Schippe gesprungen, daß er die Angst vor dem Leben verloren hatte. Für Diego waren die Gespräche mit ihm eine Offenbarung, denn der Kapitän war ein Mann von aufgeklärtem Geist, der fast alles in Frage stellte, was Diego von seinem Vater, von Pater Mendoza und seinem Lehrer in Los Ángeles als unumstößliche Wahrheit gelernt hatte. Sicher waren auch Diego manchmal Zweifel an der starren Weltsicht gekommen, die man ihm von klein auf gepredigt hatte, aber er hatte sein Unbehagen nie zu äußern gewagt. Wenn er sich von den Vorschriften eingeengt fühlte, hatte er sich im stillen entzogen, offen aufbegehrt hatte er nie. Mit Santiago de León redete er nun über Dinge, die er seinem Vater gegenüber niemals angesprochen hätte. Staunend stellte er fest, wie die Welt sich weitete, wenn man sie von einer anderen Warte aus ansah. Durch Santiago de León wurde ihm klar, daß sich nicht allein die Spanier dem Rest der Menschheit überlegen glaubten, sondern alle Völker diesem Wahn unterlagen; daß die spanische Armee im Krieg die gleichen Grausamkeiten beging wie die französische oder jede andere: sie vergewaltigte, plünderte, folterte, tötete; daß Christen, Mauren und Juden ihren Gott für den einzig wahren hielten und jede andere Religion verteufelten. Der Kapitän war für die Abschaffung der Monarchie und die Unabhängigkeit der Kolonien, zwei revolutionäre Gedanken für Diego, der im Glauben erzogen worden war, der König sei heilig und jeder Spanier habe die naturgegebene Pflicht, neue Weltgegenden für die Krone und die Kirche zu erobern. Dagegen verteidigte Santiago de León mit Verve die Prinzipien von Gleichheit, Freiheit und Brüderlichkeit der Französischen Revolution, wollte sich jedoch mit dem Einmarsch der Franzosen in Spanien nicht abfinden. In diesem Punkt war er ein glühender Patriot und sagte, er sähe sein Vaterland lieber in der Finsternis des Mittelalters, als daß die neuen Ideen dort von Fremden durchgesetzt würden. Er verzieh Napoleon nicht, daß er den spanischen König zur Abdankung gezwungen und an dessen Stelle seinen Bruder Joseph Bonaparte auf den Thron gehoben hatte, der mittlerweile im Volk nur noch Pepe die Flasche hieß.

»Eine Tyrannei ist immer hassenswert, junger Freund«, sagte er. »Und Napoleon ist ein Tyrann. Wozu war die Revolution gut, wenn man nun statt eines Königs einen Kaiser hat? Ein Land sollte von einem Rat aufgeklärter Männer regiert werden, die sich für ihre Taten vor dem Volk verantworten müssen.«

»Aber die Könige erhalten ihre Macht doch von Gott, Kapitän«, wandte Diego vorsichtig ein und wiederholte damit ohne rechte Überzeugung das, was sein Vater immer gesagt hatte.

»Seid Ihr sicher? Soviel ich weiß, hat sich Gott diesbezüglich nicht geäußert.«

»Aber die Heilige Schrift...«

»Habt Ihr sie gelesen?« fiel ihm Santiago de León ins Wort. »Nirgends in der Heiligen Schrift steht, daß die Bourbonen Spanien regieren sollen oder Napoleon Frankreich. Außerdem ist an der Heiligen Schrift nichts heilig, sie wurde von Menschen geschrieben, nicht von Gott.«

Es war schon dunkel, und die beiden gingen auf der Brücke auf und ab. Ruhig lag das Meer unter ihnen, und über das ewige Knarren des Schiffs hinweg hörte man kristallklar Bernardos Flöte, der Blitz in der Nacht und seine Mutter in den Sternen suchte.

»Glaubt Ihr an Gott?« brach der Kapitän das Schweigen.

»Wie könnt Ihr das fragen!«

Mit einer ausladenden Geste deutete Santiago de León auf den dunklen, bestirnten Himmel.

»Falls es ihn gibt, so hat er sicher Wichtigeres zu tun, als für jedes Gestirn die Könige zu bestimmen...«

»Aber, Kapitän...!« Mehr fiel Diego nicht zu sagen ein. Am göttlichen Auftrag der Monarchie zu zweifeln, ja, aber an Gott selbst, das war ein schwerer Frevel. Für weit weniger hatte die Inquisition Menschen auf dem Scheiterhaufen verbrannt, doch das schien den Kapitän überhaupt nicht zu kümmern.

Als Diego es leid wurde, Kichererbsen und Muscheln beim Kartenspiel zu gewinnen, dachte er sich für die Matrosen schaurige Geschichten aus, nahm als Grundlage, was er aus den Büchern und Karten des Kapitäns kannte, schmückte alles lebhaft aus und erzählte von riesigen Kraken, die mit ihren Tentakeln Schiffe von der Größe der Madre de Dios in Stücke hieben, von räuberischen Salamandern, die groß waren wie Walfische, und von Meerjungfrauen, die aus der Ferne wie holde Mädchen wirkten, jedoch schreckliche Ungeheuer waren mit Zungen lang wie Schlangen. Um keinen Preis dürfe man ihnen zu nah kommen, sie streckten ihre todbringenden Arme aus, umschlangen den Arglosen, drangen im Kuß mit ihren Zungen in die unglücklichen Opfer ein und fraßen sie von innen auf, bis nur noch die hautüberspannten Gerippe übrig waren.

»Habt ihr diese Lichter gesehen, die manchmal über dem Meer aufblinken, die Irrlichter? Ihr wißt ja, das heißt, es sind Untote in der Nähe. In diesen Breiten müssen es christliche Seefahrer sein, die von muselmanischen Piraten umgebracht worden sind. Weil sie die Absolution nicht mehr bekommen haben, finden ihre Seelen jetzt nicht ins Fegefeuer. In den Wracks ihrer gesunkenen Schiffe sind sie gefangen und wissen nicht, daß sie tot sind. Aber in solchen Nächten wie heute kommen sie an die Oberfläche. Das ist ein Unglück für jedes nahende Schiff, denn sie klettern an Bord und stehlen, was sie finden können, den Anker, das Ruder, die Instrumente des Kapitäns, die Taue und sogar die Masten. Aber das reicht ihnen nicht, nein, sie brauchen ja auch Matrosen. Wen sie sich schnappen können, den ziehen sie hinab in die Tiefe, damit er ihnen hilft, ihr Schiff flott zu machen und an christliche Gestade zu segeln. Ich hoffe sehr, daß wir ihnen nicht begegnen, aber wir müssen die Augen offen halten. Hütet euch vor lautlosen schwarzen Gestalten. Wenn sie Umhänge tragen, sind es Untote, die das Klappern ihrer armen Knochen verbergen wollen.«

Zu seinem Vergnügen sah Diego, wie diese gestandenen Seebären vor Schreck die Augen aufrissen. Er erzählte seine

Geschichten abends nach dem Essen, wenn die Mannschaft bei ihrer Pinte Rum und ihrem Kautabak saß, denn im Dunkeln konnte er ihnen leichter kalte Schauer über den Rücken jagen. Nachdem er über Tage ihre Nerven gereizt hatte, setzte er zum Gnadenstoß an. Ganz in Schwarz, mit Handschuhen und dem Cape mit den Silberknöpfen, tauchte er unvermittelt und nur für Augenblicke in den dunkelsten Winkeln des Schiffes auf. Es war kaum etwas von ihm zu sehen, denn Bernardo band ihm zusätzlich ein schwarzes Tuch um den Kopf, in das er zwei Löcher für die Augen geschnitten hatte. Etliche Seeleute sahen zumindest einen Untoten. Im Nu sprach sich herum, das Schiff sei verhext, und Verdächtigungen gegen die Tochter des Buchprüfers wurden laut, die doch vom Teufel besessen sein mußte, da sie nie den Nachttopf benutzte. Bestimmt hatte sie die Geister angelockt. Das Gerücht kam der empfindsamen Dame zu Ohren und löste eine solch schlimme Migräne aus, daß der Kapitän sie tagelang mit prächtigen Laudanumgaben betäuben mußte. Als Santiago de León hörte, was geschehen war, versammelte er seine Mannschaft an Deck und drohte, allen den Rum und den Tabak zu streichen, sollten sie weiter solchen Unsinn verbreiten. Die Irrlichter seien ein natürliches Phänomen, verursacht von Gasen, die bei der Zersetzung von Algen freigesetzt würden, und diese dunklen Gestalten hätten sich alle nur eingebildet. Niemand glaubte ihm, aber der Kapitän sorgte für Ordnung. Kaum hatte sich die Mannschaft einigermaßen beruhigt, nahm er Diego am Arm, führte ihn in seine Kajüte und warnte ihn unter vier Augen, daß nichts ihn daran hindern werde, ihn windelweich zu prügeln, sollte auf der Madre de Dios noch ein einziger Untoter gesehen werden.

»Auf meinem Schiff habe ich Macht über Leben und Tod, und erst recht, Euch den Rücken für immer zu zeichnen. Haben wir uns verstanden?« knirschte er, jedes Wort betonend.

Es war klar wie die Sonne am Mittag, aber Diego antwortete nicht, weil ihn ein mit seltsamen Symbolen verziertes Medaillon aus Gold und Silber ablenkte, das um den Hals des Kapitäns baumelte. Als der merkte, daß Diego es gesehen hatte, schob er es hastig unter sein Hemd und knöpfte seinen Uniformrock zu. Die Bewegung war so brüsk, daß Diego nicht wagte, nach der Bedeutung des Schmuckstücks zu fragen. Aber wenigstens wurde der Kapitän nach der Standpauke wieder milder.

»Wenn uns der Wind wohlgesinnt ist und wir nicht auf Piraten treffen, sind wir noch sechs Wochen auf See. Ihr werdet viel Gelegenheit haben, Euch zu langweilen. Anstatt meine Leute mit Kindereien zu erschrecken, solltet Ihr Euch besser dem Studium widmen. Das Leben ist kurz, und zum Lernen fehlt immer die Zeit.«

Obwohl Diego alles Lesenswerte an Bord bereits kannte, mit dem Sextanten umgehen konnte, die Seemannsknoten und die Arbeit in den Segeln beherrschte, nickte er sofort, denn ihm schwebte eine andere Wissenschaft vor. Er machte sich in den stickigen Kielraum auf, wo der Koch gerade den Sonntagsnachtisch vorbereitete, einen Pudding aus Melasse und Nüssen, dem die Mannschaft jede Woche entgegenfieberte. Der Koch stammte aus Genua und war in die spanische Handelsmarine eingetreten, um dem Gefängnis zu entgehen, in das er eigentlich gehörte, denn er hatte seine Frau mit der Axt erschlagen. Für einen Seemann trug er einen sehr unpassenden Namen: Galileo Tempesta – Galileo Unwetter. Ehe er auf der Madre de Dios als Koch angeheuert hatte, war er als Zauberer auf Märkten und Rummelplätzen aufgetreten. Er hatte ein hageres Gesicht, stechende Augen und geschickte Finger, lang wie Tentakel. Ließ er eine Münze verschwinden, konnte man eine Handbreit neben ihm stehen und fragte sich trotzdem, wie zum Teufel er das anstellte. Wenn in der Kombüse gerade nichts zu tun war, übte er, hantierte mit Münzen, Karten oder Messern oder nähte Geheimfächer in Hüte, Stiefel, Futterstoffe und Ärmelaufschläge, um bunte Tücher oder lebende Kaninchen darin zu verstecken.

»Herr Tempesta, der Kapitän schickt mich, Ihr sollt mir alles beibringen, was Ihr könnt«, kam Diego gleich zur Sache.

»Ich verstehe nicht viel vom Kochen, mein Junge.«

»Ich meine ja auch das Zaubern...«

»Das lernt man nicht durch Reden, nur durch Tun.«

Den Rest der Reise brachte er Diego seine Tricks bei aus demselben Grund, aus dem der Kapitän ihm von seinen Fahrten erzählte und ihm seine Karten zeigte: Nie zuvor hatte ihnen jemand soviel Aufmerksamkeit geschenkt wie Diego. Als sie einundvierzig Tage später am Ziel ihrer Reise ankamen, konnte Diego so manche unstandesgemäße Großtat vollbringen, wie etwa eine Dublone verschlucken und sie sodann heil aus einem seiner bemerkenswerten Ohren ziehen.

Von Portobelo aus war die Madre de Dios im Golfstrom an der Küste entlang nach Norden gesegelt. Auf der Höhe der Bermuda-Inseln hatte sie mit der Überquerung des Atlantiks begonnen, und einige Wochen später hielt sie auf die Azoren zu, wo man frisches Wasser und Proviant aufnehmen wollte. Die neun Vulkaninseln, die zu Portugal gehörten, waren ein obligatorischer Halt für Walfangschiffe aus aller Welt. Die Madre de Dios erreichte Flores, als man gerade einen nationalen Feiertag beging; die Insel machte ihrem Namen alle Ehre, denn sie war bedeckt von Hortensien- und Rosenbüschen. Die Schiffsmannschaft schlug sich mit der dicken Suppe, die überall angeboten wurde, die Bäuche voll, trank Wein bis zum Umfallen, prügelte sich zum Vergnügen mit amerikanischen und norwegischen Walfängern und zog zur Abrundung eines gelungenen Wochenendes geschlossen zum allgemeinen Stierkampfspektakel. Zusammen mit den männlichen Bewohnern der Insel stürmten die Matrosen vor den Stieren die steilen Gassen des Dorfes hinauf und schrien dabei all die Unflätigkeiten, die Kapitän Santiago de León an Bord seines Schiffes nicht duldete. Die schönen Frauen der Inseln hatten sich Blumen ins Haar geflochten und ihre Dekolletés mit Blüten geschmückt und feuerten die Läufer aus sicherer Entfernung an, während der Priester und einige Nonnen Verbandsmull für die Verwundeten und die letzte Ölung für die Sterbenden bereithielten. Diego wußte, daß auch der schnellste Mann einem Stier nicht davonlaufen kann, aber wenn die Tiere in blindem Zorn rasten, konnte man sie übertölpeln. Er hatte in seinem kurzen Leben so viele Stiere gesehen, daß er sie kaum mehr fürchtete. Was ein Glück für Galileo Tempesta war, denn Diego rettete ihn um Haaresbreite, als ihn ein Hörnerpaar von hinten aufspießen wollte. Diego stieß dem Stier einen Stock in die Flanke, und das wütende Tier schwenkte herum, während sich der Zauberer unter dem Applaus und Gelächter der Zuschauer kopfüber in einen Hortensienbusch warf. Jetzt hatte Diego den Stier auf den Fersen, brachte sich aber wie eine Gemse an einer Böschung in Sicherheit. Zwar gab es genügend Schürfwunden und Quetschungen, doch wurde in diesem Jahr niemand von einem Stier getötet. Das war neu für die Bewohner der Azoren, und sie wußten nicht, ob sie es als gutes oder schlechtes Omen deuten sollten. Man würde abwarten müssen. Diego jedenfalls wurde gefeiert wie ein Held, und Galileo Tempesta schenkte ihm zum Dank einen marokkanischen Dolch mit einem versteckten Mechanismus, durch den sich die Klinge in den Knauf schieben ließ.

Vor dem Wind segelte die Madre de Dios einige Wochen weiter, erreichte bei Cádiz die spanische Küste und steuerte ohne Aufenthalt die Meerenge von Gibraltar an, das Tor zum Mittelmeer, das von den Engländern kontrolliert wurde, die sich in gemeinsamer Feindschaft gegen Napoleon mit den Spaniern verbündet hatten. Unbehelligt folgte das Schiff der Küste nach Norden, legte in keinem Hafen eine Rast ein und erreichte endlich Barcelona, das Ziel der Reise für Diego und Bernardo. Wie ein Wald aus Masten und Segelwerk lag der alte katalanische Hafen vor ihnen. Schiffe aus aller Herren Länder und von jeder Art und Größe hatten hier festgemacht. Wenn die beiden schon über das kleine Panama gestaunt hatten, so stelle man sich vor, was sie nun für Augen machten. Erhaben und massig zeichnete sich die Stadt mit ihren Mauern, Kirchen und Festungstürmen vor dem bleigrauen Himmel ab. Im Abenddämmer wirkte sie prächtig, aber bald zogen Wolken auf, und sie versank in Düsternis. Die Nacht mußten sie noch ausharren, am Morgen ließ Santiago de León die Boote klarmachen, die seine ungeduldige Mannschaft und die Passagiere an Land bringen sollten. Hunderte Schaluppen schaukelten zwischen den Schiffen in einem öligen Meer, und der Himmel war erfüllt vom Gekreisch der Möwen.

Diego und Bernardo verabschiedeten sich vom Kapitän, von Galileo Tempesta und dem Rest der Besatzung, alle drängten in die Boote, um endlich ihre Heuer für Schnaps und Frauen zu verjubeln, und der alte Buchprüfer mußte seine Tochter stützen, weil ihr vom Gestank über den Molen die Sinne schwanden. Der war in der Tat zum Ersticken. Der Hafen sah schön aus und war belebt, indes nicht geschaffen für empfindliche Naturen, überall lag Unrat, und es wimmelte von hundegroßen Ratten, die den hastenden Leuten zwischen den Füßen herumhuschten. Durch offenliegende Kanäle wälzte sich schmutziges Wasser, in dem barfüßige Kinder planschten, und aus den oberen Stockwerken der Häuser leerten die Leute mit dem Ruf »Wasser marsch!« ihre Nachttöpfe auf die Straße. Die Passanten mußten mit einem Sprung zur Seite vor der menschlichen Jauche flüchten. Barcelona hatte hundertfünfzigtausend Einwohner und war eine der am dichtesten bevölkerten Städte der Welt. Eingepfercht in dicke Mauern, bewacht von der düsteren Feste La Ciudadela und gefangen zwischen Meer und Gebirge, konnte die Stadt nur in die Höhe wachsen. Man setzte den Häusern zusätzliche Geschosse auf, zog in den Wohnungen neue Wände ein, und ohne Luft und sauberes Wasser drängten sich die Menschen in diesen engen Kabuffs. Die Molen waren bevölkert von Leuten in fremdländischen Kleidern, man hörte sie schimpfen in unverständlichen Sprachen, sah Matrosen mit Jakobinermützen und mit Papageien auf der Schulter, Stauer, die vom Schleppen der Lasten gebeugt waren, ruppige Händler, die Dörrfleisch und Zwieback anpriesen, Bettler voller Läuse und Pusteln, Galgenvögel mit schnellen Messern und Verzweiflung im Blick. Es mangelte nicht an billigen Huren, doch die exquisiten saßen in Kutschen und wetteiferten in ihrem Putz mit den feinen Damen der Gesellschaft. Streitlustig bahnten sich Gruppen französischer Soldaten mit den Kolben ihrer Musketen einen Weg durch die Menge. Hinter ihrem Rücken verfluchten die Marktfrauen sie mit wüsten Gesten und spuckten aus. Und doch: Nichts von all dem vermochte die Schönheit dieser ins silberne Meerlicht getauchten Stadt zu trüben. Als sie die Mole betraten, wären Diego und Bernardo fast hingefallen, so ungewohnt war es, wieder festen Boden unter den Füßen zu haben. Sie mußten einander stützen, bis das Zittern ihrer Knie und das Flirren vor den Augen nachließen.

»Und was jetzt, Bernardo? Du hast recht, wir sollten eine Droschke mieten und versuchen das Haus von Tomás de Romeu zu finden. Du meinst, erst müssen wir holen, was von unserem Gepäck übrig ist? Ja, stimmt...«

So drängelten sie sich zu den Packern durch, Diego unablässig redend und Bernardo einen Schritt hinter ihm und angespannt, weil er fürchtete, jemand werde seinem abgelenkten Bruder die Tasche entreißen. Sie kamen am Markt vorbei, wo massige Frauen in Lachen aus Innereien und Fischköpfen standen und, von Fliegen umschwirrt, allerlei Meeresgetier feilboten. Dort trat ihnen ein großgewachsener Mann mit einem Geiergesicht in den Weg, der in seinem blauen Samtrock mit den goldenen Tressen und mit dem Dreispitz über der weißen Perücke für Diego wie ein Admiral ausgesehen haben muß. Jedenfalls grüßte Diego ihn mit einer tiefen Verbeugung und fegte mit seinem kalifornischen Hut über das Pflaster.

»Señor Don Diego de la Vega?« sagte der Unbekannte, augenfällig verwirrt.

»Zu Diensten, gnädiger Herr«, sagte Diego.

»Bin kein Herr, ich bin Jordi, der Kutscher von Don Tomás de Romeu. Ich soll Euch abholen. Um Euer Gepäck kümmere ich mich später«, sagte der Mann mit finsterer Miene, weil er meinte, dieser Flegel aus Übersee mache sich über ihn lustig.

Diegos Ohren liefen rotebeeterot an, rasch setzte er seinen Hut wieder auf und folgte dem Kutscher, während Bernardo alle Mühe hatte, nicht laut loszulachen. Jordi führte sie zu einer altersschwachen, zweispännigen Kutsche, wo der Majordomus der Familie sie erwartete. Über verwinkelte Pflasterstraßen ging die Fahrt weg vom Hafen, und bald erreichten sie eine Gegend mit prächtigen Herrenhäusern. Durch ein Tor zwischen zwei Kirchen fuhren sie in den Innenhof eines riesigen dreistöckigen Gebäudes, der Residenz von Tomás de Romeu. Der Majordomus nuschelte etwas davon, daß einen die Kirchenglocken nicht mehr zur Unzeit störten; die Franzosen hätten die Schwengel konfisziert, um die Priester zu bestrafen, weil die mit der Guerrilla unter einer Decke steckten. Diego und Bernardo waren von der Größe des Hauses so eingeschüchtert, daß sie gar nicht merkten, wie heruntergekommen es war. Jordi nahm Bernardo mit in den Dienstbotenflügel, und der Majordomus führte Diego über eine Freitreppe hinauf in die Beletage. Sie durchquerten große Säle in ewigem Dämmer und eisige Flure mit verschlissenen Tapisserien und Waffen aus den Zeiten der Kreuzzüge an den Wänden. Schließlich betraten sie eine staubige Bibliothek, die von einigen Öllampen und einem kümmerlichen Kaminfeuer schummrig beleuchtet wurde. Dort erwartete sie Tomás de Romeu, der Diego mit einer väterlichen Umarmung begrüßte, als würden sie einander schon ewig kennen.

»Es ehrt mich, daß mein lieber Freund Alejandro mir seinen Sohn anvertraut«, erklärte er. »Von nun an seid Ihr Teil der Familie, Diego. Meine Töchter und ich werden Sorge tragen, daß Ihr es angenehm habt und Euch wohl fühlt.«

Er war ein rotwangiger, beleibter Mann von etwa fünfzig Jahren, mit Donnerstimme, Koteletten und dichten Augenbrauen. Seine Mundwinkel bogen sich in einem unwillkürlichen Lächeln nach oben, wodurch das leicht Hochfahrende seiner Erscheinung gemildert wurde. In einer Hand hielt er eine Zigarre, mit der anderen griff er zu einem Glas Sherry. Er stellte Diego ein paar höfliche Fragen über die Reise und seine Familie in Kalifornien, dann läutete er über eine seidene Kordel nach dem Majordomus, den er auf katalanisch anwies, dem Gast seine Zimmer zu zeigen.

»Wir speisen um zehn. Formelle Kleidung ist nicht nötig, wir sind unter uns«, und damit war Diego entlassen.

In dem riesigen Speisesaal voller alter Möbel, die seit Generationen im Familienbesitz waren, lernte Diego an diesem Abend die Töchter von Tomás de Romeu kennen. Es genügte ihm ein Blick, um zu wissen, daß Juliana, die ältere der beiden, das schönste Mädchen unter der Sonne war. Das mochte übertrieben sein, aber jedenfalls galt sie als eine der schönsten Frauen Barcelonas, und es hieß, ihr Liebreiz stehe dem der berühmten Madame de Récamier in Paris zu ihren besten Zeiten in nichts nach. Ihre Anmut, die ebenmäßigen Züge und der Dreiklang ihres pechschwarzen Haars mit dem milchweißen Teint und den jadegrünen Augen waren unvergeßlich. Für ihre Familie und die Klatschsüchtigen war die Schar ihrer Verehrer längst nicht mehr zu überschauen. Böse Zungen behaupteten, alle würden abgewiesen, weil Julianas ehrgeiziger Vater sie mit einem Prinzen vermählen wolle, um in der Gesellschaft aufzusteigen. Sie irrten, zu solcherlei Berechnung war Tomás de Romeu nicht fähig. Aber Juliana sah nicht nur hinreißend aus, sie war auch gebildet und gefühlvoll, spielte mit vibrierenden Feenfingern virtuos die Harfe und tat gute Werke an den Bedürftigen. Als sie im Speisesaal erschien in ihrem Empirekleid aus zartem weißem Musselin, das unter dem Busen von einem wassermelonenfarbenen Samtband gerafft wurde und ihren Schwanenhals und die runden Alabasterarme betonte, in ihren Hausschuhen aus Atlas und mit einem Diadem aus Perlen in den schwarzen Locken, spürte Diego, wie ihm die Knie zitterten und sein Verstand aussetzte. Er verneigte sich und wollte ihr die Hand küssen, verlor über der Berührung jedoch vollends die Fassung und netzte Julianas Hand mit Speichel. Hochrot im Gesicht stammelte er eine Entschuldigung, während Juliana wie ein Engel lächelte und sich den Handrücken verstohlen an ihrem Nymphengewand abwischte.

Isabel war dagegen so wenig bemerkenswert, daß sie nicht vom selben Blut schien wie ihre strahlende Schwester. Sie war elf, entbehrte jedoch jeder kindlichen Anmut, ihre Zähne saßen noch nicht am rechten Platz, und überall traten ihre Knochen hervor. Eins ihrer Augen machte sich zuweilen zur Seite hin selbständig, und dann konnte man sie fälschlich für verträumt oder putzig halten, obwohl sie von Natur aus eher kratzbürstig war. Ihr braunes Haar war ein rebellisches Gestrüpp, das sich auch mit einem halben Dutzend Bändern kaum zähmen ließ; das gelbe Kleid saß zu eng, und dazu trug sie Stiefeletten, wodurch sie endgültig wie ein mitleidheischendes Waisenkind wirkte. Wie Diego und Bernardo später sagten, sah die arme Isabel aus wie ein Knochengestell mit vier Ellbogen und genug Haaren für zwei Köpfe. Benebelt von Juliana, würdigte Diego sie den ganzen Abend kaum eines Blickes, aber Isabel unterzog seine altmodische Kleidung und die nicht minder überholten Manieren, seine komische Aussprache und – natürlich – seine Segelohren verstohlen einer strengen Begutachtung. Sie kam zu dem Schluß, daß dieser Junge aus Übersee verrückt sein mußte, wenn er glaubte, er könne Juliana beeindrucken, was er mit seinem albernen Betragen offenbar bezweckte. Isabel schüttelte den Kopf bei dem Gedanken, daß Diego ein langfristiges Vorhaben war, man würde ihn fast vollständig umkrempeln müssen, aber zum Glück war das Ausgangsmaterial passabel: Er wirkte nett, seine Proportionen stimmten, und er hatte diese unvergleichlichen Bernsteinaugen.

Zum Abendessen gab es erst eine Pilzsuppe, dann eine üppige Auswahl *Mar i muntanya*, bei der allerlei Fisch mit verschiedenen Fleischsorten wetteiferte, dazu Salate, Käse und zum Nachtisch *Crema catalana*, alles begossen mit einem Rotwein aus den Weinbergen der Familie. Diego dachte bei sich, daß Tomás de Romeu bei dieser Kost nicht alt würde und seine Töchter bald die Leibesfülle ihres Vaters hätten. Das spanische Volk litt damals Hunger, aber die Tische der Wohlhabenden waren immer reich gedeckt. Nach dem Essen wechselten alle in einen der ungastlichen Salons, in dem Juliana sie bis nach Mitternacht mit ihrer Harfe unterhielt, deren Wohlklang selbst der Katzenjammer, den Isabel einem verstimmten Cembalo entrang, nichts anzuhaben vermochte.

Für Barcelona war es noch früh, für Diego dagegen nachtschlafende Zeit, als Nuria, die Gouvernante, den Salon betrat und die Mädchen aufforderte, sich zurückzuziehen. Sie war eine Frau von etwa vierzig Jahren, die sich gerade hielt und vornehm hätte wirken können, wäre da nicht der harte Zug um den Mund und die strenge Aufmachung gewesen. Sie trug ein schwarzes Kleid mit einem gestärkten Kragen und eine ebenfalls schwarze Haube, die von einer Satinschleife unter dem Kinn gehalten wurde. Das Rascheln ihrer Unterröcke, das Klirren der Schlüssel und das Klacken ihrer Stiefel hatten sie schon vom Korridor aus angekündigt. Sie begrüßte Diego mit einer kaum wahrnehmbaren Verbeugung, nachdem sie ihn von Kopf bis Fuß abschätzig gemustert hatte.

»Was soll ich mit diesem Bernardo machen, dem Indianer aus Amerika?« wandte sie sich an Tomás de Romeu.

»Falls das möglich wäre, Don Tomás, hätte ich gerne, daß Bernardo mein Zimmer teilt. Wir sind eigentlich wie Brüder«, sagte Diego schnell.

»Aber selbstverständlich. Veranlasse das bitte, Nuria«, wies der etwas überraschte Hausherr die Gouvernante an.

Kaum war Juliana gegangen, fühlte Diego sich wie erschlagen vor Müdigkeit und bleiern von dem schweren Abendessen in seinem Bauch, mußte jedoch noch eine Stunde lang den politischen Ideen seines Gastgebers lauschen.

»Joseph Bonaparte ist ein aufgeklärter Mann ohne Dünkel, er spricht sogar Spanisch und geht zum Stierkampf.«

»Aber den Thron hat er dem rechtmäßigen König entrissen«, wandte Diego ein.

»König Karl IV. hat sich als seines Geschlechts unwürdig erwiesen, das einmal edle Naturen hervorgebracht hat. Die Königin ist frivol und der Sohn, Ferdinand, ein Tölpel, dem die eigenen Eltern mißtrauen. Sie verdienen es nicht, zu herrschen. Die Franzosen dagegen haben uns moderne Ideen gebracht. Ließe man Joseph I. regieren, anstatt ihn zu bekriegen, dieses Land könnte der Rückständigkeit entkommen. Die französische Armee ist unbesiegbar, unsere aber liegt am

Boden, sie hat keine Pferde, keine Waffen, keine Stiefel, die Soldaten ernähren sich von Brot und Wasser...«

»Und doch widersetzt sich das spanische Volk der Besatzung seit zwei Jahren«, unterbrach ihn Diego.

»Banden bewaffneter Zivilisten, die einen wahnsinnigen Guerrillakampf führen. Der Pöbel kämpft blind, er hat keine Ideen, nur dumpfe Abneigungen.«

»Es heißt, die Franzosen seien grausam.«

»Widerwärtigkeiten begegnet man auf beiden Seiten, junger Mann. Die Guerrilla ermordet nicht nur Franzosen, sondern auch spanische Zivilisten, die ihr die Unterstützung versagen. Die Katalanen sind die schlimmsten, Ihr könnt Euch nicht vorstellen, zu welchen Greueltaten sie fähig sind. Der große Francisco Goya hat diese Schrecken festgehalten. Kennt man sein Werk in Amerika?«

»Ich glaube nicht.«

»Ihr solltet mal seine Bilder sehen, Don Diego, dann würdet Ihr verstehen, daß es in diesem Krieg keine Guten gibt, nur Unmenschen«, seufzte De Romeu und sprach dann noch über dieses und jenes, bis Diego die Augen zufielen.

In den folgenden Monaten bekam Diego de la Vega eine Ahnung davon, wie vielschichtig die Lage in Europa geworden war, wie schnell sie sich wandelte und wie sehr man bei ihm zu Hause mit den Nachrichten hinterherhinkte. Sein Vater hatte ihm die Politik stets schwarzweißgemalt, und für Kalifornien mochte das ausreichen, aber in den Wirren Europas herrschten die Grautöne vor. In seinem ersten Brief berichtete Diego seinem Vater von der Reise und von seinen Eindrücken in Barcelona, beschrieb die Katalanen als argwöhnisch auf ihre Freiheit bedacht, als temperamentvoll und empfindlich in Fragen der Ehre und als arbeitsam wie die Packesel. Sie selbst bezeichneten sich gerne als Geizhälse, schrieb er, aber unter Freunden seien sie großzügig. Stärksten Unwillen empfänden sie gegenüber dem Zahlen von Steuern, vor allem, wenn man sie an die Franzosen entrichten müsse. Auch schilderte er die Familie De Romeu, verschwieg aller-

dings sein haltloses Schwärmen für Juliana, das ihm als Miß-
brauch der Gastfreundschaft hätte ausgelegt werden können.
In seinem zweiten Brief versuchte er, seinem Vater die politische Lage zu schildern, obwohl die sich wahrscheinlich
längst geändert hätte, wenn der den Brief in einigen Monaten
in Händen hielte.

Verehrter Herr Vater!

*Es geht mir gut, und ich lerne viel, vor allem Philosophie
und Latein im Colegio de Humanidades. Es wird Euch
freuen, zu erfahren, daß Maestro Manuel Escalante mich in
seine Akademie aufgenommen hat und mir in Freundschaft
zugetan ist, eine sicher unverdiente Ehre. Gestattet mir einige
Worte über das Leben hier. Euer teurer Freund Don Tomás de
Romeu ist ein »Franzosenfreund«. Andere Liberale teilen
zwar seine politischen Vorstellungen, hassen die Franzosen jedoch. Sie fürchten, Napoleon könne Spanien zu einem Vasallen Frankreichs machen, was Tomás de Romeu offenkundig
begrüßen würde.*

*Wie Ihr mir aufgetragen habt, habe ich Ihre Exzellenz
Doña Eulalia de Callís besucht. Sie spricht davon, daß der
Adel, die Kirche und das Volk auf die Rückkehr von König
Ferdinand VII. hoffen, den sie den »Ersehnten« nennen. Das
Volk scheint Franzosen, Liberalen, Aristokratie und über-
haupt jeder Veränderung gleichermaßen zu mißtrauen; es
will die Invasoren vertreiben, und man kämpft mit dem, was
zur Hand ist: Äxte, Knüppel, Messer, Hacken und Hauen.*

Diego fand all das war zwar aufregend, und weder im Colegio de Humanidades noch im Haus von Tomás de Romeu
redete man über etwas anderes, aber schlaflose Nächte bereitete es ihm nicht. Er war mit tausenderlei Dingen beschäftigt,
darunter vor allem damit, Juliana zu betrachten. In diesem
riesigen Haus, das sich unmöglich beleuchten oder heizen
ließ, bewohnte die Familie nur einige Räume der Beletage und
einen Seitenflügel im zweiten Stock. Mehr als einmal überraschte Bernardo Diego dabei, wie er kopfüber von seinem
Balkon hing und durch das Fenster zusah, wie Juliana mit
Nuria nähte oder über ihren Büchern brütete. Dank der Ab-

neigung ihres Vaters gegen die Kuttenträger waren die Mädchen der Klosterschule entronnen, in der die Töchter aus gutem Hause normalerweise unterrichtet wurden. Tomás de Romeu sagte, die armen Kinder wären hinter den Gitterfenstern der Klöster leichte Beute für boshafte Nonnen, die sie mit dem Teufel ängstigten, und für lüsterne Priester, die sie im Dunkel des Beichtstuhls befingerten. Also stellte er einen Hauslehrer an, einen kränklichen Kerl mit pockennarbigem Gesicht, dem in Julianas Gegenwart die Sinne schwanden und den Nuria mit Argusaugen überwachte. Isabel saß während des Unterrichts dabei, war für den Lehrer allerdings Luft, was so weit ging, daß er sich nie auch nur ihren Namen merkte.

Juliana behandelte Diego wie einen leicht närrischen jüngeren Bruder. Sie nannte ihn beim Vornamen und duzte ihn und folgte damit Isabels Beispiel, die ihn sofort herzlich und ohne Vorbehalte aufgenommen hatte. Viel später, als das Leben für alle schwierig wurde und sie gemeinsam entbehrungsreiche Zeiten durchlitten, duzte ihn auch Nuria, für die er wie ein geliebter Neffe wurde, aber zunächst sprach sie ihn noch mit Don Diego an, da man das familiäre Du nur unter Verwandten benutzte oder wenn man sich an niedriger gestellte Leute wandte. Juliana ahnte wochenlang nichts von Diegos Liebesleid, und was sie ihrem unglücklichen Hauslehrer antat, sollte sie nie merken. Als Isabel sie auf Diegos Kummer hinwies, lachte sie schallend; zum Glück erfuhr er das erst Jahre später.

Diego hatte sehr schnell begriffen, daß Tomás de Romeu weder so adlig noch so reich war, wie er zu Anfang gemeint hatte. Das Haus und die Ländereien entstammten dem Besitz seiner verstorbenen Frau, der einzigen Erbin einer bürgerlichen Familie, die mit der Verarbeitung von Seide ein Vermögen gemacht hatte. Nach dem Tod seines Schwiegervaters war Tomás für die Geschäfte zuständig, besaß indes wenig Geschick dafür, und so begann das Erbe zu schwinden. Ganz entgegen dem Ruf der Katalanen wußte er, wie man anmutig Geld ausgab, jedoch nicht, wie man welches verdiente. Jahr um Jahr nahm er weniger ein, und wenn das so weiterging,

würde er bald sein Haus verkaufen müssen und gesellschaftlich absteigen.

Unter Julianas zahlreichen Verehrern war auch Rafael
Moncada, ein Adliger mit beträchtlichem Vermögen. Diese
Verbindung hätte Tomás de Romeu aus seinen Kalamitäten
geholfen, aber zu seinen Gunsten muß gesagt werden, daß er
seine Tochter nie drängte, Moncada zu erhören. Diego
schätzte den Wert der Hacienda seines Vaters in Kalifornien
auf ein Vielfaches der Besitzungen von Tomás de Romeu und
fragte sich, ob Juliana wohl bereit wäre, mit ihm in die Neue
Welt zu gehen. Er besprach das mit Bernardo, der ihm auf
seine Weise klarmachte, daß ihm ein reiferer, hübscherer und
interessanterer Anwärter das Mädchen wegschnappen würde, wenn er sich nicht beeilte. Diego war an die Bissigkeit seines Bruders gewöhnt und ließ sich nicht entmutigen, nahm
sich jedoch vor, seine Ausbildung so schnell wie möglich ab-
zuschließen. Er fieberte dem Augenblick entgegen, da er sich
einen echten Edelmann würde nennen dürfen. Er lernte Katalanisch, wie ihm schien eine sehr melodische Sprache, besuchte die Schule und ging täglich zum Unterricht in der
*Akademie für Fechtkunst zur Ausbildung Adliger und Her-
ren von Geblüt* des Maestro Manuel Escalante.

Die Vorstellung, die sich Diego von dem berühmten Lehrer gemacht hatte, stimmte in nichts mit der Wirklichkeit
überein. Er hatte Escalantes Handbuch bis zum letzten
Komma studiert und sich dessen Autor dabei als Apoll ausgemalt, als Inbegriff aller männlichen Tugend und Schönheit.
Was er zu sehen bekam, war ein unangenehmes, verhuschtes,
pingelig gekleidetes Männlein mit einem Asketengesicht und
einem gezwirbelten Schnurrbärtchen über einem mißbilli-
gend verzogenen Mund, das Fechten offenbar für die einzig
wahre Religion hielt. Seine Schüler entstammten durchweg
dem Hochadel, außer Diego de la Vega, den er weniger
wegen Tomás de Romeus Empfehlung aufnahm, sondern
weil er die Aufnahmeprüfung mit Bravour bestand.

»*En garde, monsieur!*« befahl der Lehrer.

Diego nahm Fechtstellung ein: der rechte Fuß etwas vor

den linken gesetzt, die Fersen im rechten Winkel zueinander, die Knie leicht gebeugt, der Oberkörper zur Seite gedreht und schwer in der Mitte des Beckens ruhend, der Blick nach vorn, die Arme locker auf einer Linie.

»Schritt vor! Ausfall! Stellung! Schritt zurück! Sixt! Linie! Coupé!«

Der Lehrer hörte bald auf, ihm Anweisungen zu geben. Über die Finten kamen sie rasch zu Sturzangriffen, Paraden, Riposten und Konterriposten, wie in einem gewalttätigen und makabren Tanz. Diego wurde hitzig und begann fast zornig zu fechten, als ginge es um sein Leben. Escalante spürte zum ersten Mal seit Jahren, wie ihm der Schweiß auf die Stirn trat und sein Hemd durchnäßte. Sein schmaler Mund dehnte sich zu einem kaum merklichen Lächeln. Zwar ließ er sich nie herab, seine Schüler zu loben, doch im stillen mußte er sich eingestehen, daß ihn die Schnelligkeit, Treffsicherheit und Kraft dieses Jungen beeindruckten.

»Wo sagt Ihr, habt Ihr das Fechten gelernt, mein Herr?« wollte er wissen, nachdem sie einige Minuten die Klingen gekreuzt hatten.

»Bei meinem Vater in Kalifornien, Maestro.«

»In Kalifornien?«

»Im Norden von Mexiko…«

»Dies zu erklären erübrigt sich«, schnitt Manuel Ecalante ihm das Wort ab. »Ich habe schon einmal eine Landkarte gesehen.«

»Verzeiht, Maestro. Ich habe Euer Buch studiert und übe seit vielen Jahren…«, stammelte Diego.

»So, aha. Es scheint, Ihr seid ein gelehriger Schüler. Aber Ihr müßt Eure Ungeduld zügeln und an Eleganz gewinnen. Euer Stil gleicht dem eines Korsaren, doch dem läßt sich abhelfen. Erste Lektion: Ruhe. Nie im Zorn kämpfen. Stärke und Stabilität der Klinge hängen von der inneren Gelassenheit ab. Vergeßt das nicht. Ich erwarte Euch von Montag bis Samstag pünktlich um acht am Morgen, fehlt Ihr einmal, braucht Ihr nicht wiederzukommen. Guten Tag, mein Herr.«

Damit war Diego entlassen. Er hätte vor Freude losschreien mögen, hielt sich jedoch im Zaum, bis er unten bei Bernardo war, der vor der Tür mit den Pferden auf ihn wartete.

»Wir werden die besten Fechter der Welt, Bernardo!« Diego hüpfte um ihn herum. »Ja, du hast richtig gehört, du wirst mit mir lernen. Wir sind uns einig, daß der Maestro dich niemals aufnehmen würde, der ist da empfindlich. Wenn er wüßte, daß in meinen Adern ein Viertel indianisches Blut fließt, würde er mich hochkant aus der Akademie werfen. Aber keine Bange, ich zeige dir alles, was ich lerne. Der Maestro sagt, es fehlt mir an Stil. Was das wohl ist?«

Manuel Escalante hielt sein Versprechen, Diego den mangelnden Schliff zu vermitteln, und der hielt das seine und zeigte Bernardo alles, was er lernte. Täglich übten sie in einem der großen leeren Säle im Haus von Tomás de Romeu, fast immer zusammen mit Isabel. Nuria meinte zwar, dieses Mädchen habe den Teufel im Leib und gebärde sich wie ein Junge, aber sie deckte dieses ungehörige Benehmen, denn sie hatte Isabel erzogen und ihr von jeher die Mutter ersetzt. Isabel brachte Diego und Bernardo dazu, daß sie ihr zeigten, wie man rittlings auf dem Pferd sitzt, was in Kalifornien auch die Frauen taten, und wie man das Florett führt. Mit Maestro Escalantes Handbuch übte sie stundenlang allein vor dem Spiegel, während ihre Schwester und Nuria geduldig zusahen und nebenbei Vorhänge mit Kreuzstich bestickten. Diego ließ sie aus purem Eigennutz bei den Fechtübungen mitmachen: Sie hatte behauptet, sie könne sich bei Juliana für ihn verwenden, was sie allerdings nie tat. Dagegen war Bernardo offen froh, sie dabei zu haben.

Es war nicht recht klar, welche Stellung Bernardo innerhalb des Hauses einnahm, in dem an die achtzig Personen lebten, Dienstboten, Köchinnen, Kutscher, Sekretäre und Hausgäste, wie die verarmten Verwandten genannt wurden, die Tomás de Romeu dauerhaft unter seinem Dach beherbergte. Bernardo schlief in einem der drei Zimmer, die Diego zur Verfügung standen, durfte die Räume der Familie jedoch nur betreten, wenn man ihn rief, und aß in der Küche. Er hatte keine festgelegten Aufgaben und mehr als genug Zeit, Barcelona zu erkunden. Gründlich lernte er die vielen Gesichter der brodelnden Stadt kennen, von den Herrenhäusern des katalanischen Adels bis hin zu den überfüllten Wohnungen voller Ratten und Läuse, in denen das einfache Volk hauste und in denen die Handgreiflichkeiten so unvermeidlich waren wie die Seuchen; von dem alten, auf römischen Ruinen errichteten Viertel um die Kathedrale mit seinen labyrinthisch verwinkelten Gäßchen, durch die kaum ein Esel paßte, bis zu den belebten Märkten, den Läden der Handwerker, den Straßenständen, an denen arabische Händler ihren Talmi feilboten, und den Molen, auf denen immer eine buntscheckige Menschenmenge unterwegs war. Sonntags nach der Messe streunte er gerne in der Nähe der Kirchen umher und sah den Gruppen von Leuten zu, die hübsche Sarandas tanzten, in denen sich für ihn das Gemeinschaftsgefühl, der Ordnungssinn und das Fehlen aller Prunksucht spiegelte, die er an den Menschen von Barcelona so schätzte. Genau wie Diego hatte er Katalanisch gelernt, um zu begreifen, was um ihn her geschah. Spanisch und Französisch wurden in der Regierung und der besseren Gesellschaft gesprochen, für wissenschaftliche und religiöse Belange gebrauchte man Latein, und Katalanisch sprach man für alles andere. Durch sein Schweigen und die Würde, die er ausstrahlte, verdiente sich Bernardo die Achtung vieler Leute im Haus. Die Dienstboten nannten ihn zärtlich »unser Indianer« und bemühten sich nicht herauszufinden, ob er hörte oder nicht. Sie setzten einfach voraus, er sei taub, und redeten unbekümmert in seinem Beisein, wodurch er viele Dinge erfuhr. Tomás de Romeu wiederum schien ihn gar nicht wahrzunehmen, die Dienerschaft war Luft für ihn. Nuria fand es aufregend, daß er ein Indianer war, der erste, den sie je zu Gesicht bekommen hatte. In den ersten Tagen hatte sie versucht, sich ihm mit Affengrimassen und theatralischem Gefuchtel verständlich zu machen, aber als sie Diego normal mit ihm reden hörte, tat sie das auch. Und kaum daß sie erfuhr, er sei getauft, schloß sie ihn ins Herz. Sie hatte nie einen besseren Zuhörer

143

gehabt. Überzeugt, daß Bernardo ihre Geheimnisse nicht ausplaudern könne, erzählte sie ihm ihre Träume, Phantasien von wahrhaft epischen Ausmaßen, und lud ihn in den Salon ein, wenn Juliana zum geselligen Schokoladetrinken am Nachmittag vorlas. Juliana war so sanftmütig zu ihm wie zu allen Menschen. Sie verstand, daß er nicht Diegos Diener, sondern sein Milchbruder war, bemühte sich jedoch nicht darum, sich mit ihm zu verständigen, da sie annahm, sie hätten sich sowieso nicht viel zu sagen. Für Isabel wurde Bernardo indes zum besten Freund und treusten Verbündeten. Sie lernte die Zeichensprache der Indianer und konnte die verschiedenen Stimmungen seiner Flöte deuten, allerdings nie an der stummen Zwiesprache teilnehmen, die Diego mit Bernardo mühelos unterhielt. Aber jedenfalls kamen ihnen keine Wörter in die Quere, und so verstanden sie sich prächtig. Sie mochten sich so gern, daß Isabel mit den Jahren Diego den zweiten Platz in Bernardos Herz streitig machte. Der erste gehörte immer Blitz in der Nacht.

Im Frühling, als die Stadt nach Meer und Blüten duftete, belebten Studentenkapellen mit ihrem Spiel die Nacht, und die Verliebten brachten ihren Angebeteten Ständchen dar, wobei sie aus einiger Entfernung von französischen Soldaten beargwöhnt wurden, die selbst hinter diesen harmlosen Vergnügungen die finsteren Absichten der Guerrilla witterten. Diego übte Lieder auf der Mandoline, aber es wäre albern gewesen, hätte er sich unter Julianas Fenster gestellt und ihr vorgesungen. Er wollte sie beim Harfespiel nach dem Abendessen begleiten, aber sie spielte meisterhaft und er so schludrig wie Isabel auf dem Cembalo, so daß die Zuhörer von dieser Hausmusik Migräne bekamen. So mußte er sich damit begnügen, Juliana mit den Zaubertricks von Galileo Tempesta zu unterhalten, die er durch monatelanges Üben ergänzt und vervollkommnet hatte. Als er jedoch eines Tages Galileo Tempestas marokkanischen Dolch schluckte, schwanden Juliana die Sinne, und sie wäre um ein Haar vom Stuhl gefallen, wohingegen Isabel nur den Mechanismus suchte, mit dem man die Klinge im Knauf verstecken konnte. Nuria war kreidebleich und warnte ihn, wenn er noch einmal solche Schwarzkünstlertricks in Gegenwart der Mädchen vollführe, werde sie ihm dieses Türkenmesser eigenhändig in den Schlund schieben. In den ersten Wochen hatte die Gouvernante gegen Diego einen stummen Nervenkrieg geführt, denn irgendwie mußte sie erfahren haben, daß er Mestize war. Es erschien ihr bodenlos, daß ihr Herr einen jungen Mann im Schoß der Familie duldete, der nicht von gutem Blut war und noch dazu die Unverschämtheit besaß, sich in Juliana zu verlieben. Aber kaum hatte Diego es sich vorgenommen, eroberte er das spröde Herz der Gouvernante mit seinen kleinen Aufmerksamkeiten, brachte ihr Marzipan mit, schenkte ihr Heiligenbildchen, zauberte eine Rose aus dem Nichts hervor. Zwar quittierte sie seine Clownerien weiter mit schroffen und spöttischen Kommentaren, mußte sich aber doch das Lachen verkneifen.

Eines Abends erlebte Diego eine böse Überraschung, als jemand unter Julianas Fenster ein Ständchen gab. Zu seinem Leidwesen erkannte er, daß es sein Nebenbuhler Rafael Moncada war, der nicht nur einen schmachtenden Tenor besaß, sondern obendrein italienisch sang. Zwar äffte er ihn nach und mühte sich, ihn vor Juliana lächerlich zu machen, aber die schien zum erstenmal von Moncadas Avancen ehrlich gerührt. Bisher hatte dieser Verehrer widersprüchliche Gefühle in ihr geweckt, instinktiven Argwohn und auch verschämte Neugier. In seiner Gegenwart fühlte sie sich bedrängt und nackt, aber die Selbstsicherheit, die er ausstrahlte, hatte auch etwas Verlockendes. Sie mochte den harten oder verächtlichen Zug nicht, den sie zuweilen auf seinem Gesicht entdeckte und der nicht zu der Großzügigkeit passen wollte, mit der er nach der Messe Münzen an die Bettler verteilte. Aber Moncada war bereits dreiundzwanzig Jahre alt und machte ihr seit Monaten den Hof, sie würde ihm bald eine Antwort geben müssen. Er war reich, von makelloser Herkunft, und hinterließ bei allen einen guten Eindruck, außer bei ihrer Schwester Isabel, die ihn offen und ohne jede Begründung nicht ausstehen konnte. Gewichtige Argumente sprachen für diesen Anwärter, einzig die unbestimmte Ahnung eines kommenden Unglücks hielt Juliana zurück. Dabei umwarb Moncada sie mit viel Fingerspitzengefühl, als fürchte er, sie beim geringsten Druck zu verscheuchen. Sie sahen sich in der Messe, auf Konzerten und im Theater, bei Spaziergängen, in Parks und auf der Straße. Häufig schickte er Geschenke und zärtliche Billetts, aber nichts, was das Mädchen kompromittiert hätte. Es war ihm nicht gelungen, von Tomás de Romeu eingeladen zu werden, noch hatte er bei seiner Tante Eulalia de Callís erreicht, daß sie die De Romeus in ihrem Salon empfing. Eulalia hatte ihm kurz und bündig erklärt, Juliana sei eine miserable Wahl: »Ihr Vater ist ein Verräter, ein Franzosenfreund, diese Familie ist weder von Stand noch vermögend, sie hat nichts zu bieten«, und damit war ihr Urteil gesprochen. Aber Moncada hatte schon lange ein Auge auf Juliana geworfen, er hatte sie erblühen sehen und entschieden, daß keine andere seiner würdig sei. Wenn er es diplomatisch einfädelte, würde seine Tante mit der Zeit angesichts der unleugbaren Tugenden des Mädchens nachgeben. Er würde weder auf Juliana noch auf sein Erbe verzichten, und daß er beides bekommen konnte, hatte er nie bezweifelt.

Rafael Moncada war eigentlich zu alt und zu stolz für diese Art der öffentlichen Zurschaustellung, fand jedoch einen Weg, sie mit Humor zu würzen. Als Juliana auf den Balkon trat, sah sie ihn als florentinischen Fürsten verkleidet, von Kopf bis Fuß in Brokat und Seide, mit einem otterpelzbesetzten Wams, Straußenfedern am Hut und einer Laute in Händen. Mehrere Diener beleuchteten ihn mit elegant geschwungenen Laternen, die Musiker an seiner Seite sahen aus wie Rokokopagen und entlockten ihren Instrumenten die lieblichsten Klänge. Aber das Beste von allem war zweifellos Moncadas opernreife Stimme. Verborgen hinter einem Vorhang wurde Diego hundeelend bei dem Gedanken, daß Juliana auf ihrem Balkon stand und Moncadas makellose Koloratur mit dem schrägen Mandolinenspiel verglich, mit dem er sie zu beeindrucken versucht hatte. Er murmelte Verwünschungen vor sich hin, als Bernardo ins Zimmer trat und ihm winkte, daß er seinen Degen nehmen und mitkommen solle. Bernardo führte ihn durch den Dienstbotenflügel, in dem Diego nie gewesen war, obwohl er schon seit fast einem Jahr in dem Haus lebte, und von dort durch eine Hintertür auf die Straße. Ungesehen huschten sie an der Mauer entlang bis zu der Stelle, wo sich Diegos Nebenbuhler mit seinen italienischen Arien großtat. Bernardo deutete auf einen Hauseingang hinter Moncada, und sofort spürte Diego, wie aus seinem Zorn diabolische Schadenfreude wurde, denn wer da sang, war gar nicht sein Rivale, sondern ein Mann hinter ihm im Dunkeln.

Diego und Bernardo warteten, bis die Vorstellung zu Ende war. Die Gruppe bestieg mehrere Kutschen, die abfuhren, nachdem der letzte Diener dem echten Tenor einige Münzen in die Hand gedrückt hatte. Diego und Bernardo sahen sich um, der Sänger war allein, und sie sprangen ihm von zwei Seiten in den Weg. Der Unbekannte gab ein schlangenhaftes Zischeln von sich und wollte zu dem Krummesser an seinem Gürtel greifen, aber da hatte er schon die Spitze von Diegos Degen an der Kehle. Erstaunlich behende wich er zurück, doch Bernardo stellte ihm ein Bein und brachte ihn zu Fall. Er fluchte, als er erneut Diegos Klinge an der Gurgel spürte. Um diese späte Stunde war die Straße nur vom spärlichen Mondlicht und den Laternen am Haus beleuchtet, aber es genügte, um zu sehen, daß der Unbekannte ein dunkelhäutiger und drahtiger Zigeuner war.

»Was zur Hölle willst du von mir?« fauchte er Diego an.

»Deinen Namen, weiter nichts. Dein schmutziges Geld kannst du behalten.«

»Wozu willst du den wissen?«

»Dein Name!« Diego verstärkte den Druck des Degens, bis die ersten Tropfen Blut hervortraten.

»Pelayo«, sagte der Zigeuner.

Diego zog die Waffe zurück, der Mann kam auf die Füße und war schnell und lautlos wie eine Katze im Dunkel der Straße verschwunden.

»Den Namen sollten wir uns merken, Bernardo. Ich glaube, diesen Gauner sehen wir wieder. Ich kann Juliana nichts davon sagen, sie würde mich für schäbig oder eifersüchtig halten. Ich muß ihr auf anderem Weg begreiflich machen, daß die Stimme nicht zu Moncada gehört. Fällt dir etwas ein? Na gut, falls doch, sag Bescheid.«

Ein häufiger Gast im Haus von Tomás de Romeu war Roland Duchamp, ein von Napoleon persönlich nach Barcelona entsandter Edelmann, der als der Chevalier bekannt war. Er war die graue Eminenz im Hintergrund der offiziellen Regierung, und es hieß, er habe mehr Einfluß auf Napoleon als König Joseph I. Dessen Macht hatte der Kaiser beschnitten, weil er seiner nicht mehr bedurfte, um die Dynastie der Bonapartes zu sichern, denn er hatte jetzt selbst einen Sohn, ein kränkliches Kind, das im Volk »L'Aiglon – das Adlerchen« hieß und schon im zartesten Kindesalter unter der Last des Titels »König von Rom« zu leiden hatte. Der Chevalier dirigierte ein dichtes Netz von Spitzeln, die ihn über die Pläne seiner Feinde in Kenntnis setzten, noch ehe die recht ausgegoren waren. Offiziell versah er das Amt des Botschafters, tatsächlich jedoch waren selbst hohe Offiziere ihm Rechenschaft schuldig. Sein Leben war nicht angenehm in dieser Stadt, in der man die Franzosen haßte. Für die besseren Kreise war er Luft, obwohl er die begüterten Familien mit Bällen, Empfängen und Theateraufführungen umgarnte, genau wie er das einfache Volk zu gewinnen hoffte, indem er Brot verteilen ließ und die Stierkämpfe erlaubte, die früher verboten gewesen waren. Niemand wollte als Franzosenfreund gelten. Adlige wie Eulalia de Callís wagten zwar nicht, dem Chevalier den Gruß zu verweigern, nahmen seine Einladungen jedoch niemals an. Tomás de Romeu dagegen fühlte sich durch seine Freundschaft geschmeichelt, denn er bewunderte alles, was aus Frankreich kam, die philosophischen Ideen, die feine Lebensart und selbst Napoleon, den er mit Alexander dem Großen verglich. Er wußte von den Verbindungen des Chevalier zur Geheimpolizei, aber an das Gerede über Folterungen und Hinrichtungen in der Ciudadela, für die er angeblich verantwortlich war, glaubte er nicht. Es schien ihm ausgeschlossen, daß ein so feinsinniger und gebildeter Mensch sich in die Niederungen roher Henkersknechte begeben sollte. Die beiden sprachen über Kunst, über Literatur, über die neuesten wissenschaftlichen Entdeckungen, die Fortschritte in der Astronomie; sie tauschten sich über die Lage in den amerikanischen Kolonien aus, über Venezuela, Chile und andere Gebiete, die ihre Unabhängigkeit erklärt hatten.

Während die beiden Herren bei französischem Cognac und kubanischen Zigarren angenehme Stunden verplauderten, vertrieben sich Agnès Duchamp, die Tochter des Chevalier, und Juliana die Zeit mit der Lektüre französischer Romane, was Tomás de Romeu, hätte der davon gewußt, niemals gebilligt hätte. Sie durchlitten mit den Helden die Fährnisse der Liebe und seufzten erleichtert, wenn sich alles zum Guten wendete. Die Romantik war in Spanien noch nicht in Mode gekommen, und ehe sie mit Agnès Freundschaft schloß, hatte Juliana nur Zugang zu den Werken einiger klassischer Autoren aus der Bibliothek der Familie gehabt, die ihr Vater nach erzieherischen Gesichtspunkten für sie auswählte. Isabel und Nuria lauschten den Lesungen. Isabel ließ sich kein Wort entgehen, sparte allerdings nicht mit Häme, Nuria vergoß jedoch heiße Tränen. Umsonst hatten sie ihr erklärt, daß sich die Geschichten nicht wirklich zugetragen hatten und nur Lügen der Autoren waren, sie wollte es nicht glauben. Zuweilen nahm das Unglück der Helden sie so mit, daß die Mädchen die Handlung änderten, um ihr die Freude am Leben nicht zu vergällen. Nuria konnte nicht lesen, empfand aber eine heilige Achtung vor allem Gedruckten. Von ihrem schmalen Gehalt kaufte sie bebilderte Heftchen über christliche Märtyrer, eine lückenlose Sammlung menschlicher Grausamkeit, die ihr die Mädchen ein ums andere Mal vorlesen mußten. Sie war überzeugt, all diese Unglücklichen seien Landsleute gewesen, gemartert von den Mauren in Granada. Es half nichts, ihr zu erklären, daß das römische Kolosseum sich dort befand, wo sein Name vermuten ließ, nämlich in Rom. Sie war eine gute Spanierin und folglich überzeugt, daß Christus für die Menschheit im allgemeinen, jedoch für die Spanier im besonderen am Kreuz gestorben war. Alles hätte sie Napoleon und den Franzosen verzeihen können, wären sie nur keine Gottlosen gewesen, weshalb sie den Sessel, in dem der Chevalier gesessen hatte, nach jedem seiner Besuche mit Weihwasser besprenkelte. Auch Don Tomás glaubte ja nicht an Gott, doch daran war für Nuria der frühe Tod seiner Frau schuld. Sein Zustand würde gewiß nicht von Dauer sein; auf seinem Sterbebett würde er wieder zur Vernunft kommen und nach einem Beichtvater rufen, der ihn von seinen Sünden freisprach, denn über kurz oder lang taten das alle, und wenn sie in ihren gesunden Tagen noch so sehr beteuerten, Atheisten zu sein.

Agnès war klein, lebhaft und vergnügt, hatte einen schimmernden Teint, einen durchtriebenen Blick und Grübchen in den Wangen, an den Fingerknöcheln und Ellbogen. Durch die Romanlektüre war sie früh gereift, und in einem Alter, in dem andere Mädchen noch nicht das Haus verließen, führte sie bereits das Leben einer erwachsenen Frau. Zu gesellschaftlichen Ereignissen begleitete sie ihren Vater in der gewagtesten Pariser Mode. Auf Bällen trug sie ein nasses Kleid, das ihr am Körper klebte, damit niemandem ihre runden Hüften und ihre kecken jungfräulichen Brüste entgingen. Seit ihrer ersten Begegnung hatte sie einen Narren an Diego gefressen, der in diesem Jahr alles jungenhaft Flaue abgeschüttelt hatte und in die Höhe geschossen war wie ein Jungpferd; mittlerweile war er so groß wie Tomás de Romeu und hatte durch die gehaltvolle katalanische Kost und Nurias mütterliche Fürsorge auch etwas Gewicht zugelegt, was dringend nötig gewesen war. Seine Züge waren markanter geworden, und auf Isabels Anraten hin trug er das Haar als wuschelige Mähne, so daß es seine Ohren verdeckte. Agnès fand ihn nicht übel, er war exotisch, sie konnte ihn sich gut vorstellen in den wilden amerikanischen Gebieten, umringt von unterwürfigen, nackten Indianern. Sie wurde nicht müde, ihn über Kalifornien auszufragen, das sie für eine geheimnisvolle und sonnenverbrannte Insel hielt wie die, von der die unvergleichliche Joséphine Bonaparte stammte, der Agnès mit ihren durchsichtigen Kleidern und ihrem Veilchenduft nacheiferte. Sie hatte Joséphine mit zehn Jahren am Hofe Napoleons in Paris kennengelernt. Der Kaiser war gerade in irgendeinem Krieg, und unterdessen beehrte Joséphine den Chevalier Duchamp mit einer der Liebe nicht unähnlichen Freundschaft. Agnès stand das Bild dieser Frau noch vor Augen, die weder jung war noch hübsch und doch so aussah, weil sie sich wiegte, wenn sie ging, verträumt klang, wenn sie sprach, und himmlisch duftete. Das war jetzt über vier Jahre her. Inzwischen war Joséphine nicht mehr Kaiserin von Frankreich, weil Napoleon sie durch eine schale österreichische Prinzessin ersetzt hatte, deren einziger Reiz, so Agnès, darin lag, daß sie ein Kind geboren hatte. Wie ordinär doch die Fruchtbarkeit war! Als Agnès erfuhr, daß Diego der einzige Erbe von Alejandro de la Vega war, der ein Gut von der Größe eines Fürstentums sein eigen nannte, konnte sie sich mühelos vorstellen, wie sie die Schloßherrin auf diesen sagenhaften Ländereien sein würde. Sie wartete einen günstigen Augenblick ab und flüsterte Diego hinter vorgehaltenem Fächer zu, er solle sie doch einmal besuchen, damit sie allein reden könnten, im Haus von Tomás de Romeu würden sie ja fortwährend von Nuria überwacht; in Paris habe kein Mensch mehr eine Gouvernante, das sei ja absolut démodé. Um ihre Einladung zu besiegeln, steckte sie Diego ein feines Leinentaschentuch mit Spitze zu, auf das geduldige Nonnenfinger ihren vollständigen Namen gestickt hatten und das nach Veilchen duftete. Diego wußte nicht, was er sagen sollte. Eine Woche lang versuchte er, Juliana damit eifersüchtig zu machen, daß er über Agnès redete und mit dem Taschentuch wedelte, aber der Schuß ging nach hinten los, weil seine Angebetete sich freundlich erbot, ihm bei der Eroberung seiner Liebe zu helfen. Außerdem machten Isabel und Nuria sich gnadenlos über ihn lustig, weshalb er das Taschentuch schließlich in den Papierkorb warf. Bernardo fischte es heraus und verwahrte es, getreu seinem Grundsatz, daß man früher oder später alles brauchen kann.

Diego traf häufig mit Agnès Duchamp zusammen, denn sie war ständiger Gast im Haus. Sie war jünger als Juliana, aber viel kecker und erfahrener. Wären die Umstände andere gewesen, sie hätte sich nicht herabgelassen, eine Freundschaft mit einem so schlichten Mädchen wie Juliana zu pflegen, doch durch die Stellung ihres Vater waren ihr viele Türen verschlossen, und sie durfte nicht wählerisch sein. Außerdem wurde allerorten Julianas Schönheit gerühmt, und auch wenn Agnès diese Konkurrenz zunächst zu vermeiden versucht hatte, merkte sie doch rasch, daß allein die Erwähnung von Juliana de Romeu bei den Männern ein Interesse weckte, von dem auch sie nebenbei profitierte. Um ihren immer unverhohleneren Avancen zu entfliehen, verlegte sich Diego darauf, das Bild zu ändern, das sich das Mädchen von ihm gemacht hatte. Keine Spur sollte bleiben von dem reichen und wilden Gutsherrn, der mit dem Degen am Gürtel über die weiten Ebenen Kaliforniens galoppiert; statt dessen ließ Diego jetzt Bemerkungen fallen über angebliche Briefe seines Vaters, die neben anderem Ungemach den bevorstehenden wirtschaftlichen Ruin der Familie ankündigten. Damals wußte er noch nicht, wie nah an der Wahrheit diese Lügen in wenigen Jahren sein würden. Zur Krönung seiner Farce zwängte er sich in hautenge Hosen wie der Tanzlehrer von Juliana und Isabel und äffte dessen gezierte Manieren nach. Agnès' schmachtende Blicke beantwortete er mit Kichern und jähen Kopfschmerzen, bis in dem Mädchen der Verdacht keimte, er sei womöglich etwas weibisch. Dieses janusköpfige Possenspiel paßte ausgezeichnet zu seinem natürlichen Schalk. »Wieso spielst du den Affen?« wollte Isabel von ihm wissen, die ihn von jeher mit einer Offenheit behandelte, die an Brutalität grenzte. Juliana war dagegen wie üblich in ihrer romanhaften Traumwelt versunken und schien gar nicht zu merken, wie Diego sich veränderte, sobald Agnès in der Nähe war. Verglichen mit Isabel, die Diegos Theater sofort durchschaute, war sie hoffnungslos naiv.

Tomás de Romeu gewöhnte sich an, Diego nach dem Abendessen zum Digestif mit dem Chevalier zu bitten, da dieser sich für seinen jungen Gast zu interessieren schien. Der Chevalier fragte, womit die Schüler am Colegio de Humanidades ihre Zeit verbrachten, was die jungen Leute über Politik dachten, welche Gerüchte auf der Straße und unter der Dienerschaft kursierten, aber Diego kannte den Ruf des Franzosen und hütete sich sehr mit den Antworten. Hätte er die Wahrheit gesagt, es hätte so manchen in die Bredouille bringen können, vor allem seine Mitschüler und Lehrer, die eingefleischte Feinde der Franzosen waren, auch wenn die Mehrheit unter ihnen die mit der Besatzung einhergehenden Reformen begrüßte. Vorsichtshalber spielte er vor dem Chevalier genau wie vor Agnès den überkandidelten Trottel und das so erfolgreich, daß dieser ihn schließlich für einen Hampelmann ohne Rückgrat hielt. Duchamp konnte beim besten Willen nicht begreifen, was seine Tochter an diesem De la Vega fand. Nach seinem Dafürhalten wog das mutmaßliche Vermögen des jungen Mannes seine niederschmetternde Geistlosigkeit nicht auf. Der Chevalier war ein Mann der harten Hand, sonst hätte er Katalonien nicht strangulieren können, wie er es tat, und er hatte bald genug von Diegos banalem Geschwätz. Er stellte ihm keine Fragen mehr und ließ in seinem Beisein zuweilen Bemerkungen fallen, die er sich, hätte er eine höhere Meinung von ihm gehabt, verkniffen hätte.

»Auf meinem Weg von Gerona sah ich gestern zerstückelte Leichen, die in den Bäumen hingen oder von der Guerrilla auf Pieken gespießt worden waren. Ein Festessen für die Geier. Der Kadavergeruch hängt mir noch in der Nase ...«

»Woher wißt Ihr, daß es die Guerrilla war und nicht die französische Armee?« fragte Tomás de Romeu nach.

»Ich habe meine Quellen, mein Freund. Die Guerrilla ist grausam in Katalonien. Durch diese Stadt werden Tausende Waffen geschmuggelt, selbst in den Beichtstühlen findet man Arsenale. Die Guerrilla kappt die Versorgungswege, und die Menschen hungern, weil es weder Gemüse noch Brot gibt.«

»Sollen sie doch Kuchen essen«, zitierte Diego kichernd den berühmten Ausspruch von Königin Marie Antoinette und schob sich ein Mandelpraliné in den Mund.

»Die Lage ist ernst, junger Mann, nicht geschaffen für Scherze«, fuhr der Chevalier ihn an. »Ab morgen ist es verboten, nachts Laternen zu tragen, denn die werden benutzt, sich Zeichen zu geben, und lange Umhänge sind ebenfalls verboten, weil darunter Stutzen und Messer geschmuggelt werden. Man glaubt es nur schwer, meine Herren, aber die Guerrilla plant sogar, die Prostituierten im Dienst unserer Truppen mit den Pocken zu infizieren!«

»Aber ich bitte Euch, Chevalier Duchamp!« Diegos Augen weiteten sich entsetzt.

»Frauen und Priester verbergen Waffen unter ihren Kleidern und benutzen Kinder für Botengänge oder um Munitionslager in die Luft zu jagen. Es würde mich nicht wundern, müßten wir demnächst das Krankenhaus stürmen, weil unter den Betten angeblicher Wöchnerinnen Waffen versteckt sind.«

Eine Stunde später hatte Diego einen Weg gefunden, den Leiter des Krankenhauses vor dem offenbar bevorstehenden Kommen der Franzosen zu warnen. Dank der Informationen des Chevalier konnte er mehr als einem Nachbarn oder Mitschüler aus dem Colegio de Humanidades die Haut retten. Andererseits ließ er dem Chevalier eine anonyme Nachricht zukommen, als er erfuhr, daß man die Brotlieferung für eine Kaserne vergiftet hatte. Durch sein Eingreifen schlug das Attentat fehl, was dreißig französischen Soldaten das Leben rettete. Diego war sich nicht klar, warum er das tat; Hinterhältigkeiten und Verrat waren ihm in jeder Form verhaßt, außerdem gefielen ihm das Spiel und das Risiko. Er hatte für die Methoden der Guerrilla so wenig übrig wie für die der Besatzungstruppen.

»Es ist völlig sinnlos, in diesem Kampf nach Gerechtigkeit zu suchen, die findet man weder hier noch dort«, sagte er einmal zu Bernardo. »Wir können bloß verhindern, daß es noch mehr Blutvergießen gibt. Ich habe all die Schrecken und Grausamkeiten satt. Nichts ist edel oder glorreich im Krieg.«

Die Guerrilla gönnte den Franzosen keine Ruhe und hetzte das Volk auf. Bauern, Bäcker, Maurer, Handwerker, Kaufleute, Menschen, die tagsüber ein ganz normales Leben führten, zogen nachts in den Kampf. Die Bevölkerung schützte sie, sorgte für Nachschub, Informationen, Depeschendienste, geheime Krankenhäuser und Friedhöfe. Der zähe Widerstand des Volkes zermürbte die Besatzungstruppen, aber das Land lag am Boden, denn auf das französische Angebot »Kapitulation und Frieden« hatten die Spanier mit »Messer und Krieg« geantwortet, und die Franzosen zahlten ihnen diesen Schlachtruf mit gleicher grausamer Münze heim.

Der Fechtunterricht war Diegos ein und alles, und nie kam er zu spät zur Stunde, da er wußte, daß sein Lehrer ihn für immer von der Akademie verwiesen hätte. Um Viertel vor acht stand er vor der Tür, fünf Minuten später öffnete ihm ein Diener, und Schlag acht trat er mit dem Florett in der Hand vor seinen Lehrer. Nach dem Unterricht lud dieser ihn ein, noch einen Moment zu bleiben, und sie sprachen über die edle Kunst des Fechtens, über den Stolz, das Schwert zu gürten, über den militärischen Ruhm Spaniens, die unbedingte Notwendigkeit, sich im Duell zu schlagen, wenn die Ehre des Namens beschmutzt wurde, obwohl Duelle offiziell verboten waren. Von diesen Themen kamen sie zu tiefgründigeren, und darin offenbarte dieses hochmütige Männlein, das so geckenhaft steif und geziert aussah und fast lächerlich empfindlich über die eigene Ehre und Würde wachte, seinem Schüler eine andere Seite seines Wesens. Manuel Escalante war der Sohn eines Kaufmanns, hatte jedoch, anders als seine Brüder, als begnadeter Fechter den bescheidenen Verhältnissen entkommen können. Durch seine Kunst war er gesellschaftlich aufgestiegen, hatte sich eine neue Identität zu erfinden vermocht und ganz Europa bereist, wobei er stets mit der Noblesse und mit Herren von Stand in Berührung kam.

Doch anders als der erste Blick hätte vermuten lassen, galt seine wahre Leidenschaft nicht berühmt gewordenen Degengefechten oder der Würde von Adelstiteln, sondern der Gerechtigkeit. Dieselbe Unruhe vermeinte er in Diego zu erkennen, auch wenn der noch zu jung war, sie in Worte zu fassen. Ihm war, als habe sein Dasein endlich einen tieferen Sinn: Er würde diesen Jungen anleiten, damit er in seine Fußstapfen trat und ein Paladin der Gerechtigkeit würde. Hunderte junger Herrschaften hatte er im Fechten unterrichtet, aber nicht einer hatte sich dieser Ehre würdig gezeigt. Allen mangelte es an diesem Lodern, das der Maestro in Diego auf der Stelle erkannte, da es auch das seine war. Aber er wollte sich von seiner anfänglichen Begeisterung nicht hinreißen lassen, besser, er lernte diesen Schüler etwas näher kennen und stellte ihn auf die Probe, ehe er ihn in seine Geheimnisse einweihte. So nutzte er die kurzen Unterhaltungen am Vormittag, um ihm auf den Zahn zu fühlen. Diego, der aus seinem Herzen keine Mördergrube machte, erzählte von seiner Kindheit in Kalifornien, von dem Streich mit dem Bären mit Hut, vom Überfall der Piraten, von Bernardos Stummheit und dem Angriff der Soldaten auf das Dorf der Indianer. Seine Stimme bebte, als er schilderte, wie der greise Häuptling erhängt worden war und man die Männer ausgepeitscht und weggeschleppt hatte, damit sie für die Weißen arbeiteten.

Bei einem seiner Anstandsbesuche im Haus von Eulalia de Callís begegnete Diego Rafael Moncada. Diego besuchte Doña Eulalia zuweilen, da seine Eltern dies wünschten, obwohl es ihn selbst nicht sehr dazu drängte. Ihr Anwesen lag in der Calle Santa Eulalia, und Diego hatte anfangs geglaubt, man habe die Straße nach dieser illustren Bewohnerin benannt. Es dauerte ein geschlagenes Jahr, bis er herausfand, daß die sagenumwobene, jungfräuliche Märtyrerin Eulalia gemeint war, eine von Barcelonas liebsten Heiligen, von der die Legende ging, man habe ihr als junges Mädchen die Brüste abgeschnitten und sie in einer Tonne voller Glasscherben durch die Straßen gerollt, ehe man sie ans Kreuz schlug.

Die Residenz der ehemaligen Gouverneurin von Kalifornien war eines der baulichen Prunkstücke der Stadt und strotzte auch im Innern vor Pracht, was die nüchternen Barcelonesen vor den Kopf stieß, denn Angeberei galt ihnen als untrügliches Zeichen für schlechten Geschmack. Aber Eulalia hatte lange in Mexiko gelebt und war dort vom barocken Pomp angesteckt worden. Ihr persönlicher Hofstaat bestand aus mehreren Hundert Personen, die hauptsächlich von Kakao lebten. Bevor ihn in Mexiko der Schlag traf, hatte Doña Eulalias Gatte Geschäftsbeziehungen zu den Antillen geknüpft und die Konfiserien Spaniens beliefert, was dem Familienvermögen höchst zuträglich war. Eulalias Adelstitel waren weder sehr alt noch sehr ehrwürdig, aber was ihr an Herkunft fehlte, machte ihr Geld großzügig wett. Während der Adel ringsum seine Rente, seine Privilegien, Ländereien und Pfründe verlor, häufte sie weiter Reichtümer an, dank des nimmer versiegenden, aromatischen Stroms aus Schokolade, der aus Amerika ohne Umwege in ihre Geldbörse floß. Der Hochadel, also diejenigen, deren blaues Blut sich bis ins 14. Jahrhundert hinein belegen ließ, hätte Eulalia früher als adligen Plebs verachtet, aber die Dinge standen nicht günstig für aristokratischen Dünkel. Mehr als die Abkunft galt jetzt das Geld, und davon hatte sie reichlich. Andere Grundbesitzer klagten, daß ihre Bauern sich weigerten, Abgaben und Pacht zu zahlen, aber solche Sorgen waren Eulalia fremd, denn sie ließ ihre Außenstände von einem handverlesenen Schlägertrupp eintreiben. Und der größte Teil ihres Vermögens stammte ohnehin aus dem Ausland. So war Eulalia eine der gewichtigsten Persönlichkeiten der Stadt geworden. Verließ sie das Haus, so setzten sich immer, selbst wenn sie nur zur Kirche wollte, mehrere Equipagen mit ihrem Gefolge und ihren Hunden in Bewegung. Ihre Dienerschaft trug eine himmelblaue Livree mit federbuschbesetztem Hut, von Eulalia nach Anregungen aus der Oper entworfen. Mit den Jahren hatte sie Gewicht zugelegt und Originalität eingebüßt, sie war zu einer trauernden, naschsüchtigen Matrone geworden, umgab sich mit Priestern und Betschwestern und mit Chihuahuas, die wie rasierte Mäuse aussahen und vor den Vorhängen das Bein hoben. Den gesunden Begierden, die sie in ihrer glanzvollen Jugend bestürmt hatten, als sie sich die Haare färbte und in Eselmilch badete, war sie gänzlich entwachsen. Nun trachtete sie nur noch danach, ihren Stammbaum zu verteidigen, Schokolade zu verkaufen, sich für die Zeit nach ihrem Tod einen Platz im Himmelreich zu sichern und mit allen ihr zu Gebote stehenden Mitteln die Rückkehr Ferdinands VII. auf den spanischen Thron zu betreiben. Die liberalen Reformen waren ihr ein Greuel.

Obwohl er diese Pflicht als schweres Opfer empfand, hatte Diego sich vorgenommen, Doña Eulalia regelmäßig zu besuchen, weil sein Vater es wünschte und sie seiner Mutter gegenüber einst so großherzig gewesen war. Aber nach vier höflichen Sätzen wußte er nicht mehr, was er mit der Witwe reden sollte, und konnte sich nie merken, in welcher Reihenfolge man die Löffelchen und Gabeln an ihrem Tisch benutzte. Es war allgemein bekannt, daß Doña Eulalia Tomás de Romeu nicht ausstehen konnte und dafür zwei gewichtige Gründe hatte: zum einen war er ein Franzosenfreund, zum anderen der Vater von Juliana, in die ihr Lieblingsneffe und Haupterbe, Rafael Moncada, unglücklicherweise verliebt war. Eulalia hatte Juliana in der Messe gesehen und zugeben müssen, daß sie nicht häßlich war, aber für ihren Neffen hatte sie Ehrgeizigeres im Sinn. Sie stand bereits in diskreten Verhandlungen, um ihn mit einer der Töchter des Herzogs von Medinaceli zu vermählen. Der Wunsch, eine Heirat zwischen Rafael und Juliana zu verhindern, war das einzige, was Diego mit ihr gemeinsam hatte.

Sein vierter Besuch in Doña Eulalias Palast, etliche Monate nach dem Zwischenfall mit dem Ständchen unter Julianas Balkon, bot Diego nun Gelegenheit, Rafael Moncada etwas näher kennenzulernen. Bei gesellschaftlichen oder sportlichen Ereignissen waren sie einander schon zuweilen begegnet, hatten sich jedoch nur flüchtig zugenickt. Für Moncada war Diego nichts als ein uninteressanter junger Spund, und hätte er nicht mit Juliana de Romeu unter einem Dach gelebt, es hätte keinerlei Grund gegeben, ihn auf dem Muster des Teppichs wahrzunehmen. Als Diego an diesem Abend bei Eulalias Residenz ankam, sah er überrascht, daß sie in festlichem Glanz strahlte und Dutzende Kutschen in den Höfen standen. Bisher hatte ihn Doña Eulalia nur zu ihrem Künstlersalon geladen und einmal zu einem privaten Abendessen, bei dem sie ihn über seine Mutter ausgefragt hatte. Diego hatte geglaubt, sie schäme sich seiner, weil er aus den Kolonien kam und obendrein Mestize war. In Kalifornien hatte Eulalia seine Mutter, die ja mehr von einer Indianerin als von einer Weißen hatte, zwar gut behandelt, aber seit sie wieder in Spanien lebte, kultivierte sie die Geringschätzung gegenüber den Menschen aus der Neuen Welt. Hier behauptete man, diese Leute hätten einen naturgegebenen Hang zu Barbarei und Perversion, das liege am Klima und an der Mischung mit den Indianern. Eulalia hatte sich ein Bild von Diego machen müssen, ehe sie ihn ihrem erlauchten Freundeskreis vorstellte. Schließlich wollte sie sich nicht blamieren und mußte sicher sein, daß er weiß aussah, sich anständig kleidete und gebührend zu benehmen wußte.

Diego wurde in einen prächtigen Salon geführt, in dem sich die Creme der katalanischen Noblesse unter der Schirmherrschaft Eulalias versammelt hatte, die in ewiger Trauer um Pedro Fages auch an diesem Abend ein schwarzes Samtgewand trug und übergossen mit Diamanten unter dem Baldachin eines Bischofssessels thronte. Andere Witwen mochten sich vom Häubchen bis zu den Ellbogen unter düsteren Schleiern begraben, nicht so Eulalia. Sie bot all ihr Geschmeide auf dem Sims ihres Busens dar. Riesigen und rissigen Netzmelonen im Hochsommer gleich, quoll der Ansatz ihrer Brüste über den Ausschnitt, und Diego konnte, schwindlig vom Geglitzer der Steine und dem überbordenden Fleisch, den Blick nicht davon wenden. Eulalia streckte ihm eine pummelige Hand hin, die er artig küßte, fragte nach seinen Eltern und entließ ihn mit einem vagen Fingerwedeln, ohne die Antwort abzuwarten.

Die meisten geladenen Herren saßen in separaten Salons

und sprachen über Politik und Geschäfte, während die Damen ihre Töchter überwachten, die zum Spiel des Orchesters mit ihren Kavalieren tanzten. In einem der Säle wurde an mehreren Tischen gespielt, eine beliebte Zerstreuung an europäischen Höfen, wo es außer der Intrige, der Jagd und den flüchtigen Liebschaften wenig gab, um sich der Öde des Nichtstuns zu erwehren. Es wurden Vermögen gesetzt, und professionelle Spieler reisten von Stadt zu Stadt, um die müßiggängerischen Adligen auszunehmen, die, konnten sie ihr Geld nicht an ihresgleichen verlieren, mit Gaunern in Kasinos und Spielhöllen vorliebnahmen, von denen es in Barcelona Hunderte gab. Diego entdeckte Rafael Moncada in einer Runde, die Siebzehn und Vier spielte. Ihm schräg gegenüber saß Graf Orloff. Diego erkannte ihn sofort an seiner strammen Haltung und den blauen Augen, die bei seinem Besuch in Los Ángeles die Phantasie so vieler Frauen beflügelt hatten, hätte indes nie erwartet, daß auch der russische Adlige ihn wiedererkannte. Sie waren einander nur dieses eine Mal begegnet, und da war Diego noch ein Kind gewesen. »De la Vega!« rief Orloff jedoch sofort und erhob sich, um ihn überschwenglich ans Herz zu drücken. Verblüfft sah Rafael Moncada von seinem Blatt auf und wurde sich erstmals gänzlich bewußt, daß es einen Diego de la Vega gab. Er musterte ihn von Kopf bis Fuß, während der schmucke Graf vollmundig erzählte, dieser junge Mann habe schon als kleiner Lausebengel etliche Bären gefangen. Diesmal war Diegos Vater nicht da, um das Heldenepos zurechtzurücken. Es wurde höflich geklatscht, dann wandte man sich wieder dem Spiel zu. Diego blieb am Tisch stehen und beobachtete die Partie, und obwohl die Spieler mittelmäßig waren, wagte er nicht, um Erlaubnis zum Mitspielen zu bitten, denn bei den Einsätzen, um die es hier ging, konnte er nicht mithalten. Sein Vater schickte zwar regelmäßig Geld, war aber nicht großzügig, weil er meinte, Sparsamkeit stähle den Charakter. Diego war selbst mit allen Wassern gewaschen und brauchte nur fünf Minuten, um zu erkennen, daß Rafael Moncada falschspielte, dann weitere fünf, um zu entscheiden, daß er ihn zwar nicht vor allen Leuten bloßstellen konnte, was Doña Eulalia ihm nicht verziehen hätte, aber seine Taschenspielertricks würde unterbinden können. Die Verlockung, seinen Nebenbuhler zu demütigen, war unwiderstehlich. Er stellte sich hinter ihn und sah ihm stur ins Blatt, bis es Moncada unbehaglich wurde.

»Warum geht Ihr nicht nach nebenan und tanzt mit den schönen jungen Damen?« fragte Moncada offen unverschämt.

»Eure ganz eigene Art des Spielens interessiert mich über die Maßen, Exzellenz. Zweifellos kann ich von Euch noch viel lernen...«, entgegnete Diego und grinste dabei nicht minder unverschämt.

Graf Orloff hatte auf der Stelle begriffen, was Diego sagen wollte, durchbohrte Moncada mit seinem Blick und sagte in einem Tonfall, so eisig wie die Steppen seiner Heimat, sein Glück im Spiel grenze wahrlich an ein Wunder. Rafael Moncada antwortete nicht, aber da seine Mitspieler ihn nun mit offenkundigem Argwohn beobachteten, war an faule Tricks nicht mehr zu denken. In der nächsten Stunde ließ Diego ihn nicht aus den Augen, bis die Partie für beendet erklärt wurde. Graf Orloff schlug zum Abschied die Hacken zusammen und zog sich mit einem kleinen Vermögen im Beutel in den Saal zurück, um den Rest des Abends zu tanzen. Er wußte nur zu gut, daß seine männliche Erscheinung, seine Saphiraugen und seine Galauniform keiner Frau auf diesem Fest entgangen waren.

Es war eine dieser bleiernen Nächte von Barcelona, kalt und feucht. Bernardo wartete draußen bei den Pferden und teilte seinen Weinschlauch und seinen Hartkäse mit Joanet, einem der vielen Lakaien, die auf die Kutschen aufpaßten. Die beiden stapften mit den Füßen auf dem Pflaster, um sich zu wärmen. Joanet war eine unheilbare Plaudertasche und hatte endlich jemanden gefunden, der ihm zuhörte, ohne ihn zu unterbrechen. Er hatte sich als Diener von Rafael Moncada vorgestellt, was Bernardo jedoch bereits wußte und weshalb er die Begegnung gesucht hatte, und nun erzählte

Joanet ihm endlose Geschichten voller Gerüchte, deren Einzelheiten Bernardo auf ihre Nützlichkeit hin prüfte und in seinem Gedächtnis verwahrte. Er wußte, daß einem auch die nichtigste Information womöglich irgendwann weiterhelfen konnte. Bernardo stand also bei Joanet, als Rafael Moncada miserabel gelaunt aus dem Haus trat und seine Kutsche forderte.

»Habe ich dir nicht gesagt, du sollst nicht mit anderen Dienstboten reden!« fuhr Moncada seinen Diener an.

»Er ist doch nur ein Indianer aus Amerika, Exzellenz, der Diener von Don Diego de la Vega.«

In seinem Zorn auf Diego, der ihn am Spieltisch so in Bedrängnis gebracht hatte, wandte Rafael Moncada sich um, hob seinen Spazierstock und zog ihn Bernardo über den Rücken, der, mehr verblüfft als ernstlich getroffen, vornüber auf die Knie fiel. Am Boden hörte Bernardo, wie Moncada seinen Diener anwies, ihn zu Pelayo zu bringen. Aber Moncada saß noch nicht richtig, da war Diego bei ihm, der eben rechtzeitig auf den Hof getreten war, um alles mit anzusehen. Er schob Joanet beiseite, griff nach dem Wagenschlag und riß ihn auf.

»Was wollt Ihr?« Moncada sah ihn erbost an.

»Ihr habt Bernardo geschlagen!« sagte Diego, aschfahl im Gesicht.

»Wen? Diesen Indianer? Er hat mir den Respekt versagt, er hat mich angeschrien.«

»Bernardo kann noch nicht einmal den Teufel anschreien, er ist stumm. Ihr solltet Euch bei ihm entschuldigen, mein Herr.«

»Habt Ihr den Verstand verloren!« fauchte Moncada ungläubig.

»Der Schlag gegen Bernardo war eine Beleidigung meiner Person. Ihr solltet um Verzeihung bitten, oder Ihr dürft meine Sekundanten empfangen«, erwiderte Diego.

Moncada lachte herzhaft auf. Er konnte nicht fassen, daß dieser Halbwilde ohne Bildung und Stand sich mit ihm schlagen wollte. Er knallte die Wagentür zu und befahl Joanet loszufahren. Bernardo nahm Diego am Arm, zog ihn weg von der Kutsche und gab ihm mit Blicken zu verstehen, er solle sich beruhigen, so viel Aufhebens sei die Sache nicht wert, aber Diego war außer sich vor Wut. Er machte sich von seinem Bruder los, stieg auf sein Pferd und preschte im Galopp zum Haus von Manuel Escalante.

Trotz der ungehörig späten Nachtstunde schlug Diego mit seiner Reitpeitsche so lange gegen Manuel Escalantes Tür, bis der alte Hausdiener öffnete, der ihnen sonst nach der Fechtstunde den Kaffee servierte. Er führte Diego hinauf in die Wohnung, wo er eine halbe Stunde warten mußte, ehe der Lehrer erschien. Escalante war schon vor einer Weile zu Bett gegangen, wirkte aber mit dem pomadeglänzenden Schnurrbart selbst im Morgenmantel wie aus dem Ei gepellt. Hastig berichtete ihm Diego, was geschehen war, und bat ihn, sein Sekundant zu sein. Er hatte vierundzwanzig Stunden Zeit, um seinen Gegner offiziell zu fordern, und alles mußte diskret geschehen, hinter dem Rücken der Obrigkeit, denn Duelle wurden nicht anders geahndet als Mord. Zwar durfte die Aristokratie sich straflos schlagen, aber auf diese Art der Immunität konnte Diego nicht hoffen.

»Das Duell ist eine ernste Angelegenheit, bei der es um die Ehre des Edelmanns geht. Es folgt einer Etikette und strengen Regeln«, sagte Manuel Escalante. »Ein Herr schlägt sich nicht wegen eines Dieners.«

»Bernardo ist mein Bruder, Maestro, nicht mein Diener. Doch selbst wenn er mein Diener wäre, es ist nicht gerecht, daß Moncada einen wehrlosen Menschen schlägt.«

»Nicht gerecht, sagt Ihr? Glaubt Ihr denn, das Leben sei gerecht, Don Diego?«

»Nein, Maestro, aber ich will doch alles daransetzen, daß es gerechter wird.«

Das Procedere war komplizierter, als Diego gedacht hatte. Erst ließ Manuel Escalante ihn einen Brief schreiben, in dem er Moncada um Aufklärung ersuchte, und gab ihn persönlich im Haus des Beleidigers ab. Von diesem Moment an verständigte sich der Fechtmeister mit Moncadas Sekundanten, die, ihrer Pflicht gemäß, alles daransetzten, das Duell zu verhindern, aber keiner der beiden Kontrahenten wollte einlenken. Neben den Sekundanten beider Seiten brauchte es einen verschwiegenen Arzt und zwei unparteiische Zeugen, die einen kühlen Kopf bewahren und mit den Regeln vertraut sein mußten und die zu beschaffen sich Manuel Escalante erbot.

»Wie alt seid Ihr, Don Diego?« hatte der Maestro wissen wollen.

»Fast siebzehn.«

»Nicht alt genug, um Satisfaktion zu fordern.«

»Maestro, ich bitte Euch, das muß man ja nicht an die große Glocke hängen. Kommt es auf ein paar Monate mehr oder weniger an? Es geht um meine Ehre, und die hat kein Alter.«

»Nun gut, aber Don Tomás de Romeu muß darüber Kenntnis erhalten, alles andere wäre ein Affront, da er Euch mit seinem Vertrauen und seiner Gastfreundschaft beehrt.«

So wurde Tomás de Romeu zu Diegos zweitem Sekundanten bestellt. Er tat, was er konnte, um Diego die Sache auszureden, was sollte er Alejandro de la Vega denn sagen, wenn Moncada ihn umbrachte, aber Diego blieb hart. Don Tomás hatte Diego bei mehreren Fechtstunden in Escalantes Akademie gesehen und vertraute auf das Geschick des Jungen, doch hatte er sich zunächst noch zu beschwichtigen vermocht, war seine Ruhe beim Teufel, als Moncadas Sekundanten mitteilten, dieser habe sich einen Knöchel verstaucht und könne nicht fechten. Das Duell würde mit Pistolen ausgetragen werden.

Man hatte sich für fünf in der Früh im Wald von Montjuic verabredet, wenn man das erste Morgenlicht nutzen und ohne Aufsehen die Stadt würde durchqueren können, da die Ausgangssperre um diese Stunde endete. Ein zarter Dunst stieg vom Boden auf, und die Baumstämme ragten schwarz durch die ersten Sonnenstrahlen. Die friedliche Kulisse unterstrich den Aberwitz des bevorstehenden Schauspiels, doch außer Bernardo schien das niemandem aufzufallen. Er hatte

Diego als Diener begleiten dürfen, mußte sich jedoch abseits halten und hatte keine Rolle in diesem strengen Ritual. Wie vom Protokoll vorgesehen, begrüßten sich die Duellanten, dann tasteten die Zeugen sie ab, um sich zu vergewissern, daß keiner der beiden einen Brustpanzer trug. Es wurde ausgelost, wer mit dem Gesicht zur Sonne stehen mußte, und Diego verlor, dachte jedoch, daß seine guten Augen diesen Nachteil wettmachen würden. Da er der Beleidigte war, hatte Diego die Waffen wählen dürfen und sich für die beiden Duellpistolen entschieden, die Eulalia de Callís seinem Vater vor vielen Jahren nach Kalifornien geschickt hatte und die nun sauber und frisch gefettet auf einem Samtkissen lagen. Diego mußte fast lächeln bei dem Gedanken, daß sie ausgerechnet im Duell mit Eulalias Neffen zum erstenmal benutzt werden würden. Die Zeugen und die Sekundanten überprüften die Waffen und luden sie. Verabredet war ein Duell bis zur Kampfunfähigkeit, die beiden Duellanten würden abwechselnd schießen, selbst wenn sie verwundet würden, sofern der Arzt es erlaubte. Da die Waffen nicht die seinen waren, durfte Moncada sich eine aussuchen, dann entschied das Los, wer zuerst schießen durfte – ebenfalls Moncada –, und die Sekundanten maßen die fünfzehn Schritte Entfernung ab.

Schließlich standen Rafael Moncada und Diego de la Vega einander gegenüber. Keiner der beiden war feige, aber ihre Gesichter waren bleich und die Hemden durchnäßt von kaltem Schweiß. Diego war von seinem Zorn zu diesem Duell getrieben worden und Moncada von seinem Stolz, nun war es zu spät, ein Einlenken unmöglich. Erst jetzt wurde ihnen klar, daß sie ihr Leben aufs Spiel setzten, ohne recht zu wissen, warum. Bernardo hatte Diego zu verstehen gegeben, daß es in Wahrheit nicht um den Schlag ging, den Moncada ihm verpaßt hatte, sondern um Juliana, und obwohl Diego das weit von sich gewiesen hatte, wußte er im Grunde, daß sein Bruder recht hatte. In einiger Entfernung stand eine geschlossene Kutsche bereit, die den Leichnam des Unterlegenen so unauffällig wie möglich fortschaffen sollte. Diego dachte nicht an seine Eltern oder an Juliana. In dem Moment, als er sich zur Seite drehte, um seinem Gegner möglichst wenig Angriffsfläche zu bieten, trat ihm Weiße Eule so klar vor Augen, daß er sie neben Bernardo sehen konnte. Dort stand sie, wie bei ihrem Abschied in Kalifornien, sehr aufrecht und in ihren Kaninchenfellumhang gehüllt. In einer herrischen Geste, die er oft an ihr gesehen hatte, hob sie ihren Stab und schwenkte ihn entschlossen in der Luft. Da fühlte Diego sich unverwundbar, alle Angst fiel von ihm ab, und er konnte Moncada ins Gesicht sehen.

Einer der Zeugen, der zum Leiter des Duells ernannt worden war, schlug in die Hände zum Zeichen, sich bereit zu machen. Diego atmete tief ein und blickte ohne Wimpernschlag auf die sich hebende Pistole. Der Leiter des Duells schlug zweimal in die Hände, das Zeichen zu zielen. Diego lächelte Bernardo und seine Großmutter an und wartete auf den Schuß. Dreimaliges Schlagen der Hände, und Diego sah das Feuer, hörte den Pulverknall und spürte fast im selben Moment den brennenden Schmerz in seinem linken Arm.

Er schwankte, und einen langen Augenblick sah es aus, als würde er fallen, während sich der Ärmel seines Hemds blutig färbte. Im Morgendunst, auf dem die Umrisse der Bäume und Menschen verschwammen, glänzte der rote Fleck wie Siegellack auf einem zarten Aquarell. Der Leiter des Duells wies Diego darauf hin, daß er nur eine Minute habe, um den Schuß seines Gegners zu beantworten. Diego nickte, nahm Aufstellung, die Pistole in der Rechten, während von seiner Linken, die leblos herabhing, das Blut tropfte. Gegenüber wandte ihm Moncada, bleich, zitternd, die Seite zu und schloß die Augen. Der Leiter des Duells schlug einmal in die Hände, und Diego hob die Waffe; zweimal, und er zielte; dreimal. In fünfzehn Schritt Entfernung hörte Rafael Moncada den Schuß und spürte, wie das Geschoß in seinen Leib drang. Er fiel vornüber auf die Knie, und mehrere Sekunden verstrichen, ehe er gewahrte, daß er unverletzt war: Diego hatte auf den Boden geschossen. Moncada erbrach sich und schlotterte wie im Fieber. Beschämt traten seine Sekundanten zu ihm, halfen ihm auf und beschworen ihn mit gesenkter Stimme, er möge sich zusammennehmen.

Unterdessen hatten Bernardo und Manuel Escalante dem Arzt geholfen, Diegos Hemdsärmel aufzureißen, was Diego äußerlich ruhig und im Stehen über sich ergehen ließ. Die Kugel hatte den rückwärtigen Teil seines Oberarms gestreift, der Knochen war unverletzt und die Wunde nicht sehr tief. Der Arzt legte ihm einen Druckverband an, um die Blutung zu stillen, bis man die Wunde würde reinigen und nähen können. Wie es die Etikette vorschrieb, gaben sich die beiden Duellanten die Hand. Sie hatten ihre Ehre verteidigt, die Beleidigung war getilgt.

»Ich danke dem Himmel, daß Eure Verletzung nur leicht ist, Don Diego«, sagte Rafael Moncada, der wieder Herr seiner selbst war. »Und verzeiht, daß ich Euren Diener geschlagen habe.«

»Ich nehme Eure Entschuldigung an, Don Rafael, und versichere Euch erneut, daß Bernardo mein Bruder ist«, antwortete Diego.

Bernardo hakte Diego an seinem gesunden Arm unter und trug ihn fast zur Kutsche. Später sollte Tomás de Romeu ihn fragen, weshalb er Moncada gefordert hatte, wenn er nicht auf ihn schießen wollte. Diego antwortete, er habe nie vorgehabt, sein Gewissen mit einem Toten zu belasten, der ihm den Schlaf rauben würde, er habe ihn lediglich demütigen wollen.

Sie hatten vereinbart, Juliana und Isabel nichts von dem Duell zu sagen, denn ein solcher Ehrenhandel war reine Männersache und zarten Frauenseelen nicht zuzumuten, aber keine der beiden glaubte die Geschichte, daß Diego vom Pferd gefallen sei. Isabel lag Bernardo so lange in den Ohren, bis der ihr durch ein paar wenige Zeichen zu verstehen gab, was sich zugetragen hatte. »Die männliche Ehre ist ein seltsames Ding. Man muß hübsch auf den Kopf gefallen sein, wenn man sein Leben für nichts und wieder nichts aufs Spiel setzt«, sagte Isabel, aber Bernardo sah, daß sie beeindruckt war, denn wenn ihr etwas naheging, begann sie zu schielen. Von da an rangelten Juliana, Isabel und selbst Nuria um das Vorrecht, Diego das Essen zu bringen. Der Arzt hatte ihm ein paar Tage Ruhe verordnet, um Komplikationen vorzubeugen. Es wurden vier selige Tage für Diego; gerne hätte er sich wöchentlich duelliert, nur um in den Genuß von Julianas Fürsorge zu kommen. Sein Zimmer füllte sich mit übernatürlichem Glanz, wenn sie über die Schwelle trat. In einen eleganten Morgenmantel gehüllt, erwartete Diego sie in einem Sessel, hatte einen Gedichtband auf den Knien und gab vor zu lesen, während er in Wahrheit die Minuten gezählt hatte, bis sie wiederkäme. Dann schmerzte ihn der Arm so sehr, daß Juliana ihm die Suppe füttern, ihm die Stirn mit Orangenblütenwasser abtupfen und ihn stundenlang mit ihrer Harfe, mit Vorlesen und Damespielen unterhalten mußte

In der Aufregung um das Duell und Diegos Verletzung, die zwar nicht ernst war, aber doch im Auge behalten werden mußte, hatte Bernardo ganz vergessen, daß Rafael Moncada am Abend des Fests bei Eulalia de Callís zu seinem Kutscher gesagt hatte, er solle ihn zu Pelayo bringen, und es fiel ihm erst wieder ein, als er Tage später aus einer Unterhaltung in der Küche erfuhr, daß Graf Orloff auf dem Heimweg vom Fest ausgeraubt worden war. Der russische Adlige war bis spät in der Nacht in Eulalias Palast geblieben und dann in seiner Kutsche zu der Residenz gefahren, die er für seinen kurzen Aufenthalt in der Stadt angemietet hatte. In einer Gasse hatte eine Bande mit Stutzen bewaffneter Banditen der Kutsche den Weg abgeschnitten, ohne Mühe die vier Diener überwältigt, den Grafen grob niedergeschlagen und ihm seine Börse, seinen Schmuck und das Chinchillacape geraubt das er getragen hatte. Der Überfall wurde der Guerrilla zugeschrieben, auch wenn die bislang nie in dieser Weise agiert hatte. Man war sich einig, daß in Barcelona jede Ordnung außer Kraft gesetzt sei. Wozu gab es Passierscheine für die Sperrstunde, wenn die anständigen Leute doch nicht auf die Straße konnten? Es war empörend, daß die Franzosen noch nicht einmal imstande waren, für ein Minimum an Sicherheit zu sorgen! Bernardo berichtete Diego, in der gestohlenen

168

Börse sei das Gold gewesen, das Graf Orloff im Spiel gegen Rafael Moncada gewonnen hatte.

»Bist du sicher, daß Moncada von Pelayo gesprochen hat? Ich weiß, was du denkst, Bernardo. Du denkst, Moncada hat etwas mit dem Überfall zu tun. Eine zu harte Unterstellung, findest du nicht? Wir haben keine Beweise, aber du hast recht, es ist ein bißchen viel des Zufalls. Und selbst wenn Moncada nicht dahintersteckt, ein Schwindler ist er doch. Ich würde ihn gern von Juliana fernhalten, aber ich weiß nicht, wie ich das anstellen soll.«

Im März des Jahres 1812 verabschiedete die spanische Widerstandsregierung in Cádiz eine liberale Verfassung, die sich auf die Grundideen der Französischen Revolution stützte, den Katholizismus jedoch zur Staatsreligion erklärte und die Ausübung jeder anderen Religion verbot. Tomás de Romeu sah sich darin bestätigt, daß es keinen Grund gebe, sich Napoleon mit solchem Furor zu widersetzen, da man in wesentlichen Fragen mit ihm einer Meinung war. »Papier und Tinte, weiter nichts, Spanien ist nicht reif für aufgeklärte Ideen«, urteilte der Chevalier und fügte mit ungeduldigem Kopfschütteln an, das Land brauche noch fünfzig Jahre, bis es im neunzehnten Jahrhundert angekommen sei.

Während Diego lange Stunden in den altehrwürdigen Sälen des Colegio de Humanidades verbrachte, sich im Fechten übte und neue Zaubertricks für die unnahbare Juliana erfand, die ihn, kaum war er genesen, wieder wie einen Bruder behandelte, schlurfte Bernardo in Pater Mendozas schweren Stiefeln, an die er sich nie recht gewöhnen konnte, durch die Straßen von Barcelona. Immer trug er den Beutel mit der Haarsträhne von Blitz in der Nacht um den Hals, der mittlerweile die Farbe und den Geruch seiner Haut angenommen hatte und wie ein Teil seines Körpers war, ein Stück seines Herzens. Seine selbstauferlegte Stummheit hatte seine Sinne geschärft, er konnte Plätze, an denen er einmal gewesen war, an ihren Gerüchen und Geräuschen wiedererkennen. Er war von Natur aus ein Einzelgänger, und daß er hier fremd war, machte ihn noch einsamer, aber das störte ihn nicht. Von den vielen Menschen in den Straßen fühlte er sich nicht bedrängt, denn selbst mitten im Trubel fand er immer einen Ort, an dem er für sich sein konnte. Manchmal vermißte er die Weite, in der er früher zu Hause gewesen war, aber er mochte auch diese Stadt mit ihrem Gepräge vieler Jahrhunderte, ihren schmalen Straßen, ihren massigen Gebäuden und schummrigen Kirchen, die ihn an Pater Mendozas Glauben erinnerten. Am besten gefiel es ihm in der Barceloneta, dem Hafenviertel, wo er aufs Meer schauen und an die Delphine denken konnte, die weit entfernt vor den Küsten seiner Heimat schwammen. Ziellos, still und unsichtbar trieb er im Strom der Passanten durch die Straßen und sog die Stimmung der Stadt und des Landes ein. Bei einem dieser Ausflüge sollte er Pelayo begegnen.

Vor der Tür einer Taverne stand eine schmutzige und schöne Zigeunerin und bot den Vorübergehenden in einem verworrenen Spanisch an, ihnen die Zukunft aus den Karten oder den Linien der Hand zu lesen. Eben erst hatte sie einem betrunkenen Seemann versprochen, an einem fernen Gestade warte ein Schatz auf ihn, zum Trost, denn in seiner Handfläche hatte sie das Kreuz des Todes gesehen. Der Mann war erst wenige Schritte gegangen, als er merkte, daß sein Beutel mit dem Geld fehlte, den sicher diese Zigeunerin gestohlen hatte. Er machte kehrt, um sich das Seine zurückzuholen. Mit glasigen Augen und schäumend vor Wut, packte er die mutmaßliche Diebin an den Haaren und schüttelte sie. Auf ihr Geschrei und Gezeter hin drängten die Gäste aus der Taverne und feuerten ihn hitzig an, denn wenn es eines gab, worin man sich einig war, dann war es der Haß gegen das fahrende Volk, und in diesen Jahren des Krieges geriet der Plebs beim geringsten Anlaß in Rage. Den Zigeunern sagte man jede Untat nach, zu der Menschen nur fähig waren, es hieß sogar, sie würden spanische Kinder stehlen und nach Ägypten verkaufen. Die Alten konnten sich noch der ausgelassenen Volksfeste erinnern, wenn die Inquisition Ketzer und Hexen und auch Zigeuner verbrannt hatte. Als der Seemann eben sein Messer aufschnappen ließ, um das Gesicht der Frau zu zeichnen, versetzte Bernardo ihm einen Tritt wie ein Maultier und warf ihn zu Boden, wo er in seinem Rausch mit den Armen ruderte und nicht mehr auf die Füße kam. Bevor die Meute der Umstehenden begriff, was vorging, hatte Bernardo die Frau an der Hand genommen und rannte mit ihr die Straße hinunter. Sie hielten nicht inne, ehe sie in der Barceloneta und damit vor der aufgebrachten Menschenmenge halbwegs sicher waren. Bernardo ließ die Frau los und nickte zum Abschied, aber sie redete auf ihn ein und zog ihn einige Querstraßen weiter in eine Seitengasse zu einem mit Arabesken und Tierkreiszeichen bemalten, zweirädrigen Karren, vor den ein trauriger Gaul mit breiten Hufen gespannt war. Dem Vehikel waren die Jahrzehnte des Nomadenlebens anzusehen, doch im Innern glich es einer orientalischen Schatzhöhle, über Decke und Wände ergoß sich ein Wasserfall vielfarbiger Tücher, die ihrerseits dicht an dicht mit einem Sammelsurium von Glöckchen und unzähligen vergilbten Kalendern und Heiligenbildchen behängt waren. Es roch nach einer Mischung aus Patschuli und schmutziger Wäsche. Eine Matratze mit pompösen, fadenscheinigen Brokatkissen war einziges Möbelstück. Mit einer Geste lud die Frau Bernardo ein, Platz zu nehmen, setzte sich mit angezogenen Beinen ihm gegenüber und sah ihn mit hartem Blick an. Sie angelte eine schmale Flasche Schnaps aus ihrem Beutel, nahm einen Schluck und hielt sie, noch immer außer Atem, Bernardo hin. Er betrachtete ihre dunkle Haut, die sehnigen Unterarme, die wilden Augen und das hennagefärbte Haar. Sie war barfuß, trug zwei oder drei lange Röcke mit Volants und eine verblichene Bluse, darüber eine kurze, vor der Brust geschnürte Weste, ein Fransentuch über der Schulter und ein zweites um den Kopf, das Zeichen der verheirateten Frauen ihres Stammes, auch wenn sie, wie Bernardo später erfuhr, Witwe war. An ihren Handgelenken klimperten unzählige Armreifen, an ihren Knöcheln silberne Glöckchen, und vor ihrer Stirn baumelten einige Goldmünzen, die an das Tuch genäht waren.

Sie sagte Bernardo, sie heiße Amalia. So nannte sie sich den Nicht-Zigeunern, den *Gadjes*, gegenüber. Bei der Geburt hatte sie von ihrer Mutter einen anderen Namen erhalten, den nur sie kannte und der die bösen Geister fernhalten sollte, denen ihre wahre Identität verborgenblieb. Bei ihrem dritten Namen riefen sie die Mitglieder ihres Stammes. Ramón, der Mann ihres Lebens, war als angeblicher Hühnerdieb auf einem Markt in Lérida von Bauern totgeschlagen worden. Sie hatte ihn schon als kleines Mädchen geliebt. Die Ehe der beiden war von ihren Familien vereinbart worden, als sie erst elf Jahre alt war. Ihre Schwiegereltern hatten einen hohen Preis für sie bezahlt, denn sie war gesund und willensstark, gut ausgebildet für häusliche Arbeit und eine echte *Drabardi*, was hieß, daß sie die natürliche Gabe des Hellsehens besaß und durch Magie und Kräuter zu heilen verstand. Daß sie damals ausgesehen hatte wie ein mageres Kätzchen, spielte keine Rolle, Schönheit zählte für die Wahl einer Ehefrau nicht. So war ihr Mann freudig überrascht gewesen, als dieses Häuflein Knochen mit den Jahren zu einer gutaussehenden Frau wurde, auch wenn es ihn hart traf, daß Amalia keine Kinder bekommen konnte. Ihrem Volk galten Kinder als Segen, und ein trockener Bauch war ein Grund, sich scheiden zu lassen, doch Ramón wollte sich nicht von ihr trennen. Sein Tod hatte sie in eine Trauer gestürzt, von der sie sich niemals erholen sollte. Sie durfte den Namen des Verstorbenen nicht nennen, um ihn nicht aus dem Jenseits zu rufen, aber im stillen weinte sie jede Nacht um ihn.

Seit Jahrhunderten zog ihr Volk durch die Welt, verfolgt und gehaßt. Die Vorfahren ihres Stammes waren vor tausend Jahren aus Indien gekommen, hatten halb Asien und ganz Europa durchwandert und waren schließlich in Spanien geblieben, wo man sie so schlecht behandelte wie überall, die Natur es jedoch mit den Nomaden etwas besser meinte. Die meisten Familien siedelten im Süden, und nur noch wenige, wie die Amalias, zogen weiter durchs Land. Sie hatten so viele Enttäuschungen erlebt, daß sie ihrem eigenen Schatten nicht trauten, und Bernardos unverhofftes Eingreifen war für

Amalia wie ein Wunder gewesen. Eigentlich durfte sie nur geschäftlich mit Gadjes zu tun haben, um die Reinheit ihrer Rasse und ihrer Traditionen nicht zu gefährden. Die Vorsicht war ihrem Volk zur zweiten Natur geworden, man schottete sich ab, mißtraute den Fremden und hielt nur zu Leuten aus dem eigenen Clan, aber dieser Junge wirkte im Grunde nicht wie ein Gadje, kam von einem anderen Stern, war überall fremd. Vielleicht war er ein Zigeuner von einem verschollenen Stamm.

Amalia war Pelayos Schwester, wie Bernardo noch am selben Tag erfuhr, als der Zigeuner in den Karren kletterte. Pelayo erkannte ihn nicht, denn in der Nacht, als er dabei überrascht worden war, wie er in Moncadas Auftrag italienische Arien für Juliana sang, hatte er nur Augen für Diego gehabt, dessen Klinge er am Hals gespürt hatte. Amalia redete in einer heiser klingenden Sprache auf ihren Bruder ein. Es war Romani, eine Sprache, die aus dem Sanskrit kam, und Bernardo verstand zwar nichts, aber sicher erklärte sie Pelayo, was vorgefallen war. Sie bat ihn um Verzeihung, daß sie das Tabu ihres Stammes gebrochen und einen Gadje zu sich mitgenommen hatte. Wegen dieses schweren Vergehens konnte sie von der Gemeinschaft als unrein oder *mahrime* angesehen und ausgestoßen werden, aber sie hoffte darauf, daß die Regeln seit dem Ausbruch des Krieges nicht mehr so streng ausgelegt wurden. Ihr Stamm hatte in den letzten Jahren viel gelitten, die einzelnen Familien lebten versprengt, und man mußte mehr denn je zusammenhalten. Pelayo machte Amalia auch tatsächlich keine Vorwürfe, wie es Sitte gewesen wäre, sondern bedankte sich bei Bernardo ohne Umschweife. Er war über die Hilfe dieses Fremden genauso überrascht wie seine Schwester, denn kein Gadje hatte sich ihnen gegenüber je anständig verhalten. Die Geschwister fanden schnell heraus, daß Bernardo stumm war, erlagen jedoch nicht dem allgemeinen Irrtum, ihn auch für taub oder geistig zurückgeblieben zu halten. Sie gehörten zu einer Gruppe von Zigeunern, die sich mit allem über Wasser hielt, was an Beschäftigung zu finden war, zumeist ritten sie Pferde zu und verkauften sie und kümmerten sich um die Tiere, wenn sie krank oder verletzt waren. Außerdem bearbeiteten sie Eisen, Gold und Silber. Verschiedenste Dinge stellten sie an ihren kleinen Essen her, angefangen bei Hufeisen bis hin zu Schwertern und Schmuck. Durch den Krieg hatten sie oft weiterziehen müssen, aber in gewissem Sinne half er ihnen auch, denn in ihrem Wüten gegeneinander ließen Spanier wie Franzosen das fahrende Volk zumeist in Ruhe. An Sonntagen und anderen Feiertagen baute Amalias Gruppe in der Nähe einer Kirche oder eines Marktes ihr schäbiges Zelt für Zirkusdarbietungen auf. Amalia lud Bernardo zur nächsten Vorstellung ein, und so lernte er schnell den Rest der Gruppe und vor allem Rodolfo kennen, einen über und über tätowierten Koloß, der sich eine dicke Schlange um den Hals wand und ein Pferd stemmen konnte. Mit seinen über sechzig Jahren war er der älteste der Großfamilie und deren Oberhaupt. Aber die große Attraktion der armseligen sonntäglichen Zirkusdarbietung war Petrina. Dieses winzige neunjährige Mädchen konnte sich zusammenfalten wie ein Taschentuch und völlig in einem Tonkrug verschwinden, der eigentlich für das Einlegen von Oliven gedacht war. Pelayo wiederum vollführte akrobatische Sprünge auf einem oder zwei galoppierenden Pferden, und andere Familienmitglieder verbanden sich die Augen und unterhielten das Publikum mit Messerwerfernummern. Amalia verkaufte Lose, erstellte Horoskope und las die Zukunft nach altüberlieferter Methode aus einer Kristallkugel, wobei sie zuweilen so sichere Eingebungen hatte, daß sie selbst über ihre Hellsicht erschrak. Sie wußte, daß die Gabe, in die Zukunft zu blicken, ein Fluch ist, denn man kann den Lauf der Dinge ja nicht ändern, und so kennt man ihn besser nicht.

Kaum hatte Diego von Bernardos Freundschaft zu den Zigeunern erfahren, da bekniete er ihn, mitkommen zu dürfen, weil er herausfinden wollte, was Pelayo mit Rafael Moncada zu schaffen hatte. Er hätte sich nicht träumen lassen, daß er sich in Pelayos Familie verlieben und sich bei ihr im Handumdrehen heimisch fühlen würde. Damals führten die meisten Stämme der Roma, wie sie sich selbst nannten, in Spanien ein seßhaftes Leben. Sie siedelten in ihren Wagen am Rand der Dörfer und Städte. Nach und nach gehörten sie soweit zum Ortsbild, daß die einheimische Bevölkerung sich an sie gewöhnte und sie in Frieden ließ, auch wenn sie niemals wirklich akzeptiert wurden. In Katalonien hatte es bislang jedoch keine festen Siedlungen gegeben, die Roma dort waren Nomaden. Die Gruppe von Amalia und Pelayo war die erste, die sich einen Platz zum Bleiben gesucht hatte, und dort lebte sie nun schon seit drei Jahren. Als Diego Bernardo begleitete, begriff er sofort, daß es sich nicht schickte, Fragen über Moncada oder über irgend etwas zu stellen, denn diese Menschen hatten gute Gründe, argwöhnisch zu sein und ihre Geheimnisse zu hüten. Aber es gelang ihm doch, daß Pelayo ihm den Kratzer am Hals verzieh, und als die Wunde an seinem Arm vollständig verheilt war, durfte er sogar mit seinem Bruder in ihrem Zirkus auftreten. Die beiden hatten eine kurze Kostprobe ihrer Kunst geboten, die nicht so überwältigend ausfiel, wie sie gehofft hatten, weil Diegos Arm noch etwas schwach war, aber es genügte, damit sie als Akrobaten aufgenommen wurden. Alle packten mit an, und sie errichteten ein kurioses Gewirr aus Pfosten, Seilen und Trapezen, das an die Takelage der Madre de Dios erinnerte. Diego und Bernardo betraten die Manege in schwarzen Umhängen, die sie sich mit hochfahrender Geste von den Schultern rissen. Darunter kamen enge, schwarze Trikots zum Vorschein, und in diesem Aufzug flogen sie ohne jede Sicherung durch die Luft, wie sie das in den Masten des Schiffes ja auch getan hatten, nur damals in doppelter Höhe und gewiegt von den Wellen. Diego ließ außerdem ein totes Huhn verschwinden, das er sodann lebendig aus Amalias Ausschnitt zog, und löschte mit seiner Peitsche eine brennende Kerze auf Rodolfos Kopf, ohne daß die akkurat frisierte Haarpracht des Riesen darunter gelitten hätte. Kein Sterbenswörtchen ließ er über sein sonntägliches Tun verlauten, denn die Nachsicht von Tomás de Romeu hatte ihre Grenzen, und er hätte das niemals gebilligt. Es gab so manches, was der gute Don Tomás über seinen jungen Gast nicht wußte.

An einem dieser Sonntage linste Bernardo durch den Artistenvorhang und entdeckte Juliana und Isabel zusammen mit ihrer Gouvernante im Publikum. Nach der Messe, in die Nuria sie sehr zum Leidwesen von Tomás de Romeu jede Woche schleppte, hatten die Mädchen das Zirkuszelt entdeckt und unbedingt hineingehen wollen. Dieses aus vergilbten Stücken ausgemusterter Segel zusammengeflickte Zelt besaß im Innern eine strohbedeckte Manege, ringsum einige Holzbänke für das betuchtere Publikum und dahinter Stehplätze für die Habenichtse. In dem Strohrund stemmte der Koloß sein Pferd, half Amalia der kleinen Petrina in den Olivenkrug, kletterten Diego und Bernardo hinauf zu den Trapezen. Und dort veranstaltete Pelayo abends seine Hahnenkämpfe. Es war kein Ort, an dem Tomás de Romeu seine Töchter zu sehen gewünscht hätte, aber Nuria konnte Juliana und Isabel nicht trotzen, wenn die sie mit vereinten Kräften bestürmten.

»Wenn Don Tomás erfährt, was wir hier tun, schickt er uns mit dem nächsten Schiff zurück nach Kalifornien«, flüstert Diego Bernardo ins Ohr, als der ihm die Mädchen im Zelt zeigte.

Bernardo erinnerte sich der Maske, die Diego benutzt hatte, um die Matrosen auf der Madre de Dios zu erschrecken. Er ließ sich von Amalia zwei schwarze Tücher geben, schnitt Löcher für die Augen hinein, sie verhüllten sich die Gesichter und hofften inständig, daß die Töchter De Romeu sie nicht erkennen würden. Diego verzichtete darauf, seine Zaubertricks vorzuführen, denn die hatten Juliana, Isabel und Nuria zu oft von ihm gesehen. Dennoch wurde er das Gefühl nicht los, daß sie ihn erkannt hatten, bis er noch am selben Tag hörte, wie Juliana ihrer Freundin Agnès haarklein von der Vorführung berichtete. Hinter Nurias Rücken erzählte sie ihr wispernd von den schwarzgekleideten, tollkühnen Akrobaten, die ihr Leben in den Trapezen aufs Spiel setzten, und Diego bekam weiche Knie, als sie errötend flüsterte sie würde jedem der beiden einen Kuß schenken, dürfte sie nur ihre Gesichter sehen.

Mit Isabel hatte er weniger Glück. Er feierte gerade mit Bernardo bei einem Glas Wein den gelungenen Spaß, als sie unangemeldet ins Zimmer stürmte, wie sie das immer tat, obwohl ihr Vater ihr strikt verboten hatte, daß sie Diego auf den Pelz rückte. Die Hände in die Hüften gestemmt, baute sie sich vor den beiden auf und sagte, sie wisse, wer die Akrobaten seien, und würde es verraten, wenn sie nicht nächsten Sonntag mitdürfe, um die Zigeuner kennenzulernen. Sie wolle nachsehen, ob die Tätowierungen dieses Riesen echt seien, die sähen aus wie aufgemalt, und diese träge Schlange, die sei doch sicher ausgestopft. Sie ließ den beiden keine Wahl.

In den kommenden Monaten fand Diego, den die Hitze seiner siebzehn Jahre marterte, Erleichterung in Amalias Schoß. Die beiden trafen sich heimlich, ein riskantes Spiel. Indem sie sich einem Gadje hingab, verletzte Amalia ein grundlegendes Tabu, was sie sehr teuer zu stehen kommen konnte. Bei ihrer Heirat war sie Jungfrau gewesen, wie es üblich war in ihrem Volk, und sie hatte ihrem Mann die Treue gehalten bis zu seinem Tod. Als Witwe lebte sie nun zwischen den Welten, noch war sie jung, wurde jedoch behandelt wie eine alte Frau, bis Pelayo seinen Auftrag erfüllt und einen neuen Mann für sie gefunden hätte, nachdem die letzten Tränen der Trauer getrocknet wären. Das Leben der Familia spielte sich vor aller Augen ab. Amalia hatte keine Zeit und keinen Raum für sich allein, doch manchmal konnte sie sich mit Diego in einer abgeschiedenen Gasse treffen, und dann wiegte sie ihn in den Armen und bebte doch vor Furcht, daß jemand sie überraschen könnte. Sie verlangte nichts von Diego, denn nach dem brutalen Mord an ihrem Mann empfand sie ihre Einsamkeit als unabwendbar. Sie war doppelt so alt wie Diego und über zwanzig Jahre verheiratet gewesen, aber eine Expertin der Liebe war sie nicht. Mit Ramón war sie in tiefer und treuer Zuneigung verbunden gewesen, Stürme der Leidenschaft hatten sie nicht erlebt. Ihre Ehe war durch einen schlichten Ritus geschlossen worden, indem sie ein Stück Brot teilten, das mit ihrer beider Blut beträufelt war. Mehr hatte es nicht gebraucht. Der Bund wurde durch die bloße Entscheidung füreinander geheiligt, aber sie hatten ein üppiges Hochzeitsbankett gegeben, und drei Tage lang war Musik gemacht und getanzt worden. Schließlich hatten sie einen Winkel des Gemeinschaftszelts miteinander geteilt. Sie waren nie mehr auseinander gegangen, hatten zusammen Europa durchwandert, waren vielen Anfeindungen entronnen, hatten Zeiten schlimmer Not erlebt und gehungert und die guten Momente ausgekostet. Wie Amalia Diego erzählte, hatten sie ein gutes Leben geführt. Sie wußte, daß Ramón irgendwo unversehrt auf sie wartete, wundersam auferstanden von seinem Martyrium. Als sie seinen von den Hacken und Spaten seiner Mörder zerschundenen Leib gesehen hatte, war die Flamme erloschen, die sie einst von innen erhellt hatte, und sie hatte nie mehr an die Freuden der Sinne oder den Trost einer Umarmung gedacht. Daß sie sich mit Diego traf, geschah nur aus Freundschaft. Sie sah, wie er litt, und sie konnte ihm helfen, das war alles. Womöglich würde der Geist ihres Mannes als *Muló* über sie kommen, um sie für diese späte Untreue zu bestrafen, aber sie vertraute darauf, daß Ramón verstand, warum sie das tat: aus Großherzigkeit, nicht aus Wollust. Sie war eine schamhafte Geliebte, die sich im Dunkel hingab und die Kleider anließ. Manchmal weinte sie leise. Dann küßte Diego ihr sacht die Tränen vom Gesicht, war selbst todtraurig und lernte so, manches stumme Geheimnis des weiblichen Herzens zu entschlüsseln. Obwohl Amalia mit den strengen sexuellen Sitten ihres Volkes aufgewachsen war, hätte sie auch Bernardo aus demselben Großmut heraus diese Gunst gewährt, hätte der sie je darum gebeten, doch das tat er nie, denn ihn begleitete die Erinnerung an Blitz in der Nacht.

Manuel Escalante hatte sich Diego de la Vega lange angesehen, ehe er sich dazu entschloß, ihm von dem zu reden, was ihm das Wichtigste im Leben war. Zu Anfang hatte ihn die entwaffnende Nettigkeit des Jungen abgeschreckt. Er selbst war von schwermütigem Ernst und sah in Diegos Unbekümmertheit eine Charakterschwäche, mußte dieses Urteil jedoch revidieren, als er ihn im Duell mit Moncada beobachtete. Er wußte, daß es bei einem Duell nicht um den Sieg ging, sondern darum, dem Tod mit Edelmut ins Auge zu blicken und zu erfahren, wie die eigene Seele beschaffen war. Für den Maestro war das Fechten – und mehr noch das Duell – eine unfehlbare Methode, die Menschen kennenzulernen. Die Hitze des Kampfes legte die innersten Wesenszüge bloß; wer mit Meisterschaft die Klinge zu führen verstand, war dennoch verloren, wenn es ihm an Mut und Gelassenheit gebrach, um der Gefahr zu trotzen. Seit fünfundzwanzig Jahren unterrichtete Manuel Escalante nun seine Kunst, doch er wußte, einen Schüler wie Diego hatte er nie gehabt. Es hatte andere gegeben, die ähnlich begabt und eifrig gewesen waren, aber keinen, dessen Herz so unnachgiebig gewesen wäre wie die Hand, die den Degen führte. Aus seiner Bewunderung für diesen Jungen wurde Zuneigung und aus dem Fechten ein Vorwand, ihn täglich zu sehen. Er erwartete ihn bereits fertig angekleidet lange vor acht Uhr, betrat den Saal jedoch aus Disziplin und Stolz nie auch nur eine Minute früher. Der Unterricht verlief immer in strengster Förmlichkeit und fast wortlos, aber in den Gesprächen, die sie danach führten, teilte er mit Diego seine Weltsicht und seine geheimen Hoffnungen. War die Stunde beendet, wischten sie sich den Schweiß mit einem feuchten Tuch ab, zogen sich um und stiegen die Treppe hinauf in die Wohnung des Lehrers. In einem dunklen, bescheidenen Zimmer saßen sie auf unbequemen Holzstühlen, zwischen schweren Büchern auf durchgebogenen Borden und polierten Waffen an den Wänden. Der greise Diener, der unablässig vor sich hinmurmelte, als spräche er ein endloses Gebet, brachte ihnen starken schwarzen Kaffee in zierlichen Rokokotäßchen. Schnell kam die Unterhaltung vom Fechten auf andere Themen. Die Familie des Lehrers, die seit etlichen Generationen spanisch und katholisch war, konnte sich dennoch nicht der »Reinheit des Blutes« rühmen, denn ihre Ursprünge waren jüdisch. Escalantes Altvordere hatten sich taufen lassen und ihren Namen geändert, um den Verfolgungen der Inquisition zu entgehen. Deren grausamer Hetzjagd waren sie zwar mit Mühe entronnen, aber bei diesem Unterfangen verlor die Familie alles, was sie mit Geschäftstüchtigkeit und maßvoller Lebensführung in Generationen angesammelt hatte. Als Manuel zur Welt kam, waren der Wohlstand und die feine Lebensart vergangener Tage nur noch eine Familienlegende; der Grundbesitz, die Gemäldesammlung, der Schmuck, alles war lange dahin. Sein Vater verdiente seinen Lebensunterhalt in einem kleinen Laden in Asturien, zwei seiner Brüder waren Handwerker, der dritte irgendwo in Nordafrika verschollen. Daß seine Familie sich dem Handel und dem Handwerk widmete, beschämte ihn. Nur müßige Tätigkeiten galten ihm als eines Herren würdig. Mit dieser Meinung stand er nicht allein. Im Spanien jener Jahre arbeitete nur die arme Landbevölkerung; jeder Bauer schuftete für dreißig, die sich dem Müßiggang hingaben. Doch sollte Diego von der Vergangenheit seines Lehrers erst später erfahren. Als ihm Escalante von *La Justicia* erzählte und ihm zum ersten Mal sein Medaillon zeigte, sagte er nichts über seine jüdische Herkunft. Wie an jedem Morgen, so saßen sie auch an diesem zusammen beim Kaffee. Manuel Escalante streifte sich eine dünne Kette mit einem Schlüssel vom Hals, trat an sein Schreibpult, auf dem eine Schatulle aus Bronze stand, öffnete sie feierlich und zeigte seinem Schüler ihren Inhalt: ein Medaillon aus Gold und Silber.

»Das habe ich schon einmal gesehen, Maestro...«, sagte Diego leise.

»Wo?«

»Don Santiago de León trug es, der Kapitän des Schiffs, das mich nach Spanien gebracht hat.«

»Ich kenne Kapitän De León. Er gehört, wie ich, zu La Justicia.«

Es war einer der vielen Geheimbünde, die es damals in Europa gab. Er war zweihundert Jahre zuvor als Antwort auf die Macht der Inquisition gegründet worden, die als gefürchteter Arm der Kirche seit 1478 die geistliche Einheit der Katholiken verteidigte, indem sie Juden, Mauren, Ketzer, Sodomiten, Lästerer, Hexer, Seher, Teufelsbeschwörer, Zauberer, Astrologen und Alchimisten und Leser verbotener Bücher verfolgte. Das Hab und Gut der Verurteilten fiel ihren Anklägern zu, weshalb viele der Opfer aus einem einzigen Grund auf dem Scheiterhaufen brannten: weil sie reich waren. Über dreihundert Jahre hatte das Volk mit religiösem Eifer die Autodafés gefeiert, öffentliche Orgien der Grausamkeit, in denen die Verurteilten hingeschlachtet wurden, doch begann der Stern der Inquisition im 18. Jahrhundert zu sinken. Die Prozesse gingen noch einige Zeit weiter, nun jedoch hinter verschlossenen Türen, und wurden schließlich eingestellt. Die Mitglieder von La Justicia hatten sich der edlen Pflicht verschrieben, die Verfolgten zu retten, sie außer Landes zu bringen und ihnen zu helfen, sich andernorts ein neues Leben aufzubauen. Wenn das möglich war, kauften sie die Angeklagten frei, sorgten für Essen und Kleidung, beschafften ihnen falsche Papiere. Zu jener Zeit, als Manuel Escalante Diego anwarb, hatten sich die Aufgaben von La Justicia geändert, sie richtete ihr Augenmerk nicht mehr nur gegen religiöse Eiferer, sondern auch gegen andere Formen der Unterdrückung, gegen die der Franzosen in Spanien etwa und gegen die Sklaverei in Übersee. Es war eine hierarchisch gegliederte Organisation, in der militärische Disziplin herrschte und Frauen nicht zugelassen waren. Zur Kennzeichnung ihres Rangs trugen die Mitglieder unterschiedliche Farben und Symbole, die Zeremonien zur Aufnahme oder zum Aufstieg innerhalb der Hierarchie fanden an geheimen Orten statt, und um zugelassen zu werden, brauchte es die Empfehlung eines Mitglieds, das als Pate fungierte. Wer eingeweiht wurde, schwor, sein Leben in den Dienst der edlen Ziele von La Justicia zu stellen, niemals eine Gegenleistung für seine Hilfe anzunehmen, das Geheimnis um jeden Preis zu hüten und die Befehle seiner Oberen zu befolgen. Der Schwur war von schlichter Eleganz: *die Gerechtigkeit zu suchen, den Hungernden zu nähren, den Nackten zu kleiden,*

Witwen und Waisen zu beschützen, dem Fremden Obdach zu
geben und nicht das Blut Unschuldiger zu vergießen.

Manuel Escalante hatte keine Mühe, Diego davon zu überzeugen, daß er sich La Justicia anschloß. Geheimnis und
Abenteuer übten von jeher einen unwiderstehlichen Reiz auf
ihn aus; nur der blinde Gehorsam bereitete ihm Kopfzerbre-
chen, aber als Manuel Escalante ihm versicherte, niemand
werde etwas von ihm verlangen, das seinen Überzeugungen
zuwiderlief, war auch dieser Zweifel ausgeräumt. Er stu-
dierte die geheimen Schriften, die sein Lehrer ihm gab, und
unterwarf sich dem harten Training in einer einzigartigen
Kampfweise, die schnelle geistige Auffassungsgabe und großes körperliches Geschick erforderte. Ziel war eine festge-
legte Abfolge präziser Bewegungen mit Degen und Dolch,
die innerhalb eines am Boden markierten Feldes ausgeführt
wurden, dem Kreis des Meisters. Symbolisch fand sich dieser
Kreis auf den Medaillons aus Gold und Silber wieder, an denen die Mitglieder der Organisation einander erkannten. Erst
prägte sich Diego die Abfolge der Schritte und Waffenbewe-
gungen ein, dann übte er monatelang mit Bernardo, bis er
kämpfen konnte, ohne darüber nachzudenken. Wie Manuel
Escalante gesagt hatte, würde er erst für den Kampf bereit
sein, wenn er mit einer beiläufigen Handbewegung eine
Fliege in der Luft fangen konnte. Nur dann würde er ein er-
fahrenes Mitglied von La Justicia besiegen können, was er
mußte, wollte er aufgenommen werden.

Endlich kam der Tag, an dem Diego für die Prüfung bereit
war. Sein Fechtlehrer führte ihn an einen Ort, von dessen
Existenz noch nicht einmal Barcelonas Baumeister und
Droschkenkutscher wußten, die sich brüsteten, jeden Winkel
der Stadt zu kennen. Barcelona war auf mehreren Lagen von
Ruinen gewachsen; Phönizier und Griechen hatten hier ge-
siedelt und kaum Spuren hinterlassen, dann kamen die Römer und drückten der Stadt ihren Stempel auf, danach die
Goten, dann Araber und Franken. Alle hatten zur Viel-
schichtigkeit der Stadt beigetragen; aus archäologischer Sicht

glich Barcelona einer Blätterteigpastete. Jüdische Bewohner hatten Höhlen, Durchgänge und Tunnel gegraben, um sich vor den Häschern der Inquisition zu retten. Später hatten diese geheimen Stollen Banditen als Unterschlupf gedient, bis La Justicia und andere Geheimbünde sich nach und nach der unterirdischen Eingeweide der Stadt bemächtigten. Diego und sein Lehrer folgten einem Wirrwarr verwinkelter Gäßchen tief hinein ins gotische Viertel, durch dunkle Portale, über ausgetretene Stufen hinab und hinein in ein Labyrinth unterirdischer Gänge, in zerfallene Grotten und durch Kanäle, in denen nicht Wasser, sondern eine sämige, dunkle Brühe floß, die nach fauligen Früchten roch. Schließlich erreichten sie eine Tür, in die kabbalistische Zeichen geritzt waren, sie schwang auf, als der Lehrer die Losung sagte, und sie betraten einen Saal, der an einen ägyptischen Tempel erinnerte. Diego sah sich umringt von etwa zwanzig Männern in prächtigen, verschiedenfarbigen Tuniken, auf die unterschiedliche Symbole gestickt waren. Alle trugen das Medaillon, das er schon bei Maestro Escalante und Santiago de León gesehen hatte. Er war im Allerheiligsten des Bundes, im Herzen von La Justicia.

Der Ritus zu seiner Aufnahme sollte die ganze Nacht dauern, während der Diego nacheinander die Prüfungen bestehen mußte, denen er unterworfen wurde. In einem Nebenraum, vielleicht gehörte er zu den Resten einer römischen Tempelanlage, war der Kreis des Meisters in den Steinboden gehauen. Ein Mann trat auf Diego zu, um ihn zu fordern, und die anderen stellten sich ringsum als Richter auf. Der Mann nannte seinen Decknamen: Julius Cäsar. Er streifte seine Tunika ab, Diego sein Hemd, beide zogen die Schuhe aus und standen sich jetzt mit freiem Oberkörper gegenüber. Treffsicher, schnell und kaltblütig mußte man sein für diesen Kampf. Sie griffen einander mit scharfen Dolchen an, als wollten sie sich tödlich verletzen. Jeder Stich mußte sauber geführt sein, aber im letzten Moment mußten sie die Waffe zurückhalten. Der kleinste Kratzer am Körper des anderen führte zum sofortigen Ausschluß vom Kampf. Sie durften den Kreis am Boden nicht verlassen. Gewonnen hatte, wer den anderen mit beiden Schultern am Boden in die Mitte des Kreises zwang. Diego hatte monatelang geübt, und vertraute darauf, daß er behende und ausdauernd genug wäre, aber der Kampf hatte kaum begonnen, da wußte er, daß er diesem Gegner in nichts überlegen war. Julius Cäsar war etwa vierzig Jahre alt, schlank und kleiner als Diego, aber sehr kräftig. Mit leicht gespreizten Beinen und Ellbogen stand er da, der Hals war gespannt, die Muskeln an Rumpf und Armen traten hervor, die Adern waren zu sehen, der Dolch blitzte in seiner Rechten, aber das Gesicht war die Ruhe selbst, er war ein furchteinflößender Gegner. Auf einen Befehl hin begannen die beiden einander im Kreis zu umtänzeln, suchten den besten Winkel für einen Angriff. Diego wagte den ersten Versuch, warf sich dem anderen entgegen, der aber sprang hoch, drehte sich in der Luft, als würde er fliegen, und landete hinter Diego, dem kaum Zeit blieb, herumzuwirbeln und sich zu bücken, um dem Hieb auszuweichen, der auf ihn niederging. Drei oder vier Schritte später wechselte Julius Cäsar den Dolch in die Linke. Auch Diego konnte die Waffe rechts wie links führen, doch hatte er nie gegen jemanden gekämpft, der das ebenfalls beherrschte, und für einen Augenblick war er verwirrt. Das nutzte sein Gegner, sprang hoch und versetzte ihm einen Tritt gegen die Brust, der ihn rücklings zu Boden warf, aber Diego reagierte sofort, schnellte hoch und plazierte einen Stich direkt auf die Kehle seines Gegners, der in einem echten Kampf tot gewesen wäre, doch Diegos Hand zuckte so knapp vor dem Hals zurück, daß er schon fürchtete, ihn getroffen zu haben. Die Richter schritten jedoch nicht ein, es war wohl noch einmal gutgegangen, aber nachprüfen konnte Diego das nicht, denn nun war der andere über ihm. Sie rangen im Nahkampf, wehrten mit der dolchführenden Hand die Waffe des Gegners ab und versuchten zugleich, ihn mit den Beinen und dem freien Arm zu Fall zu bringen und auf den Rücken zu werfen. Diego gelang es, sich loszumachen, und wieder umtänzelten sie einander, bereit für den nächsten Angriff. Diego spürte die Hitze, er glühte und war schweißgebadet, aber von seinem Gegner kam kein Keuchen, sein Gesicht blickte noch immer unbewegt. Diego dachte an das, was Manuel Escalante gesagt hatte: Nie im Zorn kämpfen. Ein paarmal atmete er tief ein, ließ sich Zeit, zur Ruhe zu kommen, und beobachtete dabei jede Bewegung seines Gegenübers. In einer plötzlichen Eingebung wußte er, daß dieses Mitglied von La Justicia so wenig auf einen beidhändigen Gegner vorbereitet war wie er selbst. Ehe der andere wußte, wie ihm geschah, hatte Diego wie bei einem von Galileo Tempestas Zaubertricks den Dolch von der Rechten in die Linke gewechselt und griff an. Überrumpelt wich Julius Cäsar einen Schritt zurück, aber Diego brachte einen Fuß zwischen seine Beine, und er verlor das Gleichgewicht. Er fiel, und im selben Moment war Diego über ihm, drückte mit dem rechten Arm seine Brust zu Boden und wehrte mit der Linken den Dolch ab. Eine lange Minute stemmten sie sich so mit aller Kraft gegeneinander, die Muskeln gespannt wie Drahtseile, die Blicke starr aufeinander gerichtet, die Zähne zusammengebissen. Aber es reichte nicht, daß Diego ihn am Boden hatte, er mußte ihn auch in die Mitte des Kreises zerren, unmöglich, solange der andere mit aller Kraft dagegenhielt. Aus den Augenwinkeln schätzte Diego die Entfernung, die ihm riesig schien, nie zuvor war eine Elle so lang gewesen. Es gab nur eine Möglichkeit. Er rollte sich seitlich weg, und nun war Julius Cäsar über ihm. Dem Mann entfuhr ein Triumphschrei, denn er wähnte sich endgültig im Vorteil. Mit aller Kraft rollte Diego noch einmal herum, und sein Gegner kam genau in der Mitte des Kreises zu liegen. Ein kaum wahrnehmbares Zucken im Mundwinkel des anderen genügte Diego, und er wußte, daß er gewonnen hatte. Mit einem letzten Stoß drückte er ihm die Schultern zu Boden.

»Gut gemacht«, sagte Julius Cäsar mit einem Lächeln und ließ den Dolch los.

Danach mußte Diego gegen zwei andere mit dem Degen antreten. Man band ihm eine Hand auf den Rücken, um seinen Gegnern eine Chance zu lassen, denn keiner der beiden verstand vom Fechten so viel wie er. Doch Manuel Escalante hatte ihn gut vorbereitet, und er brauchte keine zehn Minuten, um sie zu besiegen. Auf die körperlichen Proben folgten die geistigen. Nachdem sie ihn über die Geschichte von La Justicia ausgefragt hatten, schilderten sie ihm eine Reihe komplizierter Sachverhalte, für die er originelle Lösungen vorschlagen mußte, um zu zeigen, daß er gewitzt, unerschrocken und klug zu urteilen verstand. Schließlich, als er all diese Hürden genommen hatte, wurde er zu einem Altar geführt. Darauf waren die Symbole aufgebaut, denen er sein Leben weihen sollte: ein Laib Brot, eine Waage, ein Degen, ein Kelch und eine Rose. Das Brot stand für die Pflicht, den Armen zu helfen, die Waage für den entschlossenen Kampf für Gerechtigkeit, der Degen symbolisierte den Mut, der Kelch enthielt das Elixier des Mitgefühls, die Rose sollte die Mitglieder des Geheimbundes daran gemahnen, daß das Leben nicht nur Opfer und Mühsal ist, sondern auch Schönes birgt und daher verteidigt werden muß. Zum Abschluß der Zeremonie streifte Manuel Escalante Diego als dessen Pate das Medaillon über.

»Wie soll dein Name lauten?« fragte der Ehrwürdige Verteidiger des Tempels.

»Zorro«, sagte Diego, ohne zu zögern.

Er hatte nicht darüber nachgedacht, aber in dem Moment, als die Frage kam, blitzten in seiner Erinnerung deutlich die rötlichen Augen des Fuchses auf, die er viele Jahre zuvor während einer anderen Prüfung in den Wäldern Kaliforniens gesehen hatte.

»Willkommen bei La Justicia, Zorro«, sagte der Ehrwürdige Verteidiger des Tempels, und wie aus einem Munde wiederholten die restlichen Mitglieder den Namen.

Diego war wie berauscht, daß er die Proben bestanden hatte, überwältigt von der feierlichen Aufnahme in den Orden, und sein Kopf schwirrte von den komplizierten Schritten der Zeremonie und den hochtrabenden Namen der Würdenträger – Ritter der Sonne, Templer des Nils, Meister des Kreuzes, Hüter der Schlange –, so daß er keinen klaren Gedanken fassen konnte. Die Forderungen des Ordens waren auch seine, und er war stolz, daß er dazugehören durfte; es war nicht der Moment, sich darüber lustig zu machen. Erst später, als er sich aller Einzelheiten erinnerte und sie Bernardo erzählte, sollte ihm dieses Ritual antiquiert und sogar kindisch vorkommen. Er wollte über sich selbst lachen, weil er alles so ernst genommen hatte, aber sein Bruder lachte nicht mit, und erst da fiel ihm auf, wie sehr die Prinzipien von La Justicia dem Okahué der Indianer ähnelten.

Einen Monat, nachdem er vom Rat von La Justicia aufgenommen worden war, überraschte Diego seinen Lehrer mit einem aberwitzigen Ansinnen: Er wolle eine Gruppe von Gefangenen befreien. Jeder Angriff der Guerrilla führte umgehend zu einem Vergeltungsschlag der Franzosen. Sie nahmen wahllos Gefangene, vier für jeden Soldaten, der in ihren Reihen gefallen war, und erschossen oder erhängten sie an öffentlichen Plätzen. Von diesen Willkürakten ließ die Guerrilla sich nicht beirren, sie schürten nur den Haß, aber die unglücklichen Familien, die zwischen die Fronten gerieten, wurden ins Mark getroffen.

»Diesmal haben sie fünf Frauen, zwei Männer und ein achtjähriges Kind festgenommen, die für den Tod zweier Soldaten büßen sollen, Maestro. Den Priester aus dem Viertel haben sie gleich vor dem Portal seiner Kirche umgebracht. Die Gefangenen sind in der Festung und sollen am Sonntagmittag erschossen werden.«

»Ich weiß, Don Diego, ich habe die Anschläge gesehen, die Stadt ist voll davon«, sagte Manuel Escalante.

»Wir müssen sie retten.«

»Es zu versuchen wäre töricht. Die Ciudadela ist uneinnehmbar. Und gesetzt den unwahrscheinlichen Fall, es gelänge, würden die Franzosen die doppelte oder dreifache Zahl von Gefangenen hinrichten, dessen dürft Ihr gewiß sein.«

»Was tut La Justicia in einem solchen Fall?«

»Zuweilen muß man sich mit dem Unvermeidlichen abfinden. Der Krieg fordert viele unschuldige Opfer.«

187

»Ich werde daran denken.«

Aber Diego war nicht gewillt, sich abzufinden, unter anderem, weil Amalia eine der Festgenommenen war und er sie unmöglich im Stich lassen konnte. Durch einen dieser Irrtümer des Schicksals, vor dem sie zu warnen ihre Karten vergessen hatten, war Amalia während der Strafaktion der Franzosen in der Stadt unterwegs und ging ihnen zusammen mit den anderen, die ebenso unschuldig waren wie sie, ins Netz. Als Bernardo ihm die schlechte Nachricht brachte, hielt Diego sich nicht mit den Hindernissen auf, die er würde überwinden müssen, denn daß er etwas tun mußte, stand fest, und bei aller Furcht reizte ihn das Abenteuer.

»In die Ciudadela kommen wir nicht hinein, Bernardo, also gehe ich in den Palast des Chevalier Duchamp. Ich möchte mich einmal unter vier Augen mit dem Herrn unterhalten, was meinst du? Ich sehe, du bist nicht begeistert, aber etwas Besseres fällt mir nicht ein. Ja, ich weiß, du denkst, das ist genauso wahnsinnig, wie einen Bären zu fangen, wenn man ein kleiner Rotzbengel ist. Aber du irrst dich, diesmal ist es ernst, es geht um Menschenleben. Wir können doch nicht zulassen, daß sie Amalia erschießen. Sie ist unsere Freundin. Gut, für mich ist sie etwas mehr als das, aber darum geht es gar nicht. Auf La Justicia kann ich leider nicht zählen, also mußt du mir helfen. Es ist gefährlich, aber so gefährlich auch wieder nicht. Hör zu...«

Bernardo hob die Hände zum Zeichen, daß er sich ergab und bereit war, Diego beizustehen, wie er das immer getan hatte. Manchmal, wenn er sich sehr matt und allein fühlte, hatte er schon überlegt, ob es nicht an der Zeit sei, nach Kalifornien zurückzukehren und der Tatsache ins Auge zu sehen, daß ihre Kindheit endgültig vorüber war. Diego benahm sich zuweilen, als wollte er niemals erwachsen werden. Wie konnten sie so verschieden sein und sich dennoch so gern haben? Während er das Leben oft als Bürde empfand, war sein Bruder stets beschwingt wie eine Lerche. Amalia, die die Rätsel der Sterne zu entschlüsseln wußte, hatte ihnen eine Erklärung dafür angeboten. Obgleich am selben Ort und in derselben Woche, waren sie unter verschiedenen Zeichen geboren. Diego war Zwilling, er selbst Stier, das sei entscheidend für ihr Temperament, hatte sie gesagt. Mit Engelsgeduld hörte Bernardo sich Diegos Plan an und behielt die Zweifel, die ihn bestürmten, für sich, denn im Grunde vertraute er auf das unverschämte Glück seines Bruders. Er machte selbst noch einige Vorschläge, dann schritten sie zur Tat.

In einer Hafentaverne fand Bernardo einen jungen französischen Soldaten, bezahlte ihm Wein, hörte sich seine ganze unglückliche Liebesgeschichte an und schenkte ihm dabei unablässig nach, bis der Soldat sturzbetrunken und eine leichte Beute war. In einer Gasse nahm er ihm die Uniform ab, den dunkelblauen Kasak mit dem steifen, fleischfarbenen Kragen, die weiße Hose, das weiße Bandelier, die schwarzen Gamaschen und den hohen Hut. In dieser Verkleidung führte er zwei Pferde in die Gärten des Palasts, ohne die Aufmerksamkeit der Nachtwachen zu erregen. Die prunkvolle Residenz des Chevalier war nicht sehr scharf bewacht, denn niemandem wäre es eingefallen, sie anzugreifen. Nachts standen Wachen mit Laternen vor den Toren, aber die vielen Stunden des Nichtstuns machten sie unaufmerksam. Diego hing in seinem schwarzen Zirkustrikot zwischen den Pferden. Er trug seinen Umhang und die Maske, seine Zorroverkleidung, wie er das nannte, und huschte, kaum hatten sie das Tor passiert, im Dunkel auf das Gebäude zu. Einer Eingebung folgend, hatte er sich einen Schnurrbart aufgeklebt, den er unter den Requisiten im Zirkus gefunden hatte: ein dünner schwarzer Pinselstrich über der Oberlippe. Die Maske verbarg sein Gesicht nur bis zur Nase, und er fürchtete, der Chevalier könnte ihn erkennen; der feine Schnurrbart würde ihn ablenken und auf die falsche Fährte führen. Mit Hilfe seiner Peitsche kletterte er auf einen Balkon im ersten Stock, und innen hatte er den Flügel mit den Privatgemächern der Familie rasch gefunden, denn er war schon öfter mit Juliana und Isabel zu Besuch bei Agnès gewesen. Der Palast hatte nichts von spanischer Schlichtheit, er war nach französischem Geschmack eingerichtet, und die vielen Vorhänge, Möbel,

Pflanzen und Statuen boten Diego überall beste Deckung. Er mußte endlose Flure durchqueren und fast zwanzig Türen öffnen, bis er das Schlafgemach des Chevalier gefunden hatte, das unerwartet spartanisch war für jemanden von seinem Wohlstand und Einfluß.

Der Gesandte Napoleons schlief in einem harten Feldbett in einem fast kahlen Zimmer, schummrig beleuchtet von einem Kandelaber mit drei Kerzen in einer Ecke. Durch indiskrete Bemerkungen von Agnès wußte Diego, daß ihr Vater an Schlaflosigkeit litt und Opium rauchte, um überhaupt ein Auge zutun zu können. Eine Stunde zuvor hatte sein Bursche ihm beim Auskleiden geholfen, hatte ihm einen Sherry und die Opiumpfeife gebracht, und sich dann in einen Sessel im Flur gesetzt, wie er das immer tat, für den Fall, daß sein Herr ihn in der Nacht brauchte. Er hatte einen leichten Schlaf, sollte indes nie erfahren, daß in jener Nacht jemand an ihm vorbei ins Zimmer gehuscht war. Kaum war Diego im Schlafgemach des Chevalier, versuchte er sich an den Übungen, die er als Mitglied von La Justicia gelernt hatte, denn sein Herz raste, und seine Stirn war schweißnaß. Wenn er hier entdeckt würde, wäre er so gut wie tot. In den Kerkern der Ciudadela verschwanden die politischen Häftlinge auf Nimmerwiedersehen, und an die Gerüchte über Folterungen durfte er gar nicht denken. Jäh überkam ihn die Erinnerung an seinen Vater und nahm ihm die Luft. Wenn er stürbe, würde sein Vater niemals den Grund dafür erfahren, es würde heißen, sein Sohn sei wie ein gewöhnlicher Dieb in einem fremden Haus überrascht worden. Diego wartete, bis er die Fassung wiedergewonnen hatte, und als er sicher war, daß sein Wille nicht wanken, seine Stimme und seine Hand nicht zittern würden, trat er an das Bett, in dem Duchamp in seinem Opiumrausch ruhte. Der schlug trotz der Droge sofort die Augen auf, doch ehe er schreien konnte, legte ihm Diego seine behandschuhte Hand über den Mund.

»Still, oder Ihr sterbt wie eine Ratte, Exzellenz«, flüsterte er.

Er hielt ihm die Spitze des Degens gegen die Brust. Der

Chevalier setzte sich so weit auf, wie der Degen es zuließ, und deutete durch ein Kopfnicken an, daß er verstanden hatte. Leise erklärte ihm Diego, was er von ihm wollte.

»Ihr haltet mich für mächtiger, als ich bin«, sagte der Chevalier, ebenfalls mit gedämpfter Stimme. »Wenn ich die Freilassung dieser Gefangenen anordne, nimmt der Standortkommandant morgen neue.«

»Das wäre ein Jammer. Eure Tochter Agnès ist ein reizendes Kind, und wir möchten sie ungern leiden sehen, aber wie Eure Exzellenz wissen, fordert der Krieg viele unschuldige Opfer.«

Mit der linken Hand zückte er aus seiner seidenen Weste das mit Agnès Duchamps Namen bestickte Spitzentaschentuch, das Bernardo aus dem Papierkorb gerettet hatte, und wedelte damit vor dem Gesicht des Chevalier, der es trotz der spärlichen Beleuchtung sofort an seinem unverwechselbaren Veilchenduft erkannte.

»Ich schlage vor, Ihr ruft nicht nach der Wache, Exzellenz, denn meine Männer sind bereits im Gemach Eurer Tochter. Sollte mir etwas zustoßen, werdet Ihr sie nicht lebend wiedersehen. Sie gehen erst, wenn ich das Signal gebe«, flüsterte Diego, lächelte dabei überaus freundlich, hob das Taschentuch an die Nase und ließ es wieder in seiner Weste verschwinden.

»Diese Nacht übersteht Ihr vielleicht lebend, aber wir kriegen Euch, und dann werdet Ihr bedauern, daß Ihr geboren seid«, preßte der Chevalier hervor. »Wir wissen, wo wir Euch suchen müssen.«

»Das glaube ich kaum, Exzellenz, denn ich gehöre nicht zur Guerrilla und habe auch nicht die Ehre, einer Eurer persönlichen Feinde zu sein.« Diego lächelte.

»Wer seid Ihr dann?«

»Pssst! Leise, denkt daran, daß Agnès sich in guter Gesellschaft befindet... Mein Name ist Zorro, zu Diensten«, hauchte Diego.

Von dem Eindringling dazu genötigt, trat der Franzose an seinen Sekretär und schrieb auf seinem persönlichen Briefpapier eine kurze Notiz, daß die Gefangenen freizulassen seien.

»Ich wäre Euch verbunden, wenn Ihr Euer offizielles Siegel benutztet, Exzellenz«, sagte Diego mit einer Kopfbewegung auf das Petschaft.

Zähneknirschend tat der Chevalier, wie ihm geheißen, dann rief er seinen Burschen, der in die Tür trat. Hinter dem Türflügel stand Diego, bereit, ihm beim geringsten Verdacht den Degen in die Brust zu rammen.

»Schick eine Wache damit zur Ciudadela und sag, ich will es umgehend unterschrieben vom Kommandanten zurück als Garantie, daß er dem Befehl gehorcht. Hast du das verstanden?«

»Ja, Exzellenz«, sagte der Bursche, und schon war er weg.

Diego riet dem Chevalier, wieder zu Bett zu gehen, nicht daß er sich eine Erkältung holte; die Nacht sei kühl und womöglich würden sie lange warten müssen. Er bedaure, sich derart aufdrängen zu müssen, aber er werde ihm Gesellschaft leisten, bis der unterschriebene Brief eintreffe. Ob er denn nicht ein Schachspiel oder Karten habe, um sich die Zeit zu vertreiben? Der Franzose ließ sich nicht zu einer Antwort herab. Zornbebend kroch er unter seine Decke, immerfort beobachtet von diesem Maskierten, der sich ans Fußende des Bettes setzte, als wären sie die besten Freunde. Schweigend ertrugen sie einander über zwei Stunden, und als Diego eben bangte, es könne etwas schiefgegangen sein, klopfte der Bursche zaghaft an die Tür und übergab seinem Herrn das von einem gewissen Hauptmann Fuguet unterzeichnete Schreiben.

»Eine angenehme Nachtruhe, Exzellenz. Habt die Güte, der schönen Agnès meine Grüße zu bestellen.«

Eigentlich rechnete Diego damit, daß der Chevalier seine Drohung ernst nahm und nicht vorzeitig Alarm schlug, aber zur Sicherheit fesselte und knebelte er ihn. Mit der Degenspitze ritzte er ein großes Z in die Wand, verabschiedete sich mit einer spöttischen Verbeugung und ließ sich an seiner Peitsche vom Balkon herab. Er fand das Pferd, das Bernardo für ihn zwischen den Bäumen versteckt hatte; die Hufe waren mit Lappen umwickelt. Wie ein Spuk ritt er an den verdutzten Wachen vorbei durch das Portal und war fast im selben Moment in den menschenleeren, nächtlichen Straßen von Barcelona verschwunden. Am nächsten Morgen hefteten Soldaten Anschläge an die öffentlichen Gebäude der Stadt, auf denen als Zeichen des guten Willens von seiten der Obrigkeit die Freilassung der Gefangenen verkündet wurde. Zugleich begann im verborgenen die Jagd auf diesen Frevler, der sich selbst Zorro nannte. Das letzte, was die Anführer der Guerrilla erwartet hätten, war diese bedingungslose Begnadigung der Gefangenen, die Verwirrung darüber war groß, und eine Woche verzeichnete man in Katalonien keine neuen Attentate auf die Franzosen.

Der Chevalier konnte nicht verhindern, daß sich erst unter der Dienerschaft und den Wachen des Palastes, dann in der ganzen Stadt herumsprach, ein frecher Bandit sei in sein Schlafgemach eingedrungen. Die Katalanen lachten Tränen über diese Dreistigkeit, und für einige Tage war dieser mysteriöse Zorro in aller Munde, bis andere Dinge die Aufmerksamkeit der Leute fesselten und man ihn vergaß. Aber Diego hörte den Namen im Colegio de Humanidades, in den Tavernen und sogar im Haus der Familie De Romeu. Er biß sich auf die Zunge, um sich seiner Tat nicht zu brüsten oder Amalia davon zu erzählen. Die Zigeunerin glaubte, die geheimnisvolle Macht ihrer Glücksbringer und Amulette, die sie immer bei sich trug, und der Geist ihres Mannes, der beizeiten eingegriffen habe, hätten sie vor dem Tod bewahrt.

Dritter Teil

Barcelona, 1812-1814

Ich kann Euch nicht mehr über die Verbindung zwischen Diego und Amalia berichten. Die fleischliche Liebe gehört zu dem Teil von Zorros Legende, den zu verbreiten er mir untersagt hat, und zwar nicht, weil er fürchtet, ich würde mich über ihn lustig machen oder ihn desavouieren, sondern weil er bei allem Übermut eben doch galant ist. Man weiß ja, daß kein wahrhaft von Frauen geliebter Mann sich seiner Eroberungen rühmt. Die es tun, lügen. Auch stöbere ich nicht gern in anderer Leute Privatsphäre. Solltet Ihr Schlüpfriges von mir erwarten, so muß ich Euch enttäuschen. Ich kann nur sagen, daß Diegos Herz zu jener Zeit, als er sich mit Amalia traf, ganz und gar Juliana gehörte. Wie es war, wenn er die Zigeunerin in Armen hielt? Das bleibt der Phantasie überlassen. Vielleicht schloß sie die Augen und dachte an ihren ermordeten Mann, während er alle Bilder verscheuchte und sich einer flüchtigen Lust überließ. Das lautere Gefühl, das die keusche Juliana in Diego geweckt hatte, wurde durch diese heimlichen Treffen jedenfalls nicht getrübt; beides war klar voneinander geschieden wie zwei Parallelen, die sich niemals kreuzen. Ich fürchte, so etwas hat sich in Zorros Leben häufiger zugetragen. Ich beobachte ihn nun seit drei Jahrzehnten und kenne ihn fast so gut wie Bernardo, also darf ich eine solche Behauptung wohl wagen. Dank seines unverschämten Glücks und seines natürlichen Charmes – der nicht gering ist – wurde er, auch ohne es darauf anzulegen, von Dutzenden Frauen geliebt. Eine Andeutung, ein flüchtiger Blick, ein strahlendes Lächeln von ihm genügen zumeist, und selbst jene, die als tugendhaft gelten, laden ihn ein, im Schleier der Nacht ihren Balkon zu erklimmen. Aber Zorro verliert sein Herz nicht an sie, denn er neigt der unmöglichen Liebe zu. Ich würde meine Hand dafür ins Feuer legen, daß er, kaum ist er von einem Balkon herabgeklettert und spürt wieder festen Boden unter den Füßen, die Dame vergißt, die er noch eben umschlungen hielt. Er weiß nicht mehr, wie oft er einem erzürnten Ehemann oder gekränkten Vater im Duell gegenüberstand, ich jedoch habe mir alle gemerkt, nicht aus Eifersucht oder Mißgunst, sondern weil ich eine minutiöse Chronistin bin. Diego entsinnt sich nur der Frauen, die ihn mit ihrer Gleichgültigkeit gequält haben wie die unvergleichliche Juliana. Viele seiner Heldentaten jener frühen Jahre waren verzweifelte Versuche, die Aufmerksamkeit der jungen Frau zu erringen. Vor ihr spielte er nicht den geistlosen Jammerlappen, als der er Agnès Duchamp, den Chevalier und manch andere hinters Licht führte; im Gegenteil: War sie zugegen, so spreizte er all seine Pfauenfedern. Für sie hätte er gegen einen Drachen gekämpft, aber die gab es in Barcelona nicht, und so mußte er sich mit Rafael Moncada bescheiden. Doch da wir diese Gestalt schon erwähnen, sollten wir ihr auch angemessen huldigen. Der Schurke ist für jede Geschichte von tragender Bedeutung, denn es gibt keine Helden ohne Feinde von gleichem Format. Zorro hatte das große Glück, Rafael Moncada die Stirn bieten zu müssen, andernfalls wüßte ich auf diesen Seiten nicht viel zu erzählen.

Juliana und Diego schliefen unter demselben Dach, lebten indes getrennte Leben und hatten in diesem Haus mit den vielen leeren Räumen nicht üppig Gelegenheit, einander zu begegnen. Rar waren ihre Momente zu zweit, denn Nuria hatte ein scharfes Auge auf Juliana, und Isabel spionierte Diego nach. Der wartete zuweilen Stunden, um Juliana allein im Flur zu überraschen und ein paar Schritte ohne Zeugen neben ihr zu gehen. Sie sahen sich zum Abendessen bei Tisch, zu den Harfenkonzerten im Salon, in der Messe am Sonntag und im Theater, wenn Stücke von Lope de Vega oder Komödien von Molière gegeben wurden, die Tomás de Romeu entzückten. In der Kirche wie im Theater saßen Männer und Frauen getrennt, und so konnte Diego nur den Nacken seiner Angebeteten aus der Ferne betrachten. Über vier Jahre lebte er in ihrem Haus und verfolgte sie mit dem Starrsinn des

Jägers, ohne nennenswerte Erfolge zu erzielen, bis das Unglück über die Familie hereinbrach und die Waage sich zu Diegos Gunsten neigte. Bis dahin jedoch nahm Juliana seine Aufmerksamkeiten mit Seelenruhe hin, als werde sie seiner gar nicht gewahr, aber es brauchte sehr wenig, seine Hoffnung zu nähren. Er redete sich ein, ihr Gleichmut sei eine List, mit der sie ihre wahren Gefühle zu verbergen versuchte. Jemand hatte ihm erzählt, daß Frauen so etwas zu tun pflegen. Er konnte einem leid tun, der Ärmste, es wäre besser gewesen, Juliana hätte ihn gehaßt. Das Herz ist ein launisches Organ und zu harschen Kurswechseln fähig, aber gegen eine laue schwesterliche Zuneigung ist im Grunde kein Kraut gewachsen.

Zuweilen fuhren die De Romeus nach Santa Fe, wo sie ein halbverlassenes Landgut besaßen. Im dortigen Herrenhaus, einem eckigen Kasten auf der Kuppe eines Felsens, hatten die Großeltern von Tomás de Romeus verstorbener Frau über ihre Kinder und hörigen Bauern geherrscht. Die Aussicht war berückend. Auf den umliegenden Hügeln erstreckten sich Weinberge, deren Ertrag sich einst mit den besten Weinen Frankreichs hatte messen können, aber in den Kriegsjahren hatte sich niemand um die Reben gekümmert, und nun waren sie dürr und von Schädlingen zerfressen. Im Haus hatten sich die berüchtigten Mäuse von Santa Fe breitgemacht, fette und boshafte Tiere, die von den Bauern in den Zeiten größter Not geschmort wurden. Mit Knoblauch und Porree schmecken sie gut. Zwei Wochen vor jeder Reise schickte Tomás de Romeu eine Schwadron Dienstboten voraus, um die Zimmer auszuräuchern, denn nur so konnte man die Nager vorübergehend in die Flucht schlagen. Doch in der letzten Zeit waren die Ausflüge seltener geworden, weil die Wege nicht mehr sicher waren. Schwerem Atem gleich hing der Haß des Volkes in der Luft, ein unheilverheißendes Keuchen, das einen schaudern machte. Wie die meisten Gutsbesitzer wagte sich auch Tomás de Romeu kaum noch aus der Stadt, geschweige denn, daß er versuchte, die Pacht von seinen Bauern einzutreiben, die ihm womöglich den Hals abgeschnitten hätten. In Santa Fe vertrieb sich Juliana die Zeit mit Lesen, machte Musik und buhlte als Wohltäterin um die Gunst der Bauern, mit mäßigem Erfolg. Nuria kämpfte gegen die Elemente und klagte über alles. Isabel aquarellierte die Landschaft und zeichnete Porträts der Menschen. Habe ich erwähnt, daß sie gut zeichnen konnte? Ich muß es vergessen haben, unverzeihlich, denn das war ihre einzige Begabung. Im allgemeinen gewann sie damit mehr Sympathien unter den einfachen Leuten als Juliana mit all ihren guten Taten. Ihre Porträts waren verblüffend ähnlich, aber sie schönte ihre Modelle, zeichnete ihnen mehr Zähne, weniger Runzeln und einen Ausdruck der Würde, den sie selten besaßen.

Aber kehren wir nach Barcelona und zu Diego zurück, der gewissenhaft lernte, mit La Justicia und den Tavernen beschäftigt war, in denen er sich mit seinen Schulkameraden traf, und Mantel- und Degenabenteuer erlebte, wie er das in romantischem Eifer nannte. Unterdessen führte Juliana das müßige Leben der jungen Frauen jener Jahre. Ohne Anstandsdame konnte sie noch nicht einmal zur Beichte gehen, Nuria war ihr Schatten. Auch durfte sie sich nicht im Gespräch mit Männern zeigen, die jünger als sechzig waren. Zu Bällen ging sie in Begleitung ihres Vaters, und manchmal war auch Diego dabei, den sie als ihren Cousin aus Übersee vorstellte. Obgleich die Bewerber Schlange standen, bekundete Juliana keinerlei Eile zu heiraten. Eigentlich hätte es zu den Pflichten ihres Vaters gehört, eine gute Verbindung für sie zu arrangieren, aber der wußte nicht, wie er einen Schwiegersohn wählen sollte, der seiner bezaubernden Tochter würdig wäre. In zwei Jahren würde sie freilich zwanzig sein, dann wäre es höchste Zeit für einen Bräutigam, denn danach schwand die Aussicht auf eine Heirat mit jedem Monat, der verstrich. In seinem unverbesserlichen Optimismus stellte auch Diego diese Berechnungen an mit dem Ergebnis, daß die Zeit für ihn arbeitete, da Juliana ihn, wenn sie ihres Welkens gewahr würde, zum Manne nähme, um nicht allein zu bleiben. Mit solcherlei krausen Gedankengängen versuchte er Bernardo zu überzeugen, der als einziger mit ausreichend

Geduld gewappnet war, um ihm zuzuhören, wenn er wie so oft über die nahende Errettung aus seinem Liebesleid fabulierte.

Gegen Ende des Jahres 1812 wurde Napoleon Bonaparte in Rußland vernichtend geschlagen. Der Kaiser war mit fast sechshunderttausend Soldaten seiner Grande Armée in das riesige Land einmarschiert. Die unbesiegbaren französischen Truppen rückten mit eiserner Disziplin und in nie dagewesener Schnelligkeit voran, denn sie trugen nur leichtes Gepäck und lebten von dem, was die eroberte Erde hergab. Doch auf ihrem Weg hinein nach Rußland leerten sich die Dörfer und Städte, die Bewohner verschwanden, die Bauern verbrannten ihre Ernte. Wo Napoleon vorbeizog, fand er wüstes Land. Als Sieger erreichten die Eroberer Moskau, doch was sie erwartete, waren der Rauch eines kolossalen Brandes und das Mündungsfeuer vereinzelter Heckenschützen, die sich in den Ruinen verbargen und bereit waren, tötend zu sterben. Die Bewohner der Stadt waren dem Beispiel der wackeren Bauern gefolgt und hatten Feuer an ihre Besitztümer gelegt, ehe sie Moskau räumten. Niemand war geblieben, Napoleon die Schlüssel der Stadt zu übergeben, nicht ein russischer Soldat, den man hätte erniedrigen können, nur einige schicksalsergebene Freudenmädchen, die die Sieger willkommen hießen, da sie ihrer sonstigen Kundschaft verlustig gegangen waren. Napoleon fand sich allein in einem Haufen Asche. Er wartete, ohne zu wissen worauf, und so verging der Sommer. Als er sich entschloß, nach Frankreich zurückzukehren, hatte der Regen eingesetzt, und wenig später war der russische Boden schneebedeckt und hart wie Granit. Nicht im Traum hätte der Kaiser sich ausgemalt, welch grausige Prüfung seinen Männern bevorstand. Zu den Überfällen der Kosaken und den Hinterhalten der Bauern kamen der Hunger und eine mondgleiche Kälte, wie sie keiner seiner Soldaten je hatte erdulden müssen. Abertausende ließen im Eis und Schnee dieses schmachvollen Rückzugs ihr Leben. Sie mußten ihre Pferde essen, ihre Stiefel, ja selbst ihre toten Kameraden. Nur zehntausend Soldaten erreichten schließlich ausgezehrt und

m Ende ihrer Kräfte die Heimat. Als er seine Streitmacht
ernichtet sah, wußte Napoleon, daß der Stern, der über seinem glorreichen Aufstieg zum mächtigsten Mann Europas
geleuchtet hatte, im Erlöschen begriffen war. Er mußte seine
Truppen sammeln, die weite Teile des Kontinents besetzt
hielten. Zwei Drittel der in Spanien stationierten Soldaten
wurden abgezogen. Nach Jahren erbitterten Widerstands
chien endlich für die Spanier das siegreiche Ende nah, doch
bis zu diesem Triumph sollten noch sechzehn Monate vergehen.

In ebenjenem Jahr, als Napoleon sich in Frankreich die
Wunden seiner Niederlage leckte, sandte Eulalia de Callís ihren Neffen Rafael Moncada auf die Antillen, um das Kakao-
geschäft auszuweiten. Sie wollte Schokolade, Rohmarzipan
und Nougatmasse an die Konditoreien und Hersteller feiner
Pralinen in ganz Europa und in den Vereinigten Staaten verkaufen. Sie hatte gehört, die Amerikaner seien verrückt nach
Naschwerk. Ihr Neffe sollte zunächst die überseeischen Besitzungen und dann die wichtigsten Städte von Boston bis
Paris besuchen und ein Netz neuer Handelsbeziehungen
knüpfen. Moskau wurde fürs erste hintangestellt, denn noch
lag es in Trümmern, auch wenn Eulalia darauf vertraute, daß
sich der Rauch des Krieges bald legen und man die russische
Wirtschaftsmetropole im früheren Glanz wieder aufbauen
werde. Rafael würde zu einer elfmonatigen Odyssee aufbrechen, Ozeane überqueren und sich auf endlosen Ritten die
Nieren zermalmen, um die aromatische Bruderschaft der
Schokolade zu schmieden, die Eulalia vorschwebte.

Ohne seiner Tante ein Sterbenswörtchen darüber zu sagen, ersuchte Rafael vor seiner Abreise auf die Antillen Tomás de Romeu um ein Gespräch. Der empfing ihn nicht bei
sich zu Hause, sondern auf neutralem Boden, in dem vorzüg-
lichen Restaurant, das die Gesellschaft für Geographie und
Philosophie, deren Mitglied er war, im ersten Stock ihres Gebäudes beherbergte. Die Bewunderung, die Tomás de Romeu
für Frankreich empfand, erstreckte sich nicht auf dessen ex-
quisite Küche, von Kanarienvogelzungen wollte er nichts

wissen, er bevorzugte deftige katalanische Tafelfreuden. *Escudella*, eine dicke Suppe, die Tote aufweckte, *Estofat d toro*, ein Fleischklumpen, und die unbeschreibliche *Butifarr del obispo*, eine Blutwurst, so schwarz und dick wie kein zweite. Rafael Moncada saß seinem Gastgeber und einen Gebirge aus Fleisch und Fett gegenüber und war ein wenig blaß. Er kostete kaum einen Bissen, denn sein Magen wa empfindlich, und er war aufgeregt. Angefangen bei seinen Ti teln bis hin zu seiner wirtschaftlichen Wohlbestalltheit legt er Julianas Vater seine persönlichen Verhältnisse dar.

»Es tut mir aufrichtig leid, daß wir uns bei dieser unglück lichen Begegnung im Duell mit Diego de la Vega kennenler nen mußten, Señor de Romeu. Der junge Mann ist ein Heiß sporn, und ich muß gestehen, daß auch ich das zu sein pflege Wir wußten unsere Worte nicht zu mäßigen, und so fande wir uns auf dem Feld der Ehre wieder. Was zum Glück kein ernstlichen Folgen hatte. Ich hoffe, dies schlägt bei Eu rem Urteil über mich nicht negativ zu Buche...«, sagte de Schwiegersohnaspirant.

»Keineswegs, mein Herr. Das Duell dient ja gerade dazu die Flecken reinzuwaschen. Haben sich zwei Ehrenmänne geschlagen, so bleibt kein Groll zurück«, entgegnete der an dere freundlich, obgleich er die Einzelheiten des Vorfall durchaus nicht vergessen hatte.

Als der *menjar blanc* aufgetragen wurde, ein Mandeldes sert, das in diesem Restaurant mit so viel Zucker zubereite wurde, daß einem die Zähne aufeinander klebten, äußert Moncada den Wunsch, nach der Rückkehr von seiner Reis Juliana zur Frau zu nehmen. Tomás de Romeu wunderte sic seit langem über das unklare Gebaren seiner Tochter diesen hartnäckigen Verehrer gegenüber, hatte jedoch bisher dazu geschwiegen. Über Gefühle zu sprechen kam ihn sauer an und er hatte nie Anstrengungen unternommen, seinen Töch tern ein Vertrauter zu werden, Frauenangelegenheiten ver wirrten ihn, und er delegierte sie lieber an Nuria. Er hatte di kleine Juliana über die Steinfliesen in den Korridoren seine eisigen Hauses tippeln sehen, hatte gesehen, wie sie di

Milchzähne verlor, kräftig wuchs und die Klippen der an-
mutlosen Jahre als Halbwüchsige umschiffte. Eines Tages
hatte sie mit den Zöpfen eines kleinen Mädchens und dem
Körper einer Frau vor ihm gestanden in einem Kleid, das an
den Nähten spannte, und da hatte er Nuria angewiesen, ihr
angemessene Kleider zu schneidern, einen Tanzlehrer für sie
zu finden und sie keinen Moment aus den Augen zu lassen.
Jetzt bedrängte ihn Rafael Moncada, wie schon andere junge
Herren aus gutem Hause, daß er ihm Juliana zur Braut gab,
und er wußte nicht, was er antworten sollte. Eine solche Verbindung wäre ideal gewesen, jeder andere Vater in seiner
Lage hätte sich glücklich geschätzt, aber er hegte keine Sympathien für Moncada, was weniger mit ihren unterschiedlichen Weltanschauungen zu tun hatte als vielmehr damit,
daß ihm einige nicht eben beruhigende Gerüchte über seinen
Charakter zu Ohren gekommen waren. Zwar galt eine Ehe
allgemein als gesellschaftliches und wirtschaftliches Abkom-
men, für das Gefühle zweitrangig waren, weil die sich mit der
Zeit schon einstellten, aber er sah das anders. Er hatte seiner-
zeit aus Liebe geheiratet und war sehr glücklich gewesen, so
glücklich, daß er seine Frau nie hatte ersetzen können. Juliana
ähnelte ihm und schien noch dazu den Kopf voller romanti-
scher Ideale zu haben. Man würde ihr Gewalt antun müssen,
damit sie eine Ehe ohne Liebe eingänge, und dazu sah er sich
außerstande; er wünschte sie glücklich zu sehen und zweifelte, daß Moncada dazu beitragen konnte. Er würde mit Juliana reden müssen, auch wenn er nicht wußte, wie er das anfangen sollte, denn ihre Schönheit und Sittsamkeit schüchter-
ten ihn ein. Mit Isabel war alles einfacher, deren augenfällige
Unvollkommenheiten machten sie zugänglicher. Aber diese
Angelegenheit duldete keinen Aufschub, und so überbrachte
er Juliana noch am selben Abend Moncadas Antrag. Sie
zuckte die Achseln und sagte, ohne von ihrem Kreuzstich
aufzusehen, auf den Antillen stürben viele Leute an Malaria,
also müsse man die Entscheidung nicht überstürzen.

Diego war glücklich. Die Reise dieses gefährlichen Rivalen
bot ihm eine einzigartige Gelegenheit, im Wettstreit um Ju-

lianas Hand Boden gut zu machen. Juliana nahm Moncadas Abwesenheit ungerührt hin wie sie auch von Diegos Landgewinn nichts zu merken schien. Sie behandelte ihn so liebevoll geduldig und zerstreut wie eh und je und bekundete nicht die geringste Neugier an seinem mysteriösen Doppelleben. Auch seine Gedichte beeindruckten sie nicht, sie tat sich schwer, die Zähne wie Perlen, Augen wie Smaragde und Lippen wie Rubin ernst zu nehmen. Diego suchte nach Vorwänden, um mehr Zeit mit ihr zu verbringen, nahm an den Tanzstunden teil und wurde ein eleganter und mitreißender Tänzer. Selbst Nuria brachte er dazu, daß sie zu den Klängen eines Fandangos die steifen Knochen bewegte, hingegen hoffte er vergebens, die gute Frau werde sich bei Juliana für ihn verwenden. In diesem Punkt war sie genauso dickfellig wie Isabel. Um die Bewunderung der Weiblichkeit im Haus zu erregen, lernte Diego neue Kunststücke mit brennenden Kerzen und konnte sie bald nicht mehr nur mit der Peitsche löschen, sondern auch mit einem Degenstreich teilen, ohne daß die Flamme flackerte oder der abgetrennte Teil zu Boden fiel. Er versenkte sich in die von Galileo Tempesta gelernten Wissenschaften und vollbrachte wahre Wunder mit den Karten. Außerdem jonglierte er mit brennenden Fackeln und befreite sich ohne fremde Hilfe aus einer mit einem Vorhängeschloß gesicherten Truhe. Wenn ihm die Tricks ausgingen, versuchte er seine Angebetete mit seinen Abenteuern zu beeindrucken und ging so weit, ihr Dinge zu erzählen, von denen zu schweigen er Maestro Manuel Escalante und Bernardo versprochen hatte. In einem schwachen Moment deutete er sogar an, er gehöre zu einem Geheimbund, in den nur sehr wenige handverlesene Männer Aufnahme fänden. Sie beglückwünschte ihn und glaubte, er spräche von einer dieser Studentenkapellen, die durch die Straßen zogen und romantische Lieder spielten. Dabei war Juliana nicht verächtlich zu ihm, denn sie schätzte ihn sehr, noch boshaft, wozu sie unfähig war, sondern nur geistesabwesend in der Welt ihrer Romane versunken. Sie wartete auf den tapferen und tragischen Helden aus ihren Büchern, der sie aus dem täglichen Einerlei erlösen würde, und kam nie auf den Gedanken, dieser Held könnte Diego de la Vega sein. Rafael Moncada war es auch nicht.

Unterdessen wandelte sich die politische Lage in Spanien. Mit jedem Tag wurde das Ende des Krieges absehbarer. Eulalia de Callís bereitete sich ungeduldig auf diesen Moment vor, während ihr Neffe im Ausland neue Geschäfte abschloß. Die Malaria löste das Problem mit Moncada für Juliana nicht, und im November 1813 kehrte er reicher denn je nach Hause zurück, weil seine Tante seinen Anteil am Süßwarengeschäft beträchtlich erhöhte. Er hatte in den bedeutendsten Salons der europäischen Hauptstädte Erfolge gefeiert und war in den Vereinigten Staaten sogar mit Thomas Jefferson zusammengetroffen, den er auf die Idee brachte, in Virginia Kakao anzubauen. Kaum hatte er sich vom Staub der Reise befreit, setzte er sich mit Tomás de Romeu in Verbindung, um erneut um Julianas Hand anzuhalten. Seit Jahren wartete er auf eine Antwort von ihr und würde sich nun nicht länger vertrösten lassen. Zwei Stunden nach seinem Gespräch mit Moncada bestellte Tomás seine Tochter in die Bibliothek, in der er den größten Teil seiner Angelegenheiten regelte und seine existentiellen Zweifel mit einem Gläschen Cognac verscheuchte, und überbrachte ihr das Anliegen ihres Verehrers.

»Es wird Zeit für dich zu heiraten, mein Kind. Die Uhr steht für niemanden still«, sagte er. »Rafael Moncada ist ein seriöser Ehrenmann und wird nach dem Tod seiner Tante einer der reichsten Männer Kataloniens sein. Du weißt, ich beurteile die Menschen nicht nach ihren pekuniären Verhältnissen, doch muß ich an eure Sicherheit denken.«

»Für eine Frau ist eine unglückliche Ehe schlimmer als der Tod, Vater. Es gibt kein Entrinnen. Einem Mann gehorchen und dienen zu müssen ist grauenvoll ohne Vertrauen und Zuneigung.«

»Nach der Hochzeit entwickelt sich beides, Juliana.«

»Nicht immer. Und wir müssen doch Eure Bedürfnisse und meine Pflicht bedenken. Wer soll Euch pflegen, wenn Ihr alt seid? Isabel ist dafür nicht geschaffen.«

»Um Himmels willen, Juliana! Es hat mir nie vorgeschwebt, daß meine Töchter sich im Alter meiner annehmen. Was ich mir wünsche, sind Enkel und daß ich euch beide in guten Verhältnissen weiß. Ohne diese Gewißheit könnte ich nicht ruhig sterben.«

»Vielleicht ist Rafael Moncada nicht der Richtige für mich. Ich kann mir keine Nähe mit ihm vorstellen«, flüsterte Juliana errötend.

»Da, also da geht es dir wie anderen jungen Mädchen. Welches tugendhafte Kind könnte sich das vorstellen?« stammelte Tomás de Romeu, der ebenso peinlich berührt war wie seine Tochter.

Er hatte nie gedacht, mit seinen Töchtern über diese delikate Angelegenheit sprechen zu müssen. Zu gegebener Zeit, so glaubte er, werde Nuria ihnen schon das Nötige erklären, auch wenn die Gouvernante in dieser Hinsicht wohl ebenso unbedarft war wie die Mädchen. Er ahnte nicht, daß Juliana mit Agnès Duchamp über diese Dinge sprach und durch ihre Liebesromänchen recht gut im Bilde war.

»Gebt mir noch etwas Zeit, Vater«, bat Juliana.

Tomás de Romeu vermißte seine verstorbene Frau wie nie zuvor, denn als Mutter hätte die mit Weisheit und starker Hand eine Entscheidung herbeizuführen gewußt. Er war des Hin und Hers müde. Er bat Rafael Moncada um einen weiteren Aufschub, und dem blieb nichts übrig, als ihn zu gewähren. Dann hieß er Juliana, die Sache zu überschlafen, und sagte, wenn sie sich binnen zwei Wochen nicht entschieden hätte, werde er Moncada seine Einwilligung geben und damit Schluß. Dies sei sein letztes Wort, doch seine Stimme klang nicht fest. Moncada so lange hinzuhalten kam bereits einer persönlichen Herausforderung gleich, in den erlesensten Salons wie in den Höfen der Dienstboten sprach man bereits davon, daß diese junge Frau ohne Titel und Vermögen die beste Partie Barcelonas demütige. Falls seine Tochter sich weiter bitten ließe, stand ihm ein ernsthafter Streit mit Rafael Moncada ins Haus, doch sie hätte die Sache wohl weiter verschleppt, wäre nicht etwas Denkwürdiges vorgefallen, wodurch sich die Ereignisse überstürzten.

An jenem Tag waren die Töchter De Romeu mit Nuria unterwegs, um Almosen zu verteilen, wie sie das jeden ersten Freitag im Monat taten. Offiziell sprach man von eintausendfünfhundert Bettlern in der Stadt, doch daneben gab es mehrere Tausend Arme und Bedürftige, die zu zählen sich niemand die Mühe machte. Seit nunmehr fünf Jahren konnte man Juliana am immer gleichen Tag zur immer gleichen Stunde in Begleitung der steifen Gestalt ihrer Gouvernante beim Besuch der Armenhäuser sehen. Aus Anstand und um nicht protzig zu wirken, hüllten sie sich von Kopf bis Fuß in dunkle Mäntel und Mantillen und durchquerten die Armenviertel zu Fuß; Jordi wartete mit der Kutsche an einem nahe gelegenen Platz und tröstete sich mit einer Flasche Schnaps über die öden Stunden des Nichtstuns hinweg. Der Rundgang dauerte den ganzen Nachmittag, da Juliana nicht nur den Armen ihre Unterstützung brachte, sondern auch die Nonnen in den Waisenhäusern besuchte. Seit Anfang des Jahres war auch Isabel dabei, die sich mit ihren fünfzehn Jahren nun, wie Nuria sagte, der tätigen Nächstenliebe widmen sollte, anstatt ihre Zeit mit dem Ausspähen von Diego oder Duellen gegen sich selbst vor dem Spiegel zu vergeuden. Sie mußten durch schmale Gassen in bitterarmen Vierteln laufen, in denen selbst die Katzen immer auf der Hut waren, um nicht gefangen und als falscher Hase verhökert zu werden. Juliana nahm diese heroische Buße mit vorbildlicher Haltung auf sich, aber Isabel machte das krank, nicht nur, weil es sie grauste vor den schwärenden Wunden und Furunkeln, den Lumpen und Krücken, den zahnlosen Mündern und den von der Syphilis zerfressenen Nasen all dieser Unglücklichen, denen sich ihre Schwester mit solch missionarischer Hingabe widmete, sondern weil ihr diese Art der Wohltätigkeit wie Hohn erschien. Was sollten die Münzen in Julianas Säckel denn ausrichten gegen all das Elend? »Sie sind besser als nichts«, war Julianas Antwort.

Sie waren vor einer halben Stunde aufgebrochen und hatten erst ein Waisenhaus besucht, als ihnen an einer Ecke drei schurkige Gestalten den Weg verstellten. Die drei trugen ihre

Hüte tief in die Stirn gezogen und hatten sich Tücher über die Nase gebunden, so daß man kaum mehr als ihre Augen erkennen konnte. Trotz des amtlichen Verbots, Umhänge zu tragen, war der größte von ihnen in eine Decke gehüllt. Es war die schläfrige Stunde der Siesta, und die Straßen der Stadt lagen wie ausgestorben. Zu beiden Seiten der Gasse ragten die dicken Mauern einer Kirche und eines Klosters auf, nicht eine Tür weit und breit, hinter die man sich hätte flüchten können. Nuria schrie entsetzt auf, aber da traf sie ein Schlag ins Gesicht, sie stürzte hin und verstummte. Isabel spähte nach allen Seiten, ob nicht von irgendwo Hilfe käme, und Juliana versuchte, den Almosensäckel unter ihrem Mantel zu verbergen. Doch einer der Männer entriß ihn ihr, und ein zweiter griff eben nach ihren Perlenohrringen, als plötzlich Hufgetrappel laut wurde, und er herumfuhr. Isabel schrie aus voller Kehle, und im nächsten Augenblick tauchte wie vom Himmel geschickt kein Geringerer als Rafael Moncada auf. In einer so dicht bevölkerten Stadt grenzte sein Erscheinen fast an ein Wunder. Ein Blick genügte Moncada, hastig zog seinen Degen und preschte auf die drei finsteren Halunken zu. Zwei von ihnen empfingen ihn mit gezückten Krummsäbeln, wichen jedoch vor seinem Degen und seinem tollkühnen Gebaren zurück. Riesig und edel sah er aus auf seinem Roß, mit seinen schwarzglänzenden Stiefeln in den silbernen Steigbügeln, der hellen, hautengen Hose, dem dunkelgrünen Samtrock mit den Aufschlägen aus Astrachanfell und der langen Klinge mit der Glocke aus ziselierten Gold. Von oben hätte er mehr als einen seiner Gegner ohne Federlesen zur Strecke bringen können, doch er schien seine Überlegenheit zu genießen. Unablässig piesackte er seine Widersacher, die seinen Hieben keuchend auswichen. Vom Lärm erschreckt, stieg Moncadas Pferd, und einen Moment sah es aus, als werde es seinen Reiter abwerfen, aber der hatte im Nu das Gleichgewicht wiedergefunden. Mit seinem wilden Lächeln auf den Lippen und dem flirrenden Degen in der Luft hätte er die zentrale Figur auf einem Schlachtengemälde abgeben können. Mit einer Hand führte er das erschrocken wiehernde

Pferd wie in einem bizarren und gewalttätigen Tanz mitten zwischen die gezückten Krummsäbel, die er mit der freien Hand in Schach hielt, so daß sie nicht wagten, in die Reichweite seines Degens vorzustoßen. Nuria hatte ihre Stimme wiedergefunden und schrie jetzt zusammen mit Isabel, und schon liefen die ersten Leute herbei, hielten sich indes in sicherer Entfernung, als sie die im gleißenden Sonnenlicht blitzenden Klingen sahen. Ein Junge rannte los, um die Wachtmeister zu rufen, aber man durfte kaum hoffen, daß er beizeiten zurück wäre. Isabel nutzte das Durcheinander, riß dem Mann mit der Decke den Säckel aus der Hand, packte ihre Schwester und Nuria am Arm und wollte sie fortziehen, aber die beiden standen starr, als hätten sie im Pflaster Wurzeln geschlagen. Der Kampf dauerte nur wenige Minuten, die jedoch kein Ende nehmen wollten wie in einem schlimmen Traum, bis Rafael Moncada einem der Männer schließlich den Säbel aus der Hand schlug und den dreien schwante, daß sie ihre Haut retten mußten. Moncada machte Anstalten, sie zu verfolgen, als er jedoch die aufgelösten Frauen sah, sprang er vom Pferd und eilte, ihnen zu helfen. Ein roter Fleck breitete sich auf dem Stoff seiner weißen Hose aus. Zitternd wie ein Kaninchen flüchtete Juliana in seine Arme.

»Ihr seid verwundet!« rief sie, als sie das Blut an seinem Bein gewahrte.

»Nur ein Kratzer.«

Das war der Aufregung zu viel für sie. Ein Flimmern vor den Augen, ihre Knie wurden weich, doch ehe sie fallen konnte, hatten Moncadas aufmerksame Arme sie schon hochgehoben. Ungehalten knirschte Isabel, diese Ohnmacht ihrer Schwester habe gerade noch gefehlt: Jetzt sei das Bild ja komplett. Moncada überhörte die Spitze und trug Juliana etwas hinkend, doch ohne zu wanken, auf den Platz. Nuria und Isabel kamen hinter ihm her und führten sein Pferd am Zügel, umringt von einer Traube Schaulustiger, von denen jeder seine eigene Meinung über das Vorgefallene kundtat und partout das letzte Wort haben wollte. Jordi sah die Prozession kommen, sprang vom Bock und half Moncada, Juliana in die Kutsche zu betten. Allgemeiner Applaus hob an. Der art bühnenreife und romantische Szenen bekam man in den Straßen Barcelonas nur selten zu sehen; man würde tagelang etwas zu reden haben. Zwanzig Minuten später erreichte Jordi, gefolgt von Moncada zu Pferd, den Hof des Hauses De Romeu. Juliana war in Tränen aufgelöst, Nuria zählte mit der Zunge ihre von dem Hieb wacklig gewordenen Zähne nach und Isabel umklammerte schäumend vor Wut den Almosen säckel.

Tomás de Romeu hatte sich weder von Moncadas altehr würdiger Abstammung über die Maßen beeindruckt gezeigt da er hoffte, der Adelsstand werde demnächst vom Antlitz der Welt verschwinden, noch von dessen Vermögen, denn er war ein von Herzen freigebiger Mensch, doch als er hörte dieser Mann, der so viel Geringschätzung von seiten Julianas erduldet hatte, habe sein Leben aufs Spiel gesetzt, um seine Töchter vor einem unwiderruflichen Schaden zu bewahren rührte ihn das zu Tränen. Obwohl er von sich behauptete Atheist zu sein, war er mit Nuria vollkommen einer Mei nung, daß die göttliche Vorsehung Moncada eben rechtzeitig geschickt hatte, den dreien beizustehen. Er drängte den Hel den des Tages, sich hinzulegen, und wollte Jordi nach einem Arzt schicken, der seine Wunde versorgte, aber Moncada zog es vor, sich diskret zu empfehlen. Nur sein Atem ging etwa stoßweise, sonst verriet nichts, daß er Schmerzen hatte. Alle waren hingerissen davon, wie mannhaft er die Verletzung er trug und wie mutig er der Gefahr getrotzt hatte. Einzig Isabel ließ keinerlei Dankbarkeit erkennen. Anstatt sich dem Ge fühlsüberschwang ihrer Familie anzuschließen, erlaubte sie sich, einigemal verächtlich mit der Zunge zu schnalzen, was sehr übel aufgenommen wurde. Ihr Vater schickte sie auf ihr Zimmer und sagte, sie solle sich erst wieder blicken lassen wenn sie bereit sei, sich für ihr liederliches Benehmen zu ent schuldigen.

Diego mußte Geduld heucheln, während ihm Juliana den Überfall haarklein beschrieb und ihm ausmalte, was alle hätte passieren können, wäre der Retter nicht beizeiten zur Stelle gewesen. Sie hatte nie zuvor in einer solchen Gefahr geschwebt, und Rafael Moncada wuchs in ihren Augen und wurde mit Vorzügen versehen, die sie bisher nicht gewahrt hatte: Er war stark und schön, hatte ebenmäßige Hände und eine Mähne gewellten Haares. Ein Mann mit schönen Haaren ist hienieden vom Glück begünstigt. Plötzlich fiel Juliana sogar auf, daß Moncada dem beliebtesten Stierkämpfer Spaniens ähnlich sah, einem schmucken Jungen aus Córdoba mit langen Beinen und feurigem Blick. Er war gar nicht so übel, dieser Verehrer. Dennoch bekam sie von der Erinnerung an dieses schreckliche Gefecht Fieber und ging früh zu Bett. Am Abend kam der Arzt und gab ihr Baldrian, nachdem er Nuria, deren geschwollenes Gesicht einem Kürbis glich, Arnikakügelchen verabreicht hatte.

Da er seine Schöne beim Abendessen nicht sehen würde, zog auch Diego sich in seine Gemächer zurück, wo Bernardo auf ihn wartete. Für die Mädchen ziemte es sich nicht, den Flügel des Hauses zu betreten, in dem die Jungen schliefen, einzig während Diego seine Schußverletzung am Arm auskurierte, hatte man davon eine Ausnahme gemacht, aber Isabel hatte dieses Verbot nie sehr bekümmert, und sie hielt sich auch sonst nicht immer wörtlich an die Anweisungen ihres Vaters. Obwohl der es ihr untersagt hatte, verließ sie noch am Abend ihr Zimmer und schneite wie so oft unangemeldet bei Diego und Bernardo herein.

»Habe ich nicht gesagt, du sollst anklopfen? Was, wenn ich gerade nackt hier stehe?« beschwerte sich Diego.

»Das würde wohl kaum einen bleibenden Eindruck bei mir hinterlassen«, sagte sie obenhin.

Mit dem überlegenen Lächeln von jemandem, der etwas weiß, das er nicht preiszugeben gedenkt, setzte sie sich auf Diegos Bett und wartete, daß die beiden sie ausfragten, doch Diego sträubte sich aus Prinzip gegen ihre Ränkespielchen, und Bernardo übte gerade Seemannsknoten mit einer Kordel. Eine lange Minute verstrich, bis sie es nicht mehr aushielt und in der anschaulichen Sprache, deren sie sich fern von Nurias

Ohren befleißigte, herausplatzte, wenn ihre Schwester keinen Verdacht gegen Moncada hege, so müsse man annehmen, sie benutze zum Denken ihren Allerwertesten. Die Sache stinke doch wie fauliger Fisch, einer der drei Angreifer sei nämlich Rodolfo gewesen, der Riese aus dem Zirkus. Diego sprang vom Stuhl auf, und Bernardo ließ die Kordel los.

»Bist du sicher?« fragte Diego nach. »Hatten die drei nicht Tücher vor dem Gesicht?«

»Doch, und der war obendrein in eine Decke gehüllt, aber er war riesig, und als ich ihm den Beutel wegriß, habe ich seine Arme gesehen. Sie waren tätowiert.«

»Dann kann es auch ein Seemann gewesen sein. Tätowiert sind viele, Isabel.«

»Er war genauso tätowiert wie der Riese im Zirkus, da bin ich mir sicher, also glaubst du mir besser.«

Daß die Zigeuner in die Sache verwickelt waren, lag damit auf der Hand, und Diego und Bernardo mußten nicht lange darüber grübeln. Sie wußten längst, daß Pelayo und seine Freunde zuweilen kleinere schmutzige Geschäfte für Moncada erledigten, auch wenn sie dafür keine Beweise hatten. Diego war nie so weit gegangen, Pelayo darauf anzusprechen, denn der war trotz ihrer Bekanntschaft verschlossen und hätte sich ihm nicht anvertraut. Und Amalia hatte sich auf seine spitzfindigen Fragen niemals eingelassen; selbst in den Momenten größter Nähe hütete sie die Geheimnisse ihrer Familie. Ohne Beweise und ohne seine eigenen heimlichen Verbindungen zum fahrenden Volk einzuräumen, konnte Diego nicht zu Tomás de Romeu gehen, aber er mußte etwas unternehmen. Isabel hatte recht, er durfte nicht zulassen, daß Juliana Moncada am Ende aus unbegründeter Dankbarkeit heiratete.

Am nächsten Morgen redete Isabel so lange auf ihre Schwester ein, bis die bereit war, sich zusammenzunehmen, aus dem Bett aufstand und mitkam in das Viertel, in dem Amalia für gewöhnlich den Passanten die Zukunft weissagte. Pflichtbewußt stieg auch Nuria in die Kutsche, obwohl ihr Gesicht noch entstellter aussah als am Tag zuvor. Eine Wange war blau angelaufen, und mit ihren dick geschwollenen Lidern ähnelte sie einem Grottenolm. Es dauerte keine halbe Stunde, dann hatten sie Amalia gefunden. Während die Mädchen und Nuria in der Kutsche warteten, beschwor Diego die Zigeunerin mit einer Beredsamkeit, die ihm selbst neu war, sie möge Juliana vor einem schrecklichen Fehler bewahren.

»Ein Wort von dir kann eine Tragödie aufhalten und verhindern, daß ein unbescholtenes Mädchen einen Mann heiratet, den sie nicht liebt und der obendrein ein Schuft ist. Du mußt ihr die Wahrheit sagen«, flehte Diego.

»Ich weiß nicht, wovon du sprichst.«

»Doch, das weißt du. Die Kerle, die sie überfallen haben, gehören zu deiner Familie. Einer davon war Rodolfo, das weiß ich. Ich glaube, Moncada hat die Szene arrangiert, damit er vor den Mädchen De Romeu den Helden spielen kann. Das war doch eine abgekartete Sache«, beharrte Diego.

»Bist du in sie verliebt?« fragte Amalia ohne Boshaftigkeit.

Überrumpelt mußte Diego die Wahrheit eingestehen. Amalia nahm seine Hände, betrachtete sie rätselhaft lächelnd, befeuchtete dann ihren Zeigefinger mit Spucke und zeichnete ihm ein Kreuz in jede Handfläche.

»Was tust du da?« Diego zuckte zurück. »Ist das irgendein Fluch?«

»Eine Weissagung. Du wirst sie niemals heiraten.«

»Soll das heißen, daß Juliana Moncada nimmt?«

»Das weiß ich nicht. Ich werde tun, worum du mich bittest, aber mach dir keine Hoffnung, denn diese Frau wird ihr Schicksal erfüllen müssen wie du das deine, und nichts von dem, was ich sage, kann den Willen der Vorsehung ändern.«

Amalia stieg in die Kutsche, nickte Isabel zu, die sie schon manchmal in Begleitung von Bernardo und Diego gesehen hatte, und setzte sich vor Juliana hin. Angstvoll hielt Nuria den Atem an, denn sie war überzeugt, daß die Zigeuner Nachfahren Kains und allesamt Diebe waren. Juliana schickte ihre Gouvernante und Isabel weg, und grummelnd verließen die beiden die Kutsche. Als die zwei Frauen allein waren, sahen sie einander lange schweigend an. Amalia unterzog Juliana einer strengen Musterung: das ebenmäßige Gesicht, eingerahmt von schwarzen Locken, die grünen Katzenaugen, der schlanke Hals, die Stola und der Hut aus Pelz, die feinen Lammlederstiefel. Juliana wiederum betrachtete die Zigeunerin voller Neugier, denn sie hatte nie eine aus solcher Nähe gesehen. Hätte sie Diego geliebt, ihr Instinkt hätte sie gewarnt, daß sie eine Rivalin vor sich hatte, aber auf diesen Gedanken kam sie nicht. Sie mochte Amalias rauchigen Geruch, ihr Gesicht mit den betonten Wangenknochen, ihre weiten Röcke, das Klimpern ihrer silbernen Armreifen. Wunderschön sah sie aus. Juliana ließ ihrem Gefühl freien Lauf, streifte ihre Handschuhe ab, umfaßte Amalias Hände und sagte schlicht: »Danke, daß Ihr mit mir sprecht.« So ungezwungen herzlich war diese Geste, daß Amalia eine Grundregel ihres Volkes zu brechen bereit war und sich dieser Fremden anvertraute, obwohl das ihren Clan in Gefahr bringen konnte. In knappen Worten schilderte sie Moncadas dunkle Seite, eröffnete Juliana, der Überfall sei in der Tat geplant gewesen, für sie und ihre Schwester hätte nie wirklich eine Gefahr bestanden, der Fleck auf Moncadas Hose stammte nicht von einer Wunde, sondern von einem Stück Darm, das sie mit Hühnerblut gefüllt hätten. Hin und wieder, sagte sie, erledigten einige Männer aus ihrer Familie Aufträge für Moncada, Kleinigkeiten zumeist, nur sehr selten hätten sie sich etwas Ernstes zuschulden kommen lassen wie den Überfall auf Graf Orloff. »Wir sind keine Verbrecher«, sagte sie und fügte hinzu, es tue ihr leid, daß der Russe und Nuria verletzt worden seien, Gewalt sei in ihrem Stamm eigentlich verboten. Zu guter Letzt gestand sie ein, daß Pelayo das nächtliche Ständchen gesungen habe, weil Moncada bloß fiepen könne wie ein Gimpel. Juliana hörte sich alles wortlos bis zum Ende an. Sie nickte Amalia zum Abschied zu, und als die Zigeunerin aus der Kutsche gestiegen war, brach sie in Tränen aus.

Noch am selben Abend empfing Tomás de Romeu Rafael Moncada zu einem förmlichen Besuch bei sich zu Hause, nachdem dieser in einem kurzen Billett mitgeteilt hatte, er habe sich von seinem Blutverlust erholt und wünsche, Juliana seine Aufwartung zu machen. Am Morgen hatte ein Diener einen Blumenstrauß für sie und ein Kistchen Mandelnougat für Isabel gebracht, hübsche und keineswegs protzige Aufmerksamkeiten, wie Tomás zugunsten des Kavaliers bemerkte. Moncada erschien in untadelig elegantem Putz und auf einen Gehstock gestützt. Tomás erwartete ihn im großen Salon des Hauses, den er zu Ehren des künftigen Schwiegersohns hatte abstauben lassen, bot dem Gast Sherry an und bedankte sich, nachdem sie Platz genommen hatten, noch einmal für dessen glückliches Eingreifen. Dann ließ er seine Töchter rufen. Juliana betrat den Raum in einem Nonnengewand, das einem solch wichtigen Treffen wenig angemessen war. Sie sah fahlgesichtig aus, und Isabel hielt sie mit funkelnden Augen und einem spöttischen Zug um den Mund am Arm gepackt, als müßte sie Juliana hinter sich herzerren. Rafael Moncada glaubte, deren zerstörtes Äußeres sei eine Folge der Aufregung. »Nach dieser rohen Behandlung, die Ihr erlitten habt, nimmt es nicht wunder...«, schaffte er eben noch zu sagen, ehe ihm Juliana ins Wort fiel und mit zitternder Stimme, jedoch mit eherner Entschlossenheit verkündete, lieber werde sie sterben, als ihn zu heiraten.

Nach Julianas entschiedenem Nein empfahl sich Rafael Moncada alsbald kreidebleich, vergaß dabei jedoch nicht seine guten Manieren. Mit seinen siebenundzwanzig Jahren war er schon manchmal auf Hindernisse gestoßen, gescheitert war er noch nie. Und auch jetzt dachte er nicht daran, sich geschlagen zu geben, noch hatte er einige Trümpfe in der Hinterhand, immerhin war er gesellschaftlich angesehen, hatte Vermögen und Verbindungen. Er unterließ es, Juliana nach ihren Gründen zu fragen, denn er ahnte, daß etwas an seiner Strategie gründlich mißlungen war. Sie wußte mehr, als ihm lieb sein konnte, und er durfte nicht riskieren, daß sie ihn bloßstellte. Wenn Juliana aber den Verdacht hegte, daß der Überfall auf der Straße eine Farce gewesen war, so konnte das nur einen Grund haben: Pelayo. Sicher war dieser Kerl nicht so weit gegangen, ihn zu verraten, davon hätte er nichts gehabt, aber womöglich hatte er seine Zunge nicht gehütet. In dieser Stadt ließ sich nichts lange geheimhalten; die Dienstboten formten ein Nachrichtennetz, das schneller arbeitete als die französischen Spitzel der Ciudadela. Wenn auch nur einer der Beteiligten eine falsche Bemerkung hatte fallenlassen, so konnte das Juliana schon zu Ohren gekommen sein. Die Zigeuner hatte er einige Male ebendeshalb mit Aufträgen betraut, weil sie hier nicht verwurzelt waren, sie kamen und gingen, verkehrten nicht mit Leuten außerhalb ihrer Sippe, hatten weder Freunde noch Bekannte in Barcelona und waren aus der Not heraus verschwiegen. Durch seine Reise nach Übersee war seine Verbindung zu Pelayo abgerissen, und da hatte ihn in gewisser Weise erleichtert. Es war ihm nicht wohl dabei, diese Leute zu kennen. Nach seiner Rückkehr hatte er geglaubt, er könne ein neues Kapitel beginnen, die kleinen Sünden der Vergangenheit vergessen und sauber noch einmal anfangen, sich fernhalten von jener Unterwelt und ihren gedungenen Gaunern, aber seine guten Vorsätze waren schon nach wenigen Tagen beim Teufel. Als Juliana um weitere zwei Wochen Aufschub bat, weil sie seinen Antrag überdenken wollte, hatte ihn, der sich brüstete, selbst die Monstren seiner schweren Nächte zu zähmen, schiere Angst gepackt. Von seiner Reise hatte er Juliana mehrere Briefe geschickt, die sie nicht beantwortet hatte. Er hatte ihr Schweigen für Schüchternheit gehalten, denn Juliana war zwar in einem Alter, in dem andere Frauen bereits Mutter waren, wirkte indes sehr unerfahren. Eben diese Unschuld machte sie in seinen Augen so wertvoll, denn hätte er sie erst erobert, so würde sie ihm mit Leib und Seele gehören. Doch seine Gewißheit wankte, als sie ihn neuerlich hinhielt, und da entschied er, den Druck zu erhöhen. Eine romantische Tat, wie sie in ihren Liebesromanen allenthalben vorkamen, würde sein Anliegen am besten befördern, doch konnte er nicht warten, daß sich die Gelegenheit von selbst bot, er würde nachhelfen müssen. Er würde bekommen, was er wollte, ohne jemandem zu schaden; eigentlich war das kein Betrug, denn sollte Juliana – oder ede andere unbescholtene Frau – tatsächlich auf der Straße überfallen werden, würde er ihr zweifellos sofort zu Hilfe eilen. Pelayo brauchte von all diesen Überlegungen natürlich nichts zu wissen, er gab ihm nur einige Anweisungen, und die wurden reibungslos befolgt. Aber die Szene währte kürzer als geplant, weil die drei Angreifer sofort Fersengeld gaben, als ihnen schwante, daß mit Moncadas Degen nicht zu spaßen war. Er hatte sich nicht mit dem vorgesehenen dramatischen Glanz ins Bild setzen können, weshalb es ihm nur recht und billig schien, Pelayo noch einmal herunterzuhandeln, als der zum Kassieren kam. Sie hatten sich gestritten, und der Zigeuner gab schließlich klein bei, aber für Rafael Moncada blieb ein bitterer Nachgeschmack; der Mann wußte zu viel und konnte der Versuchung erliegen, ihn zu erpressen. Daß ein solches Subjekt ohne Moral und Gesetz Macht über ihn hatte, war ungeheuerlich. Er mußte ihn schleunigst loswerden, ihn und seine ganze Sippschaft.

Bernardo kannte das engmaschige Netz der Gerüchte, das Leute wie Moncada so sehr fürchteten, zur Genüge. Durch sein Grabesschweigen, seine indianische Würde und seine stete Hilfsbereitschaft hatte er sich viele Freunde gemacht unter den Stauern im Hafen, den Marktfrauen, den kleinen Handwerkern im Viertel, unter den Kutschern, Dienern und Hausmädchen in Diensten der wohlhabenden Familien. Er hörte sich an, was man so redete, schied Nützliches von Entbehrlichem und bewahrte alles in seinem formidablen Gedächtnis wie in einem großen, allzeit zugänglichen Archiv. Mit Joanet, einem von Moncadas Dienern, hatte er ja bereits im Hof von Eulalia de Callís Bekanntschaft geschlossen, in jener Nacht, als Moncada ihn mit seinem Stock schlug und Graf Orloff überfallen worden war. Seither hatte er sich zuweilen bei ihm blicken lassen und so Moncada aus der Ferne im Auge behalten. Der Diener war ein rechter Schafskopf und verachtete jeden, der nicht Katalane war, machte bei Bernardo jedoch eine Ausnahme, denn der hörte ihm zu, ohne ihn zu unterbrechen, und getauft war er auch. Nachdem Amalia die Geschäfte zwischen ihrer Familie und Moncada eingeräumt hatte, entschloß sich Bernardo, dem hohen Herrn etwas genauer auf den Zahn zu fühlen. Er besuchte Joanet und brachte ihm eine Flasche vom besten Cognac aus Tomás de Romeus Vorrat mit, die Isabel ihm besorgt hatte, als sie erfuhr, sie werde für selbstlose Zwecke verwendet. Joanet bedurfte des edlen Brandes nicht, damit seine Zunge sich löste, bedankte sich aber gleichwohl und erzählte Bernardo schon bald die neuesten Neuigkeiten: Er selbst hatte dem Kommandanten der Ciudadela gerade ein Schreiben seines Herrn überbracht, in dem eine Gruppe Zigeuner beschuldigt wurde, Waffen in die Stadt zu schmuggeln und gegen die Regierung zu konspirieren.

»Dieses Zigeunerpack ist für immer verflucht, sie haben die Nägel für das Kreuz vom Herrn Jesus gemacht. Auf den Scheiterhaufen gehören sie, allesamt, ohne Gnade, sage ich« war Joanets Schlußfolgerung.

Bernardo wußte, wo er Diego um diese Stunde finden würde. Sofort machte er sich auf den Weg zu dem brachliegenden Feld vor den Stadtmauern Barcelonas, wo die speckigen Zelte und windschiefen Karren der Zigeuner standen. In den drei Jahren, seit sie hier lebten, hatte ihr Lager das Aussehen eines Dorfes aus Lumpen angenommen. Nachdem Amalia der Hinrichtung durch die Franzosen entronnen war, hatte sie ihre heimlichen Treffen mit Diego nicht wieder aufgenommen, da sie fürchtete, ihr Glück für immer zu verspielen. Ihre Rettung bewies zur Genüge, daß der Geist ihres Mannes Ramón aus dem Jenseits über sie wachte. Sie durfte ihn nicht erzürnen, indem sie sich diesem jungen Gadje hingab. Als Diego ihr seine Liebe zu Juliana gestand, fand sie ihre Entscheidung bestätigt, denn nicht nur sie war der Erinnerung an den Verstorbenen untreu gewesen, sondern auch er diesem keuschen Mädchen. Aber genau wie Bernardo vermutet hatte, war Diego in das Zigeunerdorf gegangen, um seinen Freunden beim Aufbau des Zirkuszelts zu helfen, das an diesem Sonntag nicht wie sonst auf einem Platz in der Stadt, sondern gleich dort an Ort und Stelle errichtet werden sollte. Die Vorstellung würde um vier Uhr am Nachmittag

216

sein, und noch hatten sie einige Stunden für die Vorbereitungen. Diego zog gerade zusammen mit anderen die Zeltplanen stramm und sang dabei eines der Lieder, die er von den Matrosen der Madre de Dios gelernt hatte. Er konnte Bernardos Gedanken schon aus der Ferne erspüren und mußte nicht in dessen düstere Miene sehen, um zu wissen, daß etwas passiert war. Er wurde aschfahl, als Bernardo ihm erklärte, was er von Joanet wußte, und sofort trommelte er die Leute zusammen.

»Ihr seid alle in großer Gefahr. Es ist ein Wunder, daß man euch noch nicht verhaftet hat«, sagte er.

»Die kommen bestimmt während der Vorstellung, wenn wir alle hier sind und Publikum da ist. Es sollen möglichst viele mitkriegen, wenn die Franzosen durchgreifen, das hält die Leute klein, und wenn es gegen uns geht, um so besser«, sagte Rodolfo.

Sie riefen die Kinder vom Spielen, holten ihre Pferde, packten stumm und mit wenigen, in Jahrhunderten der Verfolgung und des Nomadenlebens geübten Handgriffen ihre unentbehrlichsten Habseligkeiten zusammen, saßen auf und waren binnen einer halben Stunde in Richtung Berge verschwunden. Ehe er ihnen Lebewohl sagte, bat Diego sie, am folgenden Tag um die Mittagszeit jemanden in die Kathedrale im Gotischen Viertel zu schicken. »Ich habe noch etwas für euch«, sagte er und auch, daß er versuchen werde, die Soldaten hinzuhalten, um ihnen einen Vorsprung zu verschaffen. Die Zigeuner hatten alles verloren. Verlassen blieb das Lager mit dem traurigen Zirkuszelt zurück, die Karren ohne Pferde, die noch schwelenden Kochstellen, die Schlafzelte, ein Tohuwabohu von Kochgeschirr, Matratzen und Kleidern. Diego und Bernardo hatten sich unterdessen als Clowns kostümiert und riefen mit Trommelwirbeln in den nahegelegenen Gassen das Publikum zusammen, das hinter ihnen her zum Zirkuszelt zog. Rasch waren genug Menschen unter dem Zelt versammelt, und die Vorstellung konnte beginnen. Ungeduldige Pfiffe empfingen Diego, der in seiner Zorroverkleidung, mit Maske und Schnurrbart, die Manege betrat, drei brennende Fackeln in die Luft warf, sie auffing und immer wieder zwischen seinen Beinen und hinter dem Rücken von einer Hand in die andere wandern ließ. Das Publikum schien nicht sehr beeindruckt, und erstes Murren wurde laut. Bernardo nahm die Fackeln entgegen, und Diego bat im Publikum um einen Freiwilligen für eine Nummer von höchster Spannung, wie er versicherte. Ein muskelbepackter Seemann trat trotzig vor und baute sich, wie ihm geheißen, in fünf Schritt Entfernung mit einer brennenden Zigarre im Mund vor Diego auf. Diego knallte mehrere Male mit der Peitsche auf den Boden, ehe er einen präzisen Schlag führte. Das Zischen vor seiner Nase trieb dem Seemann die Zornesröte ins Gesicht, als die Zigarre aber durch die Luft flog, ohne daß das Leder seine Haut gestreift hatte, johlte er vor Lachen, und die Zuschauer lachten mit. Plötzlich fiel jemandem diese Geschichte ein, die vor einiger Zeit in der Stadt die Runde gemacht hatte, über einen gewissen schwarzgekleideten Maskierten, der sich Zorro nannte und es gewagt hatte, den Chevalier des Nachts aus dem Bett zu holen, damit der irgendwelche Geiseln freiließ. Zorro ... der Fuchs? ... welcher Fuchs? Das Getuschel wurde lauter, und jemand zeigte mit dem Finger auf Diego, der sich tief verbeugte, mit einem Satz bei den Seilen war und hinauf zum Trapez kletterte. Bernardo gab ihm eben das Zeichen, da hörte er draußen Hufe. Er war vorbereitet. Er rollte sich über den Holm, fand mit den Füßen Halt und schwang nun über den Köpfen des Publikums durch die Luft.

Fast im selben Moment drang ein Trupp französischer Soldaten mit aufgepflanzten Bajonetten hinter einem drohend blaffenden Offizier in das Zelt ein. Erschrocken sprangen die Zuschauer auf und drängten zum Ausgang, niemand achtete mehr auf Diego, der sich an einem Seil zur Erde herabließ. Mehrere Schüsse wurden abgefeuert, Panik brach aus, die Zuschauer schrien und schoben, und für die Soldaten war kein Durchkommen. Ehe sie ihn packen konnten, war Diego wie ein Wiesel unter der Zeltplane hindurch ins Freie entwischt und hieb zusammen mit Bernardo die Seile entzwei,

218

lie das Zelt von außen spannten. Das Segeltuch fiel in sich zusammen, und fürs erste waren Zuschauer und Soldaten darunter begraben. Im Nu saßen Diego und Bernardo auf ihren Pferden und preschten im Galopp in die Stadt. Noch im Sattel zog Diego den Umhang aus und wickelte den Hut, die Maske und den Schnurrbart hinein. Die Soldaten würden eine Weile brauchen, bis sie das Zelt abgeschüttelt hatten, erkannten, daß die Zigeuner geflohen waren, und die Verfolgung aufnahmen. Diego wußte, schon am nächsten Tag würde Zorro erneut in aller Munde sein. Der vorwurfsvolle Blick, den Bernardo ihm vom Pferd aus zuwarf, sprach Bände, die Angeberei konnte ihn teuer zu stehen kommen, die Franzosen würden Himmel und Hölle in Bewegung setzen, um diese mysteriöse Gestalt zu finden. Doch zunächst schafften es die beiden ohne Aufsehen in den Hof von Tomás de Romeu, betraten das Haus durch eine Dienstbotentür und saßen kurz darauf mit Juliana und Isabel bei Schokolade und Biskuits. Das Lager der Zigeuner ging eben in Flammen auf. Die Soldaten hatten das Stroh der Manege in Brand gesteckt, und im Handumdrehen fraß sich das Feuer durch die alten Planen und die umstehenden Karren.

Am nächsten Tag setzte sich Diego um die Mittagszeit vor einen Seitenaltar der Kathedrale. Ganz Barcelona sprach wohl schon davon, daß Zorro ein zweites Mal aufgetaucht sei, ihm selbst war das von mehreren Leute zugetragen worden. In einem einzigen Tag hatte der rätselhafte Held die Phantasie des Volkes beflügelt. Lausebengel, die voller Begeisterung ihrem Vorbild nacheiferten, hatten mit dem Messer ein Z in unzählige Mauern geritzt. »Genau, was wir brauchen, Bernardo, viele Füchse, die die Jäger verwirren«, hatte Diego Bernardo zu beruhigen versucht. Die Kirche war um diese Stunde leer, nur zwei Kirchendiener tauschten die welken Blumen am Hauptaltar gegen frische aus. Vom gleißenden Sonnenlicht und dem Lärm der Straße war hier nichts zu spüren, es war schummrig, kühl und still wie in einem Mausoleum. Inmitten steinerner Heiliger saß Diego wartend auf seiner Bank und atmete den unverwechselbaren, metallischen Weihrauchgeruch des Gemäuers ein. Durch die Buntglasscheiben fielen dünne Strahlen farbigen Lichts und tauchten die Madonna zur Linken in unwirklichen Glanz. In der Stille des Augenblicks mußte Diego an seine Mutter denken. Er wußte nicht von ihr, es war, als hätte sie sich in Luft aufgelöst. Weder sein Vater noch Pater Mendoza erwähnten sie je in ihren Briefen und auch von ihr selbst war nie eine Zeile gekommen, und das wunderte ihn zwar, aber er sorgte sich nicht. Er war sich sicher, daß er es in den Knochen spüren würde, wenn ihr etwas zustieße. Nach einer Stunde, als er schon gehen wollte, weil er glaubte, daß niemand mehr käme, erschien wie aus dem Nichts Amalias schlanke Gestalt neben ihm. Sie grüßten sich mit einem Blick, ohne einander zu berühren.

»Was wird jetzt aus euch?« flüsterte Diego.

»Wir verschwinden, bis Gras über die Sache gewachsen ist, man wird uns schnell vergessen.«

»Sie haben das Lager angezündet, ich war vorhin kurz dort, ihr habt alles verloren.«

»Das ist nichts Neues, Diego. Wir sind es gewöhnt, alles zu verlieren, das war nicht das erste Mal und wird nicht das letzte Mal gewesen sein.«

»Sehe ich dich wieder, Amalia?«

»Das weiß ich nicht, ich habe meine Kristallkugel nicht hier«, sagte sie lächelnd und zuckte die Achseln.

Diego gab ihr, was er in den wenigen Stunden hatte zusammentragen können: den größten Teil des Geldes, das sein Vater ihm mit dem letzten Brief geschickt hatte, und alles, was die Mädchen De Romeu hatten auftreiben können, nachdem sie erfahren hatten, was geschehen war. Auch ein verknotetes Taschentuch war dabei.

»Das soll ich dir von Juliana geben. Als Erinnerung.«

Amalia löste den Knoten und fand in dem Tuch ein hauchzartes Diadem aus Perlen, das Diego viele Male an Juliana gesehen hatte, es war ihr wertvollstes Schmuckstück.

»Warum?« fragte sie mit großen Augen.

»Bestimmt, weil du sie davor bewahrt hast, daß sie Moncada heiratet.«

»Das steht noch nicht fest. Vielleicht ist es gleichwohl ihr Schicksal, daß sie ihn heiratet...«

»Niemals!« fuhr Diego auf. »Sie weiß doch jetzt, was für ein Aas er ist.«

»Das Herz ist launisch«, sagte Amalia nur. Sie barg das Geschmeide in einem Beutel zwischen ihren weiten Überröcken, hob die Hand zum Abschied, glitt aus der Bank und verschwand im kühlen Dunkel der Kathedrale. Wenig später lief sie durch die Gassen des Viertels hinunter zur Rambla.

Kurz nach der Flucht der Zigeuner und noch vor Weihnachten kam ein Brief von Pater Mendoza. Der Missionar schrieb alle sechs Monate und berichtete Neues von der Familie und der Mission. So erzählte er etwa, die Delphine seien wieder in der Bucht, der Wein der letzten Lese sei sauer geraten, und Weiße Eule sei in Arrest genommen worden, als sie einen Indianer mit ihrem Stock gegen einen Trupp Soldaten verteidigen wollte, man habe sie aber auf Drängen von Diegos Vater wieder freigelassen. Seither sei sie in der Gegend nicht mehr gesehen worden. Die knappen und lebhaften Berichte vom Alltag daheim gingen Diego näher als die Briefe seines Vaters, die sich wie Moralpredigten voller guter Ratschläge lasen. Sein Vater schlug darin fast denselben Ton an, in dem er früher mit ihm geredet hatte. Diesmal aber war das kurze Schreiben von Pater Mendoza nicht an ihn, sondern an Bernardo adressiert und mit Siegellack verschlossen. Bernardo löste das Siegel mit einem Messer und setzte sich zum Lesen ans Fenster. Diego, der wenige Schritte neben ihm stand, sah, wie Bernardos Gesicht die Farbe wechselte, während seine Augen die eckige Schrift des Missionars überflogen. Er las den Brief zweimal, dann hielt er ihn Diego hin.

Gestern, am 2. August des Jahres 1813, suchte mich eine junge Indianerin vom Stamm von Weiße Eule in der Mission auf. Sie hatte ihren Sohn dabei, der knapp über zwei Jahre alt ist und den sie einfach »Kind« nennt. Ich erbot mich, ihn zu taufen, wie es Gottes Wille ist, und erklärte ihr, daß die Seele dieses unschuldigen Geschöpfs andernfalls in Gefahr ist, denn wenn Gott es zu sich ruft, kann es nicht in den Himmel ge-langen und muß im Fegefeuer ausharren. Die Indianerin ver-weigerte die Taufe. Sie sagte, sie werde auf den Kindsvater warten, damit der ihm einen Namen wählt. Auch wollte sie das Wort Christi nicht hören und nicht in die Mission aufge-nommen werden, wo sie und ihr Kind ein würdiges Leben führen könnten. Ihre Antwort war auch hier dieselbe: Wenn der Kindsvater zurück sei, werde sie eine Entscheidung tref-fen. Ich drängte sie nicht, da ich gelernt habe, geduldig zu warten, bis die Indianer aus eigenem Willen hierherkommen, denn andernfalls ist ihr Übertritt zum wahren Glauben kaum mehr als Tünche. Die Frau heißt Blitz in der Nacht. Gott möge Dich segnen und Deine Schritte leiten, mein Sohn.

Es umarmt Dich in Christus dem Herrn:
Pater Mendoza

Diego gab Bernardo den Brief zurück, und beide schwie-gen, während im Fenster das Licht des Tages erlosch. Bernar-dos Gesicht, mit dem er sonst all seine Gedanken auszu-drücken vermochte, wirkte starr, wie aus Granit gehauen. Er flüchtete zu seiner Flöte und spielte eine traurige Melodie, um Diego keine Erklärungen geben zu müssen, doch der brauchte auch keine, denn er spürte den Herzschlag seines Bruders in der eigenen Brust. Es war Zeit, Abschied zu neh-men. Bernardo konnte nicht weiter in den Tag hinein leben, seine Wurzeln riefen ihn, er wollte zurück und sich seiner neuen Verantwortung stellen. Nie war es ihm wirklich wohl gewesen so fern von daheim. Er hatte über Jahre in dieser steinernen Stadt mit den eisigen Wintern die Tage, hatte die Stunden gezählt, weil er Diego nicht im Stich lassen wollte, aber jetzt konnte er nicht mehr, aus der Leere in seiner Brust war ein klaffender Abgrund geworden. Seine Liebe zu Blitz in der Nacht ertrug keinen Aufschub mehr, dieses Kind war sein Sohn, daran bestand kein Zweifel. Diego nickte und spürte, wie sich eine Klaue um sein Herz schloß, während er stockend und aus ganzer Seele auf die wortlosen Bitten seines Bruders antwortete: Du wirst allein gehen müssen, ich brau-che noch Monate, bis ich meinen Abschluß am Colegio de

Humanidades habe, und vielleicht kann ich in dieser Zeit Juana überzeugen, daß sie meine Frau wird, aber bevor ich mich erkläre und Don Tomás um ihre Hand bitte, muß sie sich von dem Schlag mit Moncada erholen. Verzeih mir, Bernardo, ich bin so selbstsüchtig, ich falle dir schon wieder mit meinen Liebesträumen lästig, und es geht doch um dich. All die Jahre hier habe ich Herrensöhnchen mich vergnügt, und du bist krank gewesen vor Sehnsucht nach Blitz in der Nacht und hast noch nicht einmal gewußt, daß du ein Kind hast. Wie konntest du das ertragen? Ich will nicht, daß du gehst, aber du wirst zu Hause gebraucht, du mußt zurück. Mein Vater und du, ihr hattet recht, Bernardo, unser Weg ist nicht derselbe, ich habe so viele Reichtümer und Privilegien, die du nicht hast. Das ist so ungerecht, wir sind doch Brüder. Eines Tages gehört die Hacienda De la Vega mir, und ich kann dir die Hälfte geben, wie es dir zusteht, aber vorerst bitte ich meinen Vater, daß er dir hilft, damit du dich mit Blitz in der Nacht und deinem Kind niederlassen kannst, wo du willst, ihr müßt nicht in der Mission leben. Solange ich dazu fähig bin, sollt ihr alles zum Leben haben, was ihr braucht, das verspreche ich dir. Warum flenne ich bloß wie ein Kind? Ach, du fehlst mir ja jetzt schon. Was soll ich nur ohne dich anfangen? Du weißt ja nicht, wie sehr ich dich nötig habe, Bernardo.

Weinend fielen sich die beiden um den Hals, zwangen sich aber rasch wieder zum Lachen, denn sie bildeten sich etwas darauf ein, daß sie nicht rührselig waren. Ein Abschnitt ihrer Jugend war zu Ende gegangen.

Bernardo konnte nicht sofort abreisen, wie er es sich gewünscht hätte. Erst im Januar fand er einen Kauffahrer, der ihn nach Amerika bringen würde. Er besaß kaum Geld, aber der Kapitän willigte ein, daß er sich die Überfahrt mit der Arbeit als Matrose verdiente. Er gab Diego zum Abschied einen Brief, in dem stand, er solle sich vor Zorro hüten, nicht nur wegen der Gefahr, entdeckt zu werden, sondern vor allem, weil der sich seiner bemächtigen könne: »Vergiß nicht, daß Du Diego de la Vega bist, ein Mensch aus Fleisch und Blut, dieser Zorro dagegen ist nur eine Ausgeburt Deiner Phantasie.« Das Herz wurde Bernardo schwer, als er Isabel Lebe wohl sagte, sie war ihm lieb geworden wie eine kleine Schwester, und er fürchtete, sie nie mehr wiederzusehen, obwohl sie ihm hundertmal versprach, daß sie nach Kalifornien reisen werde, sobald ihr Vater es erlaubte.

»Wir sehen uns wieder, Bernardo, auch wenn Diego niemals Juliana heiratet. Die Erde ist rund, und wenn ich sie umsegle, stehe ich eines Tages vor deiner Tür«, sagte sie schniefend und wischte sich trotzig die Tränen fort.

Das Jahr 1814 begann voller Hoffnungen für die Spanier. Napoleon war durch seine militärischen Niederlagen in Europa und die interne Situation in Frankreich geschwächt. Im Vertrag von Valençay war Ferdinand VII. der spanische Thron wieder zuerkannt worden, und er schickte sich an, so rasch wie möglich nach Madrid zurückzukehren. Im Januar befahl der Chevalier seinem Haushofmeister, die Einrichtung des Stadtpalasts zusammenzupacken, ein schwieriges Unterfangen, denn es sollte ein Umzug von fürstlichem Gepräge werden. Der Chevalier ahnte, daß Napoleons Tage an der Macht gezählt waren, und damit sah auch er einem ungewissen Schicksal entgegen, denn als Vertrauter des Kaisers würde er in keiner nachfolgenden Regierung eine Zukunft haben. Doch er wollte seine Tochter nicht beunruhigen und sprach ihr von der Reise nach Frankreich wie von einem Aufstieg in seiner Laufbahn: Endlich würden sie heimkehren nach Paris. Agnès fiel ihm glückselig um den Hals. Sie hatte das Leben hier ja so satt, diese düsteren Spanier, die stummen Glocken, die nach der Sperrstunde ausgestorbenen Straßen und vor allem, daß man ihre Equipage mit Unrat bewarf und sie allenthalben geschnitten wurde. Der Krieg war ihr widerlich, die Entbehrungen, die katalanische Kargheit und Spanien überhaupt. Voller Tatendrang stürzte sie sich in die Reisevorbereitungen. Bei ihren Besuchen im Hause De Romeu redete sie wie ein Wasserfall über das gesellschaftliche Leben und die Zerstreuungen in Frankreich. »Ihr müßt mich im Sommer besuchen, dann ist Paris am schönsten. Bis dahin sind Papa

nd ich standesgemäß eingerichtet. Wir werden ganz nahe
beim Louvre wohnen.« Großzügig bot sie auch Diego ihre
Gastfreundschaft an, er könne doch unmöglich nach Kalifornien zurückkehren, ohne Paris gesehen zu haben. Alles
Wichtige entstehe dort, Mode, Kunst, die neuen Ideen, und
die amerikanischen Revolutionäre seien doch auch über Jahre
in Frankreich gewesen. War Kalifornien nicht spanische Kolonie? Ha! Dann müsse man es befreien. Vielleicht würde
Diego in Paris ja von seinen Zimperlichkeiten und Kopfschmerzen genesen und dann ein berühmter Feldherr werden
wie dieser eine in Südamerika, Simon Boulivard oder so ähnlich. Von allen nur »der Befreier« genannt.

Unterdessen saß der Chevalier in der Bibliothek und trank
ein letztes Glas Cognac mit Tomás de Romeu, dem einzigen
Menschen, der in den vielen Jahren in dieser feindseligen
Stadt so etwas wie ein Freund für ihn geworden war. Ohne
ihm strategische Geheimnisse zu verraten, sprach er allgemein über die politische Lage und fragte, ob Tomás nicht mit
seinen Töchtern für eine Weile ins Ausland reisen wolle. Die
Mädchen seien genau im richtigen Alter, um Florenz und Ve-
nedig zu entdecken, und wer immer etwas für Kunst übrig-
habe, müsse diese Städte kennen. Sein Gastgeber sagte, er
werde es sich überlegen, es sei kein schlechter Gedanke, vielleicht werde er im Sommer reisen.

»Der Kaiser hat die Rückkehr Ferdinands VII. nach Spanien erlaubt. Es kann jeden Moment so weit sein. Ich hielte es
für angebracht, wenn Ihr dann nicht hier wärt«, gab der Chevalier zu bedenken.

»Wieso das, Exzellenz? Ihr wißt, wie sehr ich den französischen Einfluß in Spanien begrüße, doch glaube ich, daß die
Rückkehr des Ersehnten den Krieg beenden wird, der nun
schon sechs Jahre wütet, und endlich wieder Ordnung ein-
kehrt. Ferdinand VII. wird die liberale Verfassung von 1812
anerkennen müssen.«

»Das hoffe ich zu Spaniens und zu Eurem Besten, mein
Freund.«

Wenig später brach der Chevalier Duchamp mit seiner

Tochter Agnès nach Frankreich auf. Am Fuß der Pyrenäen wurde der Konvoi seiner Kutschen von einer der letzten noch verbliebenen Guerrillagruppen angegriffen. Die Kämpfer waren wildentschlossen und gut unterrichtet darüber, daß dieser elegante Reisende die graue Eminenz der Ciudadel war, verantwortlich für unzählige Folterungen und Hinrichtungen. Doch ihre geplante Rache schlug fehl, denn der Chevalier wurde von einem Trupp gut bewaffneter Garden eskortiert, der die Angreifer mit schußbereiten Musketen empfing. Mit der ersten Salve lagen etliche Spanier in ihrem Blut und den Rest erledigten die Säbel. Der Zusammenstoß dauerte keine zehn Minuten. Die Überlebenden ergriffen die Flucht und ließen mehrere verwundete Kameraden zurück, die ohne Erbarmen von den Klingen durchbohrt wurden. Der Chevalier, der sich nicht aus seiner Kutsche bewegte und das Geschehen anfangs eher gelangweilt denn beunruhigt verfolgte, hätte das Scharmützel rasch vergessen, wäre Agnès nicht von einem letzten Querschläger verwundet worden. Das Geschoß streifte ihr Gesicht, zerfetzte eine Wange und einen Teil ihrer Nase. Die grauenhafte Narbe sollte ihr Leben verändern. Jahrelang schloß sie sich im Landhaus der Familie in Saint-Maurice ein. Der Verlust ihrer Schönheit machte ihr Gemüt krank, doch mit der Zeit trocknete sie sich die Tränen und las etwas mehr als die Romänchen, die sie mit Juliana de Romeu geteilt hatte. Einen nach dem anderen nahm sie sich die Bände aus der Bibliothek ihres Vaters vor und verlangte nach mehr. Entstellt von jener unheilvollen Kugel, verbrachte sie die einsamen Tage ihrer Jugend mit Büchern über Philosophie, Geschichte und Politik. Schließlich begann sie selbst unter einem männlichen Pseudonym zu schreiben, und heute, viele Jahre später, ist ihr Werk in weiten Teilen der Welt bekannt; doch ist das nicht unsere Geschichte. Kehren wir nach Spanien zurück und in die Zeit, die uns beschäftigt.

Bernardos Warnungen zum Trotz sah sich Diego in diesem Jahr in Ereignisse verstrickt, durch die er endgültig zu Zorro werden sollte. Die französischen Truppen verließen Spanien, die einen zu Schiff, die anderen wälzten sich unter den Ver-

wünschungen und Steinwürfen des Volkes in einem Gewalt-
marsch über Land wie ein massiges Tier. Im März beendete
Ferdinand VII. sein goldenes Exil in Frankreich. Das königliche Gefolge erreichte noch vor April mit dem Ersehnten die
Grenze und betrat in Katalonien spanischen Boden. Damit
war der lange Kampf des Volkes um die Befreiung von der
Besatzung beendet. Die Nation jubelte – überschwenglich
und bedingungslos. Alle, vom Adel bis zum niedrigsten Bauern, ja selbst aufgeklärte Geister wie Tomás de Romeu, sahen
die Rückkehr des Königs mit Freude und vergaßen dabei,
daß sich Ferdinand schon in jungen Jahren als charakterlos
erwiesen hatte. Man unterstellte, dieser mit geistigen Gaben
wenig gesegnete Prinz sei im Exil gereift und nun geheilt von
seinem Argwohn, seiner Engstirnigkeit und seiner Leidenschaft für die höfische Intrige. Man irrte. Ferdinand VII. war
noch immer ein Kleingeist, der überall Feinde witterte und
sich mit Schmeichlern umgab.

Im April mußte Napoleon Bonaparte dem Thron von
Frankreich entsagen. Eine eindrucksvolle Allianz politischer
und militärischer Kräfte hatte den mächtigsten Herrscher
Europas schließlich in die Knie gezwungen. Zu den Aufstän-
den innerhalb der unterworfenen Staaten wie Spanien war
das Bündnis von Preußen, Österreich, Großbritannien und
Rußland gekommen, das sich zu seinem Sturz zusammenge-
funden hatte. Man verkündete ihm seine Verbannung auf die
Insel Elba, seinen nun hohnklingenden Kaisertitel durfte er
jedoch behalten. Tags darauf versuchte er – vergeblich – sich
das Leben zu nehmen.

In Spanien wich der Freudentaumel über die Rückkehr des
Ersehnten binnen weniger Wochen der Angst. Unter dem
Einfluß des Klerus und der konservativsten Kreise in Adel,
Armee und Verwaltung setzte der neue König die Verfassung
von 1812 und die liberalen Reformgesetze außer Kraft und
stieß das Land innerhalb weniger Monate zurück ins Zeital-
ter des Feudalismus. Die Inquisition wurde wieder eingesetzt, Aristokratie, Geistlichkeit und Militär erhielten ihre alten Privilegien zurück, und es begann eine unerbittliche Jagd

227

auf Dissidenten und Oppositionelle, auf Liberale, Franzo
senfreunde und Kollaborateure mit der früheren Regierung
von Joseph Bonaparte. Ehemalige Gemeindevorsteher, Mi
nister und Abgeordnete wurden verhaftet, zwölftausend Fa
milien mußten sich ins Ausland flüchten, und niemand durfte
sich vor der Verfolgung sicher fühlen, denn der leiseste Ver
dacht oder eine unbegründete Anschuldigung reichten aus
und man wurde verhaftet und ohne Verfahren hingerichtet.

Eulalia de Callís war im siebten Himmel. Lange hatte sie
auf die Rückkehr des Königs gewartet und darauf, ihre frü
here Position zurückzuerobern. Die Anmaßungen des ge
meinen Volkes und die Unordnung waren ihr ein Greuel ge
wesen, sie wollte lieber unter der Herrschaft eines absoluti
stischen Königs leben, selbst wenn der keinerlei Größe
besaß. Ihre Devise lautete: Jeder hat seinen Platz und hat dort
zu bleiben. Und ihr Platz war, keine Frage, an der Spitze. An
dere Aristokraten mochten in diesen umstürzlerischen Jah
ren ihr Vermögen verloren haben, weil sie sich an ihren über
kommenen Lebensstil klammerten, sie dagegen hatte sich nie
gescheut, bürgerliche Mittel der Bereicherung anzuwenden
Für Geschäfte hatte sie ein gutes Näschen. Jetzt war sie rei
cher denn je, war mächtig, hatte Freunde am Hofe Fer
dinands VII. und hoffte, daß von den liberalen Ideen, die an
den Grundfesten ihrer Existenz gerüttelt hatten, keine Spur
übrigbleiben würde. Und doch mußte etwas von ihrer frühe
ren Güte in den Falten ihres fülligen Menschseins überdauert
haben, denn als sie all das Leid um sich her gewahrte, öffnete
sie ihre Schatztruhen und gab den Hungrigen, ohne zu fra
gen, welchem politischen Lager sie angehörten. Schließlich
half sie sogar etlichen Familien von Flüchtlingen, versteckte
sie in ihren Landhäusern oder sorgte dafür, daß sie nach
Frankreich ausreisen konnten.

Gänzlich ohne Not, denn seine gesellschaftliche Stellung
war ohnehin blendend, trat Rafael Moncada unverzüglich in
das Offizierskorps der Armee ein, wo ihm die Titel und Ver
bindungen seiner Tante einen raschen Aufstieg sicherten. Es
nährte sein Prestige, in alle Winde zu verkünden, nun endlich

könne er Spanien in einem königstreuen, katholischen und traditionsbewußten Heer dienen. Seine Tante hatte nichts einzuwenden, da, wie sie sich ausdrückte, noch der Dümmste in Uniform eine gute Figur macht.

Tomás de Romeu begriff schließlich, wie recht sein Freund, der Chevalier Duchamp, gehabt hatte, als er ihm riet, mit seinen Töchtern das Land zu verlassen. Er bestellte seine Buchhalter ein, weil er sich ein Bild vom Stand seiner Besitztümer machen wollte, und mußte erkennen, daß sie nicht genug Rente abwarfen, um ihm ein würdiges Leben im Ausland zu sichern. Auch befürchtete er, die Regierung Ferdinands VII. werde die Güter, die ihm geblieben waren, beschlagnahmen, sollte er Zuflucht außerhalb Spaniens suchen. Nachdem er aus seiner Verachtung für materielle Angelegenheiten ein Leben lang keinen Hehl gemacht hatte, mußte er sich nun an das klammern, was er noch besaß. Er hatte Angst vor der Armut. Das von seiner Frau ererbte Vermögen war stetig geschrumpft, doch hatte ihn das nie sehr bekümmert, hatte er doch geglaubt, es werde ausreichen, ihm das Leben zu sichern, an das er gewöhnt war. Daß seine gesellschaftliche Stellung bedroht sein könnte, hatte er nie für möglich gehalten. Es war nicht auszudenken, wie seine Töchter zu leben hätten ohne die Annehmlichkeiten, die sie von jeher genossen. Er entschied, es werde das Beste sein, wenn er die Stadt verließ, bis die Welle der Gewalt und Verfolgung abgeebbt war. Er hatte in seinem Leben schon vieles gesehen, über kurz oder lang würde das Pendel der Politik wieder in die andere Richtung ausschlagen; es kam nur darauf an, daß man unsichtbar blieb, bis sich die Situation beruhigte. Das Herrenhaus in Santa Fe kam als Obdach nicht in Frage, dort war er zu bekannt und zu schlecht gelitten, aber er entsann sich, daß seine Frau ein Gut in der Nähe von Lérida besessen hatte, auf dem er nie gewesen war. Es hatte ihm nie eine Rente, sondern nur Scherereien eingebracht, doch jetzt konnte es seine Rettung sein. Es gab dort einige Hügel mit alten Olivenhainen und eine Handvoll sehr armer und rückständiger Bauernfamilien, die schon so lange keinen Herrn mehr gesehen hatten, daß sie glaubten, keinen zu haben. Seine Frau hatte ihm das Haus als ein abscheuliches, grabähnliches Gemäuer beschrieben, einen um das Jahr fünfzehnhundert erbauten, wehrhaften Klotz, der seine Bewohner vor den Angriffen von Arabern, Raubrittern und Banditen hatte schützen sollen, die diese Region jahrhundertelang unsicher gemacht hatten, doch auch wenn das Haus inzwischen fast zerfallen sein sollte, wäre es dem Gefängnis allemal vorzuziehen. Dort würde er mit seinen Töchtern einige Monate bleiben können. Er entließ die meisten seiner Dienstboten, schloß die Hälfte seines Hauses in Barcelona, gab den Rest in die Hände seines Majordomus und brach in mehreren Kutschen und Fuhrwerken auf, denn man mußte die nötigsten Möbelstücke mitnehmen.

Diego hatte ein mulmiges Gefühl bei der Abreise der Familie, aber Tomás de Romeu beruhigte ihn damit, daß er in der napoleonischen Verwaltung keinen Posten innegehabt habe und nur sehr wenige Menschen um seine Freundschaft mit dem Chevalier wüßten, also hätten sie nichts zu befürchten. »Dies eine Mal bin ich froh, daß ich keine wichtige Person bin«, und er lachte beim Abschied. Juliana und Isabel waren sich über ihre Lage nicht im klaren und reisten ab wie jemand, der zu einer etwas ungewöhnlichen Sommerfrische aufbricht. Sie begriffen nicht, warum ihr Vater sie in diese provinzielle Ödnis bringen wollte, aber er hatte wohl seine Gründe, und sie fragten nicht nach. Diego küßte Juliana zum Abschied auf beide Wangen und flüsterte ihr zu, sie solle den Mut nicht verlieren, die Trennung werde nicht für lange sein. Sie sah ihn verwirrt an. Wie so oft sprach Diego für sie in Rätseln.

Diego hätte die Familie nur zu gern aufs Land begleitet, worum ihn Tomás de Romeu auch gebeten hatte. Eine Weile fernab der Welt und in Julianas Gesellschaft zu sein war überaus verlockend, aber er konnte jetzt nicht fort aus Barcelona. Die Mitglieder von La Justicia waren unermüdlich im Einsatz und hatten alle Hände voll zu tun, um der Masse der

230

Flüchtlinge zu helfen, die versuchten, Spanien zu verlassen. Verstecke mußten gefunden werden und Wege, sie über die Pyrenäen nach Frankreich oder per Schiff in andere Länder Europas zu schaffen. England, das verbissen gegen Napoleon gekämpft hatte, bis der schließlich vernichtet war, unterstützte nun König Ferdinand VII. und bot Feinden seiner Regierung nur in Ausnahmefällen Schutz. Nie zuvor hatte La Justicia so knapp vor der Entdeckung gestanden. Die Inquisition war erstarkt wieder eingesetzt worden und mit weitreichenden Machtbefugnissen versehen, um den Glauben um jeden Preis zu verteidigen, aber da sich die Linie zwischen Häresie und politischer Opposition nicht klar ziehen ließ, konnte jeder in ihre Fänge geraten. In den Jahren, in denen sie abgeschafft gewesen war, hatten die Mitglieder von La Justicia die Sicherheitsvorkehrungen vernachlässigt, weil sie glaubten, in der modernen Welt sei kein Platz für religiösen Fanatismus. Die Zeiten, in denen man Menschen auf Scheiterhaufen verbrannte, waren für immer vorbei, davon waren sie überzeugt. Ihre maßlose Zuversicht rächte sich jetzt. Diego war so beschäftigt mit seinen Botengängen für La Justicia, daß er den Unterricht am Colegio de Humanidades nicht mehr besuchte, an dem die Ausbildung wie im Rest des Landes der Zensur unterlag. Viele seiner Lehrer und Mitschüler waren verhaftet worden, weil sie ihren Mund nicht gehalten hatten. In jenen Tagen äußerte der selbstgefällige Rektor der Universität von Cervera vor dem König den Satz, der für das akademische Leben im Spanien dieser Jahre kennzeichnend werden sollte: »Wir weisen sie von uns, die schändliche Unsitte des Denkens.«

Anfang September wurde ein Mitstreiter von La Justicia verhaftet, der sich über mehrere Wochen im Haus von Manuel Escalante versteckt gehalten hatte. Als verlängerter Arm der Kirche zog es die Inquisition vor, kein Blut zu vergießen. Man spannte das Opfer beim Verhör lieber auf die Streckbank oder drückte ihm glühende Eisen auf die blanke Haut. Der unglückliche Gefangene gab die Namen derjenigen preis, die ihm geholfen hatten, und wenig später wurde der

Fechtmeister arretiert. Ehe er in die düstere Kutsche der Häscher gezerrt wurde, konnte er seinen alten Diener eben noch
anweisen, Diego die schlimme Nachricht zu überbringen. Bis
zum Morgengrauen des folgenden Tages hatte Diego herausgefunden, daß Escalante nicht, wie bei politischen Häftlingen
üblich, in der Ciudadela, sondern in einer Kaserne im Hafenviertel eingekerkert worden war, weil er in den nächsten Tagen nach Toledo gebracht werden sollte, wo die Fäden der
grausigen Inquisition zusammenliefen. Diego nahm unverzüglich Kontakt mit Julius Cäsar auf, dem Mann, mit dem er
im Allerheiligsten der Gemeinschaft bei seiner Aufnahme gekämpft hatte.

»Die Lage ist sehr ernst. Möglich, daß sie uns alle verhaften«, sagte der finster.

»Maestro Escalante bringen sie nie zum Reden.«

»Ihre Methoden gehen nicht fehl, sie haben über Jahrhunderte daran gefeilt. Es sind schon zu viele von uns verhaftet
worden, sie wissen einiges. Die Schlinge zieht sich zu. Wir
müssen die Gemeinschaft vorübergehend auflösen.«

»Und Don Manuel?«

»Ich hoffe für uns alle, daß er seinem Leben ein Ende setzen kann, bevor sie ihn verhören.«

»Der Maestro ist in einer Kaserne beim Hafen, nicht in der
Ciudadela, wir könnten ihn retten...«

»Ihn retten? Unmöglich!«

»Schwierig, aber nicht unmöglich. Ich werde Hilfe von La
Justicia brauchen. Wir müssen noch heute nacht handeln.«
Und Diego erklärte ihm seinen Plan.

»Es grenzt an Wahnsinn, aber den Versuch ist es wert. Wir
helfen Euch«, entschied Julius Cäsar endlich.

»Der Maestro muß sofort aus der Stadt geschafft werden.«

»Ihr sagt es. An der Mole wird ein Boot mit einem zuver-
lässigen Ruderer warten. Die Wachen im Hafen werden wir
wohl foppen können. Das Boot bringt ihn zu einem Schiff,
das morgen in aller Frühe nach Neapel in See sticht. Dort ist
er sicher.«

Diego wurde das Herz schwer beim Gedanken an Berardo. Jetzt hätte er ihn noch nötiger gebraucht als damals, als er in den Palast des Chevalier Duchamp eingedrungen war. Der Spaß hörte auf, wenn man eine Kaserne überfallen, die Wachen – wie viele wohl? – überwältigen, den Gefangenen befreien und ihn unversehrt bis zu dem Boot bringen mußte, ehe die Schergen des Gesetzes über einen herfielen.

Es war Mittag vorbei, als er zum Stadtpalast von Eulalia de Callís ritt, dessen Anlage er sich bei jedem seiner Besuche genau angeschaut hatte. Er ließ das Pferd in einer Seitenstraße und huschte ungesehen durch die Gärten in den Hof der Dienstboten, in dem Hunde und Katzen zwischen Schlachtbänken für Schweine und Geflügel herumstreunten, Waschtröge standen, in großen Kesseln Laken ausgekocht wurden und die Wäsche über langen Leinen zum Trocknen hing. Dahinter lagen die Schuppen für die Kutschen und die Stallungen. Überall waren Köche, Lakaien und Dienstmädchen mit ihrer Arbeit beschäftigt. Niemand achtete auf Diego. Er betrat einen Schuppen, duckte sich zwischen die Kutschen, wählte eine aus, die ihm passend erschien, kauerte sich hinein und flehte still, daß ihn keiner der Stallburschen entdecken möge. Er wußte, um fünf wurde die Glocke geschlagen, mit der man die Dienstboten in die Küche rief, Eulalia de Callís selbst hatte ihm davon erzählt. Um diese Stunde ließ die Hausherrin ihrem Bedienstetenheer eine Erfrischung reichen: Tassen voller schaumiger Milchschokolade und Brot zum Tunken. Eine halbe Stunde später hörte Diego die Glockenschläge, und im Nu war der Hof wie leer gefegt. Ein zarter Schokoladenduft wehte zu ihm herüber, und das Wasser lief ihm im Mund zusammen. Seit die Familie aufs Land gefahren war, aß man sehr schlecht im Haus De Romeu. Diego wußte, daß ihm nur zehn oder fünfzehn Minuten blieben, hastig löste er das Wappen vom Verschlag einer Kutsche und nahm zwei der eleganten Uniformröcke von den Bügeln, wo sie für die Kutscher bereithingen. Es waren Livreen aus himmelblauem Samt mit karmesinrotem Kragen und Futter und goldenen Epauletten und Knöpfen. Dazu trugen Eulalias Kutscher Spitzenkragen, weiße Hosen, schwarze Lackschuhe mit silbernen Schnallen und eine Schärpe aus roten Brokat vor dem Bauch. Tomás de Romeu hatte sich erheitert daß selbst Napoleon Bonaparte zu ärmlich gekleidet wäre um in Eulalias Dienste zu treten. Diego versicherte sich, daß der Hof noch leer war, lief mit seiner Beute aus dem Schuppen, durch die Gärten weiter von Busch zu Busch und hinein in die Gasse, in der sein Pferd stand. Wenig später trabte er die Straße hinunter.

Im Hof von Tomás de Romeu stand noch die schäbige Kutsche der Familie, die zu alt und klapprig war, um mit ihr über Land zu fahren. Verglichen mit jedem Gefährt in Doña Eulalias Besitz war sie eine Schande, aber Diego hoffte, daß ihr Zustand bei Nacht und in Eile niemandem auffallen würde. Er mußte bis nach Sonnenuntergang warten und sich die Zeit genau einteilen, davon hingen Wohl und Wehe seiner Mission ab. Er nagelte das Wappen an die Kutsche und stieg dann hinunter in den Weinkeller, den der Majordomus stets verschlossen hielt, ein unbedeutendes Hindernis für Diego, der gelernt hatte, jedwedes Schloß zu öffnen. Er holte ein Faß Wein aus dem Keller und rollte es seelenruhig vor den Hausangestellten über den Hof, die ihm keine Fragen stellten, weil sie glaubten, Tomás de Romeu habe ihm vor der Abreise seinen Kellerschlüssel gegeben.

Über vier Jahre hatte Diego die Kalebasse mit dem einschläfernden Sirup, den Weiße Eule ihm zum Abschied geschenkt hatte, wie einen Schatz gehütet. Er hatte ihr versprochen, daß er den Trank nur verwenden werde, um Menschenleben zu retten, und genau das wollte er nun damit tun. Viele Jahre zuvor hatte Pater Mendoza damit das Bein eines Verletzten amputiert, und er hatte einen Bären betäubt. Vielleicht würde der Sirup nicht die erhoffte Wirkung haben, wenn man ihn mit einer solchen Menge Wein verdünnte, aber er mußte es versuchen. Er schüttete die zähe Flüssigkeit in das Faß und rollte es einige Male hin und her, um sie im Wein zu lösen. Wenig später trafen zwei Mitstreiter von La Justicia ein, die sich weiße Dienstbotenperücken aufsetzten, in die Uniformjacken des Hauses De Callís schlüpften und auf den

Kutschbock kletterten. Diego hatte sich nach Kräften herausgeputzt mit seinem besten, mokkafarbenen Samtrock mit den goldenen und silbernen Tressen und dem Pelzkragen, einem gebauschten, mit einer perlenbesetzten Brosche festgesteckten Vorhemd, einer butterfarbenen Hose, geschniegelten Schuhen mit goldenen Schnallen und einem Zylinder. In diesem Aufzug fuhren ihn seine beiden Begleiter zur Kaserne. Es war rabenschwarze Nacht, als sie das von zwei Laternen schummrig beleuchtete Tor erreichten. Überheblich wie einer, der das Befehlen gewöhnt ist, wies Diego einen der Wachposten an, seinen Vorgesetzten zu holen. Der erwies sich als ein junger Leutnant, der ein stark andalusisch gefärbtes Spanisch sprach und von Diegos mondänem Auftritt und dem Wappen auf der Kutsche sichtlich beeindruckt war.

»Ihre Exzellenz, Doña Eulalia de Callís schickt Euch ein Faß des besten Weines aus ihrem Keller, damit Ihr und Eure Männer noch diese Nacht auf sie anstoßt. Sie hat Geburtstag«, verkündete Diego hochnäsig.

»Das scheint mir sonderbar...«, stammelte der verblüffte Leutnant, aber Diego schnitt ihm das Wort ab:

»Sonderbar? Ihr müßt neu in Barcelona sein! Ihre Exzellenz schickt seit jeher zu ihrem Geburtstag Wein in diese Kaserne, und um so freudiger in diesem Jahr, da das Vaterland endlich von dem gottlosen Despoten befreit ist.«

Der Leutnant wirkte nicht restlos überzeugt, befahl aber gleichwohl den beiden Wachen, das Faß abzuladen, und lud Diego sogar ein, mit ihnen zu trinken, doch der entschuldigte sich unter dem Vorwand, er müsse noch andere, vergleichbare Geschenke in die Ciudadela bringen.

»Ihre Exzellenz wird euch späterhin auch etwas von ihrem Leibgericht zukommen lassen, Schweinshaxe mit weißen Rüben. Wie viele seid ihr hier?«

»Neunzehn.«

»Schön. Gute Nacht.«

»Euer Name, Señor, mit Verlaub...«

»Ich bin Rafael Moncada, der Neffe Ihrer Exzellenz, Doña Eulalia de Callís«, sagte Diego und stieß mit seinem Spazierstock an den Wagenschlag, um den falschen Kutschern der Rückzug zu befehlen.

Um drei Uhr morgens, als die Stadt schlief und die Straßen verlassen lagen, machte sich Diego bereit für den zweiten Teil des Plans. Um diese Stunde würden die Männer in der Kaserne den Wein wohl getrunken haben, und wenn sie auch nicht schliefen, so wären sie doch zumindest benommen. Das wäre sein einziger Vorteil. Er hatte sich umgezogen und als Zorro gekleidet. Seine Peitsche, eine Pistole und seinen rasiermesserscharfen Degen trug er unter dem Umhang. Um kein Aufsehen zu erregen, ließ er das Pferd im Stall und brach zu Fuß auf. Er drückte sich an den Mauern entlang, erreichte eine Gasse nahe der Kaserne und konnte sehen, daß noch immer dieselben beiden Wachen, die inzwischen vor Müdigkeit gähnten, unter den Laternen standen. Offenbar hatten sie nichts von dem Wein bekommen. Im Schatten eines Hauseingangs erwarteten ihn Julius Cäsar und ein weiteres Mitglied von La Justicia, beide wie vereinbart als Matrosen verkleidet. Noch einmal schärfte Diego ihnen ein, daß sie ihm, was immer auch geschehen mochte, um keinen Preis zu Hilfe kommen sollten. Jeder würde auf sich selbst achtgeben müssen. Sie wünschten einander Glück im Namen Gottes und trennten sich.

Die beiden Matrosen mimten nahe am Tor der Kaserne eine Prügelei zwischen Betrunkenen, während Diego im Dunkel auf seinen Einsatz wartete. Der Streit erregte die Aufmerksamkeit der Wachen, die kurz ihren Posten verließen, um zu sehen, was da vorging. Sie riefen den beiden betrunkenen Kampfhähnen zu, daß sie sich trollen sollten, sonst würden sie in Arrest genommen, aber die beiden schlugen weiter unbeholfen aufeinander ein, als hätten sie nicht gehört. Sie fielen über die eigenen Füße und lallten solchen Unsinn, daß die beiden Wachen herzhaft lachen mußten. Als sie jedoch versuchten, die Betrunkenen mit Schlägen auseinanderzubringen, fanden die wie durch ein Wunder das Gleichgewicht wieder und stürzten sich auf sie. Den beiden überrumpelten Wachen blieb keine Zeit, sich zu verteidigen. Schon nahm ihnen ein Schlag das Bewußtsein, sie wurden an den Knöcheln gepackt und ohne Federlesen in eine Seitengasse vor ein Holzportal geschleift, in das eine winzige Tür eingelassen war. Julius Cäsar klopfte dreimal, ein Guckloch ging auf, er sagte die Losung, und eine etwa sechzigjährige, schwarzgekleidete Frau öffnete. Sie duckten sich tief, um nicht gegen den Türsturz zu stoßen, und schleppten die beiden bewußtlosen Wachen in einen Kohlenkeller. Dort nahmen sie ihnen die Uniformen ab, zogen ihnen Kutten über und fesselten sie. Als Soldaten neu eingekleidet, stellten sich Julius Cäsar und sein Begleiter am Tor der Kaserne unter die Laternen. In den wenigen Minuten, in denen die Wachen ersetzt wurden, war Diego, Pistole und Degen in der Hand, in das Gebäude eingedrungen.

Die Kaserne wirkte wie ausgestorben, es war grabesstill und sehr dunkel, weil die Hälfte der Öllampen heruntergebrannt war. Nichts war zu sehen von dem schwarzgewandeten Maskierten, einzig seine Klinge blitzte zuweilen auf wie ein Irrlicht, als er die Vorhalle durchquerte. Vorsichtig öffnete er eine Tür und betrat die Waffenkammer, in der zweifellos der Wein ausgeschenkt worden war, denn ein halbes Dutzend Männer, unter ihnen der Leutnant, lag schnarchend auf der Erde. Diego vergewisserte sich, daß keiner wach war, und warf dann einen Blick in das Faß. Es war bis zum letzten Tropfen geleert.

»Wohl bekomm's, meine Herren!« rief er zufrieden und ritzte spielerisch mit der Spitze seines Degens ein Z in die Wand. Bernardos Warnung, daß Zorro sich schließlich seiner bemächtigen werde, schoß ihm durch den Kopf, aber es war schon zu spät.

Eilig nahm er die Gewehre und Säbel an sich, verstaute sie in den Truhen in der Vorhalle und setzte seinen Erkundungsgang fort, wobei er auf seinem Weg alle Lampen und Kerzen löschte. Die Dunkelheit war schon immer sein bester Verbündeter gewesen. Er fand drei weitere Männer, die der Trank von Weiße Eule außer Gefecht gesetzt hatte, also muß-

237

ten, falls man ihn nicht belogen hatte, noch acht Mann übri
sein. Er hoffte, ihnen auf seiner Suche nach den Kerker
nicht zu begegnen, doch da hörte er nahebei Stimmen un
begriff, daß er sich schleunigst verstecken mußte. Er war i
einem großen, fast leeren Saal. Es gab keine Deckung, un
die beiden Fackeln an der gegenüberliegenden Wand, etw
fünfzehn Schritt entfernt, konnte er nicht mehr löschen. E
sah sich um, und sein Blick fiel auf die dicken Deckenbal
ken, zu hoch, um sie mit einem Sprung zu erreichen. Hasti
steckte er den Degen in die Scheide, die Pistole in den Gür
tel, löste seine Peitsche aus der Schlaufe, wand ihr Ende mi
einem schnellen Schwung aus dem Handgelenk um eine
der Balken, zog sie fest und war mit wenigen, geübten Hand
griffen oben. Er holte die Peitsche ein, drückte sich gege
den Balken und war jetzt die Ruhe selbst, denn das Licht de
Fackeln reichte nicht bis zu ihm. Im selben Moment betra
ten zwei Männer den Raum, die sich angeregt unterhielte
und offensichtlich ihren Anteil vom Wein nicht bekomme
hatten.

Diego mußte sie aufhalten, ehe sie die Waffenkamme
betraten, wo ihre Kameraden wie hingegossen in süße
Schlummer lagen. Er wartete, bis sie unter dem Balken wa
ren, und ließ sich, den Umhang aufgefächert, die Peitsche i
der Hand, wie ein riesiger schwarzer Vogel herabfallen. Ge
lähmt vor Schreck griffen die Männer nicht gleich zu ihre
Säbeln, und Diego holte sie mit zwei sicher geführten Peit
schenhieben von den Füßen.

»Einen schönen guten Abend, die Herren!« begrüßte e
seine am Boden knienden Opfer und deutete eine artige Ver
beugung an. »Die Säbel ganz sachte hinlegen, wenn ich bitte
darf.«

Mit der einen Hand ließ er drohend die Peitsche knalle
und zog mit der anderen die Pistole aus dem Gürtel. Die bei
den Männer gehorchten auf der Stelle, und er stieß die Säbe
mit einem Fußtritt in eine Ecke.

»Wollen sehen, ob die erlauchten Herrschaften mir behilf
lich sind. Gesetzt, Euch steht der Sinn nicht nach Sterben

238

wäre es mir obendrein lästig, Euch zu töten. Wo kann ich Euch einschließen, daß Ihr mir keine Umstände macht?«

Die beiden Soldaten sahen sich ratlos an, ohne zu begreifen, was dieser Maskierte von ihnen wollte. Sie waren einfache Bauernburschen, die man fürs Heer rekrutiert hatte, hatten trotz ihrer jungen Jahre schon Schreckliches erlebt, die Metzeleien des Krieges überstanden und viel Hunger gelitten. Mit gestelzten Reden hatten sie sich nie herumschlagen müssen. Zorro wiederholte seine Frage in einfachen Worten und ließ zur Verdeutlichung die Peitsche knallen. Zu erschrocken, um ein Wort herauszubringen, zeigte einer der beiden Soldaten auf die Tür, durch die sie gekommen waren. Der Maskierte sagte, falls sie ihn betrügen wollten, sollten sie ihr letztes Gebet sprechen, denn dann würden sie den morgigen Tag nicht erleben. Die Tür führte auf einen langen, leeren Gang, den sie im Gänsemarsch durchschritten, die Soldaten vorneweg, Diego hinterher. Am Ende des Korridors ging zur Rechten eine schäbige Tür ab, gegenüber eine mit intakten Eisenbeschlägen und einem Schloß, das offenbar von der anderen Seite verriegelt war. Zorro hieß seine Gefangenen, die Tür zur Rechten zu öffnen. Sie gab den Blick auf eine ekelerregende Latrine frei, vier Löcher im Boden, die vor Exkrementen starrten, ein paar Bottiche mit Wasser und eine Laterne, an der tote Fliegen klebten. Einzige Verbindung nach draußen war ein kleiner, vergitterter Mauerdurchbruch.

»Ausgezeichnet! Ich bedaure, daß der Duft nicht an Gardenien erinnert. Vielleicht putzt Ihr in Zukunft etwas gründlicher«, sagte Diego und schickte die beiden erschrockenen Männer mit einem Wink seiner Pistole hinein.

Er zog den Schlüssel innen ab und verriegelte den Abort von außen, dann wandte er sich der gegenüberliegenden Tür zu, deren Schloß recht simpel war, so daß er es im Handumdrehen mit dem Eisendraht öffnen konnte, der für seine Befreiungskunststückchen immer griffbereit in der Seitennaht seines rechten Stiefels steckte. Vorsichtig zog er die Tür auf und tastete sich leise über mehrere Absätze einer ausgetretenen Treppe hinab. Hier mußte er richtig sein, bestimmt lagen die Zellen dort unten. Am Ende der Treppe drückte er sich mit dem Rücken gegen die Wand und spähte um die Ecke. In einem nur von einer Fackel beleuchteten, muffigen Gewölbe hockte ein Wachsoldat, der augenscheinlich auch keinen Wein getrunken hatte, denn er saß im Schneidersitz auf der Erde und legte mit einem zerfledderten Kartenspiel eine Patience. Sein Gewehr lehnte griffbereit neben ihm an der Wand, doch das nutzte ihm nichts, denn jählings stand Zorro vor ihm und verpaßte ihm einen Tritt gegen das Kinn, der ihn auf den Rücken warf. Mit einem zweiten Tritt schlidderte das Gewehr über den gestampften Lehmboden. Ein unerträglicher Gestank verschlug Diego den Atem, er rang nach Luft und wollte nur raus aus dieser Gruft, aber dies war nicht der Moment für Zimperlichkeiten. Er riß die Fackel aus der Halterung und eilte durch das Gewölbe auf die winzigen Verliese zu, feuchte Löcher, in denen es von Ungeziefer wimmelte und die Gefangenen im Stockdunkeln zu dritt oder zu viert zusammengepfercht waren, so daß sie stehen mußten und nur abwechselnd sitzen konnten. Sie starrten ihn an wie Gerippe mit den Augen von Wahnsinnigen. Die stinkende Luft zitterte unter ihrem keuchenden Atem. Diego rief nach Manuel Escalante, und aus einem der Kerker kam Antwort. Er hob die Fackel und sah einen Mann, der sich an die Gitterstäbe klammerte, so zerschunden, daß das Gesicht eine einzige unförmige und dunkel angelaufene Masse war, in der sich keine Züge erkennen ließen.

»Wenn Ihr der Henker seid, so seid mir willkommen«, sagte der Gefangene, und da erkannte ihn Diego an seiner unbeugsamen Haltung und der festen Stimme.

»Ich komme, Euch zu befreien, Maestro, ich bin Zorro.«

»Ein guter Gedanke! Die Schlüssel hängen dort hinten neben der Tür. Übrigens solltet Ihr Euch noch einmal des Soldaten annehmen, der rührt sich wieder…«, sagte Manuel Escalante ohne Hast.

Sein Schüler nahm den Ring mit den Schlüsseln und öffnete das Gitter. Die drei Gefangenen, die Escalantes Zelle eilten, drängten, einander stoßend und stolpernd, ins Freie wie Tiere, von Sinnen vor Angst und wilder, plötzlich neu erwachter Hoffnung. Zorro trat ihnen mit vorgehaltener Pistole in den Weg.

»Immer langsam, die Herren, zunächst solltet Ihr Eure Kameraden befreien.«

Beim Anblick der Waffe in Händen dieses Maskierten zuckten sie zurück, doch seine Worte weckten die Erinnerung an eine schon verloren geglaubte Menschlichkeit. Während sie mit den Schlüsseln und Schlössern rangen, sperrte Diego den Wachsoldaten in die leere Zelle, und Escalante griff sich das Gewehr. Schließlich waren alle Kerkergitter geöffnet, und Diego und sein Lehrer führten den bejammernswerten Trupp zerlumpter, filzhaariger, vor geronnenem Blut, Exkrementen und Erbrochenem starrender Gespenster zum Ausgang. Sie stiegen die Treppe hinauf, durchquerten den Gang, betraten den leeren Saal, in dem Diego den Balken erklommen hatte, und waren damit schon fast in der Waffenkammer, als eine Tür zur Linken aufgestoßen wurde und fünf Wachsoldaten in den Raum stürmten, die der Lärm in den Verliesen alarmiert haben mußte, denn sie hielten ihre gezogenen Säbel in Händen. Zorro feuerte den einzigen Schuß aus seiner Pistole ab, und einer der Soldaten stürzte zu Boden, aber Escalantes Gewehr war verklemmt, und es blieb keine Zeit, es zu richten. Er packte die Waffe am Lauf und preschte um sich schlagend auf die Soldaten zu. Zorro zog seinen Degen und ging ebenfalls zum Angriff über. Für einen Augenblick gelang es ihm, die Aufmerksamkeit seiner Gegner auf sich allein zu lenken, und Escalante konnte sich nach einem der Säbel bücken, die Diego den beiden in die Latrine gesperrten Männern abgenommen hatte. Zu zweit sorgten sie für mehr Lärm und Verheerung als ein Bataillon. Diego hatte sich von klein auf jeden Tag im Fechten geübt, doch einen Kampf auf Leben und Tod hatte er nie geführt. Sein einziges Duell war mit Pistolen und nach strengen Ehrenregeln ausgetragen worden. An diesem Gefecht dagegen war nichts ehrbar, und Regeln galten nicht. Es galt nur, um jeden Preis zu gewinnen. Die Klingen folgten nicht wie im Unterricht eine eleganten Choreographie, sondern trachteten einzig danach den Gegner zu durchbohren. Ritterlichkeit gab es nicht, di Stöße waren wild, und niemand durfte auf Schonung hoffer Welch ein Schaudern, wenn die Klinge in das Fleisch eine Menschen eindrang! Ein besinnungsloser Furor, gepaart mi Ekel und Triumph, bemächtigte sich Diegos, er verlor jede Gefühl für die Wirklichkeit und wurde zu einem wilden Tie Seine Gegner schrien vor Schmerz, Blut tränkte ihre Unifor men, und Diego durfte dankbar sein für die Kampftechni von La Justicia, die sich nun in diesem blinden Gefech ebenso bewährte wie im Kreis des Meisters. Später, als er wie der nachdenken konnte, war er heilfroh um die Monate, i denen er mit Bernardo bis zur völligen Erschöpfung geüb hatte. Seine Reflexe waren aufs äußerste geschärft, und e war, als hätte er Augen im Hinterkopf, denn er erriet instink tiv, was hinter seinem Rücken geschah. Im Bruchteil einer Se kunde konnte er die Bewegungen mehrerer Gegner voraus sehen, konnte Entfernung, Geschwindigkeit und Richtun jedes Degenstreichs abschätzen, parieren, angreifen.

Trotz seines Alters und der schrecklichen Mißhandlunge in den Händen der Henkersknechte kämpfte Maestro Ma nuel Escalante nicht minder effektvoll als sein Schüler. Er wa sicher weniger behende und kräftig, aber das machten sein Erfahrung und Ruhe mehr als wett. In der Hitze des Gefecht trat Diego der Schweiß auf die Stirn, und seine Atem gin stoßweise, indessen sein Lehrer die Klinge genauso ent schlossen wie er, aber erheblich eleganter führte. In wenige Minuten hatten sie ihre Gegner überwältigt, entwaffnet ode verwundet. Erst als die Schlacht gewonnen war, wagten sic die befreiten Gefangenen näher. Keiner von ihnen hatte de Mut gehabt, seinen Rettern zu Hilfe zu kommen, doch nu waren sie alle mehr als entschlossen, die besiegten Soldate zu den Kerkern zu schleifen, die noch Minuten zuvor die ih ren gewesen waren, und schlossen sie dort unter Schmähun gen und Fußtritten ein. Langsam kam Zorro wieder zu sic und sah sich um. Blutlachen auf dem Boden, Blutspritzer a den Wänden, Blut an den Körpern der Verwundeten, die zu den Zellen geschleppt wurden, Blut an seinem Degen, überall Blut.

»Heilige Mutter Gottes!« rief er entsetzt.

»Kommt!« sagte Maestro Escalante. »Wir haben keine Zeit für Betrachtungen.«

Sie verließen die Kaserne, ohne auf weiteren Widerstand zu stoßen. Die anderen Flüchtigen folgten ihnen durch das Tor und verloren sich in den dunklen Gassen der Stadt. Einige würden sich ins Ausland retten oder jahrelang versteckt halten können, aber andere würden erneut gefaßt und vor ihrer Hinrichtung gefoltert werden, damit sie verrieten, wer ihnen zur Flucht verholfen hatte. Doch keiner von ihnen konnte sagen, wer dieser tollkühne Maskierte gewesen war. Sie hatten nur seinen Namen gehört: Zorro, und das paßte zu dem Z an der Wand der Waffenkammer.

Von dem Moment, als zwei scheinbar Betrunkene die Wachposten der Kaserne abgelenkt hatten, bis zu dem, als Zorro mit seinem Lehrer ins Freie trat, waren vierzig Minuten vergangen. Draußen erwarteten die Mitglieder von La Justicia in den Uniformen der Wachsoldaten den Flüchtling, um ihn zu dem rettenden Boot zu geleiten. Zum Abschied umarmten sich Diego und Manuel Escalante zum ersten und letzten Mal.

Als der Morgen graute und die Männer in der Kaserne aus ihrem unfreiwilligen Schlaf erwachten, begriffen, was geschehen war, und die Verwundeten versorgen konnten, mußte der unglückliche Leutnant seinen Vorgesetzten Meldung machen. Zu seinen Gunsten sprach einzig, daß keiner seiner Untergebenen bei dem Vorfall sein Leben gelassen hatte. Er sagte, seines Wissens seien Eulalia de Callís und Rafael Moncada in die Sache verwickelt, denn von ihnen stammte das unselige Faß, mit dem man seine Truppe vergiftet hatte.

Noch am selben Tag suchte ein Hauptmann in Begleitung von vier bewaffneten Garden die Verdächtigen auf, benahm sich aber duckmäuserisch und hatte eine Litanei von Schmeicheleien auf den Lippen. Eulalia und Rafael empfingen ihn wie einen Vasallen und verlangten, er solle sich entschuldigen, weil er ihnen mit bodenlosen Anschuldigungen die Zeit stahl. Die Dame schickte ihn zu den Stallungen, und in der Tat war von einer ihrer Kutschen das Wappen gelöst worden, was dem Hauptmann als Unschuldsbeweis zwar nicht ausreichend schien, aber das wagte er nicht zu sagen. Rafael Moncada wirkte in seiner Uniform der Offiziere des Königs so bedrohlich, daß er ihn gar nicht erst befragte. Er hätte kein Alibi vorweisen können, doch in seiner gesellschaftlichen Stellung war das entbehrlich. Mit einem Wimpernschlag war jeder Verdacht gegen diese erlauchten Herrschaften ausgeräumt.

»Der Offizier, der sich derart hat übertölpeln lassen, ist ein Schafskopf und verdient eine harte Strafe. Ich verlange zu erfahren, was dieses Z an der Wand der Kaserne bedeutet und wer dieser Bandit ist, der sich erdreistet, meinen Namen und den meines Neffen für seine Untaten zu mißbrauchen. Habt Ihr mich verstanden?« fuhr Eulalia den Hauptmann an.

»Eure Exzellenz darf gewiß sein, daß wir alles daransetzen, diesen unglücklichen Vorfall aufzuklären«, versicherte dieser und verließ unter tiefen Kratzfüßen ihr Haus.

Anfang Oktober entschied Rafael Moncada, es sei an der Zeit, Juliana seine Autorität spüren zu lassen, da Geduld und gute Worte keinen Erfolg gezeitigt hatten. Juliana mochte vermuten, daß der Überfall auf der Straße sein Werk gewesen war, Beweise konnte sie dafür jedoch nicht haben, und die sie ihr hätten liefern können, die Zigeuner, waren weit und würden es nicht wagen, nach Barcelona zurückzukehren. Auch hatte er mittlerweile herausgefunden, daß Tomás de Romeu kurz vor dem Ruin stand. Die Zeiten hatten sich geändert, diese Familie war nicht mehr in der Situation, sich bitten zu lassen. Ihm dagegen ging es so gut wie nie zuvor, einzig Juliana fehlte ihm noch, und er wäre gänzlich Herr seiner strahlenden Zukunft. Sicher, seine dragonerhafte Tante war noch immer dagegen, daß er das Mädchen ehelichte, aber er war aus dem Alter heraus, noch nach ihrer Pfeife zu tanzen. Als er jedoch Tomás de Romeu über sein Vorhaben in Kenntnis setzen wollte und seinen Besuch anmeldete, brachte ihm ein Diener das Billett zurück und teilte mit, der Hausherr habe mit seinen Töchtern die Stadt verlassen. Wohin, das wußte er nicht zu sagen, aber Moncada hatte seine Quellen und würde es herausfinden. Zufällig bestellte Eulalia ihn an ebendiesem Tag zu sich, weil sie einen Termin festlegen wollte, um ihn der Tochter des Herzogs von Medinaceli vorzustellen.

»Bedaure, Tante, wie günstig eine solche Verbindung auch sein mag, ich kann sie nicht eingehen. Wie Ihr wißt, liebe ich Juliana de Romeu«, verkündete ihr Rafael mit aller Entschlossenheit, die er aufbieten konnte.

»Schlag dir dieses Mädchen aus dem Kopf, Rafael. Sie war nie eine gute Partie, aber inzwischen kommt sie einem gesellschaftlichen Selbstmord gleich. Glaubst du, man empfängt sie bei Hofe, wenn ruchbar wird, daß ihr Vater ein Franzosenfreund ist?«

»Dieses Risiko gehe ich ein. Sie ist die einzige Frau, die mich im Leben interessiert hat.«

»Dein Leben hat gerade mal begonnen. Du begehrst sie, weil sie dich hat abblitzen lassen, das ist der einzige Grund. Hättest du sie haben können, du wärst sie längst leid. Du brauchst eine Gattin von deinem Format, Rafael, eine, die deine Karriere befördert. Die De Romeu taugt bestenfalls zur Geliebten.«

»Ich verbiete Euch, so über Juliana zu sprechen!«

»Ach ja? Ich spreche, wie mir der Schnabel gewachsen ist, und um so mehr, wenn ich recht habe«, entgegnete Eulalia mitleidlos. »Mit den Titeln der Medinaceli und meinem Vermögen kannst du es weit bringen. Seit dem Tod meines armen Sohnes bist du meine einzige Familie, deshalb umsorge ich dich wie eine Mutter, aber meine Geduld hat ihre Grenzen, Rafael.«

»Soviel ich weiß, besaß auch Euer verstorbener Gatte, Pedro Fages – möge er in Frieden ruhen –, weder Titel noch Vermögen, als Ihr ihn kennenlerntet«, wehrte sich ihr Neffe.

»Aber Pedro war mutig, seine militärische Laufbahn ohne

jeden Makel, und er war obendrein bereit, in der Neuen Welt Eidechsen zu fressen, um es zu etwas zu bringen. Juliana dagegen ist ein verhätscheltes junges Ding und ihr Vater ein Don Niemand. Wenn du dein Leben mit ihr ruinieren willst, nur zu, aber ohne mich, ist das klar?«

»Sonnenklar, Tante. Guten Tag.«

Moncada schlug die Hacken zusammen, verbeugte sich und verließ den Salon. Er sah prächtig aus in seiner Offiziersuniform, mit den gewichsten Stiefeln und dem Degen mit den roten Quasten am Gürtel. Doña Eulalia blickte ihm ungerührt nach. Sie kannte die Menschen und vertraute darauf, daß maßloser Ehrgeiz noch über jede Form von Liebeswahn obsiegt hatte. Es gab keinen Grund, weshalb der Fall ihres Neffen eine Ausnahme sein sollte.

Wenige Tage später erreichten Juliana, Isabel und Nuria, nur begleitet von Jordi und zwei Lakaien, nach einer halsbrecherischen Kutschfahrt Barcelona. Diego, der sich eben zurechtmachte, um auszugehen, hörte das Getrappel der Hufe, hörte Türenschlagen und Geschrei und lief nach draußen. Bleichgesichtig und schmutzig vom Staub der Reise berichteten ihm die drei Frauen, daß Tomás de Romeu verhaftet worden war. Ein Trupp Soldaten war in das Landhaus gekommen, sie hatten nicht lange gefackelt und ihm noch nicht einmal Zeit gelassen, seinen Mantel mitzunehmen. Er war des Hochverrats beschuldigt und sollte in die Ciudadela gebracht werden, mehr wußten die Mädchen nicht.

Als Tomás de Romeu verhaftet worden war, hatte Isabel das Kommando über die Familie übernommen, denn die vier Jahre ältere Juliana verlor völlig den Kopf. Mit einer bei keiner Gelegenheit offenbarten Reife gab Isabel Anweisung, einige unverzichtbare Dinge einzupacken und das Haus zu verschließen. Sie befahl Jordi, die Pferde bis zur Erschöpfung anzutreiben, und war in weniger als drei Stunden mit Nuria und ihrer Schwester zurück in Barcelona. Unterwegs wurde ihr klar, daß sie auf keiner Menschenseele Unterstützung hoffen durften. Ihr Vater hatte nie jemandem ein Leid getan, davon war sie überzeugt, aber jetzt wären alle gegen ihn. Niemand würde sich kompromittieren, indem er einem Opfer der staatlichen Verfolgung eine helfende Hand reichte. Der einzige Mensch, den sie bitten konnten, war kein Freund, sondern ein Feind, aber Isabel zweifelte keinen Moment: Es mußte sein. Wie sie sagte, wäre keine Demütigung zu unerträglich, wenn es darum ging, ihren Vater zu retten. Auch nicht, daß Juliana sich Rafael Moncada zu Füßen warf. Ob melodramatisch oder nicht, sie hatte recht. Juliana sah es genauso, und auch Diego mußte diese Entscheidung akzeptieren, denn selbst ein Dutzend Zorros hätte niemanden aus der Ciudadela befreien können. Das war keine Kaserne im Hafenviertel unter der Leitung eines milchgesichtigen Leutnants, sondern eine Festung, in der man es mit dem Gros von Ferdinands Truppen in Barcelona hätte aufnehmen müssen. Aber daß Juliana vor Moncada zu Kreuze kriechen sollte, war empörend. Diego beharrte darauf, daß er an ihrer Statt gehen würde, aber Isabel schonte ihn nicht:

»Mach dich nicht lächerlich, Diego. Die einzige, die bei diesem Mann etwas erreichen kann, ist Juliana. Du hast ihm nichts anzubieten.«

Sie selbst schrieb das Billett, das den Besuch ihrer Schwester ankündigte, und ließ es dem hartnäckigen Kavalier überbringen, dann schickte sie ihre Schwester, sich zu waschen und ihr bestes Kleid anzuziehen. Juliana bestand darauf, daß allein Nuria sie begleiten würde, weil Isabel sich nicht im Zaum zu halten wußte und Diego nicht zur Familie gehörte. Außerdem konnten er und Moncada einander nicht riechen. Wenig später klopfte Juliana, noch immer etwas bleich von den Strapazen der Reise, an die Tür des Mannes, den sie verabscheute, und verletzte damit eine seit Jahrhunderten geltende Anstandsregel. Nur eine Frau von mehr als fragwürdigem Ruf erkühnte sich, bei einem unverheirateten Mann vorstellig zu werden, da half es auch nicht, daß ihre gestrenge Gouvernante dabei war. Unter ihrem schwarzen Umhang war sie trotz der schon kühlen Herbstwinde sommerlich gekleidet in ein luftiges maisgelbes Kleid, trug dazu ein kurzes, mit Straß besticktes Jäckchen und einen ebenfalls maisgelben Kiepenhut, der von einem grünen Seidenband gehalten wurde und von weißen Straußenfedern gekrönt war. Von weitem sah sie aus wie ein Vogel aus fernen Gefilden, und von nahem war sie schöner denn je. Nuria nahm im Vorraum Platz, und ein Diener führte Juliana in den Salon, wo ihr Freier sie erwartete.

Rafael sah, wie sie einer Elfe im sanften Abendlicht gleich in den Raum schwebte und dachte daran, daß er auf diesen Augenblick seit nunmehr vier Jahren wartete. Fast übermächtig war der Wunsch, ihr die Demütigungen der Vergangenheit heimzuzahlen, aber er durfte den Bogen nicht überspannen; dieses zerbrechliche Täubchen mußte ja schon am Ende seiner Widerstandskraft sein. Nicht im Traum hätte er gedacht, daß dieses zerbrechliche Täubchen zu feilschen verstand wie ein türkischer Basarhändler. Wie der Handel genau vonstatten ging, sollte indes nie jemand erfahren, denn Juliana erklärte später nur die Eckpunkte ihrer getroffenen Vereinbarung: Moncada würde die Freilassung von Tomás de Romeu erwirken, und dafür würde sie seine Frau werden. Mit keinem Wort, keiner Geste verriet sie, was sie dabei empfand. Nach einer halben Stunde bei Moncada verließ sie, von diesem leicht am Arm geleitet, vollkommen gefaßt seinen Salon. Sie winkte Nuria, ihr zu folgen, bestieg die Kutsche, auf deren Bock Jordi vor Erschöpfung eingenickt war, und fuhr ab, ohne den Mann, dem sie ihre Hand versprochen hatte, noch ein einziges Mal anzusehen.

Über drei Wochen warteten die Mädchen De Romeu auf die Ergebnisse von Moncadas Bemühungen. In dieser Zeit verließen sie das Haus nur, um in der Kirche den Beistand von Eulalia, der Stadtheiligen, zu erbitten. »Wäre doch nur Bernardo hier!« seufzte Isabel in diesen Tagen häufig, weil sie sicher war, daß der herausgefunden hätte, wie es um ihren Vater stand, ja ihm vielleicht sogar einen Brief hätte zukommen lassen können. Was von oben nicht möglich war, hatte Bernardo oft über seine Kanäle zuwege gebracht.

»Ja, es wäre gut, wenn er hier wäre, aber ich freue mich

uch für ihn. Er ist endlich wieder bei Blitz in der Nacht, und a hat er immer sein wollen«, sagte Diego.

»Du hast etwas von ihm gehört? Hat er geschrieben?«

»Nein, noch nicht, das dauert.«

»Und woher willst du es dann wissen?«

Diego zuckte die Achseln. Er konnte ihr das nicht erklä-en, was die Weißen in Kalifornien die Post der Indianer annten. Aber zwischen ihm und Bernardo funktionierte sie eibungslos; von klein auf hatten sie sich ohne Worte verstän-igen können, warum also nicht auch jetzt. Mochte auch ein Dzean zwischen ihnen liegen, ihre Verbindung bestand wei-er.

Nuria kaufte mehrere Meter groben, kastanienbraunen Wollstoff und ging daran, Pilgerkutten zu nähen. Um der heiligen Eulalia am himmlischen Hof den Rücken zu stärken, hatte sie zusätzlich den Apostel Jakobus angerufen. Sie ver-prach ihm, daß sie mit den Mädchen zu Fuß nach Santiago de Compostela zu seiner Wallfahrtskirche pilgern werde, wenn ihr Herr freikam. Sie hatte keinen Schimmer, wo diese Stadt lag, wußte aber, daß Menschen aus Frankreich dort hin-pilgerten, also konnte es wohl so weit nicht sein.

Die Situation der Familie war erdrückend. Der Majordo-nus hatte sich ohne ein Wort der Erklärung davongemacht, ls er von der Verhaftung seines Dienstherrn erfuhr. Die we-igen verbliebenen Bediensteten liefen mit langen Gesichtern lurchs Haus und gaben freche Antworten, wenn man ihnen twas befahl; sie hatten jede Hoffnung verloren, ihren ausste-enden Lohn noch zu erhalten. Wenn sie nicht gingen, dann weil sie nicht wußten, wohin. Die Buchhalter und Advoka-en, die mit der Verwaltung von Tomás de Romeus Vermögen betraut waren, weigerten sich, dessen Töchter zu empfangen, ls die sie um Geld für die laufenden Ausgaben angehen woll-en. Diego konnte nicht helfen, denn er hatte fast alles, was er besaß, den Zigeunern gegeben; er erwartete eine Geldsen-dung seines Vaters, aber das konnte dauern. Unterdessen zer-brach er sich den Kopf über irdischere Wege als die Nurias, um etwas über die Lage des Gefangenen herauszufinden. La

Justicia schied als Unterstützung aus, ihre Mitglieder hatten den Kontakt zueinander abgebrochen. Es war das erste Mal seit zwei Jahrhunderten, daß der Geheimbund aufhörte zu arbeiten, selbst in Zeiten schlimmster Verfolgung war er stets aktiv gewesen. Aber jetzt hatten sich einige seiner Mitglieder ins Ausland geflüchtet, andere waren abgetaucht, und die weniger glücklichen befanden sich in den Klauen der Inquisition, die ihre Opfer mittlerweile nicht mehr öffentlich verbrannte, sondern diskret verschwinden ließ.

Ende Oktober kam Rafael Moncada, um mit Juliana zu sprechen. Er wirkte am Boden zerstört. In diesen drei Wochen habe er erfahren müssen, daß sein Einfluß erheblich geringer war als angenommen, erklärte er. Im entscheidenden Moment hatte er gegen die schwerfällige staatliche Bürokratie kaum etwas ausgerichtet. Er war in einem schnellen Ritt nach Madrid gereist, um persönlich beim König vorzusprechen, der aber hatte ihn an seinen Sekretär verwiesen, eine sehr mächtige Person bei Hofe, und ihn gewarnt, ihm nicht mit Torheiten lästig zu fallen. Für gute Worte war der Sekretär nicht empfänglich, und ihn zu bestechen, hatte er nicht gewagt, denn wenn er sich in ihm irrte, hätte ihn das teuer zu stehen kommen können. Man hatte ihm mitgeteilt, daß Tomás de Romeu zusammen mit einer Handvoll Verrätern erschossen werden sollte. Der Sekretär hatte hinzugefügt, er solle seine Verbindungen nicht für einen Galgenvogel verschleißen, das könnte ihm noch leid tun. Die Drohung hätte deutlicher nicht sein können. Nach seiner Rückkehr hatte er nur rasch Toilette gemacht und war unverzüglich gekommen, um den Mädchen zu berichten, die ihn bleich, aber gefaßt anhörten. Er versicherte ihnen, sie sollten den Mut nicht sinken lassen, er werde sich nicht geschlagen geben und alles daransetzen, daß man die Strafe milderte.

»Was immer geschieht, Ihr seid nicht allein in dieser Welt. Ihr könnt immer auf meine Achtung und meinen Beistand zählen«, sagte er noch, tief bekümmert.

»Wir werden sehen«, antwortete Juliana ohne eine Träne.

Als Diego die entmutigenden Neuigkeiten erfuhr, entschied er, daß sie Eulalia, die Heilige, lange genug angefleht hatten und sie es nun bei ihrer Namensvetterin versuchen mußten.

»Diese Frau ist sehr mächtig. Sie kennt die Geheimnisse der halben Welt. Man fürchtet sie. Außerdem zählt in dieser Stadt Geld mehr als alles andere. Wir gehen zu dritt zu ihr«, sagte er.

»Eulalia de Callís kennt unseren Vater nicht, und es heißt, sie haßt meine Schwester«, wandte Isabel ein, aber er bestand darauf, daß sie es versuchten.

Der Kontrast zwischen Eulalias Stadtpalast, der mit Zierat überladen war wie die pompösesten Gebäude aus der goldenen Epoche Mexikos, und der Nüchternheit Barcelonas im allgemeinen und des Hauses De Romeu im besonderen verschlug einem den Atem. Diego, Juliana und Isabel durchquerten weitläufige Säle mit Fresken und flämischen Tapisserien an den Wänden, mit Porträts adliger Ahnen und riesigen Gemälden glorreicher Schlachten. Vor jeder Tür standen livrierte Pagen, und überall liefen in Brüsseler Spitze gekleidete Mädchen hinter den widerlichen Chihuahuas her, die den Blick starr zu Boden richteten, sobald eine höhergestellte Person ihren Weg kreuzte. Die Mädchen natürlich, nicht die Hündchen. Doña Eulalia empfing ihren Besuch auf dem Baldachinthron im großen Salon und war gekleidet wie für einen Ball, wenngleich auch heute in strengem Schwarz. Mit ihren übereinanderlappenden Fettwülsten, ihrem kleinen Kopf und ihren schönen, wie schwarze Oliven schimmernden, lang bewimperten Augen sah sie aus wie ein gewaltiger Seelöwe. Falls die Dame ihre jungen Besucher einzuschüchtern hoffte, so gelang ihr das vortrefflich. Die Mädchen erstickten fast in der watteweichen Atmosphäre dieser Residenz; es war beschämend, sie waren zum Geben geboren, nicht zum Bitten.

Eulalia hatte Juliana bisher nur von ferne gesehen und verspürte eine gewisse Neugier, sie aus der Nähe zu begutachten. Das Mädchen war hübsch, keine Frage, aber ihr Äußeres rechtfertigte mitnichten die Torheit, die ihr Neffe ihretwegen zu begehen bereit war. Eulalia dachte an ihre eigenen Mädchenjahre zurück mit dem Ergebnis, daß sie genauso schön gewesen war wie Juliana de Romeu. Sie hatte diesen flammenden Schopf und dazu den Körper einer Amazone besessen. Unter dem Fett, das sie heute am Gehen hinderte, war die Erinnerung an die Frau, die sie einst gewesen war, unversehrt lebendig, und diese Frau war sinnlich, einfallsreich und voller Tatendrang gewesen. Nicht von ungefähr hatte Pedro Fages sie mit nie versiegender Leidenschaft geliebt und war vor Männern ohne Zahl beneidet worden. Juliana hatte dagegen Ähnlichkeit mit einer verwundeten Gazelle. Was sah Rafael nur in diesem zarten und bleichen Geschöpf, das sich im Bett sicher benehmen würde wie eine Nonne? Männer sind halt Trottel, dachte sie. Die andere Kleine – wie hieß sie noch? – wirkte interessanter, jedenfalls etwas weniger schüchtern, aber ihr Äußeres ließ manches zu wünschen übrig, vor allem wenn man sie mit Juliana verglich. Pech für das Kind, daß es eine solch anerkannte Schönheit zur Schwester hatte. Normalerweise hätte Eulalia ihren Gästen wenigstens einen Sherry und Häppchen gereicht, ihr Haus war berühmt für seine Küche, und niemand konnte ihr vorwerfen, sie geize mit dem Essen; sie wollte jedoch nicht, daß die drei sich behaglich fühlten, schließlich mußte sie ihren Vorteil für die Verhandlungen wahren, die ihr zweifellos bevorstanden.

Diego ergriff das Wort und beschrieb Eulalia, wie es um den Vater der Mädchen stand, wobei er nicht verschwieg, daß Rafael Moncada nach Madrid gereist war, um sich dort für ihn zu verwenden. Eulalia hörte wortlos zu, bedachte dabei jeden der drei mit ihrem durchdringenden Blick und zog ihre eigenen Schlüsse. Sie erriet, was Juliana mit ihrem Neffen ausgehandelt hatte, andernfalls hätte der seinen guten Ruf nicht riskiert, um einen des Hochverrats bezichtigten Liberalen zu retten. Dieses unbeholfene Manöver konnte ihn die Gunst des Königs kosten. Einen kurzen Moment freute sie sich, daß Rafael nichts erreicht hatte, aber dann sah sie die Tränen in den Augen der Mädchen und wurde wieder einmal von ihrem alten Herz hintergangen. Es passierte ihr oft, daß ihr gutes Gespür fürs Geschäft und ihr gesunder Menschenverstand mit ihren Gefühlen kollidierten. Was nicht immer ganz billig war, aber sie bezahlte den Preis dafür gern, denn diese jähen Anfälle von Mitleid waren der letzte Nachgeschmack ihrer verflossenen Jugend. Als Diego schwieg, trat eine lange Pause ein. Endlich sagte die zu ihrem eigenen Unwillen gerührte Eulalia, die drei machten sich übertriebene Vorstellungen davon, was sie erreichen könne. Es liege nicht in ihrer Macht, Tomás de Romeu zu retten. Sie könne nichts tun, was nicht schon ihr Neffe getan hatte, allenfalls könnte sie die Kerkermeister bestechen, damit sie den Gefangenen bis zu seiner Hinrichtung bevorzugt behandelten. Sie sollten begreifen, daß es für Juliana und Isabel in Spanien keine Zukunft gab. Sie waren die Töchter eines Verräters, und nach dem Tod ihres Vaters würden sie die Töchter eines rechtmäßig bestraften Kriminellen sein, und ihr Name wäre entehrt. Die Krone werde ihren Besitz beschlagnahmen, sie würden auf der Straße landen, ohne die nötigen Mittel für ein Leben in Spanien oder irgendwo sonst in Europa. Was dann? Sie würden ihren Lebensunterhalt verdienen müssen, Aussteuerwäsche besticken oder fremder Menschen Kinder erziehen. Sicher, Juliana konnte alles daransetzen, einen Leichtsinnigen zu finden, der sie heiratete, vielleicht sogar Rafael Moncada, aber sie vertraue darauf, daß ihr Neffe, der ja nicht auf den Kopf gefallen sei, bei einer solch wichtigen Entscheidung an seine Karriere und seine gesellschaftliche Stellung dachte. Juliana war mit Rafael einfach nicht auf einer Höhe. Außerdem, sagte sie, gab es nichts Lästigeres als eine Frau, die zu gut aussah. Alle möglichen Scherereien brachte eine solche Ehe mit sich, weshalb sie keinem Mann genehm sein konnte. In Spanien waren die mittellosen Schönheiten folglich zum Theaterberuf verdammt oder wurden von irgendeinem Gönner ausgehalten, das wisse man ja. Sie wünsche von ganzem Herzen, daß Juliana dieses Schicksal erspart bliebe. Während Eulalia den Fall darlegte, verlor Juliana zusehends die Fassung, die sie bei diesem schrecklichen Bittstellergang unbedingt hatte bewahren wollen, und ein Strom von Tränen floß über ihre Wangen und netzte ihr Dekolleté. Diego bedauerte, daß Doña Eulalia kein Mann war, denn er hätte sich an Ort und Stelle mit ihr geschlagen, aber jedenfalls hatten sie für sein Empfinden genug gehört. Er nahm Juliana und Isabel am Arm und schob sie ohne ein Wort des Abschieds zur Tür. Sie waren noch nicht bei der Schwelle, als Eulalias Stimme sie zurückhielt.

»Wie gesagt, kann ich für Tomás de Romeu nichts tun, für euch hingegen schon.«

Sodann erbot sie sich, die Besitztümer der Familie zu kaufen, angefangen bei dem heruntergekommenen Haus in Barcelona, bis hin zu den entlegenen, brachliegenden Ländereien in den Provinzen, zu einem guten Preis und gegen sofortige Bezahlung, so daß die Mädchen genügend Kapital hätten, anderorts, wo niemand sie kannte, ein neues Leben zu beginnen. Schon am nächsten Tag könne sie ihren Notar schicken, damit er die Eigentumstitel prüfte und die notwendigen Papiere aufsetzte. Sie werde beim Oberkommandierenden der Ciudadela erreichen, daß die Mädchen ihren Vater ein letztes Mal sehen durften, sie konnten sich verabschieden und ihn die Papiere unterschreiben lassen, was geschehen mußte, bevor die Behörden den Besitz konfiszierten.

»Eure Exzellenz wollen sich meine Schwester vom Hals schaffen, damit sie Rafael Moncada nicht heiratet!« schrie Isabel, die vor Zorn nicht mehr an sich halten konnte.

Der Anwurf traf Eulalia wie eine Ohrfeige. Sie war es nicht gewohnt, daß man ihr gegenüber laut wurde; seit ihr Mann gestorben war, hatte das niemand mehr gewagt. Für einen Moment blieb ihr die Luft weg, doch sie hatte mit den Jahren gelernt, ihr Temperament zu zügeln und die Wahrheit zu schätzen, wenn sie mit der Nase darauf gestoßen wurde. Sie zählte still bis dreißig, dann antwortete sie:

»Ihr seid nicht in der Situation, mein Angebot abzulehnen. Die Abmachung ist simpel und nicht mißzuverstehen: Sobald ihr das Geld habt, verschwindet ihr unverzüglich von hier.«

»Euer Neffe hat meine Schwester erpreßt, damit sie ihn heiratet, und jetzt erpreßt Ihr sie, damit sie es nicht tut!«

»Bitte, Isabel, es reicht«, flüsterte Juliana und tupfte sich die Tränen mit dem Taschentuch fort. »Ich habe eine Entscheidung getroffen. Ich nehme Euer Angebot an und danke für Eure Güte, Exzellenz. Wann können wir unseren Vater sehen?«

»Bald, Kinder. Ich lasse Bescheid geben, sobald der Besuch genehmigt ist«, sagte Eulalia zufrieden.

»Morgen früh um elf empfangen wir Euren Buchprüfer. Gehabt Euch wohl, Exzellenz.«

Eulalia hielt getreulich Wort. Um elf am nächsten Morgen sprach der Notar mit zwei Gehilfen im Stadthaus von Tomás de Romeu vor, durchforstete dessen Papiere, grub sich durch den Schreibtisch, prüfte die unordentliche Buchhaltung und erstellte eine ungefähre Schätzung des gesamten Besitzes. Er kam zu dem Ergebnis, daß Tomás de Romeu nicht nur erheblich weniger besaß, als es den Anschein gehabt hatte, sondern obendrein von Schulden erdrückt wurde. Wie die Dinge lagen, würde die Rente nicht ausreichen, den Mädchen das gewohnte Leben zu sichern. Aber er hatte eine klare Order von seiner Dienstherrin bekommen. Die hatte sich für ihr Gebot keine Gedanken darüber gemacht, was der zu erwerbende Besitz wert sein würde, sondern was die beiden Mädchen zum Leben brauchten. Diese Summe bot sie ihnen an. Ob das viel oder wenig war, hätten die beiden nicht sagen können. Sie wußten noch nicht einmal, was ein Laib Brot kostete, wie hätten sie sich da vorstellen sollen, was Eulalia de Callís ihnen zu geben bereit war? Auch Diego kannte sich in Gelddingen nicht aus und konnte ihnen keine Hilfe sein. Ohne zu ahnen, daß es der Wert der Besitztümer ihres Vaters um ein Doppeltes überstieg, nahmen die Schwestern das Angebot an. Bis der Notar die Schriftsätze vorbereitet hatte, erwirkte Eulalia eine Besuchserlaubnis für das Gefängnis.

Die Ciudadela war ein monströses Fünfeck aus Felsquadern, Holz und Mörtel, das 1715 von einem flämischen Baumeister errichtet worden war. In ihr war der militärische Sieg der spanischen Bourbonenkönige über Katalonien zu Stein gewor-

den. Dicke Mauern, an jeder Ecke von einem trutzigen Wehr-
turm gekrönt, umschlossen ein riesiges Gelände und vielfäl-
tige militärische Gebäude. Wer die Ciudadela kontrollierte,
kontrollierte die Stadt. Um diese uneinnehmbare Festung zu
bauen, hatten die Heere Philipps V. ein ganzes Stadtviertel
mit seinen Hospitälern und Klöstern dem Erdboden gleichgemacht, hatten eintausendzweihundert Häuser abgerissen
und die angrenzenden Wälder gefällt. Das massige Bauwerk
und seine bedrückende Geschichte lasteten wie eine dunkle
Wolke auf Barcelona. Die Ciudadela war für die Stadt, was
die Bastille für Frankreich gewesen war: ein Symbol der
Unterdrückung. Hinter ihren Mauern hatten sich verschiedene Besatzungstruppen verschanzt, und in ihren Verliesen
waren Tausende und Abertausende von Gefangenen gestorben. Von ihren Türmen baumelten die Erhängten als Abschreckung für die Bevölkerung. Im Volksmund hieß es, man
entkomme leichter der Hölle als der Ciudadela.

Jordi fuhr Diego, Juliana und Isabel vor das Eingangstor,
wo sie den Passierschein vorlegten, den Eulalia de Callís ihnen besorgt hatte. Der Kutscher mußte draußen warten, und
die drei wurden von vier Soldaten mit Bajonetten auf den Gewehren ins Innere geführt. Es grauste sie auf ihrem Weg. Vor
dem Tor war es kühl gewesen, aber ein strahlend schöner Tag,
der Himmel wolkenlos und die Luft blankgeputzt. Unten lag
das Meer wie ein Spiegel aus Silber, und das Sonnenlicht
malte festliche Muster auf die weißen Häuser der Stadt. Im
Innern der Festung jedoch schien die Zeit vor einem Jahrhundert eingefroren und in einer ewigen Winterdämmerung
erstarrt. Der Weg bis zum Kerkerbau war weit, und sie gingen ihn schweigend. Sie betraten das düstere Gebäude durch
eine schwere, mit Eisennieten beschlagene Seitentür aus Eiche und wurden durch lange Gänge geführt, in denen ihre
Schritte widerhallten. Der Wind pfiff durch schlecht ver-
schlossene Fenster, und es roch nach feuchtem Leder, Pulver
und Schweiß. Wasser troff von den Decken und zeichnete
grünliche Landkarten auf die Wände. Sie passierten mehrere
Türen, die jedesmal schwer hinter ihnen ins Schloß fielen.

Mit jedem Türschlagen war ihnen, als entfernten sie sich weiter von der Welt der Freien und dem Dasein, das sie kannten, während sie in die Eingeweide einer gewaltigen Bestie vordrangen. Die Mädchen bibberten, und auch Diego fragte sich, ob sie diesen unseligen Ort jemals lebend verlassen würden. Man führte sie in ein karges Zimmerchen, wo sie einige Zeit im Stehen warten mußten, bewacht von den vier Soldaten. Endlich empfing sie ein Offizier in einem kleinen Raum, der mit einem grob gezimmerten Tisch und mehreren Stühlen dürftig möbliert war. Der Offizier warf einen raschen Blick auf den Passierschein, um Siegel und Unterschrift zu prüfen, doch es war fraglich, ob er lesen konnte. Er gab ihn wortlos zurück. Er war ein Mann um die vierzig, hatte ein glattes Gesicht, stahlgraues Haar und Augen von einem eigenartigen, fast violetten Himmelblau. Er wandte sich auf katalanisch an sie und sagte, sie hätten eine Viertelstunde, um mit dem Gefangenen zu sprechen, und müßten sich drei Schritte entfernt von ihm halten. Diego erklärte ihm, daß Señor De Romeu einige Papiere unterzeichnen sollte und Zeit brauchte, sie zu lesen.

»Bitte, Herr Offizier, ich flehe Euch an. Dies ist das letzte Mal, daß wir unseren Vater sehen«, schluchzte Juliana auf und sank vor dem Mann auf die Knie. »Erlaubt uns, daß wir ihn umarmen.«

Halb ungehalten, halb fasziniert wich der Uniformierte einen Schritt zurück, und Diego und Isabel beeilten sich, Juliana aufzuhelfen, aber sie war wie am Boden festgenagelt.

»Im Namen Gottes! Steht auf, Señorita!« drängte der Offizier, doch dann verschwand alle Strenge aus seinem Gesicht, er faßte Juliana an beiden Händen und zog sie sanft auf die Füße. »Ich bin ja kein Unmensch, mein Kind. Auch ich habe Familie, ich habe Kinder und begreife, wie schmerzvoll das alles für Euch sein muß. Also, ein halbe Stunde, Ihr könnt allein mit ihm sein und ihm diese Papiere vorlegen.«

Er befahl einem Wachsoldaten, den Gefangenen zu holen. Juliana trocknete sich die Tränen, glättete ihr Kleid und straffte sich. Wenig später betrat Tomás de Romeu, flankiert von zwei Wachen, den Raum. Er war schmutzig, bärtig und abgemagert, aber man hatte ihm die Fußeisen abgenommen. Er hatte sich in diesen Wochen weder rasieren noch waschen dürfen, stank wie ein Landstreicher und blickte sie aus glasigen Augen an. Durch die schmale Kerkerkost war sein Genießerbauch verschwunden, seine Züge waren scharf, die Adlernase wirkte zu groß in seinem grünlichen Gesicht, und die einst vollen Wangen hingen herab, bedeckt von einem schütteren, grauen Bart. Seine Töchter starrten diesen Fremden fassungslos an, doch dann flogen sie weinend in seine Arme. Der Offizier verließ mit den Wachen den Raum. Der Kummer dieser Familie war so unverstellt, so intim, daß Diego am liebsten unsichtbar geworden wäre. Er drückte sich gegen die Wand, starrte zu Boden und kämpfte die Tränen nieder.

»Nun, nun, Kinder, beruhigt euch, nicht weinen, bitte. Wir haben nur wenig Zeit und viel zu tun«, sagte Tomás de Romeu und wischte sich die Tränen mit dem Handrücken fort. »Man hat mir gesagt, ich soll irgend etwas unterschreiben…«

In knappen Worten erklärte ihm Diego das Angebot von Eulalia de Callís und reichte ihm die Dokumente mit der Bitte, sie zu unterzeichnen, um den Besitz seiner Töchter zu retten.

»Das bestätigt, was ich schon wußte. Ich werde hier nicht lebend herauskommen«, seufzte Tomás de Romeu.

Aber auch wenn der König ihn begnadigte, mußte die Familie gleichwohl das Land verlassen, gab Diego zu bedenken, und das konnte sie nur mit klingender Münze im Beutel tun. Tomás de Romeu nahm Tintenfaß und Feder, die Diego mitgebracht hatte, und unterzeichnete den Übergang all seiner irdischen Besitztümer auf Eulalia de Callís. Gefaßt wandte er sich dann an Diego und bat ihn, sich seiner Töchter anzunehmen, sie dorthin zu bringen, wo niemand wußte, daß ihr Vater hingerichtet worden war wie ein Verbrecher.

»In den Jahren, in denen ich Euch jetzt kenne, habe ich gelernt, Euch zu vertrauen wie dem Sohn, den ich nie hatte. Wenn meine Töchter unter Eurer Obhut stehen, kann ich ruhig sterben. Bringt sie zu Euch nach Haus nach Kalifornien

nd bittet meinen Freund Alejandro de la Vega, daß er sich
m sie sorgt wie um seine eigenen Kinder.«

»Bitte, Vater, Ihr dürft den Mut nicht verlieren. Rafael
Moncada hat uns versichert, daß er all seinen Einfluß nutzen
wird, damit man Euch freiläßt«, wimmerte Juliana.

»Die Hinrichtung soll in zwei Tagen sein, Juliana. Moncada rührt keinen Finger für mich, er hat mich denunziert.«

»Vater! Seid Ihr sicher?« schrie Juliana auf.

»Beweisen kann ich es nicht, aber meine Häscher haben
davon gesprochen.«

»Aber Rafael war beim König und hat ihn um Eure Begnadigung ersucht!«

»Ich glaube ihm nicht, Kindchen. Vielleicht war er in Madrid, aber aus anderen Gründen.«

»Dann ist alles meine Schuld!«

»Du bist nicht schuld an der Schlechtigkeit der anderen,
mein Kind. Du kannst nichts für meinen Tod. Fasse dich! Ich
will keine Tränen mehr sehen.«

Tomás de Romeu meinte, Moncada habe ihn wohl nicht
aus politischen Gründen oder aus Rache für Julianas Ab-
lehnung, sondern aus Berechnung verraten. Mit seinem Tod
würden die Mädchen schutzlos sein und sich in die Obhut
des ersten begeben müssen, der sich ihnen anbot. Dann wäre
Moncada da, und der konnte es kaum erwarten, daß Juliana
ihm wie ein verwundetes Turteltäubchen in die Hände fiel,
deshalb sei Diegos Rolle so entscheidend. Der hörte Tomás
de Romeu mit wachsendem Zorn auf Moncada an und wäre
um ein Haar damit herausgeplatzt, daß er Juliana diesem
Schuft niemals überlassen werde, daß er sie vergötterte und
ihn auf Knien bitte, sie ihm zur Frau zu geben, aber er beherrschte sich rechtzeitig. Wenn er ehrlich zu sich war, hatte
ihm Juliana nie angedeutet, daß sie seine Gefühle erwiderte.
Dies war wohl kaum der richtige Zeitpunkt, sie zu fragen.
Obendrein fühlte er sich wie ein Hochstapler, welchen Schutz
sollte er den Mädchen denn bieten? Seinen Degen? Seine
Liebe? Sie würden ihnen wenig nutzen. Ohne den finanziel-
len Rückhalt seines Vaters konnte er gar nichts für sie tun.

»Ihr dürft beruhigt sein, Don Tomás. Ich würde mein Le
ben für Eure Töchter geben. Ich werde immer auf sie achtge
ben«, sagte er deshalb schlicht.

Zwei Tage später bei Sonnenaufgang, als der Dunst von
Meer die Stadt in eine heimelige und geheimnisvolle Deck
hüllte, wurden elf politische Häftlinge, die der Kollaboratio
mit den Franzosen beschuldigt waren, in einem der Höfe de
Ciudadela hingerichtet. Eine halbe Stunde zuvor hatte ei
Priester ihnen die Letzte Ölung angeboten, damit sie, wie e
erklärte, die Welt frei von Schuld wie Neugeborene verlasse
konnten. Tomás de Romeu, der fünfzig Jahre lang gegen di
Geistlichkeit und die Dogmen der Kirche gewettert hatte
empfing wie die anderen Verurteilten das Sakrament un
nahm sogar das Abendmahl. »Nur für den Fall, Pater, kann j
nicht schaden...«, scherzte er. Er war krank vor Angst gewe
sen, seit er gehört hatte, wie die Soldaten in sein Landhau
eindrangen, jetzt aber war er ruhig. Der Albdruck war gewi
chen, als er seinen Töchtern Lebewohl sagen konnte. In de
beiden darauffolgenden Nächten hatte er traumlos geschla
fen, und bei Tage war er heiter gewesen. Er stellte sich de
nahen Tod mit einer Seelenruhe, die er im Leben nicht ge
kannt hatte. Fast gefiel ihm der Gedanke, sein Leben mit ei
nem Schuß zu beenden, anstatt es in einem unvermeidliche
Verfall allmählich auszuhauchen. Er dachte an seine Töchte
die ihrem Schicksal überlassen waren, und hoffte darauf, da
Diego de la Vega sein Wort hielt. Sie waren ihm fern wie nie
In den Wochen seiner Gefangenschaft hatte er sich nach un
nach von all seinen Erinnerungen und Gefühlen gelöst un
so eine neue Freiheit gewonnen – er war mit sich versöhnt
Beim Gedanken an seine Töchter konnte er sich ihre Gesich
ter und Stimmen nicht vorstellen und sah sie als zwei klein
Mädchen ohne Mutter, die in einem der schummrigen Säl
seines Hauses mit ihren Puppen spielten. Als sie ihn vor zwe
Tagen im Gefängnis besuchten, staunte er über diese beide
Frauen, die an die Stelle der Kleinen mit ihren Stiefelchen
Kitteln und Zöpfchen getreten waren. Verdammt, wie schnel

...ie Zeit vergangen ist, hatte er bei sich gedacht. Er verabschiedete sich ohne Bedauern und war selbst überrascht über seinen Gleichmut. Juliana und Isabel würden ihr Leben ohne ihn meistern müssen, er konnte sie nicht mehr behüten. Als er das begriffen hatte, konnte er seine letzten Stunden auskosten und fast neugierig das Ritual seiner Exekution betrachten.

In der Nacht vor seinem Tod erhielt er in seiner Zelle ein letztes Geschenk von Eulalia de Callís, einen reich gefüllten Korb mit allerlei Köstlichkeiten, mit einer Flasche besten Weins und einem Teller der erlesensten Schokoladenpralinen aus ihrer Kollektion. Man erlaubte ihm, sich unter dem wachsamen Blick eines Soldaten zu waschen und zu rasieren, und gab ihm die frischen Kleider, die seine Töchter geschickt hatten. Erhobenen Hauptes und ungerührt schritt er zum Hinrichtungsplatz, stellte sich vor den blutigen Pfosten, an den er gefesselt wurde, und erlaubte nicht, daß man ihm die Augen verband. Das Erschießungskommando stand unter dem Befehl des Offiziers mit den himmelblauen Augen, der Juliana und Isabel in der Ciudadela empfangen hatte. Ihm fiel es zu, dem Verurteilten eine Kugel in die Schläfe zu schießen, als er sah, daß er noch lebte, obwohl sein Leib von der Salve zerfetzt worden war. Das letzte, was Tomás de Romeu wahrnahm, ehe der Gnadenschuß in seinem Gehirn barst, war das goldene Morgenlicht, das durch den Nebel brach.

Der Offizier, der nicht leicht zu beeindrucken war, denn er hatte den Krieg durchgemacht und war an die Brutalitäten in der Kaserne und den Kerkern gewöhnt, hatte das in Tränen aufgelöste Gesicht des jungfräulichen Mädchens, das sich ihm zu Füßen geworfen hatte, nicht vergessen können. So brach er seinen Grundsatz, Pflichterfüllung und Gefühle streng voneinander zu trennen, und überbrachte ihr persönlich die Nachricht vom Tod des Verurteilten. Er wollte nicht, daß die beiden Mädchen über andere Wege vom Tod ihres Vaters erfuhren.

»Er hat nicht gelitten«, log er.

Rafael Moncada erfuhr am selben Tag von Tomás de Romeu Hinrichtung und von Eulalias Winkelzügen, um Juliana au Spanien fortzuschaffen. Ersteres war in seinen Plänen vorge sehen, das zweite indes verursachte ihm einen Wutanfal Aber er hütete sich, seiner Tante die Meinung zu sagen, den daß er Juliana bekommen würde, ohne auf sein Erbe zu ver zichten, hatte er sich noch nicht aus dem Kopf geschlagen. E bedauerte Eulalias robuste Gesundheit; sie entstammte eine langlebigen Familie, und es bestand keine Hoffnung, daß si bald das Zeitliche segnete, ihn reich machte und er sein Lebe selbst in die Hand nehmen konnte. Er würde ihr Julian irgendwie schmackhaft machen müssen, eine andere Mög lichkeit gab es nicht. Sie mit der Heirat vor vollendete Tatsa chen zu stellen kam nicht in Frage, das würde sie ihm nie ver zeihen, aber er entsann sich der alten Geschichte, daß sie a Gattin des Gouverneurs von Kalifornien einen gefürchtete indianischen Krieger in eine zivilisierte und gottgefällige Spa nierin verwandelt hatte, und darauf wollte er aufbauen. Da diese Person die Mutter von Diego de la Vega war, ahnte e nicht, aber er hatte die Geschichte mehrmals von Eulali selbst gehört, die es nicht lassen konnte, sich federführend i anderer Leute Leben einzumischen, und obendrein dami prahlte. Er würde ihr vorschlagen, die Mädchen De Rome als Schützlinge in ihren Hofstaat aufzunehmen, da sie doc nun ohne Vater waren und keine Familie hatten. Sie vor de Entehrung zu retten und zu erwirken, daß man sie erneut i der Gesellschaft akzeptierte, wäre eine ähnlich interessant Herausforderung für seine Tante wie die Erziehung diese Indianerin in Kalifornien vor zwanzig oder wieviel Jahrer Würde sie Juliana und Isabel erst in ihr großes, mütterliche Herz schließen, was früher oder später kaum ausbleibe würde, konnte er ihr erneut von der Heirat sprechen. Un falls dieses ausgeklügelte Vorhaben fehlschlug, blieb noc immer der Weg, den Eulalia selbst ihm aufgezeigt hatte. Ihr Worte hatten sich ihm tief eingeprägt: Juliana de Rome konnte seine Geliebte sein. Ohne einen Vater, der über si wachte, würde sie sich schließlich von einem Wohltäter aus halten lassen müssen. Und wer wäre dazu besser geeignet als er? Der Gedanke war nicht übel. Er könnte eine Frau von Stand ehelichen, vielleicht sogar die Medinaceli, und müßte gleichwohl auf Juliana nicht verzichten. Es war alles eine Frage der Diskretion. Mit diesen Überlegungen im Hinterkopf meldete er seinen Besuch im Haus von Tomás de Romeu an.

Dieses Haus, das von jeher etwas verwahrlost auf ihn gewirkt hatte, war nun unverkennbar ruiniert. In den wenigen Monaten, seit sich der politische Wind in Spanien gedreht hatte und Tomás de Romeu die Sorgen und Schulden über den Kopf gewachsen waren, war das Gebäude zum Spiegel der Niederlage und Bedürftigkeit seiner Besitzer geworden. Im Garten wucherte Unkraut, die Zwergpalmen und Farne vertrockneten in ihren Kübeln, Pferdeäpfel und Abfall verunzierten zusammen mit Hühnern und Hunden den repräsentativen Hof vor dem Haupteingang. Innen herrschten Staub und Dunkelheit, seit Monaten waren weder die Vorhänge geöffnet noch die Kamine befeuert worden. Die kalten Herbstwinde schienen in den unwirtlichen Sälen eingesperrt zu sein. Kein Majordomus erschien, den Gast zu empfangen, statt dessen öffnete ihm Nuria, sauertöpfisch und spröde wie immer, und führte ihn in die Bibliothek.

Die Gouvernante tat ihr Bestes, um den Majordomus zu ersetzen und diesen ruderlosen Kahn vor dem Kentern zu bewahren, aber die übrige Dienerschaft hörte nicht auf sie. Auch verfügte sie kaum über Geld, weil jeder Heller für die Zukunft gespart werden sollte, immerhin war die Summe von Eulalia de Callís Julianas und Isabels einzige Aussteuer. Diego hatte die Wechsel zu einem Bankier gebracht, den Eulalia selbst ihnen empfohlen hatte, ein penibel rechtschaffener Mann, der ihm den Gegenwert in Edelsteinen und einigen Goldmünzen auszahlte und riet, die Mädchen sollten den Schatz in ihre Unterröcke einnähen. Er erklärte ihm, daß die Juden ihren Besitz in dieser Form über Jahrhunderte der Verfolgung gerettet hatten, denn die Steine ließen sich leicht mitnehmen und waren überall auf der Welt gleich wertvoll. Ju-

liana und Isabel konnten nicht fassen, daß diese Handvol
kleiner, bunter Steinchen alles sein sollte, was ihre Familie be
sessen hatte.

Rafael Moncada wartete in der Bibliothek, zwischen de
ledergebundenen Büchern, die Tomás de Romeus private
Reich gewesen waren, während Nuria ging, um Juliana z
holen. Sie war auf ihrem Zimmer, müde vom Weinen und Be
ten für die Seele ihres Vaters.

»Du bist nicht verpflichtet, mit diesem Halunken zu spre
chen, Kindchen«, sagte die Gouvernante. »Wenn du e
wünschst, sage ich ihm, er soll sich zum Teufel scheren.«

»Reich mir das kirschfarbene Kleid, und hilf mir mit de
Haaren, Nuria. Er soll mich nicht in Trauer und nicht besieg
sehen.«

Wenig später betrat sie die Bibliothek so strahlend wie i
ihren unbeschwertesten Zeiten. Im flackernden Schein de
Kerzen erkannte Rafael Moncada weder die Röte ihrer ver
weinten Augen noch die kummervolle Blässe ihrer Wangen
Er sprang auf, sein Herz raste, dieses Mädchen raubte ihn
den Verstand. Er hatte erwartet, sie vom Gram gebeugt zu
finden, aber da war sie, so schön, stolz und überwältigen
wie immer. Als sich der Frosch in seinem Hals gelöst hatte
drückte er ihr sein tiefes Bedauern über die schreckliche Tra
gödie aus, die über die Familie hereingebrochen war, und
versicherte ihr erneut, daß er alle Hebel in Bewegung gesetz
hatte, um Hilfe für Don Tomás zu finden, aber es sei alle
umsonst gewesen. Wie er wisse, hatte seine Tante ihr geraten
zusammen mit ihrer Schwester das Land zu verlassen, abe
das sei wohl nicht notwendig. Ferdinand VII. werde der
eisernen Griff, mit dem er seine Gegner würge, gewiß bal
lockern. Das Land lag in Trümmern, das Volk hatte lang
Jahre voller Gewalt erlitten, jetzt verlangte es nach Brot
Arbeit und Frieden. Juliana und Isabel sollten fortan nu
noch den Namen ihrer Mutter tragen, da der des Vaters un
widerruflich befleckt war, und sich vorsichtshalber ein
Weile zurückziehen, bis das Gerede über Tomás de Romeu
verstummte. Vielleicht könnten sie sich dann erneut in de

Gesellschaft zeigen. Unterdessen würden sie unter seinem Schutz stehen.

»Was genau schlagt Ihr vor, Señor?« sagte Juliana zurückhaltend.

Moncada wiederholte ihr, nichts würde ihn glücklicher machen, als sie zur Frau zu nehmen, und sein früheres Angebot gelte weiterhin, aber unter den gegebenen Umständen müsse man für einige Monate den Schein wahren. Außerdem war auch der Widerstand von Eulalia de Callís zu überwinden, das sei indes keine ernsthafte Hürde. Wenn seine Tante sie erst besser kennenlernte, so änderte sich ohne Zweifel ihr Sinn. Juliana mußte sich doch jetzt, nach diesen schlimmen Vorkommnissen, Gedanken über ihre Zukunft gemacht haben. Auch wenn er sie nicht verdiene – kein Mann unter der Sonne verdiente sie wirklich –, lege er ihr sein Leben und sein Vermögen zu Füßen. An seiner Seite werde ihr nie etwas mangeln. Die Heirat mußte man zwar verschieben, aber Wohlleben und Sicherheit konnte er ihr und ihrer Schwester jetzt schon bieten. Das sei kein geringes Angebot, er bitte sie, das zu bedenken.

»Ihr müßt Euch nicht sofort erklären. Ich verstehe vollkommen, daß Ihr in Trauer seid und es nicht der rechte Moment ist, von Liebe zu sprechen...«

Da fuhr Juliana ihm über den Mund: »Von Liebe werden wir niemals sprechen, Señor Moncada, über Geschäfte hingegen können wir reden. Durch Eure infame Anzeige habe ich meinen Vater verloren.«

Rafael Moncada spürte das Blut in seinen Schläfen pochen und rang nach Luft.

»Einer solchen Untat könnt Ihr mich nicht bezichtigen! Euer Vater hat sein eigenes Grab geschaufelt, ohne fremde Hilfe. Doch ich will Euch die Beleidigung verzeihen, denn Ihr seid außer Euch, von Sinnen vor Kummer.«

»Wie gedenkt Ihr, meine Schwester und mich für den Tod unseres Vaters zu entschädigen?« beharrte Juliana jetzt mit offenem Zorn.

Ihr Tonfall war so verächtlich, daß Moncada sich nicht

länger im Zaum zu halten vermochte und entschied, es se
verlorene Liebesmüh, weiter den Ritterlichen zu spielen. Of
fensichtlich gehörte Juliana zu denen, die eine harte männli
che Hand brauchten. Er packte sie an den Armen, schüttelt
sie grob und schrie sie an, was sie sich einbilde, sie sei nicht ir
der Situation zu verhandeln, vielmehr solle sie dankbar sein
ob sie noch nicht begriffen habe, daß sie und ihre Schweste
auf der Straße oder im Gefängnis landen könnten, genau wi
ihr Vater, dieser Verräter; die Behörden seien benachrichtig
und sie nur deshalb nicht verhaftet worden, weil er rechtzei
tig eingegriffen habe, aber es könnte jeden Moment so wei
sein, allein er könne sie vor der Gosse oder dem Kerker be
wahren. Juliana wehrte sich, in dem Gerangel riß der Ärme
ihres Kleides und gab ihre Schulter frei, und die Nadel
lösten sich aus ihrem Haarknoten. Ihre schwarze Mähne er
goß sich über Moncadas Hände. Unfähig, sich zu beherr
schen, packte er in die duftenden Locken, riß ihr den Kop
nach hinten und küßte sie auf den Mund.

Diego hatte alles von der angelehnten Tür aus beobachte
und sich dabei leise, wie eine Litanei, den Rat vorgesagt, de
Maestro Escalante ihm in der ersten Fechtstunde gegeber
hatte: nie im Zorn kämpfen. Als sich Moncada jedoch au
Juliana warf und sie mit Gewalt zu küssen versuchte, konnt
er nicht mehr an sich halten und stürzte erbost, mit gezück
tem Degen in die Bibliothek.

Moncada ließ Juliana los, stieß sie auf eine der Bücher
wände zu und zog seine Waffe. Auge in Auge standen die bei
den sich jetzt gegenüber, federnd in den Knien, der recht
Arm mit dem Degen ausgestreckt, der linke erhoben und an
gewinkelt, um einen sicheren Stand zu haben. Kaum wa
Diego zum Fechten bereit, da war sein Zorn verflogen und
einer völligen Ruhe gewichen. Er atmete tief aus und lächelt
zufrieden. Endlich wußte er sein Ungestüm zu mäßigen, wi
es Maestro Escalante von Beginn an von ihm gefordert hatte
Kein Grund, außer Atem zu kommen. Ruhe, ein klarer Kopf
ein fester Arm. Diese Kälte, die seinen Rücken überlief wi

266

eine Bö im Winter, war ein Vorbote für die Euphorie des Gefechts. Kein Gedanke würde ihn ablenken, sein Körper einzig dem Instinkt folgen. Das war das Ziel der strengen Kampfausbildung von La Justicia gewesen: Instinkt und Entschlossenheit in jeder Bewegung. Jetzt kreuzte er mit Moncada ein paarmal die Klingen, sie tasteten sich ab, und Moncada lancierte jäh einen Angriff, den Diego hart parierte. Schon nach den ersten Finten wußte Diego, mit welcher Art Gegner er es zu tun hatte. Moncada focht sehr gut, aber er selbst war beweglicher und hatte mehr Übung; nicht umsonst war das Fechten in den letzten Jahren seine wichtigste Beschäftigung gewesen. Doch anstatt den Angriff rasch zu erwidern, spielte er den Unbeholfenen und wich zurück, bis sein Rücken gegen die Bücher stieß. Er tat, als könnte er die Hiebe nur mit Mühe und letzter Kraft parieren, bot seinem Gegner jedoch nie eine Blöße.

Später, als er das Geschehen noch einmal Revue passieren ließ, wurde Diego klar, daß er, ohne es sich vorzunehmen, zwei verschiedene Personen verkörperte, je nach den gegebenen Umständen oder der Kleidung, die er trug. So streute er seinem Gegenüber Sand in die Augen. Er wußte, daß Rafael Moncada ihn verachtete, er hatte selbst dafür gesorgt, indem er vor ihm den gezierten Fatzke gab. Er tat es aus demselben Grund wie vor dem Chevalier oder dessen Tochter: aus Vorsicht. Moncada hatte merken können, was in ihm steckte, als er sich mit ihm im Wald duellierte, aber sein verletzter Stolz gebot ihm, es zu vergessen. Danach waren sie sich einige Male begegnet, und immer hatte Diego an dem schlechten Bild gefeilt, das sein Rivale von ihm hatte, denn er ahnte, daß dieser Gegner keine Skrupel kannte. Es war besser, ihm mit List zu begegnen als mit prahlerischen Taten. Auf der Hacienda seines Vaters hatte er gesehen, wie die Füchse tanzten, um die Lämmer anzulocken, die sich neugierig näherten und bei der ersten Unachtsamkeit totgebissen wurden. Indem er sich zum Narren machte, lullte er Moncada ein und wiegte ihn in Sicherheit. Er war sich dieser Taktik und seiner zwiegespaltenen Persönlichkeit nie recht bewußt gewesen, einerseits war

er Diego de la Vega, elegant, zimperlich und geplagt von ein
gebildeten Krankheiten, und andererseits war er Zorro, wa
gerissen, tollkühn und verspielt. Sein wahres Wesen lag wo
möglich irgendwo dazwischen, aber er kannte es nicht, viel
leicht war er keiner der beiden, vielleicht beide zusammen. E
fragte sich, wie Juliana oder Isabel ihn sahen, aber darau
hatte er keine Antwort, womöglich hatte er das Spiel über
trieben, und sie hielten ihn schlicht für einen Possenreißer
Doch lange sollte er über all das nicht grübeln, denn sei
Leben war durcheinandergeraten, und das verlangte die un
mittelbare Tat. So nahm er es hin, daß er zwei Personen wa
und entschied, es in einen Vorteil umzumünzen.

Auf der Flucht vor Moncadas Attacken sprang Dieg
zwischen den Möbeln der Bibliothek hin und her, tat un
beholfen, plapperte dabei jedoch ohne Unterlaß, währen
die Hiebe auf ihn niederhagelten und die Klingen Funke
stieben. Er brachte Mocanda zur Weißglut. Nichts war übri
von dessen vielgerühmter Kaltblütigkeit, er keuchte vo
Grimm. Der Schweiß rann ihm über die Stirn und in di
Augen. Diego spürte, daß er ihn schon in der Gewalt hatte
Er hatte ihn müde gemacht wie einen Kampfstier.

»Vorsicht, Exzellenz, Euer Degen könnte jemanden ver
letzen!« feixte er.

Juliana hatte sich wieder gefaßt und rief laut, sie sollten di
Waffen sinken lassen, im Namen Gottes und aus Achtun
vor dem Andenken ihres Vaters. Diego parierte noch einig
Hiebe, dann ließ er den Degen los und bat mit erhobene
Händen um Schonung. Das war riskant, aber er glaubte
Moncada werde sich hüten, vor den Augen Julianas eine
Unbewaffneten zu töten, doch da täuschte er sich, den
Moncada warf sich ihm mit einem Triumphschrei und seine
ganzen Kraft entgegen. Diego wich der Klinge aus, die ihn a
der Hüfte streifte, und war mit zwei Sprüngen beim Fenste
und hinter dem schweren, bodenlangen Samtvorhang. Mon
cadas Degen drang durch den Stoff, verfehlte Diego, wirbelt
eine Staubwolke auf und verheddere sich, so daß Moncad
ihn nur mit Mühe wieder herausziehen konnte. Diego nutzt

ie kurze Verschnaufpause, stieß seinem Gegner mit beiden
Händen den Vorhang ins Gesicht und sprang mit einem Satz
uf den Mahagonitisch. Er packte eins der dicken, lederge-
undenen Bücher und warf es Moncada gegen die Brust. Der
aumelte, fiel aber nicht und ging unverzüglich zum nächsten
Angriff über. Diego wich mehreren Attacken aus, schleu-
lerte weitere Bücher nach ihm, dann warf er sich auf den Bo-
len und rollte unter den Tisch.

»Erbarmen, Erbarmen! Ich will nicht sterben wie ein
Hühnchen!« jammerte er mit unverhohlenem Spott, wäh-
end er unter dem Tisch kauernd mit einem Buch die blind-
vütigen Attacken seines Gegners abwehrte.

Neben Tomás de Romeus Stuhl lag der Stock mit dem El-
enbeingriff, auf den sich der Hausherr während seiner
Gichtanfälle gestützt hatte. Diego angelte damit nach Mon-
adas Knöchel. Er zog kräftig daran und holte Moncada von
len Füßen, aber der war gut in Form, sprang sofort wieder
uf und wütete weiter. Auf Julianas Schreie hin eilten nun
Nuria und Isabel in die Bibliothek. Isabel glaubte, die Lage
uf den ersten Blick erkannt zu haben, und weil sie fürchtete,
Diego werde auf dem Friedhof enden, packte sie seinen Degen, der in der gegenüberliegenden Ecke des Raumes gelan-
let war, und trat Moncada ohne Zögern entgegen. Es war das
erste Mal, daß sie die Kunst erproben konnte, die sie seit vier
ahren vor dem Spiegel übte.

»En garde«, forderte sie Moncada begeistert heraus.

In einem Reflex führte Rafael Moncada einen Angriff aus,
icher, er werde sie beim ersten Versuch entwaffnen, traf je-
loch auf entschlossenen Widerstand. Trotz des Zorns, der
hn toll machte, ging ihm plötzlich auf, welcher Irrsinn es
var, gegen dieses kleine Mädchen zu kämpfen, das noch dazu
lie Schwester der Frau war, die er zu erobern wünschte. Er
ieß die Waffe los, die ohne einen Laut auf den Teppich fiel.

»Gedenkt Ihr, mich kaltblütig zu ermorden, Isabel?«

»Nehmt Euren Degen, Feigling!«

Moncada verschränkte bloß die Arme vor der Brust und
grinste höhnisch auf sie herab.

»Isabel! Was tust du!« rief ihre Schwester entgeistert.

Isabel überhörte es. Sie hob die Spitze ihrer Klinge unte[r] Moncadas Kinn, aber dann wußte sie nicht weiter. Die Lä[s]cherlichkeit des Tableaus traf sie mit voller Wucht.

»Dem werten Herrn die Gurgel zu durchstechen, wie er e[s] zweifellos verdiente, könnte manch juristisches Proble[m] nach sich ziehen, Isabel. Man kann nicht durch die Welt lau[-]fen und Leute umbringen. Aber etwas sollten wir mit ihr[,] tun…«, mischte sich Diego ein, der unter dem Tisch hervor[-] gekrochen war, ein Taschentuch aus seinem Ärmel zog un[d] albern damit durch die Luft wedelte, ehe er sich die Stirn ab[-] tupfte.

Die kurze Ablenkung genügte Moncada, er packte Isabe[l] Hand und drehte ihr den Arm auf den Rücken, so daß sie de[n] Degen loslassen mußte. Dann stieß er sie von sich, sie fiel un[d] schlug mit dem Kopf gegen die Tischkante. Etwas benom[-] men sank sie zu Boden, während Moncada ihre Waffe aufho[b] und wieder auf Diego losging, der hastig zurückwich un[d] sich unter mehreren Hieben nur um Haaresbreite wegduck[-] te, weil er einen Weg suchte, Moncadas Hand zu packen un[d] ihm die Waffe zu entwinden, damit sie sich Mann gege[n] Mann messen konnten. Isabel hatte sich rasch wieder aufge[-] rappelt, schnappte sich Moncadas verwaisten Degen un[d] warf ihn mit einem warnenden Ruf Diego zu, der ihn in de[r] Luft fing. Kaum hatte er die Waffe in der Hand, fühlte er sic[h] wieder sicher und begann erneut zu feixen, was seinen Geg[-] ner schon zuvor so in Rage gebracht hatte. Nach einer schne[ll] ausgeführten Finte traf er ihn am linken Arm, kaum ein Krat[-] zer, aber an ebender Stelle, wo Diego im Duell durch die Ku[-] gel verletzt worden war. Moncada schrie vor Schreck un[d] Schmerz auf.

»Jetzt sind wir quitt«, sagte Diego und schlug Moncad[a] mit einem entschlossenen Streich die Waffe aus der Hand.

Sein Gegner war ihm ausgeliefert. Mit der rechten Han[d] hielt er sich den verletzten Arm unter dem aufgeschlitzte[n] Rock, und ein blutiges Rinnsal quoll schon zwischen sein[en] Finger. Er war sprachlos vor Wut, mehr noch als vor Angs[t]

Diego hielt ihm den Degen gegen die Brust, als wollte er zustechen, lächelte dann jedoch freundlich.

»Zum zweiten Mal habe ich das Vergnügen, Euer Leben zu schonen, Señor Moncada. Ihr erinnert Euch, das erste Mal war während unseres denkwürdigen Duells. Ich hoffe, das wird nicht zur Gewohnheit«, und er ließ die Klinge sinken.

Sie mußten nicht lange beratschlagen. Sowohl Diego als auch die Mädchen wußten, daß mit Moncadas Drohung nicht zu spaßen war und die Schergen des Königs jeden Moment kommen konnten, sie zu holen. Es war Zeit aufzubrechen. Sie hatten sich darauf vorbereitet, seit Eulalia den Besitz der Familie gekauft hatte und Tomás de Romeu hingerichtet worden war, doch hatten sie geglaubt, sie könnten vor aller Augen gehen, anstatt sich wie Verbrecher davonzustehlen. Sie gaben sich eine halbe Stunde, um ihre Sachen zusammenzusuchen, und die Mädchen mußten sich umziehen, denn sie hatten das Gold und die Edelsteine, wie von dem Bankier geraten, in die Bündchen ihrer Unterröcke eingenäht, und würden diesen kleinen Schatz unter ihren Kleidern tragen. Während sie im Korridor redeten, saß Rafael Moncada, mit der Vorhangkordel gefesselt, auf Tomás de Romeus Stuhl. Der Vorschlag, ihn in die geheime Kammer in der Bibliothek zu sperren, kam von Nuria. Sie nahm eins der Bücher vom Bord, zog an einem Hebel, die Bücherwand drehte sich schwerfällig um ihre Mittelachse und gab den Blick auf ein angrenzendes Zimmer frei, von dessen Existenz Juliana und Isabel keine Ahnung gehabt hatten.

»Euer Vater hatte einige Geheimnisse, aber keins, das mir nicht bekannt war«, sagte Nuria nicht ohne Stolz.

Es war ein kleiner Raum ohne Fenster, dessen einzige Verbindung nach draußen die in der Bücherwand verborgene Tür war. Sie entzündeten eine Lampe und entdeckten Kisten mit dem bevorzugten Cognac und den Lieblingszigarren des Hausherrn, wieder Regale voller Bücher und einige kleine Bilder an den Wänden. Die erwiesen sich bei näherem Hinsehen als eine Serie von sechs Tuschzeichnungen von grausigen

Kriegsszenen, Vierteilungen, Vergewaltigungen und soga:
Menschenfresserei, die Tomás de Romeu den Blicken seine:
Töchter niemals hatte zumuten wollen.

»Wie grauenvoll!« Juliana schlug sich die Hand vor der
Mund.

»Von Goya! Sie sind ein Vermögen wert, wir können si«
verkaufen«, sagte Isabel, die sie neugierig in Augenschein
nahm.

»Sie gehören uns nicht«, erinnerte sie ihre Schwester. »Alles in diesem Haus gehört jetzt Doña Eulalia de Callís.«

Die Bücher, in mehreren Sprachen, standen samt un«
sonders auf den schwarzen Listen von Kirche und Regierung. Diego griff nach dem erstbesten, einer illustrierten Geschichte der Inquisition mit sehr eindringlichen Darstellun-
gen ihrer Foltermethoden. Hastig schlug er es zu, ehe Isabel
die versuchte, über seine Schulter zu linsen, etwas sehe:
konnte. Weiter rechts stand eine ganze Sammlung erotische:
Literatur, aber es war keine Zeit, sie sich anzusehen. Diese:
fensterlose Raum war wie dafür geschaffen, Rafael Moncad.
als Gefängnis zu dienen.

»Habt ihr den Verstand verloren? Ich werde da drin verhungern oder ersticken, weil mir die Luft ausgeht!« rief de:
als er begriff, was sie vorhatten.

»Seine Exzellenz hat recht, Nuria. Ein solch hoher Her:
kann sich nicht allein von Weinbrand und Tabak ernähren
Besorgt ihm bitte einen Schinken aus der Küche und ein Tuch
für seinen Arm«, sagte Diego, löste Moncadas Fessel un«
schob ihn mit vorgehaltenem Degen in die Kammer.

»Wie soll ich hier je wieder herauskommen?« jammert«
Moncada, blaß geworden wie ein Laken.

»Bestimmt gibt es einen verborgenen Mechanismus, mi:
dem man den Raum von innen öffnen kann. Ihr werdet meh:
als genug Zeit haben, danach zu suchen. Mit etwas Geschic:
und Glück seid Ihr im Handumdrehen wieder frei«, antwortete Diego grinsend.

»Wir lassen Euch eine Lampe da, Moncada, aber ich würd«
raten, sie nicht anzuzünden, sie verbraucht zu viel Luft. Wa:

meinst du, Diego, wie lange kann ein Mensch wohl hier drin überleben?« sagte Isabel, die großen Gefallen an diesem Vorhaben fand.

»Ein paar Tage. Jedenfalls lange genug, um gründlich darüber nachzudenken, ob der Zweck tatsächlich die Mittel heiligt.«

Sie ließen Moncada Wasser, Brot und Schinken da, nachdem Nuria den Schnitt an seinem Arm ausgewaschen und verbunden hatte. Leider würde er an diesem leichten Kratzer nicht verbluten, meinte Isabel. Sie rieten ihm, die knappe Luft und seine Kräfte nicht mit Schreien zu vergeuden, es werde ihn doch niemand hören, die wenigen verbliebenen Dienstboten verirrten sich nie in diesen Flügel des Hauses. Ehe die Bücherwand sich vor seiner Nase schloß und er in der Stille und Dunkelheit der Kammer verschwand, stieß Rafael Moncada hervor, sie würden ihn noch kennenlernen und bereuen, daß sie ihn nicht umgebracht hatten, er werde aus diesem Loch entkommen und Juliana finden, und wenn er sie bis in die Hölle verfolgen müsse.

»So weit braucht Ihr nicht zu reisen«, verabschiedete sich Diego lachend. »Wir gehen nach Kalifornien.«

Ich muß Euch leider sagen, daß ich nicht weiterschreiben kann, weil nun auch der letzte der Gänsekiele, die ich immer verwende, abgenutzt ist, aber ich habe neue bestellt und werde diese Geschichte bald beenden können. Ich mag die Kiele vom gemeinen Federvieh nicht, sie tropfen und nehmen dem Text seine Anmut. Es soll ja Erfinder geben, die davon träumen, einen mechanischen Schreibapparat zu bauen, eine grillenhafte Idee, die gewiß niemals Früchte trägt. Manche Tätigkeiten, und dazu gehört das Schreiben, lassen sich nicht mechanisieren, denn sie bedürfen der Hingabe.

Ich fürchte, diese Erzählung ist mir etwas lang geraten, obwohl ich so vieles unerwähnt ließ. Wie im Dasein aller Menschen, so gab es auch in Zorros Leben schillernde und düstere Momente, aber zwischen diesen Polen lag manch fades Einerlei. So wird Euch nicht entgangen sein, daß im Jahr

273

1813 im Leben unseres Helden sehr wenig Berichtenswertes geschah. Er widmete sich nicht eben eifrig seinen Studien und kam bei der Eroberung Julianas keinen Schritt weiter. Rafael Moncada mußte erst von seiner Reise in Sachen Schokolade zurückkehren, damit diese Geschichte neuen Schwung aufnahm. Die Schurken, so wenig man sie im wirklichen Leben ertragen kann, sind, wie gesagt, für einen Roman unverzichtbar, und diese Seiten sind ein Roman. Ursprünglich wollte ich ja eine Chronik oder Biographie verfassen, aber ich kann Zorros Geschichte nicht erzählen, ohne in das wenig geschätzte Genre eines Romans zu verfallen. Zwischen jedem seiner Abenteuer lagen lange Phasen, die nicht von Interesse sind, und ich habe sie verschwiegen, um meine möglichen Leser nicht zu Tode zu langweilen. Aus ebendiesem Grund habe ich die denkwürdigen Ereignisse ein wenig ausgeschmückt, habe großzügig Adjektive gestreut und Diegos Heldentaten mit etwas Spannung gewürzt, seine vortrefflichen Tugenden jedoch nicht zu stark übertrieben. Dichterische Freiheit nennt man das wohl, und wenn ich recht verstehe, ist sie legitimer als die schlichte Lüge.

Jedenfalls, liebe Freunde, ist mein Tintenfaß noch gut gefüllt. Auf den nächsten Seiten, mehr als hundert werden es wohl sein, berichte ich von der Reise, die Zorro zusammen mit den Töchtern De Romeu und Nuria um die halbe Welt unternahm, und von den Gefahren, denen sie in Erfüllung ihrer Bestimmung zu trotzen hatten. Ohne Angst, den Schluß zu verderben, darf ich Euch verraten, daß sie die Reise wohlbehalten überstehen und zumindest einige von ihnen Kalifornien erreichen, wo indes leider auch nicht nur Milch und Honig fließen. Die eigentliche Heldengeschichte von Zorro, die seinen Ruhm in der ganzen Welt begründete, fängt ja dort erst an. Und so bitte ich Euch noch um etwas Geduld.

Vierter Teil

Spanien, Ende 1814 bis Anfang 1815

Die neuen Gänsekiele sind da, und ich kann mit der Geschichte von Zorros Jugend fortfahren. Einen Monat wartete ich auf die Lieferung aus Mexiko, und so bin ich mit dem Schreiben aus dem Rhythmus gekommen. Mal sehen, wie ich mich erneut hineinfinde. Wir haben Diego de la Vega in einem von politischer Unterdrückung, Elend und Gewalt gepeinigten Spanien verlassen, als er mit den Mädchen De Romeu und Nuria vor Rafael Moncada floh. Unsere Helden standen an einem schwierigen Wendepunkt ihres Weges, doch was dem unerschrockenen Zorro den Schlaf raubte, waren nicht äußere Fährnisse, sondern die Wirren seines überwältigten Herzens. Verliebtheit ist ein Leiden, das den Männern den Verstand zu trüben pflegt, aber besorgniserregend ist es nicht, denn gemeinhin müssen die Gefühle des Patienten nur erwidert werden, und schon nimmt er wieder Vernunft an und hält die Nase witternd in den Wind auf der Suche nach neuer Beute. Als Chronistin dieser Geschichte werde ich einige Mühe mit dem klassischen Schluß »sie heirateten und lebten glücklich« haben. Einerlei, kehren wir lieber zum Schreiben zurück, ehe mich Schwermut befällt.

Als sich die Tür in der Bücherwand der Bibliothek schloß, blieb Rafael Moncada ohne Verbindung nach draußen in der geheimen Kammer zurück. Seine Hilferufe wurden von den dicken Mauern, den Büchern, Vorhängen und Teppichen geschluckt.

»Wir brechen auf, sobald es dunkel ist«, sagte Diego zu Juliana, Isabel und Nuria. »Wir nehmen nur das Unentbehrlichste für die Reise mit, wie abgesprochen.«

»Bist du sicher, daß es einen Mechanismus gibt, um die Kammer von innen zu öffnen?« wollte Juliana wissen.

»Nein.«

»Diego, bitte, dieser Spaß geht zu weit. Wir können uns doch nicht mit dem Tod von Rafael Moncada belasten und schon gar nicht damit, daß er langsam und grausig dahinstirbt wie lebendig begraben.«

»Aber du weißt doch, was er uns angetan hat!« entrüstete sich Isabel.

»Wir zahlen es ihm nicht mit gleicher Münze heim, denn wir sind bessere Menschen als er«, sagte ihre Schwester fest.

»Keine Bange, Juliana«, lachte Diego. »Diesmal kommt dein Verehrer mit dem Leben davon, er wird nicht ersticken.«

»Warum nicht?« maulte Isabel.

Diego schubste sie mit dem Ellbogen und erklärte dann, sie würden Jordi einen Briefumschlag dalassen, den er in zwei Tagen persönlich bei Eulalia de Callís abgeben sollte. Darin würden die Schlüssel des Hauses sein und eine Beschreibung, wie die Kammer zu finden und zu öffnen war. Falls Rafael sich bis dahin nicht befreit hatte, werde seine Tante ihn retten. Das Haus der Familie De Romeu gehörte ja jetzt mit allem, was darinnen war, ihr, und sie werde schon dafür sorgen, daß ihr Lieblingsneffe freikam, ehe er den ganzen Cognac trank. Um sicherzugehen, daß Jordi den Auftrag ausführte, würden sie ihm vorab einige Münzen geben und ihm sagen, er dürfe auf eine fürstliche Entlohnung hoffen, wenn Doña Eulalia die Nachricht erhielt.

Als es dunkel war, fuhr Diego sie in einer zweispännigen Kutsche aus dem Tor. Juliana, Isabel und Nuria verabschiedeten sich mit einem letzten Blick von dem großen Haus, in dem sie ihr Leben verbracht hatten. Zurück blieben die Erinnerungen an behütete und glückliche Zeiten; zurück blieben die Dinge, die Zeugnis gaben von Tomás de Romeus Aufenthalt auf Erden. Seine Töchter hatten ihn nicht würdig bestatten können, er war zusammen mit den anderen in der Ciudadela erschossenen Gefangenen in einem anonymen Grab verscharrt worden. Gerettet hatten sie nur eine Miniatur mit seinem Porträt aus der Werkstatt eines katalanischen Künstlers, und darauf war er jung, schlank, nicht wiederzuerkennen. Die drei Frauen spürten, daß es über diese

Schwelle ihres Lebens kein Zurück gab und etwas Neues seinen Lauf nahm. Sie schwiegen, traurig und voller Angst. Irgendwann begann Nuria leise den Rosenkranz zu beten, und der sanfte Singsang der Ave-Marias begleitete sie ein Stück ihres Weges und wiegte sie in den Schlaf. Auf dem Kutschbock trieb Diego die Pferde an und dachte wie so oft an Bernardo. Er vermißte ihn so sehr, daß er sich häufig dabei ertappte, wie er laut vor sich hinsprach, als wäre Bernardo noch bei ihm. Dessen stille Gegenwart, seine felsenfeste Entschlossenheit, ihm den Rücken zu stärken und ihm in jeder Gefahr beizustehen, wie nötig wären sie Diego jetzt gewesen! Er fragte sich, ob er Juliana und Isabel würde helfen können oder ob er sie, im Gegenteil, ins Verderben führte. Er wollte Spanien mit ihnen durchqueren, doch marterte ihn der Zweifel, ob dieses Vorhaben nicht nur eine seiner Tollheiten war. Genau wie die Frauen in der Kutsche hatte auch er Angst. Das war nicht die köstliche Furcht, die der Gefahr eines Kampfes vorausging, dieses Gefühl, daß sich eine Faust um seinen Magen schloß, diese Eiseskälte im Nacken, sondern die beklemmende Last einer Verantwortung, der er womöglich nicht gewachsen war. Wenn den dreien etwas zustieß, wenn Juliana etwas zustieß... Nein, daran durfte er nicht denken. Er rief nach Bernardo und nach seiner Großmutter Weiße Eule, rief sie um Hilfe an, und seine Stimme verlor sich in der Nacht und wurde vom Wind und vom Klappern der Hufe übertönt. Bestimmt würde Rafael Moncada sie in Madrid und in anderen großen Städten suchen, würde die Grenze zu Frankreich und jedes Schiff überwachen lassen, das von Barcelona oder einem anderen Mittelmeerhafen aus in See stach, doch an der Atlantikküste würde er sie wohl nicht vermuten. Diego hoffte, ihn abzuschütteln, indem sie sich im Hafen von La Coruña einschifften, denn kein Mensch, der noch ganz gescheit war, würde von Barcelona aus diesen Weg wählen, wenn er ein Schiff brauchte, das nach Amerika fuhr. Juliana hatte eingewandt, sie würden wohl kaum einen Kapitän finden, der Kopf und Kragen für sie riskierte, immerhin waren sie auf der Flucht vor dem Gesetz, aber was sonst hätten sie tun sollen? Wie sie über den Ozean kämen, das würde man sehen, zunächst mußten sie die Hindernisse an Land überwinden. Diego wollte die Stadt in den nächsten Stunden so weit wie möglich hinter sich lassen und sich dann der Kutsche entledigen, denn womöglich hatte sie jemand damit wegfahren sehen.

Es war Mitternacht vorbei, und die Pferde waren erschöpft, als Diego meinte, sie seien weit genug gekommen, um ein wenig zu rasten. Im Mondlicht bog er vom Weg ab und lenkte die Kutsche an den Saum eines Waldes, wo er die Pferde ausspannte und grasen ließ. Die Nacht war klar und kalt. In Decken gehüllt, schliefen alle vier in der Kutsche, bis Diego sie wenige Stunden später weckte und sie, noch im Dunkeln, etwas Brot und Rauchwurst aßen. Dann verteilte Nuria die Kleider, die sie für den Rest der Reise tragen sollten: die Pilgerkutten, die sie eigenhändig genäht hatte für den Fall, daß der heilige Jakobus Tomás de Romeu das Leben rettete. Die Kutten reichten fast bis zum Boden, dazu bekam jeder einen breitkrempigen Hut und einen langen Holzstab mit gebogenem Ende, an dem eine Kalebasse zum Wasserschöpfen baumelte. Etwas Schutz gegen die Kälte würden auch die Unterröcke bieten, und außerdem hatte Nuria für jeden Strümpfe und Handschuhe aus grober Wolle dabei. Auch einige Flaschen kräftigen Schnaps hatte sie eingepackt, der rasch jeden Kummer vergessen half. Die Gouvernante hätte sich nicht träumen lassen, daß diese groben Gewänder einmal denen, die von der Familie geblieben waren, zur Flucht verhelfen könnten, und schon gar nicht, daß sie ihr Gelübde erfüllen würde, ohne daß der Heilige sich an seinen Teil der Abmachung hielt. Der Apostel Jakobus war doch eine ernste Person und ein solcher Scherz unter seiner Würde, aber womöglich verbarg sich darin ja ein Sinn, der sich ihr im rechten Moment enthüllen würde. Sie hatte Diegos Vorschlag zunächst für ungemein gerissen gehalten, dann jedoch einen Blick auf die Landkarte geworfen und gesehen, daß sie Spanien an seiner breitesten Stelle zu Fuß würden durchqueren müssen. Sie würden mindestens zwei Monate bei Wind und

Wetter wandern, sich von dem ernähren, was mildtätige Seelen ihnen gaben, und unter den Sternen schlafen. Außerdem war November, es regnete dauernd, und bald wäre der Boden am Morgen von Rauhreif überzogen. Keiner von ihnen war daran gewöhnt, lange Strecken zu Fuß zu gehen, schon gar nicht in Bauernsandalen. Nuria erlaubte es sich, zwischen zusammengebissenen Zähnen auf den heiligen Jakobus zu schimpfen und Diego nebenbei offen zu sagen, was sie von dieser irrsinnigen Wallfahrt hielt.

Nachdem sie gefrühstückt und sich als Pilger gekleidet hatten, räumten sie die Kutsche aus. Jeder nahm das Seine, wickelte es in eine Decke, und sie schnürten die Bündel auf die Pferde. Isabel barg die Pistole ihres Vaters in einem Beutel zwischen ihren Röcken. Diego hatte sich nicht von seiner Zorroverkleidung trennen können, die jetzt in seine Decke gehüllt war, außerdem steckten zwei handflächenlange, zweischneidige Baskenmesser in seinem Gürtel unter der Kutte. Dort hing auch wie immer die zusammengerollte Peitsche. Der Degen, den ihm sein Vater geschenkt hatte und der seither sein ständiger Begleiter gewesen war, hatte in Barcelona zurückbleiben müssen, weil man ihn unmöglich verbergen konnte. Pilger waren nicht bewaffnet. Auf den Wegen wimmelte es von übelstem Gesindel, aber für gewöhnlich wurden die Wallfahrer nach Santiago nicht behelligt, denn sie legten für den Weg ein Armutsgelübde ab. Niemandem würde es einfallen, daß diese bescheidenen Wanderer im Saum ihrer Kleider ein kleines Vermögen in Edelsteinen mit sich führten. Sie unterschieden sich in nichts von den herkömmlichen Büßern, die sich dem bedeutenden Heiligen zu Füßen werfen wollten, von dem es hieß, er habe das Wunder der Befreiung Spaniens von den Muselmanen bewirkt. Jahrhunderte hindurch hatten die Araber dank Mohammeds unbesiegbarem Arm in jeder Schlacht triumphiert, bis ein Hirte zu gegebener Zeit die Knochen des Apostels Jakobus auf einem galicischen Acker fand. Wie sie aus dem Heiligen Land dort hingeraten waren, war Teil des Wunders. Die Reliquie einte die kleinen christlichen Königreiche der Region und führte die Tapferen

Spaniens so wirkungsvoll gegen die Mauren, daß man diese schließlich vertrieb und das Land für die Christenheit zurückgewann. Santiago de Compostela wurde zur bedeutendsten Wallfahrtsstätte Europas. So jedenfalls hatte es Nuria erzählt, nur etwas dramatischer ausgeschmückt. Sie glaubte, der Kopf des Apostels sei unversehrt und vergieße jedes Jahr am Karfreitag echte Tränen. Seine mutmaßlichen sterblichen Überreste hatten in einem silbernen Sarg unter dem Altar der Kathedrale gelegen, bis sie ein Bischof, der sie vor den Landausflügen des Piraten Francis Drake schützen wollte, so gut verstecken ließ, daß man sie für lange Zeit nicht mehr wiederfand. Deshalb, wegen des Krieges und des Mangels an Glauben, war die Zahl der Pilger zurückgegangen, doch einst waren es Hunderttausende gewesen. Wer sich aus Frankreich auf den Weg machte, nahm die Nordroute über das Land der Basken, und dieser würden auch unsere Freunde folgen. Über die Jahrhunderte hatten Kirchen, Klöster, Hospitäler und selbst die ärmsten Bauern den Reisenden Obdach und Essen geboten. Diese eingewurzelte Gastfreundschaft würde für die kleine, von Diego geführte Schar ein Segen sein, denn so mußten sie keinen Proviant mitschleppen. Zu dieser Jahreszeit gab es zwar nur wenige Pilger – die meisten unternahmen die Wallfahrt im Frühling oder Sommer –, doch sie vertrauten darauf, keine Aufmerksamkeit zu erregen, da mit dem Abzug der Franzosen das religiöse Feuer neu aufgeflammt war und viele Spanier gelobt hatten, den Heiligen zu besuchen, falls sie den Krieg gewannen.

Der Morgen graute, als sie wieder auf den Weg traten und ihren Marsch begannen. An diesem ersten Tag liefen sie über fünf spanische Meilen, bis Juliana und Nuria sich geschlagen gaben, weil ihre Füße bluteten und sie vor Hunger nicht mehr konnten. Gegen vier am Nachmittag fanden sie Herberge in einer einsamen Hütte zwischen Feldern, bei einer Bäuerin, die vom Schicksal hart geprüft worden war. Wie sie erzählte, war ihr Mann im Krieg umgebracht worden, doch nicht von Franzosen, sondern von Spaniern, die ihn beschuldigten, er würde Essen verstecken, anstatt es der Guerrilla zu geben. Aber sie kannte die Mörder, sie hatte ihre Gesichter genau gesehen, es waren Bauern wie sie selber, die sich die schlechten Zeiten für ihre Freveltaten zunutze machten. Von Freiheitskämpfern konnte keine Rede sein, Verbrecher waren sie, schändeten ihre arme, von Geburt an schwachsinnige Tochter, die doch nie jemandem etwas zuleide getan hatte, und nahmen das Vieh mit. Eine einzige Ziege, die sich in den Hügeln verlaufen hatte, war ihr geblieben. Sie erinnerte sich genau an die Männer, an die von der Syphilis zerfressene Nase des einen und die lange Narbe im Gesicht des anderen, und es verging kein Tag, an dem sie die beiden nicht verfluchte und um Vergeltung flehte. Jetzt hatte sie nur noch ihre Tochter, die sie an einem Stuhl festbinden mußte, damit sie sich nicht blutig kratzte. Eine Meute Hunde lebte zusammen mit den beiden in der Hütte, einem niedrigen, runden Bau aus Steinen und Lehm, der muffig war und fensterlos. Die Bäuerin hatte nur sehr wenig zu geben und war die vielen Bettler leid, aber sie wollte die vier nicht im Freien schlafen lassen. Dem heiligen Josef und der Jungfrau Maria hatte man die Gastfreundschaft verwehrt, und deshalb mußte das Jesuskind in einer Krippe zur Welt kommen, sagte sie. Wer einen Pilger abwies, der hatte mit vielen Jahrhunderten Leid im Fegefeuer dafür zu büßen, davon war sie überzeugt. So durften sich die Reisenden auf den gestampften Lehmboden setzen und sich, beschnüffelt von den flohgeplagten Hunden, ein wenig ausruhen, während sie einen Topf mit Kartoffeln auf das Feuer stellte und dann hinausging, um in ihrem kärglichen Garten ein paar Zwiebeln auszugraben.

»Das ist alles, was wir haben. Meine Tochter und ich essen seit Monaten nichts anderes, aber morgen früh kann ich vielleicht die Ziege melken«, sagte sie.

»Möge Gott es Ihnen vergelten, Señora«, sagte Diego leise.

Es war düster hier drinnen, nur durch das Türloch, das man für die Nacht mit einem starren Pferdefell verschließen konnte, und von der Kochstelle, auf der die Kartoffeln gegart hatten, kam etwas Licht. Während die Pilger ihr dürftiges Mahl aßen, betrachtete die Bäuerin sie verstohlen aus ihren kleinen, triefenden Augen. Sie sah ihren schlanken Wuchs, sah weiße, zarte Hände, wohlgeformte Gesichter, erinnerte sich der zwei Pferde und dachte sich das Ihre. Doch wollte sie lieber keine Einzelheiten erfahren, je weniger man wußte, desto weniger Ärger hatte man am Hals; die Zeiten waren nicht danach, viele Fragen zu stellen. Als ihre Gäste aufgegessen hatten, gab sie ihnen einige schlecht gegerbte Lammfelle und führte sie in einen Schuppen, in dem Holz und trockene Maiskolben lagerten. Dort würden sie schlafen können. Als sie gegangen war, meinte Nuria, hier sei es jedenfalls behaglicher als in der Hütte mit dem Gestank der Hunde und dem Gebrabbel der Schwachsinnigen. Sie schoben die Maiskolben zurecht, legten die Felle darauf und machten sich eben bereit für eine lange Nacht, als die Bäuerin noch einmal wiederkam, in der Hand eine kleine Tasse mit Fett, mit dem sie sich die wunden Füße einreiben sollten. Halb mißtrauisch, halb neugierig betrachtete sie das geschundene Grüppchen.

»Von Pilgern keine Spur«, sagte sie schließlich. »Ihr seid feine Leute, das sieht man. Ich will nicht wissen, wovor ihr flieht, aber einen Rat kriegt ihr kostenlos. Hier ist viel Gesindel unterwegs. Man muß aufpassen. Die Mädchen vor allem besser man sieht sie nicht. Verhüllt ihnen wenigstens die Gesichter.« Und damit verließ sie den Schuppen.

Diego wußte nicht, wie er es seinen drei Begleiterinnen bequemer machen sollte, vor allem der einen, die ihn am meisten bekümmerte. Tomás de Romeu hatte ihm seine Töchter anvertraut, und wie stand es jetzt um die Ärmsten? Sie waren an Federbetten und bestickte Laken gewöhnt, und nun mußten sie ihre müden Knochen auf harten Maiskolben ausstrecken und kratzten sich mit zwei Händen die Flöhe aus den Haaren. Julianas Haltung war bewundernswert, sie hatte während dieses entbehrungsreichen Tages nicht ein einziges Mal geklagt, selbst die rohe Zwiebel hatte sie anstandslos gegessen. Der Gerechtigkeit halber mußte er zugeben, daß auch Nuria gute Miene gemacht hatte, und Isabel, nun, der schien diese Unternehmung sogar zu gefallen. Fast schmerzlich spürte er, wie gern er die drei hatte, sie waren so verletzlich und so tapfer. Er wünschte von ganzem Herzen, er könnte die Erschöpfung ihrer geschundenen Leiber lindern, sie vor der Kälte schützen, sie aus jeder Gefahr erretten. Um Isabel war ihm am wenigsten bang, sie war zäh wie eine junge Stute, und Nuria, die behalf sich mit Schlucken aus ihrer Schnapsflasche, aber was war mit Juliana? In den Bauernsandalen hatte sie sich trotz der Wollstrümpfe Blasen gelaufen, und ihre Haut war gerötet von der kratzigen Kutte. Und was ging unterdessen in Juliana vor? Ich weiß es nicht, doch male ich mir aus, daß sie Diego im sterbenden Licht des Tages schön fand. Er hatte sich seit zwei Tagen nicht rasiert, und der dunkle Bartschatten gab ihm etwas Ursprüngliches, Männliches. Er war nicht mehr der unbeholfene, weichwangige, schmale Junge, der vier Jahre zuvor bei ihnen aufgetaucht war wie ein Honigkuchenpferd mit Ohren. Er war ein Mann. In ein paar Monaten würde er zwanzig sein, hatte in dieser turbulenten Zeit Statur gewonnen und Selbstsicherheit. Er sah nicht übel aus und liebte sie obendrein mit der rührenden Hingabe eines kleinen Hundes. Juliana hätte aus Stein sein müssen, um sich nicht zu erweichen. Das lindernde Fett kam Diego wie gerufen, so hatte er einen Vorwand, die Füße seiner Angebeteten eine Weile zu streicheln und sich nebenbei von seinen düsteren Gedanken abzulenken. Rasch gewann seine Zuversicht wieder die Oberhand, und er erbot sich, die Massage auf die Waden auszuweiten. »Sei kein Unhold, Diego«, mischte Isabel sich ein und machte den Zauber auf einen Schlag zunichte.

Die Schwestern schliefen, und in Diegos Kopf kehrten die unruhigen Gedanken zurück. Diese Reise würde anstrengend und mühselig werden, das einzig Gute an ihr war die Nähe zu Juliana. Rafael Moncada und andere mögliche Bewerber waren aus dem Feld geschlagen, endlich hatte er allein die Möglichkeit, seine Schöne zu erobern: Wochen und Wochen würden sie beieinander sein, ganz nah. Dort lag sie, kaum eine Armlänge von ihm entfernt, ermattet, schmutzig, gepeinigt und zerbrechlich. Er könnte die Hand ausstrecken und ihre vom Schlaf gerötete Wange berühren, aber er wagte es nicht. Nacht für Nacht würden sie beieinander liegen wie keusche Eheleute, würden jede Minute des Tages miteinander teilen. Er war Julianas einziger Schutz in dieser Welt, und das verschaffte ihm einen unschätzbaren Vorteil. Den er selbstverständlich niemals ausnutzen würde – er war ein Ehrenmann –, aber es war ihm nicht entgangen, daß schon dieser erste Tag eine Wandlung bei Juliana bewirkt hatte. Sie sah ihn mit anderen Augen an. Sie hatte sich, bibbernd vor Kälte, in einer Ecke des Schuppens unter den Lammfellen zusammengerollt, doch kaum war ihr etwas wärmer geworden, hatte sie die Nase ins Freie gestreckt und sich auf den Maiskolben zurechtgelegt. Durch die Ritzen des Schuppens drang bläuliches Mondlicht und erhellte ihre vollkommenen, traumverlorenen Züge. Diego wünschte, dieser Pilgerweg möge niemals ein Ende nehmen. Er lag so dicht neben ihr, daß er die Wärme ihres Atems und den Duft ihrer schwarzen Locken erahnen konnte. Die gute Bauersfrau hatte recht, man mußte ihre Schönheit verstecken, um kein Unglück heraufzubeschwören. Gegen eine Horde Strauchdiebe würde er allein sie schwerlich verteidigen können, er hatte ja nicht einmal mehr seinen Degen. So hätte er allen Grund gehabt, sich zu ängstigen, doch statt dessen ließ er seiner Phantasie freien Lauf, denn es war keine Sünde, sich auszumalen, wie das Mädchen in schreckliche Gefahren geriet und der unbesiegbare Zorro sie ein ums andere Mal daraus errettete. Wenn sie sich jetzt nicht in mich verliebt, ist Hopfen und Malz bei mir verloren, dachte er noch, ehe ihm die Augen zufielen.

Juliana und Isabel erwachten, weil der Hahn krähte und Nuria sie rüttelte, die von der Bäuerin einen großen Becher Ziegenmilch bekommen hatte, noch warm vom Melken. Sie und Diego hatten weit weniger friedlich geschlafen als die Mädchen. Über Stunden hatte Nuria still gebetet und sich vor dem Kommenden gefürchtet, während Diego im Halbschlaf mit einem Auge nach Juliana schielte und sich beständig vergewisserte, daß die beiden Messer zu ihrer Verteidigung noch da waren, bis diese endlose Nacht dem bleichen Winterlicht der Morgendämmerung gewichen war. Sie wollten rasch aufbrechen, aber Juliana und Nuria konnten sich kaum auf den Beinen halten und mußten einander schon nach einigen Schritten vor dem Schuppen stützen. Isabel hingegen zeigte ihnen mit ein paar Kniebeugen, daß sie putzmunter war, und prahlte, das habe sie ihren langen Fechtübungen vor dem Spiegel zu verdanken. Diego riet Nuria und Juliana, noch ein wenig auf und ab zu gehen, wenn die Muskeln sich aufwärmten, würde die Steifheit verschwinden, aber es half nichts, die Schmerzen wurden nur schlimmer, und schließlich mußten die beiden auf die Pferde steigen und Diego und Isabel einen Teil des Gepäcks übernehmen. Es sollte eine ganze Woche dauern, bis sie die sechs Meilen schafften, die sie sich ursprünglich für jeden Tag vorgenommen hatten. Sie dankten der Bäuerin für ihre Gastfreundschaft und gaben ihr zum Abschied ein paar Kupfermünzen, die sie mit großen Augen anstarrte, als hätte sie nie zuvor Geld gesehen.

Über manche Strecke führte der Pilgerweg auf ausgetretenen Maultierpfaden, dann wieder verengte er sich zu einer schmalen Linie, die sich durch die Hügel schlängelte. Eine unerwartete Wandlung ging in den vier falschen Pilgern vor. Sie konnten sich dem Frieden und der Stille ringsum nicht entziehen, spitzten die Ohren, betrachteten die Bäume und die Berge mit neuen Augen, öffneten ihre Herzen dafür, daß sie auf den Spuren von Tausenden von Reisenden wandelten, die diesen Weg seit neun Jahrhunderten gegangen waren. In einem Kloster erklärten ihnen die Mönche, wie sich die Reisenden im Mittelalter an den Sternen orientiert hatten, doch jetzt gab es Geröllhaufen und Marksteine, in die frühere Wanderer das Zeichen des Heiligen, die Jakobsmuschel, eingeritzt hatten. Manchmal fanden sie, in Holzstücke geschnitzt oder auf ausgebliches Pergament geschrieben, aufmunternde Botschaften und Segenswünsche. Die vier gingen schweigend, mit schmerzenden Füßen und erschöpft, aber heiter. Ihre anfängliche Furcht schwand, und bald hatten sie vergessen, daß sie auf der Flucht waren. Nachts hörten sie Wölfe heulen, und hinter jeder Wegbiegung konnten Strauchdiebe lauern, aber sie wanderten voller Vertrauen, als würden sie von einer höheren Macht beschützt. Langsam söhnte Nuria sich mit Jakobus aus, über den sie so geschimpft hatte, als Tomás de Romeu hingerichtet worden war. Durch Wälder, über weite Hochebenen und einsame Berge führte ihr Weg durch immer wechselnde, doch gleichbleibend schöne Gegenden. Nie fehlte ihnen ein Obdach. Manchmal schliefen sie bei Bauern, dann wieder bei Ordensbrüdern oder in Nonnenklöstern. Auch Brot oder Suppe fanden sie immer, die wildfremde Menschen mit ihnen teilten. Einmal übernachteten sie in einer Kirche und wurden von gregorianischen Gesängen geweckt, eingehüllt in dichten, blauen, wie überirdischen Dunst. Ein andermal rasteten sie in einer kleinen Kapelle, wo Tausende weiße Tauben nisteten, Abgesandte des Heiligen Geistes, wie Nuria sagte. Die Mädchen folgten dem Rat, den ihnen die Bäuerin am ersten Abend gegeben hatte, und verhüllten ihre Gesichter, sobald sie sich Hütten oder Gehöften näherten. Vor Weilern und Wirtshäusern warteten die beiden, bis Nuria und Diego, die sich als Mutter und Sohn ausgaben, Hilfe erbeten hatten. Immer sprachen die zwei von den Schwestern, als wären es Jungen, sagten, sie zeigten ihre Gesichter nicht, weil sie von einer schlimmen Krankheit entstellt seien, und erweckten bei den Landstreichern, Gaunern und Deserteuren, von denen es seit Ausbruch des Krieges in diesem brachliegenden Landstrich wimmelte, keinen Verdacht.

Diego schätzte die Entfernung und die Zeit, die sie vom Hafen von La Coruña trennte, und ließ in die Berechnungen seine Fortschritte bei Juliana einfließen, die nicht überwältigend waren, aber zumindest fühlte sie sich in seiner Begleitung offenbar sicher, behandelte ihn nicht mehr so leichthin und kokettierte sogar ein wenig; sie stützte sich auf seinen Arm, erlaubte, daß er ihr die Füße mit Salbe einrieb, ihr das Nachtlager bereitete und ihr zuweilen sogar Löffel für Löffel die Suppe einflößte, wenn die Erschöpfung allzu groß war. Abends wartete er, bis die anderen schliefen, und legte sich

286

dann so nahe zu Juliana, wie es der Anstand noch eben erlaubte. Er träumte von ihr und erwachte selig mit einem Arm auf ihrer Hüfte. Sie tat, als bemerkte sie diese wachsende Vertraulichkeit nicht, und verhielt sich am Tage, als hätten sie einander nie berührt, aber im Dunkel der Nacht ermöglichte sie ihm die Fühlung, und er fragte sich, ob sie das tat, weil sie fror, weil sie Angst hatte oder weil in ihr dieselbe Leidenschaft zu glimmen begann, die in ihm loderte. Mit der Sehnsucht eines Getriebenen fieberte er diesen Momenten entgegen und kostete sie aus, soweit es nur irgend ging. Isabel war über all das nächtliche Geplänkel im Bilde und sich nicht zu schade, die beiden damit aufzuziehen. Woher sie davon wußte, blieb ein Rätsel, denn sie war die erste, die einschlief, und die letzte, die erwachte.

An jenem Tag waren sie viele Stunden gewandert, sie waren erschöpft und nur langsam vorangekommen, weil sich eines der Pferde am Huf verletzt hatte und lahmte. Die Sonne war untergegangen und das Kloster, in dem sie die Nacht verbringen wollten, noch weit. Aus einem nahen Gehöft sahen sie Rauch aufsteigen und entschieden, es dort zu versuchen. Diego schritt voran, gewiß, daß man sie freundlich aufnehmen werde, denn der Ort wirkte, verglichen mit manch anderem, an dem sie gewesen waren, recht wohlhabend. Ehe er an die Tür klopfte, bat er die Mädchen, ihre Gesichter zu verhüllen, obwohl es schon dunkel war. Sie wickelten sich die Lappen mit den Augenlöchern um den Kopf, die schon braun waren vom Staub der Straße und ihnen das Aussehen von Leprakranken gaben. Ein Mann öffnete die Tür, im Gegenlicht sah man nur seinen klotzigen, affenähnlichen Umriß. Seine Miene war nicht zu erkennen, aber seine abwehrende Haltung und der rüde Ton machten deutlich, daß er nicht erfreut war, sie zu sehen. Erst lehnte er es rundheraus ab, sie aufzunehmen, er sei nicht verpflichtet, Pilgern zu helfen, das sollten die Ordensbrüder und Nonnen machen, die hätten schließlich Geld wie Heu. Dann sagte er, wenn sie mit zwei Pferden reisten, hätten sie sicher kein Armutsgelübde abgelegt und könnten also für die Unterkunft zahlen. Diego verhandelte eine Weile mit ihm, und schließlich willigte der Bauer ein, ihnen gegen einige Münzen, die Diego ihm sofort geben mußte, Essen und einen Schlafplatz im Trockenen zu gewähren. Er führte sie in einen Stall, in dem eine Kuh und zwei schwere Ackergäule standen; dort wies er auf einen Haufen Stroh, in dem sie sich niederlegen konnten, und sagte, er komme gleich mit etwas zu essen wieder. Nach einer halben Stunde, als sie schon kaum mehr hofften, etwas für ihren knurrenden Magen zu bekommen, kehrte der Mann in Begleitung eines zweiten zurück. Im Stall war es finster wie in einer Höhle, aber sie brachten eine Laterne mit. Außerdem hatten sie vier Näpfe mit einer dicken Specksuppe, einen Laib Schwarzbrot und ein halbes Dutzend Eier dabei. Im Kerzenschein konnten Diego und die Frauen jetzt erkennen, daß der eine von einer Narbe verunstaltet war, die sich durch das linke Auge und die Wange zog, und dem anderen die Nase fehlte. Beide waren untersetzt, kräftig, halslos, hatten Arme wie Holzprügel und sahen so schuftig aus, daß Diego unwillkürlich nach seinen Messern und Isabel nach der Pistole tastete. Während ihre Gäste die Suppe löffelten und das Brot teilten, rührten sich die zwei nicht von der Stelle und beobachteten mit boshafter Neugier, wie Isabel und Juliana zu essen versuchten, ohne die Tücher vom Gesicht zu nehmen.

»Was haben diese Weiber?« fragte einer von den beiden schließlich.

»Gelbfieber«, sagte Nuria, die das Wort einmal von Diego gehört, indes keinen Schimmer von dieser Krankheit hatte.

»Ein tropisches Fieber, es verätzt die Haut, die Zunge und die Augen wie Säure«, log Diego schnell. »Eigentlich hätten sie sterben müssen, aber der Apostel hat sie gerettet. Wir sind auf der Wallfahrt zu seinem Grabmal, weil wir ihm dafür danken wollen.«

»Ansteckend?«

»Auf die Entfernung nicht, nur bei Berührung. Man darf sie nicht anfassen«, erklärte Diego.

Die beiden Männer wirkten nicht überzeugt, denn sie hatten die gesunden Hände der Mädchen gesehen, und ihre jugendlichen Linien zeichneten sich unter den Kutten ab. Außerdem argwöhnten sie wohl, daß diese Reisenden mehr Geld dabei hatten als sonst üblich bei Pilgern. Sie betrachteten die Pferde, von denen das eine zwar etwas lahm war, aber es waren edle Tiere, die jedenfalls ihren Preis hatten. Endlich nahmen sie die Laterne, verließen den Stall, und die vier blieben in der Dunkelheit zurück.

»Wir müssen von hier verschwinden, diese Kerle sind gruselig«, wisperte Isabel.

»Bei Nacht können wir nicht gehen, und wir brauchen Schlaf, ich halte Wache«, sagte Diego, ebenfalls mit gedämpfter Stimme.

»Ich schlafe ein paar Stunden, dann löse ich dich ab«, schlug Isabel vor.

Sie hatten die rohen Eier noch nicht gegessen, und Nuria machte in vier davon mit Diegos Messer ein Loch, so daß man sie ausschlürfen konnte, und barg die anderen beiden in ihrer Tasche. »Zu dumm, daß ich mich vor Kühen fürchte, sonst könnte ich versuchen, die hier zu melken«, seufzte sie. Dann bat sie Diego, einen Moment hinauszugehen, damit sie sich mit einem feuchten Lappen waschen konnten. Als er zurückkam, lagen die drei schon mit ihren Decken im Stroh, und wenig später schliefen sie. Drei oder vier Stunden lang starrte Diego angestrengt in die Nacht, umklammerte die Messer und fuhr immer wieder hoch, wenn ihm vor Müdigkeit das Kinn auf die Brust fiel. Plötzlich schreckte ihn Hundegebell auf, und er merkte, daß er geschlafen hatte. Wie lange? Er wußte es nicht, aber er durfte der Versuchung zu schlafen jetzt um keinen Preis nachgeben. Um die Müdigkeit abzuschütteln, verließ er den Stall und sog tief die kalte Nachtluft ein. Aus dem Kamin des Hauses stieg noch Rauch auf, und hinter dem einzigen Fensterloch in der dicken Steinmauer brannte ein Licht, also hatte er vielleicht doch nicht so lange geschlafen, wie er befürchtet hatte. Er ging ein paar Schritte vom Stall weg, weil er mal mußte.

Als er wenige Augenblicke später zurückkam, sah er zwei Silhouetten, die aus dem Haus traten und sich verdächtig leise dem Stall näherten. Es mußten die beiden Bauern sein, und sie hielten irgend etwas Massiges in Händen, Flinten vielleicht oder Knüppel. Dagegen würde er mit seinen kurzen Messern kaum etwas ausrichten. Er löste die Peitsche vom Gürtel und spürte sofort die Kälte im Nacken, wie immer, wenn er sich auf einen Kampf vorbereitete. Er wußte, Isabel hatte die Pistole griffbereit neben sich gelegt, aber sie hatte nie damit geschossen, und er hatte sie schlafen lassen. Zwar würde er diese beiden Kerle von hinten überraschen können, aber hier war es zu dunkel, um sie sofort anzugreifen. Er flehte still darum, daß die Hunde nicht anschlugen, und schlich hinter den Männern her auf den Stall zu. Eine Weile standen die beiden in der Stalltür, gaben keinen Laut von sich und lauschten wohl auf den gleichmäßigen Atem ihrer vertrauensseligen Gäste. Schließlich entzündeten sie eine Tranlampe und sahen die Umrisse der vier auf dem Stroh. Daß einer fehlte, merkten sie nicht, denn Diegos Decke sah aus, als verhüllte sie einen Schlafenden. Eins der Pferde wurde unruhig, es wieherte, und Isabel fuhr erschrocken hoch. Sie brauchte einen Augenblick, bis sie wußte, wo sie war, sah die beiden Männer und wollte die Pistole unter ihrer Decke hervorziehen. Doch sie erstarrte mitten in der Bewegung, denn die Kerle stießen ein Knurren aus und hoben drohend zwei dicke Holzscheite. Jetzt waren auch Nuria und Juliana erwacht.

»Was wollt ihr!« kreischte Juliana.

»Euch, ihr Flittchen! Und euer Geld!« stieß der eine hervor und trat mit erhobenem Holzscheit auf sie zu.

Und da, im flackernden Schein der Flamme, erblickten die beiden die Gesichter ihrer Opfer. Von Entsetzen gepackt, schrien sie auf und taumelten zurück, aber hinter ihnen stand Diego, den Arm schon erhoben. Noch ehe sie aus ihrem Schreck wieder zu sich kamen, war die Peitsche mit einem harten Knallen auf den ersten herabgesaust, er brüllte vor Schmerz und ließ den Knüppel fallen. Der andere stürzte sich auf Diego, der seinem Knüppelhieb auswich und dem Kerl einen Tritt in die Magengrube verpaßte, daß der sich

290

krümmte. Doch der erste hatte sich von dem Peitschenhieb schon erholt und warf sich, erstaunlich behende für jemanden von seiner Körperfülle, auf Diego, der zu Boden ging wie unter einem Sack mit Steinen. Die Peitsche war nutzlos im Nahkampf, und der Kerl hatte Diegos Linke, in der er das Messer hielt, am Handgelenk gepackt. Er drückte ihn zu Boden und suchte mit der freien Hand seine Kehle, während er mit der anderen Diegos Arm schüttelte, damit der die Waffe losließ. Er hatte einen Griff wie ein Schraubstock und war schwer wie Blei. Sein stinkender Atem schlug Diego ins Gesicht, und widerwärtiger Speichel nieselte auf ihn herab, verzweifelt starrte er auf die zerfressene Nase, stemmte sich gegen den Kerl und begriff einfach nicht, wie diesem Widerling in einem Augenblick gelungen war, was ein so erfahrener Kämpfer wie Julius Cäsar bei seiner Aufnahme in den Geheimbund vergeblich versucht hatte. Aus den Augenwinkeln sah er, daß der andere sich wieder aufgerappelt hatte und erneut nach dem Knüppel griff. Es war jetzt heller, weil die Lampe über den Boden gerollt war und das Stroh Feuer gefangen hatte. Plötzlich krachte ein Schuß, und der Mann mit der Narbe stürzte unter Löwengebrüll zu Boden. Für einen kurzen Moment lockerte der andere seinen Griff, und das genügte Diego, ihm das Knie in die Leiste zu rammen und ihn abzuschütteln.

Vom Rückstoß der Waffe erschreckt, setzte sich Isabel wieder ins Stroh. Sie hatte im Stehen die Pistole mit beiden Händen umklammert, hatte fast blind abgedrückt und in einem glücklichen Zufall das Knie ihres Angreifers zerschossen. Sie konnte es nicht fassen. Sie hatte nur leicht den Finger gekrümmt, und dann eine solche Wirkung! Diegos drängendes Rufen riß sie aus ihrer Benommenheit. Der hatte seinem überwältigten Gegner mit der Peitsche die Arme auf den Rücken gebunden und schrie jetzt: »Los! Der Stall brennt! Die Tiere müssen raus!« Nuria, Isabel und Juliana liefen zu den panisch wiehernden Pferden und banden auch die Kuh los, während Diego die beiden Bauern nach draußen schleifte, von denen der eine noch immer vor Schmerz brüllte, das

Knie zu einer unförmigen Masse zerschossen und von Blut überströmt.

Wie aus einem riesigen Scheiterhaufen schlugen die Flammen aus dem Stall und erhellten die Nacht. Diego wischt sich den Schweiß von der Stirn, sah zu Isabel und Juliana hin über und schrie genauso entsetzt auf, wie ihre Angreifer nur wenig zuvor. Gelb und rissig wie Krokodilleder glänzte die Haut ihrer Wangen an manchen Stellen eitrig, an anderen war sie zu Krusten getrocknet und spannte. Die Augen waren verklebt, die Lippen verschwunden, die beiden Mädchen waren Monster.

»Was ist passiert!« schrie Diego.

»Gelbfieber«, kicherte Isabel.

Es war Nurias Idee gewesen. Die Gouvernante fürchtete ihre widerlichen Gastgeber könnten während der Nacht über sie herfallen. Sie hatte nicht vergessen, was die Bäuerin über sie gesagt hatte, einer ohne Nase, der andere mit einer langen Narbe, die beiden mußten den Ehemann der armen Frau umgebracht haben. Da erinnerte sie sich an ein altes Rezept zum Reinigen der Haut, das die Spanierinnen von den maurischen Frauen gelernt hatten, und sie nahm die Eier, die vom Abendessen übrig waren, um den Mädchen die Gesichter damit einzureiben. Die Dotter waren zu einer rissigen Maske in ekelerregender Farbe getrocknet. »Mit Wasser geht das leicht wieder ab, und es ist sehr gut für den Teint«, erklärte Nuria vergnügt.

Sie verbanden die Wunde des Kerls mit der Narbe, der schrie und schrie, als würde er gefoltert, aber sie wollten wenigstens den Blutfluß eindämmen, auch wenn das Bein wohl kaum zu retten war. Den andern verschnürten sie gut an einem Stuhl, knebelten ihn jedoch nicht, damit der um Hilfe rufen konnte. Das Gehöft lag nah am Weg, und dort kamen genug Menschen vorbei, daß ihn jemand hören würde. »Auge um Auge, Zahn um Zahn, man bezahlt für alles im Leben oder in der Hölle«, sagte Nuria, ehe sie gingen. Sie nahmen einen Schinken mit, der an einem Balken in der Küche hing und die beiden schweren und langsamen Ackergäule. Zun

Reiten waren sie zwar nicht sehr geeignet, aber es war allemal besser, als zu Fuß zu gehen; außerdem sollten diese beiden Mistkerle nicht die Möglichkeit haben, sie je einzuholen.

Der Zwischenfall mit dem Mann ohne Nase und seinem Spießgesellen mit dem zerschnittenen Gesicht diente unseren Reisenden als Warnung. Von nun an suchten sie nur noch Obdach an Orten, die seit unvordenklichen Zeiten Pilger beherbergt hatten. Nachdem sie mehrere Wochen auf ihrem Weg durch den Norden gewandert waren, hatten sie einige Pfunde verloren und waren innerlich wie äußerlich abgehärtet. Ihre Haut war von der Sonne gebräunt und gegerbt von der trockenen und frostigen Winterluft. In Nurias Gesicht zeigte sich eine Landkarte feiner Fältchen, und schlagartig waren die Jahre über sie gekommen. Diese einst so stramme, augenscheinlich alterslose Frau ging jetzt ein klein bißchen gebeugt und schlurfte sogar ein wenig, doch das machte sie keineswegs häßlicher, sondern ließ sie, im Gegenteil, schöner aussehen. Ihre verknöcherten Züge waren milder geworden, und wie eine schrullige Großmutter entwickelte sie einen nie bei ihr vermuteten Schalk. Außerdem stand ihr die schlichte Pilgerkutte besser als die strenge schwarze Uniform mit der Haube, die sie ein Lebtag getragen hatte. Julianas Kurven waren verschwunden, sie sah kleiner und jünger aus, die Augen riesig und die Wangen schuppig und gerötet. Zwar rieb sie sich Gesicht und Hände mit Melkfett ein, doch es half kaum gegen Sonne, Wind und Wetter. Isabel, von jeher kräftig und schmal, waren die Strapazen der Reise am wenigsten anzusehen. Nur ihre Gesichtszüge waren prägnanter geworden, und wenn sie ausholend und sicher voranschritt, hätte man sie für einen Jungen halten können. Sie war nie glücklicher gewesen, sie war für die Freiheit gemacht. »Verflucht! Warum bin ich nicht als Mann geboren?« beschwerte sie sich einmal lautstark. Nuria zwickte sie in die Seite und warnte sie, solch lasterhafte Rede könne sie schnurstracks in Satans Bratpfannen befördern, aber dann mußte sie doch lachen und meinte, wenn Isabel ein Mann wäre, dann sicher ein zweiter

Napoleon, so gern, wie sie beständig Kriege vom Zaun brach
Sie gewöhnten sich an den Alltag der Wanderung. Dieg
übernahm wie selbstverständlich die Führung, traf die Ent
scheidungen und sprach als erster mit Fremden. Er achtet
darauf, daß seine Begleiterinnen für ihre intimsten Verrich
tungen allein sein konnten, ließ sie jedoch nie länger als ei
paar Minuten aus den Augen. An Bächen schöpften sie Was
ser mit den Kalebassen, die als Symbol ihrer Pilgerfahrt a
den Wanderstäben baumelten, tranken es und wuschen sic
damit. Mit jeder Meile, die sie zurücklegten, vergaßen si
mehr von den Annehmlichkeiten der Vergangenheit, ei
Stück Brot schmeckte nach Himmel, ein Schluck Wein wa
ein Segen. Einmal bekamen sie in einem Kloster große Beche
voller schaumiger, süßer Schokolade, die sie andächtig auf ei
ner Bank im Freien tranken. Noch Tage später sprachen si
davon und konnten sich nicht entsinnen, daß je etwas köst
licher gewesen wäre als dieses heiße, aromatische Getränk
unter den Sternen. Tagsüber aßen sie, was von der Verpfle
gung in den Herbergen übriggeblieben war: Brot, Hartkäse
eine Zwiebel, ein Stückchen Blutwurst. Für Notfälle hatt
Diego etwas Geld zur Hand, doch versuchten sie, es nicht an
zutasten; Pilger lebten von Almosen. War es unumgänglich
für etwas zu bezahlen, feilschte Diego so lange um den Preis
bis sie es fast geschenkt bekamen, und so erregten sie keine
Verdacht.

Sie hatten das Land der Basken zur Hälfte durchwandert
als der Winter schonungslos über sie hereinbrach. Jähe Re
gengüsse durchnäßten sie bis auf die Haut, und nachts zitter
ten sie vor Kälte unter ihren klammen Decken. Die Pferd
trotteten mit hängenden Köpfen, auch ihnen wurde das Wet
ter zur Qual. Die Nächte wurden länger, die Nebel dichte
die Schritte langsamer, der Rauhreif zäher und die Reise be
schwerlicher, aber die Landschaft war überwältigend schön
Grün und noch mehr Grün, Hügel in grünem Samt, aus
gedehnte Wälder in allen Grünschattierungen, kristallklar
Bäche und Wasserfälle wie flüssiger Smaragd. Über lang
Strecken verlor sich der schmale Pfad im aufgeweichten Bo

len, tauchte dann als zarte Spur zwischen Bäumen wieder auf oder ging in das holprige Pflaster einer alten Römerstraße über. Nuria überzeugte Diego davon, daß es sich lohnte, Geld für Schnaps auszugeben, denn nur der flößte ihnen des Nachts etwas Wärme ein und machte sie die Mühsal ihres Marsches vergessen. Manchmal verweilten sie mehrere Tage an einem Ort, weil es nicht zu regnen aufhörte und sie wieder zu Kräften kommen mußten, dann lauschten sie den Berichten anderer Reisender oder den Erzählungen der Mönche und Ordensschwestern, die so viele Sünder auf ihrem Weg nach Santiago de Compostela gesehen hatten.

Eines Tages Mitte Dezember waren sie noch fern vom nächsten Dorf und schon seit einer Weile an keinem Gehöft mehr vorbeigekommen, als sie zwischen den Bäumen am Wegesrand ein zaghaftes Flackern wie von kümmerlichen Lagerfeuern gewahrten. Sie mußten sich vorsehen, denn womöglich war es ein Lager von Fahnenflüchtigen, denen man jede Untat zutrauen durfte. Sie zogen in Gruppen über Land, zerlumpt, bis an die Zähne bewaffnet und zu allem bereit. Häufig verdingten sich diese beschäftigungslosen Kriegsveteranen als Söldner, beglichen anderer Leute Rechnungen, führten Racheakte aus oder ließen sich für sonstige wenig ehrbare Tätigkeiten bezahlen, doch wenn man Pech hatte, lebten sie von Überfällen. Sie kannten nichts anderes als ihre Waffen, und sich das tägliche Brot durch eigener Hände Arbeit zu verdienen war ihnen unvorstellbar. In Spanien arbeiteten nur die Bauern, trugen die ganze Last des Weltreichs und ernährten in ihrem Schweiß alle anderen, vom König bis zum letzten Büttel, Winkeladvokaten, Kirchenmann, Spieler, Pagen, Dirnchen oder Bettler.

Diego ließ seine Begleiterinnen hinter einem dichten Busch absitzen, bat Isabel, die inzwischen leidlich zu schießen gelernt hatte, die Waffe griffbereit zu halten, und ritt weiter auf die flackernden Lichter zu. Schon nach wenigen Metern konnte er sehen, daß dort vorn tatsächlich mehrere Feuer brannten. Doch schien es kein Lager von Strauchdieben oder Armeeflüchtigen zu sein, denn leise wehten die

Klänge einer Gitarre zu ihm herüber. Diegos Herz klopft bis zum Hals, als er die Melodie erkannte, eine leidenschaft liche und verzweifelte Klage, zu der Amalia einst mit fliegen den Röcken und wirbelnden Kastagnetten getanzt hatte während der Rest ihres Stammes den Takt klatschte oder da Tamburin schlug. Doch das mußte nichts heißen, solche Lie der spielten alle Zigeuner. Er trieb sein Pferd langsam weiter erspähte nun auf einer Lichtung zwischen den Bäumen Zelt und Feuer und hätte vor Freude fast aufgeschrien: Sie ware es! Kein Zweifel, es war die Familie von Amalia und Pelayo Der ging ihm jetzt mit zwei anderen entgegen, wohl um z sehen, was dieser zerlumpte und bärtige Pilger wollte, der d im fahlen Abendlicht mit einem schweren Ackergaul in ih Lager geritten kam. Sie erkannten ihn nicht, bis er vom Pfer sprang und auf sie zurannte, denn nicht im Traum hätten si gedacht, Diego de la Vega je wiederzusehen und schon ga nicht im Gewand eines Pilgers.

»Zur Hölle, was ist dir denn passiert!« begrüßte ihn Pe layo und hieb ihm freundschaftlich mit seiner Pranke auf di Schulter, und Diego wußte nicht, ob ihm Tränen aus den Au gen liefen oder es wieder zu regnen begonnen hatte.

Gemeinsam gingen sie Nuria und die Mädchen holen. Al dann wenig später alle um ein Lagerfeuer saßen, erzählten di Reisenden in groben Zügen von den verhängnisvollen Wen dungen in Barcelona, von Tomás de Romeus Hinrichtung bi hin zu Rafael Moncadas Drohung, wobei sie manches von Auf und Ab ihres Schicksals wegließen, weil es nichts zur Sa che tat.

»Ihr seht, wir sind keine Pilger, sondern Flüchtlinge. Wi müssen nach La Coruña und ein Schiff finden, das uns nacl Amerika bringt, aber der Weg ist noch weit, und der Winte hat uns eingeholt. Könnten wir mit euch weiterziehen? fragte Diego schließlich.

Ein solches Ansinnen hatten die Roma noch von keiner Gadje vernommen. Ihr Mißtrauen gegen die Fremden sa tief, und zu oft hatten sie erlebt, daß gerade hinter augen scheinlicher Freundlichkeit tückische Absichten lauerten aber Diego hatten sie gründlich kennenlernen können, und sie schätzten ihn. Sie wollten sich alleine beraten. Sie ließen die vier Gadjes am Feuer zurück, wo sie ihre Kleider trocknen konnten, und verschwanden in einem der Zelte, das aus bunten Stoffetzen und löchrigen Lumpen zusammengeflickt war, jedoch trotz seines erbärmlichen Aussehens einen guten Schutz gegen die Launen des Wetters bot. Der Stammesrat, *Kris* genannt, sollte bis spät in die Nacht hinein dauern. Als Ältester, oder *Rom Baro*, führte Rodolfo den Vorsitz, war Familienoberhaupt, Ratgeber und Richter und kannte die Gesetze der Roma. Diese Gesetze waren nirgends nachzulesen, sondern wurden von einer Generation zur nächsten durch den Rom Baro weitergegeben, der sie nach den Erfordernissen der Zeit und des Ortes auslegte. Eigentlich waren die Entscheidungen des Rates den Männern vorbehalten, doch in diesen elenden Jahren von Krieg und Verfolgung war manch starre Regel gelockert worden, und die Frauen hielten mit ihrer Meinung nicht länger hinter dem Berg, vor allem Amalia nicht, die daran erinnerte, daß Diego ihnen in Barcelona den Hals gerettet und ihnen obendrein einen Beutel voller Geld gegeben hatte, mit dem sie hatten fliehen und überleben können. Einige Mitglieder des Stammes wandten jedoch ein, man dürfe das Verbot, mit den Gadjes zusammenzuleben, nicht aus Dankbarkeit opfern. Nur Geschäfte konnte man mit ihnen machen, alles andere führte zu Unreinheit, Mahrime, und brachte Unglück. Doch schließlich einigte man sich, und mit Rodolfos unumstößlichem Urteil war die Diskussion beendet. Sie hätten viel Verrat und Schlechtigkeit im Leben gesehen, sagte er, und so sollten sie es schätzen, wenn man ihnen eine Hand reichte, damit niemand behaupten konnte, sie seien undankbar. Pelayo verließ das Zelt, um Diego die Entscheidung mitzuteilen. Er fand ihn mit den Frauen schlafend auf der Erde, alle vier dicht aneinandergedrängt und vor Kälte bibbernd neben dem erloschenen Feuer. Sie sahen aus wie ein erbarmungswürdiger Wurf junger Hunde.

»Die Versammlung hat beschlossen, daß ihr mit uns bis

zur Küste reisen könnt, sofern ihr lebt wie wir und unsere Regeln achtet.«

Die Zigeuner waren so arm wie nie. Sie hatten ihre Fuhrwerke nicht mehr, die im Jahr zuvor von französischen Soldaten niedergebrannt worden waren, genau wie die Zelte, die sie durch kläglichere ersetzen mußten, aber ihre Pferde hatten sie retten können und auch das Schmiedewerkzeug, einige Töpfe und mehrere Handkarren, um ihre Habseligkeiten zu transportieren. Sie hatten Not gelitten, waren aber vollzählig, keins der Kinder war gestorben. Nur der Riese Rodolfo, der früher ein Pferd gestemmt hatte, sah schlecht aus und hustete zuweilen wie ein Schwindsüchtiger. Amalia wirkte unverändert, aber Petrina war zu einer strahlenden Jugendlichen herangereift, die sich beim besten Willen in keinen Olivenkrug mehr hätte zwängen können. Sie war einem fernen, ihr gänzlich fremden Vetter von einem anderen Stamm zur Ehe versprochen. Die Hochzeit würde im Sommer sein, wenn die Familie des Bräutigams das Geld gezahlt hätte, mit dem der Stamm für den Verlust Petrinas entschädigt werden mußte.

Juliana, Isabel und Nuria bekamen einen Schlafplatz im Zelt der Frauen. Zu Anfang war die Gouvernante zu Tode geängstigt und überzeugt, die Zigeuner wollten die Mädchen stehlen und sie den Mauren in Nordafrika als Gespielinnen verkaufen. Eine geschlagene Woche sollte vergehen, ehe sie es wagte, die beiden aus den Augen zu lassen, und eine weitere bevor sie das Wort an Amalia richtete, die damit beauftragt war, ihnen die Sitten des Stammes zu erklären, damit sie niemanden durch falsches Verhalten vor den Kopf stießen. Von ihr bekamen sie auch weite Röcke, tief ausgeschnittene Blusen und fransige Schultertücher, so daß sie von den Frauen des Stammes kaum zu unterscheiden waren, und die Sachen waren zwar alt und etwas fleckig, aber lebhaft bunt und jedenfalls bequemer und wärmender als die Pilgerkutten. Frauen galten bei den Roma von der Hüfte bis zu den Füßen als unrein, deshalb war es sehr anstößig, wenn sie ihre Beine zeigten. Vor allem während ihrer Monatsblutung mußten sie sich flußabwärts waschen, fern von den Männern. Sie waren diesen untergeordnet und zu Gehorsam verpflichtet. Da halfen auch Isabels zornige Einwände nichts, genau wie die anderen mußte sie hinter den Männer hergehen, durfte nie vor ihnen den Weg kreuzen und sie nicht berühren, weil sie das verunreinigt hätte. Amalia erklärte ihnen, daß sie immer von Geistern umgeben waren, die durch Zauber besänftigt werden mußten. Der Tod galt als widernatürlich, und er erboste das Opfer, deshalb mußte man sich vor der Rache der Verstorbenen hüten. Rodolfo schien sehr krank zu sein, und der Stamm war in Sorge, zumal in den letzten Nächten Eulen geschrien hatten, Vorboten des Todes. Sie hatten jemanden zu entfernt lebenden Verwandten geschickt, damit sie kämen und sich ehrerbietig von Rodolfo verabschiedeten, ehe er in die Welt der Geistwesen aufbrach. Schied er im Groll oder mißmutig, konnte er als Muló zurückkehren. Vorsichtshalber waren schon alle Vorkehrungen für seine Bestattungszeremonie getroffen, obwohl Rodolfo selbst darüber lachte und überzeugt war, er werde noch viele Jahre leben. Amalia wollte Nuria, Isabel und Juliana zeigen, wie man die Zukunft aus den Linien der Hand, aus Teeblättern und Kristallkugeln las, aber Nuria sträubte sich gegen diese Hexenkünste, und von den dreien schien ohnehin keine das Zeug zu einer echten Drabardi zu haben. Dagegen lernten sie schnell, welche Heilkraft verschiedenen Kräutern innewohnte und wie man bei den Zigeunern kochte. Nuria verfeinerte die Gerichte des Stammes – Gemüseeintopf, Kaninchen, Geflügel, manchmal sogar Rebhuhn und Wildschwein – mit Kniffen aus der katalanischen Küche und hatte großen Erfolg damit. Die Roma verabscheuten jede Grausamkeit gegen Tiere und töteten sie nur, wenn es unbedingt sein mußte. Es gab mehrere Hunde im Lager, mit denen Isabel rasch Freundschaft schloß, aber keine Katzen, weil die als unrein galten.

Diego mußte sich unterdessen damit abfinden, daß er Juliana nur noch von ferne sah, weil es sich für einen Mann nicht ziemte, ohne triftiges Anliegen zu den Frauen zu gehen.

Die Zeit, die er jetzt nicht mehr mit dem Betrachten seiner Angebeteten verbrachte, nutzte er dazu, reiten zu lernen wie ein echter Rom. Er war ja von klein auf über die weiten Ebenen Kaliforniens galoppiert und hatte sich immer für sattelfest gehalten, bis er sah, welche Kunststücke Pelayo und die anderen Männer des Stammes auf dem Pferderücken vollführten. Verglichen mit ihnen war er ein Anfänger. Niemand verstand so viel von Pferden wie diese Leute. Sie zogen sie nicht nur auf, ritten sie zu und pflegten sie, wenn sie krank waren, sondern es schien, daß sie mit ihnen sprechen konnten, ge-nau wie Bernardo. Sie benutzten nie die Peitsche, denn ein Tier zu schlagen galt als schlimme Feigheit. Nach einer Woche konnte Diego sich in vollem Galopp aus dem Sattel zu Boden gleiten lassen, konnte hochspringen und mit dem Gesicht zum Schweif wieder auf dem Rücken seines Pferdes landen; er wechselte zwischen zwei galoppierenden Pferden von einem Sattel in den anderen oder ritt stehend auf beiden zugleich, ohne einen anderen Halt als die Zügel. Er achtete darauf, daß die Frauen oder, besser gesagt, daß Juliana ihn bei seinen Übungen beobachten konnte, das linderte etwas den Schmerz der Trennung. Pelayo hatte Diego ausstaffiert, er trug Kniehosen, hohe Stiefel, eine Bluse mit weiten Ärmeln, eine Lederweste, ein Tuch um den Kopf – bedauerlicherweise oberhalb der Ohren – und eine Flinte über der Schulter. Mit seinen neu geschorenen Koteletten und dem Schnauzbart, seiner gebräunten Haut und den karamelfarbenen Augen sah er so männlich aus, daß sogar Juliana ihm von ferne bewundernde Blicke zuwarf.

Der Stamm kampierte zumeist einige Tage in der Nähe eines Dorfes, wo die Männer ihre Dienste beim Zureiten der Pferde anboten oder sich als Schmiede verdingten, während die Frauen als Wahrsagerinnen durch die Gassen zogen und Heiltränke und Kräuter verkauften. Erschöpfte sich die Kundschaft, brachen sie auf zum nächsten Dorf. Abends aß man zusammen am Feuer, und danach wurden immer Geschichten erzählt, es gab Musik und Tanz. In den Mußestunden befeuerte Pelayo seine Esse und arbeitete an einem

Degen, den er Diego versprochen hatte, eine ganz besondere Waffe, sagte er, besser als jede Klinge aus Toledo und geschmiedet aus einer Legierung, deren Geheimnis aus Indien überliefert und tausendfünfhundert Jahre alt war.

»Früher hat man die Klingen der Helden gehärtet, indem man sie rotglühend in den Leib eines Feindes rammte«, erklärte er Diego.

»Mir reicht es, wenn du meine im Fluß härtest«, beeilte der sich zu sagen. »Diese Waffe ist das kostbarste Geschenk, das ich je bekommen habe. Ich werde sie *Justina* nennen, denn sie soll immer der gerechten Sache dienen.«

Bis Februar lebten und reisten Diego, Nuria und die Mädchen mit den Roma. Zweimal kam es zu kurzen Zusammenstößen mit Soldaten des Königs, die das Lager durchwühlten und sie zum Weiterziehen zwangen, jedoch nicht merkten, daß unter den Zigeunern Fremde waren. Diego fiel eine Zentnerlast vom Herzen, offenbar suchte sie niemand so fern von Barcelona, und so war diese Flucht zur Atlantikküste wohl doch nicht so irrsinnig wie zu Anfang befürchtet. Die schlimmsten Winterwochen verbrachten sie vor den rauhen Frösten und den Gefahren des Weges geschützt im Schoß der Gemeinschaft, die sie aufgenommen hatte wie nie einen Gadje zuvor. Diego brauchte die Mädchen nicht vor den Männern in Schutz zu nehmen, denen es nie eingefallen wäre, eine Fremde zur Braut zu wählen. Auch schienen sie von Julianas Schönheit nicht weiter beeindruckt, dagegen erregte es Aufsehen, daß Isabel das Fechten übte und sich mächtig ins Zeug legte, um reiten zu lernen wie ein Mann. Auf ihrem Weg durch den Norden durchquerten sie endlich Galicien und hatten die Tore von La Coruña schon fast erreicht, als Nuria aus frommer Dankbarkeit bat, man möge sie nach Santiago gehen lassen, denn sie wollte die Kathedrale sehen und vor dem Grab des Heiligen niederknien. Als sie dessen schrägen Sinn für Humor einmal begriffen hatte, war sie schließlich doch noch eine Freundin des Apostels geworden. Der ganze Stamm entschied, sie zu begleiten.

Mit ihren engen Gassen und Durchgängen, ihren alte Häusern, Handwerkerläden, Herbergen, Schenken, Taver nen, Plätzen und Kirchlein zog sich die Stadt in mehrere Ringen um das Heiligtum, das seit Hunderten von Jahren ei Leitstern der Christenheit war. Es war ein strahlender Tag der Himmel wolkenlos, die Luft kühl und belebend. In ihre ganzen Pracht und Hoheit ragte die Kathedrale mit ihre reich verzierten Türmen in den blauen Himmel.

Die Roma rissen die Stadt aus ihrem schläfrigen Mittags frieden, indem sie lauthals ihren Talmi, ihre Wahrsagerkünst und ihre Tränke anpriesen, mit denen man allerlei Gebreche heilen und Tote ins Leben zurückholen konnte. Unterdesse sanken Diego, Nuria und die Mädchen wie alle Pilger, di Santiago de Compostela erreichten, im Mittelschiff der Ka thedrale auf die Knie und berührten den steinernen Sock des Grabmals mit den Händen. Ihre Wallfahrt war zu End sie waren am Ziel eines langen Weges. Sie dankten de Apostel, daß er sie beschützt hatte, und baten ihn, sie noc nicht zu verlassen und ihnen beizustehen, damit sie wohlb halten über den Ozean kämen. Ihr Gebet war noch nicht b endet, da gewahrte Diego wenige Schritte entfernt eine knienden Mann, der mit besonderer Inbrunst zu dem Heil gen flehte. Er wandte ihnen das Profil zu und wurde von de gesprenkelten Kirchenlicht nur spärlich erhellt, doch trot der fünf Jahre, die seit ihrer letzten Begegnung vergange waren, erkannte Diego ihn sofort. Es war Galileo Tempest Diego wartete, bis der Schiffskoch sich gegen die Bru schlug, sich bekreuzigte und aufstand, dann trat er zu ihn Mißtrauisch wollte Tempesta sich abwenden, als er diesen Z geuner mit den dicken Koteletten und dem Schnauzbart a sich zukommen sah.

»Ich bin es, Señor Tempesta, Diego de la Vega …«

»*Porca miseria*! Diego!« schrie der Koch, packte Diego m seinen granitenen Armen und hob ihn in einer stürmische Begrüßung eine Handbreit vom Boden hoch.

»Pst! Etwas Respekt, Ihr seid in der Kathedrale«, zischt ein Mönch sie an.

Sie verließen die Kirche, klopften sich dabei unentwegt auf die Schultern und waren ganz aus dem Häuschen darüber, daß sie einander getroffen hatten, obwohl dieser Zufall vollkommen erklärlich war. Galileo Tempesta arbeitete noch immer als Koch auf der Madre de Dios, und das Schiff lag im Hafen von La Coruña und wurde eben mit Waffen für Mexiko beladen. Tempesta hatte den Landgang genutzt, um den Heiligen zu besuchen und ihn zu bitten, daß er ihn von einem unaussprechlichen Leiden heilte. Flüsternd gestand er Diego, er habe sich in der Karibik eine beschämende Krankheit geholt, eine Strafe Gottes für seine Sünden, vor allem für den Axthieb, mit dem er seine unglückliche Gattin vor vielen Jahren ins Jenseits befördert hatte, ein bedauerlicher Mißgriff, sicher, obwohl sie es eigentlich verdient habe. Nur ein Wunder könne ihn retten.

»Ich bin mir nicht sicher, ob der Apostel für solche Art Wunder zuständig ist, Señor Tempesta, aber vielleicht kann Amalia Euch helfen.«

»Amalia?«

»Eine Freundin. Sie ist eine Drabardi, das heißt, sie kann in die Zukunft sehen und Krankheiten heilen. Ihre Medizin ist sehr wirksam.«

»Gepriesen sei der heilige Jakobus, daß er sie nach Santiago geführt hat! Seht Ihr, junger Freund, wie sich die Wunder vollziehen?«

»Apropos Santiago, was ist aus Kapitän Santiago de León geworden?«

»Er führt noch immer das Kommando auf der Madre de Dios und ist verrückter denn je, aber er wird sich freuen, von Euch zu hören.«

»Vielleicht nicht, ich bin auf der Flucht vor dem Gesetz...«

»Dann erst recht«, wischte der Schiffskoch alle Bedenken beiseite. »Sind Freunde nicht dazu da, daß sie einem eine helfende Hand reichen, wenn einen das Glück verläßt?«

Diego führte ihn zu einer Ecke des Platzes, wo mehrere Zigeunerinnen mit Karten und Kristallkugeln auf der Erde

saßen, und stellte ihn Amalia vor, die sich seine Beichte an
hörte und ihm zu einem recht gesalzenen Preis etwas gegen
sein Leiden verkaufte. Zum Abschied versprach Galileo
Tempesta, er werde dafür sorgen, daß sich Diego in zwei Ta
gen mit Santiago de León in einer Hafentaverne in La Coruña
treffen konnte.

Kaum hatte der Kapitän in dem Zigeuner, der sich an seinen
Tisch setzte, den jungen Mann erkannt, der im Jahr 1810 Pas
sagier auf seinem Schiff gewesen war, da fragte er ihn begierig
über seine Erlebnisse in Spanien aus. Diego schilderte ihm in
knappen Worten seine Jahre in Barcelona und erzählte von
Juliana und Isabel de Romeu.

»Gegen die Mädchen liegt Haftbefehl vor. Werden sie auf
gegriffen, steckt man sie hinter Gitter, oder sie werden in die
Kolonien deportiert.«

»Welche Missetat können diese beiden Kinder begangen
haben?«

»Keine. Sie sind Opfer eines Halunken, der nicht bekom
men hat, was er wollte. Tomás de Romeu, der Vater der bei
den, hat mir vor seinem Tod das Versprechen abgenommen,
daß ich sie nach Kalifornien bringe und der Obhut meines
Vaters anvertraue. Könnt Ihr uns helfen, nach Amerika zu
kommen, Kapitän?«

»Junger Freund, ich arbeite für die spanische Regierung.
Ich kann keine Flüchtlinge mitnehmen.«

»Ich weiß, daß Ihr es schon getan habt, Kapitän ...«

»Was wollt Ihr damit andeuten?«

Statt zu antworten, knöpfte Diego sein Hemd auf und
zeigte ihm das Medaillon von La Justicia, das er immer um
den Hals trug. Santiago de León betrachtete es, und zum er
stenmal seit ihrem Wiedersehen huschte ein Lächeln über
sein wettergegerbtes Vogelgesicht. Aller Argwohn schwand
und seine Stimme wurde sanft, als er in seinem Gegenüber ei
nen Verbündeten erkannte. Obwohl der Geheimbund sein
Wirken vorübergehend eingestellt hatte, fühlten sich beide
nach wie vor an ihren Schwur gebunden. De León erklärte

sein Schiff werde in wenigen Tagen in See stechen. Jetzt sei nicht die beste Zeit, um den Ozean zu überqueren, doch der Sommer sei schlimmer, wenn in der Karibik verheerende Wirbelstürme wüteten. Er hatte dringende Anweisung, Waffen zur Niederschlagung des Aufstands nach Mexiko zu bringen, dreißig in ihre Einzelteile zerlegte Kanonen, tausend Musketen und für jede davon tausend Schuß Munition, Schrot und Pulver. Er bedauerte, daß ihn sein Beruf und die wirtschaftliche Not zu dieser Fahrt zwangen, denn er hielt den Unabhängigkeitskampf der Kolonien für legitim. Spanien war jedoch entschlossen, die verlorenen Gebiete zurückzuerobern, und hatte zehntausend Soldaten in die neue Welt entsandt. Die königlichen Truppen hatten in einem erbarmungslosen Feldzug Chile und Venezuela erneut unter ihre Kontrolle gebracht, hatten Greuel begangen und viel Blut vergossen. Auch der mexikanische Aufstand war fürs erste erstickt. »Wäre da nicht meine treue Besatzung, die seit Jahren unter meinem Kommando fährt und die Heuer braucht, ich würde der See Lebewohl sagen und mich nur noch meinen Karten widmen«, seufzte der Kapitän. Sie verabredeten, daß Diego und die drei Frauen in der Nacht vor der Abreise an Bord gehen und sich versteckt halten würden, bis sie auf hoher See wären. Außer Galileo Tempesta und dem Kapitän sollte vorerst niemand etwas über die Passagiere erfahren. Mit belegter Stimme dankte Diego dem Kapitän, aber der winkte ab und sagte, er erfülle nur seine Pflicht. Jedes Mitglied von La Justicia hätte an seiner Stelle dasselbe getan.

Der Rest der Woche verging mit den Vorbereitungen für die Reise. Die Mädchen mußten die Bündchen ihrer Unterröcke auftrennen, um die Goldmünzen hervorzuholen, denn sie wollten den Roma etwas für ihre Gastfreundschaft geben und brauchten passende Kleidung und weitere unverzichtbare Dinge für die Schiffsreise. Das Häuflein Edelsteine nähten sie erneut in die Unterwäsche ein. Der Bankier hatte recht gehabt, es gab keine bessere Möglichkeit, in schwierigen Zeiten zu transportieren, was man an Vermögen besaß. Die

Mädchen wählten schlichte, praktische Kleider, die dem Leben, das sie erwartete, angemessen waren, alle in Schwarz, weil sie endlich im Andenken an ihren Vater Trauer tragen wollten. Viel Auswahl gab es nicht in den kleinen Läden am Hafen, aber sie fanden einige Kleidungsstücke, Hüte und Handschuhe auf einem englischen Schiff, das an der Mole festgemacht hatte. Nuria hatte zwar Gefallen an dem bunten Aufzug der Zigeuner gefunden, doch auch sie würde wenigstens für ein Jahr in Erinnerung an ihren verstorbenen Dienstherrn Schwarz tragen.

Das Herz war ihnen schwer bei ihrem Abschied von den Roma, aber sie kämpften die Tränen nieder, um diese vom Schicksal hart geprüften Menschen nicht mit ihrer Weinerlichkeit zu kränken. Pelayo gab Diego den Degen, den er ihm geschmiedet hatte, eine vollkommene Waffe, stark, biegsam, leicht und so ausgewogen, daß Diego sie mit einem kurzen Schwung aus dem Handgelenk hochwerfen konnte, sie eine Drehung in der Luft beschrieb und er sie mühelos wieder am Griff zu packen bekam. Im letzten Moment versuchte Amalia, Juliana das Perlendiadem zurückzugeben, aber die weigerte sich, es anzunehmen, und sagte, Amalia solle es als Andenken behalten. »Ich brauche es nicht, um an euch zu denken«, erwiderte die Zigeunerin mit einem fast verächtlichen Funkeln in den Augen, steckte das Schmuckstück aber doch wieder ein.

Anfang März, wenige Stunden, nachdem die Hafenbehörde die Schiffsladung kontrolliert und dem Kapitän die Genehmigung zum Auslaufen erteilt hatte, gingen die vier im Schutz der Dunkelheit an Bord. Galileo Tempesta und Santiago de León zeigten ihren Schützlingen die Kabinen, die in den nächsten Wochen ihr Zuhause sein sollten. Das Schiff war zwei Jahre zuvor umgebaut worden und großzügiger ausgestattet als bei Diegos erster Reise, im Heck verfügte es jetzt rechts und links der Offiziersmesse über vier Einzelkajüten für Passagiere. Darin hing an Tauen eine schmale Koje aus Holz, außerdem gab es einen Tisch, einen Stuhl, eine

306

Truhe und sogar einen kleinen Wandschrank für Kleider. Richtig gemütlich waren diese winzigen Zellen zwar nicht, aber man hatte seine Ruhe, ein wahrer Luxus an Bord. Die drei Frauen streckten in den ersten vierundzwanzig Stunden auf See kaum die Nase aus ihren Kajüten, nahmen keinen Bissen zu sich, waren grün vor Übelkeit und überzeugt, das wochenlange Schaukeln der Wellen nicht zu überleben. Kaum war Spaniens Küste außer Sicht, gestattete der Kapitän seinen Passagieren, an Deck zu kommen, wies die Mädchen jedoch an, gehörigen Abstand von den Matrosen zu halten, um keinen Ärger heraufzubeschwören. Seiner Mannschaft gab er keine Erklärung, und die wagte nicht zu fragen, aber hinter seinem Rücken wurde gemurrt, weil er Frauen an Bord gelassen hatte.

Am Morgen des zweiten Tages erwachten Juliana, Isabel und Nuria davon, daß die Matrosen zum Wachwechsel mit nackten Füßen über Deck liefen, und hörten die Glocke, die alle halbe Stunde geschlagen wurde. Der Duft von frischem Kaffee stieg ihnen in die Nase, ihre Übelkeit war vergangen, und sie spürten, daß sie hungrig waren. Sie wuschen sich mit dem Seewasser aus der Pütz, die Galileo Tempesta ihnen gebracht hatte, rieben sich danach das Salz mit einem in Süßwasser getauchten Schwamm ab, kleideten sich an und verließen schwankenden Schritts ihre Kajüten. In der Offiziersmesse standen acht Stühle um einen langen Tisch, den der Schiffskoch für ihr Frühstück gedeckt hatte. Der Kaffee, mit Melasse gesüßt und mit einem Schuß Rum angereichert, brachte ihnen die Lebensgeister zurück. Dazu gab es Haferschleim mit einem Hauch Zimt und Nelken und gesüßt mit einem exotischen Honig aus Übersee, eine Aufmerksamkeit des Kapitäns. Durch die offene Tür konnten sie Santiago de León sehen, der mit seinen zwei jungen Offizieren am Kartentisch saß und die Listen mit den Wachwechseln, dem Proviant und den Trinkwasser- und Brennholzvorräten durchging, die bis zum nächsten Versorgungshafen mit Umsicht eingeteilt werden mußten. An der Wand hing ein Quecksilberbarometer, in den Tisch eingelassen war ein Kompaß, und daneben stand eine schöne Schatulle aus Mahagoniholz, in der Santiago de León sein Chronometer wie eine Reliquie hütete. Der Kapitän grüßte mit einem lakonischen »Guten Morgen« und zeigte sich über die Leichenblässe auf den Gesichtern seiner Passagiere nicht weiter erstaunt. Isabel fragte nach Diego, und er deutete mit einer vagen Handbewegung nach draußen.

»Falls der junge De la Vega sich in den letzten Jahren nicht gründlich geändert hat, ist er wahrscheinlich zum Masttopp aufgeentert oder sitzt auf den Schultern der Galionsfigur. Der wird sich kaum langweilen, aber Euch wird diese Überfahrt lang werden«, sagte er.

Doch da irrte er sich, denn schon bald hatte jede der drei eine Beschäftigung gefunden. Juliana stickte und las nacheinander alle Bücher des Kapitäns. Erst schien ihr diese Lektüre öd, doch dann dachte sie sich Helden und Heldinnen aus und kleidete die geschilderten Kriege, die Revolutionen und sogar die philosophischen Abhandlungen in ein angemessen romantisches Gewand. Sie hatte alle Freiheit, flammende, vom Schicksal hintertriebene Liebesgeschichten darin unterzubringen, und konnte obendrein entscheiden, wie sie ausgehen sollten. Sie bevorzugte das tragische Ende, da weinte es sich besser. Isabel erklärte sich zur Gehilfin des Kapitäns, ging ihm beim Entwurf seiner phantastischen Karten zur Hand, und als sie ihn von ihrem zeichnerischen Können überzeugt hatte, bat sie ihn, die Mannschaft porträtieren zu dürfen. Er erlaubte es schließlich, und sie zeichnete sich in die Herzen der Matrosen. Außerdem ergründete sie die Geheimnisse der Navigation, lernte, wie man mit dem Sextanten umgeht und die Meeresströmungen anhand der Schattierungen des Wassers oder des Verhaltens der Fische erkennt. Doch am liebsten hielt sie die vielfältigen Arbeiten an Bord auf ihrem Skizzenblock fest: Risse im Holz wurden mit Werg und Pech verschlossen, Wasser aus dem Kielraum gelenzt, Segel geflickt, schadhafte Taue ausgebessert, die Masten mit ranzigem Fett aus der Kombüse auf Hochglanz poliert, das Deck geschrubbt, abgezogen, gestrichen. Die Mannschaft hatte un-

entwegt zu tun, nur sonntags ruhte die Arbeit, und die Männer angelten, schnitzten Holzfiguren, flickten ihre Hosen,
schnitten sich die Haare, tätowierten einander oder pulten
sich gegenseitig die Läuse vom Kopf. Sie rochen nach Raubtier, denn sie wechselten fast nie die Kleider und glaubten,
waschen schade der Gesundheit. Sie begriffen nicht, daß der
Kapitän wöchentlich ein Bad nahm, und daß die vier Passagiere sich wie versessen täglich reinigten, ging ihnen schon
gar nicht in den Kopf. Auf der Madre de Dios herrschte nicht
die rauhe Disziplin, die auf Kriegsschiffen üblich war; Santiago de León wußte sich auch ohne grausame Strafen Gehör
zu verschaffen. Auf seinem Schiff waren Karten- und Wür-
felspiele, die sonst oft verboten waren, erlaubt, sofern nicht
um Geld gespielt wurde, sonntags bekam jeder eine doppelte
Ration Rum, die Heuer wurde pünktlich gezahlt, und wenn
man einen Hafen anlief, wurden die Wachen so eingeteilt, daß
jeder einmal an Land konnte und auf seine Kosten kam. Zwar
hing für alle sichtbar ein roter Beutel mit einer neunschwän-
zigen Katze am Großmast, aber sie war nie benutzt worden.
Verstieß einer gegen die Regeln, strich der Kapitän ihm höchstens für ein paar Tage den Rum.

Nuria machte sich in der Kombüse zu schaffen, weil Galileo Tempestas Kochkünste ihrer Ansicht nach einiges zu
wünschen übrigließen. Die kulinarischen Neuerungen, die
sie mit Hilfe der immer gleichen begrenzten Zutaten auf den
Tisch zauberte, wurden vom Kapitän bis zum Schiffsjungen
von allen bejubelt. Die Gouvernante gewöhnte sich rasch an
den schwindelerregenden Geruch, der vor allem vom Käse
und Pökelfleisch ausging, an das Kochen mit brackigem Wasser und an die toten Fische, die Galileo Tempesta auf die
Säcke mit dem Schiffszwieback legte, um die Würmer zu
bekämpfen. Wimmelte es in den Fischen von Würmern,
tauschte der Koch sie gegen frische aus, und so blieb der
Zwieback weitgehend verschont. Nuria lernte sogar, die Zie-
gen zu melken. Das waren nicht die einzigen Tiere an Bord,
daneben gab es Hühner, Enten und Gänse in Käfigen und
eine Sau mit Ferkeln in einem Verschlag, außerdem hatten ei-

nige der Matrosen Tiere – Affen und Papageien –, und natür
lich gab es Katzen, sonst wären die Mäuse im Nu die Herren
und Gebieter über das Schiff gewesen. Nuria ersann immer
neue Varianten für die Verwendung von Milch und Eiern
und so gab es jetzt täglich Nachtisch. Allen war schleierhaft
wie sie es mit dem bärbeißigen Galileo Tempesta aushielt
der über ihr Eindringen in sein Reich überaus erbost gewe
sen war, doch sie hatte einen einfachen Weg gefunden, mit
ihm fertig zu werden. Als er zum erstenmal die Stimme gegen
sie erhob, schlug sie ihm hart mit dem Kochlöffel gegen die
Stirn und wandte sich sodann stoisch wieder ihrem Selch
fleisch zu. Sechs Stunden später machte ihr der Genuese ei
nen Heiratsantrag. Er gestand ihr, Amalias Medizin zeitig
bereits gute Erfolge, und er habe neunhundert amerikanisch
Dollar gespart, genug, um ein Restaurant auf Kuba zu eröff
nen und wie die Könige zu leben. Er warte schon seit elf Jah
ren auf die richtige Frau, und daß sie etwas älter war als er, se
ihm ganz gleichgültig. Nuria ließ sich nicht zu einer Antwor
herab.

Etliche der Matrosen, die schon bei Diegos erster Fahrt au
dem Schiff gewesen waren, erkannten ihn nicht, bis er in
Kartenspiel händeweise Kichererbsen gegen sie gewann. Di
Zeit auf See folgt ihren eigenen Gesetzen, die Jahre vergehe
und hinterlassen keine Spuren im beständigen Blau von Him
mel und Meer, und so staunten sie, daß dieser bartlose Junge
der sie erst gestern mit seinen Geschichten von lebenden To
ten erschreckt hatte, heute ein richtiger Mann war. Wo ware
diese fünf Jahre geblieben? Er hatte sich verändert, war er
wachsen geworden, indes noch immer gerne in ihrer Gesell
schaft, und das schmeichelte ihnen. Einen Gutteil des Tage
half er bei der Arbeit auf dem Schiff, besonders gerne in de
Segeln. Erst wenn die Sonne sank, verschwand er kurz in sei
ner Kajüte, wusch sich und machte sich fein für Juliana. Di
Matrosen hatten vom ersten Tag an begriffen, daß er in da
Mädchen verliebt war, und obwohl sie ihn zuweilen damit
aufzogen, beobachteten sie sein Schmachten mit einer süße
Schwermut, da für sie eine Frau wie Juliana ewig unerreich

bar war, und mit Neugier, weil sie wissen wollten, wie es ausgehen würde. Juliana schien ihnen so unwirklich wie die sagenumwobenen Sirenen. Ihr makelloser Teint, die schimmernden Augen, die schwerelose Anmut konnten nicht von dieser Welt sein.

Von den Meeresströmen und vom Wind getrieben, fuhr die Madre de Dios an der Küste Afrikas entlang nach Süden, ohne Aufenthalt vorbei an den Kanarischen Inseln und weiter zu den Kapverden, wo sie frisches Wasser und Lebensmittel aufnahm für die Überquerung des Atlantiks, die, je nach Wind, länger als drei Wochen dauern konnte. Im Hafen von Porto Grande erfuhren der Kapitän und seine Besatzung, daß Napoleon Bonaparte aus seiner Verbannung auf der Insel Elba geflohen und in einem Triumphzug nach Frankreich zurückgekehrt war, wo die Truppen, die ihn vor Paris hätten aufhalten sollen, zu ihm übergelaufen waren. Ohne einen einzigen Schuß abzugeben, eroberte er die Macht zurück, König Ludwig XVIII. floh mit seinem Hof nach Gent, und Napoleon schickte sich an, Europa erneut unter seine Herrschaft zu bringen. Die Honoratioren der Hafenstadt empfingen den Kapitän und gaben am Abend einen Ball zu Ehren seiner Töchter, denn als solche hatte Santiago de León die Mädchen De Romeu vorgestellt. Er hoffte, damit jeden Verdacht von ihnen abzulenken, sollte der Befehl zu ihrer Verhaftung bereits bis hierher gelangt sein. Viele der Männer in öffentlichen Ämtern waren mit schönen, großgewachsenen und stolzen Afrikanerinnen verheiratet, die sich auf dem Fest in atemberaubendem Putz präsentierten. Neben ihnen sah Isabel wie ein strubbeliges Hündchen aus, und selbst Juliana wurde kaum bemerkt. Das änderte sich jedoch sofort, als sie sich, von Diego bekniet, an die Harfe setzte. Es war ein vollzähliges Orchester anwesend, doch sie hatte kaum die Saiten berührt, da wurde es mucksmäuschenstill in dem großen Saal. Sie spielte zwei alte Weisen, und schon waren ihr alle Anwesenden verfallen. Den Rest des Abends mußte Diego mit den übrigen Herren Schlange stehen für einen Tanz mit ihr.

Als die Madre de Dios wenige Tage später erneut Segel setzte und die Inselgruppe hinter dem Horizont verschwand, schleppten zwei Matrosen ein in Segeltuch eingeschlagenes Etwas in die Offiziersmesse, ein Geschenk von Santiago de León für Juliana. »Damit Ihr den Wind und die Wellen besänftigt«, sagte der Kapitän und enthüllte mit galanter Geste eine italienische Harfe, in deren Rahmen ein Schwanenhals mit Kopf geschnitzt war. Von nun an wurde die Harfe jeden Abend an Deck gebracht, und Juliana rührte die Männer mit ihren Melodien zu Tränen. Sie hatte ein sehr gutes Ohr und konnte rasch jedes Lied spielen, das sie ihr vorbrummelten. Bald wurden Gitarren, Mundharmonikas und Flöten hervorgeholt, und wer Juliana nicht auf einem Instrument begleiten konnte, schlug den Takt mit dem, was gerade zur Hand war. Der Kapitän, der in seiner Kajüte eine Geige verbarg, um sich zuweilen ganz allein über die langen Nächte hinwegzutrösten, in denen das Laudanum den Schmerz in seinem schlimmen Bein nicht zu betäuben vermochte, schloß sich der Kapelle an, und das Schiff war erfüllt von Musik.

Eines Abends trug die Seeluft mitten in einem solchen Konzert einen Gestank zu ihnen her, der sich unmöglich ignorieren ließ. Augenblicke später tauchte in Luv die Silhouette eines Dreimasters auf. Der Kapitän nahm sein Fernrohr zur Hand und bestätigte, was er schon wußte: Es war ein Sklavenschiff. Unter den Händlern gebe es zwei Methoden, sagte er: *fardos prietos* und *fardos flojos* – dicht und locker gepackte Fracht. Die Anhänger der dicht gepackten Fracht stapelten die Menschen wie Brennholz, die einen über die anderen, Männer, Frauen, Kinder, alle in Ketten, zwischen Exkrementen und Erbrochenem, Kranke mit Gesunden, Sterbenden und Kadavern. Die Hälfte der Menschen starb bei der Überfahrt, der Rest wurde im Bestimmungshafen »gemästet« und der Verkauf machte die Verluste wett; nur die kräftigsten überlebten diese Tortur, und man bekam gutes Geld für sie. Die Sklavenhändler mit »locker gepackter Fracht« transportierten weniger Sklaven in etwas erträglicheren Bedingungen, damit nicht zu viele während der Überfahrt starben.

»Dieses Schiff muß eins mit dicht gepackter Fracht sein, der Wind trägt den Gestank über viele Meilen.«

»Das ist grauenvoll! Wir müssen etwas tun!« empörte sich Diego.

»Ich fürchte, La Justicia ist hier machtlos, mein Freund.«

»Wir sind bewaffnet, wir haben vierzig Mann Besatzung, wir können das Schiff angreifen und die Leute befreien.«

»Der Handel ist illegal, das ist ein Schmugglerschiff. Wenn wir ihm in die Quere kommen, werfen sie die Menschen mit ihren Ketten ins Meer, damit sie wie Steine untergehen. Und selbst wenn wir sie befreien könnten, wo sollen sie bleiben? Sie sind zu Hause von afrikanischen Händlern verkauft worden. Die Neger verkaufen ihre eigenen Leute, wußtet Ihr das nicht?«

In diesen Wochen auf See machte Diego bei der Eroberung Julianas wieder einiges von dem Boden gut, den er während ihres Zusammenlebens mit den Zigeunern verloren hatte, als sie sich voneinander fernhalten mußten und nie allein sein konnten. Das konnten sie an Bord zwar auch nicht, aber es gab genug Sonnenuntergänge und sonstiges nie Gesehenes, für das sie aufs Meer hinaus schauten, wie das Verliebte seit grauer Vorzeit tun. Dann wagte es Diego, seiner Schönen einen Arm um die Schulter oder die Taille zu legen, sehr behutsam, um sie nicht zu verscheuchen. Auch las er ihr Liebesgedichte aus fremder Feder vor, denn seine eigenen waren gar zu einfältig und ihm selbst peinlich. In weiser Voraussicht hatte er in La Coruña einige Gedichtbände erworben, und das zahlte sich jetzt aus. Die süßen Metaphern erweichten Julianas Herz und bereiteten sie auf den Augenblick vor, wenn er ihre Hand nahm und zwischen den seinen hielt. Mehr nicht, leider. An Küssen war nicht zu denken, nicht, weil unser Held etwa nicht verwegen genug gewesen wäre, sondern weil Isabel, Nuria, der Kapitän und vierzig Seeleute die beiden nicht einen Moment aus den Augen ließen. Und Juliana fädelte keine Treffen hinter angelehnten Türen ein, teils, weil es kaum Türen gab auf dem Schiff, teils, weil sie sich ihrer Gefühle nicht sicher war, obwohl sie doch sei Monaten ihr Leben mit Diego teilte und weit und breit kein anderen Anwärter in Sicht waren. Das hatte sie ihrer kleiner Schwester schon manchmal nachts im Vertrauen erzählt. Isa bel schwieg dazu, denn was sie auch gesagt hätte, wäre auf de Waage der Liebe womöglich zu Diegos Gunsten ins Gewich gefallen. Das war nicht in ihrem Sinne. Auf ihre Weise liebt sie Diego, seit sie elf war, aber das tut hier nichts zur Sache denn er ahnte es nie. Für ihn war Isabel noch immer ein Drei käsehoch mit vier Ellbogen und genug Haaren für zwe Köpfe, obwohl sich ihr Äußeres in den letzten Jahren ein biß chen gemacht hatte, sie war fünfzehn und sah nicht mehr so verheerend aus wie mit elf.

Häufiger sahen sie in einiger Entfernung andere Schiffe und der Kapitän blieb vorsichtig auf Abstand, denn es gab viele Feinde auf hoher See, von Korsaren bis hin zu schneller amerikanischen Brigantinen, die die Madre de Dios nur zu gern um ihre Waffenladung erleichtert hätten. Für ihrer Krieg gegen England brauchten die Amerikaner jedes Ge wehr, dessen sie habhaft werden konnten. Santiago de Léon gab nicht viel auf die Flagge, die an fremden Masten flatterte zu häufig wurde sie ausgetauscht, um die Arglosen zu täu schen, aber er wußte zumeist auch so, wo die Schiffe herka men; er brüstete sich damit, daß er alle Schiffe kannte, di diese Route befuhren.

Mehrere Gewitter schüttelten die Madre de Dios in dieser Wochen durch, aber sie kamen nie überraschend, denn de Kapitän spürte sie schon, ehe sein Barometer ihn warnte Dann gab er Befehl, die Segel zu reffen, alles gut zu verla schen und die Tiere in ihre Käfige zu sperren. Im Handum drehen war die Mannschaft auf ihrem Posten, und wenn di ersten Böen das Schiff erfaßten und die See zu schäumen be gann, war schon alles an Bord gesichert. Die Frauen hatter Anweisung, in ihren Kajüten zu bleiben, damit sie nicht völ lig durchnäßt wurden und kein Unglück geschah. Die Weller schlugen über Deck und rissen alles mit, was nicht niet- und nagelfest war; leicht konnte man den Halt verlieren und au dem Grund des Atlantiks enden. Nach jedem Wolkenbruch war das Schiff sauber, frisch, es duftete nach Holz, Himmel und Meer wurden heiter, und der Horizont strahlte wie blankes Silber. Fische aller Art stiegen an die Oberfläche, und etliche davon landeten im Fett von Galileos und Nurias Bratpfannen. Der Kapitän korrigierte den Kurs, seine Besatzung behob die wenigen, kleinen Schäden und kehrte zur täglichen Routine zurück. Das in Planen aufgefangene Regenwasser wurde in Fässer gefüllt, und so konnte sich, wer wollte, mit Seife waschen, was mit Salzwasser schier unmöglich war.

Schließlich erreichten sie karibische Gewässer. Sie sahen große Meeresschildkröten und Schwertfische, durchscheinende Quallen mit langen Tentakeln und riesige Tintenfische. Das Wetter schien es gut mit ihnen zu meinen, aber der Kapitän war unruhig. Er spürte den Wechsel des Luftdrucks in seinem Bein. Die früheren, kurzen Gewitter waren für Diego und die drei Frauen keine Vorbereitung auf einen wirklichen Sturm. Die Madre de Dios nahm Kurs auf Puerto Rico, um von dort weiter nach Jamaika zu segeln, als der Kapitän seinen Passagieren mitteilte, sie sollten sich auf eine ernste Prüfung gefaßt machen. Der Himmel war wolkenlos und die See ruhig, doch keine halbe Stunde später verfinsterten dunkle Wolken die Sonne, die Luft wurde klebrig, und es begann wie aus Kübeln zu schütten. Bald zuckten die ersten Blitze über den Himmel, und riesige, gischtgekrönte Wellen türmten sich auf. Das Holz ächzte, die Masten knarrten, als wollten sie jeden Moment aus der Verankerung brechen. Den Männern war kaum Zeit geblieben, die Segel einzuholen. Der Kapitän versuchte zusammen mit zwei Rudergasten, das Schiff unter Kontrolle zu halten. Einer davon, ein schwarzer Hüne aus Santo Domingo, der seit zwanzig Jahren zur See fuhr, stemmte sich mit seinem ganzen Gewicht gegen das Ruder, kaute dabei weiter auf seinem Tabak und scherte sich nicht um die Wassermassen, die ihm jede Sicht nahmen. Das Schiff tanzte auf den Kämmen der Brecher und stürzte gleich darauf in den flüssigen Abgrund. Beim Überholen schlug eins der Gatter auf, und eine Ziege segelte wie ein Papierdrachen durch die Luft und ward nie mehr gesehen. Die Matrosen kämpften sich mühsam über Deck, ein Fehltritt bedeutete den sicheren Tod. Krank vor Angst und Übelkeit wimmerten die Frauen in ihren Kajüten. Selbst Diego, der sich rühmte, einen eisernen Magen zu haben, erbrach sich; aber er war nicht der einzige, etlichen Mitgliedern der Besatzung ging es nicht besser. Welch ein Hochmut, dachte er, daß wir es wagen, mit dieser Nußschale die Elemente herauszufordern. Die Madre de Dios konnte jeden Moment auseinanderbrechen.

Zwei volle Tage trotzten sie dem Sturm, und als es endlich schien, als wollte es aufklaren, schlug ein Blitz in den Großmast ein. Wie ein Peitschenhieb ging die Erschütterung durch das Schiff. Im Kern verwundet, schwankte der lange, schwere Mast endlose Minuten unter den Blicken der entsetzten Mannschaft, bis er schließlich krachend barst, mit seinem Segelwerk und einem Durcheinander von Tauen ins Meer stürzte und zwei Seeleute mitriß, die ihm nicht mehr hatten ausweichen können. Mit einem Ruck legte sich das Schiff auf die Seite, dem Untergang nah. Der Kapitän brüllte Befehle, aber seine Männer wußten längst, was zu tun war. Einige kämpften sich schon über die glitschigen, schrägen Planken zu den Trossen durch, die den gespaltenen Mast an das Schiff banden, und hieben mit Äxten darauf ein, der Wind schlug ihnen ins Gesicht, der Regen machte sie blind, und die Brecher peitschten über sie hinweg. Doch schließlich war auch die letzte Verbindung gekappt, und der Mast trieb davon, während das Schiff sich schwankend aufrichtete. Für die beiden über Bord gegangenen Männer gab es keine Hoffnung, der schwarze Ozean hatte sie verschlungen.

Endlich flaute der Wind etwas ab, und das Meer wurde ruhiger, doch der Regen und die Blitze begleiteten sie noch bis zum Morgen. Im ersten Licht des Tages wurde das ganze Ausmaß des Schadens sichtbar. Zwei Männer waren ertrunken, andere hatten Quetschungen und Schürfwunden. Galileo Tempesta war ausgerutscht und hatte sich den Arm gebrochen, aber der Knochen war nicht durch das Fleisch gedrungen, und so meinte der Kapitän, er müsse nicht amputieren. Er flößte dem Koch einen doppelten Rum ein, dann richtete er mit Nurias Hilfe den Knochen und schiente den Arm. Die Mannschaft lenzte unablässig Wasser aus dem Kielraum und verstaute die Fracht neu, während der Kapitän jeden Schaden unter die Lupe nahm, um zu entscheiden, wie es weitergehen sollte. Die Madre de Dios war ein schwimmendes Wrack, man würde sie unmöglich auf See instand setzen können. Durch den Sturm waren sie weit vom Kurs abgetrieben, sie waren nördlich von Puerto Rico, aber mit den beiden Masten und den verbliebenen Segeln würden sie es bis nach Kuba schaffen.

Die nächsten Tage segelten sie langsam, ohne Großmast und mit mehreren Lecks, durch die unablässig Wasser einbrach. Für die wackeren Seeleute der Madre de Dios war das nichts Neues, sie hatten schon so manchen Sturm überstanden, ohne den Mut zu verlieren, aber als jemand das Gerücht aufbrachte, die Frauen hätten das Unglück heraufbeschworen, begannen sie zu murren. Der Kapitän hielt ihnen eine Standpauke und verhinderte eine Meuterei, doch ihr Argwohn war mit Händen zu greifen. Keiner dachte mehr an Harfenkonzerte, sie wollten nicht essen, was Nuria kochte, und wandten den Blick ab, wenn die Frauen an Deck kamen, um sich zu erfrischen. Die Gewässer hier waren tückisch, und bei Dunkelheit konnten sie auf ihrem Weg nach Kuba kaum Fahrt machen. Doch bald sahen sie Haie, blaue Delphine und große Schildkröten, dann Möwen, Pelikane und fliegende Fische, die wie Steine aufs Deck knallten, wo der Koch sie nur noch einsammeln mußte. Die laue Luft trug den fernen Duft reifer Früchte zu ihnen und kündigte Land an.

Bei Tagesanbruch trat Diego aus seiner Kajüte. Der Himmel färbte sich in den ersten Orangetönen, und alle Konturen waren verschleiert von zartem Dunst. Das Licht der Laternen zerfloß im Nebel. Sie segelten eben zwischen zwei mangrovenbewachsenen Inselchen hindurch. Sanft schaukelte das Schiff in den Wellen, außer dem ewigen Knarren des Holzes war kein Laut zu vernehmen. Diego streckte sich, atmete die frische Morgenluft ein, um den Schlaf zu verscheuchen winkte dem Steuermann zu, der sich für seine Wache bereit machte, und begann wie jeden Morgen seinen Lauf über Deck. Seine Koje war zu kurz, und er schlief zusammengekrümmt, einige Runden im Dauerlauf über das Schiff, und sein Kopf war wieder klar und die steifen Muskeln bereit für den neuen Tag. Am Bug tätschelte er der Galionsfigur der Kopf, ein kurzes Begrüßungsritual, das er mit abergläubischer Pünktlichkeit allmorgendlich ausführte. Und da sah er etwas im Nebel. Es konnte ein Schiff sein, aber er war sich nicht sicher. Jedenfalls war es nah, er mußte dem Kapitän Bescheid geben. Nur Augenblicke später trat Santiago de León in der einen Hand das Fernrohr, mit der anderen seine Hose zuknöpfend, auf die Brücke. Ein Blick genügte ihm, und er stürzt zur Glocke, um die Mannschaft an Deck zu rufen, aber es war schon zu spät, von zwei Seiten enterten die Piraten die Madre de Dios.

Diego sah die Enterhaken, aber es blieb keine Zeit, die Taue zu kappen. Er rannte zu den Kajüten im Heck, schrie Juliana, Isabel und Nuria zu, sie sollten um keinen Preis herauskommen, packte seinen Degen und machte sich bereit, die Frauen zu verteidigen. Mit Messern zwischen den Zähnen kletterten die ersten Angreifer über die Reling. Wie Mäuse wuselten die Matrosen der Madre de Dios aus allen Luken des Schiffs, bewaffnet mit dem, was eben zur Hand war, während der Kapitän vergeblich Befehle brüllte, die in dem höllischen Geschrei, das jetzt losbrach, kein Mensch verstand Seite an Seite kämpften Diego und Santiago de León gegen ein halbes Dutzend Angreifer, grausige, bärtige Gestalten mit von Narben entstellten Gesichtern, die selbst in den Stiefeln noch Dolche stecken hatten und zwei oder drei Pistolen und kurze Säbel an den Gürteln trugen. Die Piraten stürzten sich mit Raubtiergebrüll auf ihre Gegner, kämpften aber mit mehr Lärm und Beherztheit als Technik. Einer allein hätte es mit Diego nicht aufnehmen können, doch zu mehreren kamen sie von allen Seiten. Diego gelang es, zwei von ihnen zu verletzen und den Ring zu durchbrechen, er sprang hoch, bekam das Besansegel zu fassen, enterte über die Wanten auf und packte ein Tau, an dem er quer über das Schiff schwingen konnte, wobei er die Kajütstüren keinen Moment aus den Augen ließ. Das waren bloß dünne Bretter, einem Tritt würden sie nicht standhalten, doch vor allem durfte es keiner der Frauen einfallen, herauszukommen. Diego holte Schwung, ließ das Tau los und landete mit einem mächtigen Satz vor einem Mann, der ihn gelassen, mit dem Degen in der Hand, erwartete. Im Gegensatz zum Rest dieser Horde zerlumpter Rohlinge war der hier herausgeputzt wie ein orientalischer Prinz, ganz in Schwarz, mit einer Schärpe aus gelber Seide um die Hüfte, Spitzenbesatz an Kragen und Ärmelaufschlägen seines gebauschten Hemds, hohen, glänzenden Stiefeln mit goldenen Schnallen, einem Goldkettchen um den Hals und Ringen an den Fingern. Er war von hohem Wuchs, hatte langes, schimmerndes Haar, glattrasierte Wangen, tiefgrünliche, schwarze Augen, und zwischen seinen feinen, zu einem spöttischen Lächeln verzogenen Lippen schimmerten makellos weiße Zähne. Diego taxierte ihn mit einem raschen Blick, fragte sich indes nicht lange, wer er war, nach seiner Aufmachung und der Haltung zu urteilen, mußte er der Anführer der Piraten sein. Mit einem freundlichen »Bon jour« auf den Lippen lancierte dieser adrette Gegner seinen ersten Angriff, dem Diego um Haaresbreite auswich. Sie kreuzten die Klingen und hatten sehr schnell begriffen, daß sie aus demselben Holz geschnitzt waren, wie gemacht füreinander. Beide waren überragende Fechter. Dieser Kampf war kein Spaß, und doch genossen sie es im stillen, daß sie auf jemanden getroffen waren, dem sie zeigen konnten, was in ihnen steckte, und wortlos entschieden sie, daß der andere einen saubereren Kampf verdient hatte, auch wenn es um Leben und Tod ging. Diego bot alles auf, was er gelernt hatte; Maestro Manuel Escalante wäre stolz gewesen.

An Deck der Madre de Dios kämpfte jeder um sein Leben. Santiago de León sah sich um und begriff sofort, wie es um seine Männer stand. Die Piraten waren ihnen an Zahl doppelt

oder dreifach überlegen, sie waren besser bewaffnet, kampf
erprobt und hatten sie obendrein überrascht. Seine Männe
waren friedliche Handelsmatrosen, etliche von ihnen kämm
ten schon graue Haare und träumten davon, der See Lebe
wohl zu sagen und eine Familie zu gründen, es war nicht ge
recht, daß sie für fremder Leute Fracht ihr Leben ließen. Mi
einem jähen Gewaltausbruch machte sich der Kapitän vo
seinen Angreifern los und war mit zwei Sprüngen bei de
Glocke, um anzuzeigen, daß sie sich ergaben. Seine Mann
schaft gehorchte und ließ die Waffen sinken, und die Angrei
fer brachen in wildes Triumphgeheul aus. Einzig Diego un
sein schmucker Gegner ignorierten die Glocke und fochte
weiter, bis Diego dem Piraten nach einer raschen Finte de
Degen aus der Hand schlug. Aber sein Sieg währte nur kurz
denn im nächsten Moment sah er sich von Säbeln umringt
die an seinen bloßen Unterarmen kratzten.

»Laßt ihn, aber verliert ihn mir nicht aus den Augen! Ic
will ihn lebend«, befahl sein Gegner und wandte sich dann i
tadellosem Spanisch an Santiago de León: »Jean Lafitte, z
Diensten, Kapitän.«

»Das habe ich befürchtet. Es konnte kein anderer sein al
der Seeräuber Lafitte.«

»Seeräuber? Aber nicht doch, Kapitän: Korsar. Ich besitz
einen Kaperbrief der Regierung von Cartagena de Colom
bia.«

»Was in diesem Fall auf dasselbe hinausläuft. Was habe
wir von Euch zu erwarten?«

»Gerechte Behandlung. Wir töten nicht, außer es ist un
vermeidlich, denn eine geschäftliche Übereinkunft ist für un
alle von Vorteil. Ich schlage vor, wir einigen uns von Ehren
mann zu Ehrenmann. Euer Name, mit Verlaub.«

»Santiago de León, Handelskapitän.«

»Ich bin lediglich an Eurer Ladung interessiert, Kapitä
De León. Wenn man mich recht informiert hat, transportier
Ihr Waffen und Munition.«

»Was geschieht mit meiner Mannschaft?«

»Sie kann die Boote besteigen. Wenn es der Wind gut m

Euch meint, erreicht Ihr in zwei Tagen die Bahamas oder Kuba, nur eine Frage des Glücks. Ist außer den Waffen etwas von Belang an Bord?«

»Bücher, Karten...«

Das war der Moment, in dem Isabel im Nachthemd, barfuß und mit der Pistole ihres Vaters in der Hand aus ihrer Kajüte trat. Sie hatte auf Diego gehört und sich eingeschlossen, aber als das Geschrei und die Schüsse verstummten, hielt sie es nicht mehr aus und wollte nachsehen, wer den Kampf gewonnen hatte.

»Mordieu! Ein schönes Fräulein...«, rief Lafitte und lächelte sie an.

Isabel zuckte zusammen und ließ die Waffe sinken, mit diesem Adjektiv hatte sie noch nie jemand belegt. Lafitte trat auf sie zu, verbeugte sich, er streckte die Hand aus, und sie gab ihm ohne Murren die Pistole.

»Das macht die Angelegenheit ein wenig diffizil... Wie viele Passiere sind an Bord?« wandte sich Lafitte erneut an den Kapitän.

»Zwei junge Damen und ihre Gouvernante. Sie reisen in Begleitung von Don Diego de la Vega.«

»Interessant, interessant.«

Die beiden Kapitäne verschwanden in der Offiziersmesse, um die Bedingungen der Schiffsübergabe auszuhandeln, während zwei der Piraten mit gezogenen Pistolen Diego in Schach hielten und die übrigen das Schiff in Besitz nahmen. Juliana und Nuria wurden unter Geschrei und Gejohle aus ihren Kajüten getrieben, mußten sich zu Isabel an den Besanmast stellen, und Diego sah die lüsternen Blicke auf den Gesichtern ihrer Bewacher. Die besiegten Matrosen der Madre de Dios lagen bäuchlings, die Hände im Nacken, auf dem Boden, ein Teil der Piraten durchsuchte die Lagerräume, andere flößten den Verletzten Rum ein und warfen dann die Toten über Bord. Gefangene machten sie nicht, das brachte nur Ärger. Sie verfrachteten ihre eigenen Verwundeten vorsichtig in die Schaluppen, von denen aus sie die Madre de Dios geentert hatten, und ruderten sie zu ihrem Schiff. Diego beobachtete alles und zermarterte sich den Kopf, wie er freikommen und die Frauen retten könnte. Mit seinen beiden Bewachern würde er fertigwerden, aber was dann? Um die Frauen hatte sich eine ganze Rotte übelster Gestalten versammelt, allein der Gedanke, daß einer seine Pranke nach ihnen ausstrecken könnte, machte Diego rasend. Aber er mußte einen kühlen Kopf bewahren, mußte nachdenken, seine Fechtkünste würden niemandem weiterhelfen, was er brauchte, waren Geschick und Glück.

Santiago de León, seine beiden Offiziere und die Überlebenden der Mannschaft kauften sich mit einem Viertel ihrer Jahresheuer frei, das war der übliche Tarif. Den Matrosen würde man anbieten, sich Lafittes Bande anzuschließen, und ein paar von ihnen würden es tun. Der Korsar wußte, daß die Schuldscheine des Kapitäns und seiner Männer so gut wie bares Geld waren. Wer sich weigerte, die Schuld zu begleichen, galt selbst seinen besten Freunden als ehrlos. Es war ein einfaches und sauberes Geschäft. Santiago de León mußte seine vier Passagiere Jean Lafitte überantworten, der ein Lösegeld für sie einzustreichen gedachte. Zwar erklärte ihm der Kapitän, die Mädchen seien Waisen und mittellos, aber der Korsar wollte sie trotzdem mitnehmen, weil in den Freudenhäusern von New Orleans große Nachfrage nach weißen Frauen herrschte. Kapitän De León flehte ihn an, die Tugend dieser beiden Kinder zu respektieren, sie hätten viel gelitten und ein solch schreckliches Los nicht verdient, doch solch rücksichtsvolle Erwägungen waren dem Geschäft abträglich, Lafitte konnte sich nicht auf sie einlassen und sagte bloß, die Arbeit als Kurtisane sei doch für die meisten Frauen sehr erfreulich. Am Boden zerstört verließ Santiago de León die Offiziersmesse. Es war ihm einerlei, daß er seine Ladung verlor, mehr noch, er hatte sich auch deshalb so rasch ergeben, weil er diese Fracht loswerden wollte, aber daß die Mädchen De Romeu, zu denen er auf der Reise wärmste Zuneigung gefaßt hatte, in einem Bordell enden sollten, brach ihm das Herz. Er mußte zu ihnen gehen und ihnen sagen, welches Schicksal sie erwartete, wenn nicht, ja, wenn nicht Diego de la Vega dafür orgte, daß sie heil davonkamen, denn sein Vater würde doch sicher alles tun, um sie zu retten.

Mit fester Stimme wandte sich Diego sofort an Lafitte, als er an Deck trat:

»Mein Vater wird auch für Juliana, Isabel und Nuria Löseld zahlen, sofern niemand sie anrührt. Wir schicken ihm umgehend Nachricht nach Kalifornien.« Aber er hatte es kaum ausgesprochen, da spürte er eine Beklemmung in der Brust wie ein böses Omen.

»Die Post braucht Zeit, und so werdet Ihr für einige Wochen, vielleicht Monate, meine Gäste sein«, sagte der Korsar, ohne seinen Blick von Juliana zu wenden. »Bis das Lösegeld eintrifft, wird den Mädchen kein Haar gekrümmt. Ich hoffe für uns alle, daß Euer Vater sich nicht lange bitten läßt.«

Juliana und Nuria, die kaum Zeit gehabt hatten, sich anzuziehen, waren zu Tode geängstigt gewesen, als sie aus ihren Kajüten geholt wurden und an Deck diese Bande widerwärtiger Halunken, all das Blut und die Verletzten sahen. Doch war es nicht nur das verständliche Grauen, das Juliana erschütterte, sondern auch der Blick von Jean Lafitte.

Die Piraten gingen mit ihrer Brigantine längsseits, machten an der Madre de Dios fest, legten Planken von Brücke zu Brücke und bildeten eine Kette, um die leichte Fracht, darunter die Tiere, Bierfässer und Schinken, auf ihr Schiff zu verladen. Sie hatten keine Eile, denn die Madre de Dios gehörte nun Kapitän Lafitte. Santiago de León verfolgte das Geschehen mit unbewegter Miene, aber in seinem Herzen war schwere See, denn er liebte sein Schiff wie eine Braut. Am feindlichen Mastbaum flatterte, neben der kolumbianischen Fahne, der Jolly Roger, ein schwarzes Banner mit Totenkopf, und Santiago de León atmete auf, denn das hieß, daß sich der Korsar an die Abmachung halten und die Besatzung gegen Bezahlung ziehen lassen würde. Hätten sie rot geflaggt, wäre keiner seiner Männer am Leben geblieben. Als die Umladearbeiten fast abgeschlossen waren, erlaubte Lafitte dem Kapitän, die Boote mit Süßwasser und Proviant auszustatten, die nötigen Navigationsinstrumente einzupacken und mit seinen

Leuten das Schiff zu verlassen. Plötzlich war auch Galile
Tempesta wieder da, der sich während des Kampfes irgend
wo verkrochen hatte, zeigte vor dem Kapitän kleinlaut au
seinen geschienten Arm, sicherte sich aber gleichwohl al
einer der ersten einen Platz in einem Boot. Der Kapitän tra
zu Diego und den Frauen und verabschiedete sich mit einer
kräftigen Händedruck und dem Versprechen, daß sie sic
wiedersehen würden. Er wünschte ihnen Glück und verlie
ohne einen letzten Blick zurück sein Schiff. Er wollte nich
sehen, wie die Piraten die Posten an Deck der Madre de Dio
besetzten, die über drei Jahrzehnte seine einzige Heimat ge
wesen war.

Auf dem überladenen Piratenschiff war kaum ein Durch
kommen. Lafitte war nie länger als ein paar Tage auf See, des
halb konnte er hundertfünfzig Mann Besatzung auf einen
Raum unterbringen, der eigentlich für dreißig Seeleute vor
gesehen war. Sein Hauptquartier lag auf Grande Terre, einer
Eiland vor der Küste von New Orleans, in der von Sümpfe
und Kanälen durchzogenen Bucht von Barataria. Dort war
tete er, daß ihm seine Späher das Nahen möglicher Beute an
kündigten, dann ging er auf Raubzug. Er nutzte die Nebe
und das Dunkel der Nacht, um sich den Schiffen, die ihr
Fahrt bei schlechter Sicht verlangsamten, schnell und lautlo
zu nähern. Sein größter Vorteil war immer die Überra
schung. Kanonen gebrauchte er nur, um seine Gegner einzu
schüchtern, er wollte ihre Schiffe ja nicht versenken, sonder
sie für seine eigene Flotte übernehmen, die bereits dreizeh
Brigantinen, etliche Korvetten, Schoner und kleine Feluke
zählte.

Jean und sein Bruder Pierre galten auf See in diesen Jahre
als die am meisten gefürchteten Korsaren, doch an Lan
durften sie sich als Geschäftsleute gebärden. Der Gouverneu
von New Orleans, der den Schmuggel, den Sklavenhande
und andere illegale Machenschaften der Lafittebrüder lei
gewesen war, hatte zwei Jahre zuvor ein Kopfgeld von fünf
hundert Dollar auf sie ausgesetzt. Jean hatte geantwortet, in

dem er tausendfünfhundert Dollar für den Kopf des Gouverneurs bot. Das war der Höhepunkt ihrer Feindseligkeiten gewesen. Jean hatte entkommen können, aber sein Bruder verbrachte mehrere Monate hinter Gittern, Grande Terre und die Nachbarinsel wurden angegriffen und alles Beutegut beschlagnahmt. Doch das Blatt wendete sich, als Lafitte gemeinsame Sache mit den amerikanischen Truppen machte. General Andrew Jackson war nach New Orleans gekommen, mit einem Kontingent abgerissener, malariakranker Soldaten und dem Befehl, das riesige Gebiet von Louisiana gegen die Engländer zu verteidigen. Er konnte es sich nicht leisten, das Hilfsangebot der Freibeuter abzulehnen. Diese Banditen, Schwarze, Mischlinge und Weiße, erwiesen sich als entscheidend für den Ausgang der Schlacht um New Orleans. Am 8. Januar 1815, also drei Monate, ehe unsere Freunde unfreiwillig in dieser Gegend strandeten, traf Jackson den Feind. Eigentlich war der Krieg zwischen England und seiner früheren Kolonie seit zwei Wochen beendet, aber davon wußte noch niemand. Mit einem zerlumpten Haufen Männer, die aus aller Herren Ländern zusammengewürfelt waren und sich noch nicht einmal in einer gemeinsamen Sprache verständigen konnten, siegte Jackson über eine gut bewaffnete Streitmacht von zwanzigtausend Engländern. Während die Männer sich in Chalmette, wenige Meilen vor New Orleans, gegenseitig umbrachten, beteten Frauen und Kinder im Ursulinenkloster der Stadt. Als die Schlacht zu Ende war und man die Leichen zählte, hatte England zweitausend Tote zu beklagen, Jackson nur dreizehn. Am tapfersten und wildesten hatten die Kreolen gekämpft – Farbige, aber freie Bürger der Union – und die Piraten. Unter Blumenbögen wurde wenige Tage später der Sieg gefeiert, und weißgewandete Mädchen, eins für jeden Staat der Union, krönten General Jackson mit Lorbeer. In der Menschenmenge waren auch die Brüder Lafitte und ihre Freibeuter, die von Geächteten zu Helden geworden waren.

Die vierzig Stunden, die Lafittes Schiff bis nach Grande Terre brauchte, verbrachte Diego gefesselt an Deck, die drei

Frauen eingeschlossen in einer engen Kajüte neben der de Kapitäns. Pierre Lafitte war ebenfalls an Bord, hatte währen des Überfalls auf die Madre de Dios das Kommando über da Piratenschiff innegehabt und war, wie sich zeigte, von seinen Bruder sehr verschieden. Er hatte helles Haar, sein halbes Ge sicht war nach einem Schlaganfall gelähmt, er wirkte schrof schwerfällig und gewalttätig. Es hieß, er sei ein Freund maß loser Freß- und Saufgelage und könne an keiner jungen Fra vorbeigehen. Juliana und Isabel hatte er mit begehrliche Blicken traktiert, als sie an Bord kamen, aber sein Brude erinnerte ihn daran, daß das Geschäft wichtiger war als da Vergnügen. Die beiden Mädchen konnten ihnen ein nette Sümmchen bescheren.

Jean machte ein Geheimnis um seine Herkunft, nieman wußte etwas darüber, aber er erzählte freimütig, er sei fünf unddreißig Jahre alt. Er hatte eine gewinnende Art und vor zügliche Manieren, sprach mehrere Sprachen, darunter Fran zösisch, Spanisch und Englisch, liebte Musik und ließ de Oper von New Orleans regelmäßig größere Geldbeträge zu kommen. Die Frauen verfielen ihm zahlreich, doch war e nicht lüstern wie sein Bruder, sondern bevorzugte den subti len Flirt; er war charmant, unterhaltsam, ein großer Tänze und Erzähler von Anekdoten, die er zumeist aus dem Stegrei erfand. Seine Sympathie für die amerikanische Sache wa legendär, die Kapitäne seiner Kaperschiffe wußten: »Wer ei amerikanisches Schiff angreift, ist ein toter Mann.« Für di dreitausend Männer unter seinem Kommando war er de »Boss«, und sie waren ihm treu ergeben. Er setzte Millione in Handelswaren um, die er mit Barkassen und Einbäume über die verzweigten Kanäle des Mississippi-Deltas ans Fest land schmuggelte. Niemand kannte diese Gegend so gut wi er und seine Leute, die Hafenbehörde von New Orlean konnte sie weder kontrollieren noch abfangen. Lafitte ver kaufte die Waren aus seinen Beutezügen wenige Meilen vo der Stadt an einem ehemals heiligen Ort der Indianer, allge mein bekannt als »der Tempel«. Plantagenbesitzer, reich und weniger reiche Kreolen und sogar Familienangehörig les Gouverneurs kauften nach Belieben, steuerfrei, zu vertretbaren Preisen und in ausgelassener Jahrmarktatmosphäre. Auch die Versteigerung der Sklaven fand dort statt. Lafitte rwarb sie billig in Kuba und verkaufte sie teuer in den Verinigten Staaten, wo die Einfuhr von Negern zwar mittlerweile verboten war, nicht jedoch die Sklaverei. Seine Märkte wurden mit Plakaten in jedem Winkel der Stadt angekündigt: Kommt alle zum Tempel! Großer Basar und Sklavenversteigerung von Jean Lafitte! Kleider, Schmuck, Möbel und andere Waren von den sieben Weltmeeren!«

Jean lud seine drei weiblichen Geiseln zu einer Erfrischung auf Deck ein, aber sie weigerten sich, die Kajüte zu verlassen. Er schickte ihnen eine Platte mit Käse und Wurst, dazu eine gute Flasche spanischen Wein aus den Beständen der Madre de Dios, alles mit seinen besten Empfehlungen. Juliana ging er nicht aus dem Kopf, sie starb fast vor Neugier, ihn kennenzulernen, doch gebot ihr die Vorsicht, in der verschlossenen Kajüte zu bleiben.

Diego dagegen verbrachte diese vierzig Stunden draußen, wie eine Salami verschnürt und ohne Essen. Einer der Piraten hatte ihn durchsucht, ihm das Medaillon von La Justicia und die wenigen Münzen, die er bei sich trug, abgenommen, zuweilen gab man ihm einen Schluck Wasser, dann wieder Fußtritte, wenn er sich zuviel bewegte. Jean Lafitte kam ein paarmal vorbei und versicherte ihm, wenn sie erst auf seiner Insel wären, werde er es angenehmer haben, er solle verzeihen, seinen Männern mangele es an Kinderstube. Sie seien im Umgang mit feinen Leuten nicht geübt. Diego mußte den Spott über sich ergehen lassen und knurrte bei sich, er werde diesen Mistkerl früher oder später von seinem hohen Roß holen. Aber erst einmal mußte er am Leben bleiben. Ohne ihn wären Juliana und Isabel verloren. Er hatte davon gehört, wie die Piraten soffen, hurten und metzelten, wenn sie siegreich von einem Beutezug in ihre Höhlen zurückkamen, wie sie sich an den unglücklichen Frauen vergingen, die sie gefangen hatten, und die geschändeten und zerstückelten Leiber nach diesen Gelagen im Sand verscharrten. Er durfte nicht daran

denken, mußte sich überlegen, wie sie fliehen konnten, abe
diese Phantasien marterten ihn. Auch wurde er die mulmig
Vorahnung nicht los, die ihn auf der Madre de Dios befalle
hatte. Irgend etwas war mit seinem Vater, soviel war siche
Seit Wochen schon konnte er sich nicht mehr mit Bernard
verständigen, vielleicht sollte er es jetzt noch einmal versu
chen. Er richtete all seine Gedanken auf seinen Bruder, abe
mit dem Willen hatte das nichts zu tun, ihre Gedankenver
bindung folgte keinem Schema und ließ sich weder von ihr
noch von Bernardo steuern. Doch so lange war nie Schwe
gen gewesen zwischen Bernardo und ihm, das konnte nicht
Gutes bedeuten. Was war nur los in Kalifornien, was war m
Bernardo, mit seinen Eltern?

Grande Terre, die Insel in der Bucht von Barataria, von de
aus die Brüder Lafitte ihr Reich regierten, war weitläufi
feucht, flach und wie die ganze Gegend in eine Aura von Ge
heimnis und Moder gehüllt. Dieser glutheiße und launisch
Landstrich, wo die idyllische Ruhe im Nu von verheerende
Wirbelstürmen hinweggefegt werden konnte, war wie ge
schaffen für große Leidenschaften. Ob Pflanzen oder di
menschliche Seele, alles fiel schnell der Zersetzung anheim
Wenn das Wetter schön war, und es war schön, als Diego, Isa
bel, Juliana und Nuria ankamen, trugen die heißen Windböe
den süßlichen Duft blühender Orangenbäume weit übe
Land, doch sobald die Brise abflaute, lastete die Hitze schwe
wie Blei. Ein Trupp Piraten ruderte die Gefangenen an de
Strand und eskortierte sie bis zum Wohnhaus von Jean La
fitte, das auf einem Felsvorsprung nahe am Meer stand, um
geben von einem Wald hoher Palmen und knorriger Eiche
mit von der Gischt verbranntem Laub. Das Dorf der Pirate
lag windgeschützt hinter einem Dickicht aus Büschen un
war von hier aus kaum zu sehen. Blühender Oleander ziert
den Weg zum Haus. Es war zweistöckig, in spanischem St
gebaut, die Ziegelmauern mit einer Mischung aus Gips un
gemahlenen Muscheln verputzt, hatte weiße Ziergitter vo
den Fenstern im Erdgeschoß, eine große Veranda und Bal
kone zum Meer. Mit der Piratenhöhle, die Diego sich vorge

328

stellt hatte, hatte es nichts gemein, es war sauber, gut geführt und nachgerade luxuriös. Die Zimmer waren geräumig und luftig, der Blick von den Balkonen überwältigend, die hellen Holzböden glänzten, die Wände waren frisch getüncht, und auf jedem Tisch standen Blumen, Schalen voller Obst und Krüge mit Wein. Zwei schwarze Sklavinnen führten die vier die Treppe hinauf und in die Zimmer, die man ihnen zugedacht hatte. Diego bekam eine Schüssel mit Wasser zum Waschen und eine Tasse Kaffee, dann geleitete man ihn auf die Veranda, wo Jean Lafitte in einer roten Hängematte schaukelte, hinter ihm auf einer Stange zankten sich zwei schillernde Papageien, und er zupfte die Saiten einer Gitarre und blickte gedankenverloren aufs Meer. Diego wußte nicht, was er von ihm halten sollte, der üble Ruf dieses Mannes war mit seiner eleganten Erscheinung unmöglich in Einklang zu bringen.

»Ihr dürft wählen, ob Ihr mein Gefangener oder mein Gast sein möchtet, Señor De la Vega«, begrüßte ihn der Korsar. »Als mein Gefangener habt Ihr das Recht, die Flucht zu versuchen, und ich habe das Recht, Euch mit allen Mitteln daran zu hindern. Als mein Gast wird man Euch gut behandeln, bis das Lösegeld Eures Vaters eintrifft, doch verpflichten Euch die Gebote der Gastfreundschaft, daß Ihr mein Haus achtet und meine Weisungen befolgt, haben wir uns verstanden?«

»Ehe ich darauf antworte, muß ich wissen, was mit den Schwestern De Romeu geschieht, die meiner Obhut anvertraut sind«, sagte Diego.

»Waren, mein Herr, die Eurer Obhut anvertraut waren. Nun sind sie der meinen anvertraut. Ihr Los hängt von der Antwort Eures Vaters ab.«

»Falls ich einwillige, Euer Gast zu sein, woher wollt Ihr wissen, daß ich nicht dennoch zu fliehen versuche?«

»Ihr würdet es ohne die Mädchen nicht tun, und obendrein gebt Ihr mir Euer Wort.«

»Ihr habt es, Kapitän Lafitte«, sagte Diego zerknirscht.

»Ausgezeichnet. Habt die Güte, in einer Stunde gemeinsam mit Euren Begleiterinnen mit mir zu speisen. Ich denke, mein Koch wird Euch nicht enttäuschen.«

Unterdessen hatten Juliana, Isabel und Nuria verwirrende Momente durchzustehen. Mehrere Männer hatten große Waschzuber in ihre durch Schiebetüren miteinander verbundenen Zimmer geschleppt und sie mit Wasser gefüllt; dann tauchten drei junge Negerinnen mit Seife und Bürsten auf und hinter ihnen eine schöne, dunkelhäutige Frau, großgewachsen, mit gemeißelten Gesichtszügen, langem Hals und einem aufgetürmten Turban, durch den sie noch einen halben Kopf größer wirkte. Sie stellte sich auf französisch als Madame Odilia vor und erklärte, ihr unterstehe die Führung des Hauses von Jean Lafitte. Sie bedeutete den drei Gefangenen, die Kleider abzulegen, da man sie baden werde. Keine der drei war je nackt gewesen; wenn sie sich wuschen, dann sehr verschämt unter einem leichten Überwurf aus Baumwolle. Nuria suchte händeringend Ausflüchte, worauf die drei Sklavinnen schallend lachten und die Dame mit dem Turban gnädig erklärte, an einem Bad sei noch niemand gestorben. Das leuchtete Isabel umgehend ein, und sie entledigte sich ihrer Kleider. Juliana tat es ihr nach, bedeckte ihre intimen Stellen aber mit beiden Händen. Das führte zu neuem Gelächter bei den Afrikanerinnen, sie traten zu ihr und hielten ihre mahagonifarbenen Arme an die von diesem Mädchen, das so weiß war wie das Porzellan im Eßzimmer. Nuria mußten sie zu zweit festhalten, während die dritte sie auszog und die Wände unter ihrem Gezeter erzitterten. Die drei wurden in die Waschzuber gesteckt und von Kopf bis Fuß abgeseift. Als der erste Schreck ausgestanden war, entpuppte sich die Prozedur als weit weniger unerfreulich als angenommen, und Juliana und Isabel fanden bald Gefallen daran. Eins der schwarzen Mädchen sammelte ihre Kleider auf, verschwand damit ohne ein Wort der Erklärung und kam wenig später mit einem Berg reich verzierter Kleider aus Brokat wieder, viel zu warm bei der Hitze hier. Sie waren in gutem Zustand, wiewohl offensichtlich getragen. Eins hatte Blutflecken am Saum. Welches Los mochte seine frühere Besitzerin ereilt ha-

>en? War auch sie eine Gefangene gewesen? Besser, man malte sich ihr Schicksal nicht aus und auch das eigene nicht, dachte Isabel. Bestimmt wollte Lafitte sichergehen, daß sie nichts unter ihren Röcken verbargen, und hatte daher Anweisung gegeben, ihnen schleunigst die Kleider abzunehmen. Darauf waren sie gefaßt gewesen.

Nach seinem Gespräch mit Lafitte entschied Diego, die bedingte Freiheit, die ihm der Korsar gewährt hatte, zu nutzen und sich vor dem Abendessen noch ein wenig umzusehen. Das Dorf der Piraten beherbergte Vagabunden aus allen Winkeln des Erdenrunds. Manche wohnten mit ihren Frauen und Kindern in Palmhütten, andere hatten keine feste Bleibe und schliefen mal hier, mal dort. Es gab Garküchen, wo gute französische und kreolische Gerichte zubereitet wurden, einige Schnapsbuden und Freudenhäuser, außerdem Werkstätten und Handwerkerläden. All diesen Männern verschiedener Hautfarben, Sprachen, Sitten und Glaubenswelten war der unbändige Drang nach Freiheit gemeinsam, aber sie fügten sich den Gesetzen von Barataria, denn die schienen ihnen sinnvoll, und das System war demokratisch. Alles entschied man hier durch Wahl, selbst die Kapitäne wurden durch Mehrheitsbeschluß eingesetzt oder ausgetauscht. Die Regeln waren klar: Wer die Frau eines anderen belästigte, wurde mit einem Krug Trinkwasser und einer geladenen Pistole auf einem unbewohnten Eiland ausgesetzt; Raub wurde mit Peitschenhieben bestraft, Mord mit dem Galgen. Blinder Gehorsam wurde nicht verlangt, es sei denn auf Raubfahrten auf hoher See, aber man hatte sich an die Regeln zu halten oder mußte die Konsequenzen tragen. Früher waren sie Verbrecher gewesen, Glücksritter oder Entflohene der Kriegsmarine, heute jedoch waren sie stolze Mitglieder einer Gemeinschaft. Nur die Tauglichsten gingen auf Kaperfahrt, die anderen arbeiteten als Schmiede, kochten, hielten Vieh, reparierten die Schiffe und Boote, bauten Hütten, fischten. Diego sah Frauen und Kinder, auch kranke Menschen und Krüppel, und sollte später erfahren, daß die Veteranen der See, die

Witwen und die Waisen unter dem Schutz der Gemeinschaf
standen. Verlor einer ein Bein oder einen Arm auf See, ent
schädigte man ihn mit Gold. Die Beute wurde gleichmäßi
unter den Männern aufgeteilt, und etwas bekamen auch di
Witwen, die übrigen Frauen zählten kaum. Es waren Pro
stituierte, Sklavinnen, Gefangene früherer Raubzüge un
einige, nein, sehr wenige verwegene Frauen, die aus freien
Willen hierhergekommen waren.

Auf seinem Rückweg über den Strand sah Diego scho
von weitem eine Meute von zwei Dutzend Betrunkenen, di
um ein Lagerfeuer hockten, miteinander rauften, krakeelten
ein paar Frauen herumschubsten und ihnen unter die Röck
griffen. Einige von ihnen waren bei dem Überfall auf die Ma
dre de Dios dabeigewesen, Diego erkannte sie wieder un
meinte, die Gelegenheit sei günstig, sich das Medaillon vo
La Justicia zurückzuholen, denn der Kerl, der es ihm abge
nommen hatte, war auch dabei.

»Mal herhören, die Herren!« rief er im Näherkommen.

Die weniger Betrunkenen sahen zu ihm herüber und rap
pelten sich hoch, und die Frauen nutzten die Gelegenheit
rafften die Röcke und liefen über den Strand davon. Dieg
blickte in vom Schnaps aufgedunsene Gesichter, in blut
unterlaufene Augen, hörte sie aus ihren zahnlosen Münder
fluchen und sah, wie ihre Klauenhände nach den Messer
griffen. Er gab ihnen keine Zeit, zu sich zu kommen.

»Ich will mich ein bißchen vergnügen«, rief er. »Wer vo
euch traut sich, gegen mich anzutreten?«

Gejohle wurde laut, der Kreis um Diego schloß sich enger
und ihm stiegen Schweißgeruch und nach Rum, Tabak un
Knoblauch stinkender Atem in die Nase.

»Einer nach dem anderen, wenn ich bitten darf. Ich fang
mit dem Helden an, der mein Medaillon hat, danach kriegt je
der sein Fett weg, einverstanden?«

Manche der Korsaren krümmten sich vor Lachen un
hieben sich grölend auf die Schenkel. Die anderen warfe
sich fragende Blicke zu, und schließlich knöpfte einer sei
schmutziges Hemd auf, zeigte das Medaillon und meinte, e

schlage sich gern mit diesem Herrensöhnchen mit den Weiberhänden, das noch so süß nach Muttermilch dufte. Ob das auch wirklich sein Medaillon sei, wollte Diego wissen, er könne es nicht richtig erkennen. Der Mann streifte es ab und schwenkte es vor Diegos Nase.

»Paß gut drauf auf, Freundchen«, sagte der grinsend. »Ehe du dich versiehst, nehme ich's dir ab.«

Sofort zog der Pirat einen Dolch aus dem Gürtel und schüttelte und straffte sich, und die anderen traten ein paar Schritte zurück, um ihnen Platz für den Kampf zu machen. Der Pirat warf sich Diego entgegen, der ihn wie festgewachsen im Sand erwartete. Er war nicht umsonst bei La Justicia in die Lehre gegangen. Er empfing seinen Gegner mit drei schnellen Bewegungen: Mit der Linken packte er sein Handgelenk und lenkte den Dolch von sich fort, gleichzeitig duckte er sich zur Seite weg und nutzte den Schwung seines Gegners, um ihn über seine Schulter auf den Rücken zu werfen. Kaum war er gelandet, trat er ihm aufs Handgelenk und nahm ihm den Dolch ab. Dann drehte er sich mit einer leichten Verbeugung zu seinen Zuschauern um.

»Wo ist mein Medaillon?« Diego sah die Piraten der Reihe nach an.

Er ging auf den größten zu, der einige Schritte entfernt von ihm stand, und beschuldigte ihn, er habe es gestohlen. Der Mann zog ein Messer, aber Diego winkte ab und sagte, er solle mal die Mütze abnehmen, da sei es nämlich. Völlig verwirrt gehorchte der Hüne, Diego steckte seine Hand in die Mütze und zog das Schmuckstück an der Kette hervor. Verdattert starrten alle ihn an und wußten nicht, ob sie lachen oder über ihn herfallen sollten, bis sie sich schließlich für das entschieden, was ihrem Wesen am nächsten lag: diesem frechen Lackaffen eine anständige Abreibung zu verpassen.

»Alle gegen einen? Ist das nicht feige?« feixte Diego, sprungbereit, den Dolch in der Hand.

»Der Herr hat recht, eine solche Feigheit ist unter eurer Würde«, sagte eine Stimme hinter ihm.

Es war Jean Lafitte, freundlich und lächelnd wie einer, den

man bei seinem Abendspaziergang am Strand trifft, aber mit der Hand an der Pistole. Er nahm Diego am Arm und führt ihn gelassen aus dem Kreis, ohne daß jemand sie aufzuhalten versuchte.

»Dieses Medaillon muß sehr wertvoll sein, wenn Ihr Euer Leben dafür aufs Spiel setzt«, bemerkte er.

»Meine geliebte Großmama hat es mir auf ihrem Sterbe bett vermacht«, sagte Diego mit unverhohlenem Spott. »Da mit könnte ich mich und meine Begleiterinnen freikaufen Kapitän.«

»Ich fürchte, so wertvoll ist es dann doch nicht.«

»Womöglich kommt unser Lösegeld nie hier an. Kalifor nien ist weit, unterwegs kann manches Unglück geschehen Mit Eurer Erlaubnis könnte ich in New Orleans spielen. Ich hätte das Medaillon als Grundeinsatz und würde genug ge winnen, um uns freizukaufen.«

»Und wenn Ihr verliert?«

»Müßt Ihr auf das Geld meines Vaters warten, aber ich verliere nie beim Kartenspiel.«

»Ihr seid ein origineller junger Mann, ich denke, wir haben einiges gemeinsam.« Und der Pirat lachte.

In seinem Zimmer fand Diego Justina, den schönen Degen den Pelayo für ihn gemacht hatte, und neben dem Bett stand die Truhe mit seinen Kleidern, die einer der Seeräuber in sei ner Habgier gerettet hatte, denn er hatte sie nicht öffnen kön nen und sie mitgenommen im Glauben, sie enthalte etwas von Wert. Lafitte erwartete seine Geiseln im Eßzimmer. Wie der war er überaus elegant ganz in Schwarz gekleidet, hatte sich frisch rasiert und sich die Locken mit der Brennschere kräuseln lassen. Diego musterte ihn neidisch und dachte, daß seine Zorroaufmachung dagegen ziemlich erbärmlich wirkte vielleicht sollte er einige Anregungen des Korsaren überneh men, die Schärpe etwa und die gebauschten Ärmel am Hemd Zum Abendessen servierte man eine Auswahl von Gerichten die von der Küche Afrikas, der Karibik und von den Ein wanderern aus Kanada, Cajuns genannt, beeinflußt waren

Krabben-Gumbo, rote Bohnen mit Reis, fritierte Austern, Truthahn mit Nüssen und Rosinen, pfeffrig gewürzten Fisch, und dazu gab es die erlesensten, von französischen Schiffen geraubten Weine, an denen der Gastgeber kaum nippte. Über dem Tisch hing ein stoffbespannter Ventilator, über eine Schnur in Schwung versetzt von einem kleinen Negerjungen, fächelte den Tischgästen Luft zu und hielt die Mücken fern, und auf einem Balkon zur Rechten spielten drei Musiker eine unwiderstehliche Mischung aus karibischen Rhythmen und Liedern der Sklaven. Stumm wie ein Schatten stand Madame Odilia in der offenen Tür und dirigierte mit dem Blick die Sklavinnen, die bei Tisch bedienten.

Zum erstenmal sah Juliana Jean Lafitte aus der Nähe. Als der Korsar sich verbeugte, um ihr die Hand zu küssen, wußte sie, daß der beschwerliche Weg der letzten Monate hier ein Ende fand. Schlagartig war ihr klar, weshalb sie keinen der Anwärter hatte heiraten wollen, Rafael Moncada abgewiesen und zur Weißglut gebracht und Diegos Avancen fünf Jahre hindurch widerstanden hatte. Ihr ganzes Leben war eine Vorbereitung gewesen auf das, was in ihren rührenden Liebesromanen »Amors Pfeil« hieß. Welche anderen Worte ließen sich für diese jähe Liebe finden? Sie war ein Pfeil, der sie ins Herz traf, ein stechender Schmerz, eine Verwundung. (Verzeiht mir, geschätzte Leser, diese albernen Metaphern, aber Klischees sind zuweilen nur allzu wahr.) Lafittes dunkler Blick versank in der grünen See ihrer Augen, und seine schlanken Finger umfaßten ihre Hand. Juliana schwankte, als wollte sie zu Boden sinken; nichts Neues bei ihr, Gefühle brachten sie von jeher aus dem Gleichgewicht. Isabel und Nuria dachten, der Korsar mache ihr angst, denn die Symptome ähnelten sich, aber Diego begriff sofort, daß sein Leben unwiderruflich aus der Bahn geworfen war. Neben Lafitte waren Rafael Moncada und sämtliche sonstigen in Juliana verliebten Männer bedeutungslos. Auch Madame Odilia erfaßte die Wirkung, die der Korsar auf das Mädchen hatte, und ahnte wie Diego ihre Tragweite.

Lafitte geleitete seine Gäste zu Tisch, setzte sich ans Kopf-

ende und begann freundlich zu plaudern. Juliana starrte ih
an wie vom Donner gerührt, aber er gab sich solche Mühe, si
zu ignorieren, daß Isabel sich fragte, ob mit diesem Korsare
womöglich etwas nicht stimmte. Vielleicht hatte er im Kamp
seine Manneskraft eingebüßt, so etwas soll ja vorkommen, e
genügt eine verirrte Kugel oder ein Schlag aus dem Hinter
halt, und das reizvollste Stück des Mannes ist keine Erwäh
nung mehr wert. Anders ließ sich eine solche Gleichgültig
keit gegenüber ihrer Schwester unmöglich erklären.

»Wir danken Euch für Eure Gastfreundschaft, Señor La
fitte, auch wenn sie uns aufgezwungen wurde, doch schein
mir die Gesellschaft der Piraten nicht der rechte Umgang fü
die Mädchen De Romeu«, sagte Diego, nur darauf bedach
Juliana schnellstmöglich von hier fortzuschaffen.

»Welche andere Lösung schwebt Euch vor, Señor De l
Vega?«

»Ich habe gehört, in New Orleans gibt es ein Ursulinen
kloster. Die jungen Damen könnten dort warten, bis Nach
richt von meinem Vater eintrifft...«

»Nur über meine Leiche!« fuhr Juliana ihm mit nie vo
ihr vernommener Heftigkeit über den Mund. »Ich gehe nich
zu den Nonnen! Von hier bringen mich keine zehn Pferd
fort!«

Aller Augen starrten sie an. Sie war rot, fiebrig, schwitzt
unter dem schweren Brokatkleid. Der Ausdruck auf ihre
Gesicht ließ keinen Raum für Zweifel: Sie würde jeden er
morden, der versuchte, sie von ihrem Piraten zu trennen
Diego machte den Mund auf, wußte dann aber nichts zu sa
gen und schwieg, zerschmettert. Jean Lafitte empfing Julia
nas Ausbruch wie eine ersehnte und gefürchtete Botschaft
fast wie eine Liebkosung. Er hatte diesem Mädchen auszu
weichen versucht, hatte sich im stillen wiederholt, was er im
mer zu seinem Bruder sagte, daß das Geschäft wichtiger se
als das Vergnügen, aber offenbar war sie genauso entflamm
wie er. Diese verheerende Anziehung zwischen ihnen ver
wirrte ihn, denn er bildete sich etwas darauf ein, daß er eine
kühlen Kopf zu bewahren wußte. Er war nicht impulsiv und

336

obendrein an die Gesellschaft schöner Frauen gewöhnt. Er bevorzugte die Kreolinnen, Töchter aus gemischten Verbindungen, die berühmt waren für ihre Anmut und Schönheit und geschult darin, noch die geheimsten Launen eines Mannes zu befriedigen. Weiße Frauen erschienen ihm hochnäsig und zickig, ständig kränkelten sie, konnten nicht tanzen und waren im Bett kaum zu gebrauchen, weil sie um ihre Frisur fürchteten. Aber diese junge Spanierin mit den Katzenaugen war anders. An Schönheit konnte sie es mit den berühmtesten Kreolinnen von New Orleans aufnehmen, und offensichtlich kam ihre unbefleckte Unschuld ihrem leidenschaftlichen Herzen nicht in die Quere. Er unterdrückte ein Seufzen und versuchte, seinen Phantasien nicht in die Falle zu gehen.

Der Rest des Abends verging, als säßen sie alle auf Nägeln. Die Unterhaltung kam kaum vom Fleck. Diego beobachtete Juliana, sie Lafitte, und die übrigen Tischgäste besahen sich höchst aufmerksam ihre Teller. Die Hitze im Haus war zum Ersticken, und nach dem Essen bat der Korsar sie zu einer Erfrischung auf die Veranda. Die war von einem Fächer aus Palmwedeln überspannt, den ein Neger bedächtig auf und ab bewegte. Lafitte nahm seine Gitarre und sang mit angenehm volltönender Stimme einige Lieder, bis Diego meinte, sie seien müde und wünschten, sich zurückziehen zu dürfen. Juliana pulverisierte ihn mit einem tödlichen Blick, wagte jedoch nicht, sich zu widersetzen.

Niemand fand Schlaf in diesem Haus. Mit ihrem Froschkonzert und dem fernen Geräusch von Trommeln schleppte die Nacht sich quälend langsam dahin. Juliana konnte nicht mehr an sich halten und beichtete Nuria und Isabel ihr Geheimnis, wobei sie katalanisch sprach, damit die Sklavin in ihrem Zimmer es nicht mitbekam.

»Jetzt weiß ich, was Liebe ist. Ich will Jean Lafittes Frau werden.«

»Heilige Mutter Gottes, bewahre uns vor diesem Unheil«, murmelte Nuria und bekreuzigte sich.

»Du bist seine Gefangene, nicht seine Braut. Wie gedenkst

du, dieses kleine Dilemma zu lösen?« wollte Isabel von ihr wissen, die ziemlich eifersüchtig war, denn auch auf sie hatte der Korsar mächtig Eindruck gemacht.

»Ich bin zu allem bereit, ich kann ohne ihn nicht leben«, sagte Juliana mit einem irren Flackern in den Augen.

»Das wird Diego gar nicht gefallen.«

»Diego! Das ist das wenigste! Unser Vater würde sich im Grabe umdrehen, aber es ist mir einerlei!«

Ohnmächtig sah Diego die Verwandlung seiner Angebeteten. Am zweiten Tag ihrer Gefangenschaft in Lafittes Haus betrat sie zur Mittagszeit nach Seife duftend das Eßzimmer, wo Madame Odilia ein üppiges Büfett hatte herrichten lassen. Ihr gelöstes Haar fiel ihr über den Rücken, und sie trug ein luftiges Kleid, das ihr eine Sklavin gegeben hatte und das ihre Reize offenbarte. Jean Lafitte erwartete sie bereits, und nach dem Leuchten in seinen Augen zu urteilen, konnte kein Zweifel sein, daß er diesen formlosen Stil der europäischen, in der Hitze ohnehin unerträglichen Mode vorzog. Wieder küßte er Juliana die Hand, sehr viel inniger jedoch als am Vorabend. Die Sklavinnen brachten Fruchtsäfte mit Eis, das in Kisten voller Sägespäne über den Fluß aus weit entfernten Bergen hierher transportiert worden war, ein Luxus, den sich nur reiche Leute leisten konnten. Juliana, die für gewöhnlich wie ein Vögelchen aß, stürzte zwei Gläser des eisgekühlten Getränks hinunter, verschlang, was das Büfett an Köstlichkeiten zu bieten hatte, war überdreht und redselig. Seelenwund beobachteten Diego und Isabel, wie sie und der Korsar sich fast flüsternd unterhielten. Einige Fetzen des Gesprächs konnten sie aufschnappen und feststellen, daß Juliana sich langsam vortastete und Verführungskünste erprobte, die sie nie zuvor hatte gebrauchen müssen. Gerade erklärte sie ihrem Piraten lachend und wimpernklimpernd, es gebe doch manche Annehmlichkeit, die ihre Schwester und sie nicht missen mochten. Zunächst einmal eine Harfe, ein Klavier und Notenblätter, auch Bücher, vor allem Romane und Gedichte, und leichte Kleidung. Sie hatten ja alles verloren. Und

wer war schuld daran? Sie zog einen Flunsch. Außerdem
wünschten sie, sich frei bewegen und ein wenig für sich sein
zu dürfen, die dauernde Überwachung durch die Sklavinnen
sei ihnen lästig. »Und überhaupt, Señor Lafitte, muß ich
Euch sagen, daß die Sklaverei mir widerlich ist, sie ist un-
menschlich.« Er antwortete, wenn sie allein über die Insel
spazierten, würden sie auf rohe Menschen treffen, die nicht
wüßten, was sich gegenüber solch zarten Geschöpfen, wie sie
und ihre Schwester es waren, geziemte. Und die Sklavinnen
seien ja nicht zu ihrer Überwachung da, sondern sollten ihnen aufwarten und die Stechmücken, Mäuse und Giftschlan-
gen verscheuchen, die sich in die Zimmer verirrten.

»Gebt mir einen Besen, und ich kümmere mich selbst darum«, sagte Juliana mit einem unwiderstehlichen Lächeln,
das Diego nicht von ihr kannte.

»Was Eure anderen Wünsche anbelangt, so werden wir
vielleicht auf meinem Basar fündig. Nach der Siesta, wenn es
etwas kühler ist, fahren wir alle zum Tempel.«

»Geld haben wir ja keins, aber Ihr kommt sicher für die
Kosten auf, da Ihr uns schon mit Gewalt hierher verschleppt
habt.« Und sie fuhr sich kokett durch die Locken.

»Es wird mir eine Ehre sein, Señorita.«

»Ihr dürft mich Juliana nennen.«

Von einer Ecke des Salons aus verfolgte Madame Odilia
dieses Geplänkel mit derselben Aufmerksamkeit wie Diego
und Isabel. Ihre Gegenwart erinnerte Jean daran, daß er auf
diesem gefährlichen Weg nicht weitergehen konnte, er hatte
Pflichten, denen er sich nicht entziehen wollte. So nahm er all
seine Kräfte zusammen und entschied, offen zu Juliana zu
sein. Er winkte die schöne Frau mit dem Turban zu sich und
flüsterte ihr etwas ins Ohr. Sie verließ den Raum und kehrte
wenig später mit einem Bündel im Arm zurück.

»Madame Odilia ist meine Schwiegermutter, und dies ist
mein Sohn Pierre«, sagte Jean Lafitte, bleich wie ein Laken.

Diego kam ein frohlockendes, Juliana ein entsetztes Ach
über die Lippen. Isabel stand auf, und Madame Odilia zeigte
ihr das Bündel. Anders als normale Frauen, die beim Anblick

eines Säuglings dahinschmelzen, hatte Isabel nichts für Kinder übrig, sie mochte Hunde lieber, mußte allerdings zugeben, daß dieser kleine Fratz niedlich war. Er hatte eine Stupsnase und die Augen seines Vaters.

»Ich wußte nicht, daß Ihr verheiratet seid, Señor Pirat...« wandte sie sich an Lafitte.

»Korsar«, verbesserte der.

»Korsar, meinetwegen. Stellt Ihr uns Eurer Gattin vor?«

»Ich fürchte, nein. Ich selbst habe sie seit Wochen nicht besuchen können, sie ist sehr schwach und kann niemand empfangen.«

»Wie heißt sie?«

»Catherine Villars.«

»Entschuldigt mich, ich bin sehr müde...«, hauchte Juliana, einer Ohnmacht nahe.

Diego half ihr aufzustehen und führte sie vermeintlich zerknirscht auf ihr Zimmer, wiewohl er über diese Wendung innerlich jubilierte. Welch ein Glück! Juliana würde nicht anderes übrig bleiben, als ihre Gefühle noch einmal zu überdenken. Nicht allein, daß Lafitte mit seinen fünfunddreißig fast ihr Vater hätte sein können, dazu ein Weiberheld war, ein Verbrecher, Schmuggler und Sklavenhändler, wofür ein Mädchen wie Juliana im Handumdrehen Entschuldigungen finden konnte, nein, er war verheiratet und hatte ein Kind. Danke, lieber Gott! Mehr konnte man nicht verlangen.

Am Nachmittag blieb Nuria im Haus und kühlte Julianas fiebrige Stirn mit feuchten Tüchern, indessen Diego und Isabel mit Lafitte zum Tempel fuhren. Sie bestiegen ein Boot, das von vier Männern durch ein Labyrinth stinkender Sümpfe gerudert wurde, sahen am Ufer viele Dutzend Kaimane und an der Wasseroberfläche sich schlängelnde Schlangen. Durch die Feuchtigkeit machte sich Isabels Haar nach allen Seiten hin davon, die Locken undurchdringlich ineinander verschlungen wie Matratzenfüllung. Die Kanäle hier sahen allesamt gleich aus, die Gegend war bretteben und mit hohem Schilfgras bewachsen, kein Hügelchen konnte als Anhaltspunkt dienen. Die Bäume standen mit den Wurzeln im Wasser, und Moosperücken baumelten von ihren Ästen. Die Piraten kannten in diesem albtraumhaften Landstrich jede Abzweigung, jeden Baum, jeden Stein, und die vier Ruderer mußten sich nicht ein einziges Mal absprechen. Als sie den Markt erreichten, sahen sie die flachen Kähne, in denen die Piraten die Handelswaren hierherschafften, außerdem Einbäume und einige Boote von Kunden, obwohl die meisten von ihnen zu Pferd kamen oder in eleganten Kutschen vorfuhren. Die Creme der Gesellschaft gab sich hier ein Stelldichein, von Aristokraten bis zu farbigen Kurtisanen war alles vertreten. Sklaven hatten Sonnensegel aufgespannt, unter denen ihre Herrschaft sich rekelte und sich Essen und Wein servieren ließ, während die Damen über den Basar schlenderten und die Waren in Augenschein nahmen. An den Ständen priesen die Piraten Seidenstoffe aus China an, Silberkannen aus Peru, Möbel aus Wien, Schmuck aus aller Herren Ländern, Naschwerk, Seife, Puder, Rouge, es gab alles auf diesem Markt, auf dem das Feilschen Teil des Vergnügens war. Pierre Lafitte war schon seit dem Morgen hier, hielt gerade einen Kronleuchter in die Höhe und brüllte, es sei alles im Ausverkauf, zu Schleuderpreisen, greifen Sie zu, Mesdames et Messieurs, eine solche Gelegenheit kommt nicht wieder. Wo Jean mit seinen Begleitern auftauchte, hob neugieriges Getuschel an. Etliche Frauen, die etwas Geheimnisumwölktes hatten unter ihren geklöppelten Sonnenschirmen, schoben sich durch die Menge auf den schmucken Piraten zu, unter ihnen die Frau des Gouverneurs. Die Herren bedachten Isabel mit interessierten Blicken und scherzten über ihr ungezähmtes Haar, das an das Moos der Bäume erinnerte. In der weißen Gesellschaft kam eine Frau auf zwei Männer, und jedes neue Gesicht wurde freudig begrüßt, selbst wenn es so ungewöhnlich war wie das Isabels. Jean stellte seine neuen »Freunde« vor, ohne mit einer Silbe zu erwähnen, wie er zu ihnen gekommen war, und machte sich dann auf die Suche nach den Dingen, um die Juliana gebeten hatte, obwohl er wußte, daß nichts davon sie über den Schlag hinwegtrösten würde, den er ihr versetzt hatte, indem er ihr so mitleidlos von Catherine sprach. Doch einen anderen Weg hätte es nicht gegeben, er mußte diese gegenseitige Anziehung im Keim ersticken, ehe sie beide daran zugrunde gingen.

In ihrem Zimmer lag Juliana auf dem Bett, versunken in einem Morast der Demütigung und von Sinnen vor Liebe. Lafitte hatte ein diabolisches Lodern in ihr entfacht, und jetzt mußte sie sich mit all ihrem Willen gegen die Verlokkung stemmen, ihn Catherine Villars zu entreißen. Die einzige Lösung würde sein, daß sie in das Kloster der Ursuliner eintrat und bis ans Ende ihrer Tage in New Orleans Pockenkranke pflegte, so würde sie wenigstens dieselbe Luft atmen wie dieser Mann. Sie würde nie wieder jemandem ins Gesicht sehen können. Sie war durcheinander, beschämt, ruhelos, als machten sich Tausende Ameisen unter ihrer Haut zu schaffen, setzte sich auf, ging im Zimmer auf und ab, legte sich wieder aufs Bett, wälzte sich zwischen den Laken. Sie dachte an das Kind, den kleinen Pierre, und neue Tränen stürzten ihr aus den Augen. »Die Zeit heilt alle Wunden, Kindchen« versuchte Nuria sie zu trösten. »Dieser Wahn wird irgendwann vorbeigehen, niemand, der noch ganz bei Trost ist, verliebt sich in einen Piraten.« Da trat Madame Odilia in die Tür und fragte, wie es der Señorita gehe. Auf einem Tablett brachte sie ein Glas Sherry und einige Kekse. Juliana entschied, dies sei ihre einzige Möglichkeit, etwas Genaueres zu erfahren, schluckte ihren Stolz und ihre Tränen hinunter und fragte:

»Madame, verzeiht, könnt Ihr mir sagen, ob Catherine eine Sklavin ist?«

»Meine Tochter ist frei, so wie ich. Meine Mutter war eine Königin im Senegal, und dort würde auch ich Königin sein. Mein Vater und der Vater meiner Töchter waren Weiße, Besitzer von Zuckerrohrplantagen auf Santo Domingo. Wir mußten während des Sklavenaufstands fliehen«, sagte Madame Odilia mit Stolz in der Stimme.

»Ich dachte, Weiße dürften keine Farbigen heiraten«, bohrte Juliana nach.

»Die Weißen heiraten Weiße, aber ihre wahren Frauen sind wir. Wir brauchen den Segen der Pfarrer nicht, uns genügt die Liebe. Jean und Catherine lieben sich.«

Juliana brach wieder in Tränen aus. Nuria kniff sie in die Seite, damit sie sich zusammennähme, aber das machte ihre Seelenqual nur schlimmer. Sie flehte Madame Odilia an, Catherine sehen zu dürfen, weil sie dachte, dann womöglich Argumente zu finden, um dieser rasenden Liebe zu widerstehen.

»Das ist unmöglich. Trinkt das hier, Señorita, es wird Euch guttun«, und damit verließ Madame Odilia das Zimmer.

Juliana, in deren Kehle es wie Feuer brannte, leerte das Glas in vier langen Schlucken. Augenblicke später sank sie besiegt ins Bett und schlief sechsunddreißig Stunden wie ein Stein. Der etwas angereicherte Sherry kurierte sie nicht von ihrer Leidenschaft, aber wie Madame Odilia vermutet hatte, gab er ihr Kraft, der Zukunft ins Auge zu sehen. Als sie erwachte, taten ihr alle Knochen weh, aber ihr Kopf war klar, und sie war entschlossen, von Lafitte zu lassen.

Auch der Korsar hatte entschieden, daß er sich Juliana aus dem Herzen schneiden würde, und überlegte, an welchen Ort fern von seinem Haus er sie schicken konnte, damit sie ihn nicht weiter mit ihrer Nähe marterte. Das Mädchen wich ihm aus, sie erschien nicht mehr bei Tisch, aber er erriet sie hinter den Wänden. Er meinte, ihre Silhouette im Flur zu sehen, ihre Stimme auf der Veranda zu hören, den Duft ihres Parfüms zu riechen, doch dann war es nur ein Schatten, ein Vogel, die frische Brise der See. All seine Sinne suchten nach ihr, lagen beständig auf der Lauer wie bei einem Raubtier. Das Ursulinenkloster, das Diego de la Vega vorgeschlagen hatte, kam nicht in Frage, das wäre, als verurteilte er sie zu Gefängnishaft. Er kannte etliche kreolische Familien in New Orleans, die sie beherbergen konnten, nur würde sich dann womöglich herumsprechen, daß sie eine Geisel war. Wenn das den amerikanischen Behörden zu Ohren kam, steckte er in ernsthaften Schwierigkeiten. Den Richter konnte er bestechen, den Gouverneur aber nicht; ein Fehltritt seinerseits und sein Kopf hätte erneut einen Preis. Er überlegte, das Lösegeld zu vergessen und seine Gefangenen unverzüglich nach Kalifornien zu schicken, so würde er diesem Schlamassel entrinnen können, aber dazu brauchte er Pierres Einverständnis, das der anderen Kapitäne und sämtlicher Schiffsmannschaften; das war das Lästige an einer Demokratie. Er dachte an Juliana und verglich sie mit der sanften und hingebungsvollen Catherine, diesem Kind, das schon mit vierzehn seine Frau und nun die Mutter seines Sohnes geworden war. Catherine hatte seine bedingungslose Liebe verdient. Er vermißte sie. Daß er sich in Juliana verliebt hatte, war nur durch diese lange, quälende Trennung von ihr zu erklären; hätte er mit seiner Frau im Arm geschlafen, es wäre niemals so weit gekommen. Seit der Geburt des Kindes hatte Catherine sich verzehrt wie eine Flamme. Als letztes Mittel hatte Madame Odilia sie in die Hände von Marie Laveau und anderen afrikanischen Heilerinnen in New Orleans gegeben. Eine Woche nach der Geburt glühte sie noch immer im Fieber, und Madame Odilia beharrte darauf, ihre Tochter sei von einer eifersüchtigen Rivalin mit dem bösen Blick belegt worden, und dagegen helfe nur Magie. Lafitte hatte immer abzuwiegeln versucht, wenn ihm Catherine vom Voodoo erzählte, in dem es drei miteinander verbundene Sphären gab: die der Lebenden, die der Toten und die der noch nicht Geborenen. Aber diese Religion, die vor allem die Sklaven vom Volk der Yoruba aus Dahomey in die Neue Welt gebracht hatten, hatte unter den Sklaven und Kreolen von New Orleans viele Anhänger. Die Priesterinnen führten Zauber durch, steckten Nadeln in Puppen, um Krankheiten heraufzubeschwören und benutzten Gris-Gris, magische Pulver, um alle erdenklichen Übel zu bekämpfen. Die Zeremonien, in denen die Vorfahren geehrt, die Götter angerufen und um Freiheit gefleht wurden, fanden im dichtesten Busch statt, weit weg von den Zuckerrohrplantagen der Weißen, zwischen Inselchen und Sümpfen, wo die Trommeln die Geister zusammenriefen. Im Licht der Lagerfeuer und Fackeln tanzten die mit

Tier- und Teufelsmasken verkleideten Sklaven, die Leiber bemalt mit dem Blut geschlachteter Hähne. Der Wald erbebte unter dem Schlag mächtiger Trommeln, und die Tanzenden gerieten in Wallung. Eine übernatürliche Kraft verband die Menschen mit den Göttern und allem Lebendigen, alles zerschmolz zu einem einzigen Wesen, niemand konnte sich dem Zauber entziehen. Selbst als Hochschwangere ließ es sich Marie Laveau nicht nehmen, diese Zeremonien zu leiten, tanzte auf einer Kiste, in der eine heilige Schlange lag, war sich ihrer Herrschaft bewußt, schön, schweißgebadet und fast nackt. Fiel sie in Trance, dann zuckten ihre Glieder, sie krümmte sich, ihr Bauch schwang hin und her, und ein Strom von Wörtern in längst vergessenen Sprachen sprudelte aus ihrem Mund. Die Gesänge um sie her brandeten auf und ab wie gewaltige Wogen, Opferschalen voller Blut wurden herumgereicht, und alle tranken daraus. Die Trommelschläge wurden schneller, Männer und Frauen wälzten sich am Boden, sie wurden zu Tieren, stopften sich Gras in den Mund, bissen, kratzten, manche verloren das Bewußtsein, andere liefen zu zweit hinein in den Wald. Lafitte war das alles unheimlich, und doch hatte er sich nicht gewehrt, als seine Schwiegermutter Catherine zu Marie Laveau bringen wollte, denn die Ärzte hatten sie schon aufgegeben. Zu zweit waren sie mit Catherine, die sich nicht auf den Beinen halten konnte, nach New Orleans gefahren. Seither hatte er sie nicht mehr sehen dürfen.

Obwohl er sein Gefangener und sein Nebenbuhler war, konnte Diego nicht umhin, Lafitte zu bewundern. Als Korsar kannte er keine Skrupel und keine Gnade, doch wenn er als Gentleman auftrat, war er höflich, kultiviert und geistreich wie kein zweiter. Diese doppelte Persönlichkeit zog Diego in ihren Bann, denn mit Zorro hatte er ja etwas ganz Ähnliches im Sinn. Außerdem gehörte Jean Lafitte zu den besten Fechtern, denen er je begegnet war; vergleichbar vielleicht nur mit Manuel Escalante. Er fühlte sich geschmeichelt, als der Pirat ihn einlud, sich mit ihm im Fechten zu üben. Obendrein konnte er in diesen Wochen sehen, wie eine Demokratie funktioniert, was für ihn bisher nur eine abstrakte Idee gewesen war. In der jungen amerikanischen Nation machten die Weißen die Demokratie unter sich aus, in Barataria waren alle – selbstverständlich außer den Frauen – daran beteiligt. Lafittes eigensinnige Sicht der Dinge erschien Diego durchaus bedenkenswert. So vertrat der Korsar die Meinung, die Mächtigen erließen Gesetze, um ihre Privilegien zu sichern und die Armen und Unglücklichen unter ihrer Fuchtel zu halten, weshalb es sehr dumm von ihm wäre, würde er sich diesen Gesetzen fügen. Und etwa Steuern zahlen, die doch am Ende nur von den Armen aufgebracht würden, wohingegen die Reichen immer Wege fänden, sie zu umgehen. Niemand, und schon gar nicht die Regierung, habe das Recht, sich etwas von dem Seinen abzuknapsen. Diego machte ihn auf einige Widersprüche aufmerksam. So bestrafte Lafitte Raub unter seinen Leuten mit Peitschenhieben, aber sein Wirtschaftsimperium gründete auf der Freibeuterei, was ja nur eine ausgefeiltere Art von Raub war. Der Korsar erwiderte, sie würden niemals die Armen bestehlen, immer nur die Mächtigen. Es sei keine Sünde, sondern eine Wohltat, wenn sie die Schiffe der Weltreiche um das erleichterten, was diese mit Blut und Peitsche ihren Kolonien geraubt hätten. Er habe sich der Waffen, die Kapitän Santiago de León den königlichen Truppen in Mexiko bringen sollte, bemächtigt, um sie zu sehr vernünftigen Preisen den Aufständischen in ebendiesem Land zu verkaufen. Das könne man ihm nicht vorwerfen, es sei nur gerecht.

Lafitte nahm Diego nach New Orleans mit, eine Stadt ganz nach dem Geschmack des Korsaren, stolz auf ihre Zuchtlosigkeit, wagemutig, lebensgierig, wechselhaft und stürmisch. Sie hatte Kriege gegen die Engländer und die Indianer erlebt, Wirbelstürme, Überschwemmungen, Brände und Epidemien, aber nichts von alldem war dieser hochherrschaftlichen Hure aufs Gemüt geschlagen. New Orleans war einer der wichtigsten Häfen Amerikas, hier wurden Tabak, Baumwolle, Indigo und Zucker verschifft und alle erdenklichen Handelswaren für die Neue Welt abgeladen. Die buntscheckige Bevölkerung scherte sich nicht um die Hitze, die Stechmücken, die Sümpfe und schon gar nicht um das Gesetz. Musik, Alkohol, Bordelle, Spielhöllen, in diesen Straßen, in denen das Leben begann, wenn die Sonne sank, gab es alles, was das Herz begehrte. Diego betrachtete sich die Menge auf der Place d'Armes, Schwarze mit Körben voller Orangen und Bananen, Frauen, die Wahrsagerdienste und Voodoofetische feilboten, Puppenspieler, Tänzer, Musiker. Dicke Zuckerbäckerinnen mit blauen Turbanen und Schürzen boten den Passanten auf großen Tabletts Ingwerplätzchen, Honigkuchen und Nußleckereien an. An den Ständen der fliegenden Händler gab es Bier, frische Austern, Krabben zum Sattessen. Es herrschte kein Mangel an Betrunkenen, die herumkrakeelten, aber man sah auch feine Herren in elegantem Putz, Plantagenbesitzer, Geschäftsleute, Beamte. Nonnen und Priester waren genauso vertreten wie Huren, Soldaten, Ganoven und Sklaven. Die berühmten Kreolinnen von New Orleans flanierten über den Platz und heimsten Komplimente von den Männern und feindselige Blicke von ihren Nebenbuhlerinnen ein. Sie trugen weder Schmuck noch Hüte, das war ihnen als Zugeständnis an die weißen Frauen, die es nicht mit ihnen aufnehmen konnten, per Dekret verboten. Aber sie bedurften dieses Zierats nicht, sie galten auch so als die schönsten Frauen der Welt mit ihrem goldenen Teint, ihren feinen Gesichtszügen, den großen, feuchten Augen und dem gewellten Haar. In der Öffentlichkeit zeigten sie sich nur in Begleitung ihrer Mutter oder einer Anstandsdame und wurden von denen keinen Moment aus den Augen gelassen. Catherine Villars war eine solche kreolische Schönheit. Lafitte hatte sie auf einem der Bälle kennengelernt, die von den Müttern gegeben wurden, um ihre Töchter reichen Männern vorzustellen, auch eine der vielen Möglichkeiten, absurde Gesetze zu umgehen, wie der Korsar sich ausdrückte. Es herrschte Mangel an weißen Frauen, und es gab farbige im Überfluß, es bedurfte keiner höheren Mathematik, um eine Lösung für dieses Dilemma zu finden, dennoch waren Mischehen verboten. Damit wurde die gesellschaftliche Ordnung festgeschrieben, die Macht der Weißen untermauert, und man hielt die Farbigen klein, aber das hinderte die Weißen nicht daran, sich kreolische Konkubinen zu nehmen. Die Mütter dieser schönen Mädchen fanden eine Lösung, die allen genehm war. Sie bildeten ihre Töchter für die Hausarbeit aus und lehrten sie Verführungskünste, von denen keine weiße Frau einen Schimmer hatte, und so waren diese Mädchen eine rare Mischung aus Hausfrau und Kurtisane. Die Mütter kleideten sie in die prächtigsten Gewänder und brachten ihnen bei, wie man sie selbst nähte. Die Mädchen waren elegant und tüchtig. Auf den Bällen, zu denen nur gutsituierte weiße Männer geladen waren, brachten die Mütter ihre Töchter mit jemandem zusammen, der ihnen ein gewisses Niveau sichern konnte. Unter den Herren der Gesellschaft war es eine Frage von Prestige, sich eines dieser schönen Mädchen zu leisten; Junggesellendasein und Enthaltsamkeit galten nur den Puritanern als tugendhaft, aber von denen gab es wenige in New Orleans. Die Kreolinnen lebten in Häusern, die nicht protzig waren, aber stilvoll und komfortabel, sie hielten sich Sklaven, schickten ihre Kinder auf die besten Schulen, und wenn sie auch in der Öffentlichkeit zurückhaltend waren, so kleideten sie sich zu Hause wie Königinnen. Dieses gesellschaftliche Arrangement folgte seinen eigenen ungeschriebenen Gesetzen des Anstands und der Höflichkeit.

»Verstehe ich das richtig? Die Mütter bieten den Männern ihre Töchter an?« Diego war pikiert.

»Ist das nicht immer so? Die Ehe ist eine Vereinbarung, nach der die Frau dem Mann, der sie ernährt, zu Diensten ist und Kinder schenkt. Hier hat eine weiße Frau weniger Wahlfreiheiten als eine Kreolin.«

»Aber sie ist schutzlos, wenn ihr Liebhaber heiratet oder sie durch eine andere ersetzt.«

»Dann bekommt sie das Haus und eine Rente, außerdem werden die Kosten für die Kinder übernommen. Manche gründen auch eine zweite Familie mit einem Kreolen. Die sind oft selbst Söhne aus solchen Verbindungen und haben in Frankreich die Universität besucht.«

»Und Ihr, Kapitän Lafitte, würdet Ihr zwei Familien haben wollen?« fragte Diego und dachte an Juliana und Catherine.

»Das Leben ist kompliziert, man kann nie wissen«, sagte der Pirat.

Lafitte lud Diego in die besten Restaurants der Stadt ein, ins Theater, in die Oper und stellte ihn als einen »Freund aus Kalifornien« seinen Bekannten vor. Das waren zumeist Farbige, Handwerker, Kaufleute, Künstler oder Spieler. Lafitte kannte auch einige weiße Amerikaner, die sich von der kreolischen und französischen Bevölkerung fernhielten, getrennt durch eine imaginäre Linie, die sich durch die Stadt zog. Der Korsar überschritt sie nur ungern, denn dahinter herrschte ein moralsaures Klima, das ihm nicht behagte. Er führte Diego in verschiedene Spielkasinos, worum dieser ja gebeten hatte. Lafitte fand es verdächtig, daß Diego sich so sicher war, er werde gewinnen, und warnte ihn davor, falschzuspielen, denn einen solchen Fehltritt bezahlte man in New Orleans mit einem Messer zwischen den Rippen.

Diego hörte nicht auf ihn, weil die böse Vorahnung, die ihn auf der Madre de Dios befallen hatte, in den letzten Tagen nur stärker geworden war. Er brauchte Geld. Er konnte Bernardo nicht so deutlich hören wie sonst, aber er spürte, daß er ihn rief. Er mußte nach Kalifornien zurück, nicht nur, um Juliana den Händen von Jean Lafitte zu entreißen, sondern weil dort etwas geschehen sein mußte, das seine Gegenwart erforderte. Mit dem Medaillon als Grundkapital spielte er an unterschiedlichen Orten, um mit seinen ungewöhnlichen Gewinnen keinen Verdacht zu erregen. Durch seine Zaubertricks geschult, fiel es ihm leicht, eine Karte durch eine andere auszutauschen oder verschwinden zu lassen. Außerdem hatte er ein gutes Gedächtnis, war begabt im Umgang mit Zahlen und durchschaute rasch die Strategien seiner Mitspieler. Also verspielte er das Medaillon nicht, sondern füllte sich die Taschen mit Geld, und wenn das so weiterginge, hätte er bald die achttausend amerikanischen Dollar für das Lösegeld zusammen. Aber er wußte sich zu mäßigen. Erst verlor er und wiegte seine Mitspieler in Sicherheit, dann legte er einen Zeitpunkt für das Ende des Spiels fest und begann zu gewinnen Er übertrieb nie. Sobald man an seinem Tisch unruhig wurde wechselte er das Lokal. Eines Tages allerdings hatte er eine solche Glückssträhne, daß er nicht aufhören wollte und immer weiter setzte. Seine Mitspieler hatten viel getrunken und konnten kaum noch ihre Karten erkennen, aber ihr Verstand reichte doch, um zu merken, daß Diego falschspielte. Schnell kam es zu wütenden Anschuldigungen, man packte Diego am Schlafittchen und zerrte ihn vor die Tür, in der verständlichen Absicht, ihm die Knochen zu zermalmen. Diego gelang es mit Mühe, sich loszumachen, und als er sich über das Geschrei hinweg Gehör verschafft hatte, forderte er seine Spielerfreunde zu einer originellen Wette heraus.

»Einen Augenblick, die Herrschaften! Ich bin bereit, das Geld, das ich ehrlich gewonnen habe, an den zurückzugeben, der diese Tür dort mit dem Kopf einschlägt.« Und er zeigte auf die dicke, mit Metallnieten verstärkte Holztür des Presbyteriums, eines Kolonialgebäudes gleich neben der Kathedrale.

Seine betrunkenen Mitspieler waren sofort Feuer und Flamme. Sie verhandelten eben die Regeln des Wettkampfs, als ein junger Sergeant über den Platz kam, indes nicht für Ordnung sorgte, sondern in einiger Entfernung stehenblieb, um das Spektakel zu verfolgen. Sie baten ihn, den Schiedsrichter zu machen, und er willigte vergnügt ein. Aus etlichen umliegenden Kneipen kamen Musiker mit ihren Instrumenten, fanden sich zu einer Kapelle zusammen, und bald war der Platz voll mit Schaulustigen. Es dunkelte bereits, und der Sergeant ließ Laternen anzünden. Zu den Spielern gesellten sich einige Passanten, die bei diesem neuartigen sportlichen Wettkampf mitmachen wollten und die Idee, eine Tür mit dem Schädel einzuschlagen, überaus erheiternd fanden. Diego entschied, jeder der Dickschädel solle fünf Dollar Startgeld bezahlen. Der Sergeant strich im Handumdrehen

ünfundvierzig Dollar ein und sorgte sodann für Ruhe im
Glied. Die Kapelle spielte einen Trommelwirbel, und der er-
te Kandidat rannte mit einem Schal um den Kopf auf die Tür
des Presbyteriums zu. Der Aufprall schmetterte ihn sprach-
os zu Boden. Applaus, Pfiffe und Gelächter feierten seine
Großtat. Zwei schöne Kreolinnen eilten mit einem Glas
Mandelmilch herbei, um den Daniederliegenden wieder auf-
zupäppeln, indessen der nächste aus der Reihe die Chance
nutzte, sich den Schädel zu spalten, ohne besseres Ergebnis
als sein Vorgänger. Einige der Teilnehmer überlegten es sich
in letzter Minute anders, bekamen jedoch ihre fünf Dollar
nicht wieder. Am Ende gelang es keinem, die Tür einzuschlagen, Diego behielt sein erspieltes Geld und gewann obendrein fünfunddreißig Dollar aus der Kollekte. Zehn Dollar
erhielt der Schiedsrichter für seine Mühe, und alle Welt war's
zufrieden.

Die Sklaven wurden bei Dunkelheit zum Anwesen von Jean
Lafitte gebracht. Fast lautlos ruderte man sie an den Strand
und sperrte sie in einen Holzschuppen hinter dem Haus; es
waren fünf junge und zwei ältere Männer, außerdem zwei
Mädchen und eine Frau mit einem etwa sechsjährigen Kind,
das sich an ihre Beine klammerte, und einem Säugling von
wenigen Monaten im Arm. Isabel stand auf der Veranda, um
sich ein wenig abzukühlen, als sie die Umrisse gewahrte,
die sich im Schein einiger Fackeln über den dunklen Strand
bewegten. Von Neugier getrieben, lief sie hin und erblickte
diese Karawane jämmerlicher, zerlumpter Menschen. Die
beiden Mädchen weinten, aber die Mutter gab keinen Laut
von sich und starrte vor sich hin wie eine lebende Leiche; alle
schleppten die Füße nach, wirkten am Ende ihrer Kräfte und
ausgehungert. Mehrere bewaffnete Piraten trieben sie an, und
Pierre Lafitte war auch da, befahl, die »Ware« in den Schuppen zu sperren, und verabschiedete sich dann, um seinem
Bruder Meldung zu machen, während Isabel zum Haus zu-
rückrannte und Diego, Juliana und Nuria atemlos berichtete,
was sie gesehen hatte. Diego sagte, in der Stadt hingen schon

die Plakate, auf denen eine Sklavenversteigerung beim Tem
pel angekündigt wurde, die in zwei Tagen sein sollte.

In Lafittes Gefangenschaft hatten unsere Freunde mehr al
genug Zeit gehabt, die Sklaverei kennenzulernen. Sie wuß
ten, daß keine Sklaven aus Afrika mehr gebracht werde
durften, aber gleichwohl wurden sie in Amerika noch »auf
gezogen« und verkauft. Als er Isabels Schilderung hörte, wa
Diegos erster Impuls, hinauszugehen und diese Menschen z
befreien, aber die drei Frauen redeten auf ihn ein und mach
ten ihm klar, daß diese Menschen, selbst wenn er irgendwi
in den Schuppen hineinkäme, ihre Ketten aufbrach und si
zur Flucht bewegte, nirgends hingehen konnten. Man würd
sie mit Hunden hetzen und wieder einfangen. Ihre einzig
Hoffnung bestand darin, nach Kanada zu fliehen, und da
würde ihnen allein niemals gelingen. Aber Diego wollte we
nigstens herausfinden, unter welchen Bedingungen man si
gefangenhielt. Ohne Juliana, Isabel und Nuria etwas davo
zu sagen, ging er in sein Zimmer, warf sich den Umhang übe
die Schultern, band die Maske um, setzte den Hut auf un
stahl sich aus dem Haus. Auf der Veranda saßen die Brüde
Lafitte, Pierre mit einem Glas Rum in der Hand, Jean rau
chend, aber es war zu riskant, näher heranzugehen und sie z
belauschen, also schlich er weiter zum Schuppen. Im Lich
einer Fackel stand ein einziger Pirat mit einem Karabine
über der Schulter vor der Brettertür. Diego näherte sich ihr
von hinten und wollte ihn überrumpeln, aber der Überrum
pelte war er selber, denn plötzlich hörte er hinter sich ein
Stimme:

»Guten Abend, Boss.«

Diego fuhr herum, die Hand am Degen, sah aber im Dun
kel nur die Umrisse eines Mannes, der völlig gelassen un
freundlich wirkte. Die Maske hatte er wohl unter dem breit
krempigen Hut nicht erkannt, und ihn wegen des schwarze
Umhangs mit Jean Lafitte verwechselt. Jetzt trat auch der an
dere Pirat zu ihnen.

»Sie haben was gegessen und ruhen sich aus, Boss. Morge
waschen wir sie und geben ihnen was zum Anziehen. Sie sin

352

soweit in Ordnung, nur das kleine Kind nicht, das hat Fieber. Es macht's wohl nicht mehr lange.«

»Öffnet die Tür, ich will sie mir ansehen«, sagte Diego auf französisch und versuchte zu klingen wie der Korsar.

Während die beiden den Querbalken anhoben, hielt er sein Gesicht im Dunkeln, aber sie schienen keinerlei Verdacht geschöpft zu haben. Er befahl ihnen, draußen zu warten, und trat ein. In der hinteren Ecke des Schuppens hing eine Öllampe, ihr Licht war spärlich, aber es genügte, die Gesichter zu erkennen, die ihn stumm, aus angstgeweiteten Augen anstarrten. Außer den beiden Kindern trugen alle Halseisen, die über Ketten an mehreren Pflöcken befestigt waren. Diego hob beschwichtigend die Hände, aber als sie die Maske sahen, glaubten sie wohl, es mit einem Dämon zu tun zu haben, denn sie duckten sich, soweit die Ketten es zuließen. Er versuchte erst gar nicht, mit ihnen zu reden, sie hätten ihn doch nicht verstanden. Offensichtlich waren sie eben erst aus Afrika gekommen, »Frischware«, wie die Sklavenhändler das nannten, und hatten noch keine Möglichkeit gehabt, die Sprache ihrer Unterdrücker zu lernen. Wahrscheinlich hatte man sie nach Kuba verschleppt, wo die Lafittebrüder ihre Sklaven einkauften, um sie dann in New Orleans zu versteigern. Sie hatten die Qualen der Schiffsreise und die Mißhandlungen an Land bisher überlebt. Ob sie alle aus demselben Dorf stammten, vielleicht zur selben Familie gehörten? Bei der Versteigerung würde man sie trennen, und sie würden einander nicht wiedersehen. In ihren Gesichtern spiegelte sich Wahnsinn, sie mußten unendlich gelitten haben. Diego verließ sie mit einer unerträglichen Beklemmung in der Brust. Er kannte dieses Gefühl, es war, als läge ihm eine Grabplatte auf dem Herzen, wie damals in Kalifornien, als Bernardo und er mitansehen mußten, wie die Soldaten das Indianerdorf niederbrannten. Dieses Gefühl der Ohnmacht, jetzt war es dasselbe.

Er kehrte im Schutz der Dunkelheit ins Haus zurück, zog sich um und ging hinüber zu Juliana, Isabel und Nuria, um ihnen zu sagen, was er gesehen hatte. Er war verzweifelt.

»Was werden diese Sklaven wohl kosten, Diego?« fragte Juliana.

»So genau weiß ich das nicht, aber nach den Versteigerungslisten in New Orleans würde ich schätzen, daß die Lafittebrüder für jeden von den jungen Männern tausend Dollar kriegen können, für die beiden älteren vielleicht achthundert, für die Mädchen jeweils sechshundert und für die Mutter mit ihren Kindern auch ungefähr tausend. Ich weiß nicht, ob sie die Kinder einzeln verkaufen können, sie sind noch keine sieben Jahre alt.«

»Das macht zusammen?«

»Etwa achttausendachthundert Dollar.«

»Das ist nicht viel mehr als unser Lösegeld.«

»Ich sehe den Zusammenhang nicht.«

»Wir haben Geld. Isabel, Nuria und ich haben beschlossen, daß wir die Sklaven damit kaufen.«

»Ihr habt Geld?« Diego war entgeistert.

»Die Steine, schon vergessen?«

»Ich dachte, die Piraten hätten sie euch abgenommen!«

Juliana und Isabel erklärten ihm, wie sie ihr bescheidenes Vermögen gerettet hatten. Noch auf dem Piratenschiff hatte Nuria die brillante Idee gehabt, die Steine zu verstecken, denn wenn man sie bei ihnen gefunden hätte, wären sie für immer verloren gewesen. Also hatten sie sie einen nach dem anderen mit Wein hinuntergeschluckt. Nach einigen Tagen kamen die Diamanten, Rubine und Smaragde dann unbeschadet am anderen Ende wieder zum Vorschein, sie hatten nur den Inhalt ihrer Nachttöpfe aufmerksam untersuchen müssen. Angenehm war das nicht gewesen, aber es hatte funktioniert, und jetzt waren die sorgfältig gesäuberten Steine wieder in die Bündchen der Unterröcke eingenäht.

»Damit könntet ihr euch freikaufen!« rief Diego.

»Schon«, sagte Isabel. »Aber wir würden sie lieber für die Sklaven verwenden, denn selbst wenn das Geld von deinem Vater niemals kommt, gewinnst du doch genug mit deinen Taschenspielertricks.«

ean Lafitte saß auf der Veranda bei einer Tasse Kaffee und einem Teller Beignets, köstlichen französischen Krapfen, und notierte Zahlen in seinem Rechnungsbuch, als Juliana zu ihm hintrat und ein verknotetes Taschentuch auf den Tisch legte. Der Korsar blickte auf, und wieder spürte er diesen Stich in der Brust, als er das Mädchen sah, das ihn in seinen Träumen Nacht für Nacht begleitet hatte. Er löste den Knoten des Taschentuchs und erstarrte.

»Was meint Ihr, sind die wert?« fragte Juliana mit glühenden Wangen und schlug ihm dann den Handel vor, den sie sich überlegt hatten.

Erst war der Korsar nur überrascht, daß die Mädchen diese Steine hatten verstecken können; dann, daß sie damit die Sklaven und nicht sich selbst freikaufen wollten. Was würden Pierre und die anderen Kapitäne dazu sagen? Alles, was er wollte, war, den schlechten Eindruck, den die Piraterie und jetzt dieser Sklavenhandel auf Juliana machten, auszulöschen. Zum ersten Mal in seinem Leben fühlte er sich beschämt angesichts seiner Taten, unwürdig. Er wollte die Liebe dieser Frau nicht gewinnen, denn er war selbst nicht frei, ihr die seine zu geben, aber er mußte doch wenigstens wissen, daß sie ihn achtete. Das Geld war ihm dabei restlos gleichgültig, er konnte es sich andernorts wieder beschaffen und hatte sowieso mehr als genug, um seine Geschäftspartner zum Schweigen zu bringen.

»Sie sind viel wert, Juliana. Ihr könnt die Sklaven damit kaufen, das Lösegeld für Euch und die anderen zahlen und nach Kalifornien reisen. Euch und Eurer Schwester bleibt dann noch immer etwas für die Aussteuer«, sagte er mit belegter Stimme.

Juliana hätte nicht im Traum gedacht, daß diese bunten Kiesel derart kostbar wären. Sie teilte die Steine in zwei Häufchen, einen größeren und einen kleineren, wickelte den größeren wieder in das Taschentuch und barg es in ihrem Ausschnitt. Sie wandte sich zum Gehen, aber Lafitte sprang auf und hielt sie am Arm zurück.

»Was wollt Ihr mit den Sklaven tun?«

»Ihnen die Ketten abnehmen, vor allem, dann werde ic
sehen, wie man ihnen helfen kann.«

»Es ist gut, Juliana. Ihr seid frei. Ich werde mich daru
kümmern, daß Ihr bald abreisen könnt. Verzeiht das Unge
mach, das ich Euch bereitet habe, Ihr wißt nicht, wie sehr ic
wünschte, wir wären uns unter anderen Umständen begeg
net. Bitte, nehmt dies als Geschenk von mir an«, sagte e
scharrte die Steine auf dem Tisch zusammen und legte sie ih
in die Hand.

Juliana hatte all ihre Kräfte aufgeboten, um diesem Man
gegenüberzutreten, aber mit dieser Geste von ihm brac
ihre Verteidigung völlig in sich zusammen. Was sollte diese
Geschenk denn heißen, wenn nicht, daß die Gefühle, die si
von innen verzehrten, von Lafitte gerade so erwidert wur
den – es war eine Liebeserklärung. Der Korsar sah, wie si
schwankte, und ohne darüber nachzudenken, nahm er sie i
die Arme und küßte sie. Es war Julianas erster Kuß un
wahrscheinlich der längste und leidenschaftlichste ihres Le
bens. Auf jeden Fall war es der denkwürdigste, das ist der er
ste ja immer. Die Nähe des Piraten, seine Arme, die sie um
fingen, sein Atem, seine Hitze, sein männlicher Duft, sein
Zunge an ihrer – es erschütterte sie bis ins Mark. Sie hatte sic
mit Hunderten von Liebesromanen auf diesen Moment vor
bereitet, hatte sich über Jahre den Mann erträumt, der für si
bestimmt sein würde. Sie begehrte Lafitte mit einem eben ers
entfachten Feuer, indes mit einer Gewißheit, die alt war un
unumstößlich. Sie würde niemals einen anderen lieben, dies
verbotene Liebe würde ihre einzige sein auf der Welt. Si
klammerte sich an ihn, krallte sich in sein Hemd und er
widerte seinen Kuß mit gleicher Leidenschaft, während si
sich innerlich zerriß, denn sie wußte, diese Zärtlichkeit wa
ein Abschied. Als sie sich schließlich voneinander zu löse
vermochten, lehnte sie sich an die Brust des Piraten, taumelte
versuchte zu atmen, ihr rasendes Herz zu beruhigen, wäh
rend er ihr übers Haar strich und wieder und wieder ihre
Namen flüsterte.

»Ich muß gehen«, sagte sie und machte sich los.

»Ich liebe Euch mit meiner ganzen Seele, Juliana, aber ich liebe auch Catherine. Ich würde sie niemals verlassen. Könnt Ihr das verstehen?«

»Ja, Jean. Mein Unglück ist es, daß ich mein Herz an Euch verloren habe und doch weiß, daß wir niemals zusammensein können. Aber ich liebe Euch noch mehr für Eure Treue zu Catherine. Gebe Gott, daß sie bald gesund wird und Ihr glücklich seid…«

Jean wollte sie wieder küssen, aber sie lief davon. Aufgewühlt, wie sie beide waren, hatten sie nicht bemerkt, daß Madame Odilia hinter der offenen Verandatür stand und alles gesehen hatte.

Juliana zweifelte nicht daran, daß ihr Leben zu Ende war. Es lohnte nicht, fern von Jean in dieser Welt zu verweilen. Lieber wollte sie sterben, wie die tragischen Heldinnen in ihren Büchern, aber sie hatte keine Ahnung, wie sie sich eine Schwindsucht oder eine andere vornehme Krankheit einfangen sollte, und an Typhus zu krepieren schien ihr würdelos. Sie verwarf die Idee, von eigener Hand zu sterben, denn wie tief auch ihr Schmerz war, zur Hölle wollte sie sich doch nicht verurteilen; ein solches Opfer hätte selbst Lafitte nicht verdient. Zudem würde ihr Freitod Isabel und Nuria Unbill bereiten. So blieb nur übrig, Nonne zu werden, aber dann müßte sie in der Hitze von New Orleans ein Habit tragen, ein wenig ersprießlicher Gedanke. Sie malte sich aus, was ihr verstorbener Vater, der mit Gottes Einverständnis sein Lebtag Atheist gewesen war, zu solcherlei Überlegungen gesagt hätte. Er hätte sie allemal lieber mit einem Seeräuber als Bräutigam gesehen als mit Jesus. Das beste würde sein, wenn sie das nächste Schiff bestieg und sich bis ans Ende ihrer Tage um die Indianer in der Mission von Pater Mendoza kümmerte, der ein guter Mensch war, wenn man Diego glauben durfte. Rein und unbefleckt würde sie den Schatz dieses Kusses hüten und das Bild von Jean Lafitte, den leidenschaftlichen Blick seiner pechschwarzen Augen, seine zurückgekämmte Mähne, seinen Hals und das wenige von seinem Brustkorb, was das schwarze Seidenhemd preisgegeben hatte, sein goldenes Kettchen und seine starken Arme, die sie gehalten hatten. Tränen trösteten sie nicht mehr. Sie war leer, hatte ihren Vorrat in den letzten Tagen ganz und gar erschöpft und glaubte, nie mehr im Leben weinen zu können.

So saß sie allein am Fenster, schaute auf den Strand und durchlitt still die Qualen ihres gebrochenen Herzens, als sie spürte, daß jemand ins Zimmer getreten war. Es war Madam Odilia, atemberaubender denn je, ganz in weißes Leinen gehüllt, der Turban ebenfalls weiß, und dazu trug sie mehrere Ketten aus Bernstein, goldene Armreife und Ohrringe. Eine Königin aus dem Senegal, wie ihre Mutter.

»Du hast dich in Jean verliebt«, sagte sie und ließ dabei trotz des vertraulichen »Du« keinerlei Gefühl erkennen.

»Ihr dürft beruhigt sein, Madame, ich würde mich niemals zwischen Eure Tochter und Euren Schwiegersohn stellen. Ich gehe fort von hier, und er wird mich vergessen.«

»Wozu hast du die Sklaven gekauft?«

»Um sie freizulassen. Könnt Ihr ihnen helfen? Ich habe gehört, die Quäker schützen sie und bringen sie nach Kanada, aber ich weiß nicht, wie ich Kontakt zu ihnen aufnehmen soll.«

»In New Orleans leben viele freie Schwarze. Sie können Arbeit finden und hierbleiben, ich kümmere mich darum, sie unterzubringen«, sagte die Königin.

Dann schwieg sie, musterte Juliana lange aus ihren Mandelaugen, spielte mit den Bernsteinklunkern ihrer Ketten, schien nachzudenken. Endlich wurde ihr harter Blick ein wenig milder.

»Willst du Catherine sehen?« fragte sie unvermittelt.

»Ja, Madame. Und auch so gerne das Kind, damit ich ein Bild von den beiden mitnehmen kann. So wird es mir leichter sein, mir Jeans Glück vorzustellen, wenn ich in Kalifornien bin.«

Madame Odilia führte Juliana in einen anderen Flügel des Gebäudes, der ebenso sauber und geschmackvoll war wie das ganze Haus. Dort hatte sie ihrem Enkel ein Kinderzimmer eingerichtet, das an das Gemach eines europäischen Infanten erinnerte, sah man von den Voodoofetischen ab, die den Kleinen vor dem bösen Blick schützten. In einer von Spitzenschleiern umwölkten Wiege aus Bronze schlief der kleine Pierre, und neben ihm wachten seine Amme, eine junge Negerin mit großen Brüsten und schläfrigen Augen, und ein kleines Mädchen, das dafür zuständig war, die Ventilatoren in Schwung zu halten. Die Großmutter schob die Schleier beiseite, und Juliana beugte sich über das Kind des Mannes, den sie liebte. Sie fand es wunderschön. Sie hatte noch nicht viele Säuglinge gesehen, mit denen sie es vergleichen konnte, hätte aber ihre Hand dafür ins Feuer gelegt, daß auf Erden kein schöneres Kind zu finden war. Es lag auf dem Rücken, nur mit einer Windel angetan, die Ärmchen und Beinchen von sich gestreckt und traumverloren. Madame Odilia nickte ihr zu, daß sie den Kleinen aus der Wiege nehmen durfte. Als sie ihn im Arm hielt, an seinem fast kahlen Köpfchen schnupperte, sein zahnloses Lächeln sah und sich seine Finger wie winzige Würmchen um ihren Daumen schlossen, schien der gewaltige schwarze Stein in ihrer Brust zu schrumpfen, zu schmelzen, zu verschwinden. Sie bedeckte das Kind mit Küssen, seine nackten Füßchen, den kugeligen Bauch mit dem vorstehenden Nabel, den von Schweiß feuchten Hals, und ein Strom heißer Tränen wusch ihr Gesicht und rann hinab auf den kleinen Wurm. Doch sie weinte nicht aus Eifersucht auf das, was sie niemals haben würde, sondern überwältigt von Zärtlichkeit. Die Großmutter nahm ihr den kleinen Pierre ab, bettete ihn zurück in die Wiege und bedeutete ihr stumm, ihr zu folgen.

Über den oleandergesäumten Weg durchquerten sie den Palmenhain und erreichten den Strand, wo bereits ein Ruderer auf sie wartete, der sie nach New Orleans brachte. Dort eilten sie durch die Gassen, über die Place d'Armes und über den Friedhof. Wegen der häufigen Überschwemmungen konnte man die Toten hier nicht unter die Erde legen, und so war dieser Gottesacker eine kleine Stadt aus Mausoleen, manche mit Marmorstatuen verziert, andere mit schmiedeei-

sernen Gittern, Kuppeln und Glockentürmen. Dahinter bo
gen sie in eine Straße mit hohen, schmalen Häusern ein, di
alle gleich aussahen, mit einer Tür in der Mitte und einen
Fenster rechts und links davon. Man nannte sie »Durch
schußhäuser«, weil eine Kugel, die man an der Vordertür ab
feuerte, durch die Türen der hintereinanderliegenden Zim
mer sauste und, von keiner Wand aufgehalten, zur Hintertü
wieder hinauskam. Madame Odilia ging auf eins davon zu
und trat ein, ohne anzuklopfen. Drinnen herrschte ein sagen
haftes Tohuwabohu, unzählige Kinder, kleinere und größere
tollten herum, und zwei Frauen in steifen Kalikokitteln ver
suchten, sie zu bändigen. Das Haus war vollgestopft mi
Voodoofetischen, auf langen Regalen standen Flakons mi
Tränken, an der Decke hingen Kräuterbüschel zum Trock
nen, Juliana sah mit Nägeln gespickte Holzstatuetten, Mas
ken und unzählige Dinge, deren Bedeutung sie nicht kannte
die aber gewiß etwas mit dieser Voodoo-Religion zu tun hat
ten. Ein klebriger, süßer Geruch wie nach Melasse hing in de
Luft. Madame Odilia begrüßte die beiden Frauen mit der
Kitteln, durchquerte die ersten zwei kleinen Zimmer und be
trat das dritte. Juliana blieb ihm Türrahmen stehen und sah
daß am Boden eine dunkle, großgewachsene Mulattin mi
gelben Pantheraugen saß, die Haut glänzend von Schweiß
das Haar zu unzähligen mit Bändern und bunten Glasperler
verzierten Zöpfen geflochten, und ein Neugeborenes an de
Brust. Juliana hatte noch nichts von ihr gehört, aber in New
Orleans war Marie Laveau berühmt als die Sehende, die
sonntags mit den Sklaven auf dem Congo Square tanzte und
während der Zeremonien im heiligen Wald in Trance fiel und
zum Mund der Götter wurde.

»Ich habe sie dir gebracht, damit du mir sagst, ob sie e
ist«, sagte Madame Odilia.

Marie Laveau stand auf und trat mit dem Kind an der
Brust auf Juliana zu. Sie hatte sich vorgenommen, solange
ihre Jahre es zuließen, jedes Jahr ein Kind zu gebären, und
fünf hatte sie schon. Sie legte Juliana drei Finger an die Stirr
und sah ihr lange in die Augen. Juliana spürte einen mächti

gen Stoß, der wie ein Peitschenhieb durch ihren Körper bis hinab in die Füße jagte. Eine geschlagene Minute standen sie so.

»Sie ist es«, sagte Marie Laveau schließlich.

»Aber sie ist weiß«, gab Madame Odilia zurück.

»Ich sage dir, sie ist es«, und damit wandte sie sich wieder ihrem Säugling zu.

Die Königin aus dem Senegal brachte Juliana erneut über den Friedhof und die Place d'Armes zurück zur Mole, wo der Ruderer, seine Zigarre schmauchend, geduldig auf sie gewartet hatte. Er ruderte sie über einen anderen Weg zurück in die Sümpfe. Bald waren sie mitten in diesem morastigen Labyrinth aus Kanälen, Tümpeln, kleinen Lagunen und Inselchen. Die völlige Menschenleere hier, der Geruch nach Moder, die jähen Schwanzschläge der Kaimane, das Kreischen der Vögel, alles schuf eine geheimnisvolle und beängstigende Atmosphäre. Erst jetzt fiel Juliana ein, daß sie niemandem Bescheid gesagt hatte, als sie das Haus verließ. Ihre Schwester und Nuria suchten sicher längst nach ihr. Was, wenn diese Frau Übles mit ihr im Sinn hatte, immerhin war sie die Mutter von Catherine? Aber Juliana verscheuchte diesen Gedanken sofort. Die Fahrt schien kein Ende zu nehmen, die Hitze machte sie schläfrig, sie hatte Durst, die Sonne sank schon, und über dem Boot tanzten Stechmücken. Sie wagte nicht zu fragen, wohin sie fuhren. Endlich, es war schon fast dunkel, machte der Ruderer das Boot an einem Baum am Ufer fest. Er half ihnen auszusteigen, setzte sich an die Böschung, Madame Odilia entzündete eine Laterne, nahm Juliana an der Hand und führte sie durch hohes Schilfgras, in dem kein Pfad einem die Richtung wies. »Vorsicht, hier gibt es Schlangen«, war alles, was sie sagte. Sie gingen und gingen, bis die Königin endlich gefunden hatte, wonach sie suchte. Das Schilf lichtete sich zu einem offenen Rund, auf dem zwei hohe, mit Moos übergossene Bäume standen, die mit Kreuzen markiert waren. Es waren keine christlichen Kreuze, sondern Voodoozeichen, die den Schnittpunkt zwischen der Welt der Lebenden und der Toten anzeigten. Masken und Holzstatuen afrikanischer Gottheiten hüteten den Ort. Im Licht der Laterne und des Mondes sah er gespenstisch aus.

»Hier ist meine Tochter«, sagte Madame Odilia und zeigte zu Boden.

Catherine Villars war fünf Wochen zuvor am Kindbettfieber gestorben. Die Kenntnisse der medizinischen Wissenschaft hatten sie nicht zu retten vermocht, nicht die christlichen Gebete und nicht die Kräuter und die Zauber Afrikas. Gemeinsam mit anderen Frauen hatte ihre Mutter ihren von Fieber und von der Blutung verzehrten Leib in Tücher gehüllt und an diesen heiligen Ort in den Sümpfen gebracht, wo er unter der Erde liegen sollte, bis die so jung gestorbene Catherine jemanden bestimmt hätte, der sie ersetzen sollte. Sie konnte nicht zulassen, daß ihr Kind in die Hände irgendeiner Frau fiele, die Jean Lafitte sich aussuchte, erklärte die Königin aus dem Senegal. Als ihre Mutter hatte Madame Odilia Catherine bei dieser Aufgabe helfen müssen und deshalb ihren Tod verheimlicht. Catherine war in einem Zwischenreich, wandelte von einer Welt in die andere. Hatte Juliana ihre Schritte im Haus von Lafitte nicht gehört? Hatte sie nicht gesehen, daß sie nachts neben ihrem Bett stand? Dieser Duft nach Orangen, der die Insel einhüllte, war der Duft Catherines, die in ihrer neuen Gestalt über den kleinen Pierre wachte und nach einer Mutter für ihn suchte. Madame Odilia war überrascht, daß ihre Tochter weit aufs Meer hinaus gereist war, um Juliana zu finden, und es gefiel ihr nicht, daß sie sich für eine Weiße entschieden hatte, aber wer war sie sich dieser Wahl zu widersetzen? Aus der Welt der Geister konnte Catherine besser als irgendwer sonst entscheiden wer die Richtige war. Das hatte Marie Laveau ihr versichert als sie sie um Rat fragte. »Wenn du mir die Frau bringst werde ich sie erkennen«, hatte sie ihr versprochen. Den ersten Verdacht, es könne Juliana sein, hatte Madame Odilia geschöpft, als sie sah, daß sie Jean Lafitte liebte und doch bereit war, aus Achtung vor Catherine auf ihn zu verzichten den zweiten, als sie sich der Sklaven erbarmte. Jetzt sei sie zufrieden, sagte sie, denn ihre arme Tochter würde im Himme

Ruhe finden und konnte auf dem Friedhof beigesetzt werden, wo das Hochwasser ihren Leichnam nicht ins Meer spülen würde.

Manches von dem, was Madame Odilia sagte, wollte Juliana nicht in den Kopf, und sie fragte wieder und wieder nach. Sie konnte nicht glauben, daß diese Frau Jean fünf Wochen hindurch die Wahrheit verheimlicht hatte. Wie würde sie es ihm jetzt erklären? Madame Odilia sagte, ihr Schwiegersohn brauche von alldem nichts zu erfahren. Das genaue Todesdatum spiele keine Rolle, sie werde ihm sagen, Catherine sei gestern gestorben.

»Aber Jean wird sie sehen wollen!«

»Das ist nicht möglich. Nur wir Frauen dürfen die Toten sehen. Unsere Aufgabe ist es, die Kinder zu gebären und die Toten zu verabschieden. Jean wird das hinnehmen müssen. Wenn Catherine begraben ist, gehört er dir.«

»Gehört er mir…?« Juliana sah sie mit großen Augen an.

»Das einzige, was zählt, ist mein Enkel Pierre. Für deine Verbindung mit Lafitte hat Catherine nur gesorgt, um dir ihr Kind anzuvertrauen. Sie und ich werden darüber wachen, daß du deine Pflicht erfüllst. Dazu wird es nötig sein, daß du bei seinem Vater bleibst und ihn zufrieden und ruhig hältst.«

»Jean ist nicht der Mann, zufrieden und ruhig zu sein, er ist Korsar, ein Abenteurer…«

»Ich werde dir magische Tränke geben und dich in die Geheimnisse einweihen, um ihn im Bett glücklich zu machen, wie ich das mit Catherine getan habe, als sie zwölf war.«

»So eine bin ich nicht…«, wehrte sich Juliana errötend.

»Keine Sorge, du wirst so eine sein, wenn auch nie so geschickt wie Catherine, denn du bist schon etwas alt, um es noch zu lernen, und hast viele dumme Vorstellungen im Kopf, aber Jean wird den Unterschied nicht merken. Männer sind einfältig, die Begierde macht sie blind, sie verstehen sehr wenig von den Freuden.«

»Ich kann doch keine Kurtisanentricks oder magischen Tränke benutzen, Madame!«

»Willst du Jean oder willst du ihn nicht, Kindchen?«

»Ja, ich will ihn«, gab Juliana zu.

»Dann wirst du dich ins Zeug legen müssen. Überlaß da
mir. Du wirst ihn glücklich machen und vielleicht wirst auch
du es sein, aber ich warne dich: Wenn du Pierre nicht wie dei
nen eigenen Sohn annimmst, bekommst du es mit mir zu tun
Hast du das verstanden?«

Ich weiß nicht, wie ich Euch, geschätzte Leser, das ganz
Ausmaß von Diegos Elend begreiflich machen soll, als er er
fuhr, was geschehen war. Das nächste Schiff nach Kuba sollt
New Orleans in wenigen Tagen verlassen, er hatte die Passa
gen gekauft und alles vorbereitet, um schleunigst aus Jean La
fittes Jagdgründen zu fliehen und Juliana mitzuschleifen. E
würde sie doch noch retten. Seine Seele war eben in seine
Körper zurückgekehrt, als sich das Blatt erneut wendete un
sich herausstellte, daß sein Rivale Witwer war. Er warf sic
Juliana zu Füßen, wollte ihr klarmachen, welche Dummhei
sie zu begehen gedachte. Nun, das sagt man so. In Wahrhei
stürzte er nicht zu Boden, sondern stapfte mit Riesenschrit
ten im Zimmer auf und ab, ruderte mit den Armen, vergru
die Hände in den Haaren, schrie, und sie sah ihm ungerühr
zu, mit einem dümmlichen Lächeln auf ihrem Nymphenge
sicht. Versuche mal einer, eine verliebte Frau umzustimmen
Diego hatte geglaubt, in Kalifornien, fern von dem Korsaren
werde Juliana ihr Denkvermögen und er den verlorenen Bo
den zurückgewinnen. Ein solcher Dickschädel konnte si
doch nicht sein, daß sie weiter einen Kerl liebte, der mit Skla
ven handelte. Er hatte darauf vertraut, daß sie einen Man
wie ihn schließlich zu schätzen wüßte, genauso gutaussehend
und wagemutig wie Lafitte, aber jünger, aufrichtig, mit den
Herz am rechten Fleck und mit edelmütigen Absichten, de
ihr ein Leben mit vielen Annehmlichkeiten bieten konnte
ohne dafür unschuldige Leute umzubringen und zu berau
ben. Er war doch fast vollkommen, und er betete sie an. Him
mel! Genügte das nicht? Was wollte sie denn mehr? Sie wa
unersättlich! Sicher, ein paar wenige Wochen in der Hitz
von Barataria hatten ausgereicht, alles auf einen Schlag zu

364

nichte zu machen, was er in den fünf Jahren, die er sie jetzt umgarnte, erreicht hatte. Jemand weniger Begriffsstutziges hätte daraus geschlossen, daß Juliana ein bißchen mit ihm gespielt hatte, nicht jedoch Diego. Männern seines Schlags verbot die Eitelkeit, die Dinge klar zu sehen.

Isabel beobachtete die Szene wie betäubt. In den letzten achtundvierzig Stunden war so viel passiert, daß sich die Ereignisse in ihrem Kopf verwirrten. Sagen wir, es trug sich etwa folgendes zu: Sie hatten den Sklaven die Ketten abgenommen, hatten ihnen zu essen und Kleidung gegeben und ihnen unter großen Mühen begreiflich gemacht, daß sie frei waren, als zu ihrer aller Entsetzen der Säugling starb, der schon todkrank auf die Insel gekommen war. Es brauchte drei Männer, der Mutter den leblosen Körper zu entwinden, und man konnte sie nicht beruhigen, noch immer hörte man ihr Klagegeheul, begleitet vom Jaulen der Hunde. Diese unglücklichen Menschen begriffen nicht, was es für einen Unterschied machte, ob sie frei waren oder nicht, wenn sie ja doch an diesem unseligen Ort bleiben mußten. Sie wollten nur zurück nach Afrika. Wie sollten sie in dieser feindlichen und unwirtlichen Gegend überleben? Der Neger, den Lafitte als Dolmetscher aufgetrieben hatte, redete auf sie ein, sie würden etwas finden und genug zu essen haben, hier brauche man immer Verstärkung für die Schiffsmannschaften, mit ein bißchen Glück würden die Mädchen heiraten, und die arme Mutter konnte in die Dienste irgendeiner Familie treten, sie würden ihr zeigen, wie man hier kochte, sie müßte sich nicht von dem anderen Kind trennen. Alles umsonst, wie eine Litanei wiederholte dieses elende Grüppchen Menschen, man möge sie heim nach Afrika bringen.

Juliana kehrte glückselig von ihrem langen Ausflug mit Madame Odilia zurück und erzählte eine Geschichte, bei der noch dem Abgebrühtesten die Haare zu Berge gestanden hätten. Zuerst nahm sie Diego, Isabel und Nuria das Versprechen ab, kein Sterbenswörtchen davon verlauten zu lassen, dann rückte sie damit heraus, Catherine Villars denke ja gar nicht daran, krank zu sein, sie sei vielmehr eine Art Untote und habe obendrein Juliana als neue Mutter für den kleinen Pierre auserwählt. Sie würde Jean Lafitte heiraten, der wisse zwar noch nichts davon, aber man werde es ihm nach Catherines Beerdigung sagen. Als Hochzeitsgeschenk wollte sie von ihm erbitten, daß er für immer auf den Handel mit Sklaven verzichtete, das war das einzige, was sie nicht dulden konnte, die anderen Gaunereien kümmerten sie weniger. Ein bißchen druckste sie herum, als sie erklärte, Madame Odilia werde ihr beibringen, wie sie den Piraten im Bett glücklich machen konnte. Da war es dann soweit, und Diego verlor vollends die Contenance. Juliana war zweifellos nicht bei Trost. Es gab hier Mücken, die das verursachten, sie mußte gestochen worden sein. Glaubte sie ernsthaft, er werde sie diesem Verbrecher überlassen? Hatte er ihrem Vater, Gott hab ihn selig, etwa nicht versprochen, sie sicher und wohlbehalten nach Kalifornien zu bringen? Er würde Wort halten, und wenn er sie hinprügeln mußte.

Jean Lafitte hatte in diesen Stunden viele und heftige Gemütsschwankungen durchlitten. Der Kuß hatte ihm den Boden unter den Füßen weggezogen. Daß er Juliana gehen lassen mußte, war das schwierigste Unterfangen seines Lebens, er würde all seine Beherztheit, die nicht gering war, brauchen, um den Verlust und den Kummer zu verwinden. Er traf sich mit seinem Bruder und den anderen Schiffsführern, um ihnen ihren Anteil vom Erlös des Sklavenverkaufs und vom Lösegeld für die Geiseln zu geben, den sie wiederum gerecht unter ihren Männern aufteilen würden. Das Geld stamme aus seiner eigenen Tasche, war alles, was er dazu sagte. Die verdutzten Kapitäne wiesen ihn darauf hin, daß das aus kaufmännischer Sicht blanker Unsinn war, wofür zum Teufel brachte er mit den sattsam bekannten Kosten und dem Ärger, den das verursachte, Sklaven und Geiseln auf die Insel, wenn er sie dann selber freikaufte. Pierre wartete, bis die anderen gegangen waren, dann geigte er seinem Bruder die Meinung. Er hatte wohl die Fähigkeiten eingebüßt, die Geschäfte zu leiten, litt unter Gehirnerweichung, vielleicht war es an der Zeit, daß ein anderer diese Aufgabe übernahm.

»Einverstanden, Pierre. Wir lassen die Männer darüber abstimmen, wie üblich. Willst du gegen mich antreten?« forderte Jean ihn heraus.

Als wäre das alles nicht genug, kam seine Schwiegermutter wenige Stunden später mit der Nachricht, daß Catherine gestorben war. Nein, er könne sie nicht sehen. In ein paar Tagen werde man sie in New Orleans beerdigen, die kreolische Gemeinde sei schon unterrichtet. Es würde eine kurze christliche Andacht geben, um den Priester zu beschwichtigen, und danach eine afrikanische Zeremonie mit einem Festbankett, Musik und Tanz, wie es sich gehörte. Madame Odilia war traurig, aber gefaßt und stark genug, ihn zu trösten, als er weinte wie ein kleines Kind. Er habe Catherine vergöttert, sie sei seine Gefährtin gewesen, seine einzige Liebe, schluchzte er. Madame Odilia flößte ihm Rum ein und tätschelte ihm die Schulter. Ihr Mitleid hielt sich in Grenzen, denn sie wußte, der Witwer würde Catherine sehr bald in den Armen einer anderen vergessen. Der Anstand gebot Jean Lafitte, nicht sofort zu Juliana zu laufen und um ihre Hand zu bitten, er mußte etwas Zeit verstreichen lassen, aber in seinem Kopf und seinem Herzen war diese Idee schon gekeimt, auch wenn er noch nicht wagte, sie in Worte zu fassen. Der Verlust seiner Frau traf ihn schwer, doch schenkte er ihm auch eine unverhoffte Freiheit. Noch auf ihrem Totenbett befriedigte die sanfte Catherine seine verborgensten Wünsche. Er war bereit, für Juliana seinen Kurs zu korrigieren. Die Jahre flogen dahin, und er hatte dieses Leben als Geächteter satt, ständig mit einer Pistole am Gürtel und der Drohung im Nacken, daß man wieder einen Preis auf seinen Kopf aussetzte. In den letzten Jahren hatte er ein Vermögen angehäuft, er würde mit Juliana und dem kleinen Pierre nach Texas gehen können, wo die meisten Gauner über kurz oder lang landeten, und sich anderen, zwar nicht weniger illegalen, aber weniger riskanten Tätigkeiten widmen. Dem Sklavenhandel natürlich nicht, der brachte die zartfühlende Juliana ja offenbar in Rage. Er hatte sich nie von einer Frau in seine Geschäfte hineinreden lassen und würde bei Juliana nicht damit anfangen, aber er wollte sich nicht ein Eheleben lang wegen dieser Sache zanken. Ja, er hatte sich entschieden, sie würden nach Texas gehen. Für jemanden mit Wagemut und dehnbarer Moral boten sich dort mannigfaltige Möglichkeiten. Er würde die Freibeuterei aufgeben, was ja nicht hieß, daß er ein ehrenwerter Bürger werden würde, man mußte ja nicht gleich übertreiben.

Fünfter Teil

Kalifornien, 1815

Im Frühjahr 1815 gingen Diego, Isabel und Nuria in New Orleans an Bord eines Schoners. Juliana blieb zurück. Ich bedaure, daß dem so war, denn jeder Leser mit Herz erhofft ja einen romantischen Ausgang zugunsten des Helden. Julianas Entscheidung ist enttäuschend, das verstehe ich, indes hätte sie anders nicht ausfallen können, jedenfalls hätten die meisten Frauen an ihrer Stelle geradeso gehandelt. Einen Sünder auf den Pfad der Tugend zurückzuführen ist ein unwiderstehliches Vorhaben, und Juliana verschrieb sich ihm mit geradezu religiösem Eifer. Isabel fragte sie einmal, weshalb sie das bei Rafael Moncada nie versucht habe, und sie erklärte ihr, der lohne die Mühe nicht, da er nicht wie Lafitte über vorzügliche, sondern allein über schäbige Anlagen verfüge, und »gegen die ist, wie alle Welt weiß, kein Kraut gewachsen«. Zorro war zu jener Zeit noch längst nicht würdig, daß sich eine Frau die Arbeit seiner Läuterung aufgehalst hätte.

Wir sind beim fünften und letzten Teil dieses Buchs angelangt. Bald werden wir einander Lebewohl sagen, geschätzte Leser, da die Geschichte endet, wenn der Held, gewandelt durch seine Abenteuer und die bestandenen Gefahren, dorthin zurückkehrt, von wo er aufgebrochen ist. So ist es üblich in der Heldenerzählung, in der Odyssee genau wie im Märchen, und ich meine nicht, hier nach Neuerung trachten zu müssen.

Diegos haltloses Toben über Julianas Entscheidung, bei Lafitte in New Orleans zu bleiben, führte zu gar nichts, denn sie wedelte ihn fort wie eine Stechmücke. Wer war Diego, daß er glaubte, ihr etwas vorschreiben zu können? Sie gehörten ja noch nicht einmal zur selben Familie. Außerdem sei sie längst alt genug, um zu wissen, was das Richtige für sie war. Als

369

letztes Mittel forderte Diego den Piraten zu einem Duell auf Leben und Tod heraus, »um die Ehre der Señorita De Romeu zu verteidigen«, wie er sagte, aber da entgegnete Lafitte, sie hätten am Morgen in einer kleinen kreolischen Kirche geheiratet, im kleinsten Kreis, nur mit seinem Bruder Pierre und Madame Odilia als Zeugen. Das hätten sie getan wegen der Szenen, die ihnen andernfalls wohl von jenen gemacht würden, denen für die Dringlichkeiten der Liebe das Verständnis fehle. Es war nicht daran zu rütteln, die Verbindung war besiegelt. So verlor Diego seine geliebte Juliana für immer und schwor, gefangen im schlimmsten Kummer, bis ans Ende seiner Tage wie ein Mönch zu leben. Niemand glaubte ihm. Isabel wies ihn darauf hin, Lafittes Tage seien bei seinem gefährlichen Lebenswandel doch gezählt, und sobald Juliana Witwe wäre, könne Diego ihr wieder bis zum Überdruß nachstellen, aber das war ihm ein schwacher Trost.

Es gab viele Tränen, als Nuria und Isabel sich von Juliana verabschiedeten, obwohl Lafitte versprach, daß sie bald nach Kalifornien zu Besuch kämen. Für Nuria waren die Töchter De Romeu wie eigene Kinder, und sie wußte nicht, ob sie bei Juliana bleiben sollte, um sie gegen diesen Voodoozauber, gegen die Piraten und all das andere Ungemach zu verteidigen, das ihr vom Schicksal zweifellos bereitet würde, oder besser Isabel nach Kalifornien folgte, die zwar einige Jahre jünger war, sie aber weit weniger nötig brauchte. Juliana erlöste sie aus dem Dilemma mit der Bitte, Isabel zu begleiten, da deren Ruf für immer befleckt sein würde, wenn sie allein mit Diego de la Vega reiste. Zum Abschied schenkte Lafitte der Gouvernante eine Halskette aus Gold und ein großes Stück feinster Seide. Nuria durfte sich die Farbe aussuchen und entschied sich für Schwarz, wegen der Trauer.

Als der Schoner den Hafen verließ, fiel dichter warmer Regen, wie fast täglich zu dieser Jahreszeit, und Juliana stand, in Tränen gebadet und vom Regen besprenkelt, mit dem kleinen Pierre im Arm an der Mole zwischen ihrem schmucken Korsaren und der Königin aus dem Senegal, die zu ihrer Ausbilderin und Hüterin geworden war. Juliana trug ein schlichtes

Kleid, wie es ihrem Gemahl gefiel, und strahlte so viel Glück aus, daß auch Diego die Tränen nicht mehr zurückhalten konnte. Nie war sie ihm schöner erschienen als in dem Moment, da er sie verlor. Sie und Lafitte waren ein hinreißendes Paar, er ganz in Schwarz mit einem Papagei auf der Schulter, sie in weißem Musselin, und beide mehr schlecht als recht geschützt von den Regenschirmen in den Händen von zwei jungen Negerinnen, die Sklavinnen gewesen und jetzt frei waren. Nuria hatte sich in ihre Kabine eingeschlossen, damit sie nicht sähen, wie sie schrie und heulte, aber Diego und Isabel lehnten schniefend an der Reling und winkten, bis die beiden ihren Blicken entschwunden waren. Diego schluckte Tränen aus den bekannten Gründen, Isabel, weil sie sich von ihrer Schwester trennte. Außerdem, wir wollen es nicht verschweigen, hatte sie sich insgeheim Hoffnungen auf Lafitte gemacht, den ersten Mann, der sie »schön« genannt hatte. So ist das Leben, blanker Hohn. Doch zurück zu unserer Geschichte.

Der Schoner brachte unsere Freunde nach Kuba. Das alte Havanna mit seinen kolonialen Häusern und seiner langen Strandpromenade, gebadet von kristallklaren Wogen und vom irisierenden Licht der Karibik, bot weltliche Freuden, die keiner der drei zu nutzen wußte, Diego nicht, weil er untröstlich war, Nuria nicht, weil sie sich alt fühlte, und Isabel nicht, weil sie nicht durfte. Überwacht von den anderen beiden, konnte sie weder die Kasinos besuchen noch bei den ausgelassenen Umzügen der Straßenmusikanten mitmischen. Arme und Reiche, Weiße und Schwarze aßen in den Tavernen und Garküchen an der Straße, tranken maßlos viel Rum und tanzten bis zum Morgen. Hätte man sie gelassen, Isabel hätte auf die spanische Sittsamkeit gepfiffen, die ihr bisher ohnehin wenig genutzt hatte, und einen Streifzug durch die karibische Wollust unternommen, die ihr weit erbaulicher zu sein schien, aber beim Wollen blieb es. Vom Besitzer ihres Hotels erfuhren sie Neues über Santiago de León. Der Kapitän hatte gemeinsam mit den anderen Überlebenden des Korsarenüberfalls wohlbehalten Kuba erreicht und, kaum war er von seinem Sonnenstich und dem Schreck genesen, ein Schiff nach England bestiegen. Dort gedachte er, das Geld einer Versicherung einzustreichen und in ein Häuschen auf dem Land zu ziehen, wo er weiter phantastische Karten für die Sammler von Kuriositäten zeichnen würde.

Diego, Isabel und Nuria blieben einige Tage in Havanna, die Diego dazu nutzte, sich zwei vollständige Zorroausstattungen nach dem Vorbild von Jean Lafitte fertigen zu lassen. Als er sich im Spiegel der Maßschneiderei betrachtete, mußte er zugeben, daß sein Rivale in puncto Eleganz jedenfalls beschlagen war. Er besah sich von vorne und im Profil, legte eine Hand auf die Hüfte und die andere an den Griff seiner Waffe, hob das Kinn und lächelte sehr zufrieden mit seinen makellosen Zähnen, die er gerne vorzeigte. Für seinen Geschmack sah er blendend aus. Zum erstenmal bedauerte er sein Doppelspiel, zu gerne hätte er sich immer so gekleidet. »Nun, man kann nicht alles haben im Leben«, entschied er seufzend. Jetzt fehlten nur noch die Maske, um seine Ohren an den Kopf zu drücken, und der falsche Schnurrbart, um seine Gegner zu verwirren, und Zorro war bereit zu erscheinen, wo immer sein Degen gebraucht würde. »Apropos, mein Hübscher«, raunte er seinem Spiegelbild zu, »du brauchst einen zweiten Degen.« Von seiner geliebten Justina würde er sich niemals trennen, aber eine Klinge allein war nicht genug. Er ließ seine neue Robe ins Hotel schicken und machte sich in den Waffenläden am Hafen auf die Suche nach einem Degen, der Pelayos Geschenk ähnlich wäre. Er fand das Gewünschte und kaufte außerdem zwei marokkanische Dolche mit schmalen und biegsamen, aber sehr starken Klingen. Sein in den Spielhöllen von New Orleans ergaunertes Geld rann ihm wie Sand durch die Finger, und als sie wenige Tage später ein Schiff nach Portobelo bestiegen, war er so arm wie vor seiner Entführung durch Jean Lafitte.

Für Diego, der die Landenge von Panama ja schon einmal in umgekehrter Richtung überquert hatte, war dieser Teil der Reise nicht so aufregend wie für Nuria und Isabel, die niemals giftige Frösche gesehen hatten, geschweige denn nackte Eingeborene. Voller Entsetzen bohrte Nuria den Blick in die Wasser des Río Chagres, denn sie sah ihre schlimmsten Befürchtungen über die Barbarei in den überseeischen Gebieten bestätigt. Isabel dagegen nutzte diesen Nudistenaufmarsch, um eine alte Neugier zu befriedigen. Seit Jahren fragte sie sich, wie der Unterschied zwischen Männern und Frauen eigentlich genau aussah. Es sei ernüchternd, raunte sie ihrer Gouvernante zu, dieser Unterschied paßte bequem in ihre Rocktasche. Jedenfalls bewahrte sie Nurias Rosenkranz vor Malariaansteckung und Schlangenbissen, und sie erreichten ohne Zwischenfälle den Hafen von Panama. Dort fanden sie ein Schiff, das sie nach Kalifornien brachte.

Das Schiff ankerte vor dem kleinen Hafen von San Pedro, nahe Los Ángeles, und ließ ein Boot für die Passiere zu Wasser. Es war nicht ganz einfach, Nuria über die Strickleiter hinunterzuschaffen. Ein Matrose mit gutem Willen und kräftigen Muskeln schnappte sie, ohne um Erlaubnis zu fragen, warf sie sich wie einen Sack Zucker über die Schulter und trug sie von Bord. Als sie sich dem Strand näherten, sahen sie die Umrisse eines Indianers, der ihnen zuwinkte. Augenblicke später brachen Diego und Isabel in Freudengeheul aus, denn sie hatten Bernardo wiedererkannt.

»Woher hat er gewußt, daß wir heute kommen?« fragte die verdutzte Nuria.

»Ich habe ihm Bescheid gegeben«, war alles, was Diego als Erklärung anbot.

Bernardo hatte schon über eine Woche hier gewartet, weil er die sichere Vorahnung verspürt hatte, daß sein Bruder bald eintreffen werde. Er zweifelte nicht an der Gedankenbotschaft, richtete sich am Strand ein und beobachtete mit Engelsgeduld den Horizont, an dem früher oder später die Segel auftauchen würden. Daß Diego in Begleitung käme, hatte er nicht gewußt, dagegen vermutet, er werde einiges Gepäck dabeihaben, deshalb hatte er mehrere Pferde mitgebracht. Er trug nur einen Leinenhose, gehalten von einem rindsledernen

373

Gurt, und sah so verändert aus, daß Nuria Mühe hatte, in diesem muskulösen Indianer den diskreten Diener zu erkennen, der er in Barcelona gewesen war. Seine Haut war sonnenverbrannt, das lange Haar zu einem Zopf geflochten. Ein Messer steckte in seinem Gürtel, und über seiner Schulter hing ein Karabiner.

»Wie geht es meinen Eltern? Und Blitz in der Nacht und deinem Sohn?« wollte Diego sofort wissen.

Mit Zeichen gab Bernardo ihm zu verstehen, daß es schlechte Neuigkeiten gab und sie sofort in die Mission San Gabriel reiten sollten, wo ihm Pater Mendoza alles erklären würde. Er selbst lebte seit Monaten bei den Indianern und war über die Einzelheiten nicht im Bilde. Sie banden einen Teil des Gepäcks auf eins der Pferde, vergruben den Rest im Sand, legten Steine darauf, um die Stelle später wiederzufinden, dann saßen sie auf und ritten los zur Mission. Diego merkte, daß Bernardo einen Bogen um den Camino Real und die Hacienda De la Vega machte. Nachdem sie einige Meilen geritten waren, tauchten hinter einem Hügel die Ländereien der Mission auf. Diego entfuhr ein Schreckensschrei: Dort, wo Pater Mendoza früher mit solcher Hingabe Getreide und Wein angebaut hatte, wucherte das Unkraut, auf den Dächern der Missionsgebäude fehlte die Hälfte der Ziegel, und die Hütten der Bewohner wirkten verwaist. Dieser Ort, einst der blühendste des ganzen Landstrichs, bot ein Bild des Elends. Vom Lärm der Hufe aufgescheucht, traten einige wenige Indianerinnen mit ihren Kindern im Schlepptau aus den Hütten, und gleich darauf erschien auch Pater Mendoza auf dem Hof. Der Missionar war alt geworden in diesen fünf Jahren, er sah aus wie ein kraftloser Greis, und die wenigen, schütteren Haare auf seinem Schädel vermochten die Narbe seines fehlenden Ohrs nicht mehr zu verdecken. Da er wußte, daß Bernardo seinen Bruder erwartete, und an dessen Vorahnung nicht gezweifelt hatte, war er nicht überrascht, Diego zu sehen. Er breitete die Arme aus, und Diego sprang vom Pferd und rannte ihm entgegen. Er überragte den Missionar mittlerweile um einen halben Kopf; als er ihn ans Herz drückte, war ihm, als umarmte er ein Häuflein Knochen, und schmerzhaft wurde ihm klar, wie lange er fort gewesen war.

»Das ist Isabel, die Tochter von Tomás de Romeu, der zu Gottes Rechten sitzen möge, und das ist Nuria, ihre Gouvernante«, stellte Diego die beiden vor.

»Willkommen in San Gabriel, meine Töchter. Die Reise war bestimmt sehr beschwerlich. Ihr könnt Euch waschen und ein wenig ausruhen, Diego und ich haben uns viel zu berichten. Ich gebe Bescheid, wenn das Abendessen fertig ist.« Und damit überließ er sie der Obhut einer jungen Indianerin.

Die Nachrichten waren schlimmer, als Diego sich vorgestellt hatte. Seine Eltern hatten sich vor fünf Jahren getrennt; an dem Tag, an dem er nach Spanien aufgebrochen war, hatte Regina nur mit dem, was sie am Leib trug, das Haus verlassen. Seither lebte sie beim Stamm von Weiße Eule, hatte sich weder im Dorf noch in der Mission blicken lassen, und es hieß, sie habe die Umgangsformen einer spanischen Dame vollkommen abgelegt und sei erneut die wilde Indianerin ihrer Jugend. Bernardo, der mit dem Stamm lebte, nickte. Diegos Mutter nannte sich wieder wie früher Toypurnia und bereitete sich darauf vor, irgendwann die Nachfolge von Weiße Eule als Heilerin und Schamanin anzutreten. Die beiden Frauen hatten sich bis über die Sierra hinaus einen Namen gemacht, und die Indianer anderer Stämme reisten weit, um sich bei ihnen Rat zu holen. Unterdessen hatte Alejandro de la Vega jedem untersagt, seine Frau auch nur zu erwähnen, konnte ihren Verlust jedoch nicht verschmerzen und war über seinem Kummer stark gealtert. Um der kleingeistigen Gesellschaft der weißen Siedler keine Erklärungen geben zu müssen, hatte er sein Amt als Bürgermeister niedergelegt, sich nur noch seiner Hacienda und den Geschäften gewidmet und sein Vermögen beträchtlich gemehrt. Doch genutzt hatte ihm all die Arbeit nichts, denn vor einigen Monaten, als Diego eben mit den Zigeunern durch Spanien reiste, war Rafael Moncada in Kalifornien aufgetaucht, ausgestattet mit umfassenden Vollmachten von König Ferdinand VII. und dem offiziellen Auftrag, diesen über die politische und wirtschaftliche Lage in der Kolonie auf dem laufenden zu halten. Seine Macht überstieg die des Gouverneurs und des hiesigen Standortkommandanten. Diego zweifelte nicht daran, daß er diese Stellung dem Einfluß seiner Tante Eulalia de Callís verdankte und sich nur deshalb vom spanischen Hof wegbewegt hatte, weil er Juliana einzufangen hoffte. Er erklärte Pater Mendoza, was in Barcelona vorgefallen war.

»Es muß ihn schwer getroffen haben, als er die Señorita De Romeu nicht hier vorfand«, sagte er.

»Er dachte wohl, ihr kommt noch, jedenfalls ist er geblieben. Und hat seine Zeit nicht vergeudet, es gibt Gerüchte, daß er ein Vermögen scheffelt«, sagte der Missionar bitter.

»Dieser Mann haßt mich aus etlichen Gründen, nicht zuletzt, weil ich Juliana geholfen habe, seinen Aufmerksamkeiten zu entkommen.«

»Jetzt begreife ich besser, was hier vorgeht, Diego. Habgier ist nicht Moncadas einziger Antrieb, er will sich auch an dir rächen...«

Als erste Amtshandlung in Kalifornien hatte Rafael Moncada die Hacienda De la Vega beschlagnahmt, nachdem er deren Besitzer hatte verhaften lassen als angeblichen Kopf einer Verschwörung, die sich die Unabhängigkeit Kaliforniens vom spanischen Königreich zum Ziel gesetzt habe. Eine solche Bewegung gebe es überhaupt nicht, erklärte Pater Mendoza, der Funke der Rebellion habe zwar in einigen Gegenden Südamerikas gezündet und sich im Rest des Kontinents zu einem Flächenbrand ausgeweitet, aber die Siedler hier seien davon bisher unbeeindruckt. Daß Alejandro de la Vega ein Verräter sein sollte, war eine bodenlose Verleumdung, dennoch hatte man ihn im gefürchteten Gefängnis El Diablo eingekerkert. Moncada hatte sich mit seinem Gefolge in der Hacienda breitgemacht und nutzte sie als Wohnhaus und Kaserne. Dieser Mann habe in kürzester Zeit unbeschreiblichen Schaden angerichtet, sagte der Missionar. Ihn habe er auch im Visier, weil er sich für die Indianer einsetzte und es wagte, Moncada ein paar Wahrheiten ins Gesicht zu sagen, aber die bezahlte er teuer: Die Mission war ruiniert. Moncada verweigerte ihm die üblichen Mittelzuwendungen und hatte die Männer mitgenommen, ihm war niemand geblieben für die Arbeit auf den Feldern, nur Frauen, Kinder und ein paar Alte. Die Familien waren zerstört, die Menschen entmutigt. Es gab Gerüchte, Moncada betreibe ein Geschäft mit Perlen und lasse dafür indianische Zwangsarbeiter schuften. Zwei Jahrhunderte lang hatten die kalifornischen Perlen mehr zum Reichtum Spaniens beigetragen als das Gold und Silber anderer Kolonien, aber dieser Quell war durch den Raubbau irgendwann versiegt, erklärte der Missionar. In den letzten fünfzig Jahren hatte niemand mehr an Perlen gedacht, Zeit genug für die Austern, sich zu erholen. Die Obrigkeit war mit anderen Dingen und mit ihrem Papierkrieg befaßt und zu träge, um die Suche nach den neuen Austernbänken aufzunehmen. Man munkelte, sie lägen weiter im Norden als früher, nahe bei Los Ángeles, aber nachgeprüft hatte das niemand, bis Moncada mit einigen Seekarten ankam. Pater Mendoza glaubte, daß er die Perlen, die dem Recht nach Eigentum der Krone waren, ohne das Wissen Spaniens abfischen wollte. Und dafür brauchte er Carlos Alcázar, Gefängnisvorsteher von El Diablo, der ihm Sklaven für das Tauchen lieferte. Beide wurden dabei rasch und diskret reich. Früher hatte man zum Perlentauchen Indianer vom Stamm der Yaqui eingesetzt, kräftige Männer aus Familien, die seit Generationen mit dem Meer vertraut waren und erstaunlich gut tauchten, aber diese Leute lebten weit im Süden, und sie nach Ober-Kalifornien zu bringen hätte Aufmerksamkeit erregt. Der Missionar vermutete, daß Moncada und Alcázar Indianer aus der Gegend zu dieser Arbeit zwangen, die keine geübten Schwimmer waren und sich nie freiwillig dafür hergegeben hätten. Was aber für die beiden keine Hürde darstellte: Unter jedem erdenklichen Vorwand wurden Männer festgenommen, und sie mußten tauchen, bis ihre Lungen barsten. Die Männer wurden besoffen gemacht oder halb totgeprügelt, ihre Kleider mit Schnaps getränkt, und dann zerrte man sie vor den Richter, der zu allem ja und amen sagte. So landeten diese Unglücklichen in El Diablo, trotz der verzweifelten

Eingaben des Missionars. Diego wollte wissen, ob auch sein Vater noch dort sei, und der Missionar nickte düster. Don Alejandro sei krank und entkräftet, er werde das nicht mehr lange überleben. Er war der älteste Gefangene und der einzige Weiße, die anderen waren Mestizen oder Indianer. Wer in diese Hölle eintrat, verließ sie nicht lebend; in den letzten Monaten hatte es unzählige Tote gegeben. Niemand wagte, über die Vorgänge hinter den Kerkermauern zu sprechen, die Gefängniswärter nicht und nicht die Gefangenen; Grabesschweigen lag über El Diablo.

»Inzwischen darf ich den armen Seelen nicht einmal mehr geistlichen Trost spenden. Früher war ich häufig dort, um die Messe zu lesen, aber ich hatte ein Wortgefecht mit Carlos Alcázar, und er hat mir die Tür gewiesen. Statt meiner soll demnächst ein Priester aus dem Süden kommen.«

»Dieser Carlos Alcázar, ist das derselbe Schläger, vor dem wir als Kinder alle gezittert haben?«

»Genau der, mein Junge. Die Jahre haben seinen Charakter nicht gebessert, im Gegenteil, er ist ein Despot und ein Feigling. Seine Cousine Lolita dagegen ist eine Heilige. Sie hat mich früher häufig begleitet mit Medikamenten, Essen und Decken für die Gefangenen, aber leider hat sie keinen Einfluß auf Carlos.«

»Ich erinnere mich an Lolita. Die Pulidos sind ehrbare Leute. Ihr Bruder Francisco studiert in Madrid, wir haben eine gewisse Korrespondenz unterhalten, als ich in Barcelona war.«

»Jedenfalls steht es sehr schlecht um Don Alejandro, mein Sohn. Du bist seine einzige Hoffnung, du mußt sofort etwas tun.«

Diego ging schon eine geraume Weile im Zimmer auf und ab und rang mühsam gegen die Empörung, die in ihm brodelte. Von seinem Stuhl aus verfolgte Bernardo das Gespräch, ließ seinen Bruder nicht aus den Augen und sandte ihm stille Botschaften. Diegos erster Impuls war, Moncada zu suchen und sich mit ihm zu schlagen, aber Bernardos Blick gab ihm zu verstehen, daß die Lage mehr Gerissenheit als Todes-

378

verachtung erforderte, das war eine Aufgabe für Zorro, und man würde sie mit kühlem Kopf angehen müssen. Diego zog ein Spitzentaschentuch aus seiner Rocktasche und tupfte sich seufzend die Stirn ab.

»Ich reite nach Monterey und rede mit dem Gouverneur. Er ist ein Freund meines Vaters.«

»Dort war ich schon, Diego. Als Don Alejandro verhaftet wurde, habe ich persönlich mit dem Gouverneur gesprochen, aber er sagt, er könne gegen Moncada nichts tun. Von einer Untersuchung wegen der vielen Todesfälle in El Diablo wollte er auch nichts wissen.«

»Dann muß ich nach Mexiko und mit dem Vizekönig sprechen.«

»Das dauert Monate!«

Pater Mendoza tat sich schwer zu glauben, daß der tollkühne Junge, den er mit seinen eigenen Händen auf die Welt geholt hatte und den er hatte aufwachsen sehen, ein solcher Laffe geworden war. Spanien mußte sein Gehirn und seine Muskeln aufgeweicht haben, es war ein Schande. Wie hatte er darum gebetet, daß Diego rechtzeitig käme und seinen Vater rettete, und die Antwort auf sein Flehen war dieser Fatzke mit Spitzentaschentuch. Mit Mühe verbarg er die Verachtung, die er für ihn empfand.

Der Missionar bat Bernardo, Isabel und Nuria zu holen, und zu fünft setzten sie sich zum Abendessen. Eine Indianerin brachte eine irdene Schale mit Maisbrei und einigen Stücken gekochten Fleischs, zäh und geschmacklos wie Schuhsohle. Es gab weder Brot noch Wein, noch Gemüse, selbst Kaffee war keiner da, das einzige Laster, das sich Pater Mendoza immer gegönnt hatte. Sie aßen schweigend, als draußen Huflärm und Stimmen laut wurden, und Augenblicke später stieß Rafael Moncada die Tür auf, und ihm nach drängte ein Trupp Uniformierter in den Raum.

»Exzellenz! Welche Überraschung!« rief Diego, ohne von seinem Stuhl aufzustehen.

»Eben erfahre ich, daß Ihr hier seid.« Moncada sah sich suchend um.

»Hier sind wir, genau wie wir es Euch in Barcelona versprochen haben. Darf man wissen, wie Ihr aus der Geheimkammer entkommen seid?« Isabel grinste.

»Wo ist Eure Schwester?« fuhr Moncada sie an.

»Ach! Die ist in New Orleans. Es wird Euch freuen zu hören, daß sie glücklich verheiratet ist.«

»Verheiratet! Unmöglich! Mit wem?« brüllte Moncada.

»Mit einem Geschäftsmann, der begütert ist und blendend aussieht und auf den ersten Blick ihr Herz erobert hat«, sagte Isabel mit einer Miene, als könnte sie kein Wässerchen trüben.

Rafael Moncada hieb mit der Faust auf den Tisch und preßte die Lippen zusammen, um den Sermon seiner Verwünschungen bei sich zu behalten. Juliana war ihm schon wieder entwischt, er konnte es nicht fassen. Die halbe Welt hatte er für sie umrundet, seine Stellung bei Hofe aufgegeben, seine Karriere auf Eis gelegt. Er hätte sie eigenhändig erwürgen mögen, so wütend war er. Diego nutzte sein Schweigen, stand auf und trat zu einem dicken, verschwitzten Sergeanten, der ihn mit den Augen eines lammfrommen Hundes ansah.

»García?«

»Don Diego de la Vega... Ihr kennt mich noch... Welche Ehre!« flüsterte der Dicke selig.

»Aber natürlich! Der unverwechselbare García!« Diego drückte ihn an die Brust.

Für einen kurzen Moment starrte Moncada peinlich berührt auf diese unangebrachte Herzlichkeit zwischen Diego und seinem eigenen Sergeanten.

»Ich möchte die Gelegenheit nutzen und Euch nach meinem Vater fragen, Exzellenz«, wandte sich Diego an ihn.

»Er ist ein Verräter und als solcher wird er bestraft«, sagte Moncada, jedes Wort ausspuckend.

»Ein Verräter? Aber Señor De la Vega doch nicht, Exzellenz!« meldete sich Sergeant García ängstlich. »Ihr seid nicht von hier, Ihr kennt die Leute nicht. Ich bin hier aufgewachsen und versichere Euch, die Familie De la Vega ist die ehrbarste und feinste, die es in Kalifornien...«

»Schweig, García! Niemand hat um deine Meinung gebeten!« Moncada durchbohrte ihn mit seinem Blick und bellte dann ein »Raus!«.

Dem verschwitzten Sergeanten blieb nichts anderes übrig, als die Hacken zusammenzuschlagen und mit seinen Soldaten das Feld zu räumen. In der Tür zögerte er und warf Diego einen hilflosen Blick zu, den der mit einem verschwörerischen Zwinkern beantwortete.

»Ich möchte daran erinnern, daß mein Vater, Don Alejandro de la Vega, ein spanischer Edelmann ist, der sich in vielen Schlachten für die Krone heldenhaft geschlagen hat. Nur ein entsprechendes spanisches Gericht kann über ihn befinden.«

»Sein Fall wird den zuständigen Behörden in Mexiko vorgelegt. Unterdessen ist Euer Vater in sicherem Gewahrsam, damit er nicht weiter gegen Spanien konspirieren kann.«

»Der Prozeß dauert Jahre, und Don Alejandro ist ein alter Mann. Er kann unmöglich in El Diablo bleiben«, ereiferte sich Pater Mendoza.

»De la Vega hätte wissen können, daß er seine Freiheit und seinen Besitz aufs Spiel setzt, wenn er gegen das Gesetz verstößt. Durch seine Unbedachtheit hat der Alte seine Familie zum Elend verdammt.«

Diegos Rechte packte seinen Degen, aber Bernardo hielt ihn am Arm zurück, um ihn daran zu gemahnen, daß er Geduld haben mußte. Moncada empfahl ihm, sich etwas einfallen zu lassen, womit er seinen Lebensunterhalt bestreiten konnte, da er über das Vermögen seines Vaters nicht mehr würde verfügen können, drehte sich um und verließ hinter den Uniformierten den Raum. Pater Mendoza gab Diego einen aufmunternden Klaps auf die Schulter und wiederholte, daß sie ihm in der Mission willkommen seien. Das Leben hier sei zwar karg und mühevoll, es fehle an den Annehmlichkeiten, die sie gewohnt seien, aber zumindest hätten sie ein Dach über dem Kopf.

»Danke, Pater«, sagte Isabel lächelnd. »Eines Tages erzähle ich Euch genauer, was uns nach dem Tod meines Vaters widerfahren ist. Wir sind durch ganz Spanien gelaufen, haben mit Zigeunern gelebt und sind von Piraten verschleppt worden. Mehr als einmal kamen wir nur durch ein Wunder mit dem Leben davon. Was den Mangel an Annehmlichkeiten betrifft, kann ich Euch versichern, daß wir abgehärtet sind.«

»Und ab morgen übernehme ich die Küche, Pater, hier ißt man ja schlechter als im Krieg.« Nuria schob ihren Teller von sich.

»Verzeiht, aber die Mission ist sehr arm.«

»Mit denselben Zutaten und etwas mehr Einfallsreichtum werden wir essen, wie es sich gehört.«

In der Nacht, als alle schliefen, stahlen sich Diego und Bernardo aus ihren Zimmern, nahmen zwei Pferde, die sie gar nicht erst sattelten, und galoppierten ohne einen einzigen Halt zu den Höhlen der Indianer, in denen sie als Kinder so häufig gespielt hatten. Sie hatten entschieden, daß sie zunächst Diegos Vater aus dem Kerker befreien und an einen Ort bringen mußten, wo Moncada und Alcázar ihn nicht aufspüren konnten, danach würden sie sich der schwierigen Aufgabe stellen, seinen Namen von dem Vorwurf des Verrats reinzuwaschen. Es war die Woche ihres Geburtstags, vor zwanzig Jahren waren sie beide zur Welt gekommen. Diego schien dies ein einschneidender Moment ihres Lebens, und er wollte ihn nicht unvermerkt verstreichen lassen, deshalb hatte er seinem Milchbruder vorgeschlagen, zu den Höhlen zu reiten. Außerdem würden sie, falls der Tunnel zwischen den Höhlen und der Hacienda De la Vega nicht durch Erdbeben verschüttet worden war, Rafael Moncada vielleicht ausspionieren können.

Diego erkannte den Ort kaum wieder, aber Bernardo führte ihn zielsicher zum Eingang der Grotten, der hinter dichtem Strauchwerk verborgen lag. Drinnen zündeten sie eine Öllampe an und fanden den Weg durch das Labyrinth der Tunnel bis zur Haupthöhle. Tief sogen sie die lehmige Luft des feuchten Gesteins ein, die ihnen früher so gut gefallen hatte. Diego dachte an den unheilvollen Morgen, als die Piraten sein Zuhause überfallen hatten und er sich mit seiner verletzten Mutter hier unten versteckte. Plötzlich war ihm, als stiege ihm auch dieser Geruch in die Nase, eine Mischung aus Blut, Schweiß, Angst und dem dunklen Duft der Erde. Alles war noch, wie sie es zurückgelassen hatten, von den Pfeilen und Bogen, den Kerzen und Honigtiegeln, die sie hier unten gehortet hatten, bis hin zu dem magischen Rad, das sie in Erwartung des Okahué aus Steinen gelegt hatten. Diego erleuchtete das Rund mit ein paar Fackeln, nahm das dunkle, von einer Schnur zusammengehaltene Bündel, das er mitgebracht hatte, und legte es in die Mitte.

»Bruder, ich habe lange auf diesen Augenblick gewartet. Wir sind zwanzig Jahre alt und beide auf das vorbereitet, was ich dir vorschlagen möchte«, sagte er unerwartet feierlich zu Bernardo. »Erinnerst du dich der Tugenden des Okahué? Ehre, Gerechtigkeit, Achtung, Würde und Mut. Ich habe danach getrachtet, daß diese Tugenden mein Leben leiten, und weiß, daß sie deines geleitet haben.«

Im rötlichen Schein der Fackeln löste Diego den Knoten des Bündels, das die vollständige Robe von Zorro enthielt – Hose, Bluse, Umhang, Stiefel, Hut und Maske –, und überreichte sie Bernardo.

»Ich wünsche mir, daß Zorro die Grundfeste meines Lebens wird, Bernardo. Ich will mich dem Kampf für Gerechtigkeit verschreiben und lade dich ein, mich zu begleiten. Gemeinsam werden wir wie Tausende sein und unsere Feinde verwirren. Es wird zwei Zorros geben, du und ich, aber man wird sie nie zusammen sehen.«

Diegos Tonfall war so ernst, daß es Bernardo ausnahmsweise nicht reizte, mit einer spöttischen Geste zu antworten. Sein Milchbruder mußte sich das alles reiflich überlegt haben, es war keine überstürzte Entscheidung, die etwas mit der Verhaftung seines Vaters zu tun hatte, schließlich hatte er diese schwarze Verkleidung von der Reise mitgebracht. Bernardo zog seine Hose aus und streifte ebenso feierlich wie Diego eins nach dem anderen die schwarzen Gewänder über, bis er als ein zweiter Zorro in dem steinernen Rund stand. Diego löste den Degen, den er in Havanna gekauft hatte, vom

Gürtel, hielt ihn an Griff und Scheide und bot ihn Bernardo an.

»Ich schwöre, die Schwachen zu verteidigen und für die Gerechtigkeit zu kämpfen!«

Bernardo nahm die Waffe entgegen und wiederholte in einem unhörbaren Flüstern die Worte seines Bruders.

Sehr vorsichtig öffneten sie die Luke im Kamin des großen Saals, die sich trotz der mittlerweile vergangenen Jahre noch immer geräuschlos in den Scharnieren bewegte. Früher hatten sie die stets dick eingefettet, und offenbar waren sie das noch immer. Die großen Holzscheite im Kamin waren dieselben wie eh und je, jetzt jedoch von einer dicken Staubschicht überzogen. Niemand hatte ein Feuer entfacht in all der Zeit. Auch sonst war der Saal unverändert, dieselben Möbel, die Alejandro de la Vega aus Mexiko mitgebracht hatte, um seine Frau zu beglücken, derselbe riesige Lüster mit den hundertfünfzig Wachslichtern an der Decke, der schwere Tisch mit den gepolsterten Stühlen, die protzigen Gemälde. Alles war wie zuvor, und doch schien ihnen das Haus kleiner und trauriger als in ihrer Erinnerung. Drückende Friedhofsstille und Vergessen lasteten über allem und machten es häßlich, in den Wänden hing ein Geruch nach Schmutz und Eingeschlossensein. Wie Katzen schlichen sie durch die von wenigen Laternen spärlich beleuchteten Korridore. Früher hatte es einen alten Diener gegeben, dessen einzige Aufgabe es gewesen war, für Licht zu sorgen; der Mann schlief bei Tag und kümmerte sich die ganze Nacht um die Kerzen und Talglichter. Diego fragte sich, ob er und die anderen Bediensteten noch immer auf der Hacienda lebten oder ob Moncada sie durch seine eigenen Leute ersetzt hatte.

Zu dieser späten Stunde schliefen selbst die Hunde, und sie sahen nur einen einzigen Mann, der mit einem Gewehr über der Schulter im großen Hof Wache hielt und sichtlich gegen den Schlaf kämpfte. Durch ein Fenster konnten sie erkennen, daß das Nähzimmer, in dem die Familie früher oft zu Abend gegessen hatte, zu einem Schlafsaal für Soldaten geworden war, in dem zwölf Hängematten zum Teil übereinander hingen, acht davon belegt. Im Raum daneben lehnten unzählige Musketen und Säbel an der Wand, und Kisten mit Munition stapelten sich am Boden. Weiter wagten sie sich nicht vor, weil sie fürchteten, entdeckt zu werden, aber durch die angelehnte Tür der Bibliothek drang Licht, und dort erkannten sie Rafael Moncada, der am Tisch saß und etwas schrieb oder rechnete. Diego schluckte einen wütenden Ausruf hinunter, als er seinen Widersacher auf dem Stuhl seines Vaters sah, mit dessen Papier und Tintenfaß vor sich. Bernardo schubste ihn mit dem Ellbogen und gemahnte zum Rückzug, diese Erkundung wurde langsam gefährlich. Lautlos schlichen sie zurück zum Kamin, pusteten über den Staub, um ihre Spuren zu verwischen, und schlossen die Luke hinter sich.

Als sie die Mission erreichten, graute der Morgen, und Diego spürte zum ersten Mal seit seiner gestrigen Ankunft am Strand die ganze Wucht der Müdigkeit. Er fiel bäuchlings aufs Bett und schlief, bis Bernardo ihn spät am Morgen weckte und ihm mitteilte, die Pferde seien bereit. Es war seine Idee gewesen, zu Toypurnia zu reiten und sie um Hilfe für die Befreiung von Alejandro de la Vega zu bitten. Pater Mendoza war früh nach Los Ángeles aufgebrochen und noch nicht wieder zurück, aber Nuria servierte ihnen ein kräftiges Frühstück mit Bohnen, Reis und Spiegeleiern. Isabel setzte sich an den Tisch, hatte ihre Haare zu einem Zopf zusammengefaßt, trug einen Reiserock und eine Leinenbluse wie die Indianer der Mission und verkündete, sie werde mitkommen, weil sie Diegos Mutter kennenlernen und einmal ein Indianerdorf sehen wolle.

»Dann muß ich ja auch mit«, maulte Nuria, die von der Vorstellung eines langen Ritts durch dieses Land der Barbaren sehr wenig angetan war.

»Nein. Pater Mendoza braucht dich hier. Wir sind bald zurück.« Und Isabel drückte ihr zum Trost ein Küßchen auf die Wange.

Sie brachen zu dritt mit den besten Palominoponys der Mission und einem Packpferd auf. Sie würden den ganzen

Tag unterwegs sein, die Nacht unter den Sternen schlafen und am nächsten Morgen in die Berge reiten. Auf seiner Flucht vor den Soldaten war der Stamm immer weiter ins Landesinnere gezogen und blieb niemals lange an einem Ort, aber Bernardo wußte, wo er zu finden war. Isabel, die zwar gelernt hatte, rittlings auf dem Pferd zu sitzen, aber an lange, schnelle Ritte nicht gewöhnt war, hielt mit, ohne zu klagen. Erst als sie eine Rast einlegten, um sich an einem Bach zu erfrischen und etwas von dem zu essen, was Nuria ihnen eingepackt hatte, spürte sie, wie zerschlagen sie war. Diego machte sich über ihren watschelnden Entengang lustig, aber Bernardo kramte aus seinem Beutel ein Töpfchen Salbe von Weiße Eule, mit der sie ihre geschundenen Glieder einreiben konnte.

Am nächsten Tag um die Mittagszeit deutete Bernardo auf einige Bäume, die durch Kerben markiert waren und anzeigten, daß der Stamm nicht mehr weit war; die Zeichen halfen Indianern anderer Stämme, den neuen Lagerplatz zu finden. Wenig später traten ihnen zwei fast nackte, bemalte Männer mit schußbereiten Bogen in den Weg, ließen die Waffen indes sofort sinken, als sie Bernardo erkannten. Der begrüßte sie, und nachdem er ihnen Diego und Isabel als Freunde vorgestellt hatte, führten die beiden sie zwischen die Bäume zum Dorf, einer Ansammlung elender Hütten aus Schilfrohr, zwischen denen ein paar dürre Hunde herumstreunten. Die Indianer pfiffen, und kurz darauf tauchten wie aus dem Nichts die Bewohner dieses geisterhaften Dorfes auf, eine jämmerliche Schar, teils nackt, teils in Lumpen. Voller Entsetzen erkannte Diego seine Großmutter Weiße Eule und seine Mutter unter ihnen. Wie elend sie aussahen, erschreckte ihn, und er brauchte einen Moment, bis er wieder zu sich kam, vom Pferd sprang und ihnen entgegenlief, um sie zu umarmen. Er hatte vergessen, wie arm die Indianer waren, doch den Duft seiner Großmutter nach Rauch und Kräutern erkannte er wieder, und er traf ihn mitten in die Seele, genau wie der neue Geruch seiner Mutter. Regina hatte nach Milchseife und Blumenwasser gerochen, Toypurnia roch nach Salbei und Schweiß.

»Diego, wie groß du geworden bist...«, flüsterte sie.

Toypurnia redete in ihrer Muttersprache mit ihm, die ersten Laute, die Diego in seinem Leben vernommen und niemals vergessen hatte. In dieser Sprache konnten sie zärtlich sein, im Spanischen blieben sie distanziert, berührten sich nicht. Die erste Sprache war den Gefühlen, die zweite den Gedanken vorbehalten. Toypurnias schwielige Hände tasteten ihren Sohn ab, seine Arme, seinen Brustkorb, seinen Hals, es war ein Abmessen, ein Erkennen, ein Erschrecken über die Veränderungen. Dann war die Großmutter mit der Begrüßung an der Reihe. Weiße Eule hob sein Haar in die Höhe und besah sich seine Ohren, als könnten nur die ihn zweifelsfrei als ihren Enkel ausweisen. Diego lachte, legte ihr einen Arm um die Taille und hob sie eine Handbreit vom Boden hoch. Sie wog sehr wenig, es war, als hielte er ein Kind im Arm, aber unter ihren Lumpen und Kaninchenfellen spürte er ihren Körper, der sehnig und fest war wie Holz. Sie war weder so alt noch so gebrechlich, wie sie auf den ersten Blick gewirkt hatte.

Bernardo hatte nur Augen für Blitz in der Nacht und seinen Sohn, den kleinen Diego, der fünf war, die Farbe und Zähigkeit eines Backsteins hatte, pechschwarze Augen und das Lachen seiner Mutter. Er war nackt und mit einem winzigen Bogen und Pfeilen bewaffnet. Diego, der Blitz in der Nacht nur als Kind bei seinen Besuchen im Dorf von Weiße Eule gesehen hatte und aus den spärlichen Gedankenbotschaften seines Bruders und dem einen Brief von Pater Mendoza kaum etwas über sie wußte, staunte, wie schön sie war. Neben ihr und dem Kind wurde Bernardo ein anderer, er wuchs und leuchtete von innen heraus.

Als der erste Wiedersehenstaumel abebbte, erinnerte sich Diego an Isabel, die alles aus einiger Entfernung angesehen hatte. Nach dem, was Diego über seine Mutter und seine Großmutter erzählt hatte, hatte Isabel sich die beiden wie Figuren auf einem dieser Schlachtengemälde vorgestellt, auf denen die spanischen Eroberer in glänzenden Rüstungen und die amerikanischen Wilden wie Halbgötter mit Federschmuck erscheinen. Diese beiden spindeldürren, zerzausten und schmutzigen Frauen erinnerten nicht entfernt an die Bilder in den Salons der betuchten Familien von Barcelona, auch wenn sie dieselbe Würde ausstrahlten. Mit der Großmutter konnte Isabel sich nicht verständigen, aber schon nach wenigen Stunden im Dorf hatte sie Zutrauen zu Toypurnia gefaßt. Sie nahm sich vor, sie oft zu besuchen, weil sie sicher viel von dieser geheimnisvollen und lebenserfahrenen Frau würde lernen können. So ungezähmt wäre auch ich gern, dachte sie. Auch Toypurnia war angetan, ihr gefiel diese junge Spanierin mit dem eigenwilligen Auge, das sich zuweilen auf Abwege begab. Sie glaubte, der schräge Blick auf die Welt erlaube es ihr, Dinge zu sehen, die anderen verborgen blieben.

Vom Stamm waren noch zahlreiche Kinder übrig, außerdem Frauen und Alte, aber nur fünf Jäger, die auf ihrer Suche nach Beute weite Wege gehen mußten, da die Weißen das Land unter sich aufgeteilt hatten und es mit Gewehren verteidigten. Manchmal trieb der Hunger sie dazu, Vieh zu stehlen, aber wer erwischt wurde, der bezahlte dafür mit Peitschenhieben oder dem Galgen. Die meisten Männer anderer Stämme arbeiteten auf den Farmen, aber der Stamm von Weiße Eule und Toypurnia hatte sich für die Freiheit und all ihre Gefahren entschieden. Dank des Rufs der beiden Frauen als Heilerinnen und Schamaninnen hatten sie zwar von kriegerischen Stämmen nichts zu befürchten, und wenn Unbekannte ins Lager kamen, dann um Rat oder Medizin zu erbitten, die sie gegen Essen und Felle eintauschten. So hatten sie überlebt, aber seit Rafael Moncada und Carlos Alcázar die jungen Männer gefangennahmen, mußten sie dauernd weiterziehen. Bei diesem Nomadenleben war an die Aussaat von Mais oder Getreide nicht mehr zu denken, sie mußten sich mit Pilzen und wilden Früchten begnügen und mit Fisch und Fleisch, sofern die Jagd erfolgreich war.

Bernardo und Blitz in der Nacht brachten Diego das Geschenk, das sie für ihn hatten, ein schwarzes Pferd mit großen, klugen Augen. Es war Tornado, noch vor sieben Jahren ein verwaistes Fohlen, das Bernardo während seiner Initiaion besucht hatte – nun von Blitz in der Nacht gezähmt und dazu ausgebildet, auf Pfiffe zu gehorchen. Es war ein edles Tier, ein wundervoller Gefährte. Diego streichelte ihm die Nüstern und vergrub sein Gesicht in der langen Mähne.

»Wir werden dich verstecken müssen, Tornado. Nur Zorro soll dich reiten«, sagte er, und wie zur Antwort wieherte das Pferd und peitschte mit dem Schweif seine Flanke.

Der Nachmittag verging damit, einige Waschbären und Vögel zu braten, die von den Jägern erlegt worden waren, und einander die neuesten Schreckensnachrichten zu erzählen. Als es dunkelte, hüllte sich Isabel erschöpft in eine Decke und schlief neben dem Feuer ein. Toypurnia erfuhr erst durch ihren Sohn von der Tragödie, die ihrem Mann widerfahren war. Sie gestand ihm, daß sie seinen Vater vermißte, den einzigen Mann, den sie je geliebt hatte, doch habe sie nicht mehr bei ihm bleiben können. Sie zog das elende Nomadendasein ihres Stammes dem Wohlleben der Hacienda vor, wo sie sich wie eine Gefangene gefühlt hatte. Sie war unter freiem Himmel aufgewachsen und hatte sich erdrückt gefühlt von den Wänden, von dem Dach über ihrem Kopf, von den starren Sitten, den unbequemen spanischen Kleidern, der Last des Christentums. Immer ungnädiger hatte Alejandro mit den Jahren über seine Mitmenschen geurteilt. Am Ende hatten sie nur noch wenig gemeinsam, die Leidenschaft ihrer Jugend war erkaltet, und als ihr Sohn nach Spanien abreiste, war ihnen nichts mehr geblieben. Dennoch ging es ihr nah, als sie hörte, was mit ihrem Mann geschehen war, und sie bot ihre Hilfe an, um ihn aus dem Kerker zu befreien und ihn an einem verborgenen Ort in den Bergen zu verstecken. Kalifornien war groß, und sie kannte alle Pfade. Sie bestätigte auch, was Pater Mendoza vermutet hatte.

»Seit einigen Monaten liegt eine große Barkasse nahe den Austernbänken vor Anker, und dort bringen sie die Gefangenen in kleinen Booten hin«, erklärte sie ihrem Sohn.

Auch von ihrem Stamm seien etliche junge Männer verschleppt worden und müßten dort von Sonnenaufgang bis

Sonnenuntergang tauchen. Sie wurden an einem Seil, mit einem Stein beschwert, hinabgelassen, in der Hand einen Korb für die Austern. Wenn sie am Seil zogen, hievte man sie wieder ins Boot. Die Ernte des Tages wurde auf der Barkasse gelagert, wo andere Gefangene die Austern aufbrachen auf der Suche nach Perlen, eine Arbeit, die einem die Hände ruinierte. Alejandro war wahrscheinlich dort, denn er war zu alt zum Tauchen. Die Gefangenen schliefen am Strand, auf dem nackten Sand und in Ketten, und sie hungerten, denn kein Mensch kann allein von Austern leben.

»Ich wüßte nicht, wie du deinen Vater aus dieser Hölle herausholen willst«, sagte sie.

Solange sie auf dem Schiff waren, sei das aussichtslos, stimmte Diego ihr zu, aber er wußte von Pater Mendoza, daß Moncada und Alcázar den Besuch eines Priesters im Gefängnis erwarteten. Da sie ihre krummen Geschäfte geheimhalten mußten, hatten sie die Gefangenen für einige Tage wieder nach El Diablo gebracht, damit sie dort wären, wenn der Priester kam. Diego begriff, daß er seiner Mutter und seiner Großmutter sein Doppelleben nicht verschweigen konnte, denn für das, was er vorhatte, brauchte er ihre Hilfe. Als er ihnen von Zorro und seinen Plänen erzählte, tönten ihm die eigenen Worte wie Aberwitz in den Ohren, und so überraschte es ihn, daß die beiden ihm ungerührt zuhörten, als wäre es völlig alltäglich, sich eine Maske umzubinden und El Diablo zu überfallen. Die beiden versprachen ihm, sein Geheimnis zu hüten. Sie kamen überein, daß Bernardo ihn in ein paar Tagen mit den drei kräftigsten und mutigsten Männern des Stammes und etlichen Pferden am Schädelkreuz erwarten würde, einer Wegkreuzung wenige Meilen vor El Diablo, wo vor Jahren zwei Banditen aufgeknüpft worden waren. Die von Regen und Sonne gebleichten Schädel der beiden waren noch immer auf dem Holzkreuz zur Schau gestellt. Den drei Indianern des Stammes würden sie keine Einzelheiten erzählen, denn je weniger sie wüßten, desto besser, falls sie ihren Feinden in die Hände fielen.

Diego beschrieb in groben Zügen, wie er seinen Vater und

soweit möglich, auch die restlichen Gefangenen befreien wollte. Die meisten von ihnen waren Indianer aus der Gegend, und wenn man ihnen einen Vorsprung verschaffte, würden sie ihren Verfolgern entkommen können. Weiße Eule erzählte ihm, daß viele Indianer am Bau von El Diablo mitgearbeitet hatten, darunter auch ihr Bruder, den die Weißen Arsenio nannten, sein wahrer Name sei jedoch »Augen, die im Dunkeln sehen«. Er war blind, und die Indianer glaubten, daß sich, wer nie das Licht der Sonne erblickt hat, in der Dunkelheit zurechtfindet wie eine Fledermaus. Arsenio war der lebende Beweis dafür, er hatte viel Geschick in den Fingern, stellte Werkzeuge her und konnte jedwedes Ding reparieren. Er kannte das Gefängnis besser als irgendwer sonst und bewegte sich darin ohne Schwierigkeiten, denn es war seit vierzig Jahren seine Welt. Schon lange vor Carlos Alcázar hatte er dort gearbeitet, und sein Gedächtnis war legendär. Es hieß, er könne sich an jeden Häftling erinnern, der je in El Diablo eingesperrt gewesen war. Weiße Eule legte Diego drei große Eulenfedern in die Hand.

»Vielleicht kann mein Bruder dir helfen. Wenn du ihn siehst, sag ihm, daß du mein Enkel bist, und gib ihm die Federn, so wird er wissen, daß du nicht lügst.«

Sehr früh am nächsten Morgen besprach Diego mit Bernardo, wo und wann sie sich treffen würden, und machte sich dann mit Isabel auf den Rückweg zur Mission. Bernardo würde beim Stamm bleiben und mit dem, was sie hinter dem Rücken des Paters aus der Mission hatten mitgehen lassen, einen Teil der Ausrüstung vorbereiten. »Das ist einer der seltenen Fälle, wo der Zweck die Mittel heiligt«, hatte Diego seinen Bruder beschwichtigt, während sie den Keller des Missionars durchwühlten auf der Suche nach einem langen Seil, Salpeter, Zinkpulver und Dochtschnur.

Ehe er aufs Pferd stieg, fragte Diego seine Mutter, warum sie ihm diesen Namen gegeben hatte.

»Mein Vater hat so geheißen, dein spanischer Großvater: Diego Salazar. Er war ein mutiger und guter Mann, der die Seele der Indianer verstanden hat. Er ist vom Schiff geflohen, weil er frei sein wollte, mit dem blinden Gehorsam an Bord konnte er sich nie abfinden. Er hat meine Mutter geachtet und gelebt wie wir. Ich habe viel von ihm gelernt, Spanisch zum Beispiel. Warum fragst du?«

»Das wollte ich immer schon wissen. Wußtest du, daß Diego auch Gleisner bedeutet?«

»Nein, was ist das?«

»Jemand, der vorgibt, ein anderer zu sein.«

Diego verabschiedete sich von Pater Mendoza, Nuria und Isabel, um, wie er sagte, nach Monterey zu reiten. Er würde gegenüber dem Gouverneur darauf bestehen, daß der seinem Vater Gerechtigkeit verschaffte. Er wollte niemanden mitnehmen, gemächlich dem Camino Real folgen und in den Missionen am Weg übernachten. Pater Mendoza sah, wie er aufs Pferd stieg, ein zweites, das sein Gepäck trug, am Zügel nahm und davonritt. Diese Reise war unsinnig, davon war der Pater überzeugt, eine Zeitverschwendung, die Don Alejandro womöglich das Leben kostete, denn jeder Tag, den der alte Mann in El Diablo verbrachte, konnte sein letzter sein. Aber was er auch sagte, Diego hatte nicht auf ihn hören wollen.

Kaum war die Mission außer Sichtweite, bog Diego vom Weg ab und ritt über freies Feld nach Süden. Er wußte, Bernardo würde das Seine vorbereitet haben und ihn am Schädelkreuz erwarten. Stunden später, als es nicht mehr weit zu ihrem Treffpunkt war, stieg er ab und zog sich um. Er schlüpfte in die flickenbesetzte Mönchskutte, die er dem guten Pater entwendet hatte, klebte sich einen Bart an aus einigen Haarsträhnen von Weiße Eule, und vervollständigte die Aufmachung mit Nurias Brille. Die Ärmste stellte sicher schon die ganze Mission auf den Kopf, um sie zu finden. Er erreichte die Wegkreuzung, wo ihn die an das Kreuz genagelten Schädel der Banditen begrüßten, und wenig später traten aus dem Strauchwerk lautlos Bernardo und drei junge Indianer, die in Kriegsbemalung waren, nur mit einem Lendenschurz angetan und mit Pfeil und Bogen bewaffnet. Bernardo enthüllte ihnen nicht, wer dieser Gottesmann war, und band kommentarlos die Taschen mit den Bomben und dem langen Seil und ein fünf Ellen langes, grob gezimmertes Holzkreuz auf dessen Pferd. Die Brüder zwinkerten sich zu: Es war alles bereit. Unter dem halben Dutzend Pferden, die zwischen den Sträuchern grasten, entdeckte Diego Tornado und konnte der Versuchung nicht widerstehen, zu ihm zu treten und ihm den Hals zu streicheln, ehe er aufbrach.

Er ging den Weg bis zum Gefängnis zu Fuß, dadurch würde er harmloser aussehen, eine jämmerliche Gestalt mit zwei Packpferden im flirrenden Mittagslicht. Von der Kuppe eines kleinen Hügels aus konnte er in der Ferne das Meer erkennen und davor als schwarzen Fleck die düstere Feste El Diablo auf einem Felsen. Er hatte Durst, und die verschwitzte Kutte klebte ihm auf der Haut, aber er beschleunigte seinen Schritt, denn er mußte wissen, wie es um seinen Vater stand, und wollte das Abenteuer beginnen. Etwa zwanzig Minuten später hörte er hinter sich Huflärm und erkannte vor einer Staubwolke die Umrisse einer Kutsche. Mit Unmut sah er sie näher kommen, in diese Gegend verirrte sich nie jemand, es sei denn, er wollte zur Festung, und Besuch konnte er jetzt nicht gebrauchen. Er sah zu Boden, zog die Kapuze tief in die Stirn und vergewisserte sich, daß sein Bart richtig saß. Er hatte ihn mit zähem Harz angeklebt, aber durch den Schweiß konnte er womöglich verrutscht sein. Die Kutsche hielt neben Diego an, und zu seiner großen Überraschung streckte eine sehr hübsche junge Frau den Kopf aus dem Seitenfenster.

»Ihr müßt der Priester sein, der das Gefängnis besucht, nicht wahr? Wir haben Euch schon erwartet«, sagte sie.

Das Lächeln des Mädchens war hinreißend, und Diegos übermütiges Herz hüpfte erfreut. Er erholte sich langsam von dem Katzenjammer, in den Juliana ihn gestürzt hatte, und hatte wieder Augen für andere Frauen, vor allem, wenn sie so liebreizend waren wie diese hier. Mit Mühe entsann er sich seiner neuen Rolle.

»In der Tat, meine Tochter, ich bin Pater Aguilar«, sagte er, so brüchig er irgend konnte.

»Steigt ein, Pater, so könnt Ihr ein wenig ausruhen. Ich fahre auch nach El Diablo, zu meinem Cousin.«

»Möge Gott es Euch vergelten, mein Kind.«

So war diese Schönheit also Lolita Pulido! Das hagere Mädchen, das ihm Liebesbriefchen geschrieben hatte, als er fünfzehn war. Was für ein Glück! Und das war es wirklich, denn als Lolitas Kutsche mit den beiden Pferden des falschen Priesters das Gefängnis erreichte, mußte Diego keine Erklärungen abgeben. Kaum hatte der Kutscher das Mädchen und Pater Aguilar angekündigt, öffneten die Wachen das Tor und halfen ihnen freundlich beim Aussteigen. Lolita war bekannt hier, die Soldaten begrüßten sie mit Namen, und selbst die beiden Gefangenen am Halsstock im Hof lächelten ihr zu.

»Gebt diesen beiden Ärmsten zu trinken, sie braten ja in der Sonne«, wandte sich Lolita an einen der Wachsoldaten, der prompt zum Brunnen trat, um ihren Wunsch zu erfüllen. Unterdessen besah sich Diego das Gebäude und zählte verstohlen die Uniformierten im Hof. Mit dem Seil würde er über die Mauer entkommen können, aber er hatte keine Vorstellung, wie er seinen Vater hier herausschaffen sollte; die Festung schien uneinnehmbar, und es gab zu viele Wachen.

Die Besucher wurden unverzüglich in das Arbeitszimmer von Carlos Alcázar geführt, einen kargen Raum, in dem nur ein Tisch, einige Stühle und eine Etagere mit den dicken Registern des Gefängnisses standen. In diesen abgegriffenen Schwarten wurde von den Ausgaben für das Heu der Pferde bis zu den Todesfällen unter den Gefangenen alles verzeichnet, selbstverständlich außer den Perlen, die aus den Muscheln ohne Umweg und sichtbare Spuren in die Schatztruhen von Moncada und Alcázar wanderten. In einer Ecke des Raums stand am Boden eine schwere Holzkiste, gegenüber eine Madonna aus Gips, die mit dem Fuß den Teufel zertrat.

»Willkommen, Pater«, wandte sich Carlos Alcazár an Diego, nachdem er seiner Cousine, in die er noch immer so verliebt war wie vor fünf Jahren, die Wangen geküßt hatte. »Wir hatten Euch erst morgen erwartet.«

Das Gesicht zur Seite gewandt, den Blick gesenkt, antwortete Diego mit salbungsvoller Stimme das erstbeste, was ihm auf lateinisch in den Kopf kam, und krönte es mit einem herzhaften *Sursum corda*, das hier zwar nichts zur Sache tat, seine Wirkung jedoch nicht verfehlte. Carlos wußte nicht, wie ihm geschah, er war nie ein guter Schüler toter Sprachen gewesen. Er war noch jung, höchstens dreiundzwanzig, vielleicht vierundzwanzig Jahre alt, aber der hartherzige Ausdruck auf seinem Gesicht machte ihn älter. Er hatte einen grausamen Zug um den Mund und Rattenaugen. Ein Jammer, daß er und Lolita zur selben Familie gehörten, dachte Diego, dieses Mädchen hatte etwas Besseres verdient als einen Cousin wie Carlos.

Der fromme Gleisner nahm ein Glas Wasser an und verkündete, er werde morgen die Messe lesen und denen die Beichte abnehmen und das Abendmahl spenden, die die Sakramente zu empfangen wünschten. Er sei müde, wolle indes noch heute die kranken und die gezüchtigten Gefangenen sehen, auch die beiden, die im Hof am Halsstock standen. Lolita erbot sich, ihn zu begleiten; sie hatte verschiedene Dinge für die Gefangenen dabei, auch eine Kiste mit Medikamenten, die Pater Aguilar gerne benutzen dürfe.

»Meine Cousine hat ein weiches Herz, Pater. Ich habe ihr gesagt, daß El Diablo nicht der rechte Ort für ein junges Mädchen ist, aber sie hört nicht auf mich. Auch will sie nicht einsehen, daß die meisten Gefangenen Tiere sind, ohne Moral und Gefühle, dazu fähig, die Hand zu beißen, die sie ernährt.«

»Mich hat noch keiner gebissen, Carlos.«

»Wir essen bald zu Abend, Pater«, ging Alcázar über diese Bemerkung hinweg. »Ein Festmahl dürft Ihr nicht erwarten, das Leben hier ist bescheiden.«

»Sorgt Euch nicht um mich, mein Sohn, ich esse wenig und diese Woche faste ich. Mit Brot und Wasser bin ich's zufrieden. Wenn es keine Umstände macht, könntet Ihr mir etwas auf meine Kammer schicken, denn nach meinem Besuch bei den Kranken möchte ich meine Gebete sprechen.«

»Arsenio!« rief Alcázar.

Aus einer dunklen Ecke löste sich die Gestalt eines Indianers. Er mußte die ganze Zeit dort gestanden haben, reglos und still und von Diego unbemerkt. Seine Augen waren von einem weißen Film überzogen, aber er trat ohne Zögern an den Tisch.

»Führ den Pater in seine Kammer, damit er sich etwas erfrischt. Und halte dich zu seiner Verfügung, hast du mich verstanden?«

»Ja, Señor.«

»Danach kannst du ihn zu den Kranken bringen.«

»Auch zu Sebastián, Señor?«

»Nein, zu diesem Mistkerl nicht.«

»Warum nicht?« fragte Diego nach.

»Der ist nicht krank. Wir mußten ihn die Peitsche spüren lassen, nichts Ernstes, seid unbesorgt, Pater.«

Lolita schluchzte auf: Ihr Cousin hatte ihr versprochen, daß es diese Strafe nicht mehr geben werde. Diego ließ sie miteinander streiten und folgte Arsenio eine Treppe hinauf in die für ihn vorgesehene Kammer, in der seine Gepäcktaschen und auch das schwere Holzkreuz schon auf ihn warteten.

»Ihr seid kein Kirchenmann«, sagte Arsenio, nachdem er die Tür hinter dem Gast geschlossen hatte.

Diego fuhr erschrocken zusammen; wenn ein Blinder erriet, daß er verkleidet war, wie sollte er hoffen, die Sehenden zu täuschen.

»Ihr riecht nicht nach Priester.«

»Nein? Wonach denn?« wunderte sich Diego, immerhin trug er die Kutte von Pater Mendoza.

»Nach dem Haar einer Indianerin und nach Holzleim.«

Diego griff sich in den falschen Bart und lachte auf. Er entschied, die Gelegenheit zu nutzen, denn womöglich würde sich keine zweite bieten, und gestand Arsenio, er sei in einer besonderen Mission hier und brauche seine Hilfe. Er legte ihm die Federn von Weiße Eule in die Hand. Der Blinde tastete sie mit seinen hellsichtigen Fingern ab, und in seinem Gesicht spiegelte sich Freude, als er das Zeichen seiner Schwester erkannte. Diego erklärte ihm, er sei der Enkel von

Weiße Eule, und das genügte, damit Arsenio allen Argwohn fahren ließ; er war seit Jahren ohne Nachricht von ihr. Diego berichtete ihm rasch, wie es um den Stamm stand und daß Weiße Eule ihm gesagt hatte, ihr Bruder kenne sich hier aus, und Arsenio bestätigte, daß El Diablo ursprünglich eine Verteidigungsanlage gewesen war, er an ihrem Bau mitgearbeitet hatte und danach im Dienst der Soldaten und später der Gefängniswärter geblieben war. Das Leben zwischen diesen Mauern sei immer hart gewesen, aber seit Carlos Alcázar das Gefängnis leitete, sei es die Hölle; die Habgier und Grausamkeit dieses Mannes waren beispiellos. Alcázar unterwarf die Gefangenen einer unmenschlichen Schinderei und brutalen Strafen, steckte das Geld, das für ihre Verpflegung vorgesehen war, in die eigene Tasche und gab ihnen nur die Reste von den Rationen der Soldaten. Zur Zeit liege einer der Gefangenen im Sterben, andere glühten im Fieber, weil sie mit giftigen Quallen in Berührung gekommen seien, und etliche mußten Verletzungen der Lunge haben, denn ihnen lief Blut aus Nase und Ohren.

»Und Alejandro de la Vega?« fragte Diego bang.

»Er steht das nicht mehr lange durch, er hat allen Lebensmut verloren und rührt sich kaum noch. Die anderen Gefangenen tun seine Arbeit, damit man ihn nicht bestraft, und zwingen ihn zum Essen.«

»Bitte, bringt mich zu ihm.«

Die Sonne war noch nicht untergegangen, doch im Innern des Gebäudes war es düster. Durch die schmalen Fensterlöcher in den dicken Mauern fiel kaum ein Schein. Arsenio hatte sich nicht die Mühe gemacht, eine Laterne zu entzünden, hielt Diego am Ärmel seiner Kutte und führte ihn mit sicherem Schritt durch die dämmrigen Korridore und über schmale Treppen zu den Kerkern im Keller, die nachträglich eingebaut worden waren, als man beschloß, die Festung als Gefängnis zu nutzen. Die Zellen lagen unter dem Niveau des Meeresspiegels, bei starker Flut drückte sich Feuchtigkeit durch die Wände, und die Steine waren von grünlichen Algen überzogen, die einen schwindelerregenden Gestank verströmten. Der wachhabende Soldat, ein pockennarbiger Mestize mit einem Seehundschnauzbart, öffnete die Gittertür zu einem Gewölbegang und übergab Arsenio den Ring mit den Schlüsseln. Diego wunderte sich über die Stille. Es mußte doch etliche Gefangene hier geben, aber offenbar waren sie so erschöpft und entkräftet, daß sie nicht einmal mehr miteinander flüsterten. Arsenio trat auf einen der Kerker zu, tastete die Schlüssel ab, wählte den richtigen und öffnete ohne Zögern. Diego blinzelte ins Zwielicht und erkannte schemenhaft drei gegen die Mauern gelehnte Gestalten und einen Körper am Boden. Arsenio entzündete eine Kerze. Diego kniete sich neben seinen Vater, schluckte, brachte kein Wort heraus. Behutsam nahm er den Kopf des Liegenden in beide Hände, bettete ihn in seinen Schoß und strich ihm die verklebten Haarsträhnen aus der Stirn. Der flackernde Schein der Flamme erhellte sein Gesicht, aber Diego erkannte es nicht wieder. Nichts war geblieben von dem stattlichen und stolzen spanischen Edelmann, dem Helden früherer Schlachten, dem Bürgermeister von Los Ángeles, dem wohlhabenden Gutsbesitzer. Er starrte vor Schmutz, war bis auf die Knochen abgemagert, die Haut grau und aufgesprungen, die Augen schleimverklebt, er schlotterte im Fieber, und aus seinem Mundwinkel lief ihm ein Speichelfaden über das Kinn.

»Don Alejandro, hört Ihr mich? Das ist Pater Aguilar...« sagte Arsenio.

»Ich bin gekommen, Euch zu retten, wir holen Euch hier heraus«, flüsterte Diego.

Die anderen drei Männer in der Zelle horchten kurz auf, sanken aber sofort wieder gegen die Wand. Sie waren schon fern jeder Hoffnung.

»Gebt mir die Letzte Ölung, Pater. Für mich ist es zu spät«, stöhnte der Kranke kaum vernehmbar.

»Es ist nicht zu spät. Kommt, setzt Euch auf...«

Diego schaffte es, ihn ein wenig aufzurichten, flößte ihm Wasser aus seiner Feldflasche ein und wischte ihm die Augen mit dem angefeuchteten Saum seiner Kutte sauber.

»Bitte, versucht aufzustehen, um hier herauszukommen, müßt Ihr gehen können«, flehte er.

»Laßt mich, Pater, lebend verlasse ich diesen Kerker nicht.«

»Doch, das werdet Ihr. Ich versichere Euch, Ihr seht Euren Sohn wieder, und nicht im Himmel, sondern hier auf Erden...«

»Meinen Sohn, sagt Ihr?«

»Ich bin es, Diego, erkennt Ihr mich nicht?« wisperte er nah am Ohr seines Vaters, damit die anderen es nicht hörten. Alejandro de la Vega sah ihn an, bemüht, den Nebel vor seinen Augen zu durchdringen, doch er fand nichts Bekanntes in diesem zottigen, von einer Kapuze verdunkelten Gesicht. Noch immer flüsternd, erklärte ihm der Pater, er trage die Kutte und einen falschen Bart, weil niemand wissen dürfe, daß er in El Diablo war.

»Diego... Diego... Gott hat mein Flehen erhört! Was habe ich gebetet, dich vor meinem Tod noch einmal zu sehen, mein Sohn!«

»Ihr seid immer unbeugsam und tapfer gewesen, Vater. Bitte, laßt mich nicht im Stich. Ihr müßt leben. Ich kann jetzt nicht bleiben, aber bald kommt ein Freund, um Euch zu retten, seid darauf gefaßt.«

»Sag deinem Freund, er soll nicht mir, sondern meinen Gefährten helfen. Ich verdanke ihnen viel, sie haben gehungert, damit ich essen kann.«

Diego blickte auf und sah in die Gesichter von drei Indianern, abgemagert und schmutzig wie sein Vater, teilnahmslos wie er, aber jünger und offenbar noch gesund. Ein Leben lang hatte sein Vater auf solche Menschen hinabgesehen, aber binnen weniger Wochen mußten diese drei den Hochmut des spanischen Edelmanns gründlich gewandelt haben. Welche Kapriolen das Schicksal zuweilen schlug. Einmal, als sie auf hoher See die Sterne betrachteten, hatte Kapitän Santiago de León zu ihm gesagt, wenn einer lange genug lebe, könne er seine Überzeugungen überdenken und einige davon zum Besseren wenden.

»Sie werden mit Euch dem Kerker entkommen, das verspreche ich, Herr Vater«, sagte Diego zum Abschied.

Arsenio führte den vorgeblichen Priester zurück in seine Kammer und brachte ihm wenig später etwas trockenes Brot, eine wäßrige Suppe und ein Glas derben Wein. Diegos Hunger wäre eines Kojoten würdig gewesen, und er grämte sich, daß er Carlos Alcázar gesagt hatte, er faste. So weit hätte er die Farce nicht zu treiben brauchen. Sehnsüchtig dachte er an Nuria, die in San Gabriel wahrscheinlich gerade einen Ochsenschwanz schmorte.

»Ich bin nur gekommen, den Boden für einen anderen zu bereiten«, wandte er sich an den Blinden. »Der wird versuchen, die Gefangenen zu befreien, und Alejandro de la Vega an einen sicheren Ort bringen. Ich spreche von Zorro, dem tollkühnen Edelmann mit dem schwarzen Umhang und der Maske, der immer erscheint, wenn es gilt, für Gerechtigkeit zu sorgen.«

Arsenio glaubte, dieser Priester wolle ihn auf den Arm nehmen. Von einer solchen Gestalt hatte er nie gehört; seit fünfzig Jahren war er allerorten von Ungerechtigkeit umgeben, ohne daß jemand einen Maskierten auch nur erwähnt hätte. Diego versicherte ihm, die Dinge in Kalifornien würden sich ändern, man werde noch sehen, wer Zorro war! Die Schwachen würden beschützt werden, und die Halunken die Klinge seines Degens und den Schlag seiner Peitsche zu spüren bekommen. Arsenio lachte, nun vollends überzeugt, daß dieser Mann nicht richtig im Kopf war.

»Glaubt Ihr, Weiße Eule hätte mich geschickt, mit Euch zu reden, wenn das ein Scherz wäre?« rief Diego gekränkt.

Das schien einen gewissen Eindruck auf den Indianer zu machen, jedenfalls fragte er, wie dieser Zorro die Gefangenen denn zu befreien gedachte, wo doch noch nie jemand aus El Diablo entkommen war. Man könne ja nicht einfach aus dem Tor spazieren. Diego erklärte, wie tollkühn der Maskierte auch sei, könne ihm das allein nicht gelingen, er brauche Hilfe. Arsenio dachte eine Weile schweigend nach und sagte dann, es gebe noch einen zweiten Ausgang, aber er wisse nicht, wie es um den bestellt sei. Beim Bau der Feste war ein Tunnel gegraben worden, ein Fluchtweg für den Fall einer Belagerung. Damals hatte es immer wieder Piratenüberfälle gegeben, und man sprach davon, die Russen wollten Kalifornien in ihre Gewalt bringen. Der Tunnel, der nie benutzt und wohl längst vergessen war, mündete in einem dichten Eichenhain, nicht weit entfernt im Osten, bei einer alten heiligen Stätte der Indianer.

»Gepriesen sei Gott! Das ist genau, was ich, also, was Zorro braucht. Wo ist der Eingang zu dem Tunnel?«

»Wenn dieser Zorro auftaucht, führe ich ihn hin«, sagte Arsenio mit einem durchtriebenen Grinsen.

Als er allein war, öffnete Diego seine Satteltaschen, in denen seine schwarzen Kleidungsstücke, die Peitsche und eine Pistole verstaut waren. In den Taschen von Bernardo fand er das Seil, einen Metallanker und sechs irdene Tiegel, wie sie Weiße Eule für ihre Salben benutzte. Das waren die Rauchbomben, die Bernardo aus Salpeter und Zinkpulver zusammengemischt hatte nach einer Anleitung, die Diego neben anderen nützlichen Kuriositäten aus einem der Bücher von Santiago de León abgeschrieben hatte. Damals hatte er im Sinn gehabt, Bernardo mit einer solchen Bombe zu erschrecken, er hätte sich nicht träumen lassen, daß er sie einmal brauchen würde, um seinen Vater zu retten. Den Bart loszuwerden war eine Quälerei, und Diego biß die Zähne zusammen, um nicht vor Schmerz zu brüllen. Die Haut war gereizt und brannte wie Feuer, ihn grauste vor dem falschen Schnurrbart, die Maske würde genügen müssen. Er wusch sich mit dem Wasser, das Arsenio ihm hingestellt hatte, und kleidete sich als Zorro. Dann löste er ein Brett von dem langen Holzkreuz und zog seinen Degen hervor. Er streifte die ledernen Handschuhe über, vollführte ein paar Fechtschritte, um die Biegung der Klinge zu testen und seine Muskeln zu dehnen, und lächelte zufrieden.

Vom Fenster aus spähte er in die Nacht und überlegte, daß Carlos und Lolita wohl schon gegessen und sich in ihre Zimmer zurückgezogen hatten. Unter ihm lag der Gefängnishof im Dunkeln, kein Laut war zu hören, es war Zeit zu handeln. Er befestigte die Peitsche und eine lederne Tasche am Gürtel, steckte die Pistole daneben, den Degen in die Scheide und trat zur Tür. »Im Namen Gottes!« flüsterte er und klopfte auf den Holzrahmen, um neben dem himmlischen auch das irdische Glück zu beschwören. Er hatte sich die Wege im Gebäude genau eingeprägt und die Stufen gezählt, um sich ohne Licht zurechtzufinden. Man würde ihn in seinem schwarzen Umhang kaum sehen, und er hoffte darauf, daß es hier im Wohnbereich keine Wachen gab.

Lautlos tastete er sich die Treppe hinauf zum Dach und suchte, oben angekommen, einen Platz für die Bomben, die er paarweise hinaufbrachte. Sie waren schwer, und er durfte nicht riskieren, eine fallen zu lassen. Vor seinem letzten Gang warf er sich das lange Seil mit dem Metallanker über die Schulter. Als er sich vergewissert hatte, daß die Bomben sicher lagen, sprang er vom Dach auf die Umfriedungsmauer, einen wehrhaften Wall, der das ganze Gefängnis umschloß, an jeder Ecke mit einem niedrigen Turm versehen, breit genug, daß Wachen darauf patrouillieren konnten, und alle fünfzig Schritte von einer Fackel beleuchtet. Diego drückte sich in den Schatten des Ostturms, wartete, bis ein Wachsoldat an ihm vorübergegangen war, und zählte die Sekunden, bis ein zweiter auftauchte. Als er sicher war, daß nur diese beiden auf der Mauer patrouillierten, machte er sich bereit für den nächsten Schritt. Geduckt lief er auf die Südseite, denn er hatte mit Bernardo vereinbart, ihn dort zu erwarten, wo ein schmaler Absatz im Fels den Aufstieg erleichtern würde. Als Kinder hatten sie oft in den Klippen um das Gefängnis gespielt und kannten die Umgebung gut. Diego fand die Stelle, drückte sich gegen die Turmwand und wartete, bis der erste Wachposten an ihm vorbeigegangen war, dann nahm er eine Fackel aus dem Halter und schwenkte sie über seinem Kopf an der Brüstung entlang; das war das Signal für Bernardo. Er hakte den Metallanker an der Brüstung fest, warf das Seil über die Mauer und flehte still, es möge bis zum

Boden reichen und von Bernardo gefunden werden. Schnell mußte er wieder in Deckung gehen, denn der zweite Wachposten tauchte hinter dem Südturm auf, blieb zwei Handbreit neben dem Metallanker stehen und betrachtete die Sterne. Diegos Herz schlug bis zum Hals, und er spürte den Schweiß unter der Maske, als er die Beine des Wachsoldaten so nahe bei dem Haken sah, daß er jeden Moment dagegenstoßen konnte. Sollte das geschehen, mußte er ihn niederschlagen und über die Mauer werfen, aber ein solcher Gewaltakt war ihm zuwider. Einmal hatte er zu Bernardo gesagt, er sehe die größte Herausforderung darin, für Gerechtigkeit zu sorgen, ohne sich das Gewissen mit Bluttaten zu beflecken. Bernardo, wie immer mit beiden Beinen fest auf der Erde, hatte nur geantwortet, das sei ein schönes Ideal, lasse sich aber unmöglich immer verwirklichen.

Der Wachsoldat schickte sich an, seine Runde fortzusetzen, als jemand unten an dem Seil zog und das Metall über den Stein knirschte. Zorro schien das Geräusch ohrenbetäubend, aber der Mann zögerte nur kurz, rückte sein Gewehr auf der Schulter zurecht und schritt weiter. Aufatmend spähte der Maskierte über die Mauer. Noch konnte er seine Gefährten nicht sehen, aber das Seil war gespannt, und so mußten sie mit dem Aufstieg begonnen haben. Wie erhofft, erreichten die vier früh genug die Brüstung, um sich zu verbergen, ehe die zweite Wache um den Südturm kam. Zorro erklärte ihnen flüsternd, was Arsenio über den Tunnel gesagt hatte, der zu dem Wäldchen führte, bat zwei der Indianer, über die Treppe im Turm hinab in den Hof zu steigen und wenn möglich die Pferde durch das Tor zu scheuchen, damit die Soldaten sie nicht verfolgen konnten. Dann machten sich alle auf den Weg.

Zorro lief voraus, sprang wieder auf das Dach des Hauptgebäudes, versicherte sich durch ein kurzes, von Bernardo beantwortetes Kojotenbellen, daß dieser ihm gefolgt war und bereitstand, und warf ihm die Bomben eine nach der anderen auf die Mauer. Zwei behielt er für seinen Einsatz im Innern des Gebäudes. Bernardo entzündete die Lunten an einer der

Fackeln, reichte zwei der Bomben an den Indianer weiter, der ihn begleitet hatte, und beide rannten schnell und lautlos, als wären sie auf der Jagd, in unterschiedliche Richtungen über die Mauer. Als die Flämmchen eben das Innere der Tontiegel erreichten, schleuderten sie die Gefäße hinunter auf ihre Ziele: den Pferdestall, die Waffenkammer, den Schlafraum der Soldaten, den Hof. Draußen breitete sich der dichte weiße Qualm schon aus, als Diego seine Bomben oben im Korridor zu Alcázars Privaträumen und unten in der Eingangshalle zündete. Im Handumdrehen war die Panik da. Feuer! Feuer! brüllend, stolperten die Soldaten, die Hosen noch nicht zugeknöpft, die Stiefel in der Hand, aus dem Schlafraum. Die Alarmglocke machte ein Höllenspektakel, alles rannte durcheinander, um zu retten, was zu retten war, Wasser wurde aus dem Brunnen geschöpft und blind in die Rauchwolken geschüttet, jemand öffnete die Pferdeställe und trieb die Tiere nach draußen. Der Hof füllte sich mit erschrocken wiehernden Pferden, die das Ihre zu dem Tohuwabohu beitrugen. Die beiden Indianer, die in den Hof hinabgestiegen waren und sich dort verborgen hatten, nutzten das Durcheinander, hoben den Querbalken am Tor aus der Führung, stießen es auf und scheuchten die Pferde hinaus. Es waren zahme Tiere, sie kamen nicht sehr weit und fanden sich schon bald zu einer friedlichen kleinen Herde zusammen, so daß die beiden Indianer sie einholen konnten. Sie warteten, bis auch der dritte von Toypurnias Stamm bei ihnen war, dann schwangen sie sich auf drei der Pferde und trieben damit den Rest in das Wäldchen, von dem Zorro gesprochen hatte.

Carlos Alcázar erwachte von der tobenden Glocke und dem Aufruhr im Hof. Er rannte nach draußen und brüllte seine Männer an, sie sollten zu sich kommen, die Steinmauern könnten nicht brennen, aber niemand hörte auf ihn, weil die Indianer brennende Pfeile in das Stroh der Ställe geschossen hatten und man Flammen durch den Qualm züngeln sah. Im Innern des Gebäudes wurde der Rauch unerträglich, und Carlos lief zurück, um seine geliebte Cousine aus ihrem Zimmer zu holen, aber die kam ihm schon im Korridor entgegen. »Die Gefangenen! Wir müssen die Gefangenen retten!« rief sie verzweifelt im Laufen, aber er hatte Wichtigeres zu tun. Er durfte nicht zulassen, daß seine kostbaren Perlen ein Raub der Flammen wurden.

In den letzten zwei Monaten hatten die Gefangenen Tausende von Austern aus dem Meer geholt, und Moncada und Alcázar besaßen bereits einige Handvoll Perlen. Davon standen Moncada zwei Drittel zu, Alcázar bekam ein Drittel. Vorsichtshalber führten sie nirgends Buch über diese Machenschaften, hatten sich jedoch eine besondere Form der Zählung einfallen lassen. Durch ein kleines Loch wurden die Perlen in eine dickwandige Holzkiste gefüllt, die mit zwei Eisenschienen im Fußboden verankert und mit Schlössern gesichert war, für die man zwei Schlüssel benötigte. Jeder von ihnen besaß einen davon, und am Ende der Erntezeit würden sie gemeinsam die Kiste öffnen und den Inhalt unter sich aufteilen. Moncada hatte einen Mann seines Vertrauens auf der Barkasse postiert, um die aus dem Meer geholten Perlen zu zählen, und außerdem darauf bestanden, daß Arsenio sie in die Kiste steckte. Dieser Blinde erinnerte sich an alles, was er je zwischen den Fingern gehabt hatte, würde die Anzahl der Perlen gewiß nicht vergessen und notfalls sogar ihre Größe und genaue Form beschreiben können. Carlos Alcázar haßte ihn dafür, daß er diese Zahl im Kopf behielt und sich als unbestechlich erwiesen hatte. Doch Arsenio stand unter Moncadas Schutz, deshalb hütete er sich, ihn zu mißhandeln, und beließ es bei kleinen Demütigungen. Und er hatte statt seiner Moncadas Vertrauensmann auf dem Schiff bestochen, was es ihm gegen Zahlung einer vertretbaren Summe erlaubte, die rundesten und größten Perlen mit dem besten Lüster weder in die Hände des Blinden zu geben noch selbst in die Kiste zu stecken. Rafael Moncada würde nie etwas von ihnen erfahren.

Während die Indianer von Toypurnias Stamm nach Kräften für Unruhe gesorgt und die Pferde aus der Feste geschafft

hatten, war Bernardo zur Vorhalle des Hauptgebäudes ge-
schlichen, wo Zorro ihn erwartete. Sie drückten sich feuchte
Tücher auf Nase und Mund, um den Qualm zu ertragen, und
hatten sich erst wenige Schritte in Richtung der Kerker vor-
getastet, als eine Hand Zorro am Arm packte.

»Pater Aguilar! Folgt mir, hier entlang geht es schneller...«

Es war Arsenio, der die Verwandlung des angeblichen
Priesters in den glanzvollen Zorro nicht zu würdigen wußte,
seine Stimme aber wiedererkannt hatte. Man mußte ihn nicht
unbedingt aus seinem Irrtum befreien. Die Brüder folgten
ihm den Korridor hinunter, waren aber noch nicht weit gekommen, da tauchte Carlos Alcázar vor ihnen auf und ver-
stellte ihnen den Weg. Als er die beiden Unbekannten erblickte, einer davon höchst pittoresk gekleidet, zog er seine
Pistole und feuerte. Ein Schmerzensschrei hallte an den Wänden wider, und die Kugel schlug krachend in einen der Dek-
kenbalken: Zorro hatte ihm die Waffe mit der Peitsche aus
der Hand geschlagen, als er eben den Abzug betätigte. Bernardo lief mit Arsenio weiter zu den Kerkern, während
Zorro mit gezücktem Degen hinter Alcázar herstürmte, der
seine Pistole aufgehoben hatte und die Treppe hinaufrannte.
Gerade war Zorro eingefallen, wie er die Probleme von Pater
Mendoza lösen und zugleich Moncada eine böse Bescherung
bereiten konnte. Ich bin wahrlich ein Genie, dachte er im
Laufen.

Alcázar war mit vier Schritten Vorsprung in seinem Zimmer und schlug seinem Verfolger die Tür vor der Nase zu. Bis
in den Vorraum war der Rauch noch nicht gedrungen. Zorro
feuerte mit seiner Pistole auf das Schloß der Tür und warf
sich dagegen, aber von innen war ein Eisenriegel vorgescho-
ben, und sie gab nicht nach. Er hatte seinen einzigen Schuß
vergeudet und keine Zeit zum Nachladen, jede Minute war
kostbar. Von seinem Besuch am Nachmittag wußte er, daß
die Fenster des Arbeitszimmers auf einen Balkon hinausgin-
gen. Er riß das Fenster des Vorraums auf und lehnte sich hinaus, aber für einen Sprung war der Balkon zu weit entfernt, er

würde sich auf dem Pflaster des Innenhofs den Hals brechen, doch an der Dachkante entdeckte er einen steinernen Wasserspeier. Er bekam ihn mit dem Ende der Peitsche zu fassen, zog sie fest, betete, der Stein möge sein Gewicht halten, und schwang sich fast lautlos hinüber auf den Balkon. Drinnen lud Carlos Alcázar eben seine Pistole nach, um damit auf die Schlösser der Holzkiste zu feuern, und bemerkte den Schatten am Fenster nicht. Zorro wartete, bis er eines der Schlösser zertrümmert hatte, dann sprang er durch das offene Fenster. Der Umhang rollte sich um seine Beine, und bis er sich wieder frei bewegen konnte, hatte Alcázar die nutzlos gewordene Pistole fallen gelassen und seinen Degen gegriffen. Schwächeren gegenüber zu jeder Grausamkeit fähig, war dieser Mann ein Feigling, sobald er auf jemanden traf, der ihm gewachsen war, und obendrein war er nicht geübt im Fechten; es dauerte keine drei Minuten, da ging sein Degen klirrend zu Boden, und er stand mit erhobenen Händen und der Klinge des Maskierten an der Brust an der Wand.

»Ich könnte dich töten, aber ich möchte mich nicht mit dem Blut eines Hundes bekleckern. Ich bin Zorro und hier wegen deiner Perlen.«

»Sie gehören Señor Moncada!«

»Gehörten. Jetzt gehören sie mir. Mach die Kiste auf!«

»Man braucht zwei Schlüssel, und ich besitze nur einen.«

»Nimm die Pistole. Vorsicht, eine falsche Bewegung, und ich durchbohre dir die Kehle, ohne den leisesten Skrupel. Zorro ist großmütig, er schenkt dir das Leben, sofern du tust, was er sagt.«

Mit zitternden Fingern lud Alcázar erneut seine Pistole und feuerte auf das zweite Schloß. Er hob den Deckel von der Kiste, und der gab den Blick auf den Schatz frei, so weiß und schimmernd, daß er nicht widerstehen konnte, die Hand darin versenkte und sich den wundervollen Schatz durch die Finger rinnen ließ. Zorro stand wie erstarrt, er hatte noch nie etwas von solchem Wert gesehen. Verglichen damit waren die Edelsteine, die sie in Barcelona für die Besitztümer von Tomás de Romeu bekommen hatten, geradezu bescheiden. In dieser Kiste lag ein Vermögen. Er löste die Ledertasche von seinem Gürtel und bedeutete Alcázar, die Perlen dort hineinzufüllen.

»Das Feuer wird jeden Moment das Munitionslager erreichen, dann fliegt euch El Diablo um die Ohren. Ich halte Wort und schenke dir das Leben, viel Vergnügen damit!«

Alcázar antwortete nicht. Anstatt die Beine in die Hand zu nehmen, wie man hätte erwarten können, blieb er, wo er war. Zorro war nicht entgangen, daß er der Jungfrau Maria, die in der gegenüberliegenden Ecke auf ihrem Steinsockel stand, immer wieder verstohlene Blicke zuwarf. Offenbar war sie ihm wichtiger als das eigene Leben. Diego befestigte die Ledertasche am Gürtel, schob den Riegel der Tür auf, verschwand im Vorraum, blieb jedoch wenige Schritte entfernt gegen die Wand gepreßt stehen. Er zählte die Sekunden, und als Alcázar nicht aus dem Zimmer kam, trat er erneut über die Schwelle, als der eben mit dem Knauf seiner Pistole den Kopf der Gipsstatue zertrümmerte.

»Welch despektierlicher Umgang mit der Muttergottes!«

Carlos Alcázar fuhr herum, schleuderte sprachlos vor Wut seine Pistole nach dem Gesicht des Maskierten, verfehlte ihn jedoch um ein Beträchtliches und bückte sich nach seinem Degen, der zwei Schritte entfernt lag. Er schaffte es kaum, sich wieder aufzurichten, da war der andere schon über ihm, während vom Vorraum aus dichter Rauch ins Zimmer drang. Hustend und fast blind kreuzten sie die Klingen. Alcázar wich zurück bis zum Schreibtisch, und als er eben seinen Degen zum zweiten Mal verlor, zog er aus der Schublade eine schußbereite Pistole. Aber zum Zielen war es zu spät, denn ein wuchtiger Tritt traf seinen Unterarm, er ließ die Waffe fallen, und im selben Moment ritzte Zorro ihm mit drei raschen Bewegungen des Degens ein Z in die Wange. Alcázar schrie auf, fiel vornüber auf die Knie und hob beide Hände an die Wunde.

»Daran stirbt man nicht, Mann, es ist das Zeichen von Zorro, damit du mich nicht vergißt.«

Zwischen den Trümmern der Statue lag ein kleiner Wildlederbeutel am Boden. Zorro hob ihn auf und eilte aus dem Raum. Erst Stunden später sollte er ihn öffnen und sehen, daß er einhundertdrei atemberaubend schöne Perlen enthielt, wertvoller noch als der Inhalt der Kiste.

Der Keller war der einzige Teil von El Diablo, wo man weder vom Rauch noch von der Glocke, dem Gerenne und Geschrei etwas bemerkt hatte. Die Gefangenen wußten nicht, was draußen vorging, bis Lolita die Treppe hinuntereilte und Alarm schlug. Im Nachthemd und barfuß rief sie den Kerkerwachen zu, sie sollten die Gitter öffnen und die Gefangenen retten. Doch als die Wachen hörten, das Gebäude brenne, rissen sie die Fackel von der Wand und flüchteten die Treppe hinauf, ohne einen Gedanken an die Eingeschlossenen, und Lolita blieb im Stockdunkel zurück und tastete vergeblich nach den Schlüsseln. Zu Tode erschrocken, rüttelten Kerkerinsassen an den Gittern und schrien um Hilfe. Da tauchten Arsenio und Bernardo auf. Der Blinde trat ruhig zu dem kleinen Schrank, holte Kerzen und den Ring mit den Schlüsseln heraus und ertastete den jeweils passenden, während Bernardo für Licht sorgte und Lolita durch Gesten zu beschwichtigen versuchte.

Wenige Minuten später trat Zorro in den Gewölbegang. Lolita schrie auf, als sie diesen in Trauer gekleideten Maskierten mit dem blutigen Degen sah, doch aus ihrem Schreck wurde Neugier, als er die Klinge wegsteckte und sich verbeugte, um ihr die Hand zu küssen. Bernardo tippte seinem Bruder auf die Schulter – das war jetzt nicht der Moment für Artigkeiten.

»Ruhig! Es ist nur Rauch! Geht mit Arsenio, er kennt einen zweiten Ausgang«, rief Zorro den Gefangenen zu, die aus den Kerkern drängten. Er breitet seinen Umhang auf dem Boden aus, und zusammen mit Bernardo bettete er seinen Vater darauf. Vier der Gefangenen griffen die Ecken des Stoffs und hoben den Kranken wie in einer Hängematte hoch. Andere stützten den Unglücklichen, der ausgepeitscht worden war, und alle, sogar Lolita, folgten Arsenio zum Eingang des Tunnels, wobei Bernardo und Zorro die Nachhut bildeten, um ihnen mögliche Verfolger vom Hals zu halten. Der Eingang lag hinter einem Stapel von Fässern und Gerümpel, nicht, weil man ihn hatte verbergen wollen, sondern weil er nie benutzt worden war und sich dort mit den Jahren allerlei angesammelt hatte. Die niedrige Tür war offenbar nie jemandem aufgefallen. Sie räumten sie frei, und die Gefangenen verschwanden hinter Arsenio her einer nach dem anderen in dem dunklen Stollen. Zorro erklärte Lolita unterdessen, das Gebäude stehe nicht in Flammen, der Rauch diene nur der Ablenkung, damit diese größtenteils unschuldigen Seelen gerettet werden konnten. Sie verstand kaum, was er sagte, nickte aber zu allem wie eine gelehrige Marionette. Wer war dieser bezaubernde junge Mann? Womöglich ein Halunke, und deshalb verbarg er sein Gesicht, aber diese Möglichkeit hemmte ihren Eifer nicht, ja spornte ihn sogar an. Bis ans Ende der Welt wäre sie diesem Mann gefolgt, aber das wollte er gar nicht, dagegen bat er sie, die leeren Fässer und das Gerümpel wieder vor die Tür zu schieben, sobald alle im Tunnel wären. Außerdem solle sie Feuer an das Stroh der Kerker legen, dann hätten sie mehr Zeit zu entkommen. Einfältig lächelnd, aber mit Feuer im Blick, nickte Lolita.

»Danke, Señorita.«

»Wer seid Ihr?«

»Mein Name ist Zorro.«

»Was ist das für ein Unsinn, Señor?«

»Kein Unsinn, dessen seid versichert, Lolita. Ich kann Euch jetzt keine Erklärungen geben, aber wir sehen uns wieder.«

»Wann?«

»Bald. Schließt Eure Balkontür nicht, dann werde ich Euch demnächst des Nachts besuchen.«

Diesen Vorschlag mußte man eigentlich als Affront verstehen, doch der Tonfall des Unbekannten war galant und seine Zähne schimmerten weiß. Lolita fiel keine Antwort ein, und als sein starker Arm sie umfaßte, tat sie nichts, sich ihm zu entwinden, sondern schloß vielmehr die Augen und bot ihm ihre Lippen zum Kuß. Zorro, etwas verblüfft darüber, wie hurtig er hier vorankam, küßte sie, ohne einen Anflug der Scheu, die er gegenüber Juliana stets empfunden hatte. Verborgen hinter der Maske, konnte er dem Kavalier freien Lauf lassen. Bedenkt man die Umstände, war der Kuß recht gelungen. Er wäre sogar perfekt gewesen, hätten die beiden nicht wegen des Rauchs husten müssen. Widerstrebend machte Zorro sich von ihr los und folgte den anderen hinein in den Tunnel. Lolita brauchte geschlagene drei Minuten, bis sie wieder zu Verstand und Atem gekommen war, und tat sodann, worum sie dieser faszinierende Maskierte gebeten hatte, den sie in nicht allzu ferner Zukunft zu ehelichen gedachte, das war schon beschlossene Sache. Sie war ein kluges Kind.

Eine halbe Stunde, nachdem die Bomben explodiert waren, begann der Rauch sich zu lichten, der Brand in den Stallungen war gelöscht, die Soldaten kämpften gegen den in den Kerkern, und Carlos Alcázar preßte sich ein Tuch auf die blutende Wange und wurde der Lage allmählich wieder Herr. Doch erklären konnte er sich die Vorfälle nicht. Man hatte die Reste von Pfeilen gefunden, die das Feuer wohl verursacht hatten, aber die Schützen hatte niemand gesehen. Alcázar glaubte nicht an einen Indianerüberfall, die letzten Aufstände lagen fünfundzwanzig Jahre zurück. Eher war das Ganze ein Ablenkungsmanöver von diesem Zorro, der die Perlen rauben wollte. Erst eine geraume Weile später wurde ihm gemeldet, die Gefangenen seien spurlos verschwunden.

Der Tunnel war mit Brettern gegen Einsturz gesichert, er war eng, aber hintereinander konnten sie bequem darin gehen. Die Luft roch salzig feucht und ungesund, sicher waren die Belüftungsschächte, die es früher gegeben haben mußte, längst zugewachsen, und Zorro rief von hinten, alle außer Arsenio sollten die Kerzen ausmachen, weil die zu viel Sauerstoff verzehrten. Arsenio brauchte kein Licht, aber seine Kerze bot den anderen einen Anhaltspunkt in der Finsternis. Und den hatten sie bitternötig, denn hier war es, als wäre man lebendig begraben, und die Angst, daß der Tunnelausgang verschüttet sein könnte und sie in der Falle saßen, wurde mit jedem Schritt peinigender. Bernardo war kaum je aus der Ruhe zu bringen, aber er war an die Weite gewöhnt und kam sich hier wie ein Maulwurf vor; er spürte die Panik in sich aufsteigen. Schneller vorangehen konnte er nicht und zurück war ausgeschlossen, er keuchte, meinte zu ersticken, auf Ratten und Schlangen zu treten, sah die Tunnelwände für Momente auf sich zukommen und war sicher, niemals hier herauszufinden. Doch als seine Beine ihren Dienst versagten und er stehenblieb, legte ihm sein Bruder eine Hand auf die Schulter und redete ihm beschwichtigend zu. Zorro blieb als einziger unbeeindruckt von dieser Verbannung in die Unterwelt, in Gedanken noch ganz bei Lolita. Außerdem war der Fuchs in den Höhlen und der Dunkelheit zu Hause, das hatte ihm Weiße Eule schon bei seiner Initiation prophezeit.

Der Tunnel erschien ihnen endlos, obwohl er gar nicht fern der Gefängnismauern mündete. Bei Tage hätten die Wachsoldaten sehen können, wie die Flüchtigen aus der Erde krochen, jetzt aber, mitten in der Nacht, waren sie zwischen den Bäumen nicht zu erkennen. Lehmverschmiert und durstig sogen sie begierig die frische Luft ein. Die Indianer streiften ihre zerlumpte Gefängniskleidung ab, schüttelten sich die Erdklumpen aus den Haaren und hoben die Arme zum Himmel, um diesen ersten Moment der Freiheit zu feiern. Daß sie an einer heiligen Stätte waren, gab ihnen Zuversicht: es war ein gutes Omen. Auf Bernardos Pfeifen kam Antwort, und wenig später tauchten die drei Indianer von Toypurnias Stamm mit den gestohlenen und den eigenen Pferden auf, darunter auch Tornado. Die Flüchtlinge bestiegen jeweils zu zweit ein Pferd und waren fast sofort zwischen den Bäumen verschwunden. Sie waren hier zu Hause und würden zu ihren Familien finden, ehe die Soldaten die Verfolgung aufgenommen hätten. Dann galt es, die Weißen zu meiden, bis die Zustände in Kalifornien wieder andere wären.

Zorro klopfte sich die Erde von den Kleidern, bedauerte, daß die erst kürzlich in Kuba erworbene Robe schon derart verdreckt war, beglückwünschte sich indes, weil die Flucht sogar besser gelungen war als erhofft. Arsenio hatte sich auf ein Pferd geschwungen und den Gefangenen, der ausgepeitscht worden war, zu sich hinaufgezogen; Bernardo half Alejandro de la Vega aufs Pferd und setzte sich hinter ihn, um ihn zu stützen. Der Weg in die Berge war steil, und sie würden den größten Teil der Strecke noch in der Nacht reiten. Die kühle Nachtluft hatte den alten Mann belebt, und durch die Begegnung mit seinem Sohn war wieder Hoffnung in ihm aufgekeimt. Er fragte Bernardo, ob sie zu Regina reiten würden, und Bernardo nickte.

Unterdessen war Zorro auf Tornado gestiegen, hatte die beiden Pferde der Mission am Zügel genommen und machte sich auf nach San Gabriel.

Schon mehrere Nächte hatte Pater Mendoza sich auf seinem Lager gewälzt und keinen Schlaf gefunden. Er hatte gelesen und gebetet, doch seine Gedanken kamen nicht zur Ruhe, seit er wußte, daß Dinge aus dem Keller fehlten, und nun war obendrein seine zweite Kutte verschwunden. Er hatte nur diese beiden, die er alle drei Wochen zum Waschen wechselte und die so abgetragen und fadenscheinig waren, daß er beim besten Willen nicht begriff, wer sich durch sie zum Stehlen verleiten ließ. Er wollte dem Dieb Zeit geben, die Dinge zurückzubringen, aber lange konnte er die Angelegenheit nicht mehr verschleppen. Daß er seine Indianer zusammenrufen, ihnen eine Predigt über das siebte Gebot halten und den Schuldigen ermitteln mußte, brachte ihn um den Schlaf. Er wußte, die Bewohner der Mission litten Not, es war nicht die Zeit, Strafen zu verhängen, aber ein solches Fehlverhalten konnte er nicht dulden. Wenn wenigstens Essen gestohlen worden wäre, das hätte er verstanden, aber Seile, Salpeter, Zink und sein Habit? Das ging ihm nicht in den Kopf. Er war all die Mühsal leid, den Kampf auf verlorenem Posten, seine Knochen und seine Seele schmerzten. Die Zeiten hatten sich so sehr gewandelt, er erkannte die Welt nicht wieder, überall herrschte Habgier, niemand erinnerte sich der Botschaft Christi, niemand achtete sie noch, seine Indianer waren der

Willkür der Weißen ausgeliefert, und er konnte sie nicht davor schützen. Manchmal fragte er sich, ob es ihnen nicht besser ergangen war, als sie noch die Herren über das Land waren und nach ihren Sitten und mit ihren Göttern lebten, doch dann bekreuzigte er sich sofort und bat Gott reuig um Vergebung für solch ketzerische Gedanken. »Was soll aus uns werden, wenn selbst ich am wahren Glauben zweifle!«

Mit Rafael Moncada war alles noch schlimmer geworden, er verkörperte die übelste Seite der Kolonialisierung, wollte nur in aller Eile ein Vermögen raffen und dann schleunigst wieder verschwinden. Die Indianer waren Arbeitstiere für ihn. Über zwanzig Jahre lebte der Missionar schon in San Gabriel und hatte einiges durchgestanden – Erdbeben, Seuchen, Dürrezeiten und sogar einen Indianerangriff –, hatte jedoch nie den Mut verloren, weil er fest an seinen himmlischen Auftrag glaubte. Doch jetzt fühlte er sich von Gott verlassen.

Die Sonne sank bereits, und im Hof brannten die ersten Fackeln. Nach einem harten Tag auf dem Gemüseacker stand Pater Mendoza hemdsärmlig und verschwitzt im Hof und hackte Brennholz für die Küche. Mühsam hob er die Axt, die mit jedem Tag schwerer schien, und ließ sie auf das Holz niedersausen, das mit jedem Tag härter wurde. Da hörte er ein galoppierendes Pferd nahen. Er ließ die Axt sinken, blinzelte, denn seine Augen waren nicht mehr die besten, und fragte sich, wer um diese Stunde in solcher Eile hierher unterwegs war. Auf der Kuppe des Hügels erblickte er jetzt den Reiter, einen dunkel gekleideten Mann mit einer Maske, zweifellos ein Bandit. Der Pater scheuchte die Frauen und Kinder in die Hütten und trat dem Fremden mit der Axt in der Hand und einem Gebet auf den Lippen entgegen; es blieb keine Zeit, seine alte Muskete zu holen. Der Fremde sprang vom Pferd, noch ehe das stillstand, und rief den Missionar mit Namen an.

»Keine Angst, Pater Mendoza, ich bin ein Freund!«

»Dann ist die Maske nicht nötig. Dein Name, mein Sohn?«

»Zorro. Ich weiß, es klingt sonderbar, aber sonderbarer ist

das, was ich Euch sagen werde, Pater. Bitte, gehen wir hinein.«

Der Missionar führte den Unbekannten in die Kapelle, denn dort hoffte er auf himmlischen Schutz und darauf, diesen Menschen davon zu überzeugen, daß hier nichts zu holen war. Er sah furchterregend aus, bewaffnet mit Degen, Pistole und Peitsche wie für einen privaten Feldzug, aber etwas an ihm wirkte vage vertraut. Wo hatte er diese Stimme schon einmal gehört? Jetzt versicherte ihm dieser sogenannte Zorro, er sei kein Gauner, und bestätigte dann seine schlimmsten Vermutungen über die Perlengeschäfte von Moncada und Alcázar. Nach dem Gesetz standen den beiden nur zehn Prozent der Einnahmen zu, der Rest gehörte der spanischen Krone. Sie benutzten die Indianer als Sklaven in der Gewißheit, daß außer Pater Mendoza niemand die Stimme für sie erheben würde.

»Ich wüßte nicht, an wen ich mich wenden soll, mein Sohn. Der Gouverneur ist ein schwacher Mensch und fürchtet Moncada.«

»Dann müßt Ihr die Obrigkeit in Mexiko und Spanien ins Bild setzen, Pater.«

»Mit welchen Beweisen? Niemand wird mir glauben, ich gelte als alter Sturkopf, dem nur um das Wohl der Indianer zu tun ist.«

»Hier ist der Beweis«, sagte Zorro und legte ihm eine schwere Gürteltasche in die Hände.

Der Missionar öffnete sie und zuckte erschrocken zurück, als er die vielen Perlen sah.

»Um Himmels willen, wo hast du das her, mein Sohn!«

»Das spielt keine Rolle.«

Zorro schlug ihm vor, die Beute zum Bischof nach Mexiko zu bringen und die Vorgänge anzuzeigen, denn nur so könne man der Versklavung der Indianer Einhalt gebieten. Wenn Spanien die Austernbänke ausbeuten wolle, werde man wieder wie früher Yaqui-Indianer aus dem Süden einsetzen. Außerdem solle er Diego de la Vega ausrichten, daß sein Vater frei und in Sicherheit war. Der Missionar sagte düster, der

Junge sei eine Enttäuschung, daß er der Sohn von Alejandro und Regina war, davon merke man nichts, eine Memme sei er. Noch einmal bat er den Besucher, die Maske abzunehmen, weil er sonst seinem Wort nicht vertrauen könne und fürchten müsse, das Ganze sei eine Falle. Der andere behauptete, seine Identität müsse geheim bleiben, versprach jedoch, daß der Pater nicht mehr allein sei in seinem Bemühen um den Schutz der Schwachen, weil Zorro von nun an über die Gerechtigkeit wachen werde. Pater Mendoza lachte nervös auf; dieser Kerl konnte ein entlaufener Irrer sein.

»Ein Letztes noch, Pater... Dieser Beutel enthält einhundertdrei Perlen, viel feiner als die anderen und ein Vermögen wert. Sie gehören Euch. Ihr müßt sie niemandem gegenüber erwähnen, seid versichert, daß die einzige Person, die von ihnen weiß, nicht wagen wird, danach zu fragen.«

»Ich nehme an, sie sind gestohlen.«

»Ja, das sind sie, aber rechtmäßig gehören sie denen, die sie mit ihrem letzten Atemzug aus dem Meer geholt haben. Ihr werdet sie gut zu verwenden wissen.«

»Wenn sie ergaunert sind, will ich sie nicht sehen, mein Sohn.«

»Das müßt Ihr nicht, aber bewahrt sie auf, Pater.« Zorro zwinkerte ihm verschwörerisch zu.

Der Missionar barg den Beutel zwischen den Falten seiner Kutte und geleitete den Gast auf den Hof, wo sein schimmerndes schwarzes Roß stand, um das sich die Kinder der Mission geschart hatten. Der Mann schwang sich hinauf, brachte zum Entzücken der Kinder das Pferd durch Pfiffe dazu, daß es Bocksprünge vollführte, zog seinen Degen, ließ ihn im Licht der Fackeln aufblitzen und sang dazu ein Liedchen über einen wackeren Reiter, der in Mondnächten auszieht, um für Gerechtigkeit zu kämpfen, die Halunken zu bestrafen und mit seiner Klinge ein Z zu schreiben. Das Liedchen, in müßigen Wochen in New Orleans gedichtet, begeisterte die Kinder, schürte jedoch die Furcht des Paters, daß dieser Mensch nicht bei Trost war. Isabel und Nuria, die fast den ganzen Tag drinnen genäht hatten, traten eben rechtzeitig ins Freie, um zu sehen, wie ein stattlicher Reiter auf einem schwarzen Roß Pirouetten drehte und dann über den Hügel davonstob. Auf ihre Fragen, wer um alles in der Welt das gewesen sei, schüttelte Pater Mendoza nur den Kopf und sagte, wenn nicht der Teufel, so wohl ein Engel, von Gott entsandt, um seinen Glauben zu stärken.

Am selben Abend kehrte Diego de la Vega staubbedeckt in die Mission zurück und berichtete, er habe die Reise abbrechen müssen, weil er um ein Haar von Banditen ermordet worden sei. Von weitem hatte er die beiden höchst verdächtigen Subjekte gesehen, und um ihnen zu entkommen, war er vom Camino Real abgebogen und in die Wälder galoppiert, hatte sich dort aber verirrt. Die Nacht hatte er zusammengekauert unter den Bäumen verbracht, zwar sicher vor diesen Unholden, aber den Bären und Wölfen ausgeliefert. Im Morgendämmer hatte er zurück auf den Weg gefunden und beschlossen, wieder nach San Gabriel zu reiten, es wäre unklug gewesen, die Reise allein fortzusetzen. Er sei den ganzen Tag geritten, habe keinen Bissen gegessen, sei hundemüde und habe Kopfschmerzen. In ein paar Tagen werde er erneut nach Monterey aufbrechen, dann aber bewaffnet und mit einer Eskorte. Pater Mendoza teilte ihm mit, der Besuch beim Gouverneur erübrige sich, weil Don Alejandro von einem verwegenen Unbekannten aus dem Kerker befreit worden war. Jetzt müsse Diego nur noch die Güter der Familie zurückgewinnen. Seine Zweifel, ob dieser Jammerlappen dazu in der Lage wäre, behielt er für sich.

»Wer, sagt Ihr, hat meinen Vater befreit?«

»Er nannte sich Zorro und trug eine Maske.«

»Eine Maske? Ein Bandit etwa?«

»Ich habe ihn auch gesehen, Diego, und für einen Halunken war er nicht übel«, redete Isabel begeistert dazwischen. »Wenn du wüßtest, wie gut der aussah und wie elegant! Und sein Pferd! Das muß ihn ein Vermögen gekostet haben.«

»Du hast schon immer zu viel Phantasie gehabt, Isabel.« Nuria unterbrach sie mit der Neuigkeit, ihre Brille habe auf der Küchenfensterbank gelegen, sie könne sich das überhaupt nicht erklären, außerdem sei das Essen fertig. Trotz der wortreich beschriebenen Migräne aß Diego mit Heißhunger und beglückwünschte Nuria schließlich, daß sie die Küche der Mission auf Vordermann gebracht hatte. Isabel fragte ihn unerbittlich aus, warum seine Pferde nicht müde gewesen seien, wie die angeblichen Gauner ausgesehen hätten, wie lange er von einem Punkt zum anderen gebraucht und weshalb er die Nacht nicht wie vorgesehen in der nächsten Missionsstation verbracht hatte, die doch in einem Tagesritt leicht zu erreichen war. Völlig in seine Gedanken versunken, entging dem Pater, wie ausweichend Diego darauf antwortete. Mit der rechten Hand aß er, mit der Linken betastete er den Wildlederbeutel in seiner Kutte, dessen Inhalt der Mission womöglich ihren früheren Wohlstand zurückgeben konnte. War es Sünde, diese Perlen anzunehmen, die durch Leid und Habgier besudelt waren? Nein. Von Sünde konnte die Rede nicht sein, aber vielleicht brachten sie Unglück… Er schmunzelte bei dem Gedanken, wie abergläubisch er mit den Jahren geworden war.

Einige Tage später, Pater Mendoza hatte bereits einen Brief über die Angelegenheit mit den Perlen nach Mexiko vorausgeschickt und packte nun seine Sachen, um mit Diego zu der Reise dorthin aufzubrechen, kamen Rafael Moncada und Carlos Alcázar mit einem Trupp Soldaten in die Mission geritten, vorneweg der fettleibige Sergeant García. Alcázars Gesicht war von einer scheußlichen Schnittwunde auf der Wange entstellt, und er war unruhig, weil sein Geschäftspartner der Geschichte, wie die Perlen sich verflüchtigt hatten, keinen Glauben schenken wollte. Ihm die Wahrheit zu sagen war ausgeschlossen, denn damit wäre seine eigene jämmerliche Rolle bei der Verteidigung der Festung und der Beute deutlich zutage getreten. Also hatte er behauptet, fünf Dutzend Indianer hätten El Diablo in Brand gesteckt und eine Horde Halunken unter dem Kommando eines schwarzgekleideten Maskierten, der sich selbst Zorro nannte, habe das Hauptgebäude gestürmt. Nach blutigem Kampf, bei dem er selbst verletzt worden war, hätten die Angreifer die Soldaten überwältigt und seien mit den Perlen abgehauen. In dem Durcheinander waren die Gefangenen entkommen. Er wußte, Moncada würde keine Ruhe geben, ehe er die Wahrheit aufgedeckt und die Perlen gefunden hätte. Die entflohenen Gefangenen kümmerten ihn weniger, denn Indianer, die ihre Arbeit machen konnten, gab es mehr als genug.

Die merkwürdigen Schnitte in Alcázars Gesicht – ein perfektes Z – erinnerten Moncada daran, daß ein Maskierter, dessen Beschreibung genau auf diesen Zorro paßte, ebendiesen Buchstaben in der Residenz des Chevalier Duchamp und in einer Kaserne in Barcelona hinterlassen hatte. Wie in El Diablo war es auch dort um die Befreiung von Gefangenen gegangen. Beim zweiten Mal war dieser Mensch obendrein so dreist gewesen, seinen Namen und den seiner Tante Eulalia zu mißbrauchen. Moncada hatte sich damals geschworen, ihn für diese Unverschämtheit büßen zu lassen, aber man hatte ihn nie gefaßt. Moncada zog rasch den einzig möglichen Schluß: Diego de la Vega hielt sich in Barcelona auf, als jemand Wände mit einem Z verunzierte, und kaum hatte er einen Fuß auf kalifornischen Boden gesetzt, fand man dasselbe Zeichen auf der Wange von Alcázar. Das war kein Zufall. Dieser Zorro mußte Diego de la Vega sein. Das war schwer zu glauben, aber in jedem Fall ein guter Vorwand, ihn für den Ärger der letzten Jahre bluten zu lassen. Sie hatten die Pferde geschunden, um in der Mission zu sein, ehe der Fang sich davonmachte, fanden Diego jedoch mit einem Gedichtband auf den Knien und einem Glas Limonade in der Hand im Schatten einer Weinlaube. Moncada befahl Sergeant García, ihn festzunehmen, und der arme Dicke, der für Diego noch immer dieselbe schrankenlose Bewunderung empfand wie in ihrer Schulzeit, schickte sich widerwillig an zu gehorchen, aber da trat ihnen Pater Mendoza entgegen und sagte, der Maskierte, der sich selbst Zorro nannte, habe nicht entfernt Ähnlichkeit mit Diego de la Vega. Isabel unterstützte ihn eifrig: Nur ein Schwachkopf könne die beiden verwechseln, sie kenne Diego wie einen Bruder, sie habe fünf Jahre mit ihm unter einem Dach gelebt, er sei ein guter Junge, harmlos, rührselig, ständig krank, keine Spur von einem Banditen und von einem Helden schon gar nicht.

»Danke«, sagte Diego eingeschnappt und sah erst jetzt, daß das vagabundierende Auge seiner Freundin nicht recht zu wissen schien, wen es ansehen sollte.

»Zorro hat den Gefangenen zur Flucht verholfen, weil sie unschuldig sind, das wißt Ihr so gut wie ich, Señor Moncada. Er hat die Perlen nicht gestohlen, sondern als Beweis für das mitgenommen, was in El Diablo vorgeht«, sagte Pater Mendoza

»Von welchen Perlen sprecht Ihr!« fiel Carlos Alcázar ihm hastig ins Wort, denn bisher hatte sie niemand erwähnt und ihm war unklar, wieviel der Missionar von seinen Manövern wußte.

Pater Mendoza gestand ein, Zorro habe ihm die Perlen gegeben, damit er sie den Gerichten in Mexiko als Beweismittel vorlegte. Rafael Moncada unterdrückte einen Seufzer der Erleichterung – seinen Schatz wiederzubeschaffen war viel leichter als gedacht. Dieser törichte Greis würde keine Scherereien machen, notfalls blies er ihm das Lebenslicht aus, es passierten ja allenthalben bedauerliche Unfälle. Mit sorgenvoller Miene dankte er dem Missionar, daß er so gerieben gewesen war, die Perlen an sich zu nehmen und mit Argwohn zu hüten, und bat ihn, sie ihm jetzt auszuhändigen, er werde die Sache weiterverfolgen. Falls sich Carlos Alcázar als Leiter von El Diablo etwas habe zuschulden kommen lassen, werde er entsprechende Maßnahmen ergreifen, man müsse damit niemanden in Mexiko belästigen. Der Pater mußte sich fügen. Er wagte nicht, Moncada der Komplizenschaft mit Alcázar zu beschuldigen, denn ein falscher Schritt würde ihn das kosten, was ihm das Wichtigste auf der Welt war: seine Mission. Er bat alle hinein und legte die Gürteltasche vor Moncada auf den Tisch.

»Das gehört Spanien. Ich habe einen Brief an meine Oberen geschickt, und es wird eine entsprechende Untersuchung geben.«

»Einen Brief? Aber das Schiff ist noch gar nicht da...«, ereiferte sich Alcázar.

»Ich habe andere Wege, schneller und sicherer als das Schiff.«

»Sind das alle Perlen?« fragte Moncada sauertöpfisch.

»Woher soll ich das wissen? Ich war nicht dabei, als sie entwendet wurden, und weiß nicht, wie viele es ursprünglich waren. Diese Frage kann nur Carlos beantworten.«

Was der Missionar da sagte, bestärkte Moncadas Argwohn gegen seinen Geschäftspartner. Er packte den Missionar am Arm und schleifte ihn vor das hölzerne Kruzifix, das auf einem Mauervorsprung an der Wand stand.

»Schwört vor dem Kreuz unseres Herrn, daß Ihr keine weiteren Perlen gesehen habt!« befahl er. »Die Lüge verdammt Eure Seele zur Hölle.«

Unheilvolle Stille senkte sich über den Raum, alle hielten den Atem an, selbst der Wind schien zu schweigen. Der Pater, kreidebleich geworden, machte sich endlich mit einem Ruck aus der Umklammerung los.

»Wie könnt Ihr es wagen!« bebte er.

»Schwört!«

Diego und Isabel wollten dem Pater beispringen, aber der hielt sie mit einer Geste zurück, sank mit einem Knie zu Boden, legte seine rechte Hand aufs Herz und hob den Blick zu dem von Indianerhand geschnitzten Christus. Er zitterte vor Abscheu und Zorn über die Gewalt, die ihm angetan wurde, aber er fürchtete nicht, zur Hölle zu fahren, jedenfalls nicht deshalb.

»Ich schwöre vor dem Kreuz, daß ich keine anderen Perlen gesehen habe. Möge meine Seele verdammt sein, wenn ich lüge«, sagte er mit fester Stimme.

Lange sprach niemand ein Wort, und alles, was man hörte, war das Aufatmen von Carlos Alcázar, dessen Leben keinen roten Heller wert gewesen wäre, hätte Rafael Moncada erfahren, daß er den besten Teil der Beute für sich behalten hatte. Bestimmt war das Wildledersäckchen noch in Händen dieses Maskierten, aber Alcázar begriff nicht, warum er die übrigen

Perlen dem Priester gegeben hatte, da er sie doch alle hätte behalten können. Diego erriet seine Gedanken und grinste ihm frech ins Gesicht. Moncada mußte dem Schwur des Paters glauben, erinnerte aber alle daran, daß diese Sache für ihn erst beendet wäre, wenn der Verantwortliche am Galgen baumelte. »García! Nimm Diego de la Vega fest!« befahl er erneut. Der Dicke wischte sich mit dem Ärmel seiner Uniform den Schweiß von der Stirn und tat, wenn auch gequält, seine Pflicht. »Tut mir leid«, nuschelte er Diego zu, dann wies er zwei seiner Soldaten an, ihn mitzunehmen. Isabel stellte sich Moncada in den Weg und rief, es gebe doch keine Beweise gegen ihren Freund, aber der stieß sie schroff beiseite und verließ die Mission.

Diego wurde in eins der ehemaligen Dienstbotenzimmer der Hacienda gesperrt, auf der er geboren und aufgewachsen war. Er erinnerte sich sogar daran, wer früher hier gewohnt hatte, Roberta, eine Indianerin aus Mexiko, deren eine Gesichtshälfte nach einem Unfall mit einem Topf kochender Schokolade von einer schlimmen Brandnarbe gezeichnet war. Was war wohl aus ihr geworden? Woran er sich dagegen nicht erinnerte, war die Armseligkeit dieser Behausungen, fensterloser Kabuffs mit Lehmboden und unverputzten Wänden, eingerichtet nur mit einem Strohsack, einem Stuhl und einer Bretterkiste. So hatte Bernardo seine Kindheit verbracht, während er selbst wenige Meter weiter, umgeben von unzähligen Spielsachen in einem Bronzebett schlief, unter einem Tüllvorhang, der ihn vor Krabbelgetier aller Art schützte. Wieso war ihm das damals nicht aufgefallen? Durch das Haus zog sich eine unsichtbare Linie, die den Bereich der Familie von der schwer zu durchschauenden Welt der Dienstboten trennte. Auf der einen Seite war alles sehr kolonial, weitläufig, luxuriös, ein Wunder an Ordnung, Ruhe und Sauberkeit, und es duftete nach frischen Blumen und dem Tabak seines Vaters. Auf der anderen Seite brodelte das Leben: dauerndes Palaver, Hundegebell, Hühner, Zank, Arbeit. Hier roch es nach gemahlenem Chili, frisch gebackenem Brot, in Lauge eingeweichter Wäsche, Unrat. Mit ihren blauen Kacheln, ihren Bougainvillea und Wasserspielen waren die arkadenüberspannten Terrassen der Familie Paradiese der Frische, während sich die Höfe der Dienstboten im Sommer mit Staub, im Winter mit Schlamm füllten.

Diego verbrachte ungezählte Stunden im Dunkeln auf dem Strohsack und schwitzte in der Maihitze. Stickig war es hier, seine Brust brannte. Er konnte die Zeit nicht schätzen, doch meinte er, schon seit Tagen hier eingesperrt zu sein. Er lechzte nach Wasser, und seine Angst wuchs, daß Moncada ihn verdursten und verhungern lassen wollte. Für Momente schloß er die Augen, versuchte zu schlafen, wälzte sich auf dem harten Lager. Der Raum war kaum groß genug, um zwei Schritte darin zu gehen, alle Knochen taten ihm weh. Zoll für Zoll suchte er die Kammer nach einer Fluchtmöglichkeit ab, fand aber keine. Die Tür war von außen mit einem soliden Eisenbalken verriegelt; nicht einmal Galileo Tempesta hätte sie von innen zu öffnen gewußt. Er versuchte, die Bretter an der Decke anzuheben, aber sie waren verstärkt worden, offenbar diente der Raum nicht zum ersten Mal als Zelle. Viel später öffnete sich die Tür seines Grabes, und das gerötete Gesicht von Sergeant García erschien im Rahmen. Obwohl er geschwächt war, dachte Diego, daß er gegen den guten García kaum Gewalt anwenden müßte und ihn durch einen Griff an den Hals überwältigen konnte, einen der Kniffe von La Justicia, die ihm Maestro Escalante beigebracht hatte, aber er wollte nicht, daß sein alter Freund seinetwegen Ärger mit Moncada bekam. Außerdem konnte er so zwar aus seiner Zelle, nicht jedoch aus der Hacienda entkommen; besser, er wartete ab. Der Dicke stellte einen Krug Wasser und eine Schale Reis mit Bohnen auf den Boden.

»Wie spät ist es, mein Freund?« fragte Diego und heuchelte eine gute Laune, die er mitnichten empfand.

García antwortete mit Grimassen und Fingerzeichen.

»Elf am Morgen und Dienstag soll das heißen? Dann bin ich ja schon einen Tag und zwei Nächte hier. Wie gut ich geschlafen habe! Weißt du, was Moncada vorhat?«

423

García schüttelte den Kopf.

»Was ist? Hast du Befehl, nicht mit mir zu sprechen? Gut, aber daß du mir nicht zuhören darfst, hat keiner gesagt, oder?«

»Hmmm.« García nickte.

Diego streckte sich, gähnte, trank das Wasser und aß gemächlich den Reis und die Bohnen, die vorzüglich waren, wie er García wissen ließ, während er kauend über frühere Zeiten plauderte: über die verrückten Streiche ihrer Kindheit, über Garcías Mut, als er Alcázar die Stirn geboten und einen lebenden Bären gefangen hatte. Zu Recht hätten ihn alle in der Schule bewundert. Das entsprach zwar nicht genau dem, wie sich der Sergeant an diese Zeit erinnerte, gleichwohl tropften die Worte wie Balsam auf die Schrammen seiner Seele.

»Du mußt mir hier raushelfen, García, im Namen unserer Freundschaft«, sagte Diego schließlich.

»Ich würde ja gern, aber ich bin Soldat, die Pflicht geht allem vor«, flüsterte García und blickte dabei gehetzt über die Schulter, daß auch ja niemand sie belauschte.

»Ich würde nie von dir verlangen, daß du deine Pflicht verletzt oder etwas Unrechtes tust, aber niemand kann dir einen Strick daraus drehen, wenn die Tür nicht richtig verriegelt ist...«

Sie konnten nicht weitersprechen, denn ein Soldat trat zu dem Sergeanten und meldete, Don Rafael Moncada erwarte den Gefangenen. García straffte sich, strich seinen Uniformrock glatt und schlug martialisch die Hacken zusammen, zwinkerte Diego dabei aber zu. Gemeinsam mit dem Soldaten nahm er ihn an den Armen, half ihm hoch, und sie trugen ihn fast, bis er seine eingeschlafenen Beine wieder spürte und selbst die letzten Schritte in den großen Saal gehen konnte. Niedergeschlagen bemerkte er einmal mehr die Veränderungen: Sein Zuhause glich einer Kaserne. Im Saal setzten sie ihn auf einen Stuhl und fesselten ihn mit dem Oberkörper an die Lehne und mit den Knöcheln an die Stuhlbeine. Er merkte, daß der Sergeant seine Pflicht nachlässig erfüllte, die Knoten saßen nicht fest, und mit etwas Geschick würde er sich befreien können, aber es waren zu viele Soldaten im Raum. »Ich brauche einen Degen«, zischte er García zu, als der zweite Uniformierte sich ein paar Schritte entfernt hatte. Der Dicke vergaß vor Schreck fast das Atmen, was Diego da von ihm verlangte, ging entschieden zu weit. Wie sollte er ihm unter diesen Umständen eine Waffe geben? Das würde ihn mehrere Tage am Halsstock kosten, und seinen Dienst konnte er dann auch quittieren. Er tätschelte Diego liebevoll die Schulter und schlurfte mit hängendem Kopf von dannen, gefolgt von seinen Soldaten, bis auf einen, der in der Ecke Posten bezog.

Diego verbrachte Stunden auf dem Stuhl und hatte so zwar Zeit genug, verstohlen seine Hände aus den Fesseln zu befreien, aber an die Knöchel kam er nicht heran, ohne daß es der Soldat gemerkt hätte, ein Mestize, der reglos dastand und aussah wie eine Aztekenstatue. Diego versuchte, ihn zu sich zu locken, gab vor, in einem Hustenanfall zu ersticken, bat um eine Zigarre, um ein Glas Wasser, um ein Taschentuch, aber der Kerl war durch nichts aus seinem Winkel zu bewegen. Zur Antwort legte er bloß sein Gewehr auf Diego an und beobachtete ihn aus seinen versteinerten Äuglein, die kaum über die mächtigen Wangenknochen hinwegzublicken vermochten. Wenn Moncada ihn so von seinem hohen Roß holen und sein Mütchen kühlen wollte, war er auf dem richtigen Weg, dachte Diego.

Endlich, es war längst Mittag vorbei, trat Rafael Moncada in den Saal und entschuldigte sich, daß er einen solch feinen Herrn wie Diego derart inkommodiert habe. Nichts widerstrebe ihm mehr, als Diego Unannehmlichkeiten bereiten zu müssen, aber angesichts der Lage sei das leider unvermeidlich. Ob er wisse, wie lange er in dem Dienstbotenzimmer eingeschlossen gewesen war? Exakt dieselbe Zeit, die Moncada in der Geheimkammer von Tomás de Romeu zugebracht habe, ehe seine Tante kam und ihn herausholte. So ein Zufall. Er halte sich ja zugute, Humor zu haben, indes sei der Scherz damals ein wenig geschmacklos gewesen. Jedenfalls danke er Diego, daß er ihn von Juliana befreit hatte; eine Gattin unter seinem Niveau hätte das Ende seiner Karriere bedeutet, davor hatte ihn seine Tante ja mehr als einmal gewarnt, doch, einerlei, sie seien nicht hier, um über Juliana zu plaudern, dieses Kapitel sei abgeschlossen. Sicher wolle Diego – oder sollte er ihn Zorro nennen? – wissen, welches Los ihn erwartete. Er war ein Verbrecher vom gleichen Schlag wie sein Vater, Alejandro de la Vega; der Apfel, der Stamm, das kenne man ja ... Den Alten würden sie zweifellos wieder einfangen, und er würde im Kerker verfaulen. Diesen Zorro dagegen würde er mit dem größten Vergnügen eigenhändig erwürgen, nur sei das ja nicht seine Aufgabe. Er werde ihn nach Spanien schicken, in Ketten und unter strenger Bewachung, damit ihm dort der Prozeß gemacht wurde, wo er seine kriminelle Karriere begonnen und ausreichend Spuren hinterlassen hatte, um ihn zu verurteilen. Unter Ferdinand VII. wurde das Gesetz mit der gebotenen Härte angewandt, nicht wie in den Kolonien, wo die Obrigkeit ein Witz war. Zu den Delikten in Spanien kämen die in Kalifornien: Er hatte das Gefängnis El Diablo überfallen, Feuer gelegt, Eigentum der Krone beschädigt, einen Offizier verwundet und eine Verschwörung angezettelt, um die Gefangenen zu befreien.

»Wenn ich recht verstehe, hat ein Subjekt namens Zorro diese Taten begangen. Und ich glaube, obendrein hat er Perlen an sich genommen. Oder wollen Eure Exzellenz darüber nicht reden?«

»Dieser Zorro seid Ihr, De la Vega!«

»Gerne wäre ich es – der Mann scheint Schneid zu haben –, doch werde ich durch meine empfindliche Gesundheit an solcherlei Abenteuern gehindert. Ich leide unter Asthma und Kopfschmerzen, zu schweigen von meinem Herzflattern.«

Rafael Moncada hielt ihm ein Schriftstück vor die Nase, das er in Ermangelung eines Schreibers eigenhändig verfaßt hatte, und verlangte, er solle seinen Namen daruntersetzen. Der Gefangene gab zu bedenken, es wäre höchst unklug, etwas zu unterschreiben, dessen Inhalt man nicht kenne. Er könne es leider nicht lesen, denn er habe seine Brille nicht da und sei kurzsichtig, noch ein Unterschied zu diesem Zorro, dem man eine erstaunliche Treffsicherheit mit der Peitsche und die rasche Führung des Degens nachsagte. Eine Blindschleiche wie er sei dazu leider nicht fähig.

»Genug!« schrie Moncada und schlug ihm hart ins Gesicht.

Diego hatte einen Gewaltausbruch erwartet, gleichwohl kostete es ihn arge Mühe, sich zu beherrschen und sich nicht auf Moncada zu stürzen. Noch war seine Zeit nicht gekommen. Er hielt die Hände im Rücken, die Fessel umfaßt, während Blut aus Nase und Mund auf sein Hemd lief. In diesem Augenblick stieß Sergeant García die Tür auf, blieb jedoch wie angewurzelt stehen, als er seinen Freund aus Kindertagen in diesem Zustand sah, und wußte nicht, wessen Partei er ergreifen sollte. Moncadas herrische Stimme riß ihn aus der Starre.

»Ich habe dich nicht gerufen, García!«

»Exzellenz... Diego de la Vega ist unschuldig. Ich habe Euch gesagt, er kann nicht dieser Zorro sein! Wir haben den richtigen Zorro gesehen, draußen...«, stammelte der Sergeant.

»Was zum Teufel redest du da, Mann!«

»Doch, Exzellenz, wir haben ihn alle gesehen.«

Wie ein Wirbelwind war Moncada aus der Tür, der Sergeant hinterher, aber der Wachposten blieb und zielte weiter auf Diego. Vom Gartentor aus sah Moncada zum erstenmal leibhaftig die theatralische Gestalt von Zorro, dessen Umrisse sich deutlich vor dem violetten Abendhimmel abzeichneten, und war für einen Moment vor Verwirrung wie gelähmt.

»Hinterher, ihr Idioten!« brüllte er endlich, zog seine Pistole und schoß zu hastig, um richtig zu zielen.

Einige Soldaten rannten, ihre Pferde zu holen, andere feuerten ihre Gewehre ab, aber der Reiter stob bereits im Galopp davon. Der Sergeant, der mehr als irgendwer sonst hoffte, diesen maskierten Unruhestifter zur Strecke zu bringen und Diego zu entlasten, sprang erstaunlich behende auf sein Pferd, hieb ihm die Sporen in die Flanken und preschte mit einem halben Dutzend Soldaten hinterher. Rasch waren sie im Süden in den bewaldeten Hügeln verschwunden. Der Maskierte schien sich hier auszukennen und hatte einen Vorsprung, doch der schmolz stetig dahin. Nach einer halbe Stunde im Galopp, als die Pferde schon Schaum schwitzten, die Sonne untergegangen war und die Soldaten ihn fast eingeholt hatten, erreichten sie die Klippen: Zorro saß in der Falle, eingeschlossen zwischen ihnen und dem Meer.

Unterdessen kam es Diego im Saal so vor, als öffnete sich die Geheimtür im Kamin. Das konnte nur Bernardo sein, der es irgendwie geschafft haben mußte, wieder zur Hacienda zurückzukehren. Diego wußte nicht genau, was draußen vorging, aber wenn er Moncadas Flüche, die Schreie, Schüsse und das Stampfen der Pferde richtig deutete, hatte sein Bruder für einiges Durcheinander gesorgt. Damit der Wachposten nicht merkte, was im Kamin vorging, heuchelte Diego erneut einen Hustenanfall, dann holte er Schwung und kippte seitlich mit dem Stuhl zu Boden. Der Mann trat auf ihn zu und befahl, er solle sich ruhig verhalten, sonst würde er ihm den Kopf wegpusten, aber Diego fand, es klang nicht überzeugend, also sahen die Befehle an die Aztekenstatue vielleicht nicht vor, ihn gegebenenfalls umzubringen. Aus den Augenwinkeln erkannte er einen Schatten, der sich aus dem Kamin löste und näher kam. Er hustete wieder, krümmte sich, als wäre er dem Ersticken nahe, und der Wachposten zielte mit seinem Gewehr auf ihn, ohne zu wissen, was er tun sollte. Diego zog die Hände aus der Fessel und verpaßte ihm einen heftigen Schlag gegen die Beine, aber die Statue mußte aus massivem Fels sein, denn sie wackelte kaum. Doch im selben Moment spürte der Mann die Mündung einer Pistole an der Schläfe und blickte in das Gesicht eines Maskierten, der ihn wortlos angrinste.

»Ergebt Euch, guter Mann, ehe Zorro eine Kugel entweicht«, riet ihm Diego vom Boden aus, während er eilends die Fesseln um seine Knöchel löste.

Der Maskierte nahm dem Soldaten das Gewehr ab, warf es

Diego zu und war mit einem verschwörerischen Augenzwinkern im Dunkel des Kamins verschwunden. Dem Soldaten blieb keine Zeit zu sehen, was hinter seinem Rücken vorging, weil Diego ihm hart mit der Handkante gegen den Hals schlug. Der Mann sank bewußtlos zu Boden, Diego fesselte ihn auf den Stuhl, auf dem noch eben er selbst gesessen hatte, trat ein Fenster ein, wobei er darauf achtete, daß keine Splitter im Rahmen zurückblieben, weil er auf diesem Weg zurückzukehren gedachte, und verschwand durch die Geheimtür in die Höhlen.

Als Rafael Moncada wieder in den Saal trat, mußte er feststellen, daß Diego de la Vega sich in Luft aufgelöst hatte und statt seiner nun der Mann, der ihn bewachen sollte, auf dem Stuhl saß. Ein Fenster war kaputt, und der benommene Wachposten erinnerte sich nur an eine dunkle Silhouette und die Eiseskälte einer Pistole an der Schläfe. »Idioten, unverbesserliche Idioten«, mehr fiel Moncada dazu nicht ein. Die Hälfte seiner Männer galoppierte gerade hinter einem Phantom her, während ihm der Gefangene vor der Nase entwischte. Alles sprach dagegen, und doch war er noch immer überzeugt, daß Zorro und Diego de la Vega ein und dieselbe Person waren.

Anders als vermutet, traf Diego Bernardo nicht in den Höhlen, doch hatte ihm sein Bruder einige brennende Talglichter, seine Verkleidung, den Degen und sein Pferd dagelassen. Tornado schnaubte ungeduldig, schüttelte die dichte Mähne und stampfte mit den Hufen. »Du wirst dich schon an diesen Ort gewöhnen, mein Freund«, redete Diego ihm zu und streichelte ihm den glänzenden Hals. Dann entdeckte er den Schlauch mit Wein, daneben Brot, Käse und Honig, um sich vom Ungemach der vergangenen Stunden zu erholen. Bernardo hatte wirklich an alles gedacht. Und daß er seine Verfolger gefoppt und genau im rechten Moment wie von Zauberhand aufgetaucht war, um ihn dort herauszuholen, alle Achtung! Wie elegant und lautlos er vorgegangen war! Bernardo war als Zorro ebenso gut wie er selbst, gemeinsam würden sie unschlagbar sein. Bis zum nächsten Schritt war keine Eile, er würde bis tief in die Nacht warten, dann hätte sich die Aufregung im Haus wohl gelegt. Er aß, vollführte ein paar Schritte mit dem Degen, um die steifen Glieder zu lok-kern, legte sich dann nahe bei Tornado auf die Erde und schlief selig ein wie jemand, der ganze Arbeit geleistet hat.

Stunden später erwachte er ausgeruht und heiter. Er wusch sich, zog sich um, band sich die Maske vor die Augen und hatte sogar Muße für den Schnurrbart. »Ich brauche einen Spiegel, sich diese Haare nach Gefühl anzukleben ist gar nicht so einfach. Die Höhle bedarf einiger Annehmlichkei-ten, das wird unsere Heldentaten beflügeln, was meinst du?« sagte er zu Tornado. Er rieb sich vor Freude die Hände ange-sichts der schier grenzenlosen Möglichkeiten der Zukunft; solange er gesund wäre und kräftig, würde er keine Lange-weile haben. Lolita fiel ihm ein, und er spürte ein Kribbeln im Bauch, das ihm bekannt vorkam. Und doch war es neu, wie nie zuvor gefühlt. Diese Lolita war wirklich ein zauberhaftes Geschöpf. Vorsicht! Er durfte nicht vergessen, daß sie die Cousine von Carlos Alcázar war und folglich nicht seine Braut sein konnte. Seine Braut? Er lachte gutgelaunt: Heira-ten würde er nie, Füchse sind einsame Streuner.

Er prüfte, daß Justina sich leicht aus der Scheide ziehen ließ, setzte seinen Hut auf und schritt zur Tat. Er führte Tor-nado zum Höhlenausgang, der von Bernardo vorsorglich wieder gut mit Steinen und Strauchwerk getarnt worden war, saß auf und ritt zur Hacienda. Daß jemand den Geheimgang im Kamin entdeckte, wollte er nicht riskieren. Bestimmt hatte er mehrere Stunden geschlafen, und es war längst Mit-ternacht vorbei, also würden außer den Wachen wahrschein-lich alle schon schlafen. Er ließ Tornado unter ein paar Bäu-men nahe beim Haus, ohne ihn anzubinden, sicher, daß er sich nicht vom Fleck bewegen würde, ehe er gerufen wurde, denn er hatte die Lektionen von Blitz in der Nacht ausge-zeichnet gelernt. Die Wachen waren zwar verdoppelt wor-den, aber Diego hatte keine Mühe, sich dem Haus zu nähern, und duckte sich unter das Fenster des Saals, des einzigen

Raums, in dem Licht brannte. Auf dem Tisch stand ein Kandelaber mit drei Kerzen, die einen Teil des weitläufigen Saals ausleuchteten, der Rest lag im Dunkeln. Vorsichtig schwang er die Füße über den Sims des kaputten Fensters, glitt hinein und schlich zwischen den an der Wand aufgereihten Möbeln zum Kamin, wo er sich hinter die dicken Holzscheite kauerte. An der gegenüberliegenden Wand ging Rafael Moncada rauchend auf und ab, und Sergeant García, strammstehend und den Blick stur geradeaus gerichtet, versuchte eben, ihm zu erklären, was vorgefallen war. Sie waren Zorro in gestrecktem Galopp bis zu den Klippen gefolgt, sagte er, aber dieser Schuft habe sich nicht ergeben wollen und sei statt dessen ins Meer gesprungen. Es war zwar schon ziemlich dunkel, und sie konnten nicht nahe herangehen, weil die Abbruchkante nur aus losem Geröll bestand. Hinabgesehen auf den Grund hätten sie also nicht, aber sie hatten ihre Waffen leer gefeuert, und Zorro hatte sich folglich den Hals gebrochen und war obendrein von einer Salve durchsiebt worden.

»Idiot!« schrie Moncada zum wiederholten Mal. »Dieser Wer auch immer hat dich an der Nase herumgeführt, und derweil ist Diego de la Vega entwischt.«

Über Garcías gerötetes Gesicht huschte ein unschuldiger Ausdruck der Erleichterung, wurde jedoch sofort vom schneidenden Blick seines Vorgesetzten zerfetzt.

»Morgen reitest du mit acht Mann zur Mission. Wenn De la Vega dort ist, nimmst du ihn sofort in Arrest; wenn er sich widersetzt, erschießt du ihn. Ist er nicht dort, bringst du mir diesen Pater und Isabel de Romeu. Sie werden meine Geiseln sein, bis der Bandit sich stellt, verstanden?«

»Aber das können wir Pater Mendoza doch nicht antun! Ich denke...«

»Nicht denken, García! Dazu ist dein Kopf nicht gemacht. Halt die Klappe und führ die Befehle aus.«

»Ja, Exzellenz.«

In seinem Versteck in der dunklen Wölbung des Kamins fragte sich Diego, wie Bernardo es angestellt hatte, an zwei Punkten zugleich zu sein. Moncada beschimpfte García noch ein bißchen, dann entließ er ihn, goß sich ein Glas von Alejandro de la Vegas Cognac ein, setzte sich, legte die Füße auf den Tisch und wippte nachdenklich mit dem Stuhl nach hinten. Die Dinge waren ungemütlich geworden, manches paßte nicht zusammen, und er würde ein paar Leute beseitigen müssen, sonst konnte er die Perlen unmöglich geheimhalten. Ohne Eile trank er sein Glas leer, warf einen Blick auf das Papier, das Diego hätte unterschreiben sollen, stand schließlich auf, öffnete einen klobigen Schrank und holte die Gürteltasche heraus. Eine der Kerzen brannte herunter, und das Wachs tropfte auf den Tisch, ehe er die Perlen noch einmal gezählt hatte. Zorro hatte lange genug gewartet, jetzt glitt er lautlos wie eine Katze hinter dem Holzstapel hervor. Er war schon einige Schritte an der Wand entlanggehuscht, als Moncada sich umdrehte. Er mußte sich beobachtet fühlen, suchte mit dem Blick das Dunkel ab, erkannte dort zwar niemanden, doch warnte ihn sein Instinkt, daß etwas nicht stimmte. Er umfaßte den silbernen Griff des feinen Degens, der am Portepee aus roter Seide über der Stuhllehne hing.

»Wer da?«

»Zorro. Ich glaube, wir haben einige Kleinigkeiten miteinander zu klären...«, sagte Diego und trat ins Licht.

Moncada ließ ihm nicht die Zeit, näher heranzukommen, und warf sich ihm mit einem haßerfüllten Schrei entgegen, entschlossen, ihn mit dem ersten Stoß zu durchbohren. Zorro drehte sich von der Klinge weg wie ein Torero und vollführte sogar einen entsprechenden Schwenk mit dem Umhang, löste sich dann mit zwei anmutigen Sprüngen von seinem Gegner, die behandschuhte Rechte am Griff seines Degens, die Linke in die Hüfte gestemmt, der Blick hellwach und ein sehr zahnreiches Lächeln unter dem schiefen Schnurrbart. Nachdem er der zweiten Attacke ausgewichen war, zog er ohne Hast seinen Degen, als wäre die Beharrlichkeit, mit der sein Gegenüber ihm nach dem Leben trachtete, ihm lästig geworden.

»Es ist von Übel, im Zorn zu kämpfen«, stichelte er.

Er parierte drei beidhändig geführte Hiebe und einen

Winkelstoß, fast ohne die Waffe zu heben, wich dann ein wenig zurück, damit sein Gegner Zutrauen faßte, der auch sofort den nächsten Angriff lancierte. Mit einem Satz war Zorro auf dem Tisch und antwortete fast wie in einem Tanz auf Moncadas unablässige Attacken. Manche davon gingen zwischen seinen Beinen ins Leere, anderen wich er mit einer Pirouette aus oder parierte sie so hart, daß die Klingen Funken schlugen. Er hüpfte vom Tisch und weiter von Stuhl zu Stuhl, dicht gefolgt von Moncada, der immer mehr tobte. »Überanstrengt Euch nicht, das ist nicht gut fürs Herz«, feixte Zorro. Zuweilen verlor er sich im Dunkel der Ecken, in die der spärliche Schein der Kerzen nicht vordrang, aber anstatt diesen Vorteil zu nutzen und aus dem Hinterhalt anzugreifen, tauchte er unversehens an anderer Stelle wieder auf und rief seinen Gegner mit einem leisen Pfiff zu sich. Moncada konnte sehr gut mit dem Degen umgehen, und in einem sportlichen Zweikampf hätte jeder Gegner seine liebe Not mit ihm gehabt, aber er war blind in seinem haltlosen Grimm. Er konnte diesen Frechling nicht ertragen, der die Autorität herausforderte, der Ordnung spottete, das Gesetz mit Füßen trat. Er mußte ihn umbringen, ehe in Gefahr geriet, was ihm über alles ging: die Privilegien, die ihm von Geburt wegen zustanden.

In dieser Weise ging das Duell weiter, der eine griff in rasender Wut an, der andere wich mit spöttischer Leichtfüßigkeit aus. Moncada war kurz davor, Zorro mit einem Stoß an die Wand zu nageln, da rollte der sich unter der Klinge über den Boden und stand nach einer kühnen Kapriole zwei Ellen hinter ihm wieder auf den Füßen. Endlich sah Moncada ein, daß er keinen Boden gutmachte, sondern vielmehr verlor, und begann lauthals nach Verstärkung zu rufen, da erklärte Zorro das Spiel für beendet. Mit drei großen Schritten war er bei der Tür, drehte mit der einen Hand den Schlüssel zweimal im Schloß, während er mit der anderen seinen Gegner in Schach hielt. Dann wechselte er den Degen in die Linke, ein Trick, der jeden Widersacher zumindest für Sekunden aus dem Konzept brachte. Mit einem Satz stand er wieder auf

433

dem Tisch, packte den großen Leuchter, schwang daran über Moncadas Kopf hinweg und landete in einem Regen von hundertfünfzig eingestaubten Kerzen, die seit dem Bau des Hauses auf ihren Einsatz warteten, hinter Moncada. Ehe der begriff, was vorging, war er entwaffnet und spürte Zorros Klinge im Nacken. Das Ganze hatte nur wenige Sekunden gedauert, aber schon schlug ein halbes Dutzend Soldaten mit Gewehrkolben und Fußtritten die Tür ein und stürzte mit schußbereiten Musketen in den Saal. (So jedenfalls hat es Zorro wiederholt erzählt, und da ihm niemand widersprochen hat, muß ich ihm glauben, auch wenn er dazu neigt, seine Heldentaten zu übertreiben. Verzeiht diesen kurzen Einschub, kehren wir in den Saal zurück.) Die Soldaten stürzten also in den Raum, vorneweg Sergeant García, der aus dem Bett aufgesprungen und in Unterwäsche war, sich die Uniformmütze aber auf die fettigen Haaren gedrückt hatte. Die Männer strauchelten auf den herumliegenden Kerzen, und ein paar fielen hin. Einem ging das Gewehr los, das Geschoß verfehlte nur knapp Rafael Moncadas Gesicht und schlug in das Gemälde über dem Kamin ein, wobei es ein Auge von Königin Isabella der Katholischen durchlöcherte.

»Paßt doch auf, ihr Idioten!« schrie Moncada.

»Hört auf Euren Vorgesetzten, Freunde«, riet ihnen Zorro liebenswürdig.

Sergeant García konnte nicht glauben, was er sah. Er hätte seine Seele darauf verwettet, daß Zorro zerschmettert auf den Klippen der Steilküste lag, aber da war er, wiederauferstanden wie Lazarus, und piekste Seiner Exzellenz mit dem Degen in die Gurgel. Die Lage war überaus ernst, aber warum nur verspürte er ein angenehmes Flattern wie von Schmetterlingsflügeln in seinem ausladenden Vielfraßwanst? Er befahl seinen Männern den Rückzug, und als die umständlich über die Kerzen hinweg wieder aus dem Raum gestolpert waren, schloß er die Tür und blieb drinnen.

»Die Muskete und den Säbel, Sergeant, mit Verlaub«, sagte Zorro in unverändert liebenswürdigem Ton.

Verdächtig schnell entledigte sich García seiner Waffen

und stellte sich dann mit verschränkten Armen breitbeinig vor die Tür; ein Fels, trotz der Unterwäsche. Schwer zu sagen, ob er über die körperliche Unversehrtheit seines Vorgesetzten wachte oder sich anschickte, das kommende Schauspiel zu genießen.

Zorro gebot Rafael Moncada, sich an den Tisch zu setzen und das dort liegende Schriftstück vorzulesen. Es war ein Geständnis, die Siedler dazu angestachelt zu haben, daß sie sich gegen den König erhoben und die Unabhängigkeit Kaliforniens erklärten. Einen solchen Verrat bezahlte man mit dem Tod, außerdem verlor die Familie des Verurteilten alles Eigentum und ihre Ehre. Das Dokument war persönlich gehalten, lediglich die Unterschrift fehlte. Offensichtlich hatte Alejandro de la Vega sich geweigert, es zu unterzeichnen, und daher Moncadas Beharren darauf, daß sein Sohn es tat.

»Das habt Ihr Euch klug ausgedacht, Moncada. Wie Ihr seht, ist noch Platz auf der Seite. Nehmt die Feder und schreibt, was ich Euch gleich diktiere.«

Moncada sah sich gezwungen, an das Dokument zwei Sätze über das Geschäft mit den Perlen und die Versklavung der Indianer anzufügen.

»Unterschreibt!«

»Niemals!«

»Warum nicht? Es ist von Eurer Hand geschrieben und die heilige Wahrheit. Unterschreibt!«

Rafael Moncada legte die Feder auf den Tisch und machte Anstalten aufzustehen, aber mit drei raschen Degenstrichen schnitzte ihm Zorro unter das linke Ohr ein Z in den Hals. Moncada brüllte auf vor Schmerz und Grimm. Er führte eine Hand an die Wunde und zog sie blutig zurück. Er spürte die Spitze der Klinge an seiner Halsschlagader und hörte, wie sein Widersacher mit fester Stimme sagte, er werde bis drei zählen, und wenn er dann seinen Namen und sein Siegel nicht unter das Schriftstück gesetzt hätte, werde er ihn mit dem größten Vergnügen umbringen. Eins... zwei... und... Moncada unterschrieb am Fuß des Dokuments, hielt den Siegellack an eine Kerze, ließ einige Tropfen auf das Papier fallen und drückte seinen Ring mit dem Familienwappen darauf. Zorro wartete, bis die Tinte getrocknet und der Siegellack erkaltet war, dann rief er García und befahl ihm, als Zeuge zu unterzeichnen. Der Dicke schrieb quälend langsam seinen Namen, rollte sodann das Schriftstück zusammen und konnte sich das zufriedene Grinsen nicht verkneifen, als er es dem Maskierten aushändigte, der es unter seinem Umhang barg.

»Sehr schön, Moncada. Ihr nehmt in zwei Tagen das Schiff und verschwindet für immer von hier. Ich werde dieses Geständnis sicher verwahren, und falls Ihr Euch noch einmal hier blicken laßt, setze ich ein Datum darunter und lege es den Gerichten vor. Andernfalls bekommt es niemand zu sehen. Nur der Sergeant und ich wissen, daß es dieses Papier gibt.«

»Bitte, Señor Zorro, ich, ich habe nichts damit zu tun«, wehrte sich García entsetzt.

»Wegen der Perlen müßt Ihr Euch keine Sorgen machen, ich kümmere mich darum. Falls die Behörden danach fragen, wird Sergeant García die Wahrheit sagen, daß Zorro sie mitgenommen hat.«

Er griff nach der Gürteltasche, trat an das zerbrochene Fenster und stieß einen spitzen Pfiff aus. Augenblicke später hörte er Tornados Hufe im Hof, hob die Hand zum Gruß und schwang sich hinaus. Rafael Moncada und Sergeant García stürzten ihm nach und riefen lauthals nach der Truppe. Wie einen Scherenschnitt sahen sie im bleichen Licht des vollen Mondes die schwarzen Umrisse des geheimnisvollen Maskierten auf seinem stolzen Roß.

»Hasta la vista, Señores!« rief Zorro und achtete nicht auf die Kugeln, die rechts und links an ihm vorbeizischten.

Zwei Tage später ging Rafael Moncada mit seinen zahlreichen Gepäckstücken und den Bediensteten, die er zu seinem persönlichen Wohlbefinden aus Spanien mitgebracht hatte, an Bord der Santa Lucía. Diego, Isabel und Pater Mendoza begleiteten ihn zum Strand, um sicherzugehen, daß er abreiste, und weil sie seine grimmige Miene nicht verpassen wollten. Diego fragte ihn treuherzig, weshalb er denn so überstürzt nach Hause fahre und diesen Verband am Hals trage. Moncada konnte diesen Lackaffen, der Anispastillen gegen seine Kopfschmerzen lutschte und sich mit einem Spitzentaschentuch über die Stirn strich, unmöglich mit seinem Bild von Zorro in Einklang bringen, klammerte sich aber gleichwohl eisern an seinen Verdacht, daß sie ein und dieselbe Person waren. Ehe er ins Boot stieg, rief er ihnen noch zu, er werde nicht einen Tag ruhen, bis er Zorro die Maske vom Gesicht gerissen und sich gerächt hätte.

Am selben Abend saßen Diego und Bernardo in den Höhlen zusammen. Sie hatten sich nicht mehr gesehen seit Bernardos glücklichem Auftritt in der Hacienda, mit dem er Zorro den Hals gerettet hatte. Sie waren durch den Kamin des Hauses hinabgestiegen, das Diego umgehend wieder bezogen hatte und bald von allen Spuren des Soldatenpacks befreit haben wollte, damit Alejandro de la Vega es vorfände, wie er es kannte. Noch wurde er von Toypurnia und Weiße Eule gesundgepflegt, und Diego mußte seine rechtliche Situation klären. Doch da Rafael Moncada von der Bühne abgetreten war, würde es ein leichtes sein, beim Gouverneur die Aufhebung der Anklage zu erwirken. Außerdem wollten Diego und Bernardo noch an diesem Abend mit der Verwandlung der Höhlen in einen angemessenen Bau für Zorro beginnen.

Diego brannte darauf zu erfahren, wie Bernardo es bewerkstelligt hatte, bei der Hacienda zu erscheinen, geraume Zeit im Galopp vor einem Trupp Soldaten zu fliehen, von den Klippen ins Leere zu springen und gleichzeitig durch die Luke im Kamin im Saal aufzutauchen. Er mußte die Frage wiederholen, weil Bernardo nicht verstand, wovon er redete. Er sei nie im Haus gewesen, versicherte er mit Gesten, Diego müsse das geträumt haben. Er war mit seinem Pferd ins Meer gesprungen, weil er die Klippen genau kannte und wußte, wo er landen würde. Es war schon dunkel, aber dann ging der Mond auf, und in seinem Schein erreichte er ohne Mühe den

Strand. Dort hatte er eingesehen, daß er von dem erschöpften Pferd nicht mehr verlangen konnte, und hatte es laufen lassen. Er war etliche Stunden zu Fuß nach San Gabriel zurückgewandert und dort erst gegen Morgen angekommen. Tornado hatte er schon viel früher in die Höhlen gebracht, damit Diego ihn fände, weil er sicher war, daß dem die Flucht glücken werde, wären seine Häscher erst abgelenkt.

»Aber ich sage dir, Zorro war in der Hacienda und hat mir geholfen. Wenn du es nicht warst, wer dann? Ich habe ihn mit eigenen Augen gesehen.«

Da pfiff Bernardo durch die Zähne, und aus dem Dunkel trat Zorro in vollem Putz, ganz in Schwarz, mit Hut, Maske und Schnurrbart, den Umhang über die Schulter geworfen und die Rechte am Griff seines Degens. Nichts fehlte an dem makellosen Helden, selbst die Peitsche hing zusammengerollt an seinem Gürtel. Dort stand er, leibhaftig, beschienen von mehreren Dutzend Talgkerzen und einigen Fackeln, hochfahrend, elegant, unverwechselbar.

Diego starrte ihn mit offenem Mund an, während Bernardo und Zorro sich auf die Zunge bissen, um den Moment möglichst lange auszukosten. Doch er währte kürzer, als erhofft, weil Diego merkte, daß sich ein Augen des Maskierten zur Seite davonmachte.

»Isabel! Wer auch sonst!« lachte Diego los.

Sie war ihm in ihrer ersten Nacht in Kalifornien gefolgt, als er mit Bernardo zu den Höhlen geritten war. Als sie sah, wie er seinem Bruder die schwarzen Kleider gab, und hörte, es solle zwei Zorros geben statt einem, dachte sie, drei seien noch besser. Bernardo war sofort als Komplize gewonnen, er war wie immer einer Meinung mit ihr. Mit Nurias Hilfe hatte sie den schwarzen Taft, das Geschenk von Lafitte, zugeschnitten und die Verkleidung genäht. Diego wand sich und sagte, das sei doch eine Sache für Männer, aber sie erinnerte ihn daran, daß sie ihn aus Moncadas Händen befreit hatte.

»Es braucht mehr als einen, der für Gerechtigkeit eintritt, Diego, denn Schlechtigkeit gibt es reichlich in der Welt. Du wirst Zorro sein, und Bernardo und ich helfen dir.«

Diego blieb nichts übrig, er mußte sie in den Bund aufnehmen, weil sie am Ende gar damit drohte, allen zu erzählen, wer Zorro war.

Die Brüder schlüpften in ihre Verkleidungen, und die drei Zorros stellten sich in das alte magische Rad der Indianer, das Diego und Bernardo als Kinder aus Steinen gelegt hatten. Mit Bernardos Messer ritzten sie sich in die Haut der linken Hand. »Für die Gerechtigkeit!« riefen Diego und Isabel. Bernardo machte die entsprechende Geste in seiner Zeichensprache. Und da, als das vermischte Blut der Freunde in die Mitte des Kreises tropfte, glaubten sie, ein weißglühendes Licht zu sehen, das aus der Tiefe der Erde aufstieg und einige Sekunden in der Luft tanzte. Es war das Zeichen des Okahué, wie von Weiße Eule versprochen.

Kurzer Epilog und Schlußpunkt

Kalifornien, 1840

Sofern Ihr nicht sehr zerstreute Leser seid, werdet Ihr erraten haben, daß ich, Isabel de Romeu, die Chronistin dieser Geschichte bin. Ich schreibe dies, dreißig Jahre nachdem ich Diego de la Vega im Jahr 1810 im Haus meines Vaters zum ersten Mal sah, und seither ist viel geschehen. Doch trotz der verflossenen Zeit fürchte ich nicht, mir könnten allzu viele Ungenauigkeiten unterlaufen sein, denn ich habe mir ein Leben lang Notizen gemacht, und wenn meine Erinnerung versagt, frage ich Bernardo. In den Episoden, bei denen er zugegen war, sah ich mich zu einer gewissen Stringenz genötigt, weil er nicht gestattet, daß ich die Ereignisse auf meine Weise deute. Ansonsten hatte ich mehr Freiheit. Bisweilen macht der Gute mich wahnsinnig. Es heißt, mit den Jahren würden die Leute nachsichtiger, aber er nicht; er ist fünfundvierzig und so streng wie eh und je. Vergeblich habe ich ihm zu erklären versucht, daß es keine absoluten Wahrheiten gibt, daß sich alles im Blick des Betrachters wandelt. Die Erinnerung ist schwach und launisch, was darin bewahrt wird und was nicht, entscheidet jeder nach Gutdünken. Die Vergangenheit gleicht einem Heft mit vielen Blättern, in dem wir unser Leben in einer Tinte festhalten, die sich nach unserem Gemütszustand verändert. In meinem Fall ähnelt das Heft den phantastischen Karten von Kapitän Santiago de León und verdiente es, in die vollständige Ausgabe Enzyklopädie der Wünsche aufgenommen zu werden. Bernardos Heft ist ein Ziegelstein. Aber seine Gewissenhaftigkeit hat ihm zumindest geholfen, eine Menge Kinder großzuziehen und mit Geschick die Hacienda De la Vega zu verwalten. Er hat sein Vermögen und das von Diego gemehrt, der sich weiter um die Gerechtigkeit kümmert, teils, weil er ein gutes Herz hat, aber vor allem, weil er sich mit Freuden als Zorro verkleidet und sich in seine Mantel- und Degenabenteuer stürzt. Von Pistolen ist dabei keine Rede mehr, auf die hat er bald völlig verzichtet; er sagt, sie seien nicht nur ungenau, sondern obendrein eines Tapferen unwürdig. Um sich zu schlagen, braucht er nur Justina, seine Klinge, die er liebt wie eine Braut. Er ist schon zu alt für solche Kindereien, aber seriös wird mein Freund wohl nie.

Sicher möchtet Ihr erfahren, was aus den anderen Figuren der Geschichte geworden ist, wer so viele Seiten gelesen hat, will keine offenen Fragen mehr haben, oder? Nichts ist so unbefriedigend wie ein Ende in der Schwebe, diese moderne Tendenz, ein Buch nur zur Hälfte zu schreiben. Nurias Kopf ist schlohweiß, sie ist sehr klein geworden und atmet geräuschvoll wie die Seelöwen, aber sie ist gesund. Vom Sterben will sie nichts wissen, sie sagt, wir müßten sie mit Holzknüppeln totschlagen. Vor kurzem haben wir Toypurnia begraben, die mir eine teure Freundin war. Sie hat nicht wieder bei den Weißen gelebt, ist bei ihrem Stamm geblieben, aber manchmal besuchte sie ihren Mann auf der Hacienda. Sie waren gute Freunde. Neun Jahre zuvor hatten wir Alejandro de la Vega und Pater Mendoza beigesetzt, beide Opfer der damaligen Grippeepidemie. Alejandro hat sich nie wieder ganz von seiner Zeit in El Diablo erholt, aber bis zum letzten Tag saß er im Sattel und führte seine Hacienda. Er war ein wahrer Patriarch, solche Männer gibt es nicht mehr.

Über die Post der Indianer verbreitete sich die Kunde, daß Pater Mendoza im Sterben lag, und ganze Stämme eilten herbei, sich von ihm zu verabschieden. Sie kamen aus dem Norden und dem Süden Kaliforniens, aus Arizona und Colorado, Chumash, Schoschonen und viele andere. Tage- und nächtelang tanzten sie, sangen Klagelieder und schmückten das Grab des Paters mit Muscheln, Federn und Knochen, ehe sie gingen. Die Betagtesten erzählten noch einmal die Legende von den Perlen und wie der Missionar sie am Strand gefunden hatte, als die Delphine sie für die Indianer aus den Tiefen des Meeres geholt hatten.

Was aus Juliana und Lafitte wurde, könnt Ihr andernorts nachlesen, dafür reicht der Platz dieser Seiten nicht. Die Zeitungen haben über den Korsaren berichtet, wiewohl ihnen ein Rätsel ist, wo er gerade weilt. Er verschwand, nachdem die Amerikaner, deren Fahne er in mehr als einer Schlacht hochgehalten hatte, sein Reich in der Bucht von Barataria dem Erdboden gleichgemacht hatten. Ich darf Euch nur verraten, daß Juliana, zu einer robusten Matrone geworden, die Originalität besitzt, weiter in ihren Mann verliebt zu sein. Jean Lafitte hat seinen Namen geändert, hat sich eine Ranch in Texas gekauft und tut sehr ehrbar, obwohl er im Grunde mit Gottes Segen stets ein Bandit sein wird. Die beiden haben acht Kinder, und bei den Enkeln habe ich aufgehört zu zählen.

Über Rafael Moncada will ich lieber schweigen, dieser Schuft läßt uns wohl niemals in Frieden, aber Carlos Alcázar wurde kurz nach Zorros erstem Eingreifen in einer Spelunke in San Diego erschossen. Die Schuldigen hat man nie gefaßt, aber es heißt, sie seien gedungen gewesen. Wer sie beauftragt hat? Gerne würde ich Euch sagen, Moncada habe es getan, als er erfuhr, daß sein Geschäftspartner ihn mit den Perlen betrogen hatte, aber das wäre ein literarischer Kniff, um die Geschichte abzurunden, denn als Alcázar erschossen wurde, war Moncada auf der Rückreise nach Spanien. Sein Tod, der gewiß mehr als verdient war, gab Diego freie Hand, Lolita den Hof zu machen, doch mußte er ihr erst Zorros Identität enthüllen, ehe sie ihn erhörte. Sie waren nur zwei Jahre verheiratet, weil sie sich bei einem Sturz vom Pferd den Hals brach. Pech. Jahre später heiratete Diego noch einmal eine junge Frau, Esperanza, die ebenfalls tragisch ums Leben kam, aber von ihr muß andernorts erzählt werden.

Würdet Ihr mich sehen, Freunde, ich glaube, Ihr würdet mich wiedererkennen, ich habe mich nicht sehr verändert. Schöne Frauen werden häßlicher im Alter. Frauen wie ich werden schlicht älter, und für manche ist das ein Gewinn. Ich bin weicher geworden mit den Jahren. Mein Haar ist grau durchwirkt, und mir ist es nicht ausgefallen wie Zorro; es reicht noch immer für zwei Köpfe. Ich habe ein paar Falten, die mir Charakter verleihen, noch fast all meine Zähne, bin kräftig und knochig geblieben und schiele. Für meine turbulent verlebten Jahre sehe ich nicht schlecht aus. Sicher, mich zieren ein paar stolze Narben von Klingen und Kugeln, die ich davongetragen habe, wenn ich Zorro bei seinen Missionen für die Gerechtigkeit half.

Bestimmt würdet Ihr mich fragen, ob ich weiter in ihn verliebt bin, und ich müßte gestehen, daß dem so ist, aber ich leide nicht darunter. Ich weiß noch, wie ich ihn das erste Mal sah, er war fünfzehn und ich elf, wir waren Kinder. Ich trug ein gelbes Kleid, in dem ich aussah wie ein nasser Kanarienvogel. Damals verliebte ich mich in ihn, und er ist meine einzige Liebe geblieben, sieht man von den kurzen Wochen ab, in denen ich für den Korsaren Jean Lafitte schwärmte, aber den hat mir ja, wie Ihr wißt, meine Schwester weggeschnappt. Was nicht heißen soll, daß ich Jungfrau bin, Gott bewahre; an gutwilligen Liebhabern hat es mir nie gemangelt, manche besser, manche schlechter, aber keiner denkwürdig. Zum Glück habe ich mich nicht wie die meisten Frauen, die ihm begegnen, bis zum Irrsinn in Zorro verliebt; ich habe ihm gegenüber stets einen kühlen Kopf bewahrt. Und rechtzeitig gemerkt, daß unser Held nur diejenigen beständig zu lieben vermag, die seine Liebe nicht erwidern, weshalb ich beschloß, eine von ihnen zu sein. Immer, wenn ihn eine seiner Schönen enttäuschte oder er Witwer wurde – zweimal schon –, hat er um meine Hand angehalten, und ich habe abgelehnt. Vielleicht träumt er deshalb von mir, wenn er schwer gegessen hat. Nähme ich ihn zum Gatten, würde er sich bald eingesperrt fühlen, und ich müßte sterben, um ihn freizulassen, wie seine beiden Ehefrauen das getan haben. Da warte ich lieber mit Beduinengeduld auf unser Alter. Ich weiß, wir werden noch zusammensein, wenn er ein Greis mit Spindelbeinen und tattrigem Kopf ist, wenn andere, jüngere Füchse ihn ersetzt haben werden und er in dem unwahrscheinlichen Fall, daß eine Dame die Tür zu ihrem Balkon für ihn offenläßt, nicht mehr hinaufkäme. Dann werde ich mich für alle Entbehrungen rächen, die Zorro mich hat spüren lassen!

Und damit schließe ich meinen Bericht, geliebte Leser. Ich versprach, Euch die Anfänge der Legende zu erzählen, und habe Wort gehalten, nun kann ich mich meinen eigenen Angelegenheiten widmen. Ich habe genug von Zorro und glaube, es ist Zeit für den Schlußpunkt.